国族记忆

1937年南京陷落的文学书写

胡春毅 著

南京大学出版社

序

李新宇

这本书值得一读。

因为它是一本修复国族历史记忆的书，可以帮我们扩展视野，获得许多新的知识；又因为它虽是一篇博士论文，却并不枯燥，而是具有很强的可读性，可供专家学者们参考，也适宜广大读者阅读。

关于这本书，应该说的话很多，但据我自己的读书经验，序言太长往往是令人生厌的，所以长话短说，仅就最突出的特点略谈一二。

首先是它的选题和研究对象。本书讨论的是文学作品对 1937 年南京陷落这一中国现代历史上的大事件的书写，既包括当时的纪实，也包括后来的记忆与想象。也就是说，它既包括了“抗战文学”，又包括了抗战之后的创作和直至今天的“当代文学”，还包括了日本和欧美国家记录和回忆这个事件的“外国文学”，同时考察不同年代、不同国家和地区的记忆、想象和书写。

众所周知，抗日战争时期那些即时反映抗战的作品，那些记录和报道了战争惨状和中国军民浴血奋战、悲壮牺牲情景的作品，已经被我们遗忘很久了。不但一般人对它们一无所知，甚至大学中文系的学生，包括专门研究中国现代文学的硕士、博士们，也大多所知甚少。这并不奇怪，因为多年来，各种版本的中国现代文学史教材讲到抗日战争时期，介绍的作品是《华威先生》和《在其香居茶馆里》，是话剧《屈原》，是《差半车麦秸》，或者是《围城》之类离血肉横飞的战场极远的故事，而那些反映淞沪抗战、南京保卫战、血战台儿庄、长沙大会战以及空军英雄血洒长空的作品，却没有进入文学史家的视野。南京陷落这个悲壮而惨烈的象征性事件，就在这样一个大背景下被遗忘，直到近些年才被一些人想了起来。

至于后来对抗日战争的回忆与想象，至少在 20 世纪 50 年代到 70 年代，南京陷落这样的事件在大陆文艺作品中几乎是一片空白，那场战争的全部惨痛和悲壮几乎同时缺席,不再出现在作家的笔下。从那个年代过来的人们熟悉《红灯记》和《沙家浜》,熟悉《地道战》《地雷战》《小兵张嘎》,熟悉《铁道游击队》和《敌后武工队》,却不熟悉淞沪抗战、南京保卫战与南京陷落的情景。从诗歌、散文到小说,从戏剧到电影,那些千军万马奋勇杀敌和悲壮牺牲的会战,那几百万子弟兵包括二百多位将军的悲壮牺牲,作家们都没有写。他们所致力描写的,是埋地雷、挖地道或芦苇丛中学鸭叫之类的故事。之所以如此,当然与政治形势有关,如果那一次次大会战都像平型关战役,那些英雄都来自陕甘宁,大概就是另一种情形。但是,还有一个原因也是不容忽视的:当代那些能够写作的作家一般不熟悉那些千军万马、悲壮牺牲的大场面,他们所熟悉的生活,就是埋地雷、挖地道、芦苇丛中学鸭叫之类的战术;而熟悉那些悲壮场面的人则或者离开了大陆,或者放下了笔。

因此,一个现象就出现了:第二次世界大战的欧洲战场产生了无数很有影响力的文学、艺术作品,仅好莱坞大片就出现过许多;而东方战场的持续时间更长,战争也更悲壮、惨烈,然而除了珍珠港、中途岛等美国人充当主角的事件在文艺作品中有所反映之外,中国人充当主角的战争却几乎无声无息。这很不公平,当代作家愧对我们的卫国英烈!

学术研究的情况与文艺创作的情况是一致的。多年来,我们似乎有"抗战文学研究",而且有这方面的专门刊物,但被关注的更多是写敌后战场和游击战争的作品,或者是揭露大后方政治黑暗的作品。

放在这个背景下看,本书选题的意义已经无须多说。作者所做的,是对研究领域的开掘,是对重要空白的填补,是对历史记忆的苦心修复。

其次是本书的思路和作者的辛勤劳作。

做"南京陷落"这样的题目,也可以有多种做法,胡春毅选择了难度很大的做法:他要全面考察有关事件的文字,要把不同时代、不同国家和地区的书写都收集起来,看看不同的国家和地区叙述有什么不同,看看不同时代的叙述有什么不同。这种考察当然很有意义,比如,面对南京大屠杀,中国人和日本人的说法差距很大,无视日本人的说法显然不是学者的态度。并且,同是日本人,说法也不一样;同是中国人,想法也大不相同。从这种种不同的说法中,我们不仅可以更清楚地认识事件本身,而且可以看到不同时代、不同人群的不同境界,还可以从闭口不谈或大写特写中发现某些历史的奥秘。

但是,这种写法需要很大的工作量,需要付出更多的劳动。这样的工程应该是一个团队在相当长的时间里才能够完成的，而胡春毅却单枪匹马，像一只孤独的骆驼一样出发了。他从1937年作家们的现场书写，一直考察到新世纪的回忆、调查和想象，时间跨越近80年，区域则涉及中国、日本和欧美。仅是中国作家的书写，就又有大陆作家、台湾作家、港澳作家种种差别。对这一切的考察和分析需要大量的时间、艰苦的劳动。所以，胡春毅的论文做的时间比较长，为了做好工作，他宁愿第六年才申请答辩。说真的，与研究这个选题所需要的时间相比，六年也似乎短了点儿，因为这其中有大量的工作都是前人没有做过的，是在开荒，需要一镐一锹地劳作，无法偷懒，更无法像某些选题那样依靠网上搜索就可以拼凑起来。他的工作是从最基础的部分开始的，甚至为了拿到一个文本，就要大费周折。

令人欣喜的是，他终于完成了。也许仍有残缺，虽然认识未必深入，但呈现在我们面前的，已经是许许多多的新材料，是一个新的知识领域，足以让我们大开眼界。

2017年8月

天津社会山花园

目　录

绪 论

1937年12月13日，中国首都南京被日本侵略军攻占。南京陷落之后，至少六周内，日本军队在那里虐杀了30余万中国人①。这就是历史上的“南京大屠杀”②，日本称之为“南京事件”。近80年来，对此不仅在历史文本里有众多记载，在文学空间内也存留着丰富的表述。中国的文学作品承载了这一国族苦难和伤痛，当时的战时文学，如诗歌、通讯、特写、报告文学等迅疾地表现出悲愤与悼念，继而小说、剧本以不尽相同的叙述关注和打量着，呈现出面貌不一的社会记忆，乃至今天，仍不绝如缕，或如集体发声，或如个体呢喃，均可视为此岸的“国族记忆”；以南京陷落为题材的日本文学、欧美文学至今已为数不少，却常被忽略，因其所在的政治社会语境的变化，而呈现出斑驳复杂的样貌，与中国作家、作者的文学创作时有呼应，共同编织了南京陷落事件的书写面貌，同在地球之上，以彼岸的镜像呈现出他国他族的记忆。客观地讲，这些此岸与彼岸的记忆都是文化记忆的集成，更是基于国族身份的微妙或袒露的解码。

“1937年南京陷落的文学书写研究”这一选题中，至少有两个关键词，即“1937年南京陷落”和“文学书写”。在本书的论述过程中，“南京陷落”专指1937年中华民国政府首都南京如何被日本军队攻占、统治——南京攻防

---

① 屠杀人数及规模有争议，可参见附录B:《有关南京大屠杀规模人数的历史表述》。

② 日方资料表明：“所谓南京大屠杀，是1937年12月侵占南京的日军在进攻时及占领下对当时的南京政府行政区（包括南京市区域近郊六县地区）的中国军民进行的集体杀戮、个别杀戮、强奸、放火、掠夺等的‘不法行为的总称’。”参见林伯耀：《围绕南京大屠杀的背景》，选自[日]松冈环编：《南京战·寻找被封闭的记忆》，上海：上海辞书出版社，2002年12月，第18页。中方资料表明：“南京大屠杀是对日军侵占南京后所犯屠杀、奸淫、纵火、劫掠等暴行的总称。1937年12月13日，日军占领南京后，为了摧毁中国人民的抗战意志，达到迅速灭亡中国的目的，公然无视国际法的基本准则，进行了骇人听闻的大屠杀，在人类文明史上留下了极其野蛮、残忍、黑暗的记录。”（《中国抗日战争史》编写组著：《中国抗日战争史》，北京：人民出版社，2011年9月〈2012年1月重印〉，第216页）

战、南京大屠杀以及被殖民的过程;“文学书写”主要是指文学创作与文本传达(叙事、表达或呈现),当然,在相关的历史、影视文本中渗透的“文学性书写”本书也有时将其作为背景。

一、选题的缘起

1937 年中日战争爆发后,甚至自 1894 年中日甲午战争以来,中日两国间的关系一直处于扭结状态,有的障碍至今似乎仍无法逾越,两国常常在侵华历史问题上争执不休,甚至口诛笔伐,很多话题往往绕不开南京大屠杀这一历史事件。南京陷落的历史真相到底是什么?文艺作品到底做了多少呈现、具体怎样书写,又是基于何种缘由呢?这些问题直接触发了对本课题的选择。20 世纪初期,亚洲社会处在近现代化的历史阶段,中、日等国政权更迭,党派纷争也尤为混乱,西方欧美列强在中国也存在多种势力,截至中日战争初期,国内外的各种语境十分复杂。国都的陷落、大屠杀的发生,对于中华民族而言确实到了“最危险的时候”。之后,一代代中国人是如何书写这一国族灾难的呢?这是考验我们这个民族的时候,也是我们省察自身的一个重要视角。试图考察本民族的灵魂与心理推动了这一选题的确立。当愈来愈多相同题材的国外文学作品进入视野,国外作者的写作姿态、腔调或叙事内容、手法,就成为不可或缺的参照。中外文学同为一种社会记忆、文化记忆,在全球视阈内,我们自然发现针对某一民族的重大事件所形成记忆的个性与共性。就此省察我们自身将更为深入。

当然,这一选题恰恰是笔者 2009 年开始攻读文学博士学位的选题。在南开大学文学院博导李新宇教授门下,自然要关注历史、考察民生,尽可能填补一些学术空白。于是,做好这一选题就成为必须完成的任务。

二、研究的内容与意义

本书以把 1937 年南京陷落作为题材的中国现当代文学文本为主要研究对象,辅以国外同题材的文学作品,着力于从已筛选的文学文本的修辞叙事或话语分析切入,在文本分析和文学现象解读的过程中,与社会历史及意识形态遇合,实现从文学文本到社会历史语境的文化突围,从文学思潮的渊源流变与社会历史文化的联动处着手,追踪文化民族主义或族群想象等现实议题,进而探询文学史叙述背后的文化语境与历史真相。这样,通过展开不同记忆的历史性褶皱,引发人们对历史的拷问与反思,对于文学场域中话语博弈背后文化问题的研究，或许可以有益于对本民族精神与文化要素的认知度量。正如摩罗当年所说："我们根据一个民族对于历史的记忆方式，不但可以推断出这个民族当下的价值眼光和人文状态，而且可以推断出未来命运。"①

从文学自身来看，研究关于"南京陷落"的文学书写将会发掘许多中外文学表达中的复杂问题。战争时期，文学急切地反映社会生活，感时伤事，托物言志，承载了个体的心绪与思考，甚至传达了整个民族的吼声。直至当下，我国众多的文学作者打量着这一历史题材，无论是报告通讯、新旧体诗歌，还是小说剧本，都发挥了文学兴观群怨的作用，将民族的历史创伤与个人伤痛一道表现出来。同时，作为一种社会记忆，将人类的战争形态记录下来，表现了特殊境遇中人的生存状态，凸显了人性的多个侧面，透过"1937年南京陷落的文学书写"，可以深入细致地考察我国新文学中"传统"与"现代"、"先锋"和"通俗"在特殊的历史境遇中，如何调和在一起的情况。而且，许多国外的作者共同聚焦了这一重大题材，如日本、欧美作者，尤其是华人华裔作家，那是一次次十分难得甚至是不期而遇的精神遭遇战，在这场精神之战里，能看到世界层面上文学作者的叙事内容、创作倾向、书写水平和精神脉络，能够把握到这种书写"勾勒出所论时代的历史想象的深层结构"（海登·怀特语），无论是从文学内部还是文学外部考量"南京陷落的文学书写"，都应该是很有意味、很有意义的事。

随着社会政治生态的变迁，如2014年2月27日中国政府人大常务委员会审定国家"公祭日"，于同年12月13日开始国家公祭，中国国家领导人作了《在南京大屠杀死难者国家公祭仪式上的讲话》，2015年《南京大屠杀档案》成功申报并入选《世界记忆名录》，中国大陆、"港澳台"乃至全球各地的文化语境的变化，学术界对于这一历史创伤与文化表征的研究有了一些共识。1937年的"南京陷落"已不单纯是文学审视的一个对象，从跨学科、跨文化视域上思考的话，它不仅是中华民族历史和灵魂上的巨大伤疤，而且一定会被视为人类共同的历史创伤，思考它就是思考全人类的创伤、遗忘、人性本质等问题。这样看来，这一选题应该具有很强的实践价值和现实意义。

---

① 摩罗：《红色：记忆与遗忘——当代中国文学中的暴力倾向》，《不死的火焰》，北京：中国工人出版社，2002年1月，第242页。

第一章　南京陷落的战时记忆

1937年中日战争爆发后，文学急切地反映社会生活，它作为一种社会记忆，将人类的战争形态记录下来，表现了特殊境遇中人的生存状态与人性本质。关于中日两国的对抗和南京攻防战的文学记忆承载了民众个体的心绪，也传达了整个民族的心声。日本这一时期此类创作多被视为“侵华文学”①，是中国文学书写的一种很好的参照，相较而言，中国作家的创作则多被称为“抗战文学”。中国抗战文学发展的初期阶段里，“五四”新文学的发展遇到了前所未有的局面，诚如李欧梵所说：“中日之间的全面战争，也将文学活动推向高潮。文学界知识分子的空前团结，取代了30年代早期的宗派主义。曾使左翼文学队伍严重分裂的‘两个口号’的论争，几乎在一夜之间销声匿迹。所有的口号，都被淹没在‘抗战’这个响亮的号召下。”“在战争的头几年，不同形式的短篇报告文学——通讯、速写、海报、演说、为朗读而写的诗歌和故事，以及在街头和集市表演的独幕剧，作为最流行的文学模式，几乎取代了篇幅较长的各种虚构作品。”②

第一节　受难与抗争的见证

中日战火从上海烧到南京，短短一个多月，两大中心城市相继沦陷。实

① 王向远认为：“在日本，人们一直把包括侵华文学在内的为对外侵略服务的文学称为‘战争文学’。但我认为，‘战争文学’这个概念含义过于笼统，没有揭示出侵略战争及其文学的非正义性。对那些以协助侵华为宗旨，以日军侵华为题材，以日本军为主要描写对象的‘作品’，应更准确地称为‘侵华文学’。”参见：《中日现代文学比较轮》，《王向远著作集》（第5卷），银川：宁夏人民出版社，2007年8月，第160—161页。

② ［美］李欧梵：《文学趋势：通向革命之路，1927—1949年》，范磊译，选自《剑桥中华民国史（1912—1949）》，费正清、费维恺编，曾景忠等译，北京：中国社会科学出版社，1998年7月，第532—533页、536页。

际上，坚持三个月之久的淞沪会战已经显示出中国政府和人民的抗战决心，“整个民族开始与顽敌作生死的决斗，争取他的生存与独立”。[①] 然而，淞沪会战的结局是中国军队的大溃退，在某种意义上，南京保卫战已经拉开帷幕[②]。1937 年 11 月 19 日，日军开始了对南京的进攻[③]，三路大军穷追不舍，通往南京的路充斥着血与泪。当时，确定南京保卫战的正式战斗序列十分仓促，11 月 20 日，“唐生智先行到职，(命令二十四日才发表)，组织南京卫戍司令长官部”[④]。其实，日军对首都南京的轰炸早在这之前就开始了。8 月 15 日，南京受到日机两轮轰炸[⑤]，之后的南京城日渐危急，直至 12 月 13 日沦陷，出现了大屠杀。在日军轰炸、进攻、占领南京城的整个过程中，有关中国军队、民众的抗争与受难都有诗歌散文甚至剧本小说对其作了书写，是以见证国家的危亡和民族的苦难。与此同时，国外的文学(包括日本文学)也在不同程度上针对南京陷落给予了关注，成为中国文学书写的极好参照。

一、危城

1937 年 11 月中旬，《大公报》的记者范长江[⑥]来到首都，“很想此时来看看抗战中枢首脑部的气象”，在他的想象中，南京一定是“严肃热烈与紧张”，应该“充盈着热力”，就连敌人看到南京也应该是“一所神圣庄严壮气横溢的

---

① 蓝海:《中国抗战文艺史》，北京:现代出版社，1947 年 9 月，第 33 页。

② 谭道平认为，“南京保卫战的开始，即是我军退出上海战区的日子”，当年他是南京卫戍司令长官部参谋处第一科科长。详见谭道平:《南京卫戍战》，收录在文史资料研究委员会编:《南京保卫战——原国民党将领抗日战争亲历记》，北京:中国文史出版社，2010 年 9 月，第 19 页。

③ [日]笠原十九司:《难民区百日——日军大屠杀的西方人》，李广廉、王志君译，南京:南京师范大学出版社，2005 年 5 月，第 16 页。

④ 刘斐:《抗战初期的南京保卫战》，《南京保卫战——原国民党将领抗日战争亲历记》，文史资料研究委员会编，北京:中国文史出版社，2010 年 9 月，第 13 页。刘斐当时为南京卫戍司令长官部副司令。

⑤ 明妮·魏特琳在当天日记中记载，8 月 15 日(星期天)“下午，南京两次遭到空袭。这是南京首次遭到空袭，空袭异常猛烈”。参见[美]明妮·魏特琳:《魏特琳日记》，南京师范大学南京大屠杀研究中心译，南京:江苏人民出版社，2000 年 8 月，第 12 页。

⑥ 范长江(1909—1970)，四川省内江人，1928 年秋，范长江考入中央政治学校。1932 年，他进入北京大学哲学系学习。1933 年下半年起，范长江正式开始为北平《晨报》《世界日报》、天津《益世报》等撰写新闻通讯，内容多为文化教育方面。1935 年 5 月，范长江作为《大公报》社的旅行记者进入中国西北。1936 年“西安事变”发生后，范长江决定去西安、延安等地进行采访，《大公报》登载了他的文章——《动荡中之西北大局》。1937 年 11 月 8 日，在周恩来的直接指导下，范长江与胡愈之等组织了“中国青年记者学会”。

城堡”。当他目睹了南京下关中山码头等地的搬迁现状之后,做了细致的记录:

> 下关各码头堆着千千万万的箱笼,没有秩序,没有区分,没有适当的管理,这一部,那一署通通挤在江岸上。公物固然有些,而其中最大部分,都是官吏私人的家具和行李……如山的什物都在露浴之中,保护的最好的是私人行李,而公物则听它们自己的造化。①

南京保卫战的重要准备之一就是迁都,11 月 20 日,国民政府通过了迁都的决定,首都的各大重要机关单位纷纷组织西迁,远到重庆,近至武汉,自然仓促繁乱。然而,范长江目睹的搬迁为首都传达了不祥的讯息,南京城似乎成了一座危城。国家公职人员的惶乱不堪、假公济私更令全城人人自危。实际上,南京民众有组织地或自发地避难早已开始了,有财力、有条件的市民自然不会守在首都等待日军的到来。余下的中国普通民众大多是贫苦阶层或者是从周边地区逃难而来的难民,这时他们只能任由日机轰炸,等待南京保卫战最后的结局。

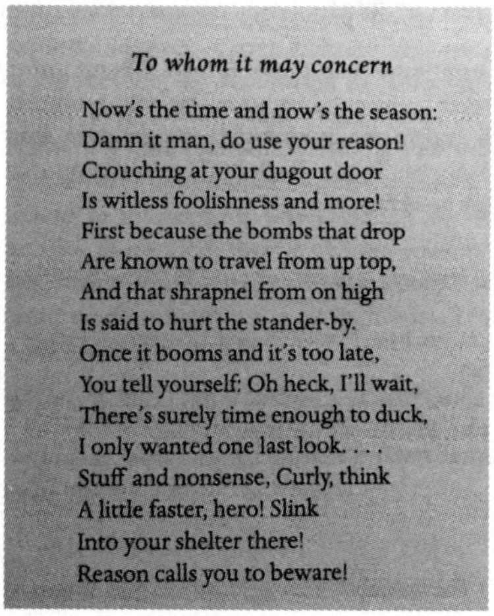

To whom it may concern

Now's the time and now's the season:
Damn it man, do use your reason!
Crouching at your dugout door
Is witless foolishness and more!
First because the bombs that drop
Are known to travel from up top,
And that shrapnel from on high
Is said to hurt the stander-by.
Once it booms and it's too late,
You tell yourself: Oh heck, I'll wait,
There's surely time enough to duck,
I only wanted one last look. . . .
Stuff and nonsense, Curly, think
A little faster, hero! Slink
Into your shelter there!
Reason calls you to beware!

图 1.1　约翰 · 拉贝:《关系每个人》

为了保障在南京的普通民众安全,使其免受战火的伤害,寓居南京的美国、德国等多位西方侨民本着人道主义精神创建了难民安全区,他们为此积极奔走,形成了自己的组织——南京国际安全委员会,呼吁中、日两国政府批准。该委员会的主席是德国人约翰 · 拉贝②,他是德国西门子洋行在南

---

① 范长江:《感慨过金陵》,《范长江新闻文集》,北京:新华出版社,2001 年 10 月,第 706 页。

② 约翰 · 拉贝(1882—1950),出生于德国汉堡,1908 年来到中国北京,于 1934 年在中国加入德国国家社会主义工人党,以便在南京建一所德国学校。1935 年,他担任了该党南京地方的临时组织负责人。1938 年 3 月被德国西门子公司召回国,南京大屠杀期间,拉贝担任南京安全区国际委员会主席,他和其他委员利用安全区(难民区)庇佑了近 25 万中国难民,日记中,他自称为“南京市长”。他的行为被难民誉为“济难扶危,佛心侠骨”。1938 年,德国政府授予他一枚“红十字功勋勋章”,中国政府授予他一枚“蓝白红绶带玉石勋章”。

京办事处的代理人，执意要求留下来和公司的中国职员在一起。在他的日记里，拉贝记录了1937年至1938年南京受难的全过程。这个自称不谙文学的人①，在10月29日的日记里写下《关系每个人》②一诗，有诗句：

我一再对自己说
哎呀，要理智，
蹲在防空洞前，
这可是缺乏理智的表现！
……
别说废话了——赶紧些，
走进你的"英雄地下室"去！
你的理智在命令你！③

城陷后，拉贝在自己的住宅里最多时佑护了600多名难民④。城陷前，他组织难民在住宅旁建造了防空洞，防止日机轰炸带来伤亡。每当拉贝带领着难民从防空洞里安全地出来时，他都有一种当了英雄的感觉。

实际上，遭受敌机轰炸是南京失陷前民众所承受的最大苦痛。正如《拉贝日记》记载，只要天气晴朗，日机就会频繁出现。好在首都有全国最好的警报系统和防卫措施，才不至于不堪一击。王陆一⑤的《长毋相忘诗词集》收录诗歌《纪抗战初南京空战》，十分形象地素描了中日空战的情景："驰车秋林阴，柔桑散行徒。旋见九十六鹢退飞过上都。盘旋鸷瞰迸火珠。此是暴敌所骄之荒鹜，乃如长安城头头白鸟。啄人大屋啄小屋，鸱枭夜黑相追

① ［德］维克特编著的《拉贝日记》在1937年12月14日记录："我真的不想说自己对艺术一窍不通，但是我又不得不承认，在生活中时间很少被我用来阅读诗歌以及诸如此类的东西。"参见：《拉贝日记》，第121页。

② 《关系每个人》的英文版本参见图1.1，来源于 *The good man of Nanking: the diaries of John Rabe*, edited by Erwin Wickert; translated from German by John E. Woods, New York: Alfred A. Knopf, 1998, P. 17.

③ ［德］维克特编著：《拉贝日记》，周娅、谭蕾译，北京：新世界出版社，2009年5月，第47页。

④ 《拉贝日记》1937年12月24日记载，拉贝的办公室和院子总共容纳了602人。同上，第186页、240页。

⑤ 王陆一（1896—1943），原名肇巽，又名天士，陕西三原人。1935年当选为中国国民党第五届中央执行委员会执行委员、中央政治委员会委员兼中央党部民众训练部副部长。他的代表作有《长毋相忘诗词集》。

呼。鬼车毛血腥我土,尾旋倾堕如狐濡。硝烟簇空蔽白日,曳光飞弹交萦纡。我军神武压空至,铁阵四合纷驱除,万马行天渥沫汗,射潮潮色如胭脂,翻腾上下争啮尾,星群辟易无顽夫。大声若在世纪末,雷霆私语无硼訇。”①抗战胜利七十周年时,作家王火也曾回顾 1937 年 8 月 15 日的南京空战:“飞在前面的是 4 架草绿色太阳徽的敌机,一大三小,大的是轰炸机,小的是战斗机,紧跟追击的是 3 架中国战斗机,用机枪‘哒哒哒’追击敌机。双方机枪吐出火舌,因为飞得低,双方战斗机上戴皮头盔和风镜的驾驶员我看得清清楚楚。飞机掀起的声浪和气浪很大,使人战栗。”②

当时,民国第一夫人宋美龄曾采用报告文学的手法记录了南京的空袭。她看着表,按分、秒逐一记述了一个多小时的空袭实况(大约下午两点三十四分至三点四十分,空袭结束)。她写道:“我每当空袭,循例要出去观察,尤其注意我方怎样地从事抵抗,等一会儿敌机到达的时候,我将把所见所闻,记录下来。”③她视察的情形如下:

> 街头的人民,镇静得像不会发生什么意外事情,那里的妇女和小孩,听到了空中燃烧的怒吼,看到了附近一家房屋的倾圮,从容地一些也不觉惊惶,消防员正用皮带和水龙头努力救火,火势接着就熄灭了。我越过了烟雾弥漫和焦木纵横的几个门户之后,有人告诉我飞机残骸就在那里,但已损毁得难于认识。

南京的大地上“烟雾弥漫”“焦木纵横”,而南京的上空也有弹花朵朵、银鹰腾挪。直到 12 月 7 日凌晨五点宋美龄陪同蒋介石飞离南京,首都的制空权完全丧失,南京到了最危险的阶段。

日军不断地西进,江浙一带的难民不断涌向南京,或迁往大后方,首都南京各处民众都在设法寻找安全的去处,诗歌及时地记录了那里人们的颠沛流离。

1937 年 11 月,王陆一创作的一首词《减字木兰花》④,充满了感时忧国

---

① 王陆一:《长毋相忘诗词集》,台北:文海出版社,1974 年版,第 62 页。

② 蒋蓝:《王火:以笔为枪的抗战岁月》,《成都日报》2015 年 8 月 22 日,第 5 版。

③ 宋美龄:《中国固守立场》(1937 年 11 月发表于美国《论坛》杂志),袁伟、王丽平选编:《宋美龄自述》,北京:团结出版社,2004 年 1 月,第 82 页。

④ 王陆一:《长毋相忘诗词集》,第 113 页。

的情绪，词有小序说道："南京垂破矣。乍过双文姊弟于和平门外。夹毂惊欢，城闉凄黯。自云苏州逃来，将之上游。各不胜来日天地之痛，惘惘心情，酷去京邑。成词二阕。"（注：句读为笔者添加）具体如下：

飘然别绪。万感幽单无一语。飞堕惊鸿。秋柳孤城画角风。
流离此际。轻惜红衣成苦慰。雪后吴门。唤起梅花去日心。

轻妆临水。心事白蘋吹不起。蜡泪深更。饮散传花劝远行。
山川谁惜。玄武湖波留去笛。月又昏黄。别后何人照断肠。

王陆一的这两阕词十分形象地传达出首都战前的态势，逃难民众流离惶恐，正所谓"万感幽单无一语""别后何人照断肠"。作为旁观者，这时词人已然感受到"南京垂破"的衰瑟之气，不免颓唐，叹息"山川谁惜。玄武湖波留去笛"。

此时，钱仲联[①]正随无锡国学专修馆西撤，乘船途经南京，目睹了扬子江畔的苦难，他有诗《舟过金陵不停泊待舟不得登者万人》[②]为证："喧舶雷声过下关，难从灯底辨江山。不辞眼前通宵醒，尽有眠求一榻艰。如马吴船偏急去，背人江水更无还。攀舷露立沙头客，援手何从泪暗潸。"南京下关码头在夜色晦暗之中，充斥着求生民众的喧嚷、混乱、焦灼，全诗生动刻画了首都将陷、人人自危的窘境。钱仲联从政府迁都与民众逃难中窥豹一斑，其诗达到了古典诗歌的形象性与抒情性并举。此外，他触景生情，另作《舟中绝句》[③]组诗，不断生发对战乱频仍的思考，其中第一首有言："茫茫复此大江横，喧岸争舟一夜声。不待颠风先断渡，郎当铃语可怜生。"这是对《舟过金陵不停泊待舟不得登者万人》一诗同主题的再次咏唱，而《舟中绝句》组诗第三首有"玉棺高卧钟山月，莫送降幡出石头"一句，第五首有"江水东流带血腥，研都笔底泣神灵"一句，都可以看出诗人对南京保卫战作出的预言性思索。而对于抗战的前景，诗人期冀"安排用蜀支天下，西望岷峨万叠青"（第

---

① 钱仲联（1908—2003），号梦苕，常熟人。1926年毕业于无锡国学专修馆，先后任教于大夏大学、无锡国学专修馆、国立中央大学、南京师范学院、江苏师范学院、苏州大学。有《梦苕庵诗文集》传世。

② 钱仲联：《梦苕庵诗文集》，黄山书社，2008年9月，第135页。

③ 绝句组诗，详见钱仲联：《梦苕庵诗文集》，第135—136页。

五首),继而写下组诗中最后的四句,完整地实现了言情与思想的高度统一。绝句自然而然呈现出沉郁的调子,无不表达出悲怆之情。可贵的是,诗句中透着思想的光芒,诗人从下关乱离的生态里掘发隐忧,并能深远而淡定地面对将来,他所谓"夜叉聚里横身过,到处江山且助诗"。

而女诗人沈祖棻[①]的诗词在轻灵婉丽中透出凝重和深沉,抒发着她对灾难深重的祖国至诚的爱。1937年9月,沈祖棻和程千帆避难于安徽屯溪,并匆促完婚,抗战情形正如她的《菩萨蛮》(四阙)小序所言:"丁丑之秋,倭祸既作,南京震动。"其中《菩萨蛮》第二阙说道:"仓皇临间道,茅店愁昏晓。归梦趁寒潮,转怜京国遥。"第三阙说道:"徘徊鸾镜下,愁极眉难画。何日得还乡?倚楼空断肠。"[②]从以上两阙的词句可以感受到,抗战初期,词人对于首都南京的眷恋之情,将金陵比作长安,虽在屯溪,却感到路途遥遥,"烟尘澒洞音书隔。回首望长安,暮云山复山"。可以说,沈祖棻以女性知识分子的身份,温婉而透彻地表述出故土难离、京师难忘之情。从她的诗词中可以辨认出离开首都、漂泊在他乡的难民相似的文化心理,首都的安危牵挂在许多人的心头。

二、抗争与挫败

战地作家邱东平在报告文学《我们在那里打了败战》中讲述了江阴要塞的失守。守卫要塞的一位上将和他的一个团在12月2日夜里突围,到达南京的时候,只剩下了四十六人。但作者仍然清醒镇定地说:"惭愧,悲愤,不是一个真能战斗的战士的态度。胜利或失败,全是力与力的对比——一切由历史去判决吧!我们的战斗不断的继续着,而我们的历史也正在不断书写着。我们,中华民族,如果在和日本帝国主义的对比下完全失败了,那么,历史的判决是公平的,我只能对着这判决俯首,缄默。"[③]江阴要塞属于南京保卫战外围防线中第二道防线(锡澄线)[④]的重要支点,外围战迅速失利,使得南京保卫战的复廓城垣之战提前到来。当时的日本侵华文学也印证了保

① 沈祖棻(1909—1977),苏州人,1931年转学至中央大学文学院中文系学习,1934年考入金陵大学国学研究班,一面致力于古典文学研究,一面进行诗词创作,被文坛誉为"江南才女"。毕业后,沈祖棻在各地任教,有代表作《涉江词》和《涉江诗》。

② 沈祖棻:《沈祖棻诗词集》,南京:江苏古籍出版社,1994年8月,第53—54页。

③ 中国现代文学馆编:《邱东平代表作》,北京:华夏出版社,2009年1月,第184页。

④ 刘斐:《抗战初期的南京保卫战》,收录在文史资料研究委员会编:《南京保卫战——原国民党将领抗日战争亲历记》,第7页。

卫战第二道防线的岌岌可危，1937 年 11 月 27 日，南京城陷落的主要推手——日本华中派遣军总司令松井石根大将①在《阵中日志》中记下一首中文诗《湖东战局之后》："枭敌运生日渐穷/旌旗高耀湖东空/休论世俗糊涂策/不拔南京黄道倥。"②"湖东"具体指太湖以东，日军进攻无锡至江阴一线，12 月 1 日，锡澄线难以守卫，守军撤退。南京保卫战战事日渐吃紧，守城将军易安华③在南京复廓阵地牺牲，他借曹植的诗句写下绝笔《示子女》："名编壮士籍，不得中顾私。捐躯赴国难，视死忽如归。"④而此时，吴奔星以战歌的形式呼喊："……任你铁石为心，也应速起干城！听！阵阵轰隆声。看！群群大和兵，汹汹涌涌，将毁灭我们这'都城'！紫金山上白杨萧萧，隐隐约约，地下发出一片呻吟：'四百兆'子孙，起！起！起！死守'南京'！南京，堂堂的京城，'四百兆'人民，一条心，咿呀唉！保卫'南京'"！⑤ 诗人陈禅心在南京集录诗歌《雨花台吊爱国志士》《秦淮歌女鬻歌助国抗日》，其中有云："不见同怀人，多恨去世早！"⑥"玉人此日心中事，铁骑突出刀枪鸣。"⑦1937 年 12 月奔赴武汉途中，他集唐诗《军撤金陵(二)》："家国兴亡自有时，经天才业拟何为。鸣鸡已报关山晓，卷土重来未可知。"⑧

誓死反抗加剧了敌人的复仇和屠杀。《中山陵前血战追记》就是第一篇描述誓死捍卫首都的报告，是战地无名记者于 1937 年 12 月 12 日补记的文章，文章开头就说"从本月六日起，剧烈的京郊之战，已经开始发生"⑨。后来文中提到"此次京畿之战，决为我暂别京畿之纪念……然而当局以三数万勇敢军士守此孤城，以御三十万敌兵，固守七天(即至叙稿时止)尚无放弃之

---

① 松井石根(1878—1948)，日本陆军大将，华中派遣军总司令，皇道派将领，大亚细亚主义的鼓吹者，东京审判中日本甲级战犯，南京大屠杀主要责任人之一。

② [日]田中正明主编：《松井石根大将阵中日志》，芙蓉书房，1985 年，第 113 页。

③ 易安华(1900—1937)，江西宜春人，1937 年任中国守军第 87 师 259 旅旅长，守卫光华门时壮烈牺牲。1952 年被追认为革命烈士。

④ 易安华：《示子女》，《中国抗战诗词精选》，杨金亭主编，北京：北京燕山出版社，2007 年 6 月第 2 版，第 88 页。

⑤ 吴奔星：《保卫南京》，选自问宇星：《试论吴奔星的抗战诗歌创作》，《新文学评论》，2014 年第 4 期。

⑥ 陈禅心：《雨花台吊爱国志士》，《抗倭集》，福州：海峡文艺出版社，1986 年 9 月，第 27 页。

⑦ 陈禅心：《秦淮歌女鬻歌助国抗日》，同上，第 32 页。

⑧ 陈禅心：《军撤金陵》，同上，第 35 页。

⑨ 佚名：《中山陵前血战追记》，收于《抗战实录之一：卫国血史》，贺圣遂、陈麦青选编，上海：复旦大学出版社，1999 年，第 710 页。

意”①。纵观全文发现,这一战地记者能够将战时首都的孤城背景进行较为细致的刻画,具体到火线战斗的记录也只能是局部的,文中述及中山门、陵园、紫金山等各处的战况十分具体,比如,“他们(敌人)用他们自己兄弟的尸身,填满了我们的堑壕,而践踏着他们自己的骨肉”,“最后我们大发神威……就是(敌人)机械化的师团也惨败,于是他们又踏着他们自己的兄弟的尸身退了回去”,“敌军发生惊惧迟疑,因以被我乘虚击退”②等等,战地记者明显对南京陷落前夕的局部速描较为乐观,似乎有失客观,还有鼓吹的色彩。《中山陵前血战追记》是对首都东线紫金山一带防卫的可贵报导,如结合南京保卫战的基本情况来看,这一战线由是教导总队——蒋介石的“铁卫军”负责,虽然最后阶段总队长、旅长们大都提前离开指挥部,未能及时联络作战官兵,但这一线的防守作战应该是战斗最持久的,同样也是最顽强的抵抗之一。多年以后,原教导总队将领的回忆证明了这一情况,例如,一位团长回顾道:“十二月十一日,南京全线复廓阵地之战事极为猛烈,尤以紫金山第二峰、陵园新村至西山一带的主阵地的战斗为最。因我总队官兵历在孝陵卫营房驻防训练四五年,对地形非常熟悉,而总队之主阵地工事建筑也较坚固,加之我总队官兵有爱国主义的士气,斗志高昂,所以,虽遇敌之中路主力部队猛攻,也能浴血拼杀,英勇奋战,使敌人几日来不能前进一步。”③相较于前文,1939年雷焜灼的《光华门歼敌记》更为准确地记录了南京保卫战的关键一幕——光华门攻防战:“不到一小时的肉搏混战,把进门的敌人全数歼灭了,遍地的兽尸和枪械,我们还没有时间去捡获,因为我们把城门克复后,就奉命接守城门。”④与日本兵经过三次拉锯冲杀,暂时守护住了光华门,这一过程中,作者还记录下了一个重要的镜头:“顽据城门洞内的敌人给我们完全歼灭了,在五十具兽尸里,发现一个是第九师团的大队长一郎:从他的身上检出军用地图和他的家人送给他的护身灵符,还有他的夫人的像片。我们把他的头颅割下来,和许多战利品呈送到司令部去。”⑤战争的细部就是这样真切地展示开来,战争的残酷体现十足。

---

① 同上,第711页。

② 同上,第711页。

③ 李西开:《紫金山战斗》,《南京保卫战——原国民党将领抗日战争亲历记》,文史资料研究委员会编,北京:中国文史出版社,1987年8月,第173页。教导总队的作战情况在周振强的《教导总队在南京保卫战中》、彭月翔的《从坚守阵地到北撤长江》等文章中也有细致记录,同见前集。

④ 雷焜灼:《光华门歼敌记》,收于《抗战实录之一:卫国血史》,第708页。

⑤ 同上,第709页。

从《中山陵前血战追记》的补记到《光华门歼敌记》的发表，这一时段还有一些述及南京保卫战的通讯报告，如《当南京被虐杀的时候》《永不忘怀的南京》《我是怎样退出南京的》等，但这些作品述及抗争的笔墨不多。

汝尚的报告《当南京被虐杀的时候》记述了首都卫国官兵最后的鏖战。“外面的炮声很疏落的响着，我听得出那是在狮子山以及紫金山一带所发出的吼声，但是，机关枪和步枪声，像暴雨来到时的雨点一样密集，并且从东南角伸长到城中一带”，①“城里敌人密集的射击，只换得我方几声疏落的回音而已。但在城外下关一带，迫击炮与机关枪的声音，好像整个长江在沸腾着，我明白这一切的现象了，我知道南京的命运是怎样被判定了”②。同月，戾天的《永不忘怀的南京》③由汉口战时文化出版社出版，其视野较为开阔，首先写到“血战的经过”，从上海撤退说起，介绍了南京卫戍部队的大体建制，日军的进攻路线、策略，描述了“生平第一次目击”的南京空战，守卫淳化镇的王耀武、张灵甫守军，赛公桥的程智团长，继而是雨花台、中华门的失陷，最后是守军撤退。对这一较大范围进行战况扫描，在当时实属不易。作者不信赖“鼓楼难民区”，便随着溃散的人们亲历了挹江门的逃生之苦：“挹江门已经关闭了两个，剩了一个又开了一半，还堆了许多沙包。有几个人力车倒在地下，一个不留神，人便跌倒了，后面的马上从他身上走过。这样，城门里的缺陷，立刻用人填平了！走在上面，软绵绵的好像在沙发上走着。”④而在下关码头，“码头上都站满了人，可是都没有船”，作者到浦口后又听说了逃出南京的各种传闻，真是“可叹可泣”。作者在文末说：

> 我们知道，在我们手中失去的土地，要从我们手中夺回来。使一篇血账上永远没有透支，我们要一点也不气馁，学曾国藩的屡败屡战，抗战到底，直流到我们最后的一滴血。那么，才能把握住最后的胜利。⑤

这篇报告被收入作品集《东战场上》，是一篇较为及时、全景式地书写南京陷

---

① 汝尚：《当南京被虐杀的时候》，载于《七月》第二集第二期，1938 年 2 月 1 日。
② 汝尚：《当南京被虐杀的时候》，载于《七月》第二集第二期，1938 年 2 月 1 日。
③ 作者戾天自叙，创作于 1938 年 1 月 13 日“建阳驿”。
④ 戾天：《永不忘怀的南京》，收于《抗战实录之一：卫国血史》，第 704 页。
⑤ 同上，第 707 页。

落的散文,确实较为全面地写出了南京保卫战的客观事实。1938年7月,由《宇宙风》发表的《血泪话金陵》①记录了大屠杀幸存者覃氏所见证的卫戍部队在大行宫附近对日军的反抗,而《首都沦陷记》是多位亲历者所诉情况的概述,个人色彩较淡,记述了我军"悲愤撤退"、难民进入安全区、"巷战开始,冲锋肉搏"②等等。

1938年7月1日,倪受乾的《我是怎样退出南京的》③在《七月》发表,是一位本想"死守南京"的武排长的"口述史":"我们辜负了一切已失和未失的土地上的人民的期望,一切为祖国牺牲了(的)灵魂都将感觉不安,而最可恨的是在这毫无计划的撤退中,损失了无数的财产(军火和给养),成万的未发一弹的弟兄都成了瓮中物!"1937年12月12日,绝望的南京难民、败兵从南至北不断地涌向了挹江门。作者恰恰在这时找到了一个最佳的观察视角,他在"人群汇集成一条泛滥的洪流中",侧耳倾听:"空际交织着一切人类所制造的器物发出的繁响;震动着人们刺耳的忘形的叫喊、叱喝、叹息和谩骂……"在挹江门的城楼下,作者用抓拍的大大的特写镜头:"一个大得出奇的脑袋在我眼前晃动……用脚趾细一探摸,竟是一个人头。"眼前发生的一切,甚至让人产生幻觉:"自己和一切旁的似乎着了魔的人们,正在进行着一件什么事?"如果这就是退却,"这退却未免太突兀,太离奇!"卫戍部队的排长无法相信现实,进而质问现实,直至拷问人性。南京城逃亡的人们在彼时彼地承受着对人性最大的考验。同样,当时下关码头的众生乱象也被武排长尽收眼底:

> 从城里涌出的人流,继续不断的增涨着,码头上有承受不了的样子。各种声调的方言啊,各种情调的呼喊啊,而枪声又到处毫无忌惮的响着,粘附着这痉挛的大城市的一切,喧杂而综合的响声,散布得辽远而广阔,好像某些野兽群的可怕怒吼。人们都丢弃了一切其他的意念和良心——只挣扎着力求把自己的生命带向扬子江的彼岸去!

---

① 林娜:《血泪话金陵》,载于《宇宙风》,1938年7月第71期。

② 陈鹤琴、海燕:《首都沦陷记》,收录于蔡玉洗主编:《南京情调》,南京:江苏文艺出版社,2000年9月,第391页。

③ 倪受乾:《我是怎样退出南京的》(自叙创作于1938年4月9日),载于《七月》第三卷第五期,1938年7月1日。

扬子江畔的无序、无助、无奈，不免令人想到钱仲联的七律《舟过金陵不停泊待舟不得登者万人》，而此时更为严峻，日军已经突破了南京城垣的防线，日本海军舰艇也即将来袭，生死攸关的时刻到了。武排长如同一个局外人，他敏锐、镇定、深入地回顾，他已然不再为个人的生死忧虑，只是做出悬在空中的姿势，闪烁冷峭的目光："江边依旧是惨淡而扰攘的，仍然有些贪求着生的人抱着木板滑向江流中去，好像他们情愿将生命埋藏在波涛里。"对于守军溃退和民众逃离，这里刻画得前所未有的通俗、流畅、深入。

在逃亡乱象的境遇里，《我是怎样退出南京的》也塑造了卫戍军人的铮铮铁骨形象、可贵的品质、壮美的身姿——武排长：

> 我镇静而严厉的发出最后的命令：
>
> "把刺刀上起来，子弹压上膛！"
>
> 出乎我的意料之外，回答我的是一片沉默，四十八双可耻而怯懦的膝头零零落落的屈向地面，他们中的一个颤抖着嗓子：
>
> "报告排长，为什么我们要冲出去呢，多少万人并不……"
>
> 好像一个响雷震破了我的耳膜，全身的血液无节制的奔腾起来。

然而，武排长不是一个人在战斗，步兵上士徐金奎的孤注一掷也令人肃然起敬。他们一同作战，"这不是一场战争，而是雠仇相遇的恶斗"，"八小时的格斗，完全在我们的记忆中重现了一次，最后，我们相互来一个总结：37～41，两人相对会心的笑了"。保卫战虽然失利，但是抗争仍在。

武排长与徐金奎辗转越过了三个山头："十七日的夜晚，寒冷而凄凉，天上朦胧的月色，从破碎的瓦片中筛落在满布灰尘的神龛上，小庙底破碎的墙，透进来尖利的风，并且断续的吹进栖霞寺底夜深的钟声。"二人不能入睡，这时庙宇内闯进一个"手上执着一柄闪光的刀"的劫匪。国都已经沦陷，生死存亡逼迫着每一个人，"劫匪"带来了恐怖，也具有戏剧性，是徐金奎消灭了这个趁火打劫的人。更离奇的是，第二天早晨，撑船的老者主动联系他们："要过江吗？五只洋一个人。"武排长与徐金奎乘着小船驶向了江北。

凭借作者倪受乾的叙事能力，文章呈现出退却的南京卫戍军人的慷慨、沉重、冷峻，又不失风骨，继而鼓舞了抗战的士气。"退出南京"是从转战到脱险，成为名副其实的"退出"，这给南京保卫战失利的晦暗添加了一点亮色。纵观全文,可以说,《我是怎样退出南京的》达到了此类报告的最高水平。

在日军进攻南京的路上,也有许多日本随军记者、随军作家跟进,直到进入南京。例如,作家大宅壮一见证了中山陵附近的战斗,他在“《改造》杂志昭和 13 年 2 月号上发表了一篇题为《从香港到南京入城》的报告文学”,在其第二章专门描写攻陷南京的情况:“只有我怎么也睡不着,于是又一次登上了屋顶。战斗的中心位置已从中山陵移到了中山门,战斗似乎异常激烈,仔细听好像能听到枪炮声和工兵进行爆破的声音,甚至还有人的喊叫声。冬季少有的温柔月光笼罩四周,一派秀美……不,是肃穆的景象。”①

图 1.2　漫画《南京陷落以后》

图片来源:《集纳周报》,1937 年 12 月 18 日第一卷第二期,第 27 页

至于南京陷落,日本全民为之狂欢鼓舞。那些日军在南京攻略战过程中写下的诗歌与庆祝南京陷落的作品都成为侵华文学的一部分。有学者明确指出:“日本军国主义发动侵华战争后,举国上下都处在战争的狂热中。本来属于文字游戏式的消遣性的、纯审美的和歌、俳句等,也很快成为战争的工具。”②在各种体式的侵华诗歌中,有战线上的将士留下的“阵中日记”诗,如华中派遣军总司令松井石根大将、第十六师团长中岛今朝吾中将及第

---

① 《大宅壮一先生来前线》,《见证与记录:南京大屠杀史料精选(日方史料)》,张宪文主编,南京:江苏人民出版社,2014 年 12 月,第 524—525 页。

② 王向远:《日本侵华史研究》,《王向远著作集》(第 9 卷),银川:宁夏人民出版社,2007 年 10 月,第 106 页。

三十旅团长佐佐木到一少将等就“有诗为证”[1]。有以被占领的中国城市为题名的诗歌集，如《歌句集·南京》；有诗人专门书写的新体诗，如佐佐木信纲的《南京陷落》；还有大量向日本前线官兵慰问的诗等等，不一而足，显示出日本全民“膺惩支那”的心声。

佐佐木信纲以“南京陷落”为题创作新体诗，有诗句如下：“皇纪二千五百九十七年，十二月十三日午后十一时二十分，大本营陆军报道部发表了公报：‘十三日傍晚，敌人的首都南京被完全攻克。’十四日早晨，我手里捧着这份公报，激动地颤抖，泪流不止，沾湿了面颊。我大日本帝国靠神明的庇护，靠大元帅陛下的皇威，终使敌人首都南京陷落。”[2]很难体会出这首《南京陷落》具有美感，但如同简报式的文本却毋庸置疑地确证中日两国间发生了一个“划时代”的大事件。大元帅松井石根有汉诗为证，确认南京陷落，如《奉祝南京攻略》(1937 年 12 月 18 日)：“灿矣旭旗紫金城/江南风色愈清清/貔貅百万旌旗肃/仰见皇威耀八纮。”[3]他还有《南京入城式有感》(1937 年 12 月 18 日)：“紫金陵在否幽魂/来去妖氛野色昏/径会沙场感慨切/低徊驻马中山门。”[4]据日本随军记者说，日军入城式当天，诗人西条八十在场，之后这位诗人在杂志《话》上发表了歌颂入城式的诗歌[5]，而且，《朝日新闻》社在12 月 19 日开始为庆祝攻陷南京征集颂歌《皇军大捷之歌》，“到截止日那天，十天内共收到应征作品 35991 首。评委们从中选出了一首当选作品和五首佳作，当选作品的作者是在大阪的福田米三郎先生，他得到了 1500 元奖金和一枚纪念奖章”[6]。这位福田先生的诗歌如下：“首都南京终攻陷，灼枪热炮手中卸。队长莞尔露笑意，登上城墙一豪杰。皇威煜煜旭日彩，皇军大捷万万岁！”[7]当时，在日本的新闻报道中还有颂扬南京陷落的作品，例如

---

① 《中岛今朝吾日记》有诗歌《第十六师团攻打南京》《和赋诗》及《12 月 15 日入城式感想诗》；《佐佐木到一日记》中有诗歌《进攻南京之歌》。详见《见证与记录：南京大屠杀史料精选(日方史料)》，第 107—109 页、第 137—138 页。

② 王向远：《日本侵华史研究》，第 111—112 页。

③ [日]田中正明主编：《松井石根大将的阵中日志》，第 132 页。

④ 同上，第 133 页。

⑤ 诗人西条八十的诗歌：“歌声话语具无息，斗大金字石墙壁。国民政府城楼上，飒飒飘扬日章旗。”参见[日]佐藤振寿：《步行随军》，《见证与记录：南京大屠杀史料精选(日方史料)》，第 546—547 页。

⑥ [日]佐藤振寿：《步行随军》，《见证与记录：南京大屠杀史料精选(日方史料)》，第 547 页。

⑦ 同上，第 547 页。

松岛庆三的诗歌《祝贺成功攻下南京的歌》①。相较而言,佐佐木到一少将的自由诗艺术性较高,全文如下:

进攻南京之歌

绵延无尽的护城河啊,
七日十日这些日子,
渡啊,渡啊,不断地渡过护城河。

于心不忍啊,
草丛下铺满尸体,
河水中泡满尸体。

悠悠四千年,
千古流淌的长江啊,
江畔是不断行进的马队。

耸立在天边的紫金山啊,
明孝陵就在脚下,
谁不感慨国家兴亡。

夜将过,黎明将至,
旭日沐浴着金陵,
城头高高地飘着旭日旗。

那遥远的东方之海,
是旭日升起的地方,
万岁响彻云霄。②

① 《太阳旗和万岁之声如怒涛、如狂澜!》,《见证与记录:南京大屠杀史料精选(日方史料)》,第605—606页。

② 《佐佐木到一日记》,《见证与记录:南京大屠杀史料精选(日方史料)》,第137—138页。

当看金陵城头到处飘扬着“旭日旗”的时候，佐佐木到一少将不禁“眼角发热”，并放言道：“我敢肯定，站在南京城头，最有感慨的人莫过于我了。”他因为多年之前在南京住过两年半，看到一个农庄式的地方如今成为一个现代化城市。他曾对中国国民党有过好感，但因为国民党“实行了容共政策，特别是蒋介石的投靠英美政策”而愤然离开南京，现在，他看到了“背信弃义的人终究要受到上帝的惩罚”。① 从他的诗中确实能感受到感情真切而略显偏执，纤细而不失壮阔的特点。

实际上，当时为南京陷落写诗的日本人已经难以计数，有资料表明，日本民众给前线的日军官兵写信，赞美并感谢他们的“英勇作战”，甚至小学生都写诗去信祝贺，日军第十六师团木佐木久少佐在 1938 年 1 月 7 日的日记中记载了这样的事，13 岁的澄子在信中写了两句诗：“无敌之皇军，一举攻克南京城。”9 岁的淑子在信中也写了两句诗：“可喜可贺啊！南京陷落、旗帜的海洋。”②为南京陷落而祝贺的行为已弥散至日本各个角落。③

三、浩劫

首都陷落后，日军便开始了有组织的大屠杀，甚至是虐杀。此时，南京的占领军仍由朝香宫鸠彦亲王直接领导。1938 年元旦，不在南京的松井石根又写了汉诗《昭和戌寅年头有感》，竟然表达了不满和决心：“北马南船几十秋/兴亚宿念顾多羞/更年军旅人还历/壮志无成死不休。”④而且有资料表明，松井在日军占领南京时还写过另一首汉诗：“以剑击石石须裂，饮马长江江水竭。我军十万战袍红，尽是江南儿女血。”这首诗被认为是松井的“盗版”诗⑤，如能确定该诗为松井创作，此等血腥诗篇无疑是地道的侵华文学作品。

直到 1938 年 1 月中下旬，我国文坛才有了关于南京大屠杀的相关报道，如《抗战三日刊》发表了《“皇军”的“王道”》《同胞的惨遇》，《血路》第 2 期

---

① 同上，第 138 页。

② ［日］木佐木久：《木佐木久日记》，南京战史编辑委员会编：《南京战史资料集》，偕行社 1993 年 12 月 8 日，第 323 页。转引自王卫星：《“报国”还是误国——战时日本民众对南京陷落的反应评析》，《南京社会科学》，2014 年第 7 期。

③ 有日本学者认为，“1937 年 12 月，日军在南京发动了震惊世界的大屠杀，而蒙在鼓里的日本国内却陷入了庆祝活动的狂热之中，日本佛教界为此也特意举行了‘胜利庆祝会’‘感谢皇军法会’等活动，高调‘庆祝’侵华日军攻陷中国首都一事”。详见［日］山内小夜子：《南京大屠杀与日本僧侣》，芦鹏译，《南京大屠杀史研究》，2012 年第 1 期。

④ ［日］田中正明主编：《松井石根大将的阵中日志》，第 143 页。

⑤ 陈福康：《杜宣痛斥日酋屠城诗》，《杜宣纪念集》，2014 年 4 月 1 日。

发表了《逃出南京难民区》等。而刊载于1938年2月1日《七月》刊物上的《当南京被虐杀的时候》(作者汝尚)多年后被收录于文学史,是十分具有影响力的报告文学。汝尚坦言道:“南京今天一变而为血腥的地狱,那吃人喝血的魔鬼的残酷行为,绝不是我这只无力的笔所能表现出来的。这一篇记载,仅是我个人所身受的片段报告。”[①]当时南京的防守失败,作者身患热病滞留下来,看到“十四日早晨已经到处飘扬涂着鲜红色的太阳旗了”。城陷之后最初的三天里,他看到、听说了“南京的大劫”,见证了张德老汉家人被残害的情形。从汝尚追忆的情况来看,日军的屠杀确实不是他“这只无力的笔所能表现出来的”。

1938年2月的《大公报》(汉口版)在第4版开设了“敌寇万恶录”专栏,栏目开篇即表达主旨:“现在敌寇已把奸、淫、掠、掳当成拿手好戏,在各侵占地扮演,对牠这种万恶的罪行,应该记录,藉使全世界爱好和平,主持正义的人士知晓,并唤醒国人,起来复仇!”[②]这一栏目的第一篇报告是袁霭瑞写的《陷落后的南京》。作者说:“目视我男女同胞,遭日军之蹂躏,真是言之痛心,述之流泪!”他着重记录了难民区的情况,例如,一个12岁的女孩子和一对母女的惨烈遭遇,还有“难民登记”造成许多青壮年无辜被害,估计“死者万余人”。

1938年7月的《大公报》(汉口版)分四期发表了李克痕的报告《沦京五月记》[③],这一作品涵盖了九个部分——“乞讨生涯”“南京城里”“难民区”“敌人的兽行”“市面一瞥”“伪组织”“教育与邮政”“其他”和“怎样脱险”。《沦京五月记》的文字之多、连载时间之长、覆盖面之广,在当时也不多见。李克痕是“南京某文化机关的职员”、基督信徒,住在江宁的“板桥”,当时身旁有62岁的老母和病得很重的妻子,他本人又是跛足,真可谓“老弱残废”。文章开头就提到:“残暴的敌人临去时,指着我这残废的腿,发出奇怪的狞笑,啊,就是因为这条残废的腿,我才能活到现在。”在那个恐怖时期,“残废的腿”确实救了李克痕多次。1937年12月9日,日军占领了“板桥”,他的仆人老葛即使已经60多岁了,仍然被日本人抓去当了“伕子”。十二月十日,作者一家三口四处避难,“天黑了,给人带来更多的恐惧成分,广漠惨淡的大地,越觉凄凉了,熊熊的火焰还在燃烧,除了远处传来的密密枪声,一切

---

① 汝尚:《当南京被虐杀的时候》。

② 袁霭瑞:《陷落后的南京》,《大公报》(汉口版),1938年2月20日,第4版。

③ 李克痕:《沦京五月记》,《大公报》(汉口版),1938年7月18日—21日,分别登于第2、第3、第3、第3版。

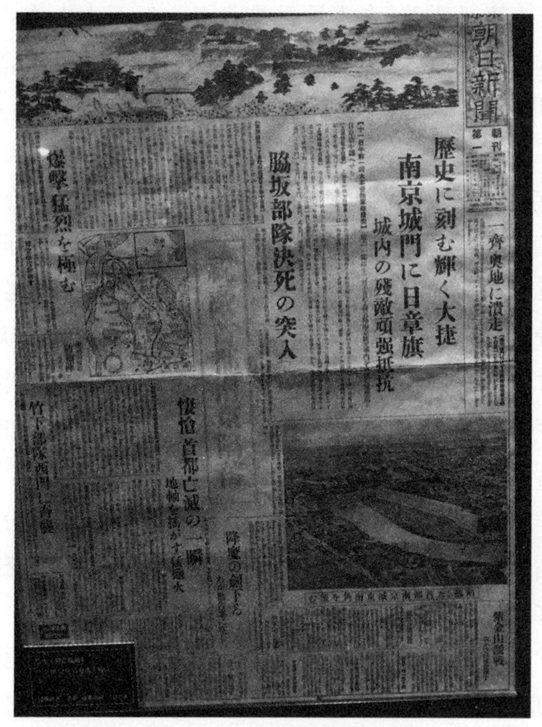

朝日新聞

歴史に刻む輝く大捷

南京城門に日章旗

城内の殘敵頑强抵抗

一齊奥地に潰走

脇坂部隊決死の突入

爆撃猛烈を極む

悽愴首都亡滅の一瞬

图 1.3 “祝敌首都南京陷落”

图片来源：摄于“南京民间抗战博物馆”

都现出死的沉默，藉着光影映出敌军岗兵的凶恶身影！”李克痕陪伴着在乱兵和火灾中老迈的母亲和奄奄一息的妻子，见证了南京的陷落。李克痕在国破家亡的这一时刻喟叹不已：“这样的乞讨生涯，过了八十余日，尝尽了人间未有的痛苦，人生的折磨！”他是个东北人，是“九・一八”的炮火造成了他无尽的流浪，如今国都又沦陷，他一个“跛足”怎么能找到出路？

《沦京五月记》还用许多文字记载了南京难民区的情况：

> 南京城里有各国所办的难民区，很早就听人说过，但进城是很困难的，要经过严密的盘查，方可进城，因盘查失言而死的，不知有多少。进城是这样危险，所以我总没有敢打进城的主意，直至今年二月间，乡下的土匪闹得越凶了，我只好决定进城去住，行李是很简单的，背上一个小包裹，同妈妈向中华门走去。
>
> 南京陷落时，尚有四十万居民困居城中，难民区成立，但房价

昂贵,一般人裹足不前,在难民区居住者十五万人左右,难民区以外之居民,多数被敌人残杀,后来难民区也失去其效用,敌军是同样的抢奸烧杀。

以上提到的南京陷落后,乡村有匪患、进城难、难民区内“房价昂贵”等等,为还原历史提供了许多可贵的细节。这篇报告最后发出号召,向同胞们呐喊:报仇雪恨!这结尾几乎复制了袁霭瑞《陷落后的南京》的结尾。值得补充的是,这两篇文章中都标明一个重要的数据:《陷落后的南京》认为南京城“因故未移者,尚有四十万民众”,而《沦京五月记》中也强调“南京陷落时,尚有四十万居民困居城中”,实际上两人都只能是不准确地估计。从后人的研究来看,他们所估计的比实际人数少,包括李克痕所说“难民区居住者十五万人左右”也同样存在问题,有资料表明,一九三七年五六月份常住人口101万人,在南京陷落时,南京人口总数应在60万以上①,其中难民区内最多时有25万人之多②。

直到1939年2月1日,《文艺阵地》第二卷第八期刊发了适越的《第七次挑选》,对南京大屠杀的报告接近尾声。《第七次挑选》出自一位南京难民之口,自然,沦陷区的实况就会被鲜活地展示出来。覃姓难民被招募到南京富贵山一带掩埋尸骸,他发现“每一坑二百人,尸骸都是老百姓,他们的手被用铁丝反绑着,在无情的机关枪炮底下死亡了”。最后逃离南京时,“男男女女脱光全身被检,但大半都被扣留了。我们从南京来时是廿一人,幸运出来的只有四人,其余的想都完了”。③ 覃姓难民经历了日本兵的七次挑选,被选中后在挹江门外遭到射杀:

同伴们的血流到我鼻子上来。

夜风伴着一些将死者的呻吟。

似乎听不见日本兵的笑语了,我略略把头抬了一下,我想望一下是不是已可以想法子逃走,谁知,还有个狡猾的日本兵站在那里,他以为我还能动弹,就用刺刀在我的身上一连戳了几下。

---

① 孙宅巍:《澄清历史——南京大屠杀研究与思考》,南京:江苏人民出版社,2005年7月,第178、186页。

② 参见[德]维克特编著:《拉贝日记》,第322页。

③ 倪受乾:《我是怎样退出南京的》,载《七月》第三卷第五期,1938年7月1日。

终于逃到了江中小岛上，他被一位老农李老汉收留，日本兵蹂躏了李老汉的儿媳，他又和老汉一家一起逃亡。这位南京难民见证了一位普通中国妇女的悲哀："她的面孔黄得像蜡，头发还是散乱的，两眼无神地望着她的丈夫，胆怯地坐在他的脚下，他却没有看她一眼。"经历了七次挑选，他还是活了下来，然而，李老汉的儿媳投水自杀了，这就是一个弱势群体的悲哀。可以说，经适越的转述，这篇报告给人们留下了沉重与持久的思考：国都沦陷，守军溃败，女人尽受戕害，男人、国家的责任何在？

在《大公报》(汉口版)《西京平报》《七月》《宇宙风》等较集中地报道南京沦陷情况的刊物中，陈鹤琴、海燕的《首都沦陷记》，林娜的《血泪话金陵》，郭岐的《陷都血泪录》，适越的《第七次挑选》都是由逃出南京的幸存者口述而成，目击者的大量报告将日军统治下的南京刻画出来。从亲历者们的通讯报告中可以知道，当时，他们主要是三种身份——其一是政府职员，其二是抗战军人，其三为战地记者。历时一年左右，前后共有十余篇文章。此类报道大多是由抗战后方出版发行的，主要出自汉口、广州、西安等地。这些报告不仅证实了南京陷落与大屠杀，更为重要的是揭露了日军侵华的暴行，鼓舞了抗战的决心，凝聚了全民抗战的精神。

除了以上的文学书写外，还有两个重要文本以独特的形式见证了南京陷落。1938 年 9 月，茅盾主编的《文艺阵地》发表了黄谷柳①的《干妈》。这一年黄谷柳三十岁，他结合个人的亲身经历写了这篇自传体小说。可以说，《干妈》是描写南京大屠杀的第一篇中国小说②。黄谷柳作为国民党党员，1937 年六月底"在庐山暑期训练团集训一周"，十二月初被派驻南京城内"协助办理粮食工作"③，未能及时撤出。《干妈》所呈现的完全是南京陷落后的场景："十二月十三日，南京的鸦群整天都飞在低云的空中，俯览着大地上人类生命的死灭，嗅着那些不同国籍的人身体中蒸发出来的血腥。"④南京保卫战失利后，暴力与死亡成为主题。小说主人公"干妈"承受着巨大的屈辱：

---

① 黄谷柳(1908—1977)，生于越南海防市，1931 年 5 月参加国民党，1937 年卢沟桥事变后"随军赴京沪线抗战"，南京陷落后藏身在难民区，"在大方巷的一家煤店内，隐蔽在一位老大娘家里"。参考《黄谷柳生平和文学活动大事记》，《干妈》(作品集)，广州：花城出版社，1990 年 5 月，第 246—252 页。

② 经盛鸿：《第一位正面描述南京大屠杀的中国作家》，《粤海风》，2010 年第 3 期。

③ 黄谷柳：《干妈》(作品集)，广州：花城出版社，1990 年 5 月，第 250—252 页。

④ 黄谷柳：《干妈》(作品集)，第 1 页。

> 有时干妈送东西就老半天不回来,每次回来就倒在床上哭个半夜,谁也不敢问她为什么哭!因为女人的哭,在南京几乎每秒钟都会听见碰见的事。我们从地下室爬起来想给她说几句安慰话,她只是摇摇头,温和而凄咽地说:"睡去吧,我受罪不要紧,我老了,就只担心你们这些年轻人不能平安出去,你们平安出去了,一切都有望了,我受罪算得什么!"伟大的干妈是因为我们而受罪了,她替南京的女人们——不,她同南京的女人们一样地受罪了。五十年来不曾受过的罪,不曾有过的恨,不曾蒙过的辱呵!①

日本的国旗在中国首都飘扬的时候,滞留南京的中国人军人和女人在心灵与肉体上遭受的压迫与戕害十分相似,而女性的命运更为惨烈。也许是因为作者一直隐匿,见证暴行不多,黄谷柳未能充分书写日本占领军的恐怖,只是听说了不佩戴"亡国臂章"危险的谣传,看到了油布密密盖着日军"军用汽车",怀疑里面全是尸体。

1939 年,一位七十多岁的南京难民逃难到重庆后,遇到陈中凡②,讲述国都陷落后所遭遇的残酷,这样就有了陈中凡的格律体叙事长诗《金陵叟》。除了小序外,这首长诗共 120 字,叙事全面,情感炽烈,诚如潭秋评语:"裂帛渍血,当志此痛,叙述悲凉,宛然乐天今乐府。"③而且,《金陵叟》④是以南京大屠杀幸存者的口吻写就的诗歌文本,开头即道:"叟从金陵来,为述金陵事。未言先欷歔,太息更流涕:'行年七十余,几曾见烽燧?岂料风烛龄,白日遭妖魅。'"相较于散文,诗歌的这一叙事方式的出现要迟一年左右,也晚于小说的同题材创作。这位南京难民年老体衰,还有妻儿,贫困潦倒,无路可走,就到国际安全区避难,见证了日军在南京沦陷后的暴行。这位亲历者的所见所闻很多都具有史料价值,其对南京城破前后的相关记录如下:

> 腊月十二日,夜半势特异。火光上烛天,杀声震大地。
> 巨炮响若雷,弹丸飞如织。妇泣兼儿啼,心胆为破碎。

---

① 黄谷柳:《干妈》(作品集),第 3 页。

② 陈中凡(1888—1982),字觉元,又名钟凡,江苏建湖人,中国古典文学家,与胡小石、汪辟疆并称南京大学中文系"三老"。先后任教于北京女子高等师范学校、东南大学、广东大学、暨南大学、金陵女子文理学院、南京大学。曾担任江苏省政协副主席、江苏省文史馆代馆长,著有稿本《清晖吟稿》。

③ 陈中凡:《金陵叟》,《清晖集》,北京:书目文献出版社,1987 年 5 月,第 10 页。

④ 同上,第 8—10 页。

次早坚城堕，满目尽殊类。枪林列森森，战车阵前卫。
狼奔而豕突，四城逞峰虿。屠戮及鸡犬，纵火遍阛阓。
曩时繁华区，一夕成荒秽。尸骸积通衢，血肉填溷厕。

《金陵叟》的记录真实、凝练，令人震撼不已。幸存者与诗作者之间产生强烈的共鸣，首都金陵促成二者精神的高度契合。家国之忧、家国之愤，在古体的诗中愈发显示出民族抗争的力量。

无论是古体诗式的记录，还是自传体式的小说，同之前提到的报告通讯一样，发挥了文学兴观群怨的作用，将民族的历史创伤与个人的伤痛一道表现出来。

第二节 国破家亡的回声

对于南京陷落，不同身份立场的人会有不尽相同的态度，甚至有相反的认识。当时，日本作为胜利者，全民为之狂欢祝贺，而大多数的中国人自然要为失去国都、惨遭杀戮而痛心疾首。就我国抗战初期的文学书写状况而言，对南京陷落尤其是南京大屠杀的伤悼、控诉，总体上是一致的。有学者这样概括："战争将所有作家的注意力集中到国家的危亡上。为艺术而艺术的实验立即成为不合时宜了。文学完全扫描生活现实——不再是个人经历的片段，而是全民族的集体经历。"①而对南京陷落的反思略显复杂，那里存在着复调的效果。

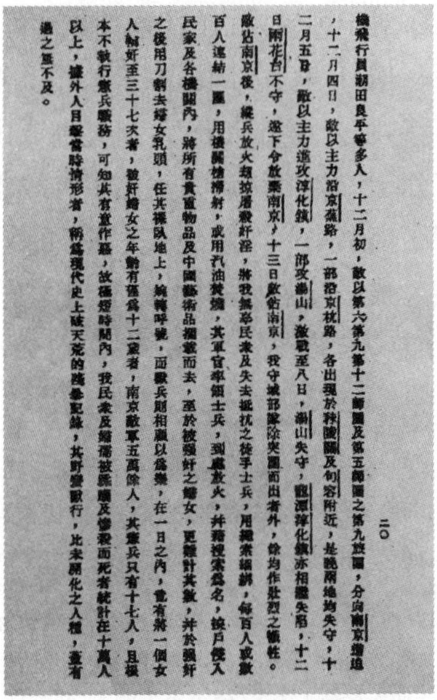

二〇

機飛行員潮田良平等多人，十二月初，敵以第六第九第十二師團及第五師團之第九旅團，分向南京壓迫，十二月四日，敵以主力沿京蕪路，一部沿京杭路，各出現於秣陵關及句容附近，是晚兩地均失守，十二月五日，敵以主力進攻淳化鎮，一部攻湯山，激戰至八日，湯山失守，龍潭淳化鎮亦相繼失陷，十二日雨花台不守，遂下令放棄南京，十三日敵佔南京，我守城部隊除突圍而出者外，餘均作壯烈之犧牲。敵佔南京後，縱兵放火刼掠屠殺奸淫，將我無辜民衆及失去抵抗之徒手士兵，用繩索綑綁，每百人或數百人連結一團，用機關槍掃射，或用汽油焚燒，其軍官率領士兵，到處放火，并藉搜索爲名，挨戶侵入民家及各機關內，將所有貴重物品及中國藝術品攜取而去，至於被強奸之婦女，更難計其數，并於強奸之後用刀割去婦女乳頭，任其裸臥地上，婉轉呼號，而獸兵則相顧以爲樂，在一日之內，竟有將一個女人輪奸至三十七次者，被奸婦女之年齡有僅爲十二歲者，南京敵軍五萬餘人，其憲兵只有十七人，且根本不執行憲兵職務，可知其有意作惡，故極短時間內，我民衆及婦孺被殘殺及慘殺而死者統計在十萬人以上，據外人目擊當時情形者，稱爲現代史上破天荒的殘暴記錄，其野蠻獸行，比未開化之人種，蓋有過之無不及。

图 1.4 何应钦:《八年抗战之经过》

图片来源:国家图书馆出版社，1946 年，第 20 页。

需要指出的是，前一节"受难和抗

① ［美］李欧梵:《文学趋势:通向革命之路，1927—1949 年》，范磊译，选自［美］费正清、费维恺编:《剑桥中华民国史(1912—1949)》，第 536 页。

争的见证”里也时有伤悼、控诉和反思的成分,例如袁霭瑞的《陷落后的南京》在文末的号召[①];黄谷柳在对小说主人公“干妈”的刻画上,着力抒发悲怆屈辱的情绪[②];而李克痕还要反思同胞的冷漠、无知与压迫,为经受双重苦难[③]抒发悲愤——异族入侵的恐怖与同一族类的残酷、相杀。但是,作为见证的文学书写,其作者或叙述人都是南京陷落的亲历者,他们多数是来不及过多伤悼、控诉和反思的,反而是分布于各地未切身经历南京陷落的人却写下了大量的此类作品。对这一点的梳理探究是本节的重点。

一、伤悼与控诉

因为没有切身经历苦难和灾害,在文学表现与传达上就能拉开一定的距离。英国著名诗人奥登(1907—1973)在抗战之初来到中国,他告诉世界:“地图会确切地指向那些地点,此刻,那里的生活意味着噩耗:南京,达豪。”[④]相较而言,中国人被日军的侵略和暴行点燃了复仇的情绪,更多地生发了对于国破人亡的伤悼和控诉。当时,湖南一地流传着一首民谣:“一字写一横,日寇真可恨,占了东北不停兵,还要占南京。”“六字头一点,南京真可惨,杀人杀了几十万,尸骨堆成山。”[⑤]1938 年 1 月,《抗战诗歌选》出版,有五六十位新旧诗诗人表达了抗战救国的呼声,其中,冯玉祥的《五万人》[⑥]表现了南京陷落的惨烈:“寇军到南京,杀我五万人。血腥闻数里,尸体如山横。残恶竟至此,举世皆展愤。我们牢记仇,我们牢记恨。若不将寇除,禽

---

① “爱国的同胞们,我们只有积极抗战,与敌一拼,抱着有我无敌、有敌无我之决心,失地可复,同胞可救,不要偷活苟安,现在贼寇屠杀吾之同胞如宰鸡犬,实在难以忍受,同胞们,赶快奋起!”

② “她鄙她那些人类的屠手,憎恨那些满脸横肉竖起脚走路也不像人的动物,她用啐口沫来表示她的厌恶……时常念着这一句话:‘天是有眼的,杀千刀的东洋鬼子看你那天尸也脱不面(回)去!’”以上参见黄谷柳:《干妈》(作品集),第 6 页。

③ “在荒野里露宿,南国的冬天,是阴湿且冰冷的,但找不到住处,后来租来一处猪圈棚,那是妈妈向人家跑了半天,磕了不少响头,并密许以每月租金两元方弄到手。”“于是遍地土匪起来了,敌人烧杀淫掠的来残害我同胞,这些无知识的土匪们,好似忘记了他们是中国人,唉,我只好承认他们是一种可怜人!”详见袁霭瑞:《陷落后的南京》,《大公报》(汉口版),1938 年 2 月 20 日,第 4 版。

④ [英]奥登:《战争时期》,选自《奥登诗选:1927—1947》,马鸣谦、蔡海燕译,上海:上海译文出版社,2014 年 5 月,第 268 页。达豪(Dachau),这个城镇在 1933 年被德国纳粹辟为集中营,有 2.5 万人被屠杀。

⑤ 《十字歌》,转引自田涛著:《百年记忆:民谣里的中国》,北京:人民出版社,2011 年 7 月,第 341 页。

⑥ 冯玉祥:《五万人》,《抗战诗歌选》,(民国)三户图书印刷社,1938 年版,第 89 页。

兽亦不如!”南京城被日军占领刚过一周,聂绀弩[1]在汉口便写下了《失掉南京得到无穷》。他的“第二故乡”已经沦陷,他为此写道:“有人不知道帝国主义国家怎样屠杀弱小民族的人民么?不知道日本法西斯蒂的疯狂到了怎样的程度么?请到中国来,在这里,南京的失守,已经不是第一次的大血战,大概也不会是最后一次的。哦!多么大的一笔血债哟!”[2]如果从中国官方来看,1938 年 6 月,由时任国民政府军事委员会政治部第三厅厅长的郭沫若拟就了中国国民政府向世界发布的文告《为日寇暴行告全世界友邦军人书》。这一公告向世界披露、控诉“日本军人在中国所演之暴行”,日军在南京犯下暴行较为明确地被提出来,“屠杀无辜之平民”,“南京沦陷后之十余日中,每日有卡车十余辆满载壮丁运往城外枪决,为数在十万左右”,“南京房屋之焚烧,继续至数星期”,“美国国旗被侮辱之事,一个月发生至十五次之多”[3]等等。

从左翼作家聂绀弩的散文、卫国将军的“丘八诗”、官方的文告,到不胫而走的地方民歌,都传达了被压迫民族的吼声。实际上,在战时中国,众多的文化人士密切地关注着首都南京的生死存亡,他们大多以诗歌的形式,自发地表达着彼时彼刻的痛心疾首。

1937 年 12 月首都失陷,国民党元老于右任[4]在《鹧鸪天》(三首)中云:“书生莫吊龙蟠里,争得金瓯带血归。”[5]杨沧白[6]在《闻南京夷军屠杀至数十万人,悲愤有作》中道:“八千子弟宵呼渡,十万人家尽闭门。黎庶心伤待

---

① 聂绀弩(1903—1986),生于湖北省京山县。少年时代就开始写诗,在《大汉报》上发表诗作。1922 年加入国民党。1926 年初,受国民党派遣,入苏联莫斯科中山大学。1928 年任国民党中央通讯社副主任,后兼任《新京日报》副刊《雨花》编辑。1932 年 2 月,经胡风介绍加入“左翼作家联盟东京分盟”。1934 年 4 月,创办《中华日报》副刊《动向》并任编辑,同年加入中国共产党。1937 年 9 月,聂绀弩和胡风等一起到汉口创办《七月》杂志。他的散文《失掉南京得到无穷》落款时间为 1937 年 12 月 20 日,后收入《聂绀弩全集》时更名为《怀南京》。

② 聂绀弩:《怀南京》,《聂绀弩全集》,武汉:武汉出版社,2004 年 2 月,第 235 页。

③ 郭沫若:《为日寇暴行告全世界友邦军人书》,1938 年 6 月 22 日,中国第二历史档案馆藏。

④ 于右任(1879—1964),陕西三原人,是中国近现代政治家、教育家、书法家,曾担任国民政府审计院长、监察院长。

⑤ 于右任:《鹧鸪天》(三首),《于右任诗词曲全集》,西安:世界图书出版社西安公司,2006 年 9 月,第 187 页。

⑥ 杨沧白(1881—1942),四川巴县人,同盟会会员,曾任四川省省长、孙中山大元帅府秘书长、广东省省长等职。

埋骨,元戎胆魄未招魂。"[①]陈中凡在《南京沦陷,和家书木感怀韵》中抒发"神州今遘陆沈危,搔首京华老泪挥"的沉痛,也期待"汗马收京终有日,首阳休长故山薇"[②]。大多数人是在1938年以后渐渐确认首都沦陷,不能不书写悲痛,借以悼念。马叙伦的《廿六年除夕》(六首之前二)写道:"亲丧国破一年中,病绕愁牵百事慵。"[③]1938年1月30日夜(除夕),本该是新年纳馀庆、佳节号长春的时候,马叙伦却怀想南京:"百官图籍尽西迁,十载繁华付劫烟。萧鼓秦淮今寂寂,可曾流落李龟年。"江西萍乡人李蓁非写《闻首都陷》(出自《啸歌初集》),诗中有言"狼烟迤逦彻陵园,无限伤心哭白门""千里丹枫江上路,栖迟多少未归魂";湖北蕲春人张余昕在《南京失守》有云:"二水三山付劫灰,倭奴犹自逼人来。京城顿失金汤固,天堑谁教铁索开。荆棘蔓生桃叶渡,鹿麋争上凤凰台。也知故物终频覆,萧瑟难禁庾信哀。"[④]湖北汉川人徐英写《金陵杂诗》(四首)道:"刁斗声惊万户秋,兴亡事变等浮云。却怜建业西风水,几送降幡出石头。"[⑤]湖南人庹悲亚写诗《哀吊》说,"国事不堪回,首都今又亡","河山余半壁,向鼎半犹真","天堑虏飞度,秦淮兵转磷"。[⑥] 抗战将军程潜[⑦]有《抗战四十二韵》,以诗纪事:"金湾旋陷落,白下顿仓皇。败卒排山倒,孱军背水戕。乘虚侵益亟,肆虐耻难偿。主帅深兢惕,偏裨尽激昂。驱驰令颇牧,筹策依平良。否极宜生泰,屯贞必返康。"[⑧]

保卫战仓促结束,首都失陷之快令人意料不到,带给国人的重创溢于言表,南京失陷与东北沦陷、津京沦陷、上海失陷有着不同的意义,尤其是将"南京"与"金陵"一同置于历史长河中思量,总是给中国文人更多的联想和

---

① 杨沧白:《闻南京夷军屠杀至数十万人,悲愤有作》,《中国抗战诗词精选》,杨金亭主编,北京:北京燕山出版社,2007年6月第2版,第13页。

② 陈中凡:《南京沦陷,和家书木感怀韵》,《清晖集》,第185页。

③ 马叙伦:《廿六年除夕》,《马叙伦诗词选》,周德恒编著,北京:文史资料出版社,1985年,第83页。

④ 张余昕:《南京失守》,见郑自修编:《荆楚诗词大观》,武汉:武汉大学出版社,1992年,第380页。

⑤ 徐英:《金陵杂诗》,《民国六百家诗钞》,杨子才编著,北京:长征出版社,2009年9月,第314—315页。

⑥ 庹悲亚:《哀吊》(二首),《天门无锁白云封——庹悲亚〈淡默轩〉诗选》,云山石屋工作室,第95页。

⑦ 程潜(1882—1968),湖南醴陵人,日本陆军士官学校第六期毕业,曾为同盟会会员、国民党陆军一级上将。

⑧ 程潜:《抗战四十二韵》,《程潜诗集》,哈尔滨:黑龙江人民出版社,1984年8月,第91—92页。

伤感，在国人的文化心理深处激荡着亡国灭种的危机意识。日军在南京大屠杀时，郑上元在皖南任教育局长，他在1938年末写下《南京屠难周年赋》："常思中华患与忧，天灾不敌倭人殴。淞沪大战刀犹赤，又扑金陵灭国都。日军暴戾丧天良，卅万军民一月亡。腥风血雨长江水，日夜呜咽诉国殇。"[①]而在任的王陆一吟唱《东风齐著力》[②]，不仅表露伤悼之情，且沉郁又感伤地叙述历史，他有小序道："二十六年十二月十三日南京失守。时在庐山讲舍，闻讯悲苦，且闻委员长痛哭别陵事，益涌澜翻之泪也。"（注：句读为笔者添加）转年，王陆一又作一组词《浪淘沙》[③]说："客心江汉，悲来未央，京国昔游，悠悠怀想。成词二十首。"表达对南京二十处景观的怀想，其中有"天下已无家""残破问京华"之句，令人心碎。而沈祖棻一路颠沛流离，辗转西进，她在《摸鱼儿·再寄慰秋》中描述："记秦淮、胜游次宴，惊风何事吹散？狂烽苦逐车尘起，经岁间关流转。归路远，叹故国、盟鸥却向巴江见。"[④]1938年秋，她初来四川后不久便创作《临江仙》八首[⑤]，词中一样是表达流离失所的怀想和悲戚，她听说国都沦陷，难免"琼楼消息至今疑"，于是只能自顾自道："画舫春灯桃叶渡，秦淮旧事难论。斜阳故国易销魂。露盘空贮泪，锦瑟暗生尘。"而沈祖棻在一首《解连环》中将失却故国故家的哀恸表现得淋漓尽致："望故国、千尺胡尘，叹零落锦囊，枉抛心力。绝塞冰霜，早催换、春风词笔。想吟残烛影，湿透墨花，彩笺无色。　京华古欢已掷。念过江意绪，同是愁客。算此日、余泪无多，便伤别伤春，忍教轻滴！满目山河，且留向、新亭悲泣。漫关心、断肠旧句，几人会得？"[⑥]这首《解连环》声声凄切，心结连环，词人在眷恋、悲戚、狐疑之后，相信了现实，南京在兵戈之后，应该是个什么样子？后来她在《莺啼序·和梦窗》中有较为全面的描摹：

> 惊烽照海，晚角吹寒，转轮叹乱旅。莫问讯、六街灰烬，翠坠红委，阵鹚横飞，陨星如雨。遥天唳雁，荒原飞燐，昏灯摇焰孤灯宿。正冥冥、水驿无舟渡。严城鼓绝凄凉，败壁颓垣，怨血黯淡焦

---

① 郑上元：《南京屠难周年赋》(1938.12)，《南京大屠杀史研究》，2012年第4卷。

② 王陆一：《长毋相忘诗词集》，第113页。

③ 同上，第117—124页。

④ 沈祖棻：《涉江词》，长沙：湖南人民出版社，1982年2月，第27页。

⑤ 沈祖棻：《沈祖棻诗词集》，南京：江苏古籍出版社，1994年8月，第55—57页。

⑥ 沈祖棻：《涉江词》，第26—27页。

土……离魂重绕江南,故国青芜,旧游认否?[①]

以上诗人、词人感时伤事,对国都失陷的伤悼缅怀,延续了乱离诗词的传统,达到了古典诗词创作的新高度,王陆一、沈祖棻等人的创作成为其中的典范。

时为中央大学校长罗家伦的诗歌《春恨》也与沈祖棻的调子相近,从这首诗前面的"小序"就可以看出:"二十七年三月得读南京美国华女士函,叙述南京金陵女子文理学院内所收容中国女难民惨状,不胜悲恸,回想该院美丽的风景,更加伤感,乃成此诗,以代哀音!"[②]实际上,《春恨》是古典气息较重的现代诗,它伤悼的对象更为具体,是金陵女子大学里的悲剧。罗家伦所提到的"南京美国华女士"就是南京金陵女子文理学院的代理校长明妮·魏特琳,中文名华群,传教士,在她的佑护之下,近万名难民免于被屠杀,被难民誉为"活菩萨"。金陵女子文理学院虽然在国际安全区的范围内,但仍有大量的日军暴虐事件发生。罗家伦身为政府教育机构的高层人物,对滞留在京的学校民众十分关注,他对"女难民惨状,不胜悲恸",在 1938 年 3 月收到信函后作诗《春恨》,共五节,其中有诗句:"滴滴的澹溜,纵然滴得穿阶前的砌石,也滴不穿我心头的积痕!""阳光,你透得过春云,你照不到我心头重重的黑影!"最后一节抛掉含蓄,更为写实:

图 1.5 明妮·魏特琳

图片来源:*American goddess at the rape of Nanking: the courage of Minnie Vautrin*, Hua-ling Hu.

何处是我当年甜蜜的家庭,何处是我心爱的人们,生离死别,饮泪吞声,孱魂留喘息,哪更能禁得,听着围墙外,敌马,骄嘶,兽军传令,一阵阵使我肉颤心惊,天

① 沈祖棻:《沈祖棻诗词集》,第 227 页。

② 罗家伦:《春恨》,载于《良友》,1940 年 3 月第 152 期。

呀！千古年来女儿，哪有过我这般沥血的春心！[①]

相较而言，古体诗作者十分及时地呼应国家、民族的伤痛，面对国难，评说大屠杀，古典诗词要比现代诗歌更显示出活力。同时，古体诗的创作愈加显示出丰富性来，具体情形表现在以下两个方面：其一，古典诗歌打破温婉哀伤的调子，加强议论、控诉的语气；其二，古典诗歌倾向于叙事长诗，较完整地反映历史事件。

1938年，霍松林远在甘肃天水，对国都的沦陷感到十分诧异，一连作诗《惊闻南京沦陷》两首，他控诉道："此仇如不报，公理更难明。""暴行污汉简，公论谴狂胡。"[②]而钱仲联的《梦苕庵诗文集》中有一组诗《闻金陵沦陷感赋八首》[③]，全诗长达320字，将南京卫守、南京城破等一一写到，虽以古典的形式，却能结合新时代内容，情境描摹恰切，思辨色彩较重。有诗句（第三、四、六、八首）如下：

三月吴淞火，终怜瓦解时。
师倾唐节度，雨湿汉旌旗。
捍海塘先破，横江阵不支。
百城坚垒在，一任铁蹄驰。

不放降幡出，风云护石城。
忽惊胡马入，先起郑蛇争。
指可舟中掬，尸填堞缺平。
可怜龙虎地，天柱一朝倾。

紫盖黄旗气，而今次下场。
鹃啼知宋乱，鱼烂到梁亡。
城郭乌头白，衣冠菜叶黄。
胡尘惊扰扰，旭帜换飞扬。

① 罗家伦：《春恨》，载于《良友》。

② 霍松林：《惊闻南京沦陷》（二首），《唐音阁诗词选集》，北京：北京图书馆出版社，2004年8月，第4页。

③ 钱仲联：《梦苕庵诗文集》，第141—144页。

兴废南朝事,凄凉忍再闻。
景阳钟不语,玄武水如焚。
径冷吴宫草,山迷晋代云。
时无奈何帝,古恨写残曛。

第一、第二首诗回顾过往,对南京国民政府抗战初期的国势、军事做了扫描,“江表占王气,蛙声已十年”表明,在金陵古都重建新都以来的十年,是繁荣发展的十年,由于外来民族的入侵,社会建设被搁置,正所谓“由来亡国恨,都到白门边”。面对日本侵略者,国民政府“草草筹前箸,匆匆议出車”,可见诗人对抗日的决策有一定的疑虑,感到有些草率。在抗战的准备上又存在军事泄密等问题,即“那知墙有耳,师早漏多鱼”,比如计划封闭江阴要塞、消灭日本军舰的军事情报外泄。第三、四、五、六、七首诗是对奋力抗击日军,南京失守、惨遭屠城的正面描写。因为有“三月吴淞火”,才使得中日战事紧急程度频频升级,只可惜淞沪抗战“瓦解”,致使“国军”大撤退,南京都城告急。于是,蒋任命唐生智为南京卫戍司令长官,奋力抵抗,“不放降幡出”,可是“捍海塘先破,横江阵不支”,“百城坚垒在,一任铁蹄驰”。诗人虽然提到南京守军的誓死抵抗,可是对防卫的不力仍有微词。此时此刻的南京城已是“月晕军氛墨,台城急纸鸢”,继而“城郭乌头白,衣冠菜叶黄。胡尘惊扰扰,旭帜换飞扬”。更令人痛心的是“忽惊胡马入,先起郑蛇争”“屠城纷白劫”“指可舟中掬,尸填堞缺平”。这正是日军破城后,南京军民无路可走、徒遭杀戮的惨状。最后一首是诗人面临王朝兴废、古恨今忧,发出的不尽的欷歔和喟叹:“景阳钟不语,玄武水如焚。”

1938年,邵祖平[①]创作了230字的五言格律体长诗《南京失陷悲感》。这篇叙事长诗同样沉郁顿挫,着重记录了南京陷落的悲惨境况,溃亡的士兵、门板上的婴孩、被虐杀的妇女,统统在血色模糊中呈现:

蹙国亦由人,悲来令狂顾。侧闻弃甲奔,夺门自践仆。
舟中指可掬,披发公竟渡。临风万家啼,门板缚婴孺。

① 邵祖平(1898—1969),字潭秋,别号钟陵老隐、培风老人,江西南昌人。1922年后曾任《学衡》杂志编辑,先后任东南大学、之江大学、浙江大学教授,有《培风楼诗存》《培风楼诗续存》《培风楼诗》等。

浮沉委江水，天亲负慈拊。石城应缺角，龙蟠俨藏怒。
妇女迫横陈，男儿困刀锯。血染秦淮碧，肠挂白门树。
断头无严颜，结缨谁子路。遂令虎罴雄，散作鸟兽惊。①

可以说，在之前还没有谁像邵祖平这样以古典诗歌的形式表达如此惨烈刺目而又真实的死难景象，古典诗词的温婉几乎荡然无存，史诗的叙事笔法将劫难之中的芸芸众生刻画得如此卑微，如此决绝，如此心痛，即使钱仲联、霍松林、沈祖棻等诗人有对这类题材的尝试，也未能达到邵祖平的水平，因为他对南京陷落的书写是如此形象、简明、全面。况且，诗人运用史家笔法，在《南京失陷悲感》的开头提到两个重要问题：其一，对淞沪抗战的关注，“三月淞沪战，荡决十已屡”，这正如钱仲联的思路——探究南京保卫战，一定要叙及“八·一三”抗战一样，因为这是两个密切相关的战役，没有淞沪会战的惨烈，就不会有南京大屠杀的结局。其二，诗人论及“京口兵莫用，铁锁沉终误”，这也是南京陷落之快、日军更嚣张的原因之一。吴福、锡澄两道外围防线未能实现应有的“马奇诺防线”效应，未能阻遏日军进攻的脚步和节奏，造成了南京保卫战很快就进入复廓城垣之战，以致都城失陷。作为诗人，邵祖平不能不从苦难的现实中脱离出来，以慰藉他人、宽慰自己，便畅言“大劫空萦臆，永别苦烧虑”。可是，现实的沉重不能不令他纠结：“国土已膻秽，读书复何慕。”作为知识分子，在这动乱灾祸横行的年代，到底有什么价值呢？实际上，诗人能够记录这个年代的苦难与暴行，告之于世人，控诉侵略者，也就体现了价值。

1938 年 6 月的《文艺月刊》第 12 期刊发了郑青士的《南京浩劫》，这是一首弹词，共 118 行，1427 字。在整个对南京陷落的文学书写中，《南京浩劫》属于通俗文艺作品的代表，在战时文艺中，这并不是个别的情况，“随文章下乡，文章入伍的口号，利用旧形式成了一时的风气”，“政府在武汉的期间，大家看是纯载通俗文艺的刊物。许多别的通俗文艺杂志，也刊载这类东西”。② 郑青士的《南京浩劫》③是一个重要的诗歌文本，通过下面列举的前 18 行诗就可以大体看见弹词的面貌：

---

① 邵祖平：《南京失陷悲感》(1938 年)，《培风楼诗》，杭州：浙江大学出版社，2000 年 7 月，第 134 页。

② 蓝海：《中国抗战文艺史》，第 65—66 页。

③ 郑青士：《南京浩劫》，原载《文艺月刊》第 12 期，1938 年 6 月。

天昏地暗鬼神愁,
骸骨堆山血横流!
无穷愤恨埋钟岭,
一片膻腥染石头。
民族沉冤何时报?
豺狼残噬几时休!
可怜呜咽秦淮水,
只载浮尸不载舟……寸寸涨新仇。
表的是南京城沦陷以后,
三十万老百姓大难临头。
也有老来也有幼,
也有男子也有女流。
谁不是黄帝子孙神明裔胄,
只落得上天无路入地也找不着门楼。
幸喜得各友邦他把难民区来议就,
谁不说应当尊重这个要求。
已然是通过了那狡狯的日寇,
山西路一带就把难民收。

弹词体裁特别,身份独特,有痛悼,也有控诉,而且记述了之前此类诗歌很少提及的内容:其一,对国际难民区的记录;其二,对日伪“维持会”的叙述;其三,在诗歌中明确地表达了民族主义的情绪。可以说,《南京浩劫》是最早如实记录南京国际安全区(难民区)情况的诗歌作品,将南京大屠杀背景下的难民区生活大体都记述到了。第一,难民区的组织者是谁?从“幸喜得各友邦他把难民区来议就”“在京的外国牧师和那外国教授,见此情形甚为发愁”“虽有那友邦善士热心奔走”等相关诗句中可得知,难民区是由南京的一些外国侨民组织的。更为重要的是,在南京陷落半年之后,这首弹词就确认这些外国侨民行为的正当性、正义性,以感激的口吻、明朗的态度表明敌友关系。第二,诗中描摹得很清楚,国际安全区并不安全。不仅有“两三万壮丁送入了虎口,一个个糊里糊涂地把命丢”,而且有“妇女们被强奸不分老幼,从六十岁的老太太到那十一二的小丫头”,其他伤害也时有发生,难民区内的抢劫成为常事:“看着了值钱的物件全行劫走,什么香烟盒自来水笔零零碎碎一体全收。金银钞票不管你有没有，男女老幼挨个搜。稍有不遂意就得挨揍，搜得你一干二净点滴不留。”除了难民区内的抢劫等恶行之外，阻挠难民区的正常工作、妨碍难民生存的事情也常有发生。同时，《南京浩劫》也首次将沦陷后南京日伪“维持会”的真实面目写进了诗歌文本。这个组织在战争期间只能沦为日军统治的工具。当然，面对这一汉奸组织，诗人更抑制不住愤恨：“更有那丧心病狂衣冠禽兽，卖国求荣甘事寇仇。陶锡三它本是齐燮元的好朋友，孙淑荣略通日语无耻下流。南京这一班汉奸走狗，组织了‘维持会’把尻子溜。”诗歌用戏谑的口吻将那些为日本侵略者张目的丑恶嘴脸表现出来。

另外，这首弹词能够宣扬民族主义精神：“劝同胞努力抗战共把国难救，戮力同心雪耻报仇。我中华土地广大物产丰厚，四万万人口种族优…… 胜利不难求。这一回南京浩劫忍辱含垢，反攻胜利杀他个片甲不留…… 一战震寰球。”也能够聚焦国难中的普通民众个体，将个人化的苦难与情绪传达出来，这是十分可贵的，例如：“奔往那难民区内不敢停留。背负着行囊衣包提在手，满眶热泪往下流！笨重的物体不能运走，关上门加上了锁听其自由。临别这故居回头一瞅，这心中好比是泼上了滚油。一草一木都是血汗金钱将它买就，一旦抛弃何日里转回头?”这一民间的视角十分朴素亲切，透露着普通民众的心声。从这一点上看，《南京浩劫》与之前的古典诗词大不相同，因为古典诗词往往表达着精英阶层、“士人”的眼光和态度，王陆一、钱仲联、霍松林、邵祖平、沈祖棻等等，他们的作品里都有着传统文人士大夫的吟咏气息，只有郑青士的弹词吐露出滞留在南京的底层人的情绪，朴实、日常、朗朗上口。当然，《南京浩劫》这首弹词也并非一般民众所著，因为弹词内容上信息量很大，国际难民区的组织、运行，大屠杀的伤害、破坏程度，日伪组织的构成等等，并非一般民众所知所及。另外，从诗句的文字功夫上也看得出，全诗虽为民间文艺作品，但用语遣词很多并非下里巴人，甚至有些词带有先锋性和稀有性，比如“残噬”“神明裔胄”“狡狯”“交涉”“劣根性”“同文同种”“东半球”“伴寝侑酒”“螟蛉”“蟪蛄”“国难”“戮力同心”“寰球”等等，可见弹词作者文思敏捷、消息灵通、学识丰厚，对于南京陷落的情形有较为全面清醒的认知。弹词可能是水平很高的文人仿作，能够做到利于传唱演说、又能唤起民众救亡图存的意识，确实达到了高超的技艺水平。

在南京陷落的最初两年里，见证陷落屠杀、伤悼控诉陷落、屠杀的诗歌作品大多是古体诗词,而现代诗歌仅有罗家伦的《春恨》和汪铭竹[①]的《控诉》等极为少数的作品。1937年11月,汪铭竹举家流亡,后来到了贵阳。1938年5月在铜仁写下了《控诉》一诗:

这故事将再没有说完的
日子。南京一座死城
白骨碰着白骨,夹着尾的
癞皮狗都掉首而去了。

熟悉的面孔,一个一个的
给毒害了,没留下一点影子。
春天虽然来了,死城里
却处处是野蛮的嘶声。

最后的殉道者呀,你们眼底,
我知道再不忍抬起;你们
卑微脊骨,再也不胜
其残余生命之重荷了。

然而埋在这死城里之尸身们
是不会不萌起芽来的。
指着这作证吧,长江里一个浪花
悄语着一个尸身:朋友,我们明天见。

这首诗收录于诗集《纪德与蝶》(诗文学社出版,1944年10月),若以创作时间为据,《控诉》是最早书写南京大屠杀的最标准的现代诗歌。诗人朋友评价他的创作风格说:"他们既不喜欢新月派的韵律的锁链,也不喜欢现代派

---

① 汪铭竹(1905—1989),南京人,1931年毕业于中央大学哲学系。1934年,汪铭竹组织新诗社团"土星笔会",创办刊物《诗帆》,坚持到1937年5月停刊,主要成员还有常任侠、孙望、程千帆、滕刚等,沈祖棻也是其中的一员,他们都是中央大学和金陵大学的学生。常任侠后来回顾道:"哲学系出身的汪铭竹首先倡议,印发新诗刊,形式要美观,内容要富有田园风味,或展示都市的忧郁。"(《土星笔会与诗帆社》,《新文学史料》,1993年第1期)

的意象的琐碎，标举出新古典主义，力求诗艺的进步，对于现实的把握，与黑暗面的解剖，都市和田园都有描写。他们汲取国内和国外的——尤其法国和苏联——诗艺的精彩，来注射于中国新诗的新婴中，以认真的态度，意图提倡中国新诗在世界诗坛的地位，并给标语口号化的浅薄的恶习以纠正。"[①]相较而言，《控诉》与《春恨》一样具有古典气息，也以现代派的样子示人。

南京陷落两年以后，伤悼国都沦陷及控诉日军在南京暴行的诗歌已不多见。但从魏冰心编写的《抗战诗歌选》的"卷头语"说明来看，1937 年到 1940 年的近三年，各类公开发表的抗战诗歌实属不少。魏冰心仅仅在报纸上就剪抄了由 250 多人创作的 500 多首抗战诗歌。而且，他说："抗战以后，我在南京，在安徽的屯溪，其后经南昌、长沙、汉口，到重庆，虽然颠沛流离，生活极不安定，而剪报、钞报、贴报的工作，仍旧没有间断……三年以来，已积了二十多册。"[②]为了"抗战建国的需要"，他从中精选了由 72 人创作的 100 首诗，在 1941 年 2 月由正中书局出版。此时，已距离南京陷落四个年头了。可以说，很难判断在战时直接书写南京陷落的诗歌总数有多少，但从现今查寻到的情况来看，首都陷落之初，感时伤事的诗歌较为丰富，而抗战后期应该是寥寥可数。

朱偰[③]的诗歌《哀南京》就被选编入《抗战诗歌选》中，依旧缅怀和悼念南京，表达失却国都的悲哀。在诗中充满着对南京历史文化的讴歌和赞美，这是以往同类题材诗歌中不多见的：

南京！你三山绕，二水萦；
　虎踞龙蟠旧有名。
峨峨紫金山，巍巍石头城；
奠都自东吴，规模传前明。
你与民族共休戚，同枯荣！

---

① 常任侠：《五四运动与中国新诗的发展》，《中苏文化》6 卷 3 期，1940 年 5 月 5 日。

② 魏冰心：《卷头语》（落款时间为 1940 年儿童节），第 1—2 页，选自魏冰心编：《抗战诗歌选》，正中书局，1941 年 2 月。

③ 朱偰（1907—1968），浙江海盐人，中国著名经济学家和历史学家。1930 年写成 50 万言的《日本侵略满蒙之研究》一书，1932 年获哲学博士学位后回国，任国立中央大学经济系教授、南京大学教授、江苏省文化局副局长、江苏省文物管理委员会副主任等职务。著有《金陵古迹名胜影集》等。

我回首遥望,写不尽的故国情!

……

南京!你城郭壮,气象宏;

十年辛苦费经营!

南北驰通衢,东西列万甍;

如何雄图业,一旦沦甲兵!

你与民族共兴亡,同死生!

那滚滚江流,泻不尽乱离声![1]

回顾南京的草木山石、古迹名胜,倍感南京的可贵和收复山河的迫切,诗人极力坦露出绵长的“故国情”“去国愁”“乱离声”“断肠声”和“恨难平”,在国族灿烂的历史文化之中映照出“雪不尽的耻辱,洗不尽的膻腥”,诗人讴歌首都:“你这民族的圣地,华夏的神京!”于是,诗人表达出“民族怒吼声”——“翦灭倭寇!恢复神京!”期待“再在民族的圣地上,发扬更灿烂的光辉!创造更伟大的南京!”在朱偰的《哀南京》中可以较早地听到文化民族主义的声音,这是对之前一般意义上的国家主义、宗族主义的一次远离,朱偰的眷恋与渴求都有着民族心理的深层需要。相较而言,《抗倭集》的诗作者陈禅心也有着共同的旨归。1941 年秋,陈禅心在南充集纳唐代诗歌名句,创作了《怀金陵》[2],有诗云“旧业已随征战尽”,“妙舞逶迤夜未休”,同样明显地表达了“国破山河在”的悲怆。文化民族主义的心理促使无数的中国人跨越界域,集体表达着对民族危机的焦虑,潘汉年[3]就可谓一种典型。1942 年 9 月,他作为中国共产党员,在南京、上海一带工作,多次潜入日伪统治下的南京,他以记梦的形式写下绝句《梦游玄武湖》(两首):“紫金山下着清秋,鼙鼓声中访莫愁。断壁残垣增怅惘,丑奴未灭不堪游!”“栖霞夜雨秣陵秋,旧日山河故国愁。遥拜中山魂欲断,低头潜入白门游。”[4]今天读到他的《梦游》,实在是别有一番滋味。

---

① 朱偰:《哀南京》,见魏冰心编:《抗战诗歌选》,正中书局,1941 年 2 月,102 页。

② 陈禅心:《怀金陵》,《抗倭集》,第 125 页。

③ 潘汉年(1906—1977),江苏宜兴人,1925 年加入中共产党。曾任《革命军日报》总编辑、左翼文化总同盟党团书记、中共苏区中央局宣传部长、八路军驻上海办事处主任。建国后,任中共中央华东局统战部长,上海市委第三书记、副市长。1955 年因“内奸”问题被判刑,1982 年平反昭雪。

④ 潘汉年:《梦游玄武湖》,《潘汉年诗文选》,上海:上海人民出版社,1995 年 12 月,第 5 页。

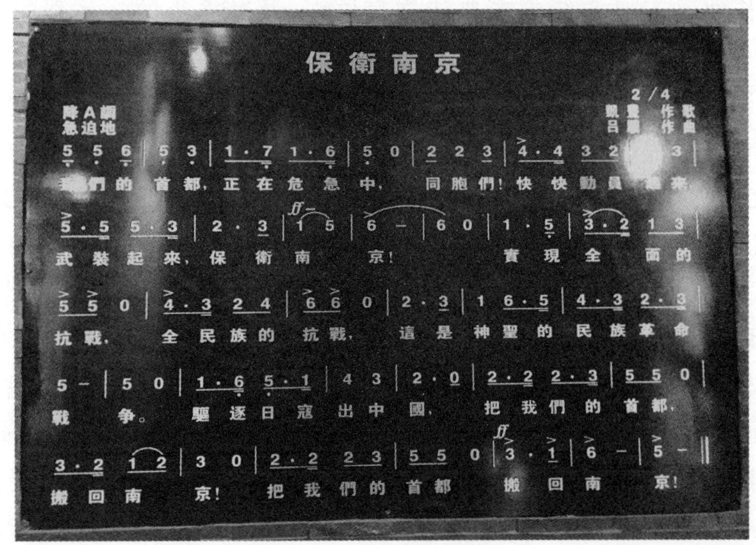

图 1.6　战歌《保卫南京》

图片来源：摄于“南京民间抗战博物馆”

另外，八年抗战期间，抗战歌曲中，《保卫南京》《首都沦陷纪念歌》《收复南京》《纪念首都》《忆南京》都是为南京沦陷而作，曲调悲壮，催人奋进。它们的歌词同样是一种文学书写的样式，一方面沉痛回忆南京陷落的惨痛经历，另一方面发出抗战到底、收复南京的呐喊。

纵观战时南京陷落的诗歌书写，无论是见证，还是伤悼、控诉，主体都是古典诗词类的作品，诗作者钱仲联、王陆一、沈祖棻、邵祖平和陈中凡都具有代表性。在南京陷落的民族危机时刻，中国文人以古典诗词的形式书写感时伤事的作品，除了因为有些诗人与南京有现实的某种亲密联系外，还与南京城的历史过往息息相关。金陵城在中国古代文学，甚至古代文化领域内的地位举足轻重，这决定了南京陷落这一题材适合再次以古典的形式呈现。正如有学者所言：“造成民国时期旧体诗词不衰的局面，是与民国这一历史场域也是一批传统文化精英们的活动时空相关……或者，至少可以说私人空间的旧体诗词的小环境，应该说这是民国时期旧体诗词依旧繁盛的最主要原因。”[①]当然，或许还有汉语自身的因素。张寅彭在《民国诗话丛编》(一)的《自序》中强调：“因为只要是以汉字作诗，便绝不应回避乃至割舍拥

① 尹奇岭：《民国南京旧体诗人雅集与结社研究》，北京：中国社会科学出版社，2011 年 7 月，第 241 页。

有悠长而又丰厚实绩的古典诗文言语汇,及其派生的一系列的表现原则。"①

当中国处在亡国灭种的危急时刻,知识分子本能地选取传统的文学形式,有利于缓解对民族危机的焦虑,有利于个人排遣情绪,与他人唱和酬答形成心灵慰藉,以致能更好地保存本族文化,实现共同的文化防御心理。②"五四以后,中国诗歌发生了巨大的变化,新诗取代旧诗而占领诗歌的正宗地位。但是,旧体诗词并没有就此消亡,它作为一种旧的形式保存下来,并作为现代的当代诗歌的一个组成部分在诗坛放出新的光彩。"③确实,抗战中旧体诗词的创作成为我国文学空间中绽放得最灿烂的一朵烟花。现代诗和民间鼓词等形式的文学书写也正预示着抗战文学的发展有新的可能性,新文学在先锋和通俗的路上需要不断尝试,做到与当下社会同步发展。总之,这些诗歌共同表达了中华民族的抗争不屈、团结御侮,乃至救国、建国的一致情绪。同时,作为一种社会记忆,对于安抚战争创伤、铭记民族历史也起到了重要作用。

二、左翼的反思

中国文学很快关注南京陷落事件,形成了见证历史、伤悼国破和控诉侵略的许多文学文本。同样,这些作品时有包含作者的反思的可能性。比如,霍松林在《惊闻南京沦陷(二首)》中探讨:"虎踞龙盘地,仓皇竟撤兵。元戎方媚敌,狂寇已屠城。"④从以上诗句中不难发现,除了强烈的民族主义情绪外,还有明显批评时政的倾向,即对国都陷落的不满,或借南京陷落来批评政府的腐败无能。因为不清楚实际战况等原因,很容易对南京陷落的责任做出未必准确的判断。以上诗句就是代表着一种反思的声音。

实际上,抗战初期,关于南京保卫战和南京大屠杀的诸多话题在文学中

---

① 张寅彭:《自序》,张寅彭主编:《民国诗话丛编》(一),上海:上海书店出版社,2002年,第4页。

② 相反地,体现在20世纪40年代汪伪时期南京的旧体诗词上的,可谓是消极地保存本族文化。正如尹奇岭所述:"汪伪政权上层人物和依附他们的一些文人,都不约而同地拿起了他们所习惯的毛笔,写起了旧体诗词,逃进了诗词格律之中,吟哦中抒发郁闷和苦恼,在互相慰藉中减轻痛苦的程度。这种情形也让我们看到了传统文化巨大包容性和对传统文化的多元利用。"(参见尹奇岭的《民国南京旧体诗人雅集与结社研究》,第179—180页。)

③ 李新宇、孟蒙:《中国当代诗歌史稿》,山东藤县印制,1985年6月,第202页。

④ 霍松林:《惊闻南京沦陷(二首)》,《唐音阁诗词选集》,第4页。

确实有一些反思和探讨，在散文文本中表现更为突出，例如范长江的《感慨过金陵》、聂绀弩的《失掉南京得到无穷》和周而复的《我怀念南京》，同时在场幕较短的剧本中也有鲜明的传达，如陈白尘的《乱世男女》。

范长江见证了南京保卫战前的迁都准备工作，在他笔下，混乱无序、假公营私的迁都场面令人感到十分焦虑："南京安全的地方，已经如此慌张，那前线数十万的将士，不知将如何过活了。"进而，可以想见，南京的慌乱将造成更可怕的后果："许多人民受了这次迁都的刺激，一部分青年官吏对于这种败北主义的表现，都起了绝大的不安。他们怀疑抗战是否还有前途，他们恐惧中华民族是否还可以复兴。"面对首都的现实情况，范长江虽然不断地弘扬抗战精神，却也不能不透过现象做本质问题的批判。他深入剖析了政府对于迁都的舆论动员不够，新闻消息的机械刻板，以致普通民众"大家每天都抢着看报，但是谁看了报也不肯相信"，甚至官民都陷入恐慌和颓败之中。为解决战时这一混乱问题，范长江热诚而尖锐地指出："为了抗战，为了保障我们自己和子子孙孙不做奴隶牛马，我们要刷新政治机构，能如前线将士一样，发出强大的支持抗战的力量。"①

如前文提到的，聂绀弩在南京城陷一周后创作了《失掉南京得到无穷》，但他在文中不着重表达悲愤与控诉，主要反思政治腐败问题，所以他期待"失掉南京得到无穷"：

> 然而南京的失守，对于全面抗战绝不算是严重的打击，刚刚相反，在无意中倒给予抗战一个莫大的帮助。②
>
> 中国的政治机构如果不改革，政治舞台上的人们如果还不觉悟，一定无法抵抗。③

1938年1月31日（农历春节），年纪轻轻的周而复④在避难的孤岛上，

---

① 范长江：《感慨过金陵》，《范长江新闻文集》，第708页。

② 聂绀弩：《怀南京》（《失掉南京得到无穷》），选自《聂绀弩全集》，第236页。

③ 同上。第241页。

④ 周而复（1914—2004），原名周祖式，生于南京，现当代作家，1933年秋考入上海光华大学英国文学系。20世纪30年代，周而复参加左翼文艺活动，参与创办《文学丛报》，刊登鲁迅、胡风等人的文章。在"左联"小说委员会主办的《小说家》担任编委。1936年，出版了他的第一本诗集《夜行集》，1938年，周而复从上海光华大学英国文学系毕业，旋赴延安，在陕甘宁边区文化协会任文学顾问委员会主任委员。1939年2月加入中国共产党。

写下了《我怀念南京》,他对生养他的南京那片土地是多么熟悉和眷恋,他盼望着回到南京去,然而家乡已经沦陷。周而复写道:“南京生长了我,养育了我,我饮着长江的乳浆成长起来……我可以像一部活的历史似的,告诉你他们过去的一些陈旧的故事。”令人诧异的是,家乡被日本人占领了,思乡情切的作者首先写下的是“一些陈旧的故事”:“我亲眼看着你受军阀无端的任性蹂躏,这使我的记忆上留下了难以磨灭的痕迹,使我到今天也忘记不了那些血腥的故事,那些充满了中世纪黑暗时代的气味的残忍行为。”能够铭记中国军阀混战时期的“那些血腥的故事”,不免让人猜想,作者要用曲笔来挞伐日本侵略者,然而作者是这样叙述现实的:

> 国民政府成立了,南京也做了特别市。蒋介石一伙反动势力统治了南京和一些城市,给人民带来的并不是幸福和自由,却是灾难和屠杀。表面上只是一条条柏油路在狭小的古老街道上开辟起来了,一座座新式的建筑在古老城市里繁荣起来。然而给日本侵略部队一轰炸,这些都变作了瓦砾场。毁灭吧,这古老的城市。在荒芜的废墟上,我们已建下了新的希望。①

家乡已被日军变为“瓦砾场”,周而复却表现出异常的兴奋,最后结尾说:“它现在犹如一个受了创伤的战士,倒在扬子江边了,遭到日本法西斯军人凌辱!但不久,我相信它会像巨人般的又站了起来。”②以上的表达是一种很奇怪的反思,实在吞吐杂糅,不免令人困惑。

1939 年,陈白尘创作了三幕话剧《乱世男女》,这一话剧具有强烈的社会介入性,针砭社会时弊,具有突出的效果。《乱世男女》第一幕③的时间背景就是 1937 年 11 月,“南京弃守前半月”,剧本第一场地点在南京某车站。在二等火车厢内,挤满了逃难的人,有记者、编辑、诗人、翻译家、委员经理、科长夫人、秦淮歌女各色人等。经过二十多个小时的等待,这一节火车厢就要开动了,各种面貌就呈现出来。从车窗爬上来的科长太太大嚷着:“在南京,一遇到警报,我总是带着这个箱子跟马桶!箱子嘛自然是些要紧的东

---

① 周而复:《我怀念南京》,《周而复文集　散文·札记》(上部),北京:文化艺术出版社,2004 年 5 月,第 60 页。

② 同上。

③ 陈白尘:《乱世男女》,《陈白尘选集·第三卷》,成都:四川文艺出版社,1988 年 7 月。

西，就是我的命！可是这个，马桶呀，我要是不带着，简直一天日子也不能过！”南京《中国月刊》的编辑吴秋萍十分不满地说：“真讨厌！这些人乱逃，逃到哪儿去呢？为什么不死守住自己的家乡呢？”很有名气的女诗人紫波倚窗吟哦：“南京！雄伟的紫金山啊！明媚的玄武湖啊！再会罢！——哦（潸然欲泪）‘山育娜拉！’南京！”在第二场的某荒村小站，长时间停车，人们就大讲特讲轰炸南京、上海来解闷。关于抗战，徐绍卿经理与徐太太的对话很是精彩，徐绍卿说：“抗战到底吗，也要看我们的实力呀！依我们的实力说，不已经到底了么？”徐太太倒是说了几句实话：“我们的实力不是还很雄厚么？像我们，对抗战什么都还没有做！”全车的人大都饥肠辘辘，大家眼看着秦淮歌女王银凤吃着面包、饼干，无法抗拒诱惑，最后分享了那难得的“粮食”。诗人王浩然向紫波大赞道：“这王小姐不是一位平凡的女人！”女诗人似有共鸣：“这是一个伟大的同情！”可是之前她还认为这秦淮歌女是个“没有灵魂的女人”。众人吞食面包的时候，没有人给贫穷的小女孩儿留出一片。后来，为了躲警报，众人慌不择路，又踩踏着王银凤逃下了火车。

陈白尘的这部话剧就是在抗战的背景下展开的，一个二等车厢就是南京陷落前夕中国的缩影。在剧作家的眼里，抗战初期的中国民众有着各种各样面孔：苦难的底层民众，不仅要流离失所、风餐露宿，而且要承受他人的排挤、侮辱和抛弃，而那些所谓社会上有地位的人却颐指气使、作威作福、虚情假意、装腔作势、人面兽心。《乱世男女》就是这样一部讽刺喜剧，将抗战与喜剧很好地结合起来，鞭挞了这个民族的丑陋和黑暗。

以上反思性的文学书写在抗战之初多未及时面世，有的到了 20 世纪 40 年代初发表，有的甚至只是静悄悄地被收在作者的文集中。可以说，范长江、聂绀弩、周而复、陈白尘的作品完全不符合“前线主义”的要求①，他们当时仍然坚持左翼文艺的批判精神，甚至用带有阶级分析的眼光在思考南京国民政府对日抗战的问题。当然，在抗战文艺的大背景下，这类文学书写同样是有价值的，不仅体现出文学创作的多种可能，多提供一种审视的角

---

① 陈白尘在《乱世男女》的单行本“自序”中认为，创作该剧是“盛大的欢喜”，是分界线——“把我生活与写作中的一些浪漫主义的残余，给肃清了”。但该剧发表后，“横遭各式各样公开、半公开的攻击”，因为“暴露太多”“动摇抗战心理”，似乎唯有冯雪峰明确地肯定这剧作，说陈白尘与创作《华威先生》的张天翼一样，是“有胆量的作者，已经着眼到社会的矛盾”，《乱世男女》“应该列入作为我们文艺发展的标志的好作品行列里去”（1946 年）。详见陈虹、陈晶：《陈白尘年谱（二）》，《新文学史料》，1989 年第 2 期。

度,而且也确认了新文学作者的发掘能力。

总之,南京陷落前后,中日两国民众及欧美在京的观察家都被隆隆的战争的车轮所震撼,尤其是我国人民,被其碾压而过,深受其害。对南京陷落进行书写的作者表达着各自的情绪,甚至完全相反的思绪,那些日本侵华文学成为对南京陷落的一种独特的见证。而我国"在抗战的初期,每个作家却几乎都为当前的伟大急遽动荡的时代而惊诧。战争激烈的改变着社会的一切,所有的物事均因失去和平时的均衡而失掉了常态"。① 最初关于南京陷落的文学书写就是在"失掉了常态"的文学环境里激发出来的社会记忆、个体情绪。在大量的抗战诗歌、散文、小说、剧本里突出地表达了被侵略民族的见证、伤悼、控诉及反思的意识,尤其是在南京大屠杀事件上以文学的形式反映出一个民族不屈的身影。②

① 蓝海:《中国抗战文艺史》,第 35 页。

② 关于南京陷落后的文学书写,在战时阶段表现得十分丰富。本章中的大部分内容均已公开发表,其主题均为"战时的文学记忆"。有的侧重于非虚构性书写,在《贵州社会科学》(2016 年第 2 期)刊出;有的侧重于古典诗词书写,在《齐鲁学刊》(2018 年第 1 期)发表。

第二章　战时小说家的典型叙事

从20世纪中日战争爆发初期开始，不仅有大量的纪实文学、抒情文学，而且还有许多篇幅较长的虚构性叙事作品。关于南京陷落题材的此类作品主要是小说，其创作者大多非南京之战的亲历者。而且，这些小说也不只是中国小说家所作，也有日本、美国作家的创作。在1937年至1945年的八年里，世界多个民族的作家聚焦同一个历史事件：南京陷落。这是一次十分罕见的精神遭遇战，在这场精神之战里，既能看到同为东亚交战国双方作家的叙事内容、创作倾向、书写水平和精神脉络，也能看出彼时那些作者共同注目南京失陷时，并不存在客观的立场。当时，作家阿垅听说石川达三创作了《活着的士兵》之外，还有日本作家写出了有分量且“写作态度”优于中国作家的情况后，便决心“雪耻”：“我不能让敌人在兵器上发出骄傲一样，在文字上也发出他们的骄傲来！我们要在军事上胜利，也要在文艺上胜利！”①而美国女作家赛珍珠的《龙子》在书写人性的同时，也毫无疑问地为南京大地而歌哭。这样看来，想要战争时期的文学表达能够逾越民族、国家等具体的现实问题，是非常困难的。仅从中国作家的抗战小说看来，这个时期正是新文学面临考验和抉择的时候。

第一节　攻防战：《活着的士兵》与《南京血祭》

南京失陷不久，日本记者石川达三②来到中国沦陷区，做了实地采访，

① 阿垅：《后记》，《南京血祭》，北京：人民文学出版社，1987年12月，第228页。

② 石川达三（1905—1985），生于日本秋田县平鹿郡横手町。1924年关西中学毕业。1925年入早稻田大学，中途退学，在《国民时论》社任编辑。1930年移居巴西，回国后发表长篇见闻录《最近南美往返记》。1935年发表中篇小说《苍氓》，描写日本移民在巴西的遭遇。1937年末，根据实地体验创作小说《活着的士兵》，反映日本侵略军杀戮中国人民的罪行，遭到查禁。第二次世界大战后曾任日本文艺家协会理事长、日本笔会会长等职，另有代表作《武汉作战》《金环蚀》等。

回国后仅仅用了十天的时间就创作了《活着的士兵》①,并于1938年2月在日本发表。这部小说总体长度达到了中篇小说的规模,是世界上第一部描写南京陷落、南京大屠杀的小说作品。一年半以后,阿垅②创作了与《活着的士兵》长度相当的小说《南京》(后称《南京血祭》③),同样书写了南京保卫战和南京大屠杀,是中国第一部南京保卫战小说。这两部作品题材相同,创作时间相隔不远,主要刻画了火线上的下级官兵,前者是日本侵华文学的典范,后者是中国抗战文学的代表,二者都有过创作之后不久被禁止出版的经历。在20世纪80年代,《活着的士兵》第二次被翻译到中国来的时候,也正是《南京血祭》出版的年月④。

一、世界第一部关于南京陷落的小说

1937年12月末,石川达三作为日本《中央公论》的特派员被派遣从东京出发来华,先后到过上海、苏州、南京等地,实地观察了战争的现场,目睹了战争的残酷,他了解到日军在南京等地的行为,感到震惊,于翌年一月回国后动笔创作了《活着的士兵》⑤。这部小说以报告文学的风格真实而深刻地描写了侵华日军高岛部队的行军、作战以及烧杀淫掠等暴行。他在初版

---

① 《活着的士兵》的小说原名是“生きている兵隊”,此前的中文译名有“未死的兵”“活着的兵队”。王向远先生将其改译为《活跃的士兵》,因为“用‘活跃的’来译‘生きている’,可以将侵华日军的状态生动表现出来”,并且详细考察原著字数“约合中文八万多字”。(具体请参考《中国题材日本文学史》,《王向远著作集》第4卷,银川:宁夏人民出版社,2007年10月版,第141页)在1987年12月钟庆安、欧希林的译本中,小说名译为《活着的士兵》。这里采用这一译法,以突出小说文本表达出来的存在主义的哲学意味。

② 阿垅(1907—1967),原名陈守梅,又名陈亦门,浙江杭州人。文艺理论家、诗人。早年就读于上海工业大学专科大学,为国民党中央军校第十期毕业生。参加过淞沪抗战,写有《闸北打了起来》等报告文学。1939年到延安,在抗日军政大学学习,后在重庆国民党陆军大学学习,毕业后任战术教官。1946年在成都主编《呼吸》,次年曾遭国民党当局通缉。1949年后任天津市文协编辑部主任。1955年因“胡风案”被捕,1980年获平反。著有小说《南京》(《南京血祭》),诗集《无弦琴》,文艺论集《人和诗》《诗与现实》《作家的性格和人物的创造》等。

③ 阿垅:《南京血祭》,北京:人民文学出版社,1987年12月第1版。

④ 同为1987年12月第1版印刷。实际上,1938年已经出现了第一批的石川达三这部小说的中译本,共三个:1938年6月张十方译本、7月夏衍译本、8月白木译本,参见王向远编:《日本文学汉译史》,第169页。其中《未死的兵》译本当时已被广泛接受,例如在《常任侠日记选》(1938年10月4日日记)中已提到,参见常任侠《战云纪事》(深圳:海天出版社,1999年9月,第141页);在曹聚仁《我与我的世界·生命究竟》中提到《未死的兵》,参见曹聚仁《我与我的世界:曹聚仁回忆录(修订版) 浮过了生命海》(下)(上海:生活·读书·新知三联书店,2011年4月,第627页)。

⑤ 钟庆安、欧希林:《译者的话》,选自《活着的士兵》,北京:昆仑出版社,1987年12月第1版,第2页。

自序中说:“我的目的就是要把战争的真实面目诉诸社会,让那些沉浸在胜利之中的大后方人们深刻的反省。”[①]日本国内民众对前线作战官兵的情况了解得十分片面,对日军在华的暴行并没有及时了解,因为日本军方已经实施了新闻管制。当南京陷落的时候,整个日本都沉浸在狂欢之中,亟不可待地举行盛大的庆祝活动,不仅庆祝对华战争取得重大的胜利,而且,自以为对“支那”、中国政府做了应有的膺惩。可见,当时《活着的士兵》是“不合时宜”的作品,于是,在日本出现了影响重大的笔祸事件——“这是日本全面发动侵华战争后发生的第一起,也是仅有的一起作家的‘笔祸事件’”。[②]《活着的士兵》被禁止发表、出版,因为“有反军内容,有碍时局”,《中央公论》也收到停止发行的处分,石川达三被起诉,因为他“捏造事实,扰乱治安”“违反报纸法”,最后法院判处石川达三监禁四个月,缓期三年执行。[③] 直到日本投降以后,这部作品才终于按原稿发表。

《活着的士兵》是在1938年纪元节(2月11日)写毕,作者在小说的附记中强调:“本稿不是真实的实战记录,乃是作者进行相当自由的创作尝试。故部队与官兵姓名等,多为虚拟,特此秉告。”[④]在小说中虚拟部队与官兵姓名当然不难操作,可小说的故事内容是有很多历史依据的,有学者认为,“书中的高岛部队就是以实际侵华日军第十六师(中岛今朝吾中将为师长)为模特写的”,高岛部队在华作战的路线和经过,与日军上海派遣军第十六师团的完全一样,这个师团在进攻南京的作战中,主要负责攻打紫金山,并参与了南京大屠杀的活动。[⑤] 从这个角度讲,石川达三的《活着的士兵》是世界文学史上第一部描写南京陷落、南京大屠杀的小说,要比我国小说作者叙写南京大屠杀更早,比黄谷柳、阿垅的小说要早半年至一年半之久。更为重要的是,石川达三的这篇小说不仅呈现了较为可靠的历史面相,而且作为战争题材的小说也具有十分突出的艺术水平,成为南京陷落文学书写中最及时、

---

① 钟庆安、欧希林:《译者的话》,选自《活着的士兵》,北京:昆仑出版社,1987年12月第1版,第2—3页。

② 王向远:《中国题材日本文学史》,《王向远著作集》(第4卷),第143页。

③ 钟庆安、欧希林:《译者的话》,第3页。

④ 钟庆安、欧希林:《译者的话》,第3—4页。

⑤ 同上,第4页。日军上海派遣军第十六师团在华作战的路线和经过,尤其是攻打紫金山并参与了南京大屠杀的活动可以参见《东史郎日记》(南京:江苏教育出版社,1999版)和《南京战·寻找被封闭的记忆——侵华日军原士兵102人的证言》([日]松冈环编,上海:上海辞书出版社,2002版)。

最优质的文学作品之一,关于这一点,王向远先生概括得很好:

> 石川达三的《活跃的士兵》是日本“战争文学”中罕见的,甚至可以说是绝无仅有的具有高度真实性的作品。作品对日本士兵形象的描写,对战场情况的表现,是后来出现的侵华文学中那些数不清的标榜“报告文学”“战记文学”的所谓“写实”的文字所不能比拟的。作者不仅把日军在侵华战场上的残暴野蛮行径真实地揭示出来,而且把笔触深入到侵华士兵的内心世界中,真实的描写出了他们在中国战场上丧失人性和良知的过程。①

首先,《活着的士兵》中对南京攻防战和南京大屠杀的叙写能够贴近历史真实。当高岛部队经上海一路追来,不断地攻占常熟、无锡、常州,“向南京进军”成为了一种最有力的号召,小说写道:“大家的思想都离不开南京。不论是活着进城还是战死在城下,反正要活到进攻南京的那个时刻。假如能活着进入南京,那将会洗掉这一个月的征尘,将能舒舒服服地休养一下。如果中国因首都失陷,而最后结束战斗,那么,光辉灿烂的凯旋之日便来到了。”对日军来说,攻打南京在这一点上都已形成了共识。石川很准确地把握住了日军进攻的精神旨归。并且,他还写道:“随军的中国农夫的人数也在逐渐增加。从而形成了一种特殊的情景:中国人在帮助日本人攻打南京。”这是侵略战争中常见的一种景观,客观上,中国的人力物力确实被日军胁迫利用,作者写道:“大陆上有无穷无尽的财富,而且可以随便拿。这一带住户们的私有财产,士兵们可以象摘野果儿那样随心所欲的去攫取。”这种情况在高岛部队向南京进攻的路上愈演愈烈:“由于军队前进速度快,再加上深入内地,军粮一时运不上来,况且就是运上来也要花很多钱。所以前方部队大都采用现地征收的办法来解决给养。在华北,考虑到战后的安抚工作,不管征收多少都要一一付钱,而在南方战线,除了依靠自由征收外,别无他法。”原侵华日军第十六师团士兵的《日记》印证了以上说法:“自从在‘中支那’登陆以来,我们从未得到辎重兵的粮食补给,粮食全靠征收解决。也是因为道路恶劣,辎重兵前进困难。我们每到一处宿营,首先必须把第二天

① 钟庆安、欧希林:《译者的话》,第142页。

吃的大米搞到手。”①所谓的“征收”实际上就是“去偷”，“自己没有吃的，就去偷中国人的东西。那时，觉得是理所当然的。谁反抗就杀。想要的东西都去偷”。② 而且，石川进一步强调：“征收就成了他们外出的口实，后来，又成了他们之间的黑话。特别是‘征肉’这个词变成了他们去搜寻姑娘的代名词。他们渴望找到年轻的姑娘。”所以，攻打南京的路上，这支部队烧杀奸掠，无所不为。石川的概述是很能说明问题的，作家对于战争的残酷性，尤其是侵略战争的掠夺性，较为客观地、勇敢地、难得地表现出来。

南京的外围战役很快相继结束，高岛部队西泽团一营已经感受到了，即使在南京城外，“敌军并不是什么大部队，然而一旦接近南京，他们那种抵抗时的顽强劲儿确实使人感到是在誓死保卫自己的首都”。高岛部队极为艰苦地在限期内，提前二十五分钟攻占了紫金山第一峰，就此大局已定。原侵华日军第十六师团 33 联队士兵回忆说：“紫金山激战中，仅三天就战死了大量的士兵。下了紫金山，联队里有很多同乡和朋友，遇到时就相互说：‘啊，还活着。’这成了打招呼的话。”③十二月十三日，南京陷落。小说写道：“这一天，友军对城内的扫荡空前残酷。南京城防军总司令唐生智，已于昨天携部队从挹江门逃往下关。”并且还补叙了中国人在挹江门与下关的逃亡：

> 原守备挹江门的国民党部队大约两千人，是广东兵。他们奉命把守这道城门，不让中国军队退往城外。但唐生智及其部下乘着架设机关枪的卡车，冲出城门逃到了下关。

唐生智的撤退就是在紫金山主峰被攻占之后，他召集最后一次军事会议，发布撤退令，守备挹江门的三十六师师长宋希濂后来回忆道：“十二日下午五时半我在长官部开会回师部后，即以电话令各部队严密戒备，掩护唐长官等渡江，至九时左右长官部人员已渡江完毕。”④自然不会有长官部“乘着架设机关枪的卡车冲出城门”，宋希濂所属的军队更不可能是“广东兵”，有广东

---

① ［日］东史郎：《东史郎日记》，南京：江苏教育出版社，1999 年 3 月，第 158 页。

② ［日］松冈环编：《南京战·寻找被封闭的记忆——侵华日军原士兵 102 人的证言》，新内如、全美英、李建云译，第 211 页。

③ ［日］松冈环编：《南京战·寻找被封闭的记忆——侵华日军原士兵 102 人的证言》，第 56 页。

④ 宋希濂：《南京守城战》，选自《南京保卫战——原国民党将领抗日战争亲历记》，文史资料研究委员会编，北京：中国文史出版社，2010 年 9 月，第 268 页。

兵的部队主要是南京卫戍部队中另外的两个军，唐生智回顾道："除了广东的两个军（邓龙光和叶肇部）按计划突围，宋希濂部遵照命令由浦口撤退以外，其他部队都没有按照命令实行。"①这样看来，石川也有一些想当然的叙述，小说不同于报告，"不是真实的实战记录，乃是作者进行相当自由的创作尝试"，但下关码头的乱象却被他言中，这一阶段是下关中国军队、民众逃亡的最后阶段。日军对南京城内外"空前残酷"的扫荡也开始了。小说写道："在商店的地上，到处都有中国士兵丢下的军服。中国士兵都换上了老百姓的衣服，混在难民中。饭店的厨房里扔着青天白日的旗帜，陶瓷店的二楼上丢弃着青龙刀和皮裹腿。要想只处置真正的中国士兵，变得越来越困难了。"南京陷落后，具体如何处置残兵和俘虏，石川对此未多置一词，仅仅概括为"扫荡空前残酷"，实际上，日军采取的办法就是杀掉。在之前的叙述里，石川对日军屠杀早已有探究："于是，只为一些微不足道的小事或是一些令人莫名其妙的原因，很多很多中国人就被杀掉了。以难以区分战斗人员和非战斗人员为借口的悲剧时有发生……尤其使士兵们感到愤怒的是中国兵所惯用的手段：他们被追得走投无路时，就扔掉军服，混到老百姓当中去。就连那些带着太阳臂章，被称作'良民'的人中，也可能混有脱掉军装的正规军。越靠近南京，抗日情绪越普遍。因此，士兵也更加不相信一般老百姓。""在进行追击时，所有的部队都对怎样处置俘虏感到棘手。部队本身即将开始的特殊战斗，不能边行军边带着俘虏。最简单彻底的处置是将俘虏杀掉。要是一旦将他们押上路，再想杀掉也就不那么容易了。虽然没有专门下过'抓到俘虏后就地杀掉'这样的命令，但它却是上级指示的精神。"就这样，俘虏与非战斗人员一同被杀害，对南京的情况，作者三缄其口，自有其深意或不得已的地方。德国人拉贝就在日军扫荡的现场，他在12月14日的日记中记载："在开车经过城市的路上，我们才真正了解到被破坏的严重程度。汽车每开100～200米的距离，我们就会看见好几具尸体。死亡的都是平民，我们检查了尸体，发现背部有被子弹击中的痕迹。"②石川达三十分简洁地素描了17日中午在南京举行的入城式。没有任何夸张与繁冗，之后小说写道："市内开始稳定下来，带不带枪都无关紧要。偶尔能从倒塌的房屋暗

① 唐生智：《卫戍南京之经过》，选自文史资料研究委员会编：《南京保卫战——原国民党将领抗日战争亲历记》，第7页。

② ［德］维克特编著：《拉贝日记》，第120页。

处发现一二个中国士兵，他们那满是尘土和污垢的脸上露出痴呆呆的表情，一经发现即被带走。除此以外，南京市几乎是一座没有任何危险的无居民的城市，是一座只有军人来来往往的空城。”“南京残存的市民都被迫迁到了难民区，据说有二十万，一千人左右的中国士兵好像混在其中。街市的其他地区，几乎看不到一个中国人。街道上只有日本军人在闲逛，到军人商店买东西或征收物资。”原侵华日军第十六师团上等兵东史郎回忆 12 月 21 日奉命警戒城内之后说：“我们在这空荡荡的大都市挨家挨户的寻找粮食。书画、窗帘、花瓶被征用来装饰着我们的房间。……一般的士兵不知为什么都有强行征用来的东西，我也有七件古董。行军途中，背包已经很重了，可我们还是不断地往里面塞入征用品。”①南京只能说像一座布满恐怖的空城，不可能短时间内达到“稳定”，中国人很少上街，他们不是躲在难民区里，就是已被杀死。大街上横陈的尸体成了最好的点缀。“大街上仍然有尸体，那些尸体由于日子长了，已经黑了，萎缩了，夜间已成为猫、狗的美食，到了第二天剩下的更少了。其中有一具尸体只剩下了一具骨架了，但头顶上却残留着头发，裹腿松松地裹在已没有皮肉的胫骨上。这些残缺不全的尸体，在人们的眼里只不过是一小堆垃圾。”细读小说会发现，陷落的南京时时都能看到中国人的尸体，似乎是故意留在那里来确认这个城市的屈服，借以恫吓中国人的反抗。

沦陷后的南京已被摧毁得千疮百孔，“大街上所有的商店都被抢劫一空，满目凄凉。南京市凡能被称作物资的东西，均不存在了，他们或者被抢走了，或者被毁坏了，或者被付之一炬，变成堆碎砖烂瓦了”。而且，作者对“付之一炬”曾着重提及两处：其一是 12 月 11 日，“深夜，南京市的大街小巷处在熊熊的烈火之中。其中有空袭引起的火灾，但更多的是他们自己放的火。在城内，中国士兵已经开始了凶暴的抢劫”；其二是南京陷落后，“谣传都是便衣兵放的火，理由是火灾总是发生在部队驻地的附近，目的是给进行空袭的中国飞机指示目标。这种谣传面很广”。小说写得似乎很明白，南京城内的熊熊烈火要么是空袭造成，要不就是中国人自己放的，而不是占领军纵火。但有趣的是，石川是个很认真的人，对于日军放火一事，小说在首都沦陷之前也早有描述：“从无锡出发的那天早晨，士兵们放火烧了自己住过的民房。实际上有许多人在出发前，故意不熄灭火堆，故意让火蔓延开去把

① ［日］东史郎：《东史郎日记》，第 205—207 页。

房子烧掉。这样做一是表示自己不再退回这座城镇的决心,二是为了预防中国的残兵再次进入这座城市。但更重要的是,他们认为仿佛只有把市街烧光,才能充分证明他们曾经占领过这个地方。”日军在占领地带不仅杀人劫掠,放火也是家常便饭,甚至这支部队专门设立过“放火班”,南京岂能例外?只不过作者“笔下留情”罢了。原侵华日军第十六师团老兵回忆道:“进入南京之后,因为城内有人从楼上向下开枪,中队长马上就发出命令:‘烧!’……这里那里就到处烧起来了。其他部队也都在放火烧城。”①石川所谓的“充分证明他们曾经占领过这个地方”在南京进一步演变为放火烧掉所有被日军抢掠的证据。正如拉贝的 12 月 21 日日记记载:“日本人开始焚烧城市。毫无疑问,他们是想要抹去他们的抢劫掠夺的罪行。”②另外一位目击南京大屠杀的德国人克里斯蒂安·克勒格尔同样做了记录,他在 1938 年 1 月 13 日写了《南京受难的日日夜夜》:“中国军队在撤退的时候,砸开并抢劫了一些粮店,也有几处发生了火灾。但是绝大部分城区在日军进城的时候完好无损。日本人用大手笔完成了一个巨作,也许唯一使他们感到遗憾的是,他们只能在各个地方一所一所地烧房子,他们恨不能一下子把整个南京城烧个精光……这种有组织的纵火焚烧开始于 12 月 20 日,自那以后一直到今天,没有一天晚上夜空不被火光映照得通红。如果有房子遗漏或跳了过去,那还要细心地给它补上一把火。截止今天,全城估计约百分之五十至百分之六十的房屋被烧毁。”③

南京陷落后还有个最为突出的问题,就是日军肆意地强暴中国女性。石川再一次采用回避法,回避到只字未提的地步。实际上,南京城门一破,日军扫荡、占领,中国女性就处于极为恐怖的危险之中,上至七旬老太下至五六岁的孩童,都很难逃过一劫。即使躲在国际难民区内,许多女性仍被强暴伤害,甚至被武装劫掠而去。原侵华日军第十六师团的两位老兵回忆道:“不管是进南京之前,还是进南京之后,强奸妇女可以说是任你随便干,干多少都无所谓。还有的人自吹‘干了 70 岁的老太婆,腰都变轻了’……还有去过只收容女人的难民区(估计是金陵女子大学吧)。在屋子里指手画脚地任

① [日]松冈环编:《南京战·寻找被封闭的记忆——侵华日军原士兵 102 人的证言》,第 106 页。

② [德]维克特编著:《拉贝日记》,第 160 页。

③ 同上,第 326 页。

意挑选,并且当场就干了。”①“那里经常有日本军官过来说‘进去一会儿’,就进校舍带走女子了。经常出入校园的不仅是33联队的,还有9师团和16师团的30旅团的。他们是开着卡车来的。白天不怎么来。一天大概来两三辆。每次来的包括军官有四五人,其中三人拿着枪。也有的时候一天来五六辆。一辆大概装20个女孩子。”②而拉贝在12月17日就清楚地记载:“有一个美国人这样说道:‘安全区变成了日本人的妓院。’这话完全是符合事实的。仅昨天夜里就约有1 000名姑娘和妇女遭强奸,仅在金陵女子文理学院一处就有100多姑娘被强奸。”③

在《活着的士兵》中,即使石川对日军在南京强暴女性的正面描写少之又少,但仍能从他谨慎的语句之间判断暴行的存在,他写到“活着的士兵”手指上平添的一个个中国女性的戒指,在西服店柜台里面,“有两具赤身露体的年轻女尸”,十分巧妙地暗示日军的暴行。其实,在日军进入南京之前,他曾写到“杀女特务”、追踪女孕妇,尤其写到堑壕旁一个农家女令人窒息的哭声:“在这夜深人静之时,那女子的哭声更加使人感到撕心裂肺,哭声在寂静下来的战场上震撼着每一个角落。她时而放声悲号,时而低声呜咽。有时既不呻吟,又不是啼哭,竟如野兽一般,‘嗷——嗷——’长吼,有时又似悲鸟低鸣。”日军士兵“内心早已被这种惊心动魄的悲哀所震动”,这哭声令他们充溢着烦闷、同情或是焦躁,于是五六个日本士兵冲出战壕刺死了这位姑娘。一切似乎恢复了平静。石川叙述得很清楚,农家女的母亲被枪杀,先于女儿死去,这姑娘的哭声是对失去亲人的痛悼、对自己孤苦无依的怜惜、对敌人的控诉、对战争的控诉、对命运的控诉。石川将日军攻打南京路上的暴行较为曲折地披露出来,并且做了深入的探析,如攻占常州后,“活下来的士兵最想得到的是女人。他们迈着大步满街寻找,象追兔子的猎犬一样搜寻女人。在华北,这种越轨的行为曾被严格禁止过,而来到这里,要想控制他们的行动却很困难”。“他们当中的每一个都变得骄横狂妄,自比帝王或暴君。如果在城里达不到目的,他们就会走出城,到远远的乡村去搜寻。城外虽然相当危险,可能还有隐藏下来的残敌,或许有的老百姓手中还有武器,然而士兵们对此却没有任何畏惧和犹豫。他们认为世界上没有能胜过自己

---

① [日]松冈环编:《南京战·寻找被封闭的记忆——侵华日军原士兵102人的证言》,第300页。

② 同上,第326页。

③ [德]维克特编著:《拉贝日记》,第134页。

的强者。在这种感情的支配下,不论是道德、法律,还是反省、人性,一切都失去了它原有的力量。”而在日军进入南京以后,石川达三却不再作更多交代。石川大体扫描了陷落后的这座空城,将慰安妇写了进来,这又是一个城市的屈服的十足证明。“走进甬道后,两侧有五六间小房,每间房里有一个女人,都是中国姑娘。她们都留着短发,抹着胭脂,在这种时候她们竟还有心思梳妆打扮,而且,对方都是些语言不通,素不相识的敌国军人,他们要在一起度过三十分钟。为了她们的人身安全,在小铁门的入口处,有持枪而立的宪兵。”平尾一等兵每天都要到妓院去,而且回来后总要对战友说:“我是去安慰亡国之女的灵魂的。”原侵华日军第十六师团的一位老兵口述道:“慰安所排成了一大溜,然后士兵就在那儿排成了一长排。我们完事了就说‘交接’‘交接’。当时里头中国女孩子很多,都是城里的女孩子,南京的女孩子,当中也有形势稳定下来以后父母带她上慰安所来的。为了吃饭,没办法呀。”①

这样看来,石川对日军在南京陷落后的屠杀、纵火、强奸等暴行并未明显叙写,但在南京陷落前的大体都已写到,并很深入,石川是采用一种正面回避,而在之前互文的写法,其隐衷值得斟酌。

《活着的士兵》在创作手法上,尤其是人物塑造上取得很高的成就。作为报社的记者、特派员,石川达三的这篇小说具有报告通讯的风格,采用跟踪采访的叙述顺序,依据高岛部队在华作战的路线步步跟进,从大沽口子牙河绕道大连湾,进而登陆白茆口,最终挺进扬子江,一个个战斗行军的场面,节奏得当。正因为主要围绕高岛部队中西泽团的下级官兵来描写,人物不多,主次分明,即使写南京攻防战如此大的场面,作者也调度得十分有层次。

《活着的士兵》刻画了日军下级官兵这一群体,将其中的官兵刻画得十分鲜活立体。偶尔写到师团中的西泽上校,也十分可感、令人难忘。例如:西泽上校默默地伸出手拿过笠原下士递过来的白薯;指挥全团攻取紫金山,亲临火线,激励将士,乃至与行军僧谈论宗教有没有国界的问题,他“虽然下令把几千名俘虏全部杀光,但同时在他的内心深处又或多或少地感到了一种悲凉和空虚。他一直认为只有宗教才能安慰这种空虚”。这都令人印象深刻。石川笔下的主要人物都是西泽团里的下级官兵——仓田少尉本来是

---

① [日]松冈环编:《南京战·寻找被封闭的记忆——侵华日军原士兵 102 人的证言》,第 107 页。

单身的小学教员，在战斗中克服了恐惧，仍然不忘写战地日记；平尾一等兵一直与神经分裂症对抗，把玩着古旧的日规，探究“支那”的文化；笠原下士没有多少文化，却是一个色迷迷的杀人狂，“是生下来就适合打仗的材料”；近藤一等兵原本是一位医学学士，他在科学、哲学和战争的关系上纠结反复，后来堕落为一个兵油子，而行军僧片山玄澄则是一个披着僧衣的杀人犯。

近藤、片山都被着重塑造。近藤的精神世界与心理空间似乎是最为复杂的。在行军战斗中，近藤渐渐想通了：“就是这样，战场上对一切知识都是不需要的。”他的堕落和变化也是最突出的一个，战争和暴行改变了他，“正如近藤一等兵曾多次向自己提出的疑问那样，在战场上，若视敌人的生命如草莽，也就不再珍惜自己的生命。这种轻视自己，不珍惜自己生命的情绪，并非是有意识地强加给自己的，而是在蔑视敌人的过程中，不知不觉地形成的”。他因为接受过科学文化的专业培养，是具有极强的反思能力的，但是，战场中他不能改变外物，只能改变自己，“近藤一等兵对战争是冷眼相看，并逐渐地向战争妥协。他不象仓田少尉那样有过深沉的苦闷，因而也没有仓田少尉那样的变化。由于对战争采取旁观者的态度，从而对一些事物也变得冷漠起来。在激烈的战斗中，他的思维日渐迟钝，对战场上的一切无动于衷。结果变成一个玩世不恭的兵油子。他只对士兵间的恶习感兴趣，学得也很快，完全是一种自我堕落，就像一个小学生变成一个小流氓一样，不仅不以这种堕落为耻，反以这种堕落为荣”。在小说结束的时候，近藤就这样再次奔赴新的战场。

石川达三还成功地塑造了一位行军僧形象。片山玄澄在战场为死去的日军士兵祈祷，从不为敌军士兵祈祷，因为憎恨。他也参加战斗，“仅在华北战线，被他杀死的人就不下二十个”，每当回想起杀戮的情形，他就“心花怒放”，他曾拿着工兵锹斜劈中国士兵的脑袋，“半个锹头深深地嵌进”，大喝着“狗东西！狗东西！”又连砍数人，“念珠在手腕上发出哗啦哗啦清脆的响声”。南京陷落后，他请高岛师长为他题诗之后：

> 他又钻进洗劫一空的古董店，梦想找到点意外的珍品，又溜入寺庙，把一件金粉已经脱落的小佛像拿出来，十分惊讶地嘟哝着：“这东西大概有相当年头了吧！”

作者用带着幽默的笔调刻画了一位宗教人士在侵略战争中的形象,片山既能附庸风雅、溜须拍马,也可以大行其盗,同时,他也不能超越民族仇恨,对于这一问题,作者有较为细致的分析:"战场,似乎有一股强大的魔力。它可以使一切战斗人员神差鬼使地变成同一种性格、同一种思维,提出同一个要求。正如医学学士近藤一等兵失去了他的知识分子的身份一样,片山玄澄似乎也失去了他的宗教……话又说回来,这也不能说是片山玄澄随军僧的责任。和平时期,他的宗教可以越过国界而广为传播,然而在战时却做不到这一点。与其说宗教变得软弱无力,不如说有一种高于宗教的东西使它无法超越国界。"实际上,佛教经由中国传到日本后,形成多种宗派,被称为"日本佛教"。"日本佛教最大的特点之一,是它与日本固有的神道教的结合,与神道的结合,也就意味着认同天皇制国家的观念。"[①]这样,日本佛教就成为军部推行战争和杀人的重要工具之一。《活着的士兵》通过对战争中的人物塑造,探及人性、宗教等诸种问题,说明在失去秩序的年代,人能做出一切恶行来。

南京如何被攻克,陷落之后发生的一切暴行,大都能在高岛部队身上找到答案。通往南京的行军路上,高岛部队的所作所为成为石川达三对历史记录、人性考察的最佳观测对象。"石川达三所老实地写出的这些人物,都并非战争的主使人,他们并非就是穷凶极恶的法西斯军阀本身,而他们是医学士,佛教徒,小学教师之类,结果却竟这样迅速地达到了和法西斯军阀的一致,这样容易自觉地毁灭着人性:我想,这才是令人战栗的可怕的事情吧!"[②]"活着的士兵"是如此可怖、可憎、可怜,让人感叹。从转移战线到攻打南京,所有这一切已成为人生大戏的布景,石川最为可贵的是他对历史和生命的思考。从生命层面探视人性的深度,无论是草莽、文人、医士、教员还是和尚,都在战争暴力的裹挟下,熔炼出露骨露筋的人性本相。小说中写道:"他们对待战友的遗骨,并不像对待普通人的遗骨那样,感到讨厌和恶心,反而感到非常亲切,就像那些人还活着一样。产生这种感情,是因为感到自己还活着不过是一种暂时的现象,说不定哪一天就会变成同样的遗骨,也许他们自己已经是活着的遗骨。"作家以极为淡定的口吻诠释生与死的界

---

① 王向远:《日本侵华史研究》,《王向远著作集》(第九卷),第509页。

② 冯雪峰:《令人战栗的性格》,《雪峰文集》(第2卷),北京:人民文学出版社,1983年1月,第78页。

限，令人不免心生悲哀，到底是什么力量在决定着人的行为，要在一起争斗？

细读小说不难发现，1938年初的石川还有一些自我言说的空间，对“活着的士兵”并不是漠不关心，而是有着绵绵的悲悯，虽然是充满着无奈。对于交战国的民生，石川达三也存在悲悯之心，他在文中多次直接表达这种同情，虽然那是属于强权、胜者的悲悯，但不造作、不夸张，因为也渗透着对人们生命的关注与痛心。他的早年不幸、英文专业素养和一度移民巴西的生活经历都或多或少地成全了他作为一个心胸较为开阔、有思想深度的作家。中日开战之初，他的悲悯对于世人都是弥足珍贵的，但随着中日关系逐步恶化、战争升级，日本国内对新闻出版管制加强，石川达三的客观与真诚就不可能有保障。对此，有学者作了高屋建瓴的评论：“日本在全面发动侵华战争初期由报纸杂志社派出的这些作家，其主观动机是协力日本侵华战争的，事实上他们的作品也或多或少、或直接或间接地起到了这样的作用。但另一方面，这些作家在观察、表现战争的时候，其角度、方法有所不同，主观意图与客观效果也不尽一致。例如，日本作家近代以来受欧洲自然主义的影响很大，注重‘事实’和‘真实’的描写，而在初期特派作家中，就有一个人由于写了一些‘事实’和‘真实’，而为军国主义政府所不容，因此招致笔祸。那就是石川达三和他的中篇小说《活跃的士兵》。”①就南京陷落题材的文学书写而言，石川是最早也是最成熟的小说创作者，能将人物、南京陷落放在生命的层面做深度开掘，这一点更为难能可贵，战时大多数中国小说家还未能达到他的书写深度。

二、中国最早的南京保卫战小说

在我国文学的发展路途上，关于南京陷落较为典型的叙事性作品是在1938年9月才出现，那就是第一篇讲述南京陷落、南京大屠杀的小说——黄谷柳的短篇小说《干妈》。如果说《干妈》具有自传性质地、简洁地写下了中国人的忍辱受难、伤痛愤懑，那么，一年后阿垅的小说《南京》（即《南京血祭》）便是较为集中、全景式独特地书写了南京保卫战及南京大屠杀，突出体现了中国人民同仇敌忾、血战到底的抗战精神。作者在其小说《后记》中说：“在这里，谨以我的小小的鲜红的心，献给从南京退却的、在惊风骇浪里艰苦卓绝把抗战支持下来、稳定下来而又坚持下去的将士们，作为四万万人中的

① 王向远：《日本侵华史研究》，《王向远著作集》（第9卷），第77页。

一人最高的感谢!"①

与黄谷柳一样,作为国民党的官兵,阿垅在南京陷落前就参加了"八·一三"淞沪抗战,并及时地写下了一些有影响力的战地报告,如《闸北打起来了》《斜交遭遇战》等。在西北疗伤期间,他就着手写南京保卫战,力图写出"伟大的作品",以对抗日本火野苇平等作家的侵华文学,他不相信"'伟大的作品'不产生于中国,而出现于日本;不产生于抗战,而出现于侵略!"②1939年10月,他就创作出了《南京》,但似乎他无法确定它的体裁:"我不敢把它作为报告,也不敢把它作为小说。"当时,《南京》在中华全国文艺界抗敌协会征文中获奖,然而它一直没有公开出版,直到1987年才正式面世。诗人绿原对《南京血祭》作了概括:"写了抗战第一年国民党政府首都南京的撤退和陷落,写了侵略者的灭绝人性的凶残、及其以凶残相掩饰的一切侵略者难免的虚怯,写了当时中国军事当局的大言壮语、及其与大言壮语下鲜明对照的腐败与无能,写了没有组织起来的人民群众对于故土的眷恋、被迫背井离乡的悲痛、及其在颠沛流离中的无助与无望,写了参战的下层官兵把自己的血肉之躯同手榴弹一起扔出去的英勇战斗和壮烈牺牲……"③也有人称之为"一部规模较小(但意义决不小)的战争史诗,南京沦陷的悲剧性的史诗"。④这些概括与认可虽是迟到的,却是较为准确中肯的。今天看来,阿垅的《南京血祭》确实是一部中国文学史上可贵的作品。

首先,阿垅突出地书写了中华民族的不屈壮举,集中地刻画了抗战人物,借此还原历史真相。抗战不仅意味着人民受难,同时也意味着民族反抗。在南京保卫战中,首先被刻画的是日军对南京的轰炸,炮兵学校学生做了惨烈的尝试性还击,城内大华戏院、大行宫、中央医院到棚户区都有落弹点,民众伤亡不少,但是南京早有准备,"黑衣的警察和蓝衣黄臂章的防护团员立刻布满街头巷尾,宪兵们乘坐着涂了黄泥和插着树枝之类作为伪装的大汽车来了,他们有的立在十字路口,有的躲在沙包垒成的掩蔽物里,有的在水泥的工事边指挥着行人"。从领导层也看到抗战决心之大,军事部署上也迅速安排,由唐生智将军任南京卫戍司令长官,"总兵力约十五万人,两个

① 阿垅:《后记》,《南京血祭》,第221页。

② 同上,第222页。

③ 绿原:《序》,《南京血祭》,第3页。

④ 何满子:《抗战初期南京沦陷悲剧性的史诗》,出自阿垅的《南京血祭》,银川:宁夏人民出版社,2005年8月,第272页。

师配备在长江北岸的浦口镇和江浦县，主力集中在长江南岸。长江南岸又区分作外线和内线”。阿垅从保卫战的全局上大体交代清楚抵抗日军的军事部署。中国在这之前，没有谁以小说的形式比阿垅更早、较全面地描写南京保卫战。

保卫战的外围到内线作战都被写到，各处的阻击战最多是能维持短暂的停火，在日军立体的迅猛进攻下，每一处战略要点的短暂优势都是大量伤亡换来的，汤山、雨花台、光华门、紫金山阻击战都是血肉横飞的场面。阿垅也描写到新兵作战的窘迫：溃退后被日军尾随而来，一同被惨烈地消灭。即使到了 12 月 13 日，“敌人的舰队和战车都到了下关。各处仍有小规模的混战：下关的守军杀死了一个游说的汉奸。紫金山有一团人突围而走。太平路上有人在破碎不堪的房屋里向游行的敌人放冷枪。南京的占领，应该是流血的终止，而事实上却相反，是流血的开始”。在扬子江面上，逃亡的中国官兵在大船之上也有高喊着“我们是中国人！我们是中国的军人！”然后与日军进行肉搏战。

小说还回顾了 1935 年 11 月首都的军事演习，直到日军尾随着上海会战溃退下的中国军队奔向首都的时候，国民政府高层也正在商议对策。阿垅十分可贵地刻画了中国最高军事领导人的形象：

> “根本没有讲和的余地！根本没有讲和的余地！我要做岳武穆，大家要做岳武穆。我要做文天祥，大家都要做文天祥！这个是——”沉毅、豪迈的黑光从大眼中跃出，疾速的扫一下望着他的头脸。“我们，我们要对得起我们的总理在天之灵，要对得起我们阵亡的将士，他们的孤儿寡妇，要对得起我们的百姓，我们要对得起我们的父母，要对得起自己。我们，我们是革命军人。这个是，讲和就是亡国！是我们革命军人、革命党员的耻辱！是违背中国人的道德！我们一定要继续打下去，打到一兵一卒，打到最后一寸土，我们，哪怕一个南京危险，就是十个南京给敌人拿去，我们也不停止，也不讲和！”

基本上，整部《南京血祭》叙述到的人物都是南京保卫战的下层官兵，为数不多地描写了军方高层，唯有这一处是对抗战统帅蒋介石作了较为细致的正面描写。在抗争的背景下，《南京血祭》刻画了许多人物，前线官兵、普通市民、村镇老太，乃至军方高层，这些人物成为南京陷落的叙事布景上的一处处光彩。有了这些人物的声音和表情，我们看到了 1937 年 12 月南京抗战的立体情境。

在日机最初轰炸南京的时候，阿垅写到两位普通民众，一个是“穿着黑布棉衣的老妇人”从城外想进城避难，“一只手抱着一个洗淡了颜色的蓝布包袱，一只手抱着她的才八个月的孙子来弟”。因为过于劳累，她无法同时安排好两手的任务，就将手里的一个投入小巷的井里。在避身防空洞时她才发现，手里只有一个包袱！老妇人自然疯狂了。另一位是四十一二岁“高大、魁梧、轩昂的人”——钟玉龙，“他吃素，念佛，焚香静坐，戒杀生，相信轮回，劝人为善”。当他看到“一个女人睡在那里，露着血污的胸，地上全是血，衣服是红的，晒在日光里灿烂像一张国旗。一个一岁左右的小孩子，匍匐在她身上吮吸着乳头，舞着手，拍打着，脸上有哭后的污痕。女人的右手像微风里懒得飘动的杨柳枝一样微弱的举了一举，但是立刻萎靡地放下了”，钟玉龙无法承受轰炸后的惨烈景象，他也疯了！阿垅饱含着对无辜民众的深切同情，书写着令人癫疯的现实人生。

有侵略就有抗争。抗争的人物主要是普通战士与下级军官，如防御阵地上的炮兵、炮兵学校的学生、先锋连排的战士、新兵等群像，而被着重刻画的下级军官成为小说叙事的支撑点。首先映入眼帘的是通讯兵中尉排长严龙，“这是一个高贵的人物，也就是一个软性的人物”。他不会骂人，却例外地骂他的勤务兵，“他怕警报，怕战争，却爱美，爱吃糖果，爱穿西装”，“爱看电影，嗜好脸谱、旧邮票、金鱼之类的小玩意儿”，“他总把战争认作是文化的毁灭”，“他是这样一个难以揣测的、没有固定论点的人”。然而，亲眼目睹被轰炸的南京后，他明白了，“这不过表现一种原始的残酷，还会有别的什么结果呢？并且，轰炸到现在，已经几十次了，中国并没有向天皇屈膝，也永远不会向天皇屈膝，青天白日旗仍旧高高的飘扬着”。可以看得出，阿垅塑造人物是追求人物的鲜活性，即便是性格的小小变化。烽火线上的官兵和南京宪兵队的特勤亦是如此。战斗在汤山的第六连连长张涵、第一排排长段龙飞、重机关枪排排长王煜英，镇守雨花台的班长巩克有、王洪钧、段清生，守卫金陵兵工厂的福建籍华侨连长黄德美，紫金山上的关小陶，都是较有表情的人物；实施焦土战略的宪兵少尉曾广荣、宪兵排长袁唐都曾为转移居民或焚毁障碍、清理战场犯过难，他们都兢兢业业，灵活运用“非常时期的手段”，随后一同参加光华门战役，视死如归。

以上对下层官兵形象的塑造是较为生动简单的，虽然人物众多，但每个人的人物性格没有更多纵深，不可能呈现出足够的丰富性。这些性格简单的群体正是南京保卫者，简单得明快，简单得乐观，简单得真诚，呈现了当时中国卫国军人的大体风貌。阿垅就曾是下级军官，他自然熟悉得多，相较而言，阿垅速写蒋介石这位军方高层人物就只能点到为止，而对唐生智的描写还附有揶揄的口吻："这个人，说话是沉浊的湖南音，沙哑、扁阔，慷慨激昂得要跳跃的样子，高大的骨架立着，像风云满天时的大旗一样。"阿垅描述他的声音"自负而犷悍"——"我自告奋勇，南京我守！我决不让松井石根便宜！"蒋委员长授命唐生智将军的画面，阿垅做了特写：

> 一只多骨而粗大的手热烈的伸过来，从讲台上走下来，绕过几个座位走到湖南人面前，他们握了手，一种春天一样的温热彼此对流着。
>
> "现在，我把南京交给你！这个是，我完全相信你，全中国都依赖你！"
>
> 湖南人脸上泛出胜利的光彩，仍旧是自信的调子，答道：
>
> "我一定守六个月！"
>
> "我只希望你守三个月，让我布置。能守三个月就好了。"
>
> "太平军也守了三年。六个月我有把握。"

对于唐生智将军来说，这可谓临危受命。但是阿垅已先入为主，刻意地展现出这一形象的特殊心理，将一句"南京是我们的"变成了"南京——是我的！——"可见，中国第一部南京保卫战小说在塑造卫戍司令长官唐生智时，其形象一开始就被涂上了诡谲的色彩。这是中国现代文学写作者的一种典型笔调。

其次，《南京血祭》采用报告文学的笔法透视保卫战，具有反思性、讽刺性，也是具有左倾色彩的创作模式。1937 年的 12 月，南京战火如荼，宪兵排长袁唐在陵园新村附近清扫射界时，思考当下的多样生活，对社会做了有深度的诘问，他态度很明朗："让一切这样生活的，像蝉一样一天到晚吃吃、喝喝、飞飞、唱唱的人，全在战争面前变做灰烬吧。"他将抗战视为呼唤新生的大时代，期望借战争暴力改变现有世界。袁唐的同事关小陶谈论起持久战略，提起了上海之战时说：

> 我们得到的是什么呢?有是有的,比如国际面子,比如激发了民族意识,使它更高涨,比如多少也答复了敌人的侵略,打破了使中国屈膝的梦想,打击了日本速战速决的战略。但是,怎样呢,一个更严重的问题是:中国要怎样才能够继续不断的打下去!但是在上海,我们付出了太多的、不必要的高代价,挨打主义,反消耗了自己,一个可怕的数目,六十万人!这样牺牲给了我们一些什么,我们大家不是都有眼的么。怎样呢?它使杭州湾空虚,它使国防线轻易的放弃,虽然那里有经营了三年的钢骨水泥的永久工事,比慌慌忙忙动起手来的上海不知道坚固多少倍,但是那里我们却没有一个兵把守,没有在那里支持过一天;像抛弃一个栗子壳子一样,从苏州到福山的工事我们完全没有用过,本来是预备在这一线决战的。它使敌人飞一样逼近了我们的首都,今天我们才在这里用汽油、火柴、黄色火药动作起来——这是一个惨痛的教训!

袁唐冲上火线的时候,作者禁不住赞扬道:“他没有参加过罪恶的内战,第一次就以革命的姿态站在民族自卫的立场上,向侵略的血手开火,他怎么能不高兴呢?”在描写张涵连长时同样批评了“中国人打中国人”。对于新兵,阿垅批判他们“当炮灰”和军队后政有“蛀虫”,阿垅借对人物关小陶的批评表达了十分中肯的意见。抗战的教训需要及时的必要总结,他的很多思考就是这样被艺术地、澎湃地表达出来,将郁积胸中蓬勃愤怒的火焰,化为强烈干预现实的文字。他不仅要对南京保卫战做一定的总结:“秩序完全混乱了,损失大于死守和突围!这是血淋淋的经验!这是血淋淋的教训!这是战术的错误!这是赌一个民族的百世的命运!”①“而失败的原因和错误的事实,那也是历史的存在着的,铁一样的。让我们勇敢的承认这失败的原因和错误的事实吧!因为这等于勇敢的把经验和教训接过手来。过去是已经过去了,我们只有把握现在和未来,用经验和教训帮助我们把握现在和未来。”②而且还要对当时国内近些年的历史问题做探究,涉及政治军事很多禁区的话题,在小说中显示出思想的先锋性。何满子曾说:“阿垅不仅熟练地描绘了南京城及附郊的地势、地形、地貌和攻守上的宜忌,而且对整个抗

① 阿垅:《后记》,《南京血祭》,第221页。

② 同上,第218页。

日东战场，即整个江南地区的形势、战略要隘和预设的防御工事也全盘了然。"[1]阿垅对军事题材的书写能力是一般作家不易达到的，因为他曾经"修习过军事课程，在战壕里生活过几天"。[2] 他在小说里表达的对政治的干预同样是如此"全盘了然"，不在乎"宜忌"，正如他自述的："我在这里要提出警告，我的作品不写色盲者指黑为白，也决不以割裂或剽窃作为装饰他们的花朵，甚至作为攻击的剑！"[3]剑的锐利同时也伤害了自身的文学价值，思想先行、情绪过度，都影响了作品的美。从现实的层面来看，这也造成了出版发行的问题。

最后，《南京血祭》洋溢着诗人的激情，在艺术上呈现出昂扬壮阔的美，体现阿垅作为诗人的品格。小说开端处摹写南京的空袭警报，立刻骤然生风："电笛的声音，仿佛是风雪冬夜里觅食的饿狼的呼叫：它低抑的从遥远的地方起来，忽然高亢起来，变做狂风粗暴的驰骤在天空，诉说它的郁积，诉说它的贪婪，诉说它的残酷，然后扫过空旷的原野，低沉下去，低沉下去，只留下一种凄凉而绝望的余音，一种垂死呻吟的鼻音，漫长而软弱。但是一下它又咆哮起来，用一种威胁的声音，叱责着上帝，叱责着生命，叱责着一切，使人类战栗起来，世界上散布着不安。"诗人的直觉唤起强烈的音符，是想象、抨击，也是震颤。当工兵实施焦土战略的时候，南京就是这样的世界：

> 这里是红黄色的火，那里是红黑色的火……
>
> 火像台风中的海潮，汹涌着，粗暴的、快乐的……
>
> 一幢幢房屋焰火一样燃烧着，发光的火珠纷纷向四面飘落……
>
> 村庄仿佛是用火做成的。前面的小松树林立刻燃烧起来，火焰是那样灿烂，从那片青绿色脊线后面，一下冒起一朵明黄色的火花，一下又蹿起一片淡黄色或者黄白色的火光……天上，鹰飞得更高。一块一块的白云给熏黄了，像笨拙的牛群一样。

那是南京的火焰，破旧立新的情绪，全民抗战的决心，阿垅洋溢着乐观的奋

---

① 何满子：《抗战初期南京沦陷悲剧性的史诗》，出自《南京血祭》，第 272 页。

② 阿垅：《后记》，《南京血祭》，第 225 页。

③ 同上，第 216 页。

进的诗情。当然作者也能从六朝古都的人文历史中汲取养料,书写这个城市的沧桑的:"从鸡鸣寺那里走上来,就到了台城,前面是玄武湖的幽僻的一角,看月最好。一种怀古的情调,使人想到不振作的梁武帝,城破被杀的那一页历史。"阿垅也能从血战肉搏的烽火线上找寻一份活泼:

> 天空,波状的云层那样薄,三队九架编队的飞机,将移动的黑影衬在蓝天上。巩克有没有看明白,问道:
>
> "乖乖!——我们的么?"
>
> 王洪钧沉下脸回答:
>
> "我们的?——蛋是我们的!鸡是日本的!"
>
> 他们笑了起来。

在南京即将陷落的时刻,挹江门内外的世界极为相似,都是挤满了求生的人,从宽阔的中山北路、挹江门到下关码头的场景考验着作家的书写能力。阿垅采用了速写的手法,从容地写出生动而悲怆的惨剧,扬子江畔再也不是诗情画意,而是让人心碎至极。逃生的人们大都已经失去了常态,自救或自戕,少见相助,多见的是相残。等有幸逃离到对岸,算是长舒了一口气,回顾长江对岸的南京城,不免产生"隔岸观火"的间离:

> 江岸渐渐远去,人声变成低沉的一片。火光更明,像贪婪的猩红的舌头舐着夜空,舐着中国的土地和稠密的建筑物。江水里,火影动乱而荡漾,一点一点的黑点散布着,像池塘中的绿萍密贴在水面。向浦口方面看,天空仍旧是蓝黑的,深广不可测。夜是这样安静,没有风,没有月,没有云。船平稳了,人的心也平静下来。木船在寂寞的泼水声和划水声中移动。

战争与灾难瞬时已不存在,所有的一切都归于平静。然而,谁会在作者笔端收束时平静下来?因为有《南京血祭》,南京陷落前的生命黑暗再度被铭记。

当然,也因为阿垅的诗人气质,在细致的描写、深刻的句子之外,整体上看,小说在人物、情节塑造等一些方面也存在不足,往往体现为主观情绪超越客观可能性,出现了叙事的瑕疵,影响小说的质量,这很难用浪漫主义手法为其开脱。

(一) 明显夸大中国士兵的作战水平

作为描写中日战争的小说,《南京血祭》首先对敌我双方的战斗能力的叙述不够准确,例如,淳化镇前线,我军步兵溃退之后,山炮阵地的炮手、炮兵们用木棒、大圆锹、十字镐、铜信管、枪托与日军的步枪、刺刀对阵多时;南京已陷落,士兵们争吵说:"我们在吴淞,日本人真炮弹多,打在厕所里,打在水里,打在他妈的空地里!中国的狗也没打死一只!炮弹多又怎么样?"这些是不切实际的浮夸,但阿垅本应该清楚中国抗战官兵的作战能力。从中日两国战前的军事实力来看(不含日军的海军、空军力量),则更能说明交战双方实力的真实差距,可以参考图 2.1①。显然,阿垅的叙事与事实不相符合。

表一　日、中两军一个师团单位的装备比较表(战争之前)

	日本军	中国军
人员	21 945人	10 923人
马匹	5 849匹	
骑兵步枪	9 476挺	3 821挺
掷弹筒	576个	243个
轻机关枪	541挺	274挺
重机关枪	104挺	54挺

续表

	日本军	中国军
榴弹炮、野山炮	64门	16门
联队炮、大队炮	44门	30门
战车	24辆	
车辆	262辆	
运输卡车	260辆	
马车	555辆	

图 2.1　战前中日军事装备对比表

① 引自[日]石岛纪之:《中国抗日战争史》,郑玉纯、纪宏译,长春:吉林教育出版社,1990 年 7 月,第 38—39 页。

(二) 丑化日本人,臆想日本军人的精神危机

从小说整体来看,阿垅是较为谨慎的,他很少描写日军的情况,而为数不多的描写出现了刻意丑化日军的情况:"日本兵抵抗着。他们像被包围在森林里的野猪,一走进森林就再也不肯出去,用倔强的鼻子和锋利的獠牙向四面乱拱乱咬。"在小说结尾处这样描写日军的弱不禁风:"而敌人,在他们(中国军队)的面前变得渺小可怜,像一层尘土为风力吹散……而那些敌人,那些狐狸们,那些兔子们,甚至那些一样有利齿和利爪的豺狼们,不是被吞噬,就是倒垂着尾巴,四下逃窜……"另外,对于日本官兵内心世界的描写往往是一厢情愿,过于主观化。《南京血祭》有两处较为细致的对日本军人的形象描写。其一是南京被日军占领后,一个日本军人面对战友的死亡,"做出杀头的样子,眼中涌出一粒一粒热泪"。也许这里不算令人费解,而其二就有些不着边际。通讯排长严龙独自一人在迷蒙的树林中逃亡,他突然看见树上挂着"八具敌人的尸体"。这是阿垅设计"自缢而死"的日军形象,却使严龙突然感受到"他心中充满了光明,他觉得,自己的前途,中国的前途,都很光明,仿佛面前并没有大雾存在。而日本,它是一定要完结的,像袁唐所说的那样,它的内部有矛盾,极严重的矛盾"。也许写日本军人自杀只是想充分证明阿垅的"内部矛盾论"而已。

(三) 臆想南京保卫战突围的壮举

在小说的"尾声"部分,骑白马的师长带着队伍"从南京突围而去":"他们是两万人!他们是有名的、中国的'铁军'!——和陆续集聚起来的、有血性的抗战军人!""他们的队伍浩浩荡荡,那样整齐严肃,那样热血奔腾。那将军骑在白马上,像一个神,像一个巨人,英俊的向四面顾盼。白马不断的嘶吼,鼻息粗大而有力,四个蹄子轻捷的翻腾着,踢起龙一样飞舞的黄尘。"即使有人认为,"《尾声》绝不是一个光明的尾巴,而是借邓龙光部的行动反衬南京保卫战的负责当局的无能。用一束强光结束令人窒息的阴暗,一个骑马的英雄昂首跃过死伤狼藉的战场,也是悲剧性战争史诗常见的结局"①。但对第八十三军军长邓龙光(师长)所带领的突围军队和官兵的描写实在过于夸大其词,缺乏史实依据。而原国民党第八十三军军部参谋处

---

① 何满子:《抗战初期南京沦陷悲剧性的史诗》,出自《南京血祭》,第273页。

处长所掌握的部队突围的真实情况，可以概括为狼狈不堪。他回忆道，“原来他们已作出决定，以叶肇部做先锋，邓龙光部作后卫，抢先突围”，部队冲出太平门，沿京杭道向南进发，与敌人多次接触，突围迟缓，多次检查军直属部队，到淳化镇附近时，人数从百人降至十几人，后化装逃至安徽；而叶肇、黄植两人冲出城门后就与众人失散，后化装成难民，又被日军抓了作伕役，吃尽苦头，逃至上海后回了广东，“一九三八年一月中旬，第六十六军、第八十三军各收容得由南京陆续出来的官兵一两千人不等”。[①] 历史的真相往往十分残酷，多年以后也许才被人们弄清。在南京战役失利后，许多一线军人都未必清楚真实的战况，何况是到大西北去的这位军旅作家呢？哪怕阿垅的“史诗”手法无须苛责，但作为一种文学现象却值得玩味，因为在南京保卫战的书写中如果采用“史诗”甚至神话的写法，看似能为抗战带来乐观昂扬的鼓励，可是，那本身也正是民族精神孱弱的表现，一个民族的受难与抗争依托在主观臆想上，必然造成民族精神的虚空。只有以事实为依据，表现真正的人性、民族性，才会有出路。现在看来，当时胡风对阿垅的这部小说的建议很中肯：“我希望你把握住现实主义的精神，不要被主观的激动弄得架空了。”[②]即使作者“常常体味”这个建议，但是，抗战初期的作家能够客观地、超越地看待中日之战，实属不易。

在中日两国，最初书写南京攻防战的小说《活着的士兵》和《南京血祭》都是能够突出体现文学价值和意义的。石川达三能够秉承自然主义的写法，采用互文的方式将战争中人的异化、苦难刻画出来，采取管窥一个师团中一小部分官兵的战斗和暴行，还原一个战役“攻”的侧面，人物和情节都较为可信和生动，小说揭示出来的社会问题也十分深入和扎实。阿垅以诗人的气息澎湃而主观地表露着被侵略、被欺辱的悲壮，而且能够环顾防御各点，“得从每一个角落写，得从每一个方面写，争取写出一只全豹来”，着重用“情感”“贯串”各个事件、战争，场面自然宏大，但是对人物的刻画未能深入灵魂，尤其对个体人性挖掘的缺失，自然难以震撼人心。显而易见，阿垅的作品并未达到与石川相当的艺术效果，但对于民族抗战来说，依然是不可多得的作品。

---

① 刘绍武：《第八十三军南京突围记》，《南京保卫战——原国民党将领抗日战争亲历记》，第281—286页。

② 阿垅：《后记》，《南京血祭》，第229页。

第二节 乱世传奇:爱情+抗战

20世纪40年代初,文学书写的门径也大有不同,乱世里有沉郁,有悲愤,有抗争,有喜剧,有言情,各种综合表征不一而足,这时,文学不甘于仅仅表达"救亡图存""抗战建国"等主旋律,有些小说作者十分劲道地写出了乱世男女,"在这一段时期里这情形也极为显著,一般读者的苦闷需要发泄,于是许多供人娱乐消遣的色情文学应运而生"①。如果既能衔接主旋律,也能契合浅吟低唱的抗战文学,自然被人热捧,张恨水的《大江东去》和崔万秋的《第二年代》就属于这一类创作中的代表性作品。

一、两部传奇

新民报社出版社发行《大江东去》单行本的时候,就标榜这部著作为"长篇抗战言情小说",顾名思义,所谓"能在抗战言情上兼有",即取了"社会言情小说"与"抗战小说"的交集。张恨水②在单行本《序言》提到,1940年,他的小说连载于香港《国民日报》,"加以三分之渲染,与四分之穿插,并所有之材料作为三分"③。"渲染""穿插"正是小说家最为常用的技法,言情小说家对此倚重更是可想而知。张恨水将爱情嫁接在抗战题材之上,就形成了《大江东去》的特色,1942年,又将小说的若干回目做了修订而发行了单行本。因为《国民日报》连载他的小说时,"是时英日国交未曾决裂,港报文字,例不得斥责日寇,予所谓京沪线之战及南京之被屠,固未能畅所欲言,意实未尽惬也",④于是,新版小说共二十回,更为全面地书写了带有"破镜难圆"情节的历史事件。对主人公男欢女爱的"渲染"自然会被南京保卫战的"穿插"所中断,光华门的防守战与南京屠城占全书近四分之一,而这四分之一同样展露人世的传奇。"配合京沪战线战争之烈,及南京屠城之惨,将不失为一时代性之小说。"⑤男主人公作为南京卫戍部队的一份子,带领工兵营血战光

---

① 蓝海:《中国抗战文艺史》,第61页。

② 张恨水(1897—1967),原名心远,恨水是笔名,被尊称为现代文学史上的"章回小说大家"和"通俗文学大师"第一人。

③ 张恨水:《大江东去·自序》,重庆:新民报社出版社,1943年版,第1页。

④ 同上。

⑤ 同上。

华门,后退到了城郊的庙宇内,之后上演了一部"佛门避难记"。南京保卫战的壮烈与南京大屠杀的惨烈都被张恨水的这部章回小说全然写出,男女主人公的聚散离合也被写尽,一部《大江东去》摹写了工兵营长夫妇的乱世传奇。而崔万秋的长篇小说《第二年代》几近于"长篇抗战言情小说",同样用了工兵营长防卫光华门的故事与"佛门避难"的情节。只是这部小说的故事背景完全在南京陷落以后,所谓"第一年代"已结束,"第三年代"即将开启,即开始保卫武汉的时候。《第二年代》的人物更多,工兵营长夫妇的乱世离合只是小说的一个部分,并成为小说主人公"我"叶惟明和郑撷华之间恋爱故事的极好参照,起到了烘托的作用。张、崔二人的抗战小说在同一题材上表达了相近的文学取向,对这一点,张恨水有明确的概括:"在抗战期间,大后方的文艺,也免不了一套抗战八股。这个问题,曾引起几次论战。当然,在抗战期间,一切是要求打败日本,文艺不应当离开抗战,这是对的。不过总老是那一个公式,就很难引起人民的共鸣。文艺不一定要喊着打败日本,那些间接有助于胜利的问题,那些直接间接有害于抗战的表现,我们都应当该说出来。"①张、崔二人一同以传奇的方式表现抗战问题,这成为一种文学需要,并且,他们的文学自觉是在坚实的人生基础之上的。《大江东去》和《第二年代》共同塑造的工兵营长实有其人,他就是钮先铭,当时是南京卫戍部队中教导总队的工兵营长,他回忆说:"我个人则躲在庙里——南京鸡鸣寺,装了八个月的和尚,才逃出了虎口归队。"②

二、聚焦保卫战

借用崔万秋的说法,章回体小说《大江东去》正是写的"第一年代"里的故事。张恨水对民族的感情自然也糅合在男女主人公的故事里,南京城陷前后的历史过往都似乎在小说中能够找到呼应。

淞沪抗战正处在胶着状态之中时,一位在南京家中的"时装少妇"正等待前线丈夫的归来,她就是曾经就读于"北平教会女中"的女主人公薛冰如,丈夫孙志坚就是后来佛门避难的工兵营长,他的好友江洪受其委托照顾薛冰如去武汉避难。此时南京已经历了两个月的空袭,而冰如却迟迟不走,对

---

① 张恨水:《写作生涯回忆》,南京:江苏文艺出版社,2012 年 1 月,第 108—109 页。

② 钮先铭:《南京大屠杀目击记》,《南京保卫战——原国民党将领抗日战争亲历记》,第 323 页。

南京的不舍,应是含有对故家的留恋,也有对丈夫孙志坚的期待。在冰如的多次延宕中,我们可以窥见许多南京居民的避难心态。冰如说:"并非别的原故,我总觉今天说离开南京,心里头就有一分凄楚的滋味。"江洪回应道:"足见嫂嫂是个有热血的女子。只要中国人都藏着这么一股凄楚的滋味在心里,我们就永远不会抛开南京。"张恨水在小说的人物对话中,很快地切入"抗战到底"的情绪。国难当头,民众个体的情绪、心理在小说中得到了很好的聚焦机会,这时的首都牵连着家庭的命运。

南京遭受日军空袭的场景,隐约地在陈白尘的剧本《乱世男女》中有过速写,逃离南京的火车里警报迭起,弱势群体大都被抛之不顾。《大江东去》在第二回、第三回中两次摹写空袭,正如"回目"所谓"仓皇避弹冒死救惊鸿""铁鸟逐孤舟危机再蹈",江洪陪着薛冰如来到中华门外,看到江南火车站已经为空袭做好了预防准备。"忽然车子里有人叫了一声警报!江洪向窗外看去,车子上已有人纷纷向下跳,电笛的悲号声,在长空里呜呜地叫著。看车厢里时,旅客全拥着奔向门。有几个人挤不出去,就由窗子向外钻。冰如也挤落在旅客群后面,四处张望着叫江先生。"当躲过两阵子的轰炸射击之后,冰如见证了南京受空袭后的可怖:

> 四处看去,不但车站,没有一点损失,就是停在轨上的几辆车皮,也一些没有损坏。只是那一带穷人住的矮屋子,连那猪圈在内,却变成了一堆破砖与碎瓦。猪圈那地方,有一滩血,原来的一大群猪倒全不见了。冰如正诧异着,偶然回过头来,却打了个冷颤,这对过那砖墙,已是斜歪了一半,还直立着一半,那大块小块的猪肉,有几百万方黏贴在上面。那三棵柳树上,挂了一条人腿,又是半边身体,肉和肠胃,不知是人的还是猪的,高高低低挂了七八串,血肉淋漓,让人不敢向下看。①

当薛冰如在荒滩丛中静静思量的时候,她"现在更觉得发动了战争的人,是世界上最残酷的人。这种人不但是人类的仇人,而且是宇宙的仇人"。冰如作为知识女性,能有这样深入的思考,当然得益于作者的主观抒发。南京保卫战之前的状况在《第二年代》里几乎没有涉及,崔万秋着重写的是武汉和

① 张恨水:《大江东去》,重庆:新民报社出版社,1943年版,第29—30页。

徐州等地的情况，对日军空袭的描写也是武汉上空的空战。而两位作者相一致的是，在小说里都着重描写了南京光华门的战斗。

在南京保卫战中，光华门是城垣攻防战中的重要关口之一，是日军首先要突破的南京城门，在 12 月 9 日凌晨至 11 日拂晓，日军猛攻光华门，情势危急，小股日军进入城门洞，教导总队多次组织剿杀，才使日军受挫退却，“光华门战斗，我们遭到的伤亡不小，但战绩卓著，是非常称道的”。[①] 当时宪兵教导第二团第二营营长马崇兴更为具体地回忆了光华门增援战：“南京复廓战打响后，敌猛攻光华门，教导第二团第三营第九连向斌排长率加强排增援教导总队谢程瑞团……奋力杀敌，击退日军进犯，并掩护谢程瑞团坠城烧毁日面粉厂高楼据点。”[②]对整个保卫战来说，到了复廓战阻击日军，城门防守十分关键。于是，此处战斗被作家关注就不奇怪了。雷焜灼在报告文学《光华门歼敌记》中已记述了教导总队某团将光华门收复，三次摧毁日军的疯狂进攻，最后将“顽据城门洞内的敌人给我们完全歼灭了”。在小说《南京》中，阿垅同样详细写了光华门城垣之上的卫国士兵章复光冒着日军的炮火，无法相信光华门高大的城墙竟出现“一个二三公分宽的大缺口”，他义无反顾地选择与日军的战车同归于尽。危急关头，连长袁唐带领官兵将涌入城中的八百多日军消灭殆尽，恢复了光华门的防卫。光华门暂时保住了。虽然雷焜灼、阿垅都写了光华门的战斗，但均未提及工兵营长的抗战事迹，直到张恨水与崔万秋创作时，才将这个故事定型。

在《第二年代》中，参与光华门阻击战的工兵营长是柳剑鸣，是主人公叶惟明“在帝大读书时同住的一位小朋友。松井石根攻南京时，他以工兵副团长的资格守光华门，屡挫敌锋，敌人终于只能从中华门进来，所以军界朋友多很佩服他”。因为叶惟明与柳剑鸣关系很好，自然对其十分了解：

> 他生得虽然清瘦，却喜欢打球、骑马、溜冰、跳舞、拍照，以及各种好玩的事情。他又喜欢做诗、写小说、看电影、话剧。话匣子打开，滔滔不绝，有人赠他小令云：“小楼摆起龙门阵四座生春”，真可谓形容恰切。[③]

---

① 刘庸诚：《南京抗战纪要》，《南京保卫战——原国民党将领抗日战争亲历记》，第 207 页。

② 马崇兴：《伤亡殆尽的宪兵教导第二团》，《南京保卫战——原国民党将领抗日战争亲历记》，第 225 页。

③ 崔万秋：《第二年代》，读者书店，1942 年，第 26 页。

崔万秋确实不吝笔墨,详细地刻画这一英雄人物,通过小说人物钱际云之口禁不住赞美他:“光华门这一战,老兄替留日学生增光。”相反,在《大江东去》中,张恨水对男主人公孙志坚的刻画倒是委婉从容得多。其实,张恨水十分幸运,他见到过孙志坚的原型。1941年的冬天,在朋友聚会上,他见到“座上有一少年军人,丰姿英爽,侃侃而谈”①,了解了许多光华门保卫战的具体战况。张恨水在章回体的言情小说中,十分克制地描绘了卫国官兵的光辉形象,而且又比崔万秋摹写的柳剑鸣这一形象显得厚重、立体、动人。孙志坚看到,“敌人在这晚上,用了大炮掩护步兵前进,前后共有五次之多,枪炮的响声,如崩堤放水一般,彻夜不停。城里有几处着了炮弹,已燃烧起来,几个火头,涌起了通红的火焰,在半个城南,都弥漫了紫黄色的云雾。火光被烟焰罩住,反映了这阵地上的草木房屋,在血光里露出很显明的影子”。② 以这一主人公的视角,作者状写南京城垣之战十分细腻真切,要比对柳剑鸣的描述形象得多,崔万秋较为粗略地写道:“七点钟到十点的当中,战况倒非常沉寂,可是到了十一点钟,炮声就密起来了,在城上的工兵都陆续的中弹。”③相较而言,孙志坚得益于自己主人公的地位,小说中对南京保卫战的状况描述就愈发真切。并且,张恨水能够时时融入自己的思考,自然使得男主人公的头脑与胸怀豁达,例如,孙志坚跟在刘团长身后视察城垣时,他想:

> 我们是个工业落后的国家,我们不能自造飞机和坦克,四个月的东线鏖战,以把我们买来的那些武器,都相当的消耗了,我们将恃着血肉之躯,与极少数的重兵器,来守这大南京,虽然这是个龙盘虎踞的所在,在立体战争下,这是一个精神与物质对比的厮杀了。④

孙志坚有海外留学的专业背景,他的能力和水平自不可小觑,就是在刻画克复日军的对垒战时,作者着力描写官兵战士的英勇与壮烈,这也使两位作家之间拉开了差距。柳剑鸣以往事不堪回首开头,然后回忆道:“三天前突入

---

① 张恨水:《大江东去·自序》,第2页。
② 张恨水:《大江东去》,第178页。
③ 崔万秋:《第二年代》,第67—68页。
④ 张恨水:《大江东去》,第166页。

光华门城洞的八个敌兵和一挺重机关枪，在那天的拂晓，我某连的排附朴存德和四个士兵，作了壮烈的牺牲，与那一班敌人的重机关枪同归于尽，所以光华门局部的战况，已有转危为安的现象。"①而《大江东去》对于孙志坚带领官兵克复光华门的描写却是浓墨重彩，班长尚斌接到任务时，大义凛然："志坚连连点头，握着他的手说好。他身上挂着三颗手榴弹，手里又拿了一个手榴弹，二次就滚下交通壕……尚斌要一定消灭这挺机关枪，他连手都伸进掩蔽工事里去，给予敌人挑上刺刀的一个机会。可是他这一双手，挽回了光华门的危局，以军人的武德言，已是至高至上的了。"副排长朴存德与班长尚斌是有一定人物原型的，这一点张恨水在单行本《序言》中着重指出过，亲历光华门之役的工兵营长讲述"某班长一手榴弹挽救危城之壮举，绘声绘色，令人振奋"②。保卫战中爱国官兵的壮举成为言情小说中最为壮美的情节，抗战的主旋律需要的是昂扬、壮烈和无畏，这正应合了"大江东去，浪淘尽，千古风流人物"的豪放一格。《大江东去》将"豪放"与"婉约"融为一炉，而崔万秋的《第二年代》对南京保卫战的书写近于粗放，而婉约不减，"婉约"的情节主要由主人公叶惟明与郑撷华去演绎。南京失陷后，工兵营长的"佛门避难记"成为两位作者共同看重的目标，其中的传奇超出了想象。

三、佛门避难记

柳剑鸣在南京陷落之后一直没有消息，他的家人、朋友都十分着急，他的朋友们说："留日同学会念其守土有功，为国殉难，壮志可风，所以准备开会追悼。"当他突然出现在大家眼前时，才知道他"因为未曾被俘去做俘虏，所以出来的时候也是斗智未斗力"，"在北极阁(台城)的鸡鸣寺，做了五个月的和尚"。③ 柳剑鸣皈依佛门，从永清寺出家到鸡鸣寺藏身，在日军的统治下苟延残喘，他只觉得，"宗教真是一种无限安慰，所以每当敌兵来搜查，我都以宗教的观念来镇定自己，我不是迷信，因非如此，我恐怕连一秒钟都不能在那里住下"。④ 可以想象，能够在陷落的南京城里苦熬五个月，实在是危机四伏。相较而言，崔万秋笔下的这位国民党军官的落难心理更为可信，他的无奈、无助、无力、无望都真切地表达出来，自述如下：

---

① 崔万秋：《第二年代》，第 66 页。

② 张恨水：《大江东去·自序》，第 2 页。

③ 崔万秋：《第二年代》，第 66 页。

④ 同上，第 70—71 页。

> 不死于光华门,不死于下关,又不死于江流,肉体虽然依旧存在,可是精神就已丧失,晨夕的功课,恭诵《金刚经》"人生如梦幻泡影如露亦如电,一切有为法,应作如是观。"我便想到出家来了我的残生。但是连这一点偷闲,天意都不允许我。第一是恩师守印在三月中因老病而圆寂了,我便失去了一种信仰的保障,第二是因为敌人不断的搜索隐藏军人,难民区里已经出了无数的惨事,所以师叔守志师兄二官商议的结果,为双方安全起见,决定给我送出虎口,经过了无数的艰难,才骗到了敌特物机关的证书,为了完全计,师叔以六十九岁的老龄,亲自送我到上海。①

而《大江东去》的男主人公在首都失守后,一样避身佛门,在清凉山外的一荒庵古刹羁留七个多月。这引起作者很多感慨:"其实造化玩弄孙志坚,比玩弄薛冰如还厉害十倍,这个死里求生的经过,他自己也是出乎意外的。"②虽然他从光华门撤下来并未到挹江门、下关,也未在扬子江中漂流,但是在避难中的一系列遭遇,被作者刻画得心惊肉跳而可歌可泣。老和尚沙河替孙志坚取了法号"佛峰",与师傅、师叔、师弟为伴艰难度日,在日军面前依凭半段《心经》蒙混过关,为多个日本军人"画符奉赠",真可谓斗智斗勇。最后在老师傅的安排下,师叔将他送至上海,逃出虎口。就是逃出南京的理由也十分耐人寻味,张恨水讲述了一个较为经典的情节——南京宪兵司令要占有这一荒庵的铜香炉和净水瓷瓶,老和尚说在上海有一部"唐人写经"可以送给日本司令。后来多年内,我们会经常看到日本侵略者盗取中国宝物的故事,殊不知,张恨水早已尝试这一情节和手法。实际上,作者还不满足于主人公在日军统治下经历的一些趣味,他还要刻意写下卫国军人的坚韧和无畏,孙志坚削发为僧,却从未失去勇气,他不光要借到庙外化缘的机会见证南京大屠杀,而且也在心中暗暗砥砺自己,他远望中山陵,举手敬礼起誓道:"愿总理在天之灵,宽恕我们这不肖的后辈。我们不保守南京,我们使腥膻玷污了圣地,我们使魔鬼屠杀了同胞,我们使魔火烧了城市。但我向总理起誓,我们不会忘了这仇恨,我们一息尚存,必以热血溅洗这耻辱。"③这些誓

① 崔万秋:《第二年代》,第71页。

② 张恨水:《大江东去》,第161页。

③ 同上,第193页。

言的表达可谓作者有意为之，在对小说的人物刻画上，着实使得主人公的形象昂扬起来，为抗战的主旋律奏响高亢的音符，这些远非《第二年代》可比。

而且，对南京大屠杀的描写，《大江东去》也较为具体，在此类题材通俗的章回体小说中，这是最早也是较为典型的一篇。例如，小说第十六回“半段心经余生逃虎口　一篇血账暴骨遍衢头”中不仅看到男女老幼尸骨纵横，而且日军的虐杀处处可见。“这样有了一个礼拜，南京失陷的情形，由外国通讯翻译转载回来的消息，的确是十分凄惨，只看那死人估计的数目，都是说在二十万以上。”①而在《第二年代》中对于日军屠杀的情况所述不多，仅限于避难佛门的工兵营长所见所闻：“敌兵到来了，除了搜查抢东西以外，倒没有杀人。从那天以后，每天都有几个敌兵来搜查，同时到八卦洲去抢东西和强奸女人。”②可见，崔万秋与张恨水同样书写工兵营长在南京陷落前后的故事，在屠杀问题上存在很大差异，崔万秋在《第二年代》中无意表达南京大屠杀的惨烈性，而着重突出这位工兵营长的传奇性，先讲述他有幸得到寺庙中老师父的庇护（老师父本身也有传奇身世），继而讲述柳剑鸣本人的“乱世姻缘”。小说描写柳剑鸣这位南京陷落的亲历者时，完全限定他的叙述视角，加之柳剑鸣的非主人公地位，致使《第二年代》中陷落的南京没有展现明显的大屠杀迹象。

然而，张恨水执意要写出南京大屠杀，并且，男主人公经历的南京浩劫与他避入空门、“乱世姻缘”一同凸显故事的传奇性。对此，从小说作者的强烈抗日倾向上能找到合理的解释。张恨水是安徽人，是个老报人，1928 年“济南惨案”之后，他在《世界日报》上接连发表《耻与日人共事》《中国不会亡国》等杂文。1931 年“九・一八”事变之后，他写了许多鼓吹抗战的文字，如《热血之花》《弯弓集》，他大声疾呼，倡导写国难小说：“无见于经国大计，然危言大义所不能者，而小说能，写事状物，不嫌于琐碎，则无往而不可尽之，他项文字无此力量也……今国难临头，必以语言文字，唤醒国人，无人所可否认者也。”③1936 年他在南京投资四千元创办《南京人报》，自任社长，并编辑副刊《南华经》，在其上发表小说《角鼓声中》《中原豪侠传》等，《南京人报》一直到 1937 年 12 月初才停刊，可谓“苦撑到底”。多年以后，他仍感“内

① 张恨水：《大江东去》，第 105 页。
② 崔万秋：《第二年代》，第 70 页。
③ 张恨水：《〈弯弓集〉序言》。

疚”,曾说:“愚半生心血钱,均耗于两事:一为北平一美术学校,一为《南京人报》,二者皆毁于炮火,乃使愚鬓毛斑白,一事无成,其因此而负师友期望者,尤觉内疚于心。”①1938 年初到重庆后,主编《新民报》的副刊《最后关头》。在赴渝之前,“在汉口,我四弟叫我不必西上,机器丢了罢,回大别山打游击去。他说,在武汉有一部同乡青年,有此主张,希望我年长一点,出来协助。我不但赞助,且非常兴奋,就写了个呈文给当时的第六部(国民党军),认可我们去这样办”②。然而,他们被拒绝了,可谓请缨无路。纵观张恨水抗战时期的人生历程,可以想见,“张恨水就是这样的知识分子,他的血管中流着爱国主义的热血,爱国是他做人的原则……在面临亡国的危机时,他尽自己最大的力量,改弦易辙,把自己变成一个爱国的斗士”③。

值得一提的是,在“佛门避难记”的故事里,两位作家都聚焦于搭救工兵营长的老和尚,他双目失明,却也是传奇人物。柳剑鸣讲述的瞎子老和尚是“庚子年守北京的管带,他回忆到北京青年御辱的失败,由这一点动机而收留我……他因兵败城陷,妻子被杀,虽以身免为俘,但从此心灰意懒,便在宛平的一个小庙出家”。而孙志坚听双目失明的沙河师傅讲起,四十年前和他有同样的境遇,八国联军进北京时,遁入空门,也“一度逃禅”,还做过长江下游帮会十多万兄弟的“大老头子”。看来,老和尚当年反抗民族侵略的形象与眼下十分一致,两位作家将 1900 年北京的首都城陷链接了 1937 年的南京沦陷,现实人生的丰富性使得文学作者、读者在国都失陷的背景中感受时代精神和民族精神,两位作家的小说有力地激发着反抗侵略民族的“精神共同体”。借用张恨水小说人物的话说,就是“这个大时代,不想我们躬逢其盛,实在是变动得太大了”。而崔万秋用第一人称讲述,“这不能不感谢这大时代,激励起青年男女对祖国的热情”。

张、崔二人在抗战“第三年代”里,礼赞第一、第二年代,着重强调国族在命运生死攸关时刻,图存图强,“抗战建国”,呈现出了大时代的样貌。张、崔二人以文学的方式表达中国知识分子对本民族新生的期待。后来,秦牧曾在《文苑见闻录》中提到,美国《前锋论坛报》发表一篇专门介绍中国文学在

---

① 出自张恨水为卢前《冶城话旧》所作的序(1944 年 3 月),参见赵普光:《卢前〈冶城话旧〉及其他》,《博览群书》,2012 年第 2 期。

② 张恨水:《写作生涯回忆》,南京:江苏文艺出版社,2012 年 1 月,第 105 页。

③ 参见袁进:《张恨水评传》的第十章“国难小说”,南京:南京大学出版社,2012 年 11 月,第 160 页。

战争时期的收获的社论，认为："盛情自然可感，但那种介绍看了却令人哭笑不得，他们举出两种'名著'为代表，其一是崔万秋的《第二年代》，另一是张恨水的《大江东去》，我们拜读之余，不禁瞠目结舌，崔、张二位先生，在编副刊上，在呼号正义上，虽自有其贡献，但作为中日十四年战争（应该从九·一八算起，前六年是人民军队局部的反抗）的文学收获的代表，则恐怕任何一个中国的文学读者都会觉得愕然的吧?!……美国《前锋论坛报》究何所据而云然呢？冒昧推理，也许一二中国留学生的行箧中藏有那种小说，主笔先生间接获知内容，为表示对中国的关切与友谊，著文颂扬，然而那种颂扬，却实在离题颇远。"[①]确实，张、崔二人的传奇如作为战时文学的优秀代表未必公允，但从美国的评论中看到一个问题，就是何以是他们二人的作品能这样便捷地远赴大西洋彼岸而受到关注？原因不能简单化，但有一点是确定的：书写南京陷落而又能够具有十足的传奇性的作品是人们愿意见到的。

第三节　京华烟云：家国的穿越和围绕

抗战中期，关于南京陷落的书写开始犁进民族文化肌理的深层，代表性的小说就是林语堂[②]的《京华烟云》《风声鹤唳》和老舍《四世同堂》的第一部《惶惑》。可以说，与前一节的言情小说构架模式不同，林语堂、老舍的家族叙事毋庸置疑地关照了南京陷落，也呈现出地域文化的色彩。他们的故事将聚族而居的"家"分置在现代中国的场域里，在抗战这一特殊的历史时期，表现着"家"的变迁，从《京华烟云》到《风声鹤唳》，看到了家族的聚变、流散，从北京到南京，从沦陷区到国统区的曲折穿越，见证着民族的灾难，注释着民族文化的不屈；老舍的《惶惑》以浓厚的京味腔调，从沦陷区的密闭圈子里南望国都，将北平普通民众的拳拳爱国心绪表露、讴歌。在客观意义上，二者都将中国的现实生活、文化色彩点染出来，突出地刻画抗战时期的"家"与"国"问题。

---

① 秦牧：《文苑见闻录·其四　文学与弓鞋》，《秦牧全集》（第十卷），北京：人民文学出版社，1994 年 9 月，第 63 页。

② 林语堂（1895—1976），出生在福建漳州平和县坂仔镇一个基督教牧师家庭。早年留学美国、德国，获哈佛大学文学硕士学位，莱比锡大学语言学博士学位。回国后在清华大学、北京大学、厦门大学任教。曾任联合国教科文组织美术与文学主任、国际笔会副会长等职。林语堂于 1940 年和 1950 年先后两度获得诺贝尔文学奖提名。曾创办《论语》《人世间》《宇宙风》等刊物，散文和杂文文集有《人生的盛宴》《生活的艺术》。

一、从海外遥望

林语堂作为现代作家曾在北京参与新文学建设,后经厦门至上海,1935年,他的《吾国吾民》(*My Country and My People*)出版,1936以后移居海外,适逢中日战争爆发,发表散文声援祖国,并回大陆了解抗战情况。他远离战火纷飞和流离失所,在法国开始写《京华烟云》(*Moment in Peking*, A John Day Book Company, 1939年),后又写下续篇《风声鹤唳》(*Leaf in the Storm*, A John Day Book Company, 1940年),都没有绕过国都沦陷这一事件。林语堂了解不少南京陷落的情况,虽然他也有不清楚的问题,但对日军的暴行进行了深入的思索,仅从南京陷落的书写中就可以看到,林语堂身居海外却热衷于记述民族抗争历程,彰显华夏文化的潜能。

(一) 如何沦陷

中日战争爆发的因素很多,《京华烟云》对此写道:"国家这样突飞猛进的建设发展,事实上,也是引起战争的原因之一,因为日本看出来,若想进攻中国,再晚就永远没有机会了。在中国方面,人人有了民族自信心,也有了对抗日本侵略保卫国家主权的决心。"①这一提法是有一定道理的,从1927至1937年这段时间是南京国民政府的黄金十年,"尽管有种种对国家不利的条件,在这10年中还是有进步的。到了1937年中期,中央政府似已稳操政权,从而出现了自1915年以来政治上从未有过的稳定。经济正在好转;政府正在大力推进种种运输及工业计划;货币比以前更统一了。许多中外观察家认为,国民党人仅用10年就扭转了分裂的浪潮"②。中国政府在淞沪会战强撑三个月大溃败之后,首都陷落已成为必然。《风声鹤唳》的男主人公博雅多次给恋人写信,正是在首都吃紧的时候,南京失守被具体述写:

> 国都沦陷,他并不惊奇,但是最后几天的抵抗太激烈了。南京陷落前三天,上游七十里的芜湖先失守……保卫国都的任务都落在唐生智将军手中,他不顾白崇禧将军的劝告,自愿担当此一不可

① 语出第四十五章"追随政府携稚小木兰入蜀　全民抗战汇洪流国力西迁"。参见林语堂:《京华烟云》,张振玉译,南京:江苏文艺出版社,2009年10月,第549页。

② [美]厄巴纳:《南京十年时期的国民党中国》,李保鸿译,[美]费正清、费维恺编《剑桥中华民国史(1912—1949)》,第184页。

> 能完成的任务。自从苏州的中国战线垮了以后，中国的撤军全然失败。守军包括三股不同的兵力，广西军、广东军和四川军，还有一些留在中央的机动部队。无干线的指挥，个人的英雄行动根本无用武之地。在首都东侧防守一座山头的一营广东军被敌火团团围住，战至最后一卒。山头整个着火，这一营士兵其实是被活活烧死的。其他各军退到城内，占领巷战的据点，却发现唐将军走了，没有留下防守的命令。群龙无首，溃不成军。广西军仍维持一个整体，向西撤退；有些士兵抛下武器和制服，到国际安全区去避难，或者乘渡船、小船和其他能漂的工具，随平民渡江。河上没有组织化的运输系统，但是就算有系统，十万逃生者在岸上等几百艘小船载运渡河，也照样会弄乱的。下关附近的城门挤满卡车、破车，男男女女腐臭的尸体愈堆愈高，交通都为之堵塞了，渡河成功的人都归功他们的运气。

同样，与淞沪会战具有着相似的情形，在南京抵抗日军是顽强激烈的，撤退是混乱惨烈的。而且守卫南京要比上海抗战更为严峻，因为在现代战争中，南京是一个难以防守的绝地，这在淞沪会战失利后的中国军方高层会议上成为共识，曾任南京保卫战副司令官的刘斐回顾到，军方高层为决定南京防守问题开过三次高级幕僚会议，他最初就认为，日军有多方优势，"南京将处在立体包围的形势下，守是守不住的……我认为南京是我国首都所在，不作任何抵抗就放弃，当然不可。但不应以过多的部队争一城一池的得失，只用象征性的防守，作适当抵抗之后就主动地撤退"，高层都同意他的看法。后来与会的唐生智"仍坚持固守南京，蒋介石明确地同意他的意见"，并且唐生智主动要求负责防守南京。① 而唐生智在事后多年自述说，是蒋介石要求他承担防守南京的重任的，"上海战事开始时，我又兼任军法执行总监部总监，我能违抗命令，不守南京吗？加之，在这种情况下，蒋介石这样来将我一军，我明知其不可为而为之。事后，有人说我办蠢事"，他的老同学称他是"湖南骡子"。② 林语堂下结论说唐生智"自愿担当此一不可能完成的任

---

① 刘斐：《抗战初期的南京保卫战》，《南京保卫战——原国民党将领抗日战争亲历记》，文史资料研究委员会编，第11—13页。

② 唐生智：《卫戍南京之经过》，《南京保卫战——原国民党将领抗日战争亲历记》，文史资料研究委员会编，第6页。

务”,是切合实际的。实际上,白崇禧将军在蒋委员长授命唐生智负责南京防守之前,本想提出“南京为不设防城市”[①],但看到蒋介石表态后,并无异议。然而,即使在南京陷落两年之后,林语堂也不可能清楚保卫战的具体防守安排和一些撤退(突围和渡江)细节。南京保卫战的具体防守部队不仅仅是“广西军”“广东军”和“四川军”所谓的“三股”,实际上,在外围战线和复廓战线中,地方部队为辅,主力部队仍是蒋介石的中央正规军[②]。而且保卫战的撤退(突围和渡江)是有完整计划的。12 月 12 日下午 5 点左右,唐生智组织最后一次军事会议,发布撤退令(特字第一号),并附撤退(突围和渡江)计划表两个,对于撤退时间、方向、队号等都有较为具体的安排。问题主要出在唐生智下达撤退令后,又补充了一条撤退口令:“各部队应指出统率的长官,如其因为部队脱离掌握,无法指挥时,可以同我一起过江。”[③]可是,防守南京的官兵多数选择过江逃跑,能够正面突围的部队除了广东部队(粤军)以外,仅有一部分中央军[④]冲出南京进入西部山区,而扬子江上渡江船只严重不足,并且混乱无序,确实组织不力。日军海军到达下关迟至 13 日中午时分,实际上,在 12 日下午 5 时至 13 日凌晨 5 时,是有一些撤退时间的,然而事实却惨不忍睹。所以林语堂说,“渡河成功的人都归功他们的运气”是有一定道理的。

在《风声鹤唳》中,南京之战另一个细部也被写到,就是医护人员和伤员。林语堂专门写了一个叫“秋蝴”的女孩子:“她在中国红十字会工作,是随组织自南京来的。她说话又低又快,有四川口音,不过不难听。尤其她露出的笑容,舒展眉毛的时候更可爱。她身材苗条纤秀,颧骨和嘴巴却显出力量和耐力来。”透过笔端,林语堂要竭力刻画一个撤出南京的医务工作者,她的讲述可以见证南京陷落的危机:

> 我们是最后离开的一批,当时日本人离市区只有十二里了。红十字会为伤兵订了一艘船。但是医院里有一千多人,那艘船只

---

① 陈思远:《白崇禧传》,哈尔滨:北方文艺出版社,2011 年 1 月,第 223—224 页。

② 参见《中方参战部队的战斗详报》,《见证与记录:南京大屠杀史料精选(中方史料)》,张宪文主编,南京:江苏人民出版社,2014 年 12 月,第 106—116 页。

③ 谭道平:《南京卫戍战》,《南京保卫战——原国民党将领抗日战争亲历记》,文史资料研究委员会编,第 29—36 页。

④ 萨苏:《南京保卫战中两支成功突围的部队》,《尊严不是无代价的:从日本史料揭秘中国抗战》,济南:山东画报出版社,2009 年 2 月(4 月重印),第 81—83 页。

> 容得下四五百人。我们必须决定谁走谁留。我们只能把伤势较轻的带走，让重伤的人听天由命。留下来的人哭得像小孩似的，一直求我们带他们走……
>
> （你们救了多少？）
>
> 五百人左右。罗伯林姆医生是最后上船的人之一。他亲自开救护车。喃，航程才糟呢。没有地方坐，也没有地方躺。我们护士、医生只好在甲板上站了四天，直到芜湖才找到吃的。

南京保卫战中的医护人员及伤员的身份十分特殊，他（她）们不是一线战斗人员，但又不是普通平民。在撤退前后，这一部分人员有没有被很好地安置呢？据蒋公榖的《陷京三月记》中12日记载，在外交部的伤兵医院，伤兵在草地上晒太阳，"也有看护小姐扶陪着散步的"，从苏州赶来的红十字会救护队有男女队员二十人，"除派遣一部分随李队出城服务，女队员过江离京外，此时所有重要命令的传达，伤兵过江的护送，都是由他们不避艰险地负责担任的……今日受命护送千余伤病过江"，即使受阻，也"输送过江数百名"。[①]但未能过江羁留南京的伤员和医护人员至少在600人以上，并且这些医护人员中很多被识别出来后仍在外交部与军令部两处收容站"工作"，于是有医护人员受伤害或任伪职的情况[②]。在林语堂的这两部小说里并未写守卫首都的正规战斗人员，偏偏多写战地后勤人员、后方救济组织等，尤其写出这位可爱的女护士，让抗战的阴霾里透出了许多亮光。

（二）沦陷后的灾难

在《风声鹤唳》中，日本庆祝南京陷落的游行活动出现了，"日本人在国际间的胜利游行激怒了博雅，也激怒了所有的中国民众。中国士气能承受此惊人的打击吗？中国军队能否恢复过来，重组内地的战线呢？"林语堂所言不虚，日本本土及在中国的一些占领区，为已攻占中国首都隆重地举行了庆祝活动。林语堂十分关切祖国的苦难与将来，他写到：

---

① 蒋公榖：《陷京三月记》，南京：南京出版社，2006年9月，第9—10页。

② 同上，第12页、第21页。有些具体情况详见［德］维克特编著：《拉贝日记》，第348—349页。

> 很多人失去亲友,很多人遭受到刺心沥血的经验。有些父母买不起全家的船票,只好留下一二个大孩子,事后永远不能原谅自己。有些父母眼睁睁看着自己的小孩被人推下太挤的帆船,推入江心里。他们不得不继续前进,而这段回忆却永难忘怀。战争就像大风暴,扫着千百万落叶般的男女和小孩,把他们刮得四处飘散,让他们在某一个安全的角落躺一会儿,直到新的风暴又把他们卷入另一旋风里。

> 南京在十二月十三日沦陷,足足有七十五万居民离开了那儿……有些在找寻南京来时失散的亲友……历史上最大的移民开始了。数百万人由海岸涌到内地,抛弃家园和故乡,跋山涉水,都难以逃避在敌人侵略中遭受屠杀的命运。敌人的鞭笞太可怕了。中国战线在苏州崩溃,迅速瘫倒,过了三星期连首都也沦陷了。

战争带来的厄运不仅有流离失所,还有抛妻弃子、生灵涂炭,涌向国统区、大后方的移民不绝如缕,在《京华烟云》中,北平的大家族纷纷向南迁移,姚木兰“乘着交通情况还不太坏,先使女儿离开南京”,她预料到那是“一个明智之举,因为倘若阿眉还留在南京,等十二月南京成了难民妇女集中营,她必然也成了日军暴行的牺牲品”。对此情形,林语堂直截了当地说:“在十二月十三日,日军进了南京。日军的无耻行为使全世界人的良心翻腾不安。他们荒唐堕落到无以复加的程度时,他们才停下来喘喘气,这一段日子有几个月。”在《风声鹤唳》中,身在上海的博雅写信给崔梅玲说:“日本人逼近南京了,值此倾乱时局,我不知会去何方。”并一再附言关于南京沦陷的消息。逃出南京的月娥母女十分悲惨,月娥精神失常,五十几岁的母亲在南京被五个日本兵强暴了,她说:“在我老皱的脸上你能看到何种美丽呢。这些禽兽!”从《京华烟云》到《风声鹤唳》,自天津、北平经上海到武汉,木兰、莫愁、崔梅玲(又名彭丹妮),甚至秋蝶、月娥等女性人物辗转各地,感受着从沦陷区到大后方的颠沛流离,林语堂在两部作品中“追溯战争对一个女人的影响”,不仅是表达对苦难中弱势群体的悲悯,同时也以此寄寓着对祖国经受苦难的怜惜。

(三) 对城陷的反思

在时空都已有了距离之后，林语堂是以遥望的眼光打量着故国所受的重创。在《京华烟云》中，林语堂写杭州的沦陷，如同南京陷落的再现，其中一个美侨医生悲怆欲绝地讲述日军的暴行："惊人的传闻都是抢劫奸淫，千篇一律。"同时，林语堂借姚木兰之口，无望地痛斥道："日本人的劣根性是改不了的。""那种暴行使文明人无法想象，在未来几百年，会使天下所有的人都一直看不起日本人，都一直看不起日本军人。"在《风声鹤唳》中，作者思量着"战争会给人带来奇妙的改变"：

> 恐怖的是人，是一个民族对另一个民族所做的惨事。大猩猩不会聚拢猩猩，把它们放在草棚中，浇上汽油，看它着火而呵呵大笑；大猩猩白天公开性交，但是不会欣然观赏别的雄猩猩交合，等着轮到自己，事后也不会用刺刀戳进雌猩猩的性器官。它们强暴别人妻子的时候，也不会逼雌猩猩的伴侣站在旁边看。

对日军的暴行，作者也难以理解，他虑及孟子所说"恻隐之心，人皆有之"，希伯来的"善灵"冲突论，宗教中天使魔鬼并存说，并对日本民族心理从整个人类学上来探究人类的善行和犯罪。

尽管林语堂在他的家族小说中写出了备受侵略欺辱的中国人，但他并不消沉，反而在《京华烟云》中看到大时代沉浑而铿锵的步伐，看到跋涉前行的中国民众坚定刚毅的表情："凭着不屈不挠的勇气，向前走，向前走，到中国的内地，重建自己的家。"而且家与国的感情更加浓厚清晰起来：

> 她(木兰)感觉到自己的国家，以前从来没有感觉得这么清楚，这么真实；她感觉到一个民族，由于一个共同的爱国的热情而结合，由于逃离一个共同的敌人而跋涉万里；她更感觉到一个民族，其耐心，其力量，其深厚的耐心，其雄伟的力量，就如同万里长城一样，也像万里长城之经历千年万载而不朽。

在《风声鹤唳》中，作者也毫不悲观地礼赞飘零的叶子："这段中国抗战史和所有伟大运动的历史一样，铭刻在这一代的脑海和心里。五十年或一百年后，茶楼闲话和老太太聊天时一定会把几千个风飘弱絮的故事流传下来。风中的每一片叶子都是有心灵、有感情、有热望、有梦想的个人，每个人都一样重要。”

二、沦陷区里的渴望

相较于《京华烟云》，老舍的《惶惑》完全是在中国本土创作的，1944年诞生于重庆。如果说林语堂的家族故事是在沦陷区—大后方的辗转之中，述及北平—上海—杭州—南京—武汉等地的迁徙，那么老舍的这个故事则完全是在沦陷区北平。《惶惑》以祁氏家族故事为主，以祁瑞宣为代表的一批人物身在北平，心系南京，充满着强烈的家国之忧，国都的安危成为沦陷区一部分有骨气中国人的牵挂，对南京陷落的态度衡量着一个人物的重量。老舍的笔端流露着强烈的民族主义情绪，这一点相较林语堂则更为凸显。

老舍的《惶惑》里充满着北平市民的“惶惑”，也代表着一个民族的“惶惑”。中日战争对全中国、全民族都是一场生死考验，“家”与“国”的命运深深地纠缠在一起。中国的首都南京能不能守住？这引起北平胡同大杂院住户的纷纷议论。拉洋车的小崔和放留声机的程长顺为此辩论得十分激烈；剃头匠老刘也发问：“南京怎样呢？”吃洋饭的丁约翰漠不关心，老刘气愤地反问：“难道南京不是咱们的国都？难道你不是中国人？”而祁家的瑞宣“现在为听南京的播音，他仿佛有点疯狂了似的。不管有什么急事，他也不肯放弃了听广播。气候或人事阻碍他去听，他会大声的咒骂——他从前几乎没破口骂过人。南京的声音叫他心中温暖，不管消息好坏，只要是中央电台播放的，都使他相信国家不但没有亡，而且是没有忘了他这个国民——国家的语声就在他的耳边！”

从沦陷区南望国都，表达出同一个国家、民族的渴望，同时传达着同一种焦虑。与《四世同堂》可以相提并论的就是林语堂的《京华烟云》《风声鹤唳》，后者的视点是不断游移的，从北平到杭州，或从上海孤岛一地注目南京，而《惶惑》就是在沦陷的圈子里不断张望。这些从两个重要的人物那里反映得十分集中、细腻，一个是祁瑞宣，另一个就是钱默吟。

老舍开头便写“南京陷落！”此时的北平是很冷的天，“一些灰白的云遮住了阳光。水倾倒在地上，马上便冻成了冰。麻雀藏在房檐下”。祁瑞宣在上班的半路上就知道了“这一部历史上找不到几次的消息”，他跑转回家，“不顾得想什么，他只愿痛哭一场”。韵梅十分纳闷，追问了好一会，才明白：

> 用很大的力量，他停住了悲声。他不愿教祖父与母亲听见。还流着泪，他啐了一口唾沫，告诉她："你去吧！没事！南京丢了！"
>
> "南京丢了？"韵梅虽然没有象他那么多的知识与爱国心，可是也晓得南京是国都。
>
> "那，咱们不是完啦吗？"他没再出声。

祁瑞宣大有亡国之痛的悲怆，他的悲哭代表着沦陷区甚至是全中国民众的悲苦。病卧在床的钱默吟只是听说"南京丢了"，硬撑着下地却"整个的摔倒在地上"昏了过去，待他清醒之后，他反复琢磨的事只有两件，"南京陷落与他的脚疼"。钱老先生作为一个诗人，忍受着日本人的折磨，但他仍然不肯相信国都的沦陷，北平沦陷时他都不想活下去了。他与祁瑞宣都把守住南京视为一种支撑，想到国都存在，他们就觉得就有希望。现在，南京沦陷已成为事实，在瑞宣眼里"国已亡了一大半"，这时瑞宣的思考进入了一个新的阶段。他就此思索"对得住父母与祖父就是对不住国家"，决定至少需要不和日本人合作，也相信"不会求神或上帝来帮助他自己和他的国家。他只觉得继续抗战是中国的唯一的希望。他并不晓得中国与日本的武力相差有多少，也几乎不想去知道。爱国心现在成了他的宗教信仰，他相信中国必有希望，只要我们肯去抵抗侵略"。他想对钱先生说："南京的陷落好象舞台上落下幕来，一场争斗告一段落。战争可是并没停止，正象幕落下来还要再拉起去。那继续抗战的政府，与为国效忠的军民，将要受多少苦难，都将要作些什么，他无从猜到。他可是愿在这将要再开幕的时候把他自己交代清楚：他的未来的苦难也不比别人的少和小，虽然他不能扛着枪到前线去杀敌，或到后方作义民。"老舍全力打造出北平沦陷区里有着硬气、骨气、眼光的中国人，这体现了作者的情感取向和思想光亮。

另外，《惶惑》难得地描写了北平对南京陷落的庆祝活动。如，"广播电台上的大气球又骄傲的升起来，使全北平的人不敢仰视"，"庆祝南京陷落的大会与游行，比前几次的庆祝都更热闹。瑞宣的脸一青一红的在屋中听着街上的叫花子与鼓手们的喧呼与锣鼓"。老舍借此抒发了悲愤："北平人已失去他们自己的城，现在又失去了他们的国都！"也速写了祁瑞宣的颓唐——看到自己的"无用与无能"，还有汉奸大赤包"不必再拼命，再揪着心了"的窃喜。对北平庆祝南京陷落虽是侧面书写，却可以从中看到沦陷区的中国人对国都失陷的反应，老舍从中探求民族再生的希望。

在芸芸众生的中国,林林种种的活法,糊涂地生、寂寞地生、贪图安逸地生、卖国求荣地生,自然一定不会被老舍认同,唯独将个人的“生”与国家民族的“生”联系在一起,才被作者视为一种伟大。在北平的小羊圈胡同就有两个这样的闪光人物。他们的身上寄托着作者的理想:

> 什么是国家?假若在战前有人问瑞宣,他大概须迟疑一会儿才回答得出,而所回答的必是毫无感情的在公民教科书上印好的那个定义。现在,听着广播中的男女的标准国语,他好象能用声音辨别出哪是国家,就好象辨别一位好友的脚步声儿似的。国家不再是个死板的定义,而是个有血肉,有色彩,有声音的一个巨大的活东西。听到她的声音,瑞宣的眼中就不由的湿润起来。他没想到过能这样的捉摸到了他的国家,也没想到过他有这么热烈的爱它。
>
> 平日,他不否认自己是爱国的。可是爱到什么程度,他便回答不出。今天,他知道了:南京的声音足以使他兴奋或颓丧,狂笑或落泪。

在老舍顺畅、感人和带着光、热的文字里,国都南京就是国家的代表,甚至是民族的文化象征。所以,在陪都重庆创作《惶惑》,又以沦陷区北平来注目国都,确实饱含着丰富的意味。正如老舍所说,“爱国心是很难得不有所偏袒的”,北平沦陷区的家族故事自然挂系着失去故土、失去家乡、失去国都的愤慨与沉郁,也正是由“家”及“国”同构的共鸣。

老舍无法掩抑自己的爱国情绪,从根本上渗透着民族主义的味道。这一点在林语堂的作品中也能找到共鸣,《京华烟云》中有献词写道:“全书写罢泪涔涔,献予歼倭抗日人。不是英雄流热血,神州谁是自由民。”①其女林如斯作序时也阐释说:“《京华烟云》在实际上的贡献,是介绍中国社会于西洋人……此书介绍中国社会,可算是非常成功,宣传力量很大。此种宣传是间接的。书中所包含的实事,是无人敢否认的。”②如果说林语堂是远离中国本土对生养他的土地遥望,表达出爱意和尊敬,那么老舍则是基于本土,

---

① 林语堂:《京华烟云》,张振玉译,北京:群言出版社,2010 年 6 月。

② 林如斯:《〈京华烟云〉序言》,同上,第 11 页。

在广大地域中辗转迁移，心系故乡，而生发他的家国情怀。本质上看，两者共有一种情感，也是同一时代知识分子的共同心声。他们在一同聚焦“南京陷落”时，一同体会、认知作为中国人的身份。老舍、林语堂的家族叙事小说都是认识民族危机、热望文化担当的厚重作品，在书写跨度上触碰到了抗战救国的历史事实，南京陷落成其为绕不过去的书写对象。两者在国都陷落的书写上共同表达了家国同构的心理诉求，国族的生存与发展成为注目的核心。

第四节　烽火天涯：开掘新文学的阵地

抗战后期，文学创作有了多种尝试和动突，批评抗战八股、厌弃陈词滥调的声音也着实不少，但能创作出有分量的小说并非易事。1943 年末身在西安一带的作家无名氏①做了突出却被忽略的尝试。作为他的代表作，《北极风情画》轰动大西北，翌年，他的长篇小说《一百万年以前》面世，这是一部书写陷落后的南京城的典型代表作品，是众多此类题材小说中十分独特的存在，却鲜为人知。南京大屠杀已发生已近五年，作者以第一人称讲述回乡看望母亲，路过南京做视察和记录，揭露了沦陷后的南京“比地狱还可怕一万倍”②，并告诉世人：“亲爱的人啊！我所捧出的，是这个时代的一个年青人的心：血淋淋的惨不忍睹的心！”③

时至 1943 年，无名氏在汪伪政府的南京做了一次“精神之旅”：“我现在眼睛里所见的南京下关，也正像一座月球，充满了一种冷冰冰的味道，没有一点生命、活力、火或热。这时候原已冬季，天极冷，加之又是阴天，一股股阴惨惨的北风又冷又硬，狞恶的啄击着人的肌肤，像千千万万双兀鹰的利啄。”④并表达出强烈的情绪：“离开了那颗悬挂人头的电线杆子，我感到强

---

① 无名氏(1917—2002)，生于南京下关，原名卜乃夫，幼年毕业于中央大学实验小学，1934—1935 年毕业于北京俄文专科学校，抗战爆发后，考入金陵大学外文系三年级，未就读。少时起文采飞扬，至 1937 年有短篇作品《崩颓》，抗战期间在多地任编译员、记者、报刊主笔，1943 年 11 月用笔名“无名氏”写作《北极风情画》，1944 年又发表长篇小说《一百万年以前》与《塔里的女人》，轰动文坛。1982 年 12 月 23 日后离开中国大陆赴台湾。以上参见《无名氏自选集・小传》，黎明文化事业股份有限公司，1985 年，第 11—17 页。

② 无名氏：《一百万年以前》，上海：真善美图书出版公司，1947 年 12 月再版，第 161 页。

③ 同上，第 165 页。

④ 无名氏：《一百万年以前》，第 5 页。

烈的愤怒与悲哀,我愤怒,是因为我的圣洁的第二故乡南京,现在已变成一个野兽世界。我悲哀,是因为我自己没有一种巨大力量,能独手把创造这野兽世界的那群人毁灭得干干净净。”[①]在小说中,充盈着“我”对国破家亡的愤怒与悲伤,“我”所见南京的“野兽世界”明显是南京大屠杀的梦魇再现。身在大西北的小说家对沦陷区苦难的高倍放大,寄寓了作者本人因 1937 年南京陷落及大屠杀所造成的深重压抑,表露了寻求释放情绪的突破口的主观意图。作为南京人,无名氏实际上以他超乎寻常的痛感与想象,对遭践踏的故土、精神家园作高度聚焦,期望浴火重生。而且,在作者的灵魂深处,他不断寻求从“黑暗”到“光明”的摆渡,“我瞭望重庆,从西方重庆,从我的真正祖国里,似乎有一大片火焰冲起来,他招引我,呼唤我。我必须接受它的招引和呼唤。在目前,我也只有接受它的招引与呼唤,否则,黑暗将把我带到另一个地方,而那地方是我不愿去的。说到究竟,一切的火自然是一种较美丽的虚幻,但只要这美丽还能激起我们生活的勇气,它对于我们,就是一种或多或少的真实,或多或少的善良。没有美丽真实和善良,一个人是不容易活下去的”。[②] 虽然在整体上未见《一百万年以前》有较高的艺术成就,但着实传达了国统区对沦陷区长久的丧家失地之痛,这份情感不仅属于个人,同样属于那个时代,属于寻找“祖国”的人们。

相较于无名氏,程造之有更为鲜明的创作动机,他标举道:“我觉得我需要写一些真正有灵有肉的青年,在这大时代里许多动态。”[③]而路翎创作小说《财主底儿女们》,也有相近于《四世同堂》的地方,但在书写南京陷落上,前者转进另一条道路上去了,明显地与老舍、林语堂者区分开来,按作家绿原的话说:“在芸芸众生挣扎图存于抗战炼狱中的四十年代,青年作家路翎凭借自己超凡的感受力,思想力和热情,试图搅扰古老民族貌似沉睡、实际上躁动不安的灰色灵魂,努力和他的人物们一起向时代精神的顶点攀登,一路上高举着自己挖出来的但珂式的心呼号前进。他没有从文学教科书学过什么固定的形式,也没有从社会学理论学过什么抽象的命题,更没有按照小市民的趣味虚构热闹而香艳的故事,而是沿着鲁迅的‘哀其不幸,怒其不争’的革命人道主义的文学传统,借鉴世界古典文学的创作经验,在广袤如‘泥

---

① 同上,第 9 页。

② 同上,第 165 页。

③ 程造之:《〈烽火天涯〉序》,《烽火天涯》,海燕书店 1946 年 2 月出版,第 1 页。

海’、错综如‘铁蒺藜’的现实生活中，通过体验、思维和创作的综合实践，一步一个脚印地拓展着新文学主题未曾开辟的疆域，从而大大丰富了中国新文学的贫薄的库藏。”①从这一角度看，路翎确实做到了程造之期望而未做到的。

一、期望：创写“民族英雄抗战的故事”

程造之②的写作目标就是“能够舍弃一种口号，写出一些类乎历史的民族英雄抗战的故事”③。他的这一创作取向尤其值得关注，可以暂且不提他的创作实绩，仅就其标举的写作目标而言，是可取的、有价值的，这是文学创作所需要的，尤其对于南京陷落的文学书写而言。他的构想与实践实际上是一种反拨的文学尝试，程造之为此剖析道：

> 既非“抗战八股”，也不是“才子佳人”，以恋爱为经炮火为纬的文章，早有骂他是“滥调”了，这是我每当下笔，经过考虑到棘手的事。历史写得不好，便弄成歪曲，不过到底是小说，所谓，“稗官野史”，不做不论。④

有了深入的理论认知，程造之的实践成果出现了——1946 年 2 月，长篇小说《烽火天涯》由海燕书店出版，共 490 页，他在序言（1945 年 11 月 18 日）中自述道：“我是从卢沟桥事件写起的，后来随着战局的发展，牵涉到许多事情，那是不虚构的。或者读者因此以为其中的人物也是实有其人的事。而其实自然不是如此，只是未尝没有真实性罢了！”⑤这部小说自然将“南京陷

① 绿原：《〈路翎文集〉序》，《路翎文集》（第一卷），合肥：安徽文艺出版社，1995 年 8 月，第 1—2 页。

② 程造之（1914—1986），上海崇明人。中学毕业因家贫辍学。抗战后陷于上海“孤岛”。1940 年初冬参加苏北抗日游击队，1941 年调到新四军三分区政治部的《东南晨报》《江海文化》任编辑，同年 9 月因日伪军扫荡苏区，与机关失去联系，几经辗转回到上海，在一家私人医院谋生。1944 年 11 月被日本宪兵逮捕，次年 5 月获释。日本投降后，任上海《大公报》编辑。1948 年被国民党当局逮捕，不久获释。解放后任上海《新闻日报》编辑。抗日战争前为生活所迫，开始文学创作，写过短篇小说、诗歌和剧本，第一篇小说《某村之夏》发表在 1935 年的《武汉日报》副刊《鹦鹉洲》。1939 年出版第一部长篇小说《地下》，小说表现了农民群众抗击日本侵略者的斗争生活。

③ 程造之：《〈烽火天涯〉序》，《烽火天涯》，第 1 页。

④ 同上。

⑤ 程造之：《〈烽火天涯〉序》，《烽火天涯》，第 1 页。

落”涵盖其中,在文中有近 50 页的内容。因为程造之的文体意识较为鲜明,强调“因为本书只是一本‘小说’,一切人物都是虚构出来的”①。这样将小说与历史较为自觉地区别开来,试图拿捏得度,既不歪曲历史,又保持文学性。他主张摒弃“抗战八股”“才子佳人”式的创作取向。那么,在程造之的“民族英雄抗战的故事”里,南京陷落的述写情形是值得期待的。

《烽火天涯》中有很明确的述写:“政府迁都以来,日本军知道抵抗军之守卫南京,不过形式上聊以壮观而已。得和失都不甚重要。”②同时,也表明“中国军的力量未见得单薄,纵然退到山穷水尽,都有背城一战的决心”③。在南京外围战中,小说述及汤山附近的村民魏福基等人准备组织“自卫团”,积极备枪。而到了十二月十日,“整个南京城起了沸腾了”,“光华门外的炮声天崩地裂一般的响了”,“当时抵抗军虽然人人抱着必定牺牲的心情,无奈首都迁移以后,增援部队只是不见来了,给养也困难了,以前还有飞机来助战,现在想是一起撤退到重庆去了罢?而日本方面的飞机,载了大批炸弹来,在抵抗军的阵线上摔下,日以继夜,向撤退的军队追击,大炮将抵抗军的障蔽轰去,后面随着步兵,仿佛决了几道口子的堤岸,澎湃的怒潮冲卷来,使抵抗军手足无措”。而最后“正当卫戍司令唐生智将军出下关到达最后一批撤退的船上时,南京的守备队接到死守城池的命令,事实上,已经没法遏止日军的攻势了”。“南京城笼罩着愁惨的命运”,南京保卫战就此失利了。小说中提到被俘虏的有吴昔更、魏福基、中校刘磊、营长孙振鹏、团副参谋白用宾及慰劳学生。载有俘虏的八辆卡车出了中华门去修筑工程,吴、魏二人夺枪逃跑。吴昔更潜逃至某村镇,加入了阿庆、平根的民间游击队,吴成为队长,在日军反扫荡后,他们决定过长江去找汤恩伯部军队。

程造之确实有意突出历史意识,将南京保卫战的严峻形势写出来,对民众的抗争也描写得十分难得,但是在情节和人物上用力不足,总体感觉有些浮光掠影,虽然实现了“想吐诉”的愿望。程造之曾自述道,“写此书的动机远在民国二十八年左右”,“写写停停,一直到三十三年夏,才完成了这点”。④ 也就是说,迟至 1944 年这一创作才告结束。可以说,《烽火天涯》确实厌弃了小说旧有的写作取向,但从人物到情节都还未见“历史的民族英雄

① 同上。

② 同上,第 199 页。

③ 同上,第 201 页。

④ 程造之:《〈烽火天涯〉序》,《烽火天涯》,第 1 页。

抗战"的模样，很难发现存在十分令人称道的新突破。在南京陷落题材上，真正取得新突破的不是程造之，而是年轻的作家路翎。

二、批判：永无止境的追问

路翎1923年出生在苏州，后随母亲居住在南京，"1937年8月，日本侵华的战火不断蔓延，不满15岁的路翎，随着全家从南京，沿长江、汉水向汉中、四川飘泊，开始了他那艰难的人生之路"①。他自小就喜爱文学，后来在胡风的扶持下，发表了一些作品，如《"要塞"退出以后》《饥饿的郭素娥》等。1943年至1944年，路翎完成了长篇小说《财主底儿女们》（上下两册），深得胡风的激赏，他在这部小说的序言里高度评价道："时间将证明，《财主底儿女们》底出版是中国新文学史上一个重大事件。"②这样的评价可谓"高度赞扬"，但胡风意犹未尽，他将路翎创作的独特个性精准描述出来：

> 在这部不但是自战争以来，而且是自新文学运动以来的规模最宏大的，可以堂堂地冠以史诗的名称的长篇小说里面，作者路翎所追求的是以青年知识分子为辐射中心点的现代中国历史底动态。然而，路翎所要的并不是历史事变底纪录，而是历史事变下面的精神世界底汹涌的波澜和它们底来根去向，是那些火辣辣的心灵在历史运命这个无情的审判者前面搏斗的经验。③

路翎书写家族的故事不同于前人的创作路径，他超越了一般的历史事实，而且对蒋氏家族在抗战时期的生死命运做最深入的精神分析。正如胡风所强调的："在这里，作者和他底人物们一道置身在民族解放战争底伟大的风暴里面，面对着这悲痛的然而伟大的现实，用着惊人的力量执行了全面的追求也就是全面的批判。"④这重重的批判包含南京1937年12月的历史时刻。小说《财主底儿女们》成为我国战时南京陷落书写中最为高端的尝试，路翎对南京陷落的书写达到了前所未有的层次。

---

① 林莽：《路翎的生活与创作的道路》，《路翎文集》（第四卷），合肥：安徽文艺出版社，1995年8月，第411页。

② 胡风：《序》，《财主底儿女们》（第一部），《路翎文集》（第一卷），第1页。

③ 同上。

④ 胡风：《序》，《财主底儿女们》（第一部），《路翎文集》（第一卷），第2页。

(一) 陷落前夕的蒋氏家族

在《财主底儿女们》里一样可以找寻到南京陷落前后的历史的影子,但是路翎致力于在历史事实的褶皱里把握生活的细节,探究生命的翕张,回馈精神的动突。小说起先描写了 1937 年 8 月 15 日被轰炸后"南京全城慌乱",继而扫描蒋氏家族在南京保卫战前后的命运。"八月到九月,空军出动,军队出动,青年们出动;市民们不绝地向内地流亡。在中国展开了空前的局面。""普遍全国的新异的兴奋"和"坚强的意志"支持着抗战的领导者,以顽强的力量克服了投降主义者、失败主义者的包围。这时,作者十分激昂地断定:"从现在起,这个民族走上了英勇的、光明的道路……"按照蒋少祖的想法,"现在我看见这个'民族战争',看见了无数的军队和青年表现了这种意志,于是现在的道路是,这个民族战争走向彻底……"作者对抗战初期的大局认知是较为明确的,没有陷于国内党争、左右翼的倾轧而无法权衡,用更多的笔墨深入到具体民众的内心世界,窥探一个民族的受难与抗争。

日军大兵压境,南京的危机是有很多反映的,最突出的是逃离。"有人往乡间走,有人往内地走。最初是少数富有的人们,然后是公务员底家庭和一般的市民们",而且相信"不久就又回来,弥补创破了的,缔造毁坏了的,照旧过活下去的"。国破山河仍在,逃难是动乱年代中常见的景观。路翎对此感触颇深,在南京生活多年后,他本人也是逃亡人群中的一份子。由于体认十足,对于 1937 年的逃亡,他的思考应该更深入:

> 他们这样想是当然的,因为在他们底生活没有改变的时候,他们底心是不会改变的;直到遥远的后来,他们底心还是没有改变,以顽强的力量,他们在异乡缔造了临时的南京生活,他们以为是临时的。凡不是自愿从南京出走,凡是被迫从南京出走的人们,是直到生命底最后,还渴念着故乡,在怀念的柔和的光明中,把往昔的痛苦变成无上的欢乐的。从南京出走以后,青年们是占领这个世界了;在南京留下了惨澹地经营了的产业和祖坟的人们,是被剥夺了一切欢乐了。所以,在他们,这些惨澹地经营着生活的人们明白了——很快便明白了——这次的毁灭底巨大、持续与顽强时,他们便明白了这次的离开南京是什么意义。半个月不到,老人们底论证,孙传芳时代底惨凄的暗影,从而希望和安慰,便被扫荡无遗了:

> 被江南平原上的空前的激动所扫荡，被爱国的情绪所扫荡，被强烈的、孤注一掷的青年们所扫荡。

逃亡在某种意义上是幸运的，因为 1937 年逃离南京不同以往，这次逃亡就注定着生。同时，路翎也看到，南京陷落后的诸种“扫荡”实质上就两种，一种是日本侵略者的恐怖扫荡，其二是为此形成的浩荡的民族主义情绪。路翎的感知十分敏锐，也较为完全。逃亡关乎生死，在选择与否问题上，路翎完全没有一概而论，而是发掘了多种可能性。《财主底儿女们》中的汪卓伦是在是否离开南京的问题上思考最复杂的，他知道“有的人是可以避难的，有的人却避不了难”，而他选择了留下。这个执意不走的人却对蒋氏的儿女们阐发：“你们是应该走的，因为你们有家庭儿女，你们要过活。还有一些人是可以走的，因为他们根本是投机取巧，苟且偷生的东西，他们没有价值！”路翎的批判意识十分突出地表现出来。在“走”与“不走”的人群里做了筛选，这行为本身就是作者强烈的主观行为。被塑造的汪卓伦十分执拗，还要他“精挑细选”，让人无法遁形：

> “你们走了，他们走了，那么，留下这座南京城给我！不走的人要保卫这座南京城的！在南京，有我们底祖坟，几百代人生活下来的南京城！假若政府不能保卫南京城，就对不住祖先！假若是临阵脱逃，投机取巧的东西，就没有资格再在南京，将来也没有资格回到南京！他们底儿女要替他们羞耻！……我在街上走，我就替他们羞耻！”

起初汪卓伦并不了解自己，在妻子蒋淑华死后，他完全陷入“消沉的、冷漠的生活”，“战争爆发以来，他从未想过这个战争有什么意义，但现在，在这种严厉和激动中，他明白了战争底意义；明白了轰炸、军队、流徙的人们，以及他昨天所接到的命令对于他有什么意义”。这时，他可以作为船长去保家卫国了。

还有人不愿逃离南京，缘于念家恋土，她们的想法十分朴素，正如陆牧生的老母亲所说：“我不走！我老了，一生一世在南京！什么都在南京！也死在南京！我不能在外乡受罪！”当沈丽英这位母亲提着箱子跟着挑夫走近码头的时候，她高声说：“啊，可怜的南京！”她泪眼朦胧，回首南京时如雾如梦,体会怜悯自己多年的南京生活。可是,时代青年陆明栋宁可一个人离开也不愿在南京停留,路翎对此感受颇深:“年青的人们,是在这种家宅里,感觉到腐烂底尖锐的痛苦的;那些淫秽的、卑污的事物是引诱着年青人,使他们处在苦闷中,当风暴袭来的时候,他们就严肃地站在风暴中,明白了什么是神圣的,甘愿毁灭了。当他们有了寄托,发现广漠的世界与无穷的未来时,他们就有力量走出苦闷,而严肃地宣言了。”这样看来,在南京生活的蒋氏成员,男男女女,都作为南京的一个个触角,感知着城陷前的逃亡。实际上,路翎为我们呈现出南京的多个面目。南京成了一个多面体的存在,是人对一个城市、一片土地的感触与反观。

主人公蒋纯祖凭着单纯的梦想赶赴上海前线,亲历了中国军队“江南平原上的大溃败”,当他逃回南京街头的时候,南京外围战事焦灼,“在淳化各处已开始了残酷的争夺战。中国军底司令部遗弃了,或失去了,南京外围底大部分重要的据点,囤兵于城内,这些军队将除长江以外无退路。指挥不统一,南京是在可怕的混乱中”,就此我们看到路翎笔下南京陷落前的军事状况,借助主人公的视角,十分难得地捕捉保卫战时期的气氛:“蒋纯祖发现南京是在阴沉中:一切力量都表露出来,在大街上阴沉地流动。”战时的首都,战时的中国前线,也许只有“阴沉”这个词更符合实情:

> 而这一切流动,都是静悄悄的;在各种炮火底声音下,更显得是静悄悄的。在各种人们中间,是混杂着一种特殊的人物,那是卖食物的穷苦的小孩和男子们,间或也有妇女;他们是冷酷而决断:他们是,以生命做本钱,索取高的代价。他们表明:无论经过怎样的炮火,他们是还要活下去的,南京,是还要活下去的,一如它曾经活过来。大量的军队,大部分是狼狈不堪的,河流一般在街道上流动;他们是走向和人民们相反的方向。他们是特别地阴沉。

蒋纯祖感觉到战线上的生死酷烈,较为迅速地做出了反应,向水西门逃走。自此,蒋氏家族的儿女已无法见证南京的命运了。

(二)看似宪兵的朱谷良

路翎并未就此放弃言说的机会,他还要牢牢抓住南京陷落的话题。当蒋纯祖溯江南转而躲进军官朱道明的战船里时,从逃难的朱谷良那里听说了南京城陷前最危急的时刻。朱谷良穿着南京宪兵队的制服，但他实际上只是一位“过着一种激烈的生活”的上海工人，城陷时军人迫不及待地抛下制服，而他却成了一个“异类”。他对人类有着“痛切的憎恨”和“可怕的野心”，是一位标准的“阴沉”的人。他所见证的南京自然独特，令人难以呼吸：

> 朱谷良向天空放枪，而爬到人们底头顶上，迅速地爬了出去。尸体是堆积得那样高，以致他底头只离门顶数尺。他刚刚爬出门，一辆战车便驰了过来，压碎了他从他们肩上爬过来的那些疯狂的，不幸的人。这辆染着血的战车底行为是惹起了一种可怕的静默的愤怒；在负伤的人们底呻吟声上面，统治着这种愤怒。于是一颗手榴弹从城墙上面掷了下来，准确地落到战车里面。在一声沉闷的爆炸之后，弹烟冒了出来，这辆染着血的战车便停止了。城洞里面的未死的人们，对于这个复仇，喊出了一种兴奋的声音。

此刻，挹江门拦住了人们的生死去路。这一幕已被一些作家多次聚焦，如诗人郘祖平、报告文学作者倪受乾、小说家阿垅和崔万秋。这一场景发生的大体时间应是 12 月 12 日的傍晚之后几个小时里。当日下午五点半左右，南京卫戍部队司令部的撤退令发布以后，当时防守挹江门的三十六师并未接到放行的命令，加剧了惨剧的发生。路翎的记述时间是不准确的，但是他小说中的人物所见所闻是有历史基础的。

朱谷良面对挹江门生发的反应和思考，在之前的文学书写中并不多见。朱谷良听到“复仇”的喊声后就伫立不动，“突然懊悔”，“一瞬间，对于这一切，他有一种深刻的悲哀。他想到，不知因为什么缘故，这一切人和自己都成了软弱的东西，赤裸裸地交付给命运”。路翎不断变换着感受体，他从朱谷良那里去感触，同时又旁观朱谷良，挹江门的惨景令人难忘，深层原因在于“人们在软弱中和不幸中的相爱使他涌出眼泪——在这里，英雄的朱谷良是赤裸了——但同时他感到一种渺茫的恐惧”。然而，更为震撼的是扬子江畔的生死场：

> 江边的情形，是和城内的情形同样可怕。为争夺仅有的船只，军队互相开火。各处有枪声，近处有炮声，显然敌人底攻击是迫近了。绝望了的难民们和兵士们在抱着木柱或木板往江里跳，有的

> 妇女也采取了同样的行动。江水显得特别汹涌,江上的小舟、木板,和时出时没的无数的头颅,在灰白而沉默的天空下,给予了凄惨可怕的印象。

“凄惨可怕”的场景令人惊骇,甚至令人痴呆。多数的作家就此搁笔,无法续写,然而路翎的勇力十足,他写道:“朱谷良是看见,为了求生,人类濒于疯狂。朱谷良是看见,由各种原因而致衰病的民族,得到这种惩罚,向无言的历史呈献了空前的牺牲。”人性的癫狂与绝望,民族的衰病与惩罚,一并都进入了作者的思考领域,而且是不停歇的思考。当朱谷良目睹了“一个衣裳破烂,肩部流血的女子,默默地把她底婴儿掷到水里去,然后自己跳到水里去了”。朱谷良想起来“同样可怕的事”,他陷入了更深入的思考:

> 朱谷良凝视着。那种仇恨那种痛切的热望是在他心中燃烧。于是,关于他自己,关于他底民族,他作了短促的,强烈的思想。他想他是无可责难的,他底活着,是有益的,因为他知道这个民族比一切人更多——朱谷良,凭着他底各种创痕,是有权利这样自信的人——而他以后的事业,便是,确定他内心底种种热望——南京底这一切,是强烈地启示了他——在苍天之下,替这个跳水的女子复仇。

鲁迅就曾著文声称“复仇”,对“看客”批判,对国民性批判,路翎也是在这条路上走来。正如胡风所说:“不管由于时代不同的创作方法底怎样不同,为了坚持并且发展鲁迅底传统,路翎是付出了他底努力的。”①他接续了“五四”时期的精神意志,“立意在反抗,旨归在动作”②,怀疑一切既有的秩序与存在,“作者和他底人物们一道置身在民族解放战争底伟大的风暴里面,面对着这悲痛的然而伟大的现实,用着惊人的力量执行了全面的追求也就是全面的批判”③。作者本人高度认同,并且极为谦逊地表达着批判的警觉性:“我所检讨,并且批判、肯定的,是我们中国底知识分子们底某几种物

① 胡风:《序》,《财主底儿女们》(第一部),《路翎文集》(第一卷),第 6 页。

② 鲁迅:《摩罗诗力说》,《鲁迅全集》(第一卷),北京:人民文学出版社,1981 年,第 66 页。

③ 胡风:《序》,《财主底儿女们》(第一部),《路翎文集》(第一卷),第 2 页。

质的、精神的世界。这是要牵涉到中国底复杂的生活的；在这种生活里面，又正激荡着民族解放战争底伟大的风暴。但由于我底限制，我没有能力创造一部民族战争底史诗。我只是竭力地告诉我设想为我底对象的人们，并告诉我自己，在目前的这种生活里——它不会很快地就过去——在这个‘后方’，这个世界上，人们应当肯定，并且宝贵的，是什么。”①

（三）蒋氏兄弟的观感

在南京陷落的场域下，路翎着重刻画蒋氏家族中少祖、纯祖二人的境遇，借此表现出更为卓绝的批判精神，这种批判往往是否定的否定，对批判的再批判。蒋少祖感受到战争的热烈，同时也披露“在情热底激流下面，有着一个冰冷的潮流”，展示他内心的分裂——“一个民族是绝对的，个人却不是绝对的！……骗别人——然而却并不骗这个民族的！”而写到蒋纯祖眼前的“一队骑兵，冷酷的人类与泥泞的马匹，是有一种特殊的、无上的美丽”，同时反转去看，“正是为这美丽，人们践踏别人，并牺牲自己底生命”。蒋纯祖面对南京“无情而阴沉”的环境，他觉察到“一切人都是可怕的，自己也是可怕的；一切善良，像一切恶意一样，是可怕的”。进而思索“人类底情操，是不变的：罪恶和善良总是那么多，而一切人都倾向利己，在毁灭中便倾向残酷”，“在远处的爆炸声中，在冷风中，在绝望中，他认为这个世界底善与恶的问题是最重要。他认为，正是因为没有理解这个问题，他底某些行为才那样可耻，正是因为不明白善与恶，他底心才如此绝望”。他认为“为这个民族而死”是应该的，可是对于这个民族与对于自己或个人却不意味着“善”。也就是说，路翎依凭蒋氏兄弟的思想，不断地深化对人生、社会的认识，每一步都在接近人本身的存在：

> 蒋纯祖想，人们首先只能感觉到自己，在死亡的时候，更是只感觉到自己。人们必须安慰自己，那安慰，必须得自光荣。觉得自己不再胆怯，觉得自己已补偿了以前的一切怯懦，蒋纯祖有短促的幸福在那种心灵底紧张的反省后，蒋纯祖觉得一切都安排好了，感到幸福。他觉得他底从上海逃到南京来，是对的，因为只有在逃亡后，他才有这幸福和认识；虽然在这个逃亡里是充满了可耻的怯懦。

---

① 路翎：《题记》，《财主底儿女们》（第一部），《路翎文集》（第一卷），第2页。

当蒋纯祖逃出水西门,"向南京底方向凝视,周围是凶险的寂静和荒凉,他看见了南京天空上的暗红的,阴惨的火光;他并且看见,在地平线后面,有两股细瘦的火焰笔直地竖立着"。他说"毁灭!好极了!"而后笑了一声。然而作者立即作了补充:"蒋纯祖是即刻便明白,这种毁灭是如何的彻底了;而在以后数年,便明白,这种毁灭,在中国是如何地不彻底,以及不彻底的可怕,以及没有力量再忍受毁灭的可怕了。"彻底地毁灭、彻底地改造,最终有没有凤凰涅槃?多年以后的感观就是历经抗战的路翎切身的体认,在经历了所谓"大时代""划时代"后,作者触摸到了这个民族的文化肌理,所谓的"彻底",就是对这个民族的毁灭,现实的中国忍受不了这重毁灭。路翎不倦的分析、追问和鞭笞是到了尽头。舒芜认为,理解路翎的关键就在于"路翎的分析,都是一种批判。人物的某一个行动,思想,情绪,或感觉,在他自己不觉得有什么意义的,经过批判,出现了重大的意义;在他自己以为大有意义的,经过批判,却并没有什么意义;他自己认定是出于某一种根源的,经过批判,却是出于完全不同的,乃至相反的根源;在他自己认定具有某种价值的,经过批判,却是具有完全不同的,乃至相反的价值,等等。人物所不能自知自见的,都显露于他的批判之光下面"①。路翎承续下了"五四"精神,在他身上同样看得到鲁迅的影子。

总地看来,小说《财主底儿女们》确实书写了烽火四起的历史场景,却不纠结于历史的真伪,不在乎情节的绚烂,只关注于人生极端情境下中国人的行止,在南京陷落的背景下考量中国人内心的天涯,通过凝视、反思,对人物的精神做无情的批判,并达到追问、对话的效果。正如胡风所说:"文艺作品并不是社会问题的图解或通俗演义,它的对象是活的人,活人的心理状态,活人的精神斗争。人的心理或精神虽然是各自产生自一定的社会的土壤,但它却有千变万化的形状和错综缭乱的色彩;作家通过自己的精神能力迫近它,把捉它,融合它,提高它,创造出一个特异的精神世界。"②这是试图创写"民族英雄抗战的故事"的程造之所不能实现的。

---

① 舒芜:《什么是人生战斗——理解路翎的关键》,《路翎文集》(第四卷),第 429—430 页。

② 胡风:《人生·文艺·文艺批评》,《胡风全集》(第 3 卷),武汉:湖北人民出版社,1999 年,第 197 页。

第五节　日、美籍女小说家的南京

同样，19世纪40年代初期，南京陷落在世界文学的布景上留下印记，而且是来自日本和美国的女作家的书写，林芙美子与赛珍珠以这样一种方式相遇在文学时空中，前者是为日本军国主义呐喊而义无反顾，后者是为中国这第二故乡的抗战做了声援，吹起了世界反法西斯文学的号角。

一、林芙美子的《运命之旅》

1943年，北京的《妇女杂志》发表了日本著名女作家林芙美子[①]的《运命之旅》[②]，这是继石川达三之后，又一次出现日本人眼中南京陷落的小说，并且是具有代表性的侵华文学作品。如果说《活着的士兵》还是日本军国主义的文网管制中的漏网之鱼，那么林芙美子在这一时期的创作则留下了鲜明的政治烙印。严格意义上讲，1938年初创作《活着的士兵》时，石川达三只是“笔部队”的先驱者，而林芙美子写作《运命之旅》的时候，已经是“笔部队”中的“干将”，她创写作品大肆为日本军国主义张目，并一时名声大噪，被当时的日本宣传媒体誉为“陆军班的‘头号功臣’”[③]。

（一）一位女作家的“运命”

实际上，林芙美子最初是一位令人瞠目的女作家，曾创作过《流浪记》《清贫》《牡蛎》等很有影响力的作品。而且有学者认为，“在20世纪三四十年代革命和战争风云骤起的年代，尤其是日本帝国主义发动的侵华战争使中日两国文化交流面临最困难的时期，林芙美子数次到访中国，与周氏兄弟多有交往而结下友谊”[④]。然而，抗日战争全面爆发以后，“1937年下半年

---

① 林芙美子(1903—1951)，生于日本山口县下关市，日本现代著名小说家、诗人。“在20多年的写作生涯中发表、出版了270多部小说作品等。”“二十世纪五六十年代，林芙美子成为日本电影界极受欢迎的女作家，前后至少16部作品19次被搬上银幕，深受日本大众欢迎。”“日本出版界刊行了《林芙美子全集》23卷等。”以上参考林敏洁：《林芙美子与鲁迅、周作人交往考》(《中国现代文学研究丛刊》2012年第11期)。

② 王劲松：《侵华文学中的“他者”和日本女作家的战争观——以林芙美子〈运命之旅〉为例》，《重庆大学学报(社会科学版)》，2008年第4期。

③ 王向远：《“笔部队”和侵华战争：对日本侵华文学的研究与批判》，北京：北京师范大学出版社，1999年7月，第98页。

④ 林敏洁：《林芙美子与鲁迅、周作人交往考》，《中国现代文学研究丛刊》，2012年第11期。

日军发动对南京的围攻,林芙美子以每日新闻社记者的身份来到战争现场,采写‘战地报告’。作为日本‘笔部队’中的为数极少的女性作家来到侵华战场前线则是林芙美子一生的不光彩之处”①。可是二战后,林芙美子在生命最后的几年里,她又有一些具有反战倾向的创作,如《暴风雪》《晚菊》《浮云》等一批作品,足见林芙美子的文学道路十分曲折,不免让人想起她的诗句:“花的生命是短暂的,而人世的苦难却是漫长的。”

(二) 能否参透“运命”

小说《运命之旅》的故事就是在南京陷落的背景下发生的,男主人公黄土和女主人公四襟结婚不久就遭遇了南京陷落。黄土本是在夏港做鞋子生意的小商人,而17岁的妻子四襟在南京一家酒馆里做工。首都即将沦陷,黄土、四襟准备逃难,他们随身带着家当,四襟甚至将锅碗瓢盆背在身上。黄土本想去安庆避难,在扬子江边寻找乘船,却碰到一个中国伤兵,他无处可去,哀求着带他逃命。黄土还自身难保,自然无法顾及伤兵,可以想见城陷时人人亡命的混乱与悲苦。然而林芙美子却看到中国民众的自私、愚蠢和贪生,借以表达“与中国人的丑陋、自私、狡猾形成鲜明对比的是日本人的善良、诚实、宽宏大量和体恤民情”②。这一强烈的反差在战前林芙美子的笔下恐怕不会如此,1935年,她的日记还这样写道:“中国这个国家的家族体系庞大,着实让人羡慕。”③

在《运命之旅》中,“中国士兵都是些乌合之众,不仅战斗能力很差,而且军纪涣散,还经常掠夺百姓财物”,“穿灰色军服和卡西色短洋服袴的兵士们,这时候也如雪崩似的挤进了南京街,这些乌合的兵士们从闭着门的商店里,毫不客气地拿出东西来,很使得逃剩下的民众们叫苦”,“兵士也混在避难民中在山里头悄然隐藏起来”。以上的情节有学者概括道:“作品详细描写了中国士兵逃跑、抢掠财物、对伤员弃之不顾等负面行为。作家对中国士兵的丑化用意十分明显:南京之所以陷落,实则是中国军队自己的问题,而不是日军的问题,从而进一步掩盖了日军侵略的罪行。”“中国军队如湖南兵与四川兵烧杀、抢掠当地居民的场面,无非是说明‘中国军队的腐败行为给

---

① 林敏洁:《林芙美子与鲁迅、周作人交往考》。

② 王劲松:《侵华文学中的“他者”和日本女作家的战争观——以林芙美子〈运命之旅〉为例》。

③ [日]林芙美子:《日记》,《文学界》,文圃堂书店,文章标注为1935年6月17日、7月5日印刷,8月1日发行,转引自林敏洁的《林芙美子与鲁迅、周作人交往考》。

南京制造了混乱局面’。而对中国士兵的杀戮则成为日军维持治安的‘合法性暴力’。”①

林芙美子在《运命之旅》中着重描写日本军队“军纪整然”，日本士兵与南京市民和睦相处。作者只字未提南京存在屠杀，反而美化日军说，这些“不曾见过的整然的兵士”非但不杀人，还给难民面包吃。男主人公黄土激动得手都哆嗦起来，并说道：“湖南的兵士们又曾给过我们什么了呢?”在林芙美子的故事里出现了美好的世界：“中国兵居住时的混乱不安已经一点也没有了……南京市街，忽然变得明朗起来。”“报馆的记者先生们，人人都很亲切，把在以前生涯中未曾吃着过的昂贵的罐头打开给了黄土”；“黄土还从日本人那里领到了薪水、烟卷和袜子，感到皇恩浩荡”。林芙美子所说的美好世界在《活着的士兵》中可是一点蛛丝马迹也找不到。这样看来，日本笔部队的“头号功臣”确实实现了既定目标：“在这些作品中，从军作家极力宣扬日本士兵的英勇，恣意表达对中国及中国人的歪曲与丑化，在二元对立的叙事结构中建构‘侵略有功’论和‘皇军救世’观，为日本对中国的侵略和奴役寻找合法性依据。”②这一评价实在是确切不已。

《运命之旅》多次写到男主人公黄土记得他离开无锡时，他主人曾说过的一句话：“不论甚么时候，人生是塞翁失马，把运命委之于天。”可见这话是“塞翁失马，焉知非福”的一种变体，这成语是中国人体悟人生的一种精妙的设喻，但它也可以很迅速地坠入虚无主义中去，即无福亦无祸。更为可怕的是，它可以成为迷惑人的一种精神胜利法。如果能够将被殖民、被侵略的中国人所经历的灾难与屠杀看做“焉知非福”，那很大程度上是殖民者的逻辑，是日军“宣抚班”的伎俩，而林芙美子在文学的空间里打造了一种以苦为乐、混乱是非的人生命运，会有几人不能参透?

如果仅就南京大屠杀而言，南京的死难者和受害者自是承受了最大的祸，中国抗战也受到了重大的挫折。但同时，日军的大屠杀也一定程度上坚定了中国人的抗战意志，推动了整个民族反侵略的情绪。这一点日本历史学家也有共鸣：“‘南京事件’，通过驻中国的外国记者向全世界报道了，知道这一事件的中国民众，从内心产生了愤慨。以南京大屠杀为首的日军的残

---

① 王劲松：《侵华文学中的“他者”和日本女作家的战争观——以林芙美子〈运命之旅〉为例》。
② 同上。

暴行为,起到了使中国人民更紧密的团结在抗日旗帜下的作用。”[①]进而,南京大屠杀等一系列的日军暴行促使中国政府吸取了一定的教训,以致持久抗战,最后迎来了抗日的胜利。另外,在人类的历史上,日军的这一暴行成为最黑暗的一页,也为人类未来提出警示。如从以上后果来看,今天思考林芙美子的小说《运命之旅》,也许会有“焉知非福”的考虑。

二、《龙子》:南京大地上的反抗传奇

自1931年开始,美国女作家赛珍珠创作的中国农民题材小说《大地》三部曲相继出版,1938年12月,第二次世界大战前夕,赛珍珠获得了诺贝尔文学奖,在斯德哥尔摩的四天里,她接受奖项时演讲《中国小说》,她认为中国人民“多少年来,他们的生活也就是我的生活,以后,永远是我的生活的一部分。这一点不讲出来,我就会感到于心不安,我的祖国与我的第二祖国中国,其人民的心灵在很多方面有相通之处。其中最重要的是,他们都酷爱自由。这一点在当今中国比以往任何时候都更真实。全体中国人民目前正在进行着有史以来最伟大的斗争——为自由而战,争取自由的斗争。我从未像现在这样对中国充满了敬仰之情,因为我看到了她正在团结她的各族人民向威胁其自由的入侵之敌进行着殊死搏斗。这种争取自由的决心,深刻地讲,正是中国人的特性,有了它,我深信,中国是不可征服的”[②]。赛珍珠所言不虚,她在中国生活近四十年,在南京生活了将近十二年,直至1934年她才永远地离开了中国的大地。中国为自由而战,抗击日本的侵略已经到了生死存亡的关键时刻,赛珍珠对她的第二祖国怀有无比深厚的情谊,为中华民族呐喊鼓劲。她发表了许多文章和广播演说,对中国抗战给予了最热烈的支持,并为之捐款、筹款,参加美国外交政策大辩论。在日军袭击珍珠港之后,美国对日作战,1942年赛珍珠的小说《龙子》出版,美国的《时代》周刊称它“生动而感人”,就美国文学而言,“这是第一部直露的描写被占领的中国抵抗日军的小说”。[③] 实际上,当时《龙子》也是第一部由中、日之外的作家书写南京陷落及南京大屠杀的小说。

---

① [日]石岛纪之:《中国抗日战争史》,第62页。

② 赛珍珠接受诺贝尔文学奖时的演说。参见[美]赛珍珠著:《我的中国世界》,尚营林等译,长沙:湖南文艺出版社,1991年11月,第389页。

③ 刘海平:《总序:赛珍珠和他的中国情节》,[美]赛珍珠:《龙子》,桂林:漓江出版社,1998年3月,第25页。

小说《龙子》正逢其时，为抗击日本的侵略战争做了有力的批判，同时也为美国及世界人民了解中国人民的反侵略战争而发出号召。赛珍珠又一次将中国大地上的农民写入文学作品，那是不屈的农民在中国首都沦陷前后的抗争传奇，并且作者试图为世人展示龙的传人、中华民族的未来。但是，仅就小说《龙子》对故事和人物的经营来看，大多很难实现作者的初衷，因为小说的传奇性过于突出。好在，作者在小说里留下了真挚的感情与一些可贵的思考。

（一）农民眼里的城陷

赛珍珠《龙子》的故事主要不是发生在南京市区，而是离南京城不远的一个村子里，讲述城郊两处社会生活。在南京沦陷前后，村民进进出出，他们见证了这座古城的沦落。小说写道："现在，这座城市是个有名的供人玩乐享受的地方。这是一座古老的城市，但是千百年来，这里一直是统治者、帝王将相以及一切游手好闲、盘剥人民，挥霍无度的人们居住的地方……自从革命之后，这里就再也没有帝王将相了，但仍然住着统治者。他们也盖了许多新宫殿和新式房子……他们搜刮了老百姓的民脂民膏，又吃喝玩乐挥霍掉，所以这仍然是寻欢作乐的场所。"①这座城的历史与当下被赛珍珠收入眼底，她十分熟悉南京国民政府首府所在地南京，1927 年后的这座城，对她来说似乎变化很大，"我们生活在一个完全不同的世界，它不再是旧军阀时代的世界，南京也不再是往日那个古城。我一走出自己的房间就意识到，这儿的这个政府根本不像我以往所熟悉的任何一个政府。它是中国的国民党政府，首脑是蒋介石，一个穿戴得干净整洁、腰板板直的人物。他平时极少露面。但他在这个城市已经成为一种存在，一种力量，一种个性"②。直至 1937 年，赛珍珠仍然有十分悲观的看法："蒋介石在明朝故都南京建立了自己的政权，至今已有十年了，这十年无论对他还是对他的政府来说都是艰难困苦的十年。"民国政府多年的苦心经营，在她眼里只留下这一强烈印记："或许，受过西方教育的中国人对中国最显著的贡献，就是修建铁路和公路。然而新政府的缺陷仍在于他脱离了占中国人口百分之八十五的广大农民。"③即使是作者十余年之后这样说，我们也能够辨认出来，赛珍珠抱定以

① ［美］赛珍珠：《龙子》，桂林：漓江出版社，1998 年 3 月，第 63 页。

② ［美］赛珍珠：《我的中国世界》，第 267 页。

③ ［美］赛珍珠：《我的中国世界》，第 376 页。

对农民的态度作为衡量标准。她写作《龙子》的视角与她的价值标准密切相关,作为在中国普通民众中成长起来的外国人,她却用中国农民的视角来叙述故事,这是十分独特的,于是,南京城的形象也浸染了这种独特的色彩。

当日军多次轰炸国都后,“城里更加破败不堪了,有钱人和那些把这座城市变成寻欢作乐的地方的达官贵人都跑了,留下来的都是些看了叫人心酸的受苦人。”城郊的农民对于抗战只知一二,米行的老大说:“鬼子就要来了。东边沿海都丢了,大家都应该清楚自己的命运。那些当官的都跑了,国都原来在这里的,现在也迁到大后方去了。”“他们村子离城差不多有十余里。守城的士兵为了让敌人一无所获,把城外六七里至八九里范围内的村庄统统烧毁了。”“冬月初七那天[①],最后一批统治者弃城而逃,只留下一支守城的军队抵御敌人。可是,连统帅都跑了,什么样的军队还能够英勇作战呢?百姓们听到这个消息,恨得咬牙切齿。”当南京陷落后,“敌人来到了这座富裕的大城市,这里是这个国家的中心,敌人来了,像凶猛的野兽,不,甚至比野兽还凶残”。如果说林语堂、路翎选择绅士小姐、地主少爷或是知识阶层,老舍选择市民贫民、知识分子作为书写对象的话,那么赛珍珠的《龙子》主要注目于中国农民的抗战生活。这一选择需要勇气和智慧,更需要丰厚的生活与文化认知。

很明显,赛珍珠笔下的农民对南京陷落的认知过程是逐步深入的。最初是陌生的、隔膜的,南京保卫战似乎与农人没有关系。在农人眼里有许多未知的世界,但他们并不期图了解。中日之战远在上海等沿海地带时,日军的轰炸机就多次光临这座城市,然而,农人只是觉得好奇,“林郯和他的邻居们看着这些银色的大鸟在天上飞过,越飞越远,脸上没有妒忌,有的只是由衷的钦佩和羡慕”。日军的轰炸机抛下来的是一个“银光闪闪的东西”,“黑色的泥土就像喷泉似的突然喷发出来,这一切他们都看到了,可是还是一点也不晓得害怕。他们一起向那块地跑去,急切地想去看看那刚落下来的是啥东西”,林郯和其他农人望着城里,“他们数了数城墙上有八处大火,边上的一处小一点。而那些飞机,他们原以为都给大火烧了,突然又从浓烟中飞了出来,这次飞得很高,看上去就像天上的星星一般大,接着,又向着太阳飞去,最后消失在天边”。赛珍珠以十分陌生化的手法来刻画农民及轰炸,农民无知、憨实,甚至过于懵懂,但她都不回避,她着意将农民与城市、政府隔

---

① 赛珍珠对农历和公历常有混淆,她实指的是11月7日,蒋介石离开南京。

离开来。城与村之间的联系最开始由林郯的女婿吴廉实现的，他从城里来村子避难，农人才知道“轰炸”——这种“新的死法却迥然不同，这是人们无法想象的对肉体的一种消灭”。没有看到这种灾难，却不能说农人对此没有深刻的认识，林郯的二儿媳玉儿从《水浒传》中“开始懂得了人与人之间的和平与安宁是怎么失去的，失去和平后人们又是怎样相互对待的。人们在战争中露出了贪婪的本性，他们互相争斗，互相残杀，甚至拷打折磨，吃人肉，一旦和平丧失，人们就会干出这种种野蛮的、禽兽般的事情来”。赛珍珠将《龙子》中最精彩的笔墨倾注在这位农妇身上，玉儿深刻地揭示了战争的本质，不仅是受中国古典名著的启发，而且缘于她最朴素的生命意识：“活着，生儿育女，享受生活的乐趣，看着新生命成长，创造更多新的生命，这一切是多么美好啊，而要摧毁用生命创造出的这一切是多么愚蠢！”

而南京城被炸得惨不忍睹，林郯只有带着小儿子亲眼目睹才可以确信：

> 这儿已是一片瓦砾场，几十个人一百天也没法儿弄成这样，可是只有喘气的功夫，飞机就把它变成一片废墟……在这些瓦砾堆上，前来吊唁的人们，有的用手，有的用铁棍，也有几个用锄头的，在瓦砾里刨着。他甚至看到一个女人嚎啕大哭，她看到瓦砾中露出了她丈夫的一只脚。

他们不仅看到了轰炸，也正经历新的轰炸，作者十分耐心、细致地刻画了躲避轰炸的林郯：“他用手捂住脸，不仅因为他感到自己的末日临近了，而且还因为他知道随着每一声爆炸，就有一些人死去。他的耳鼓发胀，听到声音就颤动，他的眼球突出，胸口透不过气来。”日机对南京的轰炸成为阿垅、张恨水、路翎，甚至王陆一、宋美龄、约翰·拉贝等人不能绕过的书写对象，而赛珍珠如此细致地写一个普通农民对轰炸的体验。南京的制空权越来越无力的时候，南京保卫战就愈加显得悲壮，在城郊的农民渐渐明白时局的严重性时，“就这样，敌机每天都来，整个城市被死亡和大火笼罩着”。甚至，在自己的土地上，“有一个庄稼人站在那儿呆看，结果头都被飞机削掉了。接着敌机又飞远了，就像做游戏一样”。

然而，小说中的农民并未对国土沦丧、陷城失地作出众志成城的心理反应，那些护城的士兵来向城郊的农民要稻草或者请农民帮助挖战壕时，这些庄稼人都粗暴地说：“我们讨厌当兵的，你们不种田，全靠我们养活。你们的事你们自己去干,我们还有我们的事。”双十节的时候,两个大学生来对乡亲们进行抗战宣传,却被三堂兄等人的“不爱国”激怒了:“他们只要有吃的,有地方住就够了,根本就不管哪个来统治他们。”林郯首先反驳道:“我们自己的那些当官的从来就没有好好待过我们。他们向我们收税,一样吃我们的肉。如果一个人反正要被吃掉,给老虎吃掉还是给狮子吃掉有什么不同呢?”农民的选择十分朴素,他们不会被爱国主义、民族主义轻易地蛊惑,他们首要关心的只是土地。面对大灾难,林郯意识到,“我们除了自己的血肉之躯以外,没有别的东西能抵挡得了这些外国武器……我们只能逆来顺受,能活就活下去,不能活就死”。是离开“跑反”,还是留下来守着土地,是农人最后的选择。林郯对家人说:“至于我自己,我要留在这块生我养我的地方。不管发生什么事,不管整个城市是否陷落,也不管像今天街上有的人说的那样,是不是会亡国,我都要留在这里。”林郯自问:“我还不爱这片土地?这块地就不是我们的国家的?你们这帮年纪轻轻的人为自己活命跑了,就像我儿子和玉儿一样,可是我太爱我们的国家了,都舍不得离开,我死也要死在这里,哪个人比我爱国家爱的这么深?”农民只在乎自己与土地的联系,作者认为那是最简单也是最深厚、最本质的关系,这是农人的所有立场和出发点。面对战争,南京的农民“首先,他们得提防着正撤退中的自己的军队,他们真是太清楚了:任何溃退的军队,不论打的是什么旗帜,总是见东西便抢,因为这些溃军知道:他们是不会再从这儿经过的,他们的所作多为也就怪到了别人的头上”。南京保卫战刚一失利,城郊的农民首先看到“这些吓疯了的士兵从村子上蜂拥而过,急巴巴的恨不得一下子就能逃出这里。他们的将领们早已弃城而去了。只要能保全自家性命,他们也就顾不上在敌人面前丢人现眼的了”。这里赛珍珠十分感慨地写道:“不少人怨声载道,说:敌人不过也就坏到这步田地;甚至有人干脆说,他们希望敌人过来统治。那样,至少还可以图个安定吧。眼下,强盗和土匪正像莠草一般纷纷冒出来……那么多的苦难,已经够受的了,如今这种古老的罪孽又死灰复燃。真是往百姓的伤口上撒盐啊。”按照农人自己的哲学就更好解释,林郯认为“人,一旦当了兵,便不再称其为人,而是回到了他前世所投胎的畜生”。但是,谁也没想到即将到来的日军会更坏。村里年岁最大的人建议:“就像待任何一个新到村上来的官吏一样对待他们好啦。”于是全村男人整队到村外迎接日军。中国农民的反应恰恰被日本人记录得好:“道路旁,土民抬来开水,打着仓促做成的太阳旗。”(笠原实鹤)①可是，来到的日军确实令人始料未及：

> 那是些什么样的脸啊：愤怒、凶猛！望着军帽底下那一双双黑色的眼睛，里面燃烧着淫荡的欲火。他们一个个像喝醉了酒一样，脸通红通红的。

日军不顾乡人的礼遇与臣服，烧杀淫掠开始了。林郑的亲家母——一位高龄老太太，又丑又胖，也没有逃出被蹂躏的命运，林郑愤愤地想："敌人居然能干出这等事，还有啥干不出来呢？说他们是蛮人、野人、动物、畜生，统统都言轻了。""这个村子不到一百人，就有七位年轻的姑娘和四位妇女死了，没有人知道究竟有多少人受到了糟蹋，因为没有一个男人愿意说出自己的女儿或妻子遭到了强暴。"

在南京城郊的乡村里无法躲避日军的侵犯，许多妇女儿童就进入了城内的难民区。然而，在外国人的旗帜下避难，听说了更多的日军暴行，例如，一位小姑娘说："敌人把她从正喂她奶的母亲怀里一把扯开。抓着我姐姐的那敌人被孩子哭得发怒了，用母亲的衣服活活的把孩子闷死了，小孩的妈被捆着躺在地上，甚至连叫喊都不能。她被三十来个敌兵糟蹋后死了。""这些大罪过，现在已变成了一桩桩罪恶啦。许多和她说话的妇女亲眼看到自己的亲骨肉被杀害，或者被强奸或遭毒打；也有许多人什么也不说，因为她们的遭遇是无法用言语表达的。"过了一段时间，城里渐渐变得平静了一些，"这是因为敌人的暴行所带来的恐怖惊天动地，各国的男男女女都听到了，都疾呼这种惨无人道的兽行自开天辟地以来闻所未闻。敌人意识到其他国家的人都知道了他们的人在干什么勾当，头头们感到有些尴尬，敌人半心半意地，以不同的形式下达命令，至少要遮盖他们的罪恶，不允许在城里的街道上再发生此类事件，否则，丑事泄露出去，在世人面前会丢脸。敌人开始走出城，到各村子去了"。当这些日军在村子里未能发现有女人时，"他们无法控制这种突然发作的淫欲，这淫欲像邪恶的火舌一样燃了起来"。当着林郑和大儿子的面，日军将小儿子强暴了。一家人被侵略者伤害得极为惨重，二儿子二儿媳、小女儿被迫远走他乡，大儿媳被日军强暴致死，小儿子也成了日军泄欲的对象，愤怒的父亲见到家人遭到的各种戕害，他再也无法忍受

① 王向远：《日本侵华史研究》，《王向远著作集》(第9卷)，第117页。

了,破口大骂:

> "操他娘的,这些狗杂种,生到世上来,用打仗把这个世界折腾得鸡犬不宁。"他大声嚷道,"操他娘,这些畜生,烧毁我们的房屋,糟蹋我们的女人。操他娘,这些没有长大的男人,小时没吵够,没斗够,如今都大人了,还像孩子一样弄枪弄炮的,叫我们这样的规矩人家过不上日子!操所有养了这帮好打仗的狗杂种的女人。操他奶奶!操他祖宗八代!"

林郊虽然粗话很多,却足以表达彼时彼刻的情绪,也夹杂着最为朴素的思考,那是历史悠久的华夏文明对"没有长大"的民族的批判。南京大屠杀不再是道听途说的传闻,自己的村庄遭受毁坏,自己的土地遭到掠夺,自己的儿女遭到祸害,农人才坚定了不当顺民而要以暴力反抗的决心。面对异族的压迫,只有反抗。林郊越想越是确定:"发动战争的,只是某一种人;只要想法子除掉了这号人,天下就能太平了。"他就此被逼上了复仇之路。

(二)农民的复仇与反抗

赛珍珠写农人开始反抗复仇之前的情形还是有较多现实基础的,农人对土地的依恋,对家庭农耕的安排,对城市、政府存在的无所谓,作者大体还能写出中国农人的生活气息。但显然也存在一些水土不服的主观化的描写,比如农人对轰炸机、军用汽车的认知程度,南京城垣攻防战的影响,陷落后城内外的交通管制,都未必真实客观。南京保卫战后期,有两处描写就完全不能信以为真:其一,三堂兄翻看身边的一张旧报纸,就告诉大家:"这上头说:敌人用'飞船'撒下很多传单,叫我们不要害怕。因为他们带来的,只是和平和秩序。"如果说三堂兄看到是"日军"的传单,才有可信度。其二,南京陷落的当天,小说认为,"打仗的声音消寂了。空中没有一丝动静,仿佛又回到了敌人登岸前的那些岁月","朝城里的方向望去,但看不见一点大火的迹象。高高的城墙把住在里面的人围起来了,没有一丝痕迹可以看出他们正受着什么样的罪,甚至连受罪的迹象都没有"。这完全是作者的臆想,小说已经明确说过,村子与这座城只有有十余里的距离,燃烧的金陵城、紫金山岂能看不见?

可以理解的是,赛珍珠没有亲身经历1937年的南京陷落,也未能拥有足够多的材料。她仅凭多年之前对南京的印象和对农民的热爱，于是难免浮光掠影、凭空捏造。实际上，对于战争和暴力，赛珍珠在中国体验最深的有两次，就是 1900 年义和团运动的冲击和 1927 年国民革命军北伐时攻克南京的骚乱。对于后者，赛珍珠曾有详细的回顾："暴徒们已开始抢劫了，小屋外不时传来枪声和人群的嚎叫声。任何国家。任何城市发生动乱时总会有这样的暴徒。这其中有小偷、有强盗，有喜欢放火的坏蛋，有在和平时期不敢杀人，但却在动乱时期暴露了嗜血欲的人。"①那么对于中国农民的反抗，赛珍珠能不能把握得好呢？《龙子》的后半部主体就是农人反抗日本侵略者，是作者十分看重的部分，而这一部分作者不易把握，客观地说，严重的问题就出现在有关农民反抗的叙事上。虽然《龙子》中农人的抗争充满了故事性、戏剧性，彰显出中国农人自发抗争的胆识与智慧，显示出中华民族不屈不挠的精神与信心，但因为赛珍珠没有足够的生活基础及写作深度，以致这部分的书写成为了抗争的虚构与历史的传奇，更多地体现为作者的一种良好愿望而已。

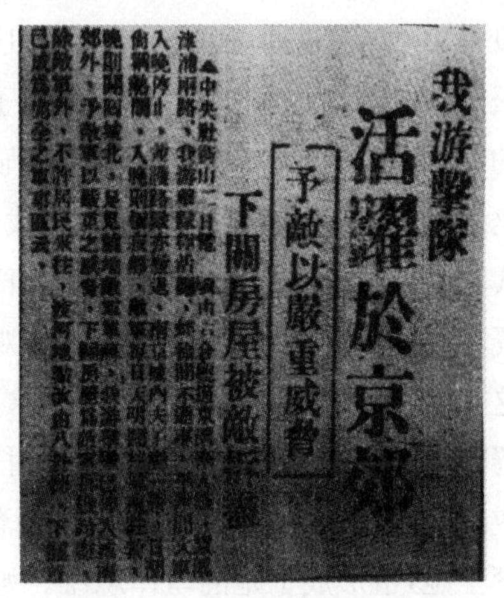
我游擊隊
活躍於京郊
予敵以嚴重威脅
下關房屋被敵

图 2.2　我游击队活跃于京郊

图片来源：《中央日报》1939 年 3 月 4 日

小说中，林郯的大儿子、小儿子被迫都上了山，参加了反抗日军的游击队，经常山上山下地穿梭联系，林郯和乡亲们，还有山上的游击队经常能够消灭小股的日本士兵，甚至偷袭单个的日本人，"如今，他们杀鬼子，就像从冬天的棉衣上捉虱子一样，连眼睛都不眨一下"。林郯的大儿子利用近于"天衣无缝"的陷阱捉鬼子，竟一而再、再而三地得手；小儿子"把能够爱上一个女人的所有的欲望倾注进了一个更深沉的欲望里"，"那就是杀人的欲望"，"杀人已经成了他的快乐"；二儿子、玉儿竟然带着刚出生的孩子从遥远的"自由国土"返回了南京，静悄悄地参与向日军复仇的活动，玉儿化妆成老太婆进城卖鱼，竟然在日军的厨房里从一个陌生的中国厨子那里了解到日军首脑宴会的时间地点，这个厨子不

① ［美］赛珍珠：《我的中国世界》，第 230 页。

光付了买鱼钱，还接受了玉儿的投毒暗示，再次相见后，这厨子将毒鸭子送到宴会上后，厨子全部逃跑，结果毒鸭事件中至少五个日军的"大人物"中毒而死；林郯听信林嫂的主意，"在灶台后面挖个洞，在院子底下造间屋子"，在这密室之中躲避日军、藏匿武器；虽然日军给吴廉很多钱，而且"他到处有耳目，有十一二个男人和女人常常来把各种各样的消息告诉他"，包括村内的三堂伯、三伯母不断地向吴廉递送农民抗日的情报，但是，吴廉一直将这一切都深藏在心里，他静静地等待，"要是这座城市从侵略者手里夺回来，他便反戈一击，投向自己的人"，在日军中，吴廉还有一个日本好朋友——照相师，经常和吴廉说"私房话"，比如，"我恨我们的人对你们的百姓造下的罪恶，我觉得羞耻"；还有三堂叔利用"话匣子"收音机伙同拌大烟屑的老姑娘暗地里为南京民众传播世界新闻。

诚然，在南京周围郊县乡村确实存在对日军的个人或集体反抗行为，有的是自发的游击队、红枪会等，有的是国、共两党组织的抗日团体（包括新四军），甚至还有 1939 年在日本驻南京总领事馆发生的蓄谋已久的詹氏兄弟投毒事件。[①] 这些反抗确实也给日伪统治带来严重的威胁，当时《中央日报》对此也作过报道。[②] 但是，《龙子》中的反抗日军的诸种情形是不现实的，那些农人杀死日军的情节有的显然是充满了冷兵器时代的影子和气息，是近乎《水浒传》中草莽英雄的杀伐悍蛮与女头领的诡异阴险，有些是将现代军事占领化繁为简，本质上是对日军作战能力和统治能力的无视和矮化，赛珍珠凭借作家强大的想象力和主观情绪，将种种的不可能化为可能。造成这样情况的主要因素是赛珍珠完成《龙子》的创作思维。细致看来，不仅在于赛珍珠所承认的"在描写中国人的时候，纯用中文来织成，那在我的脑海中形成的故事，我不得不再把它们逐句译成英文"[③]，更在于中国的文化、文学哺育了她，也形成了她的写作思维。她曾坦言："虽然我生来是美国人……我属于美国，但恰恰是中国小说而不是美国小说决定了我在写作上的成就。我最早的小说知识，关于怎样叙述故事和怎样写故事，都是在中国学到的。

---

① 孙宅巍：《澄清历史——南京大屠杀研究与思考》，南京：江苏人民出版社，2005 年 7 月，第 288—318 页。

② 《我游击队活跃于京郊》："中央社衡山二日电：敌军每日天明开往城南驻扎……我游击队已伸入城南郊外，予敌以严重威胁。"（《中央日报》，1939 年 3 月 4 日）

③ [美]赛珍珠：《忠告尚未诞生的小说家》，《世界文学》，1935 年 1 卷第 5 期，第 663 页。

今天不承认这点，在我来说就是忘恩负义。”[①]她尤其喜欢《水浒传》，并将其译成英文在西方出版（1933 年）。当时，她创作的小说《儿子》“对中国古典章回小说，特别是对《水浒》的模仿最为突出”[②]，而《龙子》在前半部里为女主人公玉儿准备的“自己的书”就是《水浒传》，后半部中农民抗争中多有《水浒传》的影子，借用赵家璧的话说：“全书满罩着浓厚的中国风，这不但是从故事的内容和人物的描写上可以看出，文学的格调，也有这一种特色。”[③]至今，美国的学者也曾感慨：“熟读梁山好汉故事的赛珍珠，她要是不写《龙子》，不拔刀相助，那才怪呢！”[④]但也不无遗憾地说，在某种程度上，中国文化文学同时束缚了赛珍珠的叙事水平。

当然，应当为这位同情中国、热爱中国农人的美国女作家惋惜，同时也要对她的一厢情愿报以敬意。因为她写中国农民反抗的意愿是真诚的。正如外媒对赛珍珠创作的解读：“与住在南京附近的农民家庭关系很熟，她了解到这些农民对日本侵略造成的恐怖局面的反应……日本人的行径在人民群众之中激起了一场反抗运动，赛珍珠根据日本人对中国的侵略以及由此而来的惨绝人寰的暴行，为《龙子》的故事构想了基本的思路。”[⑤]她打破了西方书写中国的传统——对中国的粗鄙化和他者化的书写，正如她对《大地》所期待的：“我不喜欢那些把中国人写得奇异而怪诞的著作，我最大的愿望就是要使这个民族在我的书中如同他们自己原来一样的真实正确出现。”[⑥]实际上，在创作《龙子》的那时那刻，仍然无法实现“真实正确”，正如胡风曾说她“凝满着同情地写出了农民底灵魂底几个侧面。读者在离奇的故事里面也能够感受到从活人底心灵上流出的悲欣”，但她“并没有懂得中国农村以至中国社会”[⑦]，《龙子》只能是仍带有难以置信的另一种传奇色彩。

自然，在解读赛珍珠创写南京陷落的文本时，还应发掘它的独特价值，

---

① 1938 年，赛珍珠在诺贝尔文学奖的获奖演说。

② 顾钧：《论赛珍珠建构中国形象的写作策略》，《江苏大学学报（社会科学版）》，2002 年第 2 期。

③ 赵家璧：《勃克夫人与黄龙》，《现代》，1933 年 3 月第 5 期。

④ [美]映碧：《赛珍珠的中国脐带》，许晓霞、赵珏主编《赛珍珠纪念文集》（第 3 辑），镇江：江苏大学出版社，2009 年 8 月，第 34—35 页。

⑤ [美]保罗·A·多伊尔著：《赛珍珠》，张晓胜等译，沈阳：春风文艺出版社，1991 年，第 123—124 页。

⑥ 《勃克夫人自传略》，载《现代》，1933 年 4 卷 5 期。

⑦ 胡风：《〈大地〉里的中国》，《人与文化》，北京：北京大学出版社，2007 年 11 月，第 130—135 页。

《龙子》较为罕见地深入地拓展和挖掘中国农民的心理层面。中日战火烧到了乡村宅院的时候,农人本着谁统治都可以屈从的态度,可是当农人的底线被突破时,他们就会揭竿而起。农人也会产生朴素而有价值的认识,林郯就有一个体会:"土地是人们打心底里喜欢的东西。要是谁的土地太多,而另一些人的又太少,那就要打仗。因为土地能生产粮食,有了土地也就有了栖身之地。要是地太少,粮就少,房子也就小。要是出现这种情况,人的头脑和心胸就会狭窄。"当他与乡亲们发觉无法忍受暴行时,农人还是能够以各种形式予以对抗。林郯也杀过一些日本士兵,他潜藏着愤恨,整天琢磨着杀敌的新办法,他也发现自己身上的这种变化。但他同时处于矛盾中,当林嫂凄楚地说:"要是杀人没这么容易,该多好呢!我们的儿子已习惯了这种又快又容易的一了百了的法子。有时候,我心里总琢磨,你我要是反对他们,老头子呃,要是他们没有别的敌人可杀的话,他们会照样轻轻松松地把我们杀了。要不,他们兄弟之间会互相残杀。"林郯就渐渐明白,"杀人是最邪恶的","我再也不杀人了"。他在沦陷区苦苦生活了四年,"他不曾落过一滴泪挺过来了",当听到同盟国的好消息时,他却止不住泪流满面。赛珍珠将传统中国农民的心灵刻画得较为真实,他们对暴力的隐忍、对战争的厌弃、对和平的渴望还是十分鲜明地表现出来。

(三) 奉献给中国的伟大女性

南京陷落书写中对南京女传教士和中国妓女的描写,最早展现在《龙子》中,并成为叙事主题。这一主题在之后的若干年里多次出现。当南京城郊的村子被日军侵占后,林郯的女儿、儿媳,还有林嫂都十分幸运地躲进了南京城内已划入国际难民区的"一所洋人办的学堂"。林嫂看到了管理这学堂的"洋女人",她在这座城市生活了二十年,而且会说汉语:"这女人的头发像猫的软毛一样黄,头发并不均匀地散在头上,像羔羊的毛那样突了出来。借着她手里灯笼的亮光,林嫂看见她那张白脸上的眼睛也是淡黄的。"令林嫂更为吃惊的是这"白种女人"希望她能够信仰基督教。在学堂里避难的还有几个来自苏州的女人,林嫂对之嗤之以鼻:

> "你为啥也到了这儿?"过了会,林嫂有些生气地问那些年轻女子,"像你这样的女人不该呆在这儿。"
>
> 那位年轻的女子悲伤地笑了笑说:"我们也是女人。"她又用她

那动听的声音轻轻地说，“我们也害怕野兽。”

苏州被日军占领之后，只有这七个妓女逃了出来，她们其他的十六个姐妹都未能从沦陷区跑掉，她们也恨日本人，说“他们不是男人”。即便如此，林嫂也并未产生一丝怜悯。当日本士兵强行进入这所学堂时，“白种女人”不得不告诉眼前的所有中国妇女：“我不好意思把这种代价告诉你们，但是，我必须告诉你们。这样，你们才能救你们自己。他们说如果我们给他们一些女人，跟他们走，他们就不进来。大概五六个或者……”很明显，国际安全区并不安全，日军军纪已经坏到了这个地步，要挟白种女人交出一定数量的女人，否则他们便自行掳掠：

> “愿意救这……这批善良的妇女的人。我不要求，我只是说如果有这样的人的话，如果她们感到她们能这样做的话，或者，恐怕……最好是……”她无法继续说下去。在那明亮的黄色灯光下，妇女们看到她咬着嘴唇，她手中的灯笼也在抖动。
>
> 接着林嫂看到一件永生永世难忘的事：这件事使她的心永远对所有被视为邪恶的女人感到温暖和亲切。因为躺在她身边的那位漂亮的年轻女子站了起来，把头向后平整的理了理，把衣服拉拉直。
>
> “起来，我的小姐妹们，”她用一种十分疲惫不堪和悲伤的语调说，“起来，梳梳你们的头发，带上你们的笑容，我们该出去干活了。”其他几位听后就纷纷站起来，但没有一个人说话。当她们七位在草垫子上穿过大厅向门口走去的时候，没有一个人说话。那位领头的女子在白种女人面前停下来。
>
> “我们准备好了。”她用十分动听的语调说。
>
> “上帝会祝福你们，上帝一定会为此而送你们进天堂！”白种女人说。
>
> 但那漂亮的妓女摇了摇头说：“你的上帝不认识我们。”她静静的挺直身子，带头走向院墙大门，其他的人跟在后面。白种女人在后面把灯笼提得高高的，好让她们看得见自己的路。

在十分陌生化的语调中，赛珍珠刻画了南京农民眼中的西洋女传教士，同时刻画出被人鄙夷的妓女们，这个避难的学堂呈现出了动人心魄的生死选择:国际安全区苦于救助,“白种女人”苦于救助,一群苏州的妓女却救助了避难的妇孺。作者没有赋予那七位妓女姓名,这些无名的女性都是用最大的爱去回应南京最残酷的现实。生命赋予每个人的权力应是平等的,即使是妓女,当然也没有先于他人进入地狱的义务。不管能否得到永生,她们却应该永远地活在世人记忆里。

林嫂会铭记那些代为牺牲的女同胞,也会铭记那位陌生的西洋女传教士,当林嫂责怪她“可你,白种女人,竟一滴眼泪都没掉”,白种女人用苍白而清晰的声音说道:“人世间的悲苦,我见得太多了。”“我想,再没有什么能教我哭——或者笑了。”她抬起头注视着远方,我们不难看到她眼下的南京是多么地恐怖、悲惨,支撑她活下去的只有天国的主。然而多日以后,这学堂看门的老头告诉林郯,那白种女人“她死在祭坛上的。唉,那血流得哟！她割断了手腕,血像河一样流进了甬道里。血迹还在那里,怎么洗也洗不掉”。这实在让林郯无法理解,他只听说,“她留下了一封信说她失败了”。这位女传教士是因为无法承受也无法理解在人世的苦难而自杀了,这是对日军造成的恐怖、对人类的暴力的无声抗议,也是对“上帝”失望的体现。赛珍珠对这“白种女人”的刻画应该是整部小说最成功的一笔,可以觉察得到,她们的心是相通的。

20世纪40年代初,赛珍珠遇见了人物原型,也就是明妮·魏特琳(Minnie Vantrin),她和她的金陵女子文理学院经历了1937年12月开始的南京大屠杀,她曾给罗家伦写过信,正如第一章提到过的,罗家伦为承受灾难的女子学校写了诗歌《春恨》,虽然魏特琳被誉为“女菩萨”,回国后她的心灵创伤仍未治愈,于1941年5月14日在美国家中自杀身亡。魏特琳在中国生活了近三十年,而赛珍珠在中国曾生活比她还要多近十年,可以想见,美国女作家发掘了美国女传教士的南京故事。明妮·魏特琳的墓碑上除了英文外,在最醒目的地方刻下了四个中国汉字——“金陵永生”。她们两位女性对中国都有着深沉感情,也同样为中国作出了重大贡献。虽然至今未发现赛珍珠本人曾有任何特殊说明,但客观上讲,《龙子》的出版应该是对魏特琳的一种纪念,也是赛珍珠对这位前辈最好的追悼。

赛珍珠不光创作了大量的中国农民题材作品,而且通过其他艺术的形式或诸多文化实践,为世界绍介中国做出了很大的努力。在《龙子》的扉页上,作者特意写下“在中国人看来,龙并不是一种邪恶的东西,而是神灵,是人类的朋友，他们崇敬他”①。赛珍珠如此善意真诚地将这个民族的图腾符号大胆地标示出来，期望实现中西文化有效地交流。她认为民族间的冲突在很大程度上是缘于缺乏了解沟通。她有信心、有诚意作为中西、中美文化交流的使者，她坦言道：“我在一个双重世界长大——一个是父母的美国人长老会世界、一个小而干净的白人世界；另一个是忠实可爱的中国人世界——两者间隔着一堵墙。在中国人世界里，我说话、做事、吃饭都和中国人一个样，思想感情也与其息息相通；身处美国人世界时，我就关上了通向另一世界的门。”②她深受中国文化的哺育，她了解中国农民的情感、生活，她发现“穷人们承担着生活的重压，钱挣得最少，活干得最多。他们活得最真实，最接近土地，最接近生和死，最接近欢笑和泪水”③。她创作的有关中国农民题材的作品是倾心而作的，即使客观地讲，《龙子》并非一部出色的作品，但是它在文化层面上仍是有价值的。彼得·康就赛珍珠的贡献曾说：“从前或者打从赛珍珠之后，没有一个作家如此单独创造出美国用以诉诸外国文化的想象力丰富的词汇。赛珍珠为两代美国人塑造了中国。”④直至1973年，赛珍珠仍未能回到中国，她遗憾地离开了世界。她自己设计的坟墓上没有一个英文字，只有三个汉字镌刻其上：赛珍珠。尼克松在给她的悼词中称她为“一座沟通东西方文明的人桥”。

迄今为止，赛珍珠的《龙子》是第一个，也是唯一一个完全用中国农民的视角讲述南京大地上1937年发生的人类浩劫的文学作品。我们可以看到，农人的受难、抗争与日军的凶残、恐怖都被充分地书写出来，对中国农民的爱与对日本侵略者的恨，是缘于女作家赛珍珠对第二故乡中国的深情厚意，和对善良无辜的人类的美好期待。相较而言，日本女作家林芙美子只能为其祖国的军国主义论调张目，她无法逃离政治的漩涡，而后多年，她被自己的话言中了，“被周围各种各样大小无数的历史漩涡所卷入”⑤，再也洗刷不净。

---

① 出自小说《龙子》扉页上的话。

② [美]赛珍珠：《我的中国世界》，第9页。

③ 同上，第156页。

④ Peter Conn, *Pearl S. Buck: A Cultural Biography*, New york: Cambridge University Press, 1996, p. 115.

⑤ 语出自1941在日本的《文艺》上发表过致周作人的公开信，转引林敏洁的《林芙美子与鲁迅、周作人交往考》。

第三章　战后三十年的文学书写 (1946—1978)

第二次世界大战结束后的三十余年里，关于南京陷落的文学书写进入了一个模糊混乱的状态，主要原因还是政治对人的规范和束缚，但同时，在进入这一时期的文学书写空间时，也能感触到人类社会的复杂性。

第一节　中国文学中的失声与留忆

一、历史语境

1945 年 8 月 15 日，日本国政府宣告投降，中国人民取得了抗日战争的胜利。中国国民政府发布公告，倡导所谓的“不念旧恶”和“与人为善”①。对多数中国人来说，民族的矛盾与仇恨已经不再是首要，但是，侵华日军在中国制造的灾难并不能被忘记。1937 年 12 月，国家的首都被日军占领之后发生的大屠杀事件，仍令人刻骨铭心，因为这是一个国家、民族的创痛和耻辱。当时，民国军事委员会参谋总长兼中国陆军总司令何应钦将军在其《八年抗战之经过》中述及“南京放弃”，简约而不失悲痛。在 1946 年国民政府还都南京大典时，卢前②为“还都”作词《满江红》：“应庆幸、蒋山无恙陵园云树。百战居然完大任，八年沦陷民何苦。”同时倾吐哀情：“流徽榭，邀笛步。鸡鸣寺，雨花路。尽颓垣败壁，荒畦废圃。蒿目疮痍谁慰藉，饥寒遍地

① 1945 年 8 月 15 日正午，蒋介石在重庆中央广播局亲自宣读《抗战胜利告全国军民及世界人士书》，向全国、全世界播送发表。可参见《中央日报》，1945 年 8 月 16 日。

② 卢前(1905—1951)，字冀野，南京人，诗人、散曲家，先后受聘于金陵大学、暨南大学、中央大学等学校，曾任《中央日报·泱泱副刊》主编，代表作有《读曲小识》《饮虹五种》等作品。

谁安抚。”[①]另作曲《北双调·雁儿落带得胜令》,即为“入都感怀”:“骨抛幕府山,血满秦淮水。参差劫后梅,多少刀下鬼! 九年我来归,城郭已全非。痴对陵园树,真成丁令威。飞飞,生还客是谁? 累累,国殇土几堆!”[②]1948年初,国民党元老于右任写了《第二次大战回忆歌》,这是具有总结性的一首叙事诗,放眼全球,环顾太平洋到大西洋、东战场至西战场,实在感慨万分:“十年前猛回头,有怀欲歌夜中起。”作为抗战亲历者,他经历了八年血战,从1937年西迁重庆,到还都金陵,自有别样滋味:“死伤者盈野,流亡者万千,凄凉国土蒙尘日,惨淡人民哭庙天。血池骨邱首都陷,虎踞龙蟠一泫然。”[③]来自民众个体的声音自发地表达了八年抗战的悲怆。

图 3.1　黄墅:《抗战胜利画史》(部分)

事实上,战后不久,国家机关报上已发表图文声讨日寇罪行,如1946年7月7日在《中央日报》(增刊)刊发《抗战胜利史画》,其中有一幅“屠杀我居民二十万”[④](见图3.1);另刊发《首都蒙尘江南变色》[⑤]一文,并配“南京保卫战”图;翌年12月12日,《中央日报》刊发《十年前的今天:屠杀! 屠杀!》。国民政府在战后很快着手安排哀悼纪念抗战死难军民事宜,为此,《中央日报》于1946年7月7日刊发了《哀念抗战死难军民》[⑥]一文,强调蒋介石将

① 卢前:《卢前诗词曲选》,北京:中华书局,2006年4月,第160页。

② 卢前:《卢前诗词曲选》,第228页。

③ 于右任:《第二次大战回忆歌》,《于右任诗词曲全集》,第259页。

④ 《抗战胜利史画》,《中央日报》(增刊),1946年7月7日。

⑤ 同上。

⑥ 同上。

亲临主持祭悼活动。翌年 12 月 13 日是首个“南京市忠烈纪念日”[1],南京市公祭南京大屠杀中的遇难同胞。1946 年 5 月,远东国际军事法庭对日本战犯进行审理[2]。1947 年,南京军事法庭完成了对日本战犯的处决[3]。这样看来,战后初期,中国关于南京陷落,尤其是南京大屠杀是有言说空间的,对此的文学创作虽不多见,但毕竟存在,如卢前、于右任的旧体诗作。但是,随着国共矛盾的不断升级,普通民众生存日益艰危,中华民族及个人的伤痛还未来得及抚平和疗治,人们又被新的战争机器绞了进去。

中央日報
中華民國三十六年十二月十一日
勿忘十年前今日
紫金山麓作殺人比賽
日本兩戰犯罪跡斑斑
首次公祭殉難忠烈
以後每年是日舉行祭典

图 3.2 《勿忘十年前今日》等报道

图片出处:《中央日报》,1947 年 12 月 11 日

1949 年,国、共两党间的战争日见分晓,4 月 23 日,国民政府的首都南京被攻占。10 月 1 日,北京天安门城楼上传出了“中华人共和国成立了”的声音,并传遍世界。之后,南京国民政府及其军队退据台湾,从此,台湾与大陆中断正常联系长达三十年余年。大陆与台湾处于相互对峙之中,同样在

① 《首次公祭殉难忠烈》,《中央日报》,1947 年 12 月 11 日。

② 参见[美]张纯如:《南京大屠杀》,马志行、田怀滨、崔乃颖等译,北京:东方出版社,2005 年 5 月,第 197—204 页。

③ 同上,第 193—195 页。

各自新的政治权力经营下，推行着政治意识极强的各种政策，政治体制严格地推动着国家机器的运转。香港与澳门仍处在旧有的体制之中，有成为大陆与台湾的中转站和缓冲地带的可能。

中国大陆建国之初不断地进行土地改革和阶级斗争，1951 年，中国人民志愿军进入朝鲜战场。广大中国大陆民众在新的政权之下，不断脱胎换骨，“消灭国民党反动派”“坚决反对美国重新武装日本”“打倒美帝国主义”的声浪不绝于耳。1950 年 5 月 14 日，《人民日报》转发“新华社南京 13 日电”《南京四十万人大示威》，目的在于“绝不容许日本军国主义者在美国扶植下卷土重来”①；1950 年 12 月 13 日，《新华日报》刊发了《南京人民世代难忘的血仇——今天是“南京大屠杀”纪念日》，可以看到，南京大屠杀受害者代表借此强烈控诉日军在 1937 年的暴行。②《人民日报》刊发了柏生的《南京金陵大学对美帝的控诉》，报道说：

> 在抗战前一年，美帝更派遣美国财阀摩根的一个爪牙贝德士到金陵大学教授历史，实际上是进行毒辣的特务活动。贝德士与日寇和汪精卫勾通，参与了当时南京的大屠杀。他一面在金大向学生们传播亲日思想，一面和日寇串通，在“招人做工”的名义下，把大批的中国难民移交给日寇，让日寇集体屠杀了。一九四五年贝德士又盗取了日寇侵略我国时用的军用地图，这明显的说明了美帝要走日本帝国主义的侵略老路！③

这十分清楚地表明，南京陷落及南京大屠杀的历史记忆已进入混乱状态。实际上，在南京大屠杀发生时，美国人贝德士(Miner Searle Bates)是金陵大学的历史教授，同时也是南京国际安全委员会重要成员，“南京沦陷不过两天，他就向日本大使馆提出对日军暴行的第一次抗议，接着是他那著名的 1938 年 1 月 10 日的抗议信，其复印件被送到国统区……战后他奉召作为证人出席东京和随后中国对日本战犯的审判”④。当时的反美风暴愈演愈

---

① 《人民日报》，1950 年 5 月 14 日。

② 《新华日报》，1950 年 12 月 13 日。

③ 柏生：《南京金陵大学对美帝的控诉》，《人民日报》，1951 年 1 月 31 日。

④ 《美国传教士的日记与书信》中关于贝德士的“编者按”说明，见《见证与记录：南京大屠杀史料精选(西方史料)》，张宪文主编，第 1—2 页。

烈,1951年2月23日的《新华日报》第三版整版报道了《反对美帝武装日本控诉会记录》[①],其中有殷长青的《万恶日寇罪行滔天　南京屠杀三十万人》等数篇文字记录,在揭发、痛斥日军暴行的同时,批评咒骂美国政府。《新华日报》1951年2月26日在《追记日寇南京大屠杀的血海深仇》一文中写道:"采取消极抗战、屈辱投降、出卖祖国权益的蒋介石反动政府,在南京行将沦陷前,对人民实行天大的欺骗,口口声声说要'与南京共存亡',可是蒋介石却背叛了保家卫国抵抗侵略的神圣职责,携带金银珠宝、娇妻美妾逃之夭夭。与南京共存亡的不是这批卖国贼,而是南京市英勇不屈的人民和一部分真正抗日的中国士兵。"[②]

1951年6月30日,聂荣臻在《人民日报》发表《中国人民是怎样战胜了日本法西斯侵略者——纪念中国共产党诞生三十周年》,重申了中国共产党的抗战功绩,也再次表明国民党反动派的倒退历史面目:

> 由于国民党反动派不愿意发动全国人民参加抗日战争,不愿意给人民以民主权利,不愿意进行彻底的政治改革,不愿意清除国民党及其政府内部的亲日派势力,这样就使得当时的抗日战争,潜伏着失败和中途妥协的危险。为了克服这种危机,中国共产党坚决地领导中国人民和人民的武装力量,站在斗争的最前线,使自己成为抗日战争的领导核心,并用极大的力量,放手发动抗日的群众运动,组织千百万人民参加抗日民族统一战线,争取民主权利,使抗日战争不仅具备了鲜明的民族的性质,并且具备深刻的人民的性质。[③]

19世纪50年代,原远东国际军事法庭中国法官梅汝璈多次在公开场合提到日军南京大屠杀的暴行。1961年,他在《文史资料选辑》第22辑上发表了《关于谷寿夫、松井石根和南京大屠杀事件》一文,为此,他在文革时遭到了政治批判,被扣上"煽动民族仇恨""鼓吹战争报复"的帽子。[④] 1960

① 《新华日报》,1951年2月23日。

② 《追记日寇南京大屠杀的血海深仇》,《新华日报》,1951年2月26日。

③ 聂荣臻:《中国人民是怎样战胜了日本法西斯侵略者——纪念中国共产党诞生三十周年》,《人民日报》,1951年6月30日。

④ 梅小璈:《南京大屠杀及其他——先父梅汝璈的一些看法》,《侵华日军南京大屠杀国际学术研讨会论文集》,合肥:安徽大学出版社,1998年,第452—453页。

年,南京大学历史系部分师生对南京大屠杀进行了调查,走访了南京大屠杀幸存者和见证人,编写了一本约七万字的小册子——《日寇在南京的大屠杀》,但最后因故未能公开出版。这是建国以后有关南京大屠杀的第一本研究著作。① “从上世纪 50 年代到 70 年代末,阶级教育成为社会政治教育的中心,阶级意识渗透到中国社会生活的各个方面。在这样的政治形势下,有关南京大屠杀的记忆,不可避免地被涂上了浓厚的阶级斗争的色彩”,在这一阶段里,中国革命史、抗战史的讲述自然是共产党抗战,而国民党政府“片面抗战”“消极抵抗、卖国投降”,“以阶级分析眼光看,南京大屠杀是日本军国主义的罪证,同时也是国民党政权腐败无能的证明”②。

于是,就因为不同政治语境,中国大地上的抗日战争叙述呈现了许多不一致的地方,有的模糊甚至扭曲颠倒。而对 1937 年南京陷落真实情况的言说也随之混乱迷离。当然,对此的思考还可以进一步:“在东西方冷战的国际背景下,在阶级斗争作为主旋律的政治格局下,民众对于南京大屠杀的记忆受到了扭曲。另一方面,它还受到来自政府层面的对日战略方针的制约。”③二战之后,日本作为战败国,一部分战犯被处置,但是以美国为首的西方国家未能坚持彻底解决日本的战争罪责问题,而是保留了日本的天皇制度,很快地将日本武装成资本主义阵营的一员。日本民众的反美行动得到中国大陆多次高度评价和积极声援④,当时流行的口号是“美帝国主义是中日两国人民的共同敌人”。中国大陆私下与日本民间组织、左翼组织保

南京四十万人大示威

絕不容許日本軍国主义者在美国扶植下卷土重来

图 3.3 《绝不容许日本军国主义者在美国扶植下卷土重来》

图片来源:《人民日报》,1950 年 5 月 14 日

---

① 《支持日本三池矿工的斗争,南京三千煤矿工人集会》,《人民日报》,1960 年 5 月 26 日。

② 刘燕军:《南京大屠杀的历史记忆(1937—1985)》,《抗日战争研究》,2009 年第 4 期。

③ 刘燕军:《南京大屠杀的历史记忆(1937—1985)》。

④ 例如 1956 年 8 月 7 日《人民日报》社论《不许广岛长崎悲剧重演》;1963 年 12 月 7 日《人民日报》有关支持日本人民的报道。

持着紧密联系,并不断声称“把日本军国主义与广大日本人民区分开来,争取日本人民,发展两国人民友好关系,推进中日关系发展”[①],期望能够与日本政府恢复邦交,在经济、文化及世界安全问题上达成合作。并且,中国大陆很早就表示不要求日本对战争进行赔偿,从1955年3月到1972年9月,这一态度大体未曾有变化。[②] 结果,战后中国大陆对日本的战争罪责很难追究,总是被“世世代代友好下去”的口号所遮盖。而日本左翼作家对中国大多抱有歉意,意识到日本对华侵略造成了重大的伤害。

在1972年中日两国恢复邦交之后,中国政府对日本的态度,无论官方团体还是个人都是一致的:“中日友好要子子孙孙(或世世代代)保持下去!”同年,“日中友好旧军人协会”访问南京,南京的接待人员表示:“事情已经过去,这不是日本人民的罪过,责任在一小撮日本军国主义头子。”[③]实际上,日方有识之士并没有忽视,多年以后小田成光对此分析道:“在日中邦交恢复之际,周恩来总理曾经引用中国一句古语:‘前事不忘,后事之师。’这种精神只有在两国有良知的人民中间,不断地、自觉地唤起和实践,否则,由于时间的流逝也难逃风化的命运。”[④]当时,中国对日交流就是在这样的官方引导背景下进行的,一味地表示友好、感谢,没有谈及民族创伤问题,“在这样情境下,根本不可能对南京大屠杀进行深入、广泛、系统的揭露和批判”[⑤]。于是南京大屠杀等问题就成为了盲区,可以想见,1949年之后的三十年里,中国大陆文坛几乎不存在对1937年南京陷落的文学书写,自然也很难存在南京大屠杀的文学表达。

---

① 《人民日报》发表社论《为建立中日友好睦邻关系而努力》(1955年11月20日),《中国科学院院长郭沫若就关于恢复中日邦交问题发表的广播演说》(1956年3月16日),《中国作家协会和日本文学代表团的联合声明》(1957年11月10日)。可参见《日本问题文件汇编》(第二集),北京:世界知识出版社,1958年版。同时可参考林晓光、周彦:《二十世纪五十年代中期中国对日外交》,《中共党史研究》,2006年第6期。

② 1955年3月1日,中共中央政治局讨论通过了《对日政策和对日活动的方针和计划》,决定为了实现中日邦交的正常化,中国打算放弃要日本进行战争赔偿。1956年11月,周恩来与日中友好协会第一任会长松本治一郎谈话,乃至在1972年9月中、日签署的《中日联合声明》中都表达“放弃赔偿的要求”这一态度。可参见苏智良等编著:《日本侵华战争为背景遗留问题和赔偿问题》,商务印书馆出版,2005年11月,第125—126页。

③ [日]石井和夫:《“南京大屠杀”的思索》,《日本学》(第四辑),北京:北京大学出版社,1995年,第390页。

④ [日]小田成光:《没有时效的耻辱》,《勿忘血写的历史》,[日]本多胜一等著,晓光寒溪等译,北京:中国青年出版社,1995年8月,第153页。

⑤ 刘燕军:《南京大屠杀的历史记忆(1937—1985)》。

而国民党退据台湾之后,整个台湾总人口暴涨,大量外省籍人口涌入台湾。据统计,大陆迁台人口 1947 年有 34 339 人,1948 年有 98 580 人,1949 年有 303 707 人;①另外,还有大约 50 万没有纳入居民户籍的军事人员,②总计达 100 万人左右。这些涌入的外省人中,当年与日军刀枪血战的卫国官兵和深受日军侵略之苦的民众自然不会忘记日军的暴行。抗战胜利后,本应是为国破家亡的屈辱和创痛一吐为快的时候,然而在台湾,抗战也有“被遗忘”的危险。国民党政府在最初的二十年里,在与大陆的对峙中保持着高度紧张的神经,忙于反攻大陆和稳定政局等事务,无暇顾及十四年抗战的创痛,而且迫切需要日本作为盟友,对其合法地位予以确认,在美、英等国主导的 1951 年 9 月通过对日《旧金山和约》的框架下,台湾当局与日本妥协,在 1952 年 4 月与日本政府签署了“和平条约”,放弃了对日本要求所有战争赔偿的请求权。③ 于是,十四年抗战的许多历史问题被有意地忽略,南京大屠杀等相关问题自然会被遮蔽。20 世纪 70 年代开始后,台北面对的政治问题尤其突出,比如联合国常任理事国的中国代表权问题,美、日两国与中国大陆相继恢复邦交问题等。台湾当局又不得不在美国的羽翼之下生存,新的形势自然令台湾的管理者十分焦虑,中日的历史问题又将凸现出来,岛内的民族主义有恢复的趋势。但是,台湾着重将精力放在图强图存、发展经济上,20 世纪 70 年代,台湾渐渐成为东亚地区的强大经济体,后成为“亚洲四小龙”之一,而关于中日的民族冲突和创伤问题还是往往被人遗忘。1979 年 7 月 12 日,《台湾新闻报》副刊刊发《这样的创痛,还要沉默?》一文,喟叹:“当年浴血苦战的将士若不留下苦战的第一手纪录,死生之际的独特经验;当年饱受日寇蹂躏,尝尽国破家亡,颠沛流离之苦的民众,若不留下刻骨铭心的惨痛的回忆,则八年抗战,在历史长流中依旧是过眼烟云。”④尽管如此,台湾一地民众偶尔也能发出“抗战文学”的声音来。

1949 年以后的三十年,在台湾的文学书写空间里,南京陷落并没有完全被忽略,陈纪滢、钮先铭和郭岐等人断断续续地书写了较为敏感的话题。

---

① 台湾省文献委员会:《台湾省通志》(卷二人民志人口篇,全一册),台南:台湾省文献委员会,1972 年,第 210 页。

② 陈永山、陈碧笙主编:《中国人口》(台湾分册),北京:中国财政经济出版社,1990 年版,第 163 页、165 页。

③ 曾景忠:《1952 年台北和议中日本利用中国不统一逃脱战争赔偿》,《抗日战争研究》,2000 年第 2 期。

④ 赵滋蕃:《这样的创痛,还要沉默?》,《台湾新闻报》副刊,1979 年 7 月 12 日。

而战后香港和澳门仍在英国、葡萄牙的领属区域内,相较而言,有很多自由言说的空间,但是在外国殖民地生活的中国人未免难以聚焦中日民族和历史问题,更多人仅仅在乎日常生计问题。正如有文学史家对 1950 年之后的香港文学发展所述:"香港社会总的来说是安宁的、平和的。它没有暴风雨式的社会大变动,市民对政治不关心,关心的是住房、汽车、时装、超前消费……价值观念与道德观念与内地有很大的不同,他们没有为子孙万世造福的意欲,也没有什么崇高的理想要实现,他们看重的是自身的现世的需求与满足。人文主义思想意识已深入人心,社会生活出现世俗化倾向。"[①]当时,没有资料表明澳门有过对 1937 年南京陷落的书写,而香港还是在战后的三十年里保存了一些记忆,当然这些作者都是经历了祖国的抗日战争后赴港的,比如唐人、潘柳黛、曹聚仁等。总地看来,在台、港两地,对南京陷落的文学书写还多少留存了一个民族的历史记忆,弥补了不该有的盲区。

二、港台小说中的南京陷落

战后的香港和台湾不仅是独特的政治区域,而且也是中国文学的"后花园",在那里书写大陆的故事,尤其是关于旧都南京的往事,具有特殊的意味。

(一) 女性小说的自话与历史演义的戏说

20 世纪 50 年代,香港一地就有了对南京陷落的文学书写,如潘柳黛[②]的《一个女人的传奇》和唐人的《金陵春梦》系列之《血肉长城》。

1.《一个女人的传奇》

对香港而言,在不同的历史时期从中国大陆南来的作家背景是十分复杂的,有的是中国抗战之前来的,有的是抗战开始后、太平洋战争爆发前来的,有的是抗战结束后、北京的新政府成立前来的,还有之后来的。其中,同样是 1945 年至 1950 年到达香港的作家中,有的是从渐渐缩小的国统区赴港的,有的是从刚刚光复的沦陷区到达的,潘柳黛就是从曾经沦陷的大上海

---

① 王剑丛:《绪言》,选自《香港文学史》,南昌:百花洲文艺出版社,1995 年 11 月,第 17 页。

② 潘柳黛(1920—2001),生于北京,1938 年"只身到南京报社求职,从见习记者逐步成为新闻记者"。后到日本进修,第二年回上海做《平报》的编辑,直到抗战胜利。1950 年到香港,1988 年定居在澳大利亚。她的代表作有小说《退职夫人自传》。可参见周文杰:《谁是潘柳黛》,《新文学史料》,2006 年第 1 期。

来到香港的。在20世纪40年代,“她与张爱玲、苏青、关露并称为当时上海文坛的‘四大才女’”①。来到香港后,20世纪50年代,她的自传性作品《一个女人的传奇》出版②。小说讲述了女主人公杜媚一生曲折而悲伤的经历,从她15岁成为孤儿跟着舅父到南京生活开始,身历了南京的陷落,在南京完成了涉世之初的转折,然后就在上海与日本之间往返,几度情感与事业的人世浮沉,展示出了一个女人的传奇。这似乎与政治无关,而只关注女性的心理和体验,有人概括道:“《一个女人的传奇》记录了那一时代成长的女性独特的人生轨迹,独特的个人道德选择,这种对女性个体生存、欲望的不加任何道德评判的正视,完成了对女性生命体验的‘另类’书写——人性化书写。”③而在小说中关于南京陷落的文字所占篇幅不多,例如:

> 日本人占领了南京,他们像疯子一样制造着惊心动魄的大屠杀和兽性,舅母是个胆小的人,她惊得像耗子一样,领着杜媚和柳清,躲东躲西,不知把她们藏在哪里是好。
>
> 一时南京的市面,非常紊乱,投机的商人们也趁机兴风作浪,把物价飞涨。舅母要生活,而事前又毫无准备,所以她无法不与这社会接触。无可奈何,舅母只好故意把杜媚她们打扮得破破烂烂的,使人家对她们连看都不爱多看一眼……
>
> 她这样过了好几个月,南京渐渐平定下来了。人们像老鼠一样,从洞里探出头来,当它们在洞口没有发现猫的虎视眈眈的眼睛时,它们便为了现实的需要所迫,一个一个又溜出来觅食了。

潘柳黛无意将15岁的女主人公所经历的南京“空前浩劫”过多点染,杜媚与舅母、小妹被形象地比作“老鼠”,艰难地熬过了大屠杀的困境。这样看来,对于南京大屠杀,只不过是作者不得不提的一段历程,日军制造的“惊心动魄的大屠杀和兽性”似乎并未对女主人公造成明显的伤害,这确实有些淡

① 见陈子善:“编者小序”,潘柳黛:《一个女人的传奇》,上海:文汇出版社2010年版,第3页。

② 陈子善的“编者小序”中说,发现了小32开本的,其封面署“源源出版社印行”,封底则注明“澳门飞亚印刷公司承印”,“此书书品完好,无版权页,因此,具体出版时间待考,但从小说内容推测,极有可能是上个世纪50年代初的作品”。出处同上。

③ 李萍:《40年代上海沦陷区女性生命体验的‘另类’书写——潘柳黛〈一个女人的传奇〉透视》,《学术交流》,2013年第7期。

写轻描。从沦陷区走出来的女作家潘柳黛“以当时的歌、影两栖明星白光的经历为蓝本,塑造了杜媚这位独特的女性形象”[①],她十分敏感地关注女性的命运,但是却忽略南京大屠杀对女性幸存者造成的创伤着实令人有些费解。潘柳黛作为沦陷区女作家,对南京浩劫的体认可能不深,她本人与白光都是在南京浩劫之后游走上海、日本,甚至作者本人就在 1938 年“只身到南京报社求职,从见习记者逐步成为新闻记者”[②]。对于民族的灾难,她自然不能无视,但她本人更多属于“旁观者”,更多关注个人空间的“日常”和人性的基本面。当然,来到香港的潘柳黛能写出一个经历南京大屠杀的女人的传奇,已经是难能可贵了。

2. “血肉长城”的演义

20 世纪 50 年代中期,作家唐人[③]在香港《新晚报》上发表长篇连载小说《金陵春梦》,并结集出版(前五集),影响海内外,在各地多次出版发行。[④]《金陵春梦》第四集用章回体,以通俗小说的口吻讲述蒋家王朝的故事,这就是《血肉长城》。

《血肉长城》开篇就写:“话说日阀侵华,天愁地惨!国共合作,团结御侮,我中华民族以血肉作长城,誓必逐此强盗,还我山河!”小说的主人公自然是蒋介石,故事要从 1937 年抗战前夕讲起。其中,从第一回至第三回写到南京保卫战和南京大屠杀,具体回目如下:

第一回　背城借一　唐生智苦守南京
　　　　隔岸观火　蒋介石痛斥美国

---

① 李萍:《40 年代上海沦陷区女性生命体验的‘另类’书写——潘柳黛〈一个女人的传奇〉透视》。

② 周文杰:《谁是潘柳黛》,《新文学史料》,2006 年第 1 期。

③ 唐人(1919—1981),原名严庆澍,生于江苏吴县。关于唐人的生平,文楚的《〈金陵春梦〉作者唐人的一生》(《档案与史学》,2000 年第 4 期)一文有较为重要的说明:“1981 年 12 月 3 日上午,唐人先生的追悼会在首都北京八宝山革命公墓礼堂举行。廖承志和全国政协、中央统战部、全国文联、中国作协、中国记协等送了花圈。朱穆之、费彝民、平杰三、张执一等人士前去送行。罗青长、万景光、李景峰等中央有关部门领导人来到北京前门饭店,亲切看望并慰问了唐人遗孀杨紫及其子女等亲属。12 月 3 日,新华通讯社发出严庆澍先生逝世、葬礼电讯稿中,对他一生道德文章作如此概括:‘三十年代积极参加抗日救亡运动,四十年代投身进步文化新闻工作,先后在上海、香港《大公报》、香港《新晚报》工作三十多年。’……电讯稿言简意赅地评价了唐人的一生:‘他热爱祖国,热爱社会主义,热爱中国共产党,工作勤恳,对人热情。’”可另参考《人民日报》(1981 年 12 月 4 日)。

④ 岱峻:《唐人和他演义的〈金陵春梦〉》,《粤海风》,2010 年第 4 期。

第二回　争侨汇　反觉醒　于心何忍
　　　　比杀人　赛淫乱　此仇难忘

第三回　奸淫掳掠食人肉　日寇疯狂暴行
　　　　见利忘义卖军火　美京秘密帮凶

唐人的《血肉长城》一开始就将抗日战争放在国际、国内的复杂关系中叙述，具有中国古典小说的气派，有如《三国演义》。美国不支持中国抗日，国共两党不睦，而国民党内派系斗争也十分厉害。在这一布景下，唐人总是采用漫画、矮化甚至丑化等多种手法刻画蒋介石的形象。对南京陷落的书写突出在以下两个方面：

首先，将南京陷落的责任完全归于蒋介石。在《血肉长城》中很快就给中国军方的最高统帅定了性：无能狡诈、自私自利、冷血专权。小说一开篇，蒋介石便粉墨登场，在接见三位外国记者时他说："南京危急！保卫南京的战事已经部署完成！"而后蒋介石的夫人宋美龄却透露出"真相"："你知道他为什么把二十万大军堵在城里？不进、也不退？有人说这是要把大部分的杂牌队伍消灭掉，省得他们投入共党怀抱！也有人说唐生智自告奋勇守南京，其实唐生智是不赞成陶德曼调解的，他主张抗战到底，他有共产党嫌疑。他就来个将计就计，就命令他死守南京，来个一网打尽！"而唐生智一露面就说："不过孟潇一定要告诉委座，对于延安我们的态度似乎硬了点，根据各方面所证实，延安是的的确确在同敌人拼命，所以……"而且之后干脆就明示：

> 唐生智还以为蒋介石真的大彻大悟了。满腔热诚，准备死守。不料发出十个命令，顶多有一个命令勉强得通，唐生智悲愤莫名……唐生智简直毫无办法，急得打转。

这样看来，唐生智不能说没有"共产党嫌疑"。按唐人的逻辑，谁有"共产党嫌疑"，谁就算真的在抗战。无疑，"消极片面抗战"的就是蒋介石，造成南京保卫战失利的这笔账全部应该算到蒋介石头上。这责任当然包括蒋介石的具体战术安排："蒋介石的撤退命令下来了。他给二十万大军指定了一条同一地点的退却路线，一声令下，二十万人象集体赛跑似的撒腿便跑，从新街口到挹江门路上，挤得满满的，人仰马翻，互相残踏。守城门的师长要设法把自己队伍先撤,禁止他们通过,于是双方还没有同敌人对个阵,却自相残杀起来,一阵机关枪乒乓乱打,死在城门口的不计其数。"

在南京陷落前,唐人有意在刻画蒋介石与其"党羽"在华侨捐款和"民众运动"的态度上做了进一步的描写,蒋介石非但中饱私囊,弃民族大义于不顾,还要压制抗日民众的积极性。当陈布雷"凄凄惶惶"拿着一叠电报进来报告"南京,南京……"的时候,蒋介石皱紧眉头,随后便"抑扬顿挫念书似的念"起电报来:"十三日敌军大队开入南京,首先将我未及撤退之士兵解除武装,强迫苦役,然后悉数杀死……"这不光使蒋介石的丑态突显,还要借蒋委员长之口,将南京陷落的惨烈及时地补充进来,使读者在感受到大屠杀的震撼、日军的残暴同时,进一步确认了蒋介石的"罪过"。唐人并未善罢甘休,继而写道:"各方报告雪片似的飞来,详细叙述,闻之令人伤心落泪,毛发皆竖!蒋介石却不做正面指责,怕破坏了陶德曼调解的中日合议。"

客观地说,抗战初期战况严峻,失败居多,作为抗战最高统帅的蒋介石是应该负重要责任的,他组织指挥的淞沪会战和南京保卫战都出现一些失误,确实需要检讨批评。1939年阿垅写《南京》时,就有总结教训的意味,在战后的文学书写中自然可以进一步考量历史的错误。但唐人的叙述有些已演绎至失去历史依据的地步。蒋介石作为最高统帅在指挥南京保卫战,最后发电报给唐生智命令撤退,自然不能"指定了一条同一地点的退却路线"。确切地说,撤退令是由唐生智发布的,南京卫戍长官司令部制定了撤退的具体方案,撤退有"渡江"和"突围"两种方式。① 抗战初期,国共两党团结合作,共同抗日,"中国共产党的军队也只有3万多兵力,虽然政治觉悟和战斗力很高,但装备极劣"②。当时,也不会有杂牌的国民党军队"投入共党怀抱"的可能。

而且,蒋介石在南京陷落四日后即发布《告全国民书》,有言:"今则大祸当前,不容反顾,故为抗战全局策最后之胜败,今日形势,毋宁谓于我必有利。且中国持久抗战,其最后决胜之中心不但不在南京,抑且不在各大都市,而实寄于全国之乡村,与广大强固之民心……人人敌忾,步步设防,则四千万方里国土以内,到处皆可造成有形无形之坚强壁垒,以制敌之死命。"③

① 谭道平:《南京卫戍战》,《南京保卫战——原国民党将领抗日战争亲历记》,文史资料研究委员会编,第29—33页。

② [日]石岛纪之:《中国抗日战争史》,郑玉纯、纪宏译,第39页。

③ 《蒋委员长抗战言论集》,新生活运动促进总会编印,1938年,第45页。

这坚定了全国人民抗战的决心。对于南京失陷后我国民众陷入大屠杀之中,蒋介石十分痛心,为之悲愤,在1938年1月22日的日记中记载:"倭寇在京之残杀与奸淫未已,似此兽类暴行,彼固自速其灭亡,而我同胞之痛苦极矣!"①而对于"陶德曼调解的中日合议",在日记中同样记录:"倭寇对德大使所提调停办法,以我不能屈服,彼已决绝乎。"(12月6日日记)"近日,各方人士与党中重要负责同志均以军事失败,非速求和不可,几乎众口一词;殊不知此时求和,无异灭亡,不仅外侮难堪,而内乱益甚,彼辈只见其危,不知其害;不有定见,何能撑此大难也。"(12月16日日记)"倭所提条件如此苛刻,决无接受余地。"(12月26日日记)②

关于对抗战初期正面战场的评价,国内早已有许多中肯的认识。毛泽东在《论联合政府》中指出:"从一九三七年七月七日卢沟桥事变到一九三八年十月武汉失守这一时期内,国民党政府的对日作战时比较努力的。""有比较积极的抗战"③。1946年8月有历史学者认为,"中国之所以能和侵略者的日本作持久战,而且能具有最后胜利的确信,最高领袖蒋总裁的领导有方,当是一最大的原因"④。1947年,曹聚仁的《中国抗战画史》也在南京陷落之后、抗战初期的形势中对蒋介石有高度评价:"这是湘军以来所未有的好气象,曾左李当年皇皇求之而未得的风气,抗战中却不求而自得之。这当然和军事领导的气度有关,蒋委员长对全国所起的领导作用,将为历史家所郑重提及。"⑤基于以上情况来看,唐人对南京保卫战的书写严重失实,只能视其为一种荒唐的历史演义。

时任香港《大公报》社长的费彝民在为《金陵春梦》作序时也谈到小说的真实性问题:

> 《金陵春梦》在报上刊登迄今,已经三年多了;不独港澳读者对这个连载极感兴趣,海外侨报也纷纷转载,数年于兹。唐人先生自己说:《金陵春梦》既不是小说,也不是历史;他只是把蒋介石其人其事,像说书先生那样描绘而已。广大的读者们,则认为《金陵春

---

① [日]古屋奎二:《蒋介石秘录》(第四卷),长沙:湖南人民出版社,1988年,第39页。
② 同上,第57—58页。
③ 毛泽东:《论联合政府》,《毛泽东选集》(第3卷),北京:人民出版社,1991年,第1037页。
④ 冯子超:《中国抗战史》,正气书局,1946年8月,第98页。
⑤ 曹聚仁、舒宗侨编著:《中国抗战画史》,北京:中国书店,1988年,第138页。

> 梦》不但生动活泼,刻画入微;它的真实性,尤其值得推崇和信赖。①

费彝民的巧妙在于他自身没有确认《金陵春梦》的真实性,只是指出广大读者对《金陵春梦》十分认可,甚至信以为真。应该说,这一文学接受现象恰恰证明:演义的历史、戏说的故事满足了读者的期待,引起了共鸣。1962年二三月间,时任全国科协副主席、党组负责人范长江约见了《羊城晚报》总编辑杨奇,从而取得与唐人的联系。针对《金陵春梦》,范长江提出看法:"《金陵春梦》作为一部演义,故事情节是允许虚构的;但主要的事实,则应基本符合历史原貌。"并建议以全国政协出版的《文史资料》中许多原国民党军政人员的回忆文章为参照,"应该找来看看,一方面改正原书不符历史真实的地方,另方面补充一些具体生动的故事情节"②。唐人虽然遭到质疑,仍未改一字,因为他有广大的文学读者。有市场就有了一切,在香港这是一条硬道理。

短短十年左右的功夫,唐人在香港就可以用文学的手法戏说南京保卫战,几乎达到了漫画、矮化甚至丑化蒋介石的地步,而且,为达到这一效果,还要将受过现代高等教育的蒋介石夫人宋美龄一同丑化。将南京陷落之责与南京大屠杀之惨混合在一起,作为塑造蒋介石的砖土,起到了装潢的作用。

其次,《血肉长城》时有张冠李戴,不无过度渲染地呈现南京大屠杀。

南京陷落之后唐人描写道:"下关码头挤得更是一塌糊涂,江岸堆满了千千万万的箱笼物件,上面贴着什么部署的条子,既无秩序,也没区分,更谈不上适当的管理,火光和哭声连成一片。""南京被遗弃在敌人的魔掌下,已变成了一个恐怖城。疯狂的日本帝国主义者,在南京创造了大屠杀的杰作,表现了史无前例的兽性行为。"借用一个外国牧师的信,提到在南京万名平民包括老弱妇孺遭枪杀,还提到了一个德国同事统计强奸案至少有两万件,还有大量的抢劫和纵火。借用来自东京的报道说:"一九三七年十二月二十七日'东京日日新闻'题为'紫金山下'的准尉富冈和野田百人斩比赛的消息。""屠杀一个月后,日军通过办良民证诱杀中国民众。发明了'狗吃刑'

① 王鹏:《小记严庆澍》,《大公报》,2007年10月25日。

② 杨奇:《范长江与〈金陵春梦〉》,《大公报》,2010年1月17日。

'钓鲤鱼''烤全猪'等等酷刑",有关日军在南京暴行的报告不胜枚举,以强奸事件最为暴烈。

"南京军民被集体射杀者十九万余人;零星屠杀,其尸体经收埋者十五万余具,被害总数三十万人以上。"蒋介石看到南京地方法院陈姓专员的调查报告,觉得很伤脑筋,该报告说:"敌寇残杀南京同胞总数逾四十万人!此中青年学生占十分之六,约二十万人,老弱与幼童约十万人;被害妇女达十余万人。"甚至得出结论:"这大屠杀元凶日酋本间雅晴,他是日本的陆军中将。"

日本败战投降后,国人再次回顾南京大屠杀时对冤屈未雪悲愤难平,是可以理解的,因为战后的世界秩序和国内战后初期的政治局面都未能让南京大屠杀遇难同胞得以安魂,唐人讲述这一民族灾难注定会引起高度关注和共鸣。虽然唐人书写这段历史是基于一定的历史定论,但对大屠杀的规模、死亡人数、方式有过度主观阐释之嫌,其口吻与声腔过于渲染,达到了"说书人"的效果,而且,追溯元凶时张冠李戴。实际上,南京大屠杀的直接凶手与本间雅晴关联不上,1937 年,本间雅晴身为少将,在东京参谋本部任职。据松井石根在他的《阵中日记》记载,1938 年 1 月 28 日,"本间少将"将抵达上海[①],之后短暂视察南京和杭州后回到了上海。[②] 唐人的演绎真假难辨,混淆视听,却得到了受众的好评,不能排除小说叙事的渲染之功。

基于以上两个层面,唐人在《血肉长城》中书写南京陷落的方式已成为了一个写作的模式,可以称之为"金陵春梦模式",这一模式将为后来者模仿。

(二) 台湾本土和外省的言说

1. 亚细亚的孤儿

在抗战期间的中国沦陷区,如北平、上海、南京,十分鲜见旨在反抗殖民统治的南京陷落书写,而身在台湾的吴浊流[③]——被台湾文学界誉为"默默

---

① 详见[日]松井石根:《阵中日记》,选自《见证与记录:南京大屠杀史料精选(日方史料)》,张宪文主编,第 73 页。

② 详见松井石根 2 月 24 日的《阵中日记》,同上,第 77 页。

③ 吴浊流(1900—1976),原名吴建田,笔名吴饶畊。祖籍广东蕉岭县,生于台湾新竹。1940 年赴南京任《大陆新报》记者,一年后返回台湾。1964 年创办《台湾文艺》杂志,1969 年创立"吴浊流文学奖"。(参考《吴浊流小传》,第 1 页)

耕耘的'血性男儿'""联系战前战后台湾新文学运动的桥梁",他在长篇小说《亚细亚的孤儿》中却十分及时地书写了南京陷落。这部小说最初"在1945年用日语写成"[①],"原名《胡志明》,曾改作《胡太明》"[②],"《胡志明》虽写作于日据末期,但却在1946年出版,成为光复初期与读者见面的最重要的文学作品之一"。[③] 后在日本出版[④],直至1962年,台湾南华出版社推出了这部难得的小说。

首先该书成书的经历独特,即先用日语写成一部批判日本殖民统治的文学作品。作者提示说,《亚细亚的孤儿》是透过胡太明的一生,"把日本统治下的台湾,所有沉淀在清水下层的泥污渣滓,一一揭露出来了…… 不异是一篇日本殖民统治社会的反面史话";难得之二,作为台湾本土人,作者对中华民族的苦难最早发出呻吟与呐喊,表达对中国国都陷落的不忍与愤懑。就是这位吴饶畊,在被殖民的浊流中,保持了罕有的清醒和胆识,将对国族的爱与痛表达出来。他以文学作品的名义宣称自己,甚至台湾就是孤儿,是亚细亚的孤儿。

台湾评论家陈映真在评论《亚细亚的孤儿》时说:"他在记录中华民族抵抗帝国主义的精神和心灵的历程的文学作品中,将占有一个重要的、不可取代的、启发人心的地位。"[⑤]这部小说较为细致地描写出台湾地区人民在日本殖民统治中后期的悲苦生活,大多数人被捆绑在日本军国主义的战车上劳作、牺牲,但又不被视为"皇民",处于没有归属的尴尬之中。正如吴浊流所言:"啊!大陆,这兴亡五千年,变幻无常的社会,广大无涯四百余州的天地,他在那里,感到更大的矛盾。他到处都没有精神的寄托的地方,仅仅是一个不合时宜的人罢了。"[⑥]在广州沦陷后,主人公作为"军属(翻译)"来到

---

① 《自序》:"《亚细亚的孤儿》这部小说,是我在战争时期中写的,也就是从一九四三年起稿,至一九四五年脱稿,以台湾在日本统治下的一部分史实做为背景。但当时这是任何人都不敢写的史实,这些事情我照史实毫不忌惮地描写出来。"参见:《吴浊流代表作·亚细亚的孤儿》,北京:华夏出版社,2009年1月,第143页。

② 吴浊流:《亚细亚的孤儿》(作品集),北京:华夏出版社,2009年1月,第277页。

③ 邓孔昭:《光复初期(1945—1949年)的台湾社会与文学》,《台湾研究集刊》,2003年第4期。

④ "此次这部小说终于能够在日本出版,笔者的兴奋可想而知超过我的想像。"(一九五六年一月十日序于蓝园)

⑤ 陈映真:《试评〈亚细亚的孤儿〉》,《亚细亚的孤儿》,北京:人民文学出版社,1986年,第259—260页。

⑥ 吴浊流:《本篇概略》,《亚细亚的孤儿》(作品集),第145页。

了广州，目睹了日本对中国人的残暴和奴役，进而听说了南京陷落的情形：

> 太明听到这里，不觉酒也醒了。这些士兵平常还算比较规矩的，想不到也会干出这种兽行来，因此太明对他们的印象，立刻起了极大的转变。
>
> “我们刚进南京的时候，”另一个青年士兵也表示不输于那中年的士兵说，“难民区有不少金陵大学的女学生，又白又嫩，要什么样儿的只管你去选，她们比广东姑娘可强多了。不过，我们先锋部队的士兵都是些年青小伙子，谁也没下手，听说后来那些年纪较大的家伙，个个都捡了便宜，真可惜!”
>
> “来得早的总占便宜的，刚沦陷三天全都是咱们的天下，以后宪兵来了就不行了，所以老实人总是吃亏的。”
>
> “谢谢你们的招待!”太明实在听不下去了，向他们道声谢谢，便像遁逃似的离开那儿。
>
> 他一面走一面心里这样想：战争！战争！这究竟是怎么一回事？接着，他又想起战争背后隐藏着的那些惨无人道的罪恶，顿感坐立不安，几乎快要疯狂了。①

小说对于日军士兵的描述确实有一定道理，在南京对女性施暴的往往是年纪大的士兵更恶劣，原侵华日军第十六师团的士兵就自述道：“他们都是临时凑数的召集兵。坏事都是他们干下的。他们都是预备兵。”②“现役士兵没有多少经验，还算老实的。召集兵更厉害，因为都结过婚，知道女人，所以更想睡吧。”③就此而言，这里不能不涉及攻打南京的日军构成。“八・一三”抗战以来，日军进攻上海、南京的过程中不断地伤亡，不断地大量补充兵源。这时日军的作战士兵有现役、预备役、后备役等各类军人④，除了现役军人都是“那些年纪较大的家伙”，军官中如松井石根、柳川平助等都已经退

① 本节题为“人间悲剧”，参见：吴浊流的《亚细亚的孤儿》(作品集)，第103页。

② [日]松冈环编：《南京战・寻找被封闭的记忆——侵华日军原士兵102人的证言》，新内如、全美英、李建云译，上海：上海辞书出版社，2002年12月，第126页。

③ 同上，第313页。

④ 详见[日]松冈环编：《南京战・寻找被封闭的记忆——侵华日军原士兵102人的证言》中“军队用语解说”部分，第39—41页。

出现役。日本军医关于战场上精神病理现象的研究表明,预、后备军人“他们认为上海之战结束,作战目的也就达到,当然就盼着回到日本,那里有妻子儿女等待他们。但是,南京攻略战一开始,就把他们的期待击得粉碎。况且又是在没有经过充分休息和准备的状况下,无视补给,被强逼着进攻南京。所以,士兵们很容易变得自暴自弃,军纪涣散,由无奈而颓废”①。当然,在后勤无法保障又要速战速决的情况下,在军方的默许之下,这些“老兵”的军纪更涣散,到了作恶多端甚至无恶不作的地步,新兵因为“经验不足”或“资历不足”,往往会收敛些,即使如此,也不能改变整体的态势。

从小说来看,对南京大屠杀的规模描述得很不准确。实际上,南京陷落后三天内有大屠杀,之后的六周仍然如此,甚至南京城内到1938年2月以后才渐渐稳定下来,而南京大屠杀之初,“(日本)大使馆的官员还告诉国际委员会的成员,在占领南京的时候,日军指挥官只派了不到17名宪兵来维持南京城内的秩序”②。况且也常有宪兵一同参加暴行,而后来加派的少量宪兵中又有临时充役的“代宪兵”,根本无法保障市内安全,所以,在屠杀之初“宪兵来了就不行了”也是不可能的。

吴浊流还是十分敏锐地发觉侵略战争的可怖,甚至开始对任何战争产生怀疑。从台湾一地放眼世界,胡太明“认为近代的国家更是堕落不堪,纳粹德国局踞于狭隘的宇宙观中,把征服世界的迷梦,建立在自己民族最高的错觉上。在台湾,不但榨取物质,并且还榨取精神!”③可见,日本双重的榨取、对台湾侵略和奴役的历史真相就此揭开。《亚细亚的孤儿》不仅揭露了日本军国主义的残暴和奴役,同时追究了军国主义国家的形成,甚至说明了军国主义国家的运行机制:

> 战场上大规模的杀人,是日本人用国家的名目而把它合理化、英雄化起来,一切的矛盾,胚胎于此。历史以国家为前提,而歪曲事实,教科书不过是把国家的存在正当化起来,而拥护其权利的宣传文字而已。④

---

① [日]笠原十九司:《难民区百日》,李广廉、王志君译,南京:南京师范大学出版社,2005年5月,第29页。

② 张宪文主编:《见证与记录:南京大屠杀史料精选(西方史料)》,第780—784页。

③ 本节题为“噩梦初醒”,参见:吴浊流的《亚细亚的孤儿》(作品集),第138页。

④ 同上。

日本学者尾崎秀树曾对此评论:“中国文学的传统活在它里面。在鲁迅和茅盾里面可看到的属于人生派的凝视现实之眼,也存在于吴浊流……我感到产生这样作品的文学风土里,似乎有大陆文学传统的根。”①吴浊流表达了“孤儿”意识,然而事实上他无法割断与母国文化的脐带联系,他关注南京、反抗侵略就已是证明。

2.《华夏八年》:后来者的主旋律

相较于本土台湾人,陈纪滢②可谓是后来者,他是1949年随国民党军队一同从大陆进驻台湾的。1960年5月,台北的文友出版社出版了他的长篇小说《华夏八年》,厚度达600余页。“八年”就是中国人民全面抗战的八年,小说以华家、夏家的故事贯穿了这八年的血雨腥风。

小说一开篇就表明,“民国二十六年十一月中旬,上海沦陷,南京已成为日军急于攻占的次一目标。傍晚一到,城内到下关的马路上川流不息,都是要逃离南京的人”③。之后,陈纪滢写到首都的陷落。

《华夏八年》对南京陷落前夕的描写充满了流离悲哀的气氛,长江上轮船入口处一片吵嚷,“走江湖卖艺的朋友”因为猴子不能上船而苦苦争执,有教育部护照庇护着的“演剧队的布景”却可以顺利上船。此外,看不到南京这一国之都是如何进行防御的。夏家的小女儿夏紫棋由哥哥夏继纲陪伴到南京寻找父亲夏维中——一位少校军人,他们“大约有三四百人,在敌人攻打南京外围市镇的隆隆炮声中,分乘几只大木船到了下关”。这时才看到首都保卫战的一些面目:“炮声枪声越来越近。城里的车辆都向下关行驶。各军事机关门前的哨兵,实弹戒备,如临大敌。新街口、大行宫一带的大小商店和银行,早已紧闭门窗,门前堆满了沙包,街上笼罩在恐怖与凄凉的气氛中。”在东躲西藏的市民中,有人忽然冒出一句:“敌人从中华门打进来了!”真可谓“说时迟那时快”,这就到了南京陷落的时候:“不一会儿工夫,紧密的

---

① 尾崎秀树:《吴浊流的文学》,《台湾文艺》(台北),1973年10月第41期。

② 陈纪滢(1908—1997),河北安国人,1924年在北平《晨报》上开始发表作品。1932年到上海从事新闻工作与文学创作。抗战期间到汉口参与筹备“中华全国文艺界抗敌协会”,并任理事,参与编辑《大公报》副刊《战线》。1948年当选国民党立法委员,后任中日报社董事长、中国广播公司常务董事、中国国民党评议委员。1949年8月12日赴台,1950年5月“中国文艺协会”成立时,他被任命常务理事。赴台后代表作有《荻村传》《赤地》《华夏八年》等长篇小说,其中《华夏八年》曾获“教育部”文学奖。以上内容可参见古远清:《亦官亦民的陈纪滢》,《武汉文史资料》,2004年第12期。

③ 陈纪滢:《华夏八年》,台北:文友出版社,1960年5月,第1页。

枪声从四面八方响起,恶浊的爆炸声连续不断。敌机沿中山路一带盘旋投弹。炸弹掉下一双,咕咚咕咚,就如同天翻地覆。这群学生新从北方来,还没遇到过敌机轰炸,初次听到炸弹爆破声,再加震动剧烈,不由得惊惶失色,急忙向楼房躲去,仆伏在骑楼下。敌机一连有二三十架,轮番滥炸,房屋倒塌,火焰四起。密集的机关枪声,迫击炮声和手榴弹的爆响,每分钟都从四方城门向市区逼近。大约战斗持续半日之久,枪声才渐渐疏落。""黄昏时分,敌人的坦克车和骑兵慢步移动,在马路上巡逻示威。"而"子夜以后,城里枪声再起。街心胜扬着男女啜泣声,小孩子喊叫爸爸、妈妈的急躁呼嚎。敌兵拖长声带的奸笑和怒斥的恶浊声音,都清晰地由街心传到庭院"。这时已到了日本兵沿街扫荡的时候,南京的民众继而被屠杀,有的乞求哀怜哭嚎着,也有力竭声嘶的喊叫:"中国人起来! 杀死日本鬼子,替死难的同胞报仇!""跟着,群众的呼啸响彻云霄。"中国民众有自发的反抗,然而也免不了被屠杀的命运。作者对之概括道:"占领南京后的日本士兵,被胜利的虚荣冲昏了头,尽情地发泄兽性。奸淫、焚烧、屠杀、破坏,世界上所有的残忍的事情,日本兵未保留一椿,都作了出来。每个士兵把残杀当成比赛。好像谁杀的最多,谁就是光荣。"

可见,陈纪滢所书写的南京陷落的过程十分迅捷,下关一地刚刚登陆几百民众,首都马上就失陷了。夏氏兄妹来京寻父这一情节仅仅满足了见证大屠杀的需要。而作者对南京守军的防御描写少之又少。城陷后日军扫荡时,中国人民众受辱被杀也有反抗,小说接下来补充道:

> 南京被敌人占领,在经过三天三夜大屠杀之后,马路上的血顺着下水道流成了河。秦淮河的污泥,被染成了血浆。画舫上再听不见笙歌,只有鬼声啾啾。沥青路面如长上了一层殷红、绛紫的血斑。尸体堆成山,隔不远就有一个小丘,但从上到下,都由骨肉搭起。血腥气味被冬日的季候风吹散在天空,令人欲呕。房屋被焚烧的余烬,还在缕缕冒烟。存在仓库里的爆炸物偶然响两声,划破屠城后的凄凉。被炮火击倒的电线杆与电线,横陈在马路当中,压在尸身上,使人误会那些死者是触电而亡。①

① 陈纪滢:《华夏八年》,第 71—72 页。

以上描写不仅仅是夏氏兄妹所见，宏观速描与微观特写再次印证南京大屠杀的惨烈，十分立体真切，达到了震撼人心的效果。可是，小说认为“三天三夜的大屠杀”结束了，“老百姓自家里走到马路来买东西，嗅一嗅屠城后的味道”，这实在令人诧异。相较而言，吴浊流不清楚南京大屠杀是可以理解，因为他本人囿于台湾本土，正处在日本当局管控之下。而陈纪滢自抗战初期就在汉口参与筹备“中华全国文艺界抗敌协会”，并且主编《大公报》副刊《战线》[①]，他应该清楚南京大屠杀的大体实况。二十余年过去了，对于经历过抗战的爱国人士陈纪滢来说，基本史实岂能不清楚？然而小说疑点重重，比如说“夏继纲跟夏紫棋藉城内外通行的机会，偷偷离开南京，绕道江北到达浦口。那里拥挤着大批由南京逃出来的难民”。陷落后的南京城很快就能“内外通行”，甚至“绕道江北到达浦口”，这实在是严重违背史实。实际上，南京大屠杀后出入南京城受日本军方严格管控，最初一段时间里是很难出入的。当然那时更不可能存在中国军队把守的浦口。因为南京市区陷落后不久，浦口已被日军迂回包抄，12 月 13 日午夜之后完全被占领[②]，自然更不能相信有浦口的中国守军帮助刚逃出南京的学生们“终于由路局加开疏散车，离开浦口”。

当然，即使是战线上的军官也未必了解当时的战局内情，但作者在讲述“华夏八年”中的南京故事时，过于长话短说、罔顾史实，主要原因应该在于 20 世纪 50 至 60 年代台湾岛笼罩在“战斗文艺”的氛围下。在对大陆作战的“战斗文艺”运动中，突出党化宣传，回避“五四”新文学、抗战文学，以致退守台湾的外省人对抗战八年的历史模糊不清。实际上，陈纪滢为推行“战斗文艺”，专门发表了《战斗是“戈矛”不是“皇冠”》一文，提出“战斗文艺”的诸种原则，其中，积极的写作原则之一就是“以写实的手法充实文章的内容”[③]。然而他自己践行得实在不够好。

总体看来，寓居香港的小说家即使在世俗化十足的地域里，仍不能撇开个人的历史，要写出“一个女人的传奇”，潘柳黛在世俗的人生中怜惜大时代下个体命运的辗转；唐人为市民口味、报纸栏目演绎蒋介石的历史，披露与嘲讽的笔墨是对国民党政权不得人心的发难，在戏说之间总难免夹带着国

---

① 古远清:《亦官亦民的陈纪滢》,《武汉文史资料》,2004 年第 12 期。

② 《国崎支队战斗详报》,《见证与记录:南京大屠杀史料精选》(日方史料),第 729 页。

③ 古远清:《亦官亦民的陈纪滢》,《武汉文史资料》,2004 年第 12 期。

族的受难与创痛。无论是潘柳黛还是唐人对南京陷落的文学书写,都代表着移居香港的那些经历过抗战的一代人的社会记忆。而台湾本土的作家吴浊流作为一个“亚细亚的孤儿”,在母国和“宗主国”之间徘徊,不能不关注中日民族间的冲突与仇恨,聚焦祖国首都内发生的暴行,这些表现既是对其个人身份,又有对整个台湾社会身份的深深焦虑,以小说表达文化上的无根与失足的痛感。可是从大陆逃亡到宝岛又以主人自居开始为“战斗文艺”唱和的陈纪滢,在回首八年抗战的历程时,试图大处落墨,写尽整个华夏的民族故事,却不能严谨地对待抗战史实,将日军攻占国民政府首都及大屠杀写得有些仓促和草率,实为憾事。这样看来,在1945年以后的三十年里,台、港小说家书写南京陷落虽各有倚重的背景,但都留有一些关于民族的记忆,不至于一片空白。

三、来自港台的见证

(一) 曹聚仁:战后的史家笔法

来港的曹聚仁①是能够直面中国历史、正视民族苦难的作家。因为抗战期间,他深深地参与并感受了抗日战争。抗战初年,他作为战地记者行走在战斗的前沿,发表了许多有价值的战地报道,如《三个军帽》《战场小语》等。抗战刚刚结束,他就着手编写《中国抗战画史》,浩帙长卷,图文并茂,将中国抗战的血雨腥风、苦难艰危、同仇敌忾和可歌可泣一一表现出来。依据这部画史,他的《采访本记》于20世纪50年代在香港单独刊行,他能以史家笔法回顾多年的抗战风云,而且,其文艺随笔和回忆录都充满了对现实问题的思考和人生感悟。《战地八年》中的报道和随笔、20世纪70年代写下的《首都之战》《生命的意义》等篇章,也都是回顾他的抗战岁月,他在香港曾将作品单独结集为《我与我的世界》刊行。从战地采访到晚年回顾,曹聚仁的很多文字直接涉及1937年的南京陷落,其中既有许多不为人知的可贵史料,又有对历史的真知灼见、人生感喟。

在《采访外记·战地八年》中有第十节“乱离人语”的第五部分“孙元良

---

① 曹聚仁(1900—1972),生于浙江兰溪,字挺岫,记者、作家。毕业于浙江第一师范,1922年到上海,任教多校,曾主编《涛声》《芒种》等杂志。抗日战争爆发后,任战地记者,曾报道淞沪战役、台儿庄之捷。战后获得国民政府“云麾胜利勋章”。1950年赴香港任《星岛日报》编辑,另为新加坡《南洋商报》驻港特派记者。

走霉运”。孙元良将军是南京保卫战第八十八师师长,也是曾参加过1932年的“一二·八”、1937年的“八·一三”抗战的重要将领。曹聚仁与他私交很好,也因为他,曹聚仁在抗战初年很顺利地进入了战地报道的洪流深处。描写和关注孙元良将军几乎成为他抗战主题文章中的重要一部分。“首都沦陷,孙元良在南京的地窖中,潜伏了三个多月,后来总算化了装,从苏北潜返,四月间到了汉口……他自己既丢了军职,又被军法处审问了很久,幸得胡宗南替他证明了许多情节,总算没像宋希濂判了刑期。”①从文中可以看到“渡尽劫波兄弟在”的唏嘘,也可以看到抗战将领的急流难退。曹聚仁还叙及八十八师的一位杨营长。这位营长早年参加过“一·二八”战役,伤了左手,“八·一三”抗战时又伤了左眼及脑壳,“后来,首都陷落,我军解体,他恰好要突围出城门向江边去,那时,日军布好了重机枪的交叉火,但见,冲过火线的,便如雪块似的接连倒下去。他就抓住了一秒钟的机会,居然抓住了自己的生命,跳上了趸船,逃到了浦口,哪知一到了浦镇,渡了江的敌军又已布就了交叉火,却又给他逃了过去”。真可谓窥豹一斑,从八十八师将士的情况来看,南京陷落时确实危机重重。

在曹聚仁晚年的回忆录中,关于南京陷落的描写更为详尽。《我与我的世界》的“战场初旅”一节提到“间接传来的噩耗,第五军的三个师,都在首都防卫战中殉国,包括几位将领在内”。而在“最黑暗的日子”一节提到日军的战略包抄成功,南京成为瓮中之物,“敌军直趋芜湖,芜湖先南京而陷落;转向东移,攻占了浦口,杜绝了我军江北退路”。曹聚仁在第一三七节“首都之战”中作了较为独特的回顾:

> 我要说给大家听的,当南京陷落之际,教会所特设的难民区中,老弱妇孺总有十多万人。这其中,就有许多公教人员以及散落的士兵官佐,寄身其间。八十八师的医务处长L君,就在那里隐藏了几个月。有一天下午,敌军在城搜寻单身妇女充慰劳队;难民群中的妇女也无以自免。管理当局只好通知区中难民,自己想法子;所谓“想法子”者,乃是任凭单身男女结成夫妇以挡住敌军之搜索。正在迫急中,忽有一年青小姐指L君为其夫,L君即举手遥应

① 曹聚仁:《采访外记　采访二记》,北京:生活·读书·新知三联书店,2007年4月,第158页。

> 之,于是 L 君便和那位 M 小姐成了配偶。M 小姐,苏北人,曾在外交部任职,容貌学识都很不错;他俩这段患难中夫妇的生活,也过得相当愉快。其后三月,南京的秩序渐渐恢复过来;他和她化装为乡民从南京逃出,经镇江渡江至苏北去。那时,徐州尚未失陷,L 君便把 M 小姐送回家乡,独自从徐州转到武汉去。①

曹聚仁对南京国际安全区的避难人数也未能较为完整地计数,但是他对安全区中苦难的记录十分可贵。20 世纪 70 年代,他本人已经进入暮年,再次回首"首都之战"的灾难性事件时,已不可能还是三十多年前作为一个战地记者的心境,他叙及的事件是经过人世沉淀之后的选择,是对战时的人事、周遭体味再三的感慨。

曹聚仁还写了一些文艺性很强的篇什,显示出了个人胸怀。他在《战场异闻录》中提到了《未死的兵》(即《活着的士兵》),他说:"中日战争的第二年,日本刊行了一本石川达三的《未死的兵》。这部小说,虽说审查通过才发行,可是,就很快就被禁止了。这位作者,他向世人提出一个最原始而又最基本的疑问:生命究竟有什么意义?"对于石川的小说中那个背着战友骨灰的士兵而言,每天早晨起来觉得自己还活着,就自言自语:"唉:我今天还活着!"又问,"明天呢?"曹聚仁认为,"这便是《未死的兵》这小说的命名之意"。而且就小说中一系列士兵的形象而言,他认为:"这本小说,就是弥漫着生命无常的气息,使人体会到日本士兵的厌战情绪。"这些论述都是切中肯綮的。到了迟暮之年,曹聚仁在《我与我的世界》中对于石川达三《未死的兵》再次做了相近的阐释,他重申:"其中几个人物,个个都带了虚无的色彩……都是笼罩在世界末的气氛中,找不出一星儿人生的意义来呢!"这次重提石川达三的同时,还提到了托尔斯泰的《战争与和平》,对托翁小说的主人公彼得被俘虏期间"所体验到的精神上的恬静"尤为关切。可见,晚年的曹聚仁在回想抗战时,已经进入了思量"生命究竟"的阶段:

> 有生必有死,那是有着必然关联的另一方面的文章。如撒妙尔(H. Samuel)所说的:"我们能够想象一个无生亦无死的世界,但

① 曹聚仁:《我与我的世界:曹聚仁回忆录(修订版) 浮过了生命海》(下),北京:生活·读书·新知三联书店,2011 年 4 月,第 624 页。

不能想象一个有生无死,或有死无生的世界。一个为不死的生物所居的世界,永远没有新陈交替的作用,那便只有停留于静止不动的境界。事实上,既然确有进化律运行于有机的自然界,那便不能没有新陈交替——即此一个体为彼一个体所代替,此一世代为下一世代所代替。所以在这样一个系统之中,死是本质上必不可少的一个元素。固然,早死、暴死、惨死,显然都应归入祸事之列,而且从个体的立场看,那几乎永远是一件祸事。但我们如是从一般的事物秩序上着想,我们便可以领悟真正祸事,只是死得早,死得暴,死得惨……等等,而非死的本身。死的本身由社会的立场看,毋宁说它是福而非祸,善而非恶。自我的本能,使我们怕死,反抗死;但社会的本能,却使我们毫无怨言地接受死,只要死得其所死得其时。"①

《我与我的世界》透露着久经抗战的老人的沉思与智慧,这是经历了抗战的中国人最缺乏的品质。从战地曹聚仁到晚年曹聚仁,见证历史,思考人生,以生与死的个体体验为一个时代做了充分的注释,为抗战的英雄儿女、为牺牲的民众同胞补充了生命的细节,这是稀缺的,又是可贵的。

(二) 两位营长的纪实文学

步入暮年的曹聚仁,在想起南京陷落时追忆,"把南京陷落后的惨恻画面,勾画最入神的,还是钮先铭将军的回忆录。钮氏,当时是教导总队的工兵营营长"。② 这显示出曹聚仁的眼光不凡。当时钮营长别无它选,落发为僧,这一史实曾被两位作家写进了小说,这在上一章已经谈过,下面将看看他的传记文学及另一位辎重营营长郭岐的报告文学,就此可以理解人生的真实和传奇。

1949 年以后,国民党将军钮先铭去了台湾。他是南京大屠杀的幸存者,他将个人这段经历写成了许多文字,在台湾先后发表。20 世纪 60 年代曾连载在报纸上,题名为"空门行脚",后又结集为《还俗记》于 1971 和 1973

① 曹聚仁:《我与我的世界:曹聚仁回忆录(修订版) 浮过了生命海》(下),第 634 页。

② 曹聚仁:《我与我的世界:曹聚仁回忆录(修订版) 浮过了生命海》(下),第 625—626 页。

年两度在台湾出版[①],得到了众多读者的好评。可是,直到 2005 年 7 月,在中国大陆才有了南京师范大学出版社出版的《还俗记》"编选本"——《佛门逃难记》。

历史学者张生对此感慨甚深:"当年,廖耀湘在栖霞寺中避难脱险,虽然他自己并没有留下多少记述,但他的故事被媒体连篇报道,而且还将此搬上了银幕。同样在寺庙中避难脱险的钮先铭,这时才从尘封的历史中走出来,带着他的《佛门避难记》,诉说一段比小说还要惊险的传奇。"[②]现实存在的诸多原因造成了同为大屠杀幸存者的不同境况,钮先铭(1912—1996),蒙古族,江西九江人,早年从日本陆军士官学校毕业,后赴法专攻兵科,在 1937 年南京保卫战中,他任教导总队工兵团营长兼团附,保卫战失利后经历了南京大屠杀,1938 年 8 月中旬从虎口逃出,归队以后一直在国民党军队、政府机关任职,参与了国民政府接受日本战败的受降活动、国共两党的谈判及处理台湾"二·二八"事件等诸多重要事务。多年以后,他回顾道:"'七七'事变后 1 个月,我奉召自法返国,参加上海淞沪战争和年末的南京保卫战。不幸的是日本以野蛮人加上文明的智能与武器把我们打败了,而我个人则躲在庙宇里——南京鸡鸣寺,装了 8 个月的假和尚,才逃出虎口归队,写下了我一生的传奇。因为躲避掉做俘虏,大受我的亲友们所嘉许,崔万秋在陪都重庆为我写了一本小说《第二年代》,名作家张恨水也写了一本《大江东去》,使得我的传奇性不胫而走。可惜这两本说部都太着重我的婚变——传说我已阵亡,而寡妇再嫁,对于南京日本暴行却一笔带过。"[③]

钮将军所言不虚,简约概括了一位抗战军官的传奇经历,同时也声明,之前作家的文学书写偏重"还俗",为忽略他的"佛门避难"而遗憾。钮先铭所强调的应是"还俗记"与"避难记"的并重,即使二者都具有传奇性,但作者生怕传奇性遮盖了真实性。作为南京大屠杀的幸存者,这一点他看得十分

---

① 钮先铭自述道:"因为 1964 年前我还是现役军人,而这一幕悲喜剧的男女主配角也都健在,何必损人不利己来自我宣传。但我仍不太甘心,总觉得南京大屠杀我既已亲眼看到,而事后传说以及各家所载却多少有些出入,所以在退役以后才着手写《空门行脚》在杂志上连载,从南京笼城战、日军暴行一直写到脱离虎口。《空门行脚》只写了 12 万字,多少有点单薄,后来又写出一段后记,名为《还俗记》,应出版商建议通俗化起见,结集发行时就定名为《还俗记》。"参见《从南京大屠杀说起》,《佛门逃难记》,南京:南京师范大学出版社,2005 年 7 月,第 154 页。

② 张生:《代序:〈佛门避难记〉价值的再发现》,《佛门逃难记》,第 1 页,南京:南京师范大学出版社,2005 年 7 月。

③ 钮先铭:《从南京大屠杀说起》,《佛门避难记》,第 154 页。

重要。正如他所说:"《还俗记》本是一册小人物的自传,姑不论其文笔是否清顺,故事是否动人,可是在我写作之初,第一把握住的重点是忠实。因为既是一部传记的作品,所牵涉到的书中人物都是有名有姓的、忠实的报道,自是最低的条件。"①即使南京大屠杀过去了几十年,钮先铭仍不同意《还俗记》被改写为剧本等艺术形式,"因为拙作《还俗记》,是一本小人物的自传,而不是一本空中楼阁的小说,一添加了其他的素材,便会失真,这是我敝帚自珍的地方"②。

而大陆版的《佛门避难记》是在《还俗记》的基础上做了全面编写的一部作品,原著的主要内容保留了约三分之二,章节顺序也相当,偶尔合并或删去了一些与南京大屠杀无关的内容,文字表述上大多未变,偶尔做了删减或修订,显得更为简明。总体看来,《佛门避难记》较为准确地表达了钮将军在南京陷落后避难佛门及最终逃出南京的过程。当然,重新编写后也有一些损失,比如说原著中关于南京陷落的很多真切的感受、细腻的心理、应激的思考及后来对历史的评判多被删减,也许这些对于历史研究可有可无,但对于文学研究、文化研究却是珍贵的文字。于是,下面论及《佛门避难记》时,偶尔会补充《还俗记》(1973 版)中的一些内容,以致能够全面把握这部传记文学。

20 世纪 40 年代,钮先铭的"佛门避难"可以被作家演绎为小说。1949 年以后的三十年中,大陆几乎不存在类似的文学作品,而在台湾,佛门避难的亲历者却能够书写大屠杀,并强调历史的真实性,这十分可贵。直至今天,我们还是可以相信"钮先铭的书,就是一本记载南京大屠杀中中国人独特记忆的书"③。

钮将军的自传首先从 1937 年 12 月 12 日傍晚讲起——"首都浩劫",1937 年的南京保卫战中,他是工兵团营长兼团附,接到团部的命令是撤退,当时他的官兵大都在光华门一线作战,能够退下来的只是一少部分。之后叙写挹江门混乱如同"阿鼻地狱",下关码头无路可走如临绝境。这些内容大多印证了前人的很多描述。他十分准确地写下"撤退"的窘境:"其实江边并不是只有我们两个人,成千上万散兵游勇,各打各的主意,谁也不问谁,谁

---

① 钮先铭:《还俗记的未了公案》,《佛门避难记》,第 140 页。

② 同上,第 143 页。

③ 张生:《代序:〈佛门避难记〉价值的再发现》,《佛门避难记》,第 2 页。

也不顾谁。此刻的人,变成了只有自己而已。”因为钮先铭坠入水中,没能渡江,处在生死关头,作者十分坦率地说:“我当时真的没有想到国家,没有想到家庭,也没有想到自己,切切实实体会到《般若波罗密多心经》上所谓:‘无有恐怖,远离颠倒梦想,究竟涅槃。’”还自我解嘲地讲述:

> 我并没有学到达摩祖师那一叶渡江的法门,一根小木头也不能成为佛法无边慈航普渡;近乎零度的冬季寒流,我在水里也动弹不得,棉军服再泡了水其重量则有过于钢铁盔铠;这该了结了罢!故事应当到此为止,打仗本是一场武打戏,曲终人不见,江上数峰青!不是刚好可以歇歇锣鼓?至少在我个人是如此。
>
> 然而传奇小说必须要有续集才看得过瘾,空门行脚这个剧本既是我自编自导自演,那末死不得,才有戏可以续演。①

以上文字在重新编写出版后大都省略了,实际上那些文字恰恰显示出作者文学素养之高妙、人生态度之豁达。相较而言,南京大屠杀的幸存者也不少,在下关一地走投无路的成千上万,能够侥幸活下来的人,有谁能够这样超然、妥帖地讲述呢?钮先铭不仅能够描述陷城的境况、记录大屠杀的残暴,而且还能够呈现和还原遇难时期人的形象、心理和感受。在12月12日寒夜的扬子江中,漂浮的抗战军人又有怎样的感受?作者说:“当时使我直接感受到是‘冷’;近乎零度的天气,飒飒的江风,暗暗的黑夜,而又凄凄的是孤人。”钮先铭竟然顺水漂流到了南岸,他不禁感言:“照平常的看法,那可谓是得以救生,其实是再度去送死!因为既不能北渡浦口,那末清晨就得和敌人见面。当军人本是打算和敌人常见面的;可是我现在是手无寸铁,队无一兵,见面的地点,不是战场,而是陷区,那是多么一件悲惨的事!”如此诚恳、贴切、细致地述写抗敌军人在扬子江畔无奈与无助的夜晚,真可谓是“最长之夜”。

作为少校营长,钮先铭也曾碰到熟悉自己的士兵,然而自己并不能认出来,于是他感慨地说:“营长不认识自己的士兵,这是身为主官的耻辱。可是得原谅我,我这个营组织不过两个月,而陆续又补充些新兵来,最后一批是十一月底,距离围城的时间,不到两个星期。在那种兵荒马乱中,要教我记

---

① 钮先铭:《还俗记》,1973年,第20页。

忆每一个士兵,是一件不可能的事,所以我才问他是否是我的部下。”从一位工兵营长的懊恼里可以清晰地看到南京保卫战的仓促与惨烈,这样的战斗力确实无法保障抵抗多久,也可以用“誓死保卫”“血肉长城”来形容:

> “我跟着营长走。”
>
> “跟着我走有什么办法?你看我这副样子!”
>
> 绑腿和腰带作了捆扎木筏之用,钢盔太重便将它甩了。一套军装,没有腰带,没有绑腿,也没有帽子,其狼狈的情形,简直形同乞丐,这就是败兵的形象。

战斗到首都即将沦陷,卫国的官兵已是如此狼狈的局面。钮先铭作为一营之长,当然也曾与众多散兵游勇一同“计划突围”,然而不久便作鸟兽散。钮营长徘徊良久,进退失据。他企图找到一些自己“带过的兵”:

> 于是我向每一个行军锅灶走去,兜了一圈,看看有没有刚才我那徒手队中两三担炊事兵的人。当然我也认不清楚,可是却没有一个人再叫我一声:“营长!”换句话说:再没有人来答理我了。尽管有成千成万的士兵散集在那里,而我个人却十分的孤独。

当日军搜索扫荡出现在眼前时,抗战官兵大多做了俘虏,而这位营长不得不为日军挑柴,他看到了成千上万的俘虏,他明白了:“散兵们失去了武装,加上哀莫大于心死,一旦变成俘虏,人再多也没用。”此时,钮营长已避入佛门永清寺了。寺中的和尚收留了他,这才免于被俘虏的命运,可是,目睹了南京同胞的各种死亡,经历了日日夜夜的胆战心惊,这位年仅 26 岁的钮营长不堪重负:“我当然不会幻想着敌军的慈祥,可是仅仅在这二十四小时之内,其虐杀,其抢劫,层出不穷的花样变幻,冷热不同的心理变态,以及小集团中各人对我看法的不一,都使我发生无限的恐惧。留之不安,渡江无路,家亡国破,真不知何以自处?”当永清寺庙院内的尸体可以被移动的时候,“我真的流泪了。历经前几天的恐惧与悲伤,我都没有哭过。这一次抬尸,不知什么原因,我真的是涕泪纵横。或许是微微安定一点以后,我才恢复了人性的感情。在那以前,眼是红的,筋是暴的,也等于行尸走肉而已”。即使这样,作者也坦言,南京大屠杀给他带来了重大创伤,长久地感到魂不附体:“说也奇怪,好长一段时间,我都有一种错觉,觉得自己早已死了,死在江中或是永清寺。现在活动着的,只是我的灵魂。这种错觉一直持续了8年之久,好像是等胜利后才逐渐模糊的。这期间我常常于夜间在床上自己捏自己的手臂,让自己知道痛。”

钮营长逃出南京,是十分幸运的,永清寺的主持守志师父护送他到了上海,从此他自由了,可是作者自述道:“虽然并没有降敌被俘,可是南京的一仗,总是我们这一批人打的,打败了是事实,8月为僧,能逃得出来,也并没有什么面子。”在南京的挫败感和生死的考验令钮营长“甘心伏居”,长时间以来都在自省那段创伤性的经历:

> 不管是好是歹,这二十年来,也常在报上应应卯,而却没有一个工兵营的人找过我,全军覆没了?当然有三分之二的士兵坚守着光华门,也许作了壮烈的牺牲,可是未必没有一位活着的?而尔后竟没有一个人再理睬过我,足证我当时是统率无方,甚不孚人望……我之默默无闻于军中,自有愧不如人之处,这是天谴,迄今令我甘心伏居。

自南京陷落以来至20世纪70年代初,三十余年的时间间隔,众多文学作品书写了1937年12月的金陵的浩劫,只有钮先铭能够如此细致地记录一个灾难中人的魂灵。郭岐的《陷都血泪录》因为早在1938年面世,重在记事,还未能从容地揣摩幸存者的心灵,而小说中只有《财主底儿女们》有较多内心层面的展露,但因为人物囿于南京浩劫的旁观者位置,没能深入塑造出一个“渡尽劫波兄弟在”的人物。小说《第二年代》和《大江东去》中的转述与摹写都未能充分烛照遇难者的心灵,只有钮将军本人亲历浩劫,又有三十年左右的沉淀和酝酿,所以,作为南京大屠杀的幸存者、一位学养甚丰的中国抗战史目击者,他的记述与感言质感十足、蕴藉有余。在他历史性的讲述中,难能可贵的是记事之外还有刻录心绪、灵魂的文字。这些文字展露着一位大屠杀幸存者的创伤与心声,所以说“记载南京大屠杀中中国人独特记忆”一语极为中肯而精要。当然,《佛门避难记》远不止这些心灵的印记,还有许多内容值得探究。

最初,钮营长就在八卦洲南岸不远处的永清寺避难,这也是最危险的时段,作者曾目睹了日军屠杀的诸多真相。就在12月13日当天傍晚,永清寺的石榴园附近有46具中国人的尸体，而在一公里以外的江边“大湾子”有近两万人的尸体：“一走进大湾子，就不仅是嗅觉所感应的了。最触目惊心的，是一大堆尸体拥挤在一个小地区内，东倒西歪，俯仰不一。身上因为穿着军服，所以还看不见里面的情形。可是面部大多没有鼻子，因为腐烂是从嘴和鼻子开始，一排牙齿突露在外头，已经形成了半骷髅的模样。”钮营长看到的“集体屠杀”令人难以忍受，但作者还是补充说：“但是在我耳闻目睹的日军残暴行为却不仅此：战争本是残酷的把戏，打红了眼睛的士兵，因心理变态而发生一种虐待狂，所以强奸、抢劫和虐杀，中外古今皆有之，史有前例，倒也没啥稀奇！其惨绝人寰的还在后头！”钮营长不止见证了日军的集体屠杀，还见识了日军的多种残暴行径，其中包括抢劫和奸淫。因为钮先铭曾留日学过军事，懂日语，他发现日军在战时发明了两个专有名词，即“心焦”和“罪过”。前者多数指代抢劫，让中国人奉献财物；后者指代奸淫中国女性。钮先铭认为，这两个词“永远成为日语中最丑恶的词”。作者对南京大屠杀很早就有过总体的思考：“根据非正式统计，南京之役我军牺牲30万人，其中大部分都是被俘而后杀害的，我自己就亲眼见过尸首两万具…… 不久我回到大后方，与情报工作同志再三研判敌情，大家的结论是，日方以为既已攻下中国首都，我们必会作城下之盟讲和。为了削弱我们的人力与兵源，不惜违反人道和国际惯例，来进行集体屠杀。”就日军屠杀的野蛮性而言，作者做了客观的比较：“希特勒集体屠杀犹太人，那虽是后于中日战争数年的事，可是希魔的屠杀，却极尽科学化之所能；其处理尸体，早备有周密的计划，以免除事后的困难。而鬼子在南京的大屠杀，虽然也运用了重机枪，但那却等于是原始杀人的方式，尸积如山，以致数月后都无法处理。”作者甚至也探究了战后对日本侵略问题的处理：“以战败的国家，为了原子弹而那样的叫唤，至今尚不许美国的原子潜艇寄港；那么我们对于南京大屠杀的事件，又该如何的说法呢？以德报怨，未免太宽恕日本了，至今他们尚不领人情！”

钮营长后来转入鸡鸣寺躲避，“在鸡鸣寺中，虽然再也没有鬼子兵用军刀架在脖子上，可是我也经历过几番惊险”。比如说，好像碰到日本士官学校的日本教官。他得意忘形之后说出日语“是”；和日本僧侣谈佛学问题，大摆噱头；还有巧妙地应付信仰基督教的日本兵的古怪问题等等不一而足，大都步步惊心。从作者的回顾中，读者每每都能体会到沦陷之初的南京危机四伏。到了“1938年3月初，沦陷倏忽三月，地方已略形稳定，老百姓也逐渐回家”，但是南京的中国人仍处在无声之中：

> 我们回到鸡鸣寺不几天,正恭逢着二月十九日,在鸡鸣寺来说,是应当有一次盛大的道场,可是当时除了我们几个和尚以外,并无任何的香客来临,其寂寥的情形,并不亚于在永清寺。可是再过四个月,到阴历六月十九日,居然来了许多居士来进香,我们才意识到南京城开始再苏醒,总算是有了点活气;在那以前,处于敌骑之下,南京等于是一座死城,因此我根本无法写出南京的动态。

正因为钮先铭在沦陷后的南京滞留过久,所以对于南京城陷后的初期状况的了解和描述十分可靠。当他要出城逃往上海时,再次来到挹江门和下关:"挹江门没有发生过真正的战斗,所以并无太大的破坏和变化,连'新生活运动'的大标语都没有变更,只是挂了一幅红饼的日本旗。""大退却时为了坚壁清野而火烧下关,历时也已8个月,眼前并没有任何复原的迹象。最多只不过在败瓦颓垣上临时盖了一点茅草,让没有逃亡或没有被杀的老百姓得以避风雨。"那时钮营长还有过疑问:"最大的疑问还是那一把大火,到底是谁放的?受命于谁?迄今超过一甲子(原著为三十年),已无法查考。坚壁清野,背城借一,甚至于破釜沉舟,也许都是哀军必胜的奥策。可是战略上既需要撤退,那便变成了搬石头砸脚,自己和自己开玩笑了。"还有一个疑问,钮营长也提了出来:鬼子兵为什么在南京一而再地要注射防疫针呢?

> 是那样的重视沦陷区的人民卫生么?当然不会是如此的简单。在此我们不要忘记的大屠杀,据非正式的统计是近三十万人;其余在南京城的内外,可以说是,无处没有被杀害的军民。这些被杀害的尸体,纵使已加以善后的处理和掩埋,却也是极为草率的;"大难之后必有瘟疫",这是中国的老话,鬼子既在南京驻有重兵,当然生怕受到传染,所以才一而再严厉的施行着防疫注射,哪是为了中国老百姓的死活!

在整个传记中,有"酒肉穿肠"一节,从守志师父吃荤说起,述及一个关乎人类生死的本质问题:"热乎乎的饭,热乎乎的菜,虽是黄连树下苦中作乐,可人生在世还不是为了扒一口饭?"同时也对日本扩张问题做了很好的回答:"以国家来说吧!日本为什么侵略中国?最大借口还不是人口膨胀,粮食不足?归根结底是为了吃饭。"

一部《佛门避难记》不仅记录南京大屠杀的事件,表达作者的心绪与思考,而且同时刻画出生死浩劫背景下的人物形象,其中有些形象就是南京陷落时最可贵、最期盼的中国人形象。这些形象虽非作者虚构,却有超乎一般小说水平之上的效果。真可谓苦难而危机的生活本身就是一部绝好的小说。

钮先铭避难佛门便有了法号“二觉”,同样避难于永清寺的老者施先生也是个很有特点的人。他是帮会中人,为钮营长逃出南京助了一臂之力,就在下关一带,他在自己的“巢穴”里为钮营长送行。七十岁左右的施先生就是一块“硬骨头”,他改变了钮先铭对洪帮的印象,以至后来加入了洪帮门派。在永清寺里除了与钮营长一同避难的施先生、一位老农外,就是三个和尚——两老一少。守印瞎和尚和小和尚二空是投奔永清寺住持守志的。最初,二觉刚刚投到守志师父门下,不清楚的事情自然很多,又不便问询。师徒有这样的一段对话,明了一段故事,当时守志师父说二空和尚的嫖妓话题:

“哪里来的钱?你卖的石榴也给他嫖?”

“我有钱也不能给他嫖呀!他们鸡鸣寺,有的是大施主。”

“他们是鸡鸣寺的?”

“你不知道?他们也是来避难的。我本来也在鸡鸣寺,后来让给他们了,我图此地清静。”

“听口气他们是父子,怎么做了师徒?”

“守印是庚子年的管带,北京失陷了,他就没有再吃粮。”

“和我一样,打了败仗,只好削发为僧。”

“他哪有你这样大彻大悟!那以后,他又在江湖上混了许多年。有一回在镇江借码头弯船,遇见了仇人,一个石灰包,打瞎了眼睛,这才做了和尚。”

“二空呢,那时候应当还小。”

“母亲早死,所以也就带着出了家。”

“怪不得,那不是他的志愿,所以他还在思凡。何不让他还俗?”

“总有一天,拖也拖不住的。可你是自愿的,要好好做我的徒弟,我将衣钵传给你。”

守志师父泄露的秘密再次印证了崔万秋和张恨水的故事,待到钮先铭自己来写这段故事,已显得纯熟自然。而且,通过对话的方式表现,最为突出的人物就是守志师父,当二觉与师父赶往下关预备"出逃"的路上:

> 我一面走一面哼着,想把这两句诗构成整首七律的形态。
>
> "你在念《心经》?"守志师父问我。
>
> "不!我在作一首诗。"
>
> "又在作诗?也好!你有作诗的心境就过得了关。"师傅笑着对我说。
>
> "不!师父!不是这样说,您看看这个。"我指着那座碉堡说:"那是我做的!"
>
> "你从前打过麻将吗?"他顾左右而言它。
>
> "很少,师父!我不大赌钱。"守志师父这一问,弄得我莫名其妙。
>
> "大赌一次吧!我送你还俗,便是希望送你再去赌一次,把它赢回来。输掉一个碉堡算什么?我们还有的是本钱。"
>
> "谢谢师父的金口玉言,我们一定要大赢才是,否则我宁可跟您回永清寺去做小沙弥。"
>
> "就是因为你有着股志气,我才冒着极大的危险送你走。守印死了,我老了,二空不中用,一切都寄望于你。"
>
> "打仗与阿弥陀佛也有关系吗?"我不懂师父的说法。
>
> "怎么没有?永清寺石榴园中就有46具被残杀的尸体,我们怎么对得起死了的人!"
>
> 守志师父毕竟也是吃粮出身的,这股子气他也一样咽不下去。听了他这句话,我的胆子才壮起来。说真的,我对于这次离开,可以说相当害怕,硬着头皮冲,毋宁是受到守志师父的鼓舞。

这段对话尤为精彩,一位70多岁的老和尚可谓智勇双全,按钮将军自己的评价就是"临危收容我,患难庇护我,逃亡相伴我,固然是发之于菩萨心肠,和国家民族的意识。可是这对守志师傅本身来说,又有何脾益呢……这是要具备有智者不惑,仁者不忧,勇者不惧的精神"。守志师父不喜欢二空,而二空却认为他是"法西斯":"他的功名不如我的师傅,而军人气概却比我师傅重。他哪里是在修菩萨，他简直是在修阎王。”钮营长认为，“守志师傅就是这样的一种性格：果断、勇敢、独裁，可是有正义感。我极心悦诚服我这位师傅，而一生以有这样的一位师傅为光荣”。从整个传记来看，守志师父是刻画得最丰满的一位。其次是就二空和尚、施先生，这些人物真实可感，经钮将军讲述后，难免让读者以为在读小说。所以在大陆编《佛门避难记》作为史料时，作了删改自有道理。

除了钮营长身陷南京本身惊心动魄外，促使这部自传如此纪实而传奇的主要原因还在于作者卓越的文学能力和叙事手法。

钮先铭本人除了优越的家庭环境和留学欧、日的背景外，还有较丰富的文学创作经验。在传记中他也提到，1937 年 11 月中旬，南京保卫战已经开始，他在战壕里写了短篇小说《凯歌前奏曲》[①]，在 1946 年“五四”纪念日，以《凯旋前奏曲》登载在《大公报》上[②]。赴台后还创作小说《归去来兮》(1956)、《圣母的塑像》(1962)、《天涯芳草》(1965)、《白云悠悠》(1966)、《留情》(1967)等。其实，当年钮营长遁入空门时仍有许多诗歌创作。可以说，他是身在沦陷区内书写南京陷落，这十分罕见。钮将军回顾道：“闲来无事，便在太阳下捉虱子和默念着作诗。”[③]很可惜当时他手中无纸笔，一首首“心诗”都无法记录下来。只记得有一首是在上元节创作：

上元门外上元夕，
人在浊流江上立；
岂愁人缺月常圆？
只恨江山无半壁！

作者十分谦逊地说：“诗非当兵的本行，其所以愿献丑以贻笑大方者，不过欲使读者诸公了解我当时的心情而已。”当他与师傅预备逃出南京时，旧地重游不免“怵目伤心”，于是又有一首诗《重过下关》为证：“非将曹沫宽心迹，百折何尝壮志休？敢誓孤忠盟日月，岂甘宿命寄蜉蝣！将军一误千秋恨，白骨成堆万世仇！触目尽多肠断处，伤心偏过旧碉楼。”作者感言道：“这

① 钮先铭：《还俗记》，第 269 页。
② 钮先铭：《佛门逃难记》，南京：南京师范大学出版社，2005 年 7 月，第 273 页。
③ 钮先铭：《还俗记》，第 116 页。

是我27岁时,在南京当和尚所作的最后一首诗。我不是诗人,对这方面的天分也很低,但我非常喜欢中国的旧诗词,所以有时候也会无病呻吟地哼上几句。然而上面这首诗,反映的却是我战败后的心理,自认并非无病呻吟。这首七律的前4句是写我自己,也就是8个月为僧结束前的最后写照。'将军一误'是写临危受命的主帅,说要守城6个月,结果只比6天多了一天。最后一句则写行过旧日防御工事逃亡出城的心情。"

钮将军自传的神采来源于多方面,他能够"诗言志""文章憎命达",写出他人未能言、未能感、未能思的好文章,尤其对于探究南京陷落的文学书写而言,简直是弥足珍贵。借用史学学者张生的话说:"现在我们可以说,《佛门避难记》是迄今为止关于南京大屠杀幸存者的极为罕见的完整的个人生活史,具有重要的研究价值。"①

如果说钮先铭的《佛门避难记》是南京大屠杀幸存者三十余年后心灵创伤的一次自我诊疗,是一次对自身苦难传奇的回望,那么1978年郭岐②整理出版的《南京大屠杀》则具有更现实的指向。四十年前,郭岐的《陷都血泪录》已在国统区大后方开始连载发表,作为历史的见证人、南京大屠杀的亲历者,他及时地将自身所承受的灾难与民族的苦难融合在一起,对日军的暴行做批判,及时地宣泄了个人的郁结悲愤之情。这与钮先铭有很大不同,当他再次书写《陷都血泪录》时,他及时把书的名字改为《南京大屠杀》,但主体内容完全是当年的《陷都血泪录》,只不过补充了一些对日本战犯审判的内容。③ 这样看来,郭岐在台湾于20世纪70年代增订修改《陷都血泪录》并再次出版更突出了揭露与批判的目的。对此,郭岐在《自序》中作了交代:

> 当谷寿夫等在南京雨花台伏法后,友好多促予将此稿付印出版。但念及蒋介石先生对日本采取"以德报怨"政策,俾日人知所醒悟,革面洗心,时不宜以一己之私,有违蒋先生意愿,因而打消出书之念。今念日本右翼分子全无反省之心,乃整理旧作,易名为

---

① 张生:《代序:〈佛门避难记〉价值的再发现》,《佛门避难记》,第9页。

② 郭岐(1905—1993),祖籍山西省左玉县,1925年考入黄埔军校第四期,毕业后参加北伐。1937年参加南京保卫战时,任教导总队辎重营营长,城陷后匿居南京三个月。脱险后发表《陷都血泪录》,1947年作为证人出席对日本战犯谷寿夫的南京审判。

③ 参见钱思亮:《写在〈南京大屠杀〉之前》,王志刚:《〈陷都血泪录〉序言》,以上出自《陷都血泪录》,郭岐著,南京:南京师范大学出版社,2005年7月。

> “南京大屠杀”，送请中外杂志连载。非以称个人之快意，实为历史作见证，亦期国人多所认识日本军阀之丑恶嘴脸。①

可以说，在战后三十余年的中国文学书写中，最具政治意识的作品就是郭岐的《南京大屠杀》。作为一个大屠杀的亲历者，郭岐十分自觉地表达对日本右翼势力妄图否定侵华、否定南京大屠杀的批判。即使是台、港两地，吴浊流、陈纪滢、唐人、潘柳黛、曹聚仁、钮先铭等作家也都没有直接的政治指向，那么，可以将郭岐的《南京大屠杀》作为战后对日本右翼反动倾向最早进行批判的文学书写。从客观情况来看，当年的两位营长钮先铭与郭岐共同表达了大屠杀幸存者的创伤记忆，十分细致地还原南京的浩劫，有力地证明了侵略者的罪行。

第二节　战后日本的声音

日本战败投降后，战争的罪责还未能清算，冷战的格局很快让日本加入了资本主义阵营。日本为支持美国进行朝鲜战争做“特需”，与台北签署“和约”②，设法避免战争赔偿，直到 1972 年 9 月，日本与中华人民共和国建立邦交。近三十年，中日战争遗留的问题愈发难以解决。日本政府后来不愿承认侵华历史，更不愿为此承担历史责任。1955 年，由民主党(自民党前身)掀起第一次教科书风波，企图恢复战前的教育制度。③ 在 20 世纪 50 年代至“文革”之前，日本作家团体曾被邀请到中国访问达七次之多，而日本的文学创作大体无视对华侵略这一史实。有学者概括道：“战后他们在对中国人民的战争责任问题上，却三缄其口，讳莫如深。战后出现的为数寥寥的反省侵华战争罪行的作品，并不是这些责任最大的侵华文学炮制者写的。这种顽固的立场，甚至战后中国人民以既往不咎宽容友好相感化，也无济于事。”④

---

① 郭岐：《自序》(1978 年 7 月)，《陷都血泪录》，南京：南京师范大学出版社，2005 年 7 月，第 2 页。

② 余子道：《〈旧金山和约〉和“〈日台和约〉”与美日的“台湾地位未定”论》，《抗日战争研究》，2001 年第 4 期。

③ 郭素美、王希亮：《从〈新历史教科书〉到〈最新日本史〉》，《抗日战争研究》，2002 年第 2 期。

④ 王向远：《“笔部队”和侵华战争：对日本侵华文学的研究与批判》，第 285 页。

在战后的三十余年里，日本文学中直接涉及南京大屠杀的小说更是少之又少，真可谓“为数寥寥”，著名小说家堀田善卫[①]的《时间》和三岛由纪夫[②]的《牡丹》都是20世纪50年代中期面世的作品，二者是直接涉及南京大屠杀且绝无仅有的小说代表，而后者又绝非是“反省侵华战争罪行”的作品。这两位作家在日本文坛较有知名度，而他们在面对日本侵华战争的态度上却截然不同，这代表着日本战后文学的分野，而就其在日本、中国的文学接受状况而言，这两部小说的影响不大。如果说《牡丹》篇幅较短，内容似乎简单而不为人所知当然可以理解，但《时间》已达到了中长篇的规模，实在令人费解。值得一提的是，两部作品译介到中国是很晚的时候，《时间》的完整中译本至今只有1989年4月安徽文艺出版社的版本[③]，而《牡丹》的中译本直到2013年才出现[④]。

20世纪60年代，当日本热衷于为原子弹爆炸而伤悼，热衷于争得世界的声援和同情的时候，乃至我国政府、民间也为之疾呼的时候，日本文坛几乎忽略1937年发生的大屠杀。幸好栗原贞子[⑤]的诗歌《提起广岛这一刻》(1968)有如一道闪电划破苍穹：“提起广岛珍珠港／提起广岛南京大屠杀／提起广岛女人和孩子／被埋在壕沟里／浇上汽油的马尼拉酷刑／提起广岛／血与火的灵魂不肯离去／提起广岛／温柔和同情只能转过身去／亚洲各国的死难者那些无辜的老百姓／仍在迸发出来自天国的愤怒／提起广岛／为了求得宽恕／应该扔掉的是杀人的武器/真的／必须扔掉……为了得到宽恕/我们必须洗清自己肮脏的手。”[⑥]这位女诗人的视野、眼光、姿态让人肃然起敬，借用学者李军的话评价她恰如其分：“无情地揭露了日本法西斯军队在亚洲各国烧杀抢掠的兽行，以及战后广岛平民痛楚无助的现实。张扬了应该像对待真理一样，正视历史，而不是曲解或掩盖真相的正义主

① 堀田善卫(1918—1998)，生于日本富山县，1944年应征入伍后因病滞留，战后曾在上海为国民党中央宣传部对日文化工作委员会服务，1947年回国。他的小说《时间》最早于1953年11月开始刊载在多家刊物上，1955年发行单行本。以上内容参见徐静波：《〈时间〉：堀田善卫对南京大屠杀的解读及对中日关系的思考》(《日本问题研究》，2013年第4期)。

② 三岛由纪夫(1925—1970)，生于日本东京，1945年2月应征入伍后因病被遣送回乡。

③ 这一版本为王之英、王小岐译，堀田善卫著：《血染金陵》，合肥：安徽文艺出版社，1989年4月。

④ 这一版本为陈德文译，三岛由纪夫：《牡丹》，《鲜花盛开的森林・忧国》，上海：上海译文出版社出版，2013年5月。

⑤ 栗原贞子(1913—2005)，日本广岛人，著名“原爆”诗人。

⑥ 李军：《日本原爆文学研究》，东北师范大学博士学位论文，2014年3月。

张。栗原通过这部作品展示了一位日本作家的社会责任和非凡的勇气，成为直面过去那段不光彩历史的日本原爆作家。”①

20 世纪 70 年代初，田中角荣访华前，直面南京大屠杀的报告文学终于出现了，这就是本多胜一的《中国之行》的一部分，对日军在中国旧都的暴行做了实地采访，报道了南京大屠杀受害者的回忆证言，“多数的日本读者看过之后，表示对于这段被蒙蔽的的历史‘感到震惊’，觉得‘必须反省’；但也有一部分人跳了出来，对于本多的访问报告，展开了公开的攻击，认为‘对中国有太多的偏袒’”②。而本多胜一一直承受着诸多压力，坚守着一个作家、知识分子的良知。当时日本的舆论界确实对南京陷落记述不多，《东京日日新闻》的记者铃木二郎对在南京光华门一带的见闻有所记载：“光华门道路两侧的壕沟被尸体所掩埋……被炸断的肢体散乱一地，这一幕让我想到了地狱。日本的坦克肆无忌惮的从尸体上碾过，死尸、硝烟的臭味混杂在一起，如同地狱中的焦炎地狱、血池地狱，而站在地狱中的我仿佛是一个地狱中的狱卒。”③

一、《时间》：无畏而罕见的反省

王向远认为，“在日本战败投降后约十年间出现的‘战后派’作家群中，有的作家写过表现侵华战争罪恶的作品。首先是著名小说家堀田善卫”④。堀田善卫以南京大屠杀为题材创作了小说《时间》，它最早于 1953 年 11 月开始刊载在多家刊物上，1955 年发行单行本。⑤《时间》是日本战后文学中最早反映南京大屠杀的作品。⑥ 这篇小说以主人公陈英谛日记的形式，揭露日军在南京施行暴行的真相，可以说，堀田善卫以小说《时间》证明了日本

① 李军：《文化视角下日本作家的“原爆”认知》，《东北师范大学学报》，2011 年第 1 期。

② 龚念年：《译者的话》，出自[日]本多胜一：《中国之行》，龚念年译，香港：四海出版社，1972 年 10 月(原著《中国の旅》由朝日新闻出版社 1972 年 3 月出版)。

③ 《丸》第 24 卷 11 号，1971 年 11 月，第 99 页。转引自[日]山内小夜子：《南京大屠杀与日本僧侣》，芦鹏译，《南京大屠杀史研究》，2012 年第 1 期。

④ 徐静波：《〈时间〉：堀田善卫对南京大屠杀的解读及对中日关系的思考》，《日本问题研究》，2013 年第 4 期。

⑤ 徐静波：《〈时间〉：堀田善卫对南京大屠杀的解读及对中日关系的思考》。

⑥ 笔者赞同王向远先生在《“笔部队”和侵华战争：对日本侵华文学的研究与批判》一书第 287 页中对此的认定。另外，徐静波先生的意见可作参考，他认为，《时间》是“日本文学史上第一部直接描写南京大屠杀的长篇小说，据笔者有限的知识，大概也是迄今为止以南京大屠杀为主要题材的唯一一部日本长篇小说”。出处同上。

文学作者的良知未泯。

1945年春天,堀田善卫和武田泰淳一起到南京旅行。在南京的城墙上,他被震撼了:

> 紫金山呈现出美丽而又冷峻森然的姿容,仿佛地球上的人类全都死灭了,一切都灭亡了,唯独它还冷然耸立着。我对中日关系的思考,对于东方命运的哀恸,愈益强烈,这渐渐演变成了我对自己人生的一种悲恸,甚至是绝望。那个时候,我明确感到,中日关系、东方的命运这类庞大的问题已经与我自己渺小的人生、生存的苦恼连为一体了,这使我自己都感到相当惊愕。①

南京之旅为他后来写小说《时间》奠定了基础:“我完全被紫金山、真的是呈现出紫金颜色的岩石纹理的美丽所打动了,萌发了以后一定要把这种美丽写出来的欲念。但当时完全没有想到,这一欲念后来竟会成为以日军南京大屠杀为素材的拙作《时间》。紫金山的美丽姿容,还有长江(根本不是普通的江河概念)的猛烈壮阔,还有辽阔得仿佛不像是人类世界似的华北旷野,如果想要表现这一浩茫的世象,若不是通过人类与人类历史的恐惧、无比的激烈、残忍,总之是被称之为人类的人的某种最具有内质性的物象,是怎么也表达不出来的。当时我在城墙上产生了这样的认识。”②正如徐静波所说,以上的认识“既阐明了《时间》写作的最初动因,也阐明了《时间》写作的根本动机”③。1955年的单行本上有“著者的话”同样值得注意:

> 思想应该没有左也没有右。也无所谓进步和退步。我所追求的是,在当今生存的过程中,能使我们获得生命灵动的母亲一般的思想。这部作品,是我倾注了最大的生命力撰写出来的。好抑或不好,终于写完了。④

---

① [日]堀田善卫:《反省と希望》,《堀田善卫全集》第12卷,第121页。转引自徐静波:《〈时间〉:堀田善卫对南京大屠杀的解读及对中日关系的思考》。

② [日]堀田善卫:《上海にて》,第33页。转引自徐静波:《〈时间〉:堀田善卫对南京大屠杀的解读及对中日关系的思考》。

③ 徐静波:《〈时间〉:堀田善卫对南京大屠杀的解读及对中日关系的思考》。

④ 同上。

对堀田善卫而言,他创作这部日记体的作品,是基于思想的渴求和生命的需要,并不是战后的诸种思想倾向"唆使"的结果。小说《时间》以日记的形式书写,第一篇日记的日期是1937年11月30日,最后的是1938年10月3日。这些日记的作者是曾留学过欧洲的陈英谛,他是南京国民政府海军部的职员,他的妻子莫愁怀孕八九个月,而他的长子已经五岁了,南京陷落前夕,从苏州逃难来的表妹杨小姐寄宿在他家里。南京陷落后,他们起初蜷居在家,后又搬到金陵大学内的国际难民区,他自己的家被日本军队占用,新主人是桐野中尉。陈英谛见证了南京的失陷,也见证了南京大屠杀,在南京大屠杀的过程中,陈英谛幸免于难,然而他的妻子、儿子都被日军迫害致死,表妹杨妙音被蹂躏践踏,神情恍惚,多次寻死而被救起,后曾受到新四军的扶助,苟活于世。作者在日记中多处具体地描写日军的暴行,例如:

> 日后才得知,当时那长久持续的枪响,是日本兵在城外集中屠杀我四万同胞,用机枪扫射,当时就死了一万人,其余三万人……①
>
> 午后十时,日本兵再次把我们男子叫到一起,命令去把外面尸体收拾一下。尸体中,有小孩、有女人。有的头部被打破,有的半身袒胸露腹,有的下半身片布全无。堆在一起,有五十来具,往上浇汽油时,发现,其中还有活人。这时,正值狂飙骤起,大风怒号,黑烟滚滚。尸体味,随风左右狂奔。夕阳惨淡无光,浑身疲惫不堪。②

在陈英谛所见,到处是被戕害的中国人,中国政府的士兵被集体屠杀,非战斗人员包括妇孺也时有被害。在国破家亡的时候,他耳闻目睹了日本侵略者对中国人的残暴。即使是日本军人也有的受到了大屠杀的刺激,晋升为大尉的桐野"他对其同胞——那些日本兵奸淫、烧杀、掠抢之兽行,近来产生极度的神经质"③。他在陈英谛的宅子里和陈英谛进行了一次较长的对话,这时陈英谛在为桐野大尉当仆役,他之前是从被屠杀的尸体下面逃了

① [日]堀田善卫:《血染金陵》,王之英、王小岐译,合肥:安徽文艺出版社,1989年4月,第49页。

② [日]堀田善卫:《血染金陵》,第65页。

③ 同上,第157页。

出来,半年后又回到南京旧宅,表面上为日军服务,实际上为重庆发送情报,并寻找自己的家人。他在日记中记载了桐野大尉的很多说法:

"实际上,我们在南京干了相当的事情。"

桐野从桌子下面取出了一叠上海的租界发行的诸如《纽约时报》《曼彻斯特卫报》等英美系的报纸,砰的一下扔到了我的脚下。每份报纸都有照片和RAPE(强奸)、MASSACRE(大屠杀)、NANKING(南京)等印得很大的词语。

"是这样,是吧?"

他歪着脸。是在感叹么?还是被这杀戮成性的行为所震颤呢?无法判断。也许两者皆有吧。

"我们并不认为我们受到了很多人的爱戴。我们的使命,就是要打倒傲慢的蒋政权……"

他停顿了一下。也许是心里想到了什么吧。

"即使对我们的使命表示敬意和理解的人,也尽量不想跟我们扯在一起。对此我们也明白。但是,在这南京,不,我军的占领区里,因为我们的管理,我们的援助,还有我们的慈悲而得以存活的人们中,如果允许他们抨击我们的话,这不也太过分了吗?"

"我们是同文同种的……"

这些都是陈腐的套话。同文同种?他们只是借了我们的文字使用而已,至于同种,则压根儿是捕风捉影。不过,我的脸上没有表现出任何的情绪,哪怕有一丝的表情,就足以激起他的劣等感。

"即便是发生了事故,哦,不,事实上已发生了,致使你的家人遭到了不幸,但是,在你们自己国家的历史上也发生过诸如太平天国这样的屠杀事件吧?"

你只是为了寻找借口才去学历史的么?以向后看的姿态去学习历史。这样的人也是向后看的预言者。

"总之,我们要倾注我们国家的全部力量来担当起亚洲的责任。"

责任?其实质就是强压、说服、贿赂,也就是恐怖行为、政治宣传、收买。还有在这里以低声表达的威胁。①

可以看得到,小说作者不仅要写出南京大屠杀的真相,还要将施暴者的意识根源找出来,将日本军国主义思想的做派揭露出来。从桐野大尉的身上就能觉察到日本近代以来看似文明、本质上野蛮的强盗逻辑。堀田善卫能够这样深入地反思,精准地判断,是对日本的侵略性、战争的残酷性不断认知、积累的结果。他到上海亲眼目睹了中日战争,发现被国内舆论所蒙蔽,他坦言道:"自 1945 年 3 月 24 日开始至 1946 年 12 月 28 日止,差不多一年九个月的上海生活,对于我,特别是战后的人生,带来了决定性的意义。当然,我此前就已决定自己的一生将以文学作为我的事业。但是,这一段经历,使得我此前根本没有考虑过的中国和日本,进入了我的人生。"②回到日本后,远东国际军事法庭审判揭露出来的真相,也使堀田深受震撼,对于日本侵华的行径了解得更为深入。他已经成为一位对中日关系保持清醒的日本人,他曾在《何为惨胜》一文中表示:"自从 1927 年田中内阁为干涉中国国民革命而出兵山东以来,前后持续了十八年的对中国侵略、太平洋战争,在两国人民终于从战争中痛苦中解脱出来的时候,日本惨败了,中国惨胜了。"③

当然,堀田善卫并不满足于对日军暴力的揭露和对中日战争的反思,他有更为纯粹的艺术追求,正如他自所说,"(正在写作的《时间》)对于南京屠杀事件,对于发生了这样的事情,作为日本人,觉得应该在文学上将其记录下来,这种说起来有些一本正经的想法不是没有,但与此相比,我更在意的是如此这般的条件和人,在如此这般的条件之下的人本身将会怎么样。这里所说的如此这般,其实就是现代的意思。或许也可说是在一个更加现实的、同时也是极度抽象的舞台上的思想训练……就像加缪的《鼠疫》,虽然故事很现实,但实际上是一部很抽象的作品"④。

十分遗憾的是,小说《时间》并未给战后的日本带来震动,"堀田的不少

① 转引自徐静波:《〈时间〉:堀田善卫对南京大屠杀的解读及对中日关系的思考》。同时可参考王之英、王小岐译的《血染金陵》,第 119—121 页。

② [日]堀田善卫:《上海にて》,转引自徐静波:《〈时间〉:堀田善卫对南京大屠杀的解读及对中日关系的思考》。

③ 转引自《中国题材日本文学史》,《王向远著作集》(第 4 卷),第 352 页。

④ [日]堀田善卫:《私の创作体验》,《堀田善卫全集》第 14 卷,第 71 页。转引自徐静波:《〈时间〉:堀田善卫对南京大屠杀的解读及对中日关系的思考》。

作品获得了各种奖项并被改编成电影,但他的呕心沥血之作却并未在各界得到应有的反响,众多日本人偏狭的民族主义立场,是其主要的障碍之一,无怪乎左翼批评家菊地昌典深有感慨地说:'具有讽刺意味的是,这种残忍的行为,受到残害的一方很清楚,刻骨铭心,而施行残酷行为的主体,却并不认为这是一种残忍。'"①

二、《中国之行》:受害者的访谈

战后日本,20 世纪 50 至 70 年代对于日军侵华的文学书写声响甚微,而日本占主流的文学不是为战争受到伤害而自怜,就是强烈地表现"反抗战后":"不满日本战败投降的既定事实,讨厌战后的和平秩序,借此发泄对日本投降的悲哀和愤懑……其中,战后文学中具有世界影响的大作家三岛由纪夫和战后不久出现的所谓'无赖派''太阳族'作家,都鲜明地表现了'反抗战后'的倾向。"②在这样的氛围中,著名记者本多胜一③成为了无畏的勇士,体现出日本的文学良心。他 1958 年到《朝日新闻》社做记者,凭借自身高度的敏感和知识分子的良知,关注当下社会和历史事件,对于越战中美军的行径、柬埔寨的大屠杀都有深入的报道和评论,并且"以同样的人道主义道德勇气,本多胜一在揭露日军侵华罪行方面,写出了三部报告文学,即《中国之旅》《通往南京的路》和《天皇的军队》"④。

其中,《中国之旅》(1972 年 3 月在日本出版,另译为《中国之行》)较为集中地写到了南京陷落,尤其是南京大屠杀,本多胜一称之为"南京事件","这部报告文学出版后,在日本引起了轰动,《朝日新闻》《朝日杂志》《朝日画报》《朝日周刊》等许多报刊都进行了连载。出版后的 3 年内,再版了 10 次"⑤。关于为何在 1971 年进行"这样的采访行动",本多胜一在《中国之行》的"卷首语"里做了很好的说明,他概括为五点理由,这里简述如下:第

---

① 徐静波:《〈时间〉:堀田善卫对南京大屠杀的解读及对中日关系的思考》。

② 王向远:《"笔部队"和侵华战争:对日本侵华文学的研究与批判》,北京:北京师范大学出版社,1999 年 7 月,第 282—283 页。

③ 本多胜一,1932 年生于日本长野县,记者、作家。1958 年起在《朝日新闻社》做记者,有报告文学《天皇的军队》《中国之旅》《通往南京的路》和《柬埔寨大屠杀》,评论《杀者的逻辑》《被杀者的逻辑》等。

④ 转引自《中国题材日本文学史》,《王向远著作集》(第 4 卷),第 391 页。

⑤ 寒溪:《〈南京大屠杀〉在日本引起的一场笔战》,《勿忘血写的历史》,[日]本多胜一等著,晓光寒溪等译,北京:中国青年出版社,1995 年 8 月,第 25 页。

一,为恢复中日邦交表达诚意,将侵华罪责告知同胞;第二,查清日军杀害中国人的具体情况,以防同胞被“靖国神社护持运动”等利用;第三,可参照美军屠杀事件的曝光,将日军屠杀中国人也曝光;第四,日本应该存有并展示作为加害国的加害记录;第五,警惕本国军国主义的复活,中国不是神经过敏,而有其历史依据。①

本多胜一在《中国之行》中集中报告南京大屠杀的章节是第十五章“南京事件”。他本人在南京两天的时间内,“向四个人进行了采访”,首先报告了大屠杀幸存者姜根福所经历和描述大屠杀的“一般情况”(除了屠杀之外还有纵火、强奸、抢劫等):日军进城后滥杀无辜,枪杀、刀刺、火烧、活埋、集体屠杀、杀人比赛等各类屠杀层出不穷;而日军强奸的情况是“十岁前后的女童直到七十岁以上的老妇,都是暴行的对象”②,并伴有虐杀;各类暴行覆盖城内、城郊的广大范围,“这样的历史上少见的惨剧,一直持续到第二年二月上旬,共长达两个月之久,大约三十万人被害死”③。姜根福在讲述过程中还提到了幸存者伍长德经历的集体屠杀和李秀英经历的日军暴行,而作者亲自采访的幸存者还有市民陈德贵、农民梅福康、农民蔡周氏,他们都是集体屠杀的见证人。以上幸存者遭遇的日军暴行经作者配以照片、图示,有条理地组织在一起,具体生动,言之凿凿,南京大屠杀的残酷可窥一斑。对此,本多十分真诚地说:“在南京直接听到的被害者们的体验,远远超过了我从过去读到的记录所能想像出来的情景。”④实际上,本多对于“南京事件”的认知确实是停留在某一个阶段的,他在《中国之行》中郑重地说:“南京大屠杀,确实如前章所报告的那样,不分青红皂白,杀害了大批南京市民和已经解除了武装的俘虏。以一次屠杀的人数来说,这是日中战争的最大事件。话虽如此,这次屠杀并不是在军队最高方针之下有计划的屠杀事件。”⑤本多胜一的报告文学在日本发表后,不断地发酵,有人在《诸位》刊发了多篇文章反驳本多书写的真实性,其中,铃木明“撰写了长篇报告文学《南京大屠杀的幻影》,在《诸位》上连载,并由《文艺春秋》社出版单行本,文中不但企图为

① [日]本多胜一:《中国之行》卷首语,出自本多胜一的《中国之行》,第5—6页,龚念年译,香港:四海出版社,1972年10月(原著《中国の旅》由朝日新闻出版社1972年3月出版)。

② [日]本多胜一:《中国之行》,龚念年译,第255页。

③ 同上,第249页。

④ 同上,第247页。

⑤ 同上,第292页。

杀人竞赛的罪犯翻案,而且要否定整个南京大屠杀事件”,铃木明的这篇报告文学在1973年5月被评为“大宅壮一无虚构文学奖”。①

另外,不能不再次提起大屠杀的幸存者姜根福。南京城陷,姜根福当时9岁,他在南京全家八口人,“南京事件”之后,只活下来了姊弟四人,其他都被日军杀害。历尽劫难之后,1971年8月,他讲述给日本记者本多胜一听时,自然会述及南京保卫战的情况:“当时,国民党的蒋介石军队在十万人以上。他们如果进行彻底抗战,也许能够挡住日军,但是,他们出卖了人民,把民族交到侵略军的手里了。”“蒋介石军队的主要军官跑掉以后,这两座城门便关闭了,从外面下了锁,断绝交通。如果不这样做的话,城里的群众和败兵就要一起涌到河边,有限的逃命船只,就不能由他们独霸了。”②当采访快结束时,他的话仍然值得记录,如下:

> 真是幸运。毛主席给了我们第二次生命。我们能有今天,全靠毛主席和党……日本在中国犯下的罪恶,不是日本人民的罪恶,根据毛主席的教导,我们现在也把日本人民和反动政府区别开。在那反动政府之中,也要把决定政策的人和不得不追随的人加以区别。我们把过去的遭遇讲给你听,是为了表达中国人民对日本人民的友谊。③

今天看来,在中日战争结束第26年的时候,本多胜一打破沉默,能够无畏地报道日军的暴行,并将1971年幸存者所感受的时代印迹,一同昭示天下,确实是无比可贵的。正如王向远称道说:“本多胜一的这些揭露日军侵华罪行的报告文学,是战后日本第一次由日本人亲临中国采访、以直接倾听中国受害者的倾诉的方式写成的报告文学,因而无论在中日文学史上,还是在中日战争史及中日关系史上,都具有重要意义。”④

① 寒溪:《〈南京大屠杀〉在日本引起的一场笔战》,《勿忘血写的历史》,第30页。

② [日]本多胜一:《中国之行》,第247—248页。

③ 同上,第287页。

④ 王向远:《中国题材日本文学史》,《王向远著作集》(第4卷),第391页。

三、《牡丹》:园子里的"恶之花"①

三岛由纪夫的短篇小说《牡丹》发表于1955年7月号的《文艺》上。阅读这篇小说就如同进行一次夏初的郊游,在"桂冈牡丹园"里有一望无垠的牡丹,并且"每种牡丹都有着各自的个性",总数有五百八十棵。

> 在黑土地上印着一团团浓重阴影的牡丹,一棵棵各自守着一片空地,卓然独立,整体上有一种沉郁的感觉。已经盛开的花朵干枝低矮,花朵硕大,仿佛是从昨天还潮湿的土壤里一下钻出来一般,满含着令人生畏的活力。②

适逢五月初的一个节日,也许是正逢国民休息日,来牡丹园的人很多。小说人物"我"参观了这些牡丹,牡丹园的主人是川又老汉,他两年前买下了这座园子。他衣衫褴褛,"身上穿着缀满补丁的衬衫,套着裤脚窄小的军裤,戴着褪色的红便帽。脚上是劳动布袜子"。在花园中他旁若无人,如同在一个自闭的世界:他"逐一站在每棵牡丹前边,有时又蹲下来,出神地盯着花朵看个没完"。园主人面前的第一朵有特写效果的牡丹名字是"元旦日出",当时"我"听说,穿着"军裤"的园主人很不平凡:

> "那位川又老人,就是原来著名的川又上校,您应该知道的,他被指认为南京虐杀的战犯。
>
> "那家伙隐姓埋名,逃避了战犯审判,眼下觉得平安无事了,就出面买下了这座牡丹园。
>
> "战犯的罪状是,他必须为好几万人的惨死负责。但是,严格地说,上校作为一种娱乐,亲手实际杀戮的是五百八十人。
>
> "而且,您知道,全是女人。上校个人的兴趣是只杀女人。
>
> "川又成了这里的主人后,将牡丹的数量严格控制为五百八

---

① 这一小节的大部分内容刊载于《外语与教学研究》,2015年第6期,题为《恶之花:三岛由纪夫〈牡丹〉的大屠杀叙事》。

② [日]三岛由纪夫:《牡丹》,《鲜花盛开的森林·忧国》,陈德文译,上海:上海译文出版社,2013年5月,第128页。

十棵。①

做以上叙述的是“我”的“一位想不到的朋友”——草田,文中对他的职业和住所未做清楚的交代,听说“他投身政治运动”,在小说一开头“我”就明确地提示过:“这说法其实很不准确。”可以说,这句“其实很不准确”就已经透露出叙述人及作者不易察觉的意识。

小说《牡丹》曲折而大胆地表露着“反抗战后”的倾向,渲染“对日本军国主义的毁灭怀有无限的追怀”②。三岛由纪夫引导读者沿着新建的“军用马路”来到牡丹园观赏的时候,为那一朵牡丹做的特写也不由令人一惊——绯红的“元旦日出”,也许这并不是一种巧合的命名,它流露着一种文化心理。小说中的“我”似乎不明就里,被朋友草田引曳着谈天赏花,却在对其“博识”的仰望和倾听中混淆了川又上校的历史。“听说”和“被指认”的姿态都表明对历史真相有意涂抹、曲解和反抗,川又上校对南京大屠杀应负的责任已在飘忽的叙述中被吹散,而此时,南京大屠杀中的受害者却被转化为第二次屠杀的意象——牡丹。

实际上,“我”与“草田”可以被视为作者的两副面孔,他们同声共气地标榜着日军的罪恶无须忏悔。在他们来牡丹园的路上就已经默契到了“合二为一”的地步,“我”看到农民在池子旁忙着洗萝卜,就说:“那洗得白白净净的萝卜看起来颇带性感哩!”草田答道:“可不是嘛。”南京人认为,“用大萝卜来形容南京人,再合适不过”③。如果因此说三岛由纪夫碰巧做了一次对南京人的意淫有失公允,那么,作者的独特心理在“大观园”里已经昭然若揭,其欲望的表达更趋日常化与表面化。《牡丹》中寄情于牡丹园的川又上校具有的独特意识被描述出来:

> 他一棵棵亲手栽种,结果形成一座牡丹园。然而,他的这种奇妙的爱好意味着什么?我做了种种猜想,最后得出了这样的结论。
>
> “这个家伙是在利用一种诡秘的方法,纪念自己的罪恶。这家伙是个犯了罪的人,他最切实的要求,就是用世界上最安全的办

---

① [日]三岛由纪夫:《牡丹》,《鲜花盛开的森林·忧国》,第129页。

② 王向远:《“笔部队”和侵华战争:对日本侵华文学的研究与批判》,第283页。

③ 叶兆言:《烟雨秦淮》,广州:南方日报出版社,2002年4月,第51页。

法,以彰显自己难以遗忘的罪恶。他做成了。"[1]

当年川又上校在南京犯下了不可饶恕的罪行,经草田讲述却成了无须追责的故事。川又丝毫不见悔意,寻求的是"为了忘却的纪念"。在草间的言语之间似乎还带着委屈与无辜,好在还承认他"亲手实际杀戮的是五百八十人",但是草间补充得很高明——"严格地说,上校作为一种娱乐"而已。时隔多年后,叶渭渠在20世纪九十年代执意推动对三岛由纪夫的研究,那时就十分恰切地界定了这位"鬼才",道破了部分真理:"三岛由纪夫特异的经历,造就了他文学与行动既充满人性,又异常残酷,既充溢强烈的政治意识,又不愿意历史的重复,既竭力将历史与美分开,却又难以或无法分开而将它艺术化。这种矛盾和感情都带有超出常理的激烈和戏剧性。"[2]如果说人性不仅包含着善与美,同时也含有恶与丑,那么三岛的《牡丹》就可谓"人性的证明"。

早在20世纪80年代,就有学者指出,三岛"公然要求复活天皇制极权主义和武士道精神。这是对战后民主主义的一种反动",并进而确定三岛"以1960年问世的《忧国》为重要转折,在文学上一步步地实践他上述的政治观和文艺观,日益走向反动"[3]。也有人认为,"三岛的美意识从小说《忧国》开始发生了变异,即他将美与恶视为等同"[4]。可以说,学界一直以为,《忧国》是三岛文学创作转向的标志,实际上,理解三岛的转向未必一定要到他的名作中去认定,追溯到《忧国》之前的《牡丹》,即可发现倪端。然而,三岛通过牡丹花借以"纪念自己的罪恶""彰显自己难以遗忘的罪恶"的安排还是令人费解,这里有必要参照三岛之前的另一篇作品,以互文的方式破解这一谜团。

与《牡丹》同收在一个集子《鲜花盛开的森林·忧国》里,有一篇《中世某杀人犯留下的哲学日记摘抄》[5],它几乎可以成为对《牡丹》最好的注释。这篇《摘抄》由十则杀人犯的日记片段组成。其中第二则日记说:"杀人一事,

---

① ［日］三岛由纪夫:《牡丹》,《鲜花盛开的森林·忧国》,第129页。

② 叶渭渠:《"三岛由纪夫现象"辩析》,《外国文学》,1994年第2期。

③ 唐月梅:《三岛由纪夫作家小论》,《日本问题》,1986年第2期。

④ 王艳凤:《三岛由纪夫的美意识及其〈忧国〉》,《内蒙古民族大学学报(社会科学版)》,2002年第6期。

⑤ ［日］三岛由纪夫:《中世某杀人犯留下的哲学日记摘抄》,《鲜花盛开的森林·忧国》,第39—50页。

伴我长大成人。杀人是我的发现,是走近已被遗忘的生的手段。我所梦想的广大无边的混沌中杀人,是何等美丽！杀人犯是造物主的反面。其伟大是共通的,其欢喜和忧郁也是共通的。”而之后的日记中几乎将“花”捆绑在“杀人”这一行为上,例如,第七则日记:“我由陷落而开始献身,就像所有的早晨都从玫瑰花瓣的边缘开始。”第五则日记:“他不是为了使鲜花再度作为鲜花的杀人犯。他只是为了使花成为久远的花,才变成了杀人犯。”第四则日记:“杀害能乐剧青年演员花若。他的嘴唇痉挛了,犹如一朵绚丽夺目、摇曳不定的绯红的樱花……如今相信了杀人者瞬间的默契。使得该失去的东西尽皆失去,杀人犯也要获得享受……他边杀边生,又不断走向死亡。”而最后一则日记说:“杀人犯不被理解的时刻即意味着死亡。即使在不被理解的密林深处,不是小鸟也在歌唱,鲜花也在盛开吗?”

1955年,三岛由纪夫曾在《空白的作用》一文里写下:“我胆小,不能自杀。但这种丑恶滑稽的念头,我总是拿它没办法,实在讨厌,所以我就用写小说的方法来代替自杀。”[①]在他的小说里充满了杀戮与血腥,可以理解为他自身排解不了的自杀冲动的“移情”,在其描写杀人、歌咏杀人的过程中消解焦虑并享受快感。于是在文学空间内,自杀与他杀就不再有界限,可以为所欲为,可以充分地表露出潜意识,甚至是集体无意识。第八则日记中说:“今天,杀人犯到海港去,驶向明朝的海盗船准备出航了……我们越过大海,一旦变成盗贼,财宝已经永远的成为我们的自身之物。天生的一切皆属于我们所有……杀人犯啊,不要像鲜花那样窒息于完美之中。海,而且只有海,才会使海盗做到无他。跨过横在你面前可厌的门阈,越过那船舷！强者就是好。弱者不能回归。强者可以失去,弱者只能使之失去。对面的世界在他们眼里一闪而过。成为海吧,杀人犯啊!”第九则日记写道:“因此,原始人最接近文明人。昼夜完全一样。”毫无疑问,以上的“日记摘抄”不仅透露出嗜血、死亡的气息,还露出海盗与野兽狰狞的嘴脸。面朝大海、远望大陆,透露的到底是什么样的“哲学”?个体的“日记摘抄”渗透着一个民族集体无意识的欲望。三岛在《关于残酷美》一文中指出:“今天的文艺作品给血与死本身以观念性的美的形象,是理所当然的。”以致后人思考三岛时,不能不为

① [日]三岛由纪夫:《空白的作用》,《残酷之美》,北京:中国文联出版社,1999年第343—4页。

之震撼："暴烈的死亡便是美的终极状态。"①这样看来，以花之美拼合嗜血的死亡意识，可以成就小说《牡丹》中南京大屠杀的叙事。三岛作为一个小说家如此，他的诗歌也就时而流露出他的特异性：

花的黑暗

夜晚太沉重了
花瓶里的花朵们
都垂着头，被压弯了脖子
白色被抹杀了……
它们脸庞的阴影
倒映在漆器中
接着，透过这些影子
我终于眺望到了花的黑暗②

同为日本小说家，堀田善卫能够反思侵华日军的罪行，也期望他的《时间》"就像加缪的《鼠疫》，虽然故事很现实，但实际上是一部很抽象的作品"③。而村上春树在接受采访时就直言不讳地评价三岛由纪夫："不喜欢他的小说，作为读者没有一本是读完的。不喜欢他的世界观和政治思想！"④纵观日本文学中对南京大屠杀的叙事，确实存在堀田善卫这样的小说家能够直面历史、有所反省地书写，而三岛由纪夫更是极具右翼特征的代表性存在。王向远指出："三岛由纪夫的小说在道德的堕落中有着清醒的理智，在唯美的颓废中有着强烈然而又是反动的政治信念和追求。他小说中人物的倒错心理，是他与战后日本社会畸形对抗关系的一种艺术的透射和隐喻。虐待(施虐与自虐)心理是他面对丧失了神圣性的日本武士道传统时的一种无可奈何的愤恨情绪的发泄，嗜血心理基于他残暴的武士阴魂的复活与冲动，趋亡心理则基于三岛由纪夫以毁灭、死亡求得永存的'殉教'倾

① ［英］亨利·斯各特·斯托克斯(Stokes. H. S.)：《美与暴烈：三岛由纪夫的生与死》，上海：上海书店出版社，2007年7月，第44页。

② ［日］三岛由纪夫：《三岛由纪夫诗选》，杨典译，《延河》，2011年第1期。

③ ［日］堀田善卫：《私の创作体验》，《堀田善卫全集》第14卷，第71页。转引自徐静波：《〈时间〉：堀田善卫对南京大屠杀的解读及对中日关系的思考》。

④ 引自毛丹青博客：《村上春树的三个不爱》，http://blog.sina.com.cn/s/blog_602b6e080100dob6.html。

向。一句话,三岛文学的倒错、虐待、嗜血与趋亡等变态心理是日本传统武士道精神在当代社会中的畸变。"[①]王向远的分析概括句句切中要害,这使得我们在理解三岛由纪夫的作品时减少了困惑。

总之,在战后日本文学的书写里,较为稀罕地留下了有关南京陷落的声音,堀田善卫因为入伍时间晚,不久就赶上日军投降,对于侵略中国的情况有所考察而较为熟悉,加之他本人具有人道主义情怀和独立的艺术追求,对中国大陆的意识形态较为认同,所以,在日本国内成为少有的反省作家,通过"日记体"的形式叙述了日军占领南京给中国人带来的灾难,在"南京事件"的背景下拷打着复杂的人性。而本多胜一作为职业记者,人文素养深厚,对于人类的灾难、战争秉持着正义、悲悯、坚定、批判的人生态度,固守着知识分子的良知,以大无畏的精神直面日本国内的极右势力。相反,三岛由纪夫以看似唯美的写作面相,将"牡丹花"之美与死亡、杀戮、自闭的恶胶合在一起,丧失人性应有的慈与爱,三岛以南京大屠杀的恶行作为赏玩对象,流露出嗜血畸变的心理,竟然将"南京事件"演绎为他文学花园里生长着的"恶之花"。

---

① 王向远:《三岛由纪夫小说中的变态心理及其根源》,《北京师范大学学报(社会科学)》,1991 年第 4 期。

第四章　从新时期到新世纪(1979—2017)

走出极左的文学环境，就是中国新时期文学的开始，到2000年以来，众多有关南京陷落题材的文学作品涌现出来，在诗歌、散文、小说、剧本或报告文学(非虚构文学)等文体中都有体现，具有“百家争鸣，百花齐放”的态势。表达出来的思想倾向不尽相同，艺术水平也不能整齐划一，但是共同突出地体现在不断地见证历史、倡扬民族精神及探究人性的哲思上。这其中可见来自文学外部语境的影响，其一是本国政治博弈的诱导，其二是来自日本否定侵华历史及其罪责的刺激。

第一节　政治语境与书写状貌

“文化大革命”结束，国内许多方面开始拨乱反正，中国共产党的十一届三中全会之后，社会迫切地呼唤“思想解放”“改革开放”。政府对解决台湾问题采取新思维，呼吁“一国两制”，与台湾有了一些正常联系，逐渐实现了“三通”，台湾当局权力体制的变化和国际政治背景①对实现中华民族和平统一起到了一定的作用。

同时，中日关系在微妙地变化之中，鉴于日本不断谋求突破战败国的身份，中国保持着一定警惕，以致中日关系时常趋于冷淡。奔向20世纪80年代的日本已经确立了经济大国的地位，不满于在战后被设定的身份，在政治和军事上同样有成为大国的潜在愿望。据统计，自1975年至1982年，日本

① 1975年蒋介石去世后，蒋经国领导台湾当局；美、日与中国恢复邦交以来，合作大大加强，尤其是1979年1月邓小平访美之后，中国与西方的关系明显改善。

有先后有三位首相以不尽相同的身份参拜靖国神社①,日本第二次历史教科书修改风波随即再起②,企图否认对外战争的侵略性质和掩盖曾在中国和其他亚洲国家所犯下的暴力罪行。修订教科书事件很快引起亚洲许多国家包括中国的强烈反应,关于日本侵略中国并制造了南京大屠杀等历史问题被再度聚焦、关注。然而,日本政府经常不顾被侵略的亚洲国家的感受,倒行逆施,例如,1985 年日本首相中曾根康弘公开、正式参拜靖国神社③,1986 年日本文相藤尾秀行否认南京大屠杀④。同时,日本民间各种右翼势力甚嚣尘上,为否认侵略历史叫嚣并制造事端,尤其是组织推出教科书《新编日本史》(1986)和《最新日本史》(2002)等活动⑤。2000 年,第三次日本教科书修订风波⑥出现。之后,围绕钓鱼岛主权问题与我国屡次发生争执,致使中日关系曾降到冰点。2015 年,日本右翼势力在媒体上公然表示南京大屠杀为"虚构",例如,2 月 15 日开始,日本《产经新闻》连续刊载系列报道,宣称一部分曾在 1937 年进入过沦陷后的南京城的日军官兵作证说,"当时城里没有人,因此也不可能有过大屠杀",甚至还有人宣称"南京实在是祥和至极"。而《产经新闻》部分版本的头条文章为《既没有军队也没有

图 4.1 [日]玉地的漫画,图中有言:"文部省正在调查事实,请发表……意见……"

图片来源:《人民日报》,1982 年 8 月

① 自 1978 年以东条英机为首的 14 名甲级战犯的灵位移入靖国神社之后,参拜就成为令世人瞩目的战争认识问题。1975 年至 2004 年初,日本首相参拜靖国神社的情况,可参见苏智良、荣维木、陈丽菲主编:《日本侵华战争遗留问题和赔偿问题》(上册),上海:商务印书馆,2005 年月 11 月,第 13—14 页。

② 参见苏智良、荣维木、陈丽菲主编:《日本侵华战争遗留问题和赔偿问题》,第 10 页。

③ 同上。

④ 郭素美、王希亮:《从〈新历史教科书〉到〈最新日本史〉》,《抗日战争研究》,2002 年第 2 期。

⑤ 同上。

⑥ 同上。

百姓的空城》,并以"城内无人,因此不可能有过屠杀"为主标题,妄断"根本没有发生过南京大屠杀"。[①] 中日之间的政治历史问题往往刺激了民族主义情绪,甚至会强化国家主义的意图。

産經新聞

2.15

「城内空っぽ。兵隊どころか住民も」

昭和12年 陥落直後の南京

歴史戦

東京裁判「6週間で20万人虐殺」　入城した"曹長「あるはずない」

图 4.2　日本《产经新闻》2015 年 2 月 15 日当天头版截图

20 世纪 80 年代以来,随着大陆对台湾政策的改变,针对中国国民党的政治态度也有所变化,国内有关部门开始部分地为国民党抗战军人恢复名誉,许多国民党抗战老兵申请后被追认为革命烈士。[②] 1983 年底开始准备筹建大屠杀遇难同胞纪念馆,1985 年,侵华日军南京大屠杀遇难同胞纪念馆在南京江东门落成,邓小平同志亲自为纪念馆题写馆名。而针对日本各种否定侵略中国行径或屠杀中国人暴行的言论,中国政府也多次回应。就历史教科书的篡改问题,2002 年,总理朱镕基指出:"教科书问题并不仅是中日两国之间的问题,它是日本同整个亚洲有关国家和亚洲人民的问题。如果日本军国主义者发动侵略战争这个历史事实被歪曲,那不但伤害了中国人民的感情,也伤害了亚洲人民的感情。这些教科书是要由日本政府的文部省来审定的,所以日本政府对修改教科书负有不可推卸的责任。"[③]2014 年 9 月 3 日,我们迎来首个中国人民抗日战争胜利纪念日;12 月 13 日,我们又迎来了首个国家公祭日;2015 年,《南京大屠杀档案》申报世界记忆遗产项目并取得重大成功。以上这些举措为恢复民族记忆、张扬中华民族精神、铭记历史教训、保障世界和平等起到一定的作用。直到今年,适逢南京大屠杀惨案发生 80 年,我国政府有关部门将加大力度,推进举

---

① 可参见《日媒宣称南京大屠杀为捏造称系空城不可能屠杀》,http://news.21cn.com/caiji/roll1/a/2015/0217/11/29081198.shtml;《南京各界抗议日本右翼传媒否认南京大屠杀》,http://news.xinhuanet.com/politics/2015-02/28/c_1114470421.htm。

② 可参见 1983 年 5 月 30 日国务院发布"民[1983]优 46 号"《关于对辛亥革命、北伐战争、抗日战争中牺牲的国民党人和其他爱国人士追认为革命烈士问题的通知》。

③ 《人民日报》,2001 年 3 月 16 日。

行中国抗战纪念活动,如侵华日军南京大屠杀遇难同胞纪念馆已于2017年5月启动面向全球“2017南京国际和平海报双年展”的作品征集工作①,必定会使得缅怀和悼念更为开放和深入。

在以上国内外的背景下,文学也随着政治的变化不断地出现新的面貌,极左的文艺思潮渐渐淡出,而对十年“文革”、“以阶级斗争为纲”所造成的伤害和破坏进行批判、反思。20世纪80年代初期,有关南京陷落、南京大屠杀题材的作品如小说、诗歌面世,数量虽少,却打破了大陆文学三十多年来的沉默。1982年8月13日,在《人民日报》发表的徐刚的诗歌《历史,才是严峻的教科书——看“日军南京大屠杀”照片有感》,很具有代表性。之后,中国文坛有更多的作家诗人为南京大屠杀和南京陷落创写作品,此类题材的小说、诗歌、报告文学、影视剧本相继出现,不断地出现为南京大屠杀遇难同胞伤悼的作品往往以凭吊纪念馆所、聚焦南京特征性的实物对象,托物言志表达哀悼和愤慨之情。而且为回应日本的种种倒行逆施、长期不断地为历史作证,见证南京大屠杀的作品逐渐增多,许多幸存者、南京保卫战的经历者留下珍贵的回忆资料,例如温书林的报告文学《南京大屠杀》(1987)、徐志耕的报告文学《南京大屠杀》②(1987),乃至第一部南京大屠杀电影《屠城血证》(1987)诞生和第一批“采访日本老兵”的散文集——方军的《我认识的鬼子兵》(1997)出版。

随着改革开放以后的迅猛潮流,中国文学除了长于历史叙事的小说,如周而复的《南京的陷落》(1985)、王火的《战争和人》(1987)、李尔重的《新战争与和平》(1990)、邓贤的《落日》(1996)等作品之外,在20世纪80年代晚期开始,还出现了探究民族文化和民族精神的作品,如李贵的《金陵歌女》(1988)和叶兆言的《追月楼》(1988)相继出版;而20世纪90年代,王久辛的长诗《狂雪》(1990)、白灵的《甍之复仇》(1991)、张烨的《世纪之屠》(1992)和须兰的《纪念乐师良宵——“南京大屠杀”惨案五十八年祭》(1995)都在文学表现手法上有了许多创新,糅合了现代主义或女性主义的艺术手法,拓展了

① 蒋芳:《南京面向全球征集南京大屠杀主题海报》,来源:新华社2017年5月18日,http://news.xinhuanet.com/2017-05/18/c_1120992640.htm。

② 徐志耕的报告文学于1987年12月面世后,引起了海内外的重大反响,其中港澳地区的报刊有很多反馈,例如在香港的《镜报》《大公报》《明报》《晶报》《新晚报》《读者良友》《华人月刊》和澳门的《澳门日报》中都有对《南京大屠杀》的评论。可参见徐志耕著:《南京大屠杀》,北京:解放军文艺出版社,2007年4月第4版,第317—335页。

南京陷落,尤其是南京大屠杀的文学空间。

2000年以后,除了为南京陷落见证哀悼的作品(包括台湾向明、张穆庭的诗歌、齐邦媛的小说《巨流河》)外,还有一些网络小说作品,如令狐手的《抗战狙击手》(2006)、秋林的《当日南京》(2008)、X接触的《重返1937之血色南京》(2009)和西方蜘蛛的《刺刀1937》(2009),这些作品步调一致地表现了抗战救国的反抗精神,宣扬了民族主义情绪;姚远的剧本《沦陷》(2005),袁俊平的剧本《最后的堡垒》(2009)、《无处安放》(2015)也对南京陷落做了聚焦,前者的作品较全面地呈现南京浩劫造成的创痛,后者的作品着意表现屠杀前的抗争或城陷后的煎熬;也有一些小说作品具有独特的意义,例如童喜喜的儿童文学《影之翼》(2010)尝试在神奇的想象力之下,为中日民族的历史纠葛找个出路;而裴指海的小说《往生》(2011)再次返回历史现场,以一个抗战老兵的视角,书写南京陷落,在历史与当下的盘旋中,深深为国民党抗战老兵一代人的悲剧命运而叹息;同样,赵锐的《魏特琳:忧郁的一九三七》讲述当时参与组织和管理南京国际难民区的代表人物明妮·魏特琳庇护中国难民的故事,已经达到了创伤文学的叙事水平。

2014年12月13日,在南京首次举行了盛大的南京大屠杀死难者"国家公祭日"仪式,"国家公祭鼎"正式揭幕,77名南京市青少年代表宣读《和平宣言》,此前、此后适逢周年,多有拟仿国家公祭的广播稿、祭悼性的纸质格律诗出现,还有所谓的"大部头"面世,即何建明的《南京大屠杀全纪实》(2014)与王树增的《抗日战争》(2015)。纵观新时期以来的近40年,国内作家、诗人书写了大量的有关南京陷落题材的文学作品,既有大陆作家压抑多年的爆发,也有对回应日本右翼势力的见证,林林总总,不一而足,其中有众多作品传递着大陆、台港澳对于国族历史创伤的记忆。

第二节　为了铭记:伤悼与见证

1978年以来,国内的文学渐渐恢复了活力,在新的政治形势下,文学的社会功能也惊人地发挥出来。当日本右翼势力搅起篡改历史教科书的风波时,诗歌《黑的刷不成白》最先在1982年8月1日的《人民日报》上发表(如图4.3)。之后,徐刚的诗歌《历史,才是严峻的教科书——看"日军南京大屠杀"照片有感》又有诗句如下:

假如
侵略能改成“进入”,
假如
凶手能成活佛,
活埋无辜者的坑道,
会现出通幽曲径的小路……
假如这一切都是真的,
历史岂不成了任意涂抹的画布!
不!不!历史
是真正严峻的教科书!
我要说:
奋起的中华,人民绝无奴颜媚骨![①]
……

全诗对南京大屠杀的历史做了回顾,表达了对中国民众抗战的沉痛缅怀,更对日本右翼势力妄图修改历史教科书做了正面回应。自此开始,中国人的记忆被大范围地激活,除了一些叙事性较强的虚构类作品如小说、剧本之外,此类题材的文学书写传达着大体相近的声音,主要就是不断地为南京陷落的死难者祭悼,不断地为日军制造的南京大屠杀的暴行作证。放眼望去,从新时期到新世纪,大量的文学创作接续下来,其中诗歌和散文成为主体,而诗歌也不仅是现代诗,有近半数以上的古体诗词,例如,《六州歌头·屠城恨》诗云:“倭蹄播恨,蹂躏我金陵……拜亡灵,涂‘侵略’,增军费,欲穷兵。”[②]从诗歌、剧本来看,没有明显迹象表明存在南京陷落亲历者本人创作的作品。而散文作品中有三分之一左右的作品是亲历者在后来的回顾。在进一步的梳理过程中,可以看到,此类作品表现伤悼和见证又有不尽相同的侧重,为了便于梳理,在论述过程中加以区分。需要说明的是,区分只是便于梳理,其实有些作品难以区分,因为作品本身既表达了伤悼也具有见证的效果,反之亦然。

---

① 徐刚:《历史,才是严峻的教科书——看“日军南京大屠杀”照片有感》,《人民日报》,1982年8月13日第八版。

② 余光荣:《六州歌头·屠城恨》(1988年),《中国抗战诗词精选》,杨金亭主编,第176—177页。

1982年8月1日　星期日　第七版

黑的刷不成白

池北偶诗　方成画

白的抹不了黑，
黑的刷不成白。
放火并非点灯，
杀人不是彩排。
“皇军‘进入’支那”，
“刺刀‘提携’[illegible]”，
此等海外奇谈，
听来使人愤慨。
侵略就是侵略，
[illegible]无法遮盖。
芦沟桥的弹痕，
石头城的血债，
细菌战的武器，
万人坑的尸骸……
罪证[illegible]，
历史岂能涂改。
教训应当记取，
切莫愚弄后代。
军国主义余孽，
[illegible]。

图 4.3　《黑的刷不成白》

一、祭悼中铭记

主要表现伤悼的有关南京陷落的文学书写，基本上依据战后国际、国内对日本审判的历史史实，在文学的空间内表达对民族、对个人的哀思，根据其各自侧重的主要情况又可做进一步的分类。

(一) 以周年纪念的形式做祭悼

1983 年，《南京史志》创刊，1987 年 6 月首次发表南京陷落题材诗歌《抗日南京战役五十周年杂咏》：“貔貅十万拱南京，誓死存亡有萃英；肉搏光华门外战，扬眉河岳鬼神惊。拼却头颅扬国威，双方肉搏血横飞；吾华积弱终贻害，泪湿征衣欲怨谁。日军直欲尽生灵，烧杀奸淫皮味腥；卅万嚎啕天变色，遗民何处哭秦庭。荏苒星光五十年，尸山血海映眸前；难忘当日大屠杀，揽尽情思语儿孙。”[①]据现有资料表明，这是新时期以来第一首公开发表的歌咏南京保卫战的诗歌，适逢五十周年创作以为纪念。之后更多的祭悼作品是在“抗日战争胜利”的周年纪念中出现的，如陈键的《抗日战争胜利五十周年感怀三首》中第三首《沁园春——十二月感怀》、李秋阳的古体诗《抗日

① 徐慧夫：《抗日南京战役五十周年杂咏》，《南京史志》(特刊)，1987 年第 6 期。

战争胜利五十周年感怀》[1],还有欧阳俊的《纪念抗日战争胜利五十周年题:南京大屠杀血泪图》[2]、张成信的《纪念抗日战争胜利五十周年》(七律)[3]和王建端的《七律:抗日战争胜利七十五周年寄南京大屠杀中遇难的同胞》[4]等等。尤其是 2005 年,抗日战争胜利 60 周年,章学清的"南京大屠杀系列诗词"很有代表性。他的《满江红·南京大屠杀——斥日右翼谬论》具有强烈的现实批判精神,上阙写出南京大屠杀的惨烈,意在表现"大恨与深仇",下阙痛斥道:"谁能料,日右翼,胡说是,连累及。教科书修改,遮羞粉饰。侵略有功不知耻,滔天大罪难藏匿,觅黄梁、一枕共荣圈,无踪迹。"[5]另两首是依据江苏古籍出版社出版的《侵华日军南京大屠杀史稿》写的叙事诗,26 行的七言仿古诗《杀人竞赛》是对日军杀人如麻的向井敏明、野田毅的刻画;而《日寇南京暴行录》是长达 142 行的七言仿古叙事长诗,作者依据坚实的历史资料,将南京大屠杀做了十分全面而典型的还原:"侵华日寇太疯狂,杀烧抢掠必三光,听得凄惨哭叫喊,似闻仙乐乐无央。"并对林林总总的屠杀方式、屠杀规模、人数都做了速写,同时,也表达了对难民区所做贡献的褒奖:"多谢国际众人士,设立南京安全区。"但是提到难民区"收容难民三十万"也有失实之处[6],对于死难人数的说法"还有多处尽述难,总计数为十九万"也是不正确的。远东国际军事法庭《有关南京大屠杀的判决书》中早已对此有定论:"后来的估计显示,在日军占领后的最初六个星期内,南京城内和附近地区被屠杀的平民和俘虏的总数超过 20 万。这一估计并不夸大其词,而是可以通过埋尸团体和其他组织提供的证据加以证实的。"[7]全诗最后呼吁道:"六十八年前旧事,毋因年久便遗忘。世世代代应铭记,奋发图强拒虎狼。"总的来看,这首诗是 19 世纪 40 年代之后少有的诗作。

---

① 收录于《不屈的城墙——祭奠南京大屠杀三十万遇难同胞诗歌专辑》,南京市作家协会、侵华日军南京大屠杀遇难同胞纪念馆编,沈阳:沈阳出版社,2001 年 1 月。

② 欧阳俊:《纪念抗日战争胜利五十周年题:南京大屠杀血泪图》,《中国抗战诗词精选》,杨金亭主编,第 181—182 页。

③ 张成信:《纪念抗日战争胜利五十周年》,《楚天主人》,1995 年第 8 期。

④ 王建端:《七律:抗日战争胜利七十五周年寄南京大屠杀中遇难的同胞》,《北方文学》,2015 年第 8 期。

⑤ 引自侵华日军南京大屠杀遇难同胞纪念馆网站,http://www.nj1937.org/List.asp?ID=3095。

⑥ 孙宅巍认为,"据安全区国际委员会估计,在安全区的 20 余万难民中,有 10 万人的吃、住两项,完全靠委员会供给"。参见《澄清历史——南京大屠杀研究与思考》,孙宅巍著,南京:江苏人民出版社,2005 年 7 月,第 150 页。

⑦ 张宪文主编:《见证与记录:南京大屠杀史料精选(西方史料)》,第 781 页。

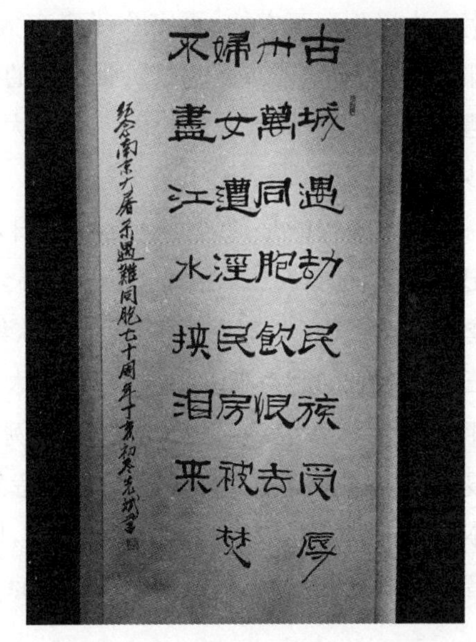

图 4.4　七十周年时,吴先斌馆长题字

图片来源:摄于“南京民间抗战博物馆”

以上诗歌作者无一例外地选择以古体诗的形式来悼念“抗日战争胜利”,在回顾历史时提及南京保卫战或南京大屠杀。而为“抗日战争胜利”周年祭悼所作的散文中,常见的书写模式是,回顾中华民族的百年屈辱史,联系当下的中日关系,提出警示。这已成为当下公众媒体的常见表达内容。但往往出现事实不清,结论空洞,警示也流于口号的现象。例如董毓英的《抗日战争胜利50周年祭》回顾从晚清到民国的历史,从“九・一八”到南京大屠杀,南京大屠杀只不过是日本侵略中国的一个部分,最后号召民族“奋起”“忧天”:“同胞们啊! 切不要丧失警惕。”①

对“南京大屠杀”进行周年祭悼的作品也逐渐面世,在这一系列作品中,诗歌仍多采用短小的古体诗书写,廖恢先的《在南京大屠杀死难同胞纪念碑前》②中说:“五十年来多少恨,夜阑呜咽听江声。”林大伟在 1995 年 12 月写的七律诗《“南京大屠杀”57 周年祭》③中提到:“铁蹄过处尽焦土,尸骨聚山血聚河。拼死仁人藏铁证,逃生残者诉倭魔。”杜传勇的《南京大屠杀五十八周年祭》④开头就回顾:“甲午风云迷泪眼/南京碧血漫长江。”显示出这个民族的苦难历程,诗人最后留下希冀:“何当两岸炎黄子/同上高台祭国殇。”表达了内心深处的声音;海啸的《难忘 60 年前血泪仇》说:“魔鬼铁蹄践古城/腥风血雨劫文明/刀下冤魂三十万/血流成河尸横陈。”⑤从 2005 年至今,有许多此类作品,逢周年便集中出现,如李广林的《抗战胜利六十周年感怀・

① 董毓英:《抗日战争胜利 50 周年祭》,《税收与社会》,1995 年 8 月第 14 页。刊发在“报告文学”这一栏目。

② 参见郑自修编著:《荆楚诗词大观》,武汉:武汉大学出版社,1992 年 11 月,第 799 页。

③ 《不屈的城墙——祭奠南京大屠杀三十万遇难同胞诗歌专辑》,南京市作家协会、侵华日军南京大屠杀遇难同胞纪念馆编著,沈阳:沈阳出版社,2001 年 1 月,第 166 页。

④ 《不屈的城墙——祭奠南京大屠杀三十万遇难同胞诗歌专辑》,第 139 页。

⑤ 同上,第 1 页。

南京大屠杀》、董方的《百字令·南京大屠杀六十八年祭》、许泽民的《贺新郎:南京大屠杀死难同胞祭》、张友福的《水龙吟·凭吊侵华日军南京大屠杀遇难同胞》、廖海洋的《鹧鸪天·南京大屠杀 77 周年感赋》、精装本的《浪淘沙·南京大屠杀 80 周年祭》等。①

值得一提的是,2000 年 8 月 15 日,专门为南京大屠杀遇难同胞而作的纪念诗歌、征文结集,由南京市作家协会和侵华日军南京大屠杀遇难同胞纪念馆遴选组稿,于 2001 年出版了诗歌集《不屈的城墙——祭奠南京大屠杀三十万遇难同胞诗歌专辑》。该诗集大多数内容是诗人应诗歌征文在 2000 年的创作,一少是 20 世纪初的作品,例如,文丙的《回音壁》说:"我们不渴望复仇/却永不会忘记过去。"②在这本诗集中,有一些具有代表性的诗作已在本节中提到,这里着重强调以下几首,因为诗人在哀悼的同时也有弦外之音,例如,化铁在《不朽的城墙——南京屠城的 63 周年》中也表示:

抵抗,抵抗
伤痕累累的城墙上
都有过殊死的抵抗
长官们坐上飞机飞走了
从远离炮火的天空上
中华门遥远　美丽而端庄③

在陈述和批判大屠杀的同时,也对抗战中的民国政府略表微词。还如李静凤在《城门》中试问:"城门有多高/守军有多少/为什么不见了青天白日/为什么满地是狼嚎鬼笑。"王德安在《金陵的遗产》中书写屠杀罪行后,"胜利的中国只肥了'窃收大臣'/'内战'内行们早将枪口调转",还有"腐败,是国民

① 以上作品出处如下,李广林:《南京大屠杀》,《山东劳动保障》,2005 年第 8 期;董方:《百字令·南京大屠杀六十八年祭》,《山西老年》,2005 年第 12 期;许泽民:《贺新郎:南京大屠杀死难同胞祭》,《东坡赤壁诗词》,2015 年第 3 期;张友福:《水龙吟·凭吊侵华日军南京大屠杀遇难同胞》,《大江南北》,2015 年第 3 期;廖海洋:《鹧鸪天·南京大屠杀 77 周年感赋》,《档案》,2015 年第 9 期;精装本:《浪淘沙·南京大屠杀 80 周年祭》,2017 年 06 月 07 日,引自 http://m.zgshige.com/c/2017-06-08/3533877.shtml。

② 文丙:《回音壁》,《不屈的城墙——祭奠南京大屠杀三十万遇难同胞诗歌专辑》,第 15 页。

③ 化铁:《不朽的城墙——南京屠城的 63 周年》,同上,第 6 页。

党难以愈合的疮"[①]。对"抗战不利""消极抗战"的国民党的批判之声不时混杂在南京大屠杀诗歌的旋律之中。总体上来看,《不屈的城墙》是南京大屠杀发生以来诞生的第一本众人合写的南京大屠杀诗歌专辑,诗集是"在世纪之交的金陵诗坛上,为祭奠63年前那场历史浩劫中牺牲的30万亡灵而演奏的一阕不同凡响的'安魂曲';也是身为文学工作者的我们为迎接新千年的到来,从历史的教训和时代的呼唤中,饱蘸激情与希望所锻造的一块'心灵之砖'——它将加入到举世闻名的'南京城墙'中去,加入到穿山跃水的'万里长城'中去,发扬中华民族不屈不挠的斗争精神,构筑人类进步和世界和平的宏伟大厦"[②]。以上说法较为明了恳切,是诗集确实能达到的意义所在,尽管诗人、诗作多数为诗名不广的作者,却也体现了普通民众的心声。

同样,为"南京大屠杀"周年祭悼写的散文也十分值得关注,这些散文能够较为充分地回溯历史,哀悼与批判并举,南京陷落虽然已是往事,但留给这个民族的伤痛和耻辱仍然存在,更何况这场民族的灾难时常被忽略、被涂抹,乃至被视为"虚构"。诚如诺贝尔和平奖得主埃利·维塞尔所说:"忘记大屠杀就是二次屠杀。"可以说,经受南京大屠杀的中国人仍处在被"二次屠杀"的命运之中,适逢周年到来,自然要回顾和确认历史真相,不断地追究加害者的罪责,声讨和批判就成了周年祭悼的主要方式,根本不可能平静、从容地寄以哀思,如果轻松地唱起安魂曲也是文过饰非、敷衍了事的态度。1994年,江苏作家艾煊的《冤魂祭》表达的愤懑可见一斑:"三十万活生生的南京人,在短短六个星期之中,被砍头,被肢解,被奸杀,被活焚,顷刻之间,便化作了三十万个无辜惨死的冤魂。""同一个城市,同一时间,竟有三十万毫无反抗能力的人,死于同一灾难。"[③]南京大屠杀的直接责任由谁来负?作者明确地说:"创造这一人间暴行奇迹的,是日本天皇裕仁统帅下的大日本皇军。"艾煊确实找到了制造无辜冤魂的罪魁。作者还提议"在纪念馆的墙壁上,还应为受辱受害的南京妇女,刻上80 000这个永远不忘的恐怖数字"。这一提法是有意义的,因为实际上,为南京大屠杀鸣冤的重要理由之一就是战争伤害了如此多的无辜中国女性,南京大屠杀触碰了人类社会的底线。虽然这一数字的精确性难以确定,并且受残害的女性未必都是南京

① 王德安:《金陵的遗产》,同上,第29页。

② 冯亦同:《写在铭记与遗忘之间》(编后记),《不屈的城墙》,第234页。

③ 艾煊:《冤魂祭》,《中华散文》,1994年第3期。

人,但在回顾南京大屠杀的过程中,这一残酷现实是必须强调的。

在此类“南京大屠杀”的周年祭文中,王火的《向南京死难同胞致哀》①的重点仍在于回顾历史、见证历史,而有的作家已经上升到纵深思索的层次,如周梅森的《南京大屠杀58周年祭》。周梅森首先从吴子牛执导的以南京大屠杀为题材的电影《南京大屠杀》说起:“历史是一个过程,这过程在当时发生时无论怎样血迹斑斑,怎样惨绝人寰,在漫长岁月的剥蚀下,其震撼力都是逐渐递减的,最终将变成一个抽象的概念,这就是所谓历史黑洞的作用力。南京大屠杀虽然仅过去了58年,可斗转星移之中,大地上的痕迹也不动声色的消失了,消失得无影无踪。”②正因为作者发觉历史的残酷,才为此发声,他重申史实,并确认大屠杀的遇难者人数在30万以上,对于这一浩劫,作者深感沉重:“58年前的历史,是一页沉重而悲惨的历史,是一页耻辱而痛心的历史,也是一页让整个人类为之警醒的历史。”进而,周梅森比较战后的德国、德意志民族的不否认和犹太民族的不健忘,对中国的历史现实深感悲哀:“提起逝去的那段岁月,那段日本皇军在中国大地上横行无忌的岁月,绝大多数人们想到的不是南京城内30万冤魂,而是《地道战》《地雷战》,是《铁道游击队》《平原游击队》,是中国军民把日本鬼子打得落花流水。”他敏锐地发觉,“在建国后相当长的一段时期里,国家教育中的英雄主义情绪麻木了几代人的历史神经,使得我们国人少了些耻辱感和沉重感,以至于在某个狂热时期出现了这样的无知:1968年在红卫兵报纸上发出这样的论调:南京大屠杀,日本人杀的是国民党军人,是坏人杀坏人”。周梅森不仅对本民族的健忘症加以警示,而且对加害方的日本也有较为深刻的剖析,他认为这个不知反省的国家、民族造成当时南京大屠杀的原因是:① 战争,战争毁灭人性,隆隆炮火把人类骨子里的动物属性最大限度地释放出。② 身处异国,对异族作战,自然带来了道德约束力的丧失和道德观念的彻底崩溃。③ 可以说,在纪念抗战胜利50周年的时候,周梅森的书写很有力度和深度。

---

① 王火:《向南京死难同胞致哀》,《延安文学》,2015年第5期。

② 周梅森:《南京大屠杀58周年祭》,《周梅森》,北京:人民文学出版社,2002年1月,第447页。

③ 周梅森:《南京大屠杀58周年祭》,《周梅森》,第454页。

(二) 由纪念碑、馆生发哀思

1985 年,侵华日军南京大屠杀遇难同胞纪念馆落成开放以后,海内外大量的人前来参观。此前此后,南京大屠杀遇难同胞纪念碑也纷纷建立,也有众多的游客前往凭吊。许多作家、诗人在参观凭吊之后写下感言。诗人冯亦同[①]的《母亲与墙》就是因参观纪念馆触发的,他提到"江东门纪念馆的万人坑前,有一座母亲塑像……"诗这样写道:

伤心的母亲
变成了石头
再也缩不回她
已经伸出的手

四十年了
还在寻觅自己的孩子
向过路每一个行人呼救

从血泊中站起的岁月
回答她
以大理石纪念墙上
那排醒目的镌刻:
"遇难者 300 000!"
中、英、日三国文字
弥合不了一位母亲的创口[②]
……

① 冯亦同(1941—),生于江苏宝应,1959 年毕业于扬州中学,1963 年毕业于南京师范学院(今南京师范大学)中文系。1961 年开始发表诗文,著有诗集《相思豆荚》《男儿岛》《紫金花》,散文集《镶边的风景》,诗评论集《红叶诗话》,传记《郭沫若》《徐志摩》《镇海的女儿——朱枫传》,散文诗剧《朱自清之歌》等多种;编有《名家笔下的南京》《诗人眼中的南京》《金陵神韵——南京历史上的文学名篇》等。作品曾获南京文学艺术奖、紫金山文学奖、江苏省"五个一"工程奖等。中国作家协会会员、南京作家协会顾问,南京对外文化交流中心理事。

② 冯亦同:《母亲与墙》,《相思豆荚》,乌鲁木齐:新疆少儿出版社,1988 年 5 月。

1997 年 12 月,他为南京大屠杀创作《江东门沉思》[1],诗人喟叹:“江东门/烙印地球上最深重的苦难//谁的思绪里/没有奔涌过你的呐喊?”诗人仍然难忘“母亲”的形象,说道:“伤心的母亲/还在寻找离散的骨肉//空伸的手臂/将焦土上的悲愤雕塑……”同时,他歌咏头颅:“勇士的头颅/横眉怒对凶残的刀光//青松倒下/不屈的年轮交给了树桩……”进而思考:“3 000 000/就这样走进花岗岩的记忆//四十多个撕心的昼夜垒成了‘哭墙’。”“江东门/谁说你只属于 12·13 这个日子//每年八一五/是你敲响侵略者的丧钟。”六十年前的伤痕仍在,诗人在感性的认知上,保留着绵延不断的痛。之后有众多诗人产生共鸣,如郑成义的《卵石——南京大屠杀纪念馆祭》(1991)、公刘的《今日雨花石》(1992)、白坚的《凭吊侵华日军南京大屠杀遇难同胞纪念馆(六首)》(1995)、叶庆瑞的《侵华日军南京大屠杀遇难同胞纪念馆前即景》(1996)、陆新民的《历史的显示屏》、曹钟陵的《江东门》(1999)、熊炬的《血祭300 000!——参观南京大屠杀展览馆(朗诵诗)》(2005)、刘建平的组诗《侵华日军南京大屠杀遇难同胞纪念馆》[2](2008)、徐红的《临江仙·参观南京大屠杀遇难同胞纪念馆》[3](2008)、舒贵生抒发参观大屠杀遇难同胞纪念馆有感的七律诗。以上诗歌文本很少是古体诗形式,与之前所提到的周年祭悼作品有一定的差异,这些参观凭吊诗大多是触景生情、托物言志的现代诗,这些新诗作者十分直接地表达了亲临现场的震撼,有诗人描述道:“骨撑着白骨,碧血凝聚沙团。手骨折,脚骨断,颈骨上张着刀口,脊背上卡着子弹。头颅骨有机枪扫射的洞眼,胸肋骨被日寇寸寸打断!十一二岁的小姑娘遭蹂躏,六七十岁的老太婆被强奸!不屈的战士遭活埋,无辜的百姓被腰斩。”[4]也有诗人表达对纪念馆的内心感受:“我不敢/不敢走进江东门/怕看那累累白骨/怕遇见 30 多万冤魂/我的父辈、我的兄弟、我的亲朋。”[5]这些诗句十分真切地反映出诗人直面遇难同胞的心绪。在祭悼南京浩劫的同

---

① 冯亦同:《江东门沉思》,《紫金花》,北京:大众文艺出版社,2007 年 9 月,第 157—159 页。

② 刘建平:《侵华日军南京大屠杀遇难同胞纪念馆》,《绿都馨音》,南京:江苏教育出版社,2008 年 1 月。

③ 徐红:《词两阕·临江仙》,《国防》,2008 年第 4 期。

④ 熊炬:《血祭 300 000!——参观南京大屠杀展览馆(朗诵诗)》,《中华魂》,2005 年第 9 期。

⑤ 曹钟陵:《江东门》,《不屈的城墙》,第 225 页。

时，有些诗歌达到了很高的艺术水准。郑成义[①]的《卵石——南京大屠杀纪念馆祭》即是如此。全诗如下：

卵石
鹅卵石
无名无姓的鹅卵石
无声无息的鹅卵石
鹅卵石铺展的斜坡
鹅卵石砌磊的广场

……血潮泛落过后
抛下惨白的卵石狼藉遗地
每当寒月和弯刀跌落石头城
常有阴风磷火撞围墙呼号悲泣
大地呵，禁不住阵阵颇栗

不！
我不是鹅卵石
我是骷髅
　　当年的
　　　　无辜！[②]

相较而言，公刘[③]的《今日雨花石》的书写角度就与郑成义的相反，公刘说"石头"找不到了："雨花台再也找不着雨花石了，你信不信？/到底是怎么啦？竟消失得一颗不剩！"诗人不断地质问：

---

① 郑成义，1928年出生于浙江淳安，中共党员。1952年开始发表作品，1959年加入中国作家协会，曾是上海《萌芽》杂志编辑。著有《上海组诗》《烟囱下的短歌》《河山春色》《外滩的贝壳》《雨中迷楼》等诗集，另有儿童文学《党诞生的地方》《南昌——八一起义的英雄城》等。

② 郑成义：《卵石——南京大屠杀纪念馆祭》，《上海文学》，1991年6期。

③ 公刘(1927—2003)，江西南昌人，当代著名诗人、作家，1957年被打成"右派"，1978年回归诗坛，主要作品有《上海夜歌(一)》《神圣的岗位》《黎明的城》《在北方》《白花・红花》《离离原上草》《仙人掌》等。

你去问那个抡大刀砍我的人,
你去问那个拿麻袋套我的人,
你去问那个端枪刺捅我的人,
你去问那个强逼我刨坑活埋我自己的人,
你去问那个抓住我的小小双腿一撕两片的人,
你去问那个不认识姐妹不知道母亲的人,
用歪把子点名替代战俘编号的人,
你去问那个和别人边碰杯边比赛杀人的人,
去吧,你泅过东海泅过黄海泅过朝鲜海日本海,
去吧,你登上那三、四个岛子当中的任何一个都行,
你也许就会碰上某个彬彬有礼的战争狂人,
他们依旧活着却像得了"健忘症"。①

明显可见诗人公刘在直面南京大屠杀的过程时难以抑制的悲愤,公刘经历过漫长的苦难岁月,深受多年的身心折磨,这首诗的修改、重写已在一年之后,但诗人的义愤填膺显露无遗,可以说,他再现了"愤怒诗人"的形象,南京大屠杀与诗人的情感达到了共振:"冤魂们需——要——眼——睛!"

1997年12月,诗人陆新民创作了"写在北极阁南京大屠杀遇难同胞纪念碑前"的《历史的显示屏》,这首诗的画面感很足,情感也十分细腻:"仿佛还感到/60年前的疼痛/向里凹进　凹进/你　凝固成一面/雷达显示屏/日夜不停地/搜索着惨烈的/历史风云//……枪炮声大作/三八大盖枪挑着黑太阳/肆意搅碎/古都宁静的月光/呛人肺腑的硝烟/雾一样弥漫/脆弱的雪　无法/掩盖6个礼拜的伤恸/绝望的万人坑/一个个鲜活的生命/被豺狼凶残驱赶/跌下去　似坍塌的悬崖/呜咽的长江边/一排排逃难的身影/被弹雨反复绞杀/扑倒　似折断的芦苇/血染石城　血染大江/血泊中/兀自蠕动着残缺的肢体/中国人的头颅　被狰狞的笑/挂在高高的城墙上/明朝的墙民国的墙/历史的眼睛布满弹洞/布满羞辱和创伤/那些冒着浓烟的亡魂啊/那些不撤退的目光啊/在屏幕上一一重现"②

① 公刘说,1991年5月4日,"凭吊南京江东门纪念馆归来得诗",1992年7月24日重写。参见公刘:《今日雨花石》,选自《诗人眼中的南京》,俞律、冯亦同编著,南京:南京出版社,1995年8月,第212页。

② 陆新民:《历史的显示屏》,《不屈的城墙》,第225页。

2002年,台湾诗人向明[1]写了一首关于南京大屠杀的诗歌,再次关注祖国历史的灾难事件,在新世纪目睹日本军国主义野心复燃之际,写诗如下:

走过大屠杀现场

——写于"南京大屠杀纪念碑"前

怎么这样的
天昏地暗

这是一场
别人的兽欲逞凶后
掷给我们的伤单
和无尽期的悲伤

这是一场
武士刀和机关枪大竞技后
亮出的杀戮结果
亮出在我们的土地上

无数被削
无数被砍
被子弹穿透
被刺刀破胸
我们中国人的骸骨
在无言的叮嘱
孩子们!
不能忘

---

① 向明,1928年生于湖南长沙,军事学校毕业,蓝星诗社资深成员,曾任"蓝星"诗刊主编、《中华日报》副刊编辑、"台湾诗学"季刊社社长、"年度诗选"主编、新诗学会理事、国际华文诗人笔主席团委员。出版有诗集《雨天书》《狼烟》《五弦琴》《青春的脸》《向明自选集》《水的回想》《随身的纠缠》,诗话集《客子光阴诗卷里》,童话集《萤火虫》。主编台湾《1984年诗选》《1990年诗选》《1992年诗选》等。

不能忘
不能忘①

这一关注既缘于对当时日本军国主义、极右势力对华的挑衅,又缘于诗人自身的“私仇私恨”,他曾说:“我在十四岁时即被日本人毁家包抄而逃难流浪后方,造成一生流离失所的命运,因此这是我永远的伤痛,我认为中国近代的一直纷争不断,战乱频仍,全归因于我们有一狼子野心的恶邻。”②诗人的身体里永远地射入了“一颗愤怒的子弹”,残酷的历史遗留下了不愈的伤口。早在1982年8月,向明为日本篡改历史教科书而作诗《伤口》,诗这样说道:“伤单还保存在口袋里/三十多年尤墨迹淋漓/流淌血的地方还隐隐作痛/后遗症与并发症诸病齐发/尤最怕见/近代史上密密麻麻的字句/酷似那些睁着的/千千万万/不甘枉死的眼睛//而逞凶的恶邻/在我们的宽恕下长大了/现在他们要赖掉那次恶行/以为可以用一张掩盖伤口的/太阳膏药/遮住那个又深又痛的黑洞。”③诗人邵燕祥能理解他的处境,深知向明很早“就被日本侵略者的战火赶得亡命在外,经历了抗日和内战,二十岁随军出海,大半生在军旅度过”。④ 后来不得不久居台湾。从20世纪80年代到21世纪初,日本右翼势力的谎言每每压迫着诗人。面对民族的屈辱和个人的流离,哪个中国人会平静呢?

时至2014年12月13日,中国首次举行了南京大屠杀死难者“国家公祭日”仪式,地点就在侵华日军南京大屠杀遇难同胞纪念馆,“国家公祭鼎”在此揭幕。“国家公祭鼎”铸有魏碑简体160字的铭文,铭文有云:“侵华日寇,毁吾南京。劫掠黎庶,屠戮苍生。卅万亡灵,饮恨江城。日月惨淡,寰宇震惊。兽性暴虐,旷世未闻。同胞何辜,国难正殷。哀兵奋起,金戈鼍鼓。兄弟同心,共御外侮。捐躯洒血,浩气干云。”⑤此外,由77名南京市青少年代表宣读《和平宣言》,有诗道:“白花致哀,庄严肃穆,丹忱抒写,和平诗章……和平发展,时代主题,民族复兴,世代梦想。”⑥从公祭鼎铭文到再次

① 引自诗生活网,http://www.poemlife.com/showart-25386-1589.htm,有修订。

② 同上。

③ 同上。

④ 邵燕祥:《我的诗人词典》,郑州:大象出版社,2010年11月,第273页。

⑤ 杭春燕:《铸鼎鉴史祈愿和平——走近昨日首次面世的“国家公祭鼎”》,《新华日报》,2014年12月14日第3版。

⑥ 《(南京)和平宣言》,《新湘评论》,2015年第1期。

发表的《和平宣言》，都表达了对南京大屠杀死难者最为庄严的悼念，再次见证了民族的苦难。

纪念碑、馆就是为了铭记，代代传承，袁贻辰的《一名90后眼里的南京大屠杀》[①]就是青少年一代在参观纪念馆后对国族历史的静思与铭记，只有这样才能免于被第二次屠杀。

(三)以金陵的特征物托物言志

南京在历史上以“金陵”著称，历史悠久，古迹众多，文化积淀深厚，在南京陷落的书写中常常会提及南京历史上的一些遗迹和具有象征性的建筑，这往往是突出文化遗产的可贵，反衬人类浩劫的可怖。叶庆瑞在《中华门》中说：“战后城墙得以修复/而心头的缺口难以填补。”[②]王正平的《我活着　就永远不会忘记》[③]以“南京城墙的自述”标识铭记；陈咏华在《我不明白　我已明白》一诗中表达感悟：“哦，我已明白/世界都已明白/不屈的城墙啊/永远是强盗的障碍/30万亡灵分明已立成城墙/正义的城墙永远不屈/军国主义永远悲哀。”[④]

诗人痛斥日军暴行与罪恶，彰显民族的不屈精神。实际上，早在1991年，台湾知名诗人白灵[⑤]就创作了南京陷落题材的作品，即散文诗《甍之复仇》。全诗由“楔子”“南京沦陷”“松井进城”“文化掳掠”“甍之复仇”和“尾声”组成。这首诗提到，东晋年间，朝天宫大殿屋脊两端安上了一对鸱甍，1937年12月，“江北南飞而来一只老鹰”，看到“火红满天、猛力呛咳着的南京”，误以为“那是一盆炉火”，南京城内“街上行人二三，畏首如鼠，游目四顾而不敢抬头，纷纷闪逝街角。远远地一群巡逻的日军，就着一间着火的古屋正搓手取暖”。此时，“朝天宫的千年甍不见了”。松井石根大将入城式开始后，在马路中央，他收到了盛在大木箱里的一对甍，他说：“叫支那吐出血来！”白灵忍不住说明：

---

① 袁贻辰：《一名90后眼里的南京大屠杀》，《课外阅读》，2016年第17期。

② 叶庆瑞：《中华门》，《不屈的城墙》，第45页。

③ 王正平：《我活着　就永远不会忘记——南京城墙的自述》，第18—20页。

④ 陈咏华：《我不明白　我已明白》同上，第121页。

⑤ 白灵(1951—　)，本名庄祖煌，福建省惠安县人，生于台北万华。1973年在《葡萄园》诗刊上发表第一首新诗时用笔名“白灵生”，后改为“白灵”，1975年加入葡萄园诗社，1981年12月从美国纽泽西史蒂文斯理工学院硕士毕业，1990年7月首次来南京。他与痖弦、向明及大陆许多诗人相熟。

日语和汉语沟通不了的,他们改用刺刀。几十万朵灵魂遭武士刀接收,几万张青春被肉棒戳破,这里那里,到处都是野狗吃了过多的死人肉,不自然地臃肿起来,摇摇摆摆,在无月的街道上。①

全城暴行肆虐,金陵城的这对鸱甍“再也压不住任何灾厄了”,诗人突出强调以松井石根与东条英机为首的日本强盗对文化的掠夺。诗人也看到日本军国主义者最终遭到了历史的清算——“亚美利坚的轰炸机”飞来了,新生的南京城被梧桐树织成了苍茫的巨网,那只老鹰“由阳光地带飞来”,“安抚着这张巨网的忧伤”,江水东流,夕阳西下。台湾诗人就此抒发民族文化遭到戕害的痛苦,这是华夏民族应该具有的情怀。

(四) 与“南京大屠杀”主题的艺术作品共鸣

另外,一些作品是表达通过观看“南京大屠杀”主题的艺术作品有感而发。例如,叶庆瑞的诗歌《观电视片〈南京大屠杀〉》(1996)也是很有价值的作品;娄德鸿参观日本画家镰田茂男的现代油画系列作品展后创作诗歌《奥斯维辛·南京》,诗歌很好地表现了“劫难相象”:“黑色,片片阴霾/白色,露出一节节伤残的白骨/红色,流成血河/还有熊熊烈焰/焚尸灭迹/欧洲的狼/与亚洲的狼/一样的秉性/眼睛闪着绿色的光。”②谭杰的《题李自健油画〈南京大屠杀〉》③(2005)记录如下:“横尸弃野覆山丘/残臂流肠浮断头/血伴遗孤惊号泪/大悲凝作千古仇。”网络写手叶子在个人博客上发表纪念南京大屠杀的《一地的血》组诗六首(2013),也是由李自健的油画《南京大屠杀》④触发而成,“其五”中有诗句:

天,渐渐地明了
一地的血
记录了
一场长期大规模的屠杀

---

① 白灵:《白灵诗选·甍之复仇》,北京:作家出版社,2008 年 6 月,第 175 页。

② 娄德鸿:《奥斯维辛·南京》,《不屈的城墙》,第 191—192 页。

③ 谭杰:《题李自健油画〈南京大屠杀〉》,《牡丹》,2005 年第 7 期。

④ 《南京大屠杀》是湖南籍画家李自健创作的一幅三联油画,作品画的是 1937 年日军侵占南京后屠杀中国人民的历史场面,原作现藏台湾佛光缘美术馆。

涂尽了南京的土地，每寸悲冷
涂满了中国的眼睛，充斥血红
涂进了世界的耳朵，举世震惊①

2009 年，叶子在个人博客上发表《我的大朋友》，是在观看南京大屠杀的电影后的感受，全诗如下："对这一段历史，我不懂！因为我的父母和共和国一块儿出生/而我和改革开放一块儿'懵懵懂懂'/可是，我现在看电影——我闭上双眼/任凭记忆去搜索历史书本上的记载/任凭我充分的发挥想象/仍看不到东方大国坍塌时的轰然一声！/那本应该是让生者咆哮/那本应该是让死者抗争/那本应该是刺刀和枪声炮声一齐的炸响，那本应该是血液和江水的一片艳红！/可是，屠杀就这样奇耻大辱地发生，这是中国的一段血肉模糊的窟窿啊，这是东方古国的一桩几十万尸体的'补丁'——我记忆中留下来的是/一堆堆带着枪孔的白骨/一双双历史上盯着我们中国人的布满血丝的眼睛！"②在网络上针对"南京大屠杀"相关主题艺术作品书写观感，这是十分难得的创作。

(五)《狂雪》：综合全景与特写，激荡生命的安魂曲

纵观新时期以来与南京大屠杀有关的诗歌，有的落笔宏大，如纪宇的《20 世纪诗典》③、吴野的《南京颂》④；有的囿于物的遗迹，如郑成义的《卵石——南京大屠杀纪念馆祭》、白灵的《甍之复仇》、公刘的《今日雨花石》；有的聚焦瞬间场景，如陆新民的《残酷的风景》："正午的阳光惨白的失去血色/死寂的街心跪着一个男子汉/(妈妈说他是小学音乐教师/教孩子们唱：大刀向鬼子们头上砍去)/旁边站着一脸奸笑的日寇军官/戏着军刀在他脖子上抹来擦去/没有哀求没有哭喊/男子汉两眼射出冰冷的火焰/他不知道街边

① 叶子：《一地的血》，纪念南京大屠杀・组诗六首(2013 年 5 月 13 日)，http://blog.sina.com.cn/s/blog_5d0c2f5a0101j0c4.html。

② 叶子：《南京大屠杀：我的大朋友》(2009 年 6 月 15 日)，http://blog.sina.com.cn/s/blog_5d0c2f5a0100dqdt.html。

③ 《20 世纪诗典》是诗人纪宇为新世纪创作的有关南京陷落最早的个人诗歌作品集，该诗集在《第一部　历史编年・第四单元　1929 年—1939 年》和《第二部　世纪灾难・第四幕　少女骷髅》中，对南京陷落，尤其是南京大屠杀做了书写。参见纪宇：《20 世纪诗典》，北京：作家出版社，2000 年 12 月，第 172—310 页。

④ 诗人吴野在抒情长诗《美哉金陵》中古今穿梭，纵论历史人物、批判日军屠城，来表达"我如此深深地/眷恋着你啊，南京！"参见吴野：《南京颂》，南京：南京出版社，2011 年 4 月，第 18—27 页。

紧闭的大门后/有个窥视的小孩饮着仇恨成长。”[①]诗人在1999年12月19日写下这一处南京大屠杀的“风景”，惊心动魄，令人沉痛。总体来看，林林种种的诗篇揭露日军暴行，抒发对死难同胞的哀情。从时间序列上看，诗人王久辛的《狂雪——为被日寇屠杀的30多万南京军民招魂》(1990)是较早的表达，然而却是此类题材诗歌中的杰作，虽然这首诗歌也存在一些时代意识、个人思想的局限，但它综合了许多层面来书写南京陷落、南京大屠杀，做到了对宏观与微观总体上的把握，确实是很多后来者无法超越的。

1990年春，“军旅诗人”王久辛[②]十分自觉地体认南京大屠杀，在其回望、凝视与展望历史的时空穿梭中，带来一篇十分少见的叙事长诗《狂雪》。可以说，它在南京大屠杀题材的诗歌中，至今仍是最长、最具魅力的作品。1997年被南京市大屠杀遇难同胞纪念馆收藏，之后以铜版展示；1998年成为首届“鲁迅文学奖”的获奖作品。《狂雪》最初是刊发在《人民文学》第8期上，共23节396行，修订后，2005年在《延安》上再次刊发。

诗歌《狂雪》在思想内容和艺术价值上的水平是迄今其他同类作品难以超越的。首先，王久辛对南京大屠杀的历史还原达到了他人很难达到的高度，正如高洪波评价，它是“声讨南京大屠杀的一座诗的檄文碑铭”[③]。1937年12月13日，日军进城：“铅弹/象大雨一样从天而降/大开杀的城门/杀得痛快得象抒情一般/那种感觉/那种感觉国人无人知晓/是那样的　象砍甘蔗一样。”城破后，日军的扫荡与杀戮确实令人无法想象，诗人却简明地描述：“街衙四通八达/刺刀实现了真正的自由/比如看见一个中国老人/刺刀并不说话/只是毫不犹豫地往胸窝一捅/然后拔出来　根本用不上看一看刺刀/就又往另外一位/有七个月身孕的少妇的肚子里一捅/血刺向一步之遥的脸/根本用不上抹　就又/就又向一位十四岁少女的阴部捅去/捅进之后　挑开/伴着少女惨惊怪异的尖叫/又用刺刀往更深处捅/然后又搅一搅/直到少女咽气无声/这才将刺刀抽出/露出东方人的那种与中国人/并无多大

① 陆新民：《残酷的风景》，《不屈的城墙》，第224—225页。

② 王久辛(1959—　)，陕西西安人，当代著名诗人。先后出版诗集《狂雪》《狂雪Ⅱ集》，散文集《绝世之鼎》，报告文学集《东方红霄》等，《狂雪》获得首届“鲁迅文学奖”。曾担任多部电视系列片总撰稿、作词。2003年荣获民间设立的首届“剑麻军旅诗歌奖”的特别荣誉奖，2008年在波兰出版发行波文版诗集《自由的诗》。

③ 高洪波：《获奖理由》，《狂雪》，王久辛著，北京：解放军文艺出版社，2002年12月第二版，第1页。

差异的狞笑。"诗人似以子弹的速度，将屠杀的疯狂一个闪光接着一个闪光地呈现。这是一个"军旅诗人"笔下的战祸，接下来，诗人还要揭露日军的另一种残酷：

那夜　全是幼女
全是素静的月光一样的幼女
那疼痛的惨叫
一声又一声敲击着古城的墙壁
又被城墙厚厚的汉砖
轻轻弹了回来
在大街上回荡
你听　你听①

无法想象的奸淫，日军的暴行造成了罪恶。诗句极度压抑克制，呈现出来的效果反而恐怖到令人窒息，人们睁圆了眼睛，竖直了双耳。诗人写了日军的杀戮与奸淫之后，依然没有停笔，继而刻画日本军人"吃中国人的心脏"，即便这时，诗人仍然克制地说："除非/我遇到了野兽。"接下来可谓是暴力美学中的飓风：

野兽四处冲锋八面横扫
象雾一样到处弥漫
如果你害怕
就闭上眼睛　如果你恐惧
就捂严双耳　你只要嗅觉正常
闻就够了　那血腥的味道
就是此刻半个世纪之后的今天晚上
我都能逼真无疑地闻到　那硝烟
起先是呛得不住咳嗽　尔后
是温热的粘稠的液体向你喷来
开始没有味道　过一刻便有苍蝇嗡嗡

① 王久辛：《狂雪》，《人民文学》，1990年第8期。

伴着嗡嗡　那股腥腥的味道
便将你拽入血海　你游吧

所谓的“血流成河”就是这样,只有屠城、集体屠杀才会造成如此骇人的场景。当诗人写到“那些鬼子”“有着全世界最独特的欣赏习惯”的时候,忍无可忍地慨叹:“中国人阿!”他坚定地说,“只要邪恶和贪婪存在一天/我就决不放弃对责任的追求。”全诗从开头到第十节主要是对南京陷落、大屠杀的现场还原,因为诗人较为深入地了解大屠杀的真相,由屠杀的事实引起的诗人强烈的感情再度经过沉淀萃取,从骤热到骤冷的高度克制,辅之以独特的想象力,《狂雪》对大屠杀现场的还原书写达到了惊人的地步。

其次,诗人与历史的交感互动,形成的思绪与质问是常人难以获得的。王久辛在文学空间中触摸屠杀现场,浸入血海不能自拔:“我扎入这片血海/瞪圆双目却看不见星光/使出浑身力量却游不出海面/我在海中抚摸着三十万南京军民的亡魂/发现他们的心上盛开愿望的鲜花/一朵又一朵/奔放着奇异的芳香/象真正的思想/大雾式地涌来/使我的每一次呼吸/都象一次升华。”诗人的发现与升华到底是什么呢？诗人没有立即答复,继而再次展示内心深处的痛感。诗人在眼下与镜中人对望,在历史与现实里,个体的灵魂在扭打,依然是痛,是无处皈依的苦,无法找寻这人祸的因由,死难的冤魂也在责问诗人:

眼睛盯着镜中的眼睛
然后一丝一丝地推出
那种永远也推不干净的痛苦
它们呈雾状围绕着我
就在我和镜子的距离中
闪现被腰斩的肢体
涌沸血泉的尸身
被钉在木板上的手心
以及被浇上汽油烧得只剩下半个耳轮的
耳朵　和吊在歪脖子树上的那颗
仍圆睁着怒目的头颅

对诗人而言，从自身的生活中难以找到答案，只能期待从这个民族、人类的存在去找寻可以登陆的彼岸："我和我的民族/面壁而坐/我们坐得忘记了时间/在历史中/在历史中的 1938 年 12 月 13 日里/以及自此以后的六个星期中/我们体验了惨绝人寰的屠杀/体验了被杀的种种疼痛/那种疼痛/在我的周身流淌。"但是诗人只有痛，并没有一条通道可以冲决而开。回顾个人的日常生活，感知一个普通人经历了的屠杀，把自己作为幸存者，要背负一生的"弹片"，"疼痛并化作一块心病"。诗人不由发问："战争结束了吗/我该问谁。当历史已审判了屠杀的罪魁，可是，那种耻辱/那种奇耻大辱/在辽阔的大地一样的心灵中/如狂雪缤纷/表现着我无尽的思绪。"这些疯狂生长的耻辱该如何消化？诗人的这些探问是作品中最闪光的东西。实际上，之后关于诗人找寻答案的内容已经远不重要了，重要的是诗人面对人类苦难、灾难感同身受后的探问。

图 4.5　《狂雪》铜版镌刻于南京大屠杀遇难同胞纪念馆

如果说，诗人也许真正找到了泅过血海的登陆通道，"蓦然，我如大梦初醒/灵魂飞出一道彩虹/尔后写出这首诗歌"，那就意味着在文学的空间里，给南京大屠杀的遇难者唱起安魂曲。这是最为切实的行动，以文学的名义哀悼铭记。如果要继续寻找"答案"，那么首先应该是继续寻找历史真相。当时诗人仍留在"我的所谓的/拥有几百万精锐之师的国民党的军人""就砍了国民/然后只夹着党字/逆流而上”“在 1938 年 12 月 13 日之后的南京”等此类认识中,还是远远不够的。

总之,王久辛的《狂雪》确实是一个很重要的表现南京陷落、南京大屠杀的文本,正如有学者的精准概括:“该诗以 1937 年南京大屠杀这一历史事件为表现对象,重现了一段民族苦难史,表达了诗人强烈的民族正义感和民族自尊感,反映了诗人坚定的政治信仰和明确的人生观、价值观与世界观,并流露出诗人民族主义情怀与人道主义情怀交织的复杂情感。”①

另外,一些作家的书写对历史浩劫采取一种坚定的介入态度,这也值得补充。海笑②的《南京,毋忘国恨家仇!》(《雨花》,2000 年 4 期,收入《海笑文集·杂文、随笔卷》时更名为《南京毋忘国仇》)、丁帆的《南京的城墙》(《夕阳帆影》,知识出版社,2001 年 5 月)、朱煊的《紫金春秋》(《南京新时期散文诗歌选》,中国文联出版社,2003 年 8 月)、冯亦同的《雪落金陵》(收录在《紫金花》,大众文艺出版社,2007 年 9 月)、房伟编著的《屠刀下的花季——南京 1937》(济南出版社,2007 年 12 月),所有以上这些书写者都在南京陷落这一主题上表达了个人的情绪,有较为强烈的伤悼倾向。其中,海笑因南京是他的第二故乡,在大屠杀前逃出虎口,他的散文《南京,毋忘国恨家仇!》不仅有痛苦的回忆——“我曾在居住过的地方遍寻邻居乡亲、老师同学,可是都不见了,都不见了,只见断墙残壁上依稀可辨的那发黑的血迹,江山非依旧,故人已永逝,我在那乍暖还寒的春风中似乎听到 30 万同胞冤魂的呼号声,我不寒而栗,心如刀绞”,还发誓要“写下这历史的悲惨一页”。他直面现实去思考,开篇写道“从一衣带水的邻邦日本传来极不文明、我们似曾熟悉的狼嗥虎啸声”,显示了对日本这一行为的深深失望。从作者的用词“一衣带水”“邻邦”可以领会到在国家层面上中日关系的样貌。作者在文章中不仅

① 黄颖:《苦难历史的诗性书写——论长诗〈狂雪〉的叙事立场与艺术特色》,《中国诗歌》,2010 年第 2 期。

② 《南京,毋忘国耻——我们的建议》(1996 年)一文的作者说:“我是在侵华日军轰炸南京时逃离虎口回到故乡南通,才幸存下来的一个小学生,稍大一些后,便投笔从戎,参加了新四军,并将姓名改成日本人最害怕的‘海啸’。抗日战争胜利了,日寇无条件投降后,我和全国人民一道高兴得笑了,于是便将‘海啸’之名改为‘海笑’,而现在日本的右派又如此猖狂,逼得我只好将‘海笑’之名再改为‘海啸’。”并建议“将开始南京大屠杀的第一天 12 月 13 日定为‘南京人民悼念死难同胞,毋忘国仇家恨日’”。参见《不屈的城墙——祭奠南京大屠杀三十万遇难同胞诗歌专辑》,南京市作家协会、侵华日军南京南京大屠杀遇难同胞纪念馆编著,沈阳:沈阳出版社,2001 年 1 月,第 1—2 页。

叙述日本在南京大屠杀中的暴行，还梳理了日本近几年对南京大屠杀态度的变化，进而以中国处理战后问题为焦点，有诸多深入、有个性的思考，尤其对一些他不能认同的言论与观点进行了批判，如作者否定“怨仇宜解不宜结，多做友谊之事，少说刺激的话”的行为，认为那是演绎了“东郭先生”和“农夫与蛇”的故事，提出了只有在“前事不忘”、承认错误、赔礼道歉的前提下，才能“度尽劫波兄弟在，相逢一笑泯恩仇”。最后他大声疾呼：“南京，中国，始终保持您高度的警惕，永远别忘那场惨绝人寰的国恨家仇。”他警醒当下社会，“太平不是靠粉饰显现出来，而要靠努力奋斗，争取得来”，这具有十分强烈的现实意义。

二、见证中铭记

“二战”后，日本不断地遮蔽侵略中国这一历史事实，加之后来，日本右翼势力随意否认南京大屠杀的客观存在、多次篡改历史教科书等行为，给中国人民带来很大的伤害。自新时期以来，文学书写者也常常为此创作一些作品，主要是诗歌散文，共同表达着民族创痛的声音，也时而表达出对苦难个体的人文关怀。

（一）有诗为证

20 世纪 90 年代以来，有一类直接记录幸存者、见证人及痛悼受害者的诗歌。这些作品的艺术形式较为简单，内容朴素直接，对经历 1937 年那场浩劫的人或有直接关系的人加以描写，这些人有的是大屠杀幸存者，有的是大屠杀的参与者，有的甚至是大屠杀的见证人或研究者。诗人白坚有《受害者之一：李秀英》《受害者之二：夏淑琴》《暴行照片印存者：罗瑾》《“屠城血证”收藏者：吴旋》，1998 年，白坚又创作了《赠南京大屠杀幸存者（六首）》，其中既有对“集体屠杀幸存者”的素描，又有针对虹桥一地的唐顺山、煤炭港的陈德贵、草鞋峡的唐广普、七家湾诸回民幸存者、龙潭屠杀幸存者和失母亡家幸存者的李伯潜、李叔栋兄弟俩的追忆；范克平的《一位少女的故事》诉说了燕子矶少女跳江自杀；赵恺的《黑色诗章：泪水之歌》与刘跃进的《竹竿巷》不约而同地讲述大屠杀造成母子失散、新千年母子才得相聚；台湾作家张穆庭[1] 2004年作为中国文化大学学生参加台、海两地的文化活动,受到北京一位老人的自身经历启发,写下的一首歌词,即诗歌《1937》,并发行了《1937:南京大屠杀》纪念单曲。

而纪宇的叙事长诗《一场战争与两个老兵》(2000)写到了两个参加过南京大屠杀的日本老兵,一个是桥本光治,一个是东史郎。1987年,东史郎的日记公开发表,真诚忏悔并说出了大屠杀真相,诗人对此描述道:“桥本将一个中国青年/装进邮袋扎紧口/像把一头猪装进猪笼/他们将邮袋泼上油点着火/一颗火球在地面上跳跃/一颗生命在邮袋里颤动。”[2]最后又绑了手榴弹将其扔进了池塘炸毁。这无疑是事实[3],然而,桥本状告东史郎诬陷,东京高等法院的审理与判决共历时六年,东史郎却败诉。从曝光真相到翻案得逞,都被诗人记录无遗,这首诗很好地见证大屠杀的历史真相,反映了在日本对历史反省与遮盖的斗争,也突出代表受害民族的坚定立场。

还有为庇护中国难民的外国人士和为大屠杀真相的传播做出贡献的外国人写的作品。例如,在诗集《不屈的城墙》(2001)中,有许多诗人如叶庆瑞、刘松如、陈永昌、蒋巍、蔡克霖在诗中提到《拉贝日记》,感谢拉贝,批判日军罪恶。而刘大程发表了诗歌《悼张纯如女士》[4](2005),缅怀这位伟大的女性。1997年,美籍华裔女作家张纯如的《南京浩劫:被遗忘的大屠杀》轰动世界,她却在2004年11月9日于美国加州开枪自杀,年仅36岁。诗人“闻此消息,十分沉痛,值此抗战胜利60周年,谨作此诗以悼之”。[5] 这首诗曝光了“日本的刽子手”的罪行后,讴歌张纯如:“像一把熊熊的火炬,你燃烧着,燃烧着/像一位美丽的天使,你呼喊着,呼喊着/为了正义,为了良心。”

自然,以上这些诗歌的艺术性不都突出,但其价值与意义不小,诗人能够为南京浩劫的幸存者和见证人作诗,不仅体现在“有诗为证”这一层面上,

---

① 张穆庭(1979—),台湾音乐人、创作歌手。毕业于中国文化大学新闻学系、台湾大学音乐学研究所、台湾艺术大学应用媒体艺术研究所。2005年,自费制作发行《南京大屠杀——1937》纪念专辑。2006年,在台北市文化局的支持下发行了第二张公益唱片《全球慰安妇主题曲——殇》。

② 纪宇:《一场战争与两个老兵》,《20世纪诗典》,北京:作家出版社,2000年12月,第312页。

③ 东史郎在日记中记载道:“中山路上的最高法院,相当于日本的司法省,是一座灰色大建筑。法院前有一辆破烂不堪的私人轿车翻倒在地。路对面有一个池塘。不知从哪儿拉来一个‘支那’人,战友们像小孩玩抓来的小狗一样戏弄他。这时,西本提出了一个残忍的提议,就是把这个‘支那’人装入袋中,浇上那辆汽车中的汽油,然后点火……在袋子上系了两颗手榴弹,随后将袋子扔进了池塘。”参见《东史郎日记》,第204—205页。

④ 刘大程:《悼张纯如女士》,《作品》,2005年第8期。

⑤ 刘大程:《悼张纯如女士》,见“题记”。

更重要在于，通过文学的艺术形式，为那场灾难中无辜的亲历者和勇敢的见证人鸣冤或致谢，体现出人的悲悯情怀，以起到抚慰创伤、给人力量的作用，因此，这类诗歌是不可替代的，也是早该到来的。

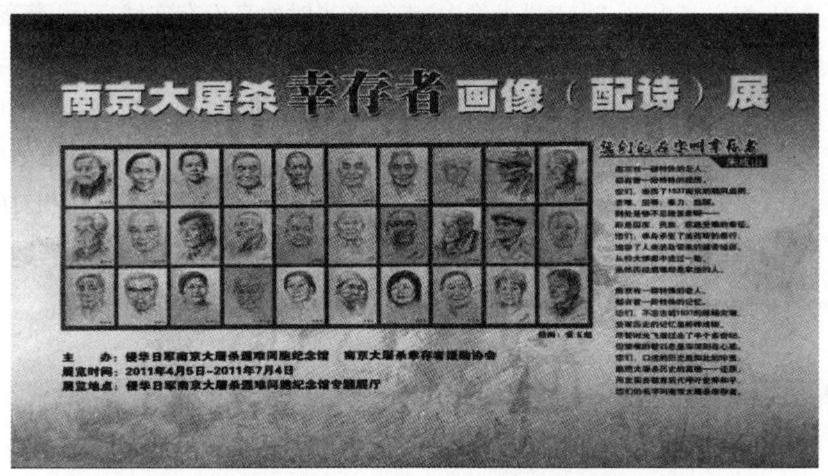

图 4.6　张玉彪、朱成山《南京大屠杀幸存者画像(配诗)》展

在这类文学书写中，朱成山①的诗歌作品是较为独特的，因为他自 1992 年开始担任侵华日军南京大屠杀遇难同胞纪念馆馆长，对大屠杀的历史研究和文学书写都很熟悉，他自己也有许多纪念见证性的作品。1994 年，他创作诗歌《世界需要和平》，更确切地说是一篇电影《南京大屠杀》开拍仪式上的祭酒词，其中有诗句："祭——57 年前被侵华日军屠杀的同胞，30 多万个不死的魂灵！因为我们无法忘记 57 年前的今天，日军开始对南京屠城。野蛮！凶残!! 兽性!!! 血腥暴行令整个世界震惊。"②2008 年，朱成山写的《名古屋 & 南京之歌》中说："难忘历史的一页一九三七年/松井石根兵团杀进了南京城/炸药炸炮火轰来墙倒屋又塌/血染秦淮长江呜咽紫金山在哭。"③自 2011 年 3 月 27 日开始，他又在博文中发表了《幸存者组诗》，作者说："此次创作完全是'逼'出来的。南京艺术学院张玉彪教授应邀为本馆创作 30 幅南京大屠杀幸存者的素描肖像，决定全部捐赠本馆。为了感谢他的奉献与执着，馆里特地为他的这批作品举办一个展览，如何为画配说明是个

① 朱成山(1954—　)，江苏南京人，侵华日军南京大屠杀遇难同胞纪念馆原馆长，中国抗日战争史学会副会长、南京大屠杀史与国际和平研究院研究员、中国作家协会会员。

② 见朱成山新浪博文，http://blog.sina.com.cn/s/blog_65746cb60100j3g0.html。

③ 同上。

问题。假如简单地把南京大屠杀幸存者的证言贴上去,比较省事,但黑压压的文字,对观众来说不太好把握,展览的效果一定不会太好,在征求张教授意见的基础上,采用配诗的形式较好。但时间太紧促了,所以决定我自己亲自操刀,把它赶出来。"①素描肖像中,幸存者当时的身份有守城官兵、警察、男女青年平民子弟,甚至几岁的孩子等等,李秀英、刘永兴、施怀庚等幸存者是幸运的,这些诗歌都为幸存者的苦难做了说明,作者说道:"在诗歌创作形式上,此次采用了散文诗的形式,并完全遵循了南京大屠杀幸存者证言的事实,力求大众化、通俗化、口语化,每首诗都是不多不少的20句,保持相对的工整,让孩子们乃至农民工能够看得懂,是我追求的目标之一。"②以《您的名字叫幸存者李秀英》为例:

在1937年那个寒冷的冬季,
一群豺狼冲进了南京城里。
您,一个19岁的孕妇,
避难在五台山小学地下室中。
面对三个日本鬼子的企图强暴,
就用拳脚、牙齿相向,宁死不辱。
您,被一刀、两刀、三刀……
一共37刀戳进了身体。
虽然最终倒在了血泊之中,
却护卫着一个女人的清白和民族的尊严。③

朱成山身为馆长,不仅忙于管理、接待等事务,也勤于学术研究,而且能够将以南京大屠杀为主题的业务转化为生动通俗的诗歌,同样具有重要的价值。

(二) 墨写的也是血写的

1. 新时期以来大屠杀的散文书写

1987年,时值对南京大屠杀遇难同胞纪念的五十周年,罗冠群导演的

---

① 见朱成山新浪博文,http://blog.sina.com.cn/s/blog_65746cb60100porx.html。
② 同上。
③ 同上。

电影《屠城血证》上映，同时，在中国大陆出现了十分可贵的两个同名报告文学——《南京大屠杀》，作者分别是温书林和徐志耕。这年 7 月，温书林的《南京大屠杀》刊发在《解放军文艺》上。这是我国最早较为全面地书写南京大屠杀的报告文学，之后，12 月，徐志耕[①]的《南京大屠杀》面世，其单行本由昆仑出版社出版，当时是我国书写南京大屠杀最完整、最具影响力的报告文学。这两篇报告文学正是新时期以来日本“教科书”事件刺激造成的间接成果，也是改革开放之后思想解放的体现。当时为南京大屠杀树碑建馆的意识变为切实的行动，全社会正呼唤、期待着这样的文学作品。就创作而言，两位作者当时一致感受到了为 1937 年南京发生的民族灾难而写作的必要，正如徐志耕回顾，当时有朋友提示他写“大屠杀”后，“我立即翻阅史料。很遗憾，我没有找到‘南京大屠杀’的详细记载，一些史书上只是几百字的条目。问了好些人，都吱吱唔唔，或一知半解，没有人能说清这场历史悲剧的缘由、经过及事件中的人物和情节。我觉得，这是一页不应忘的历史”。[②]于是，穿越历史尘埃、返回历史现场成了这些作家的责任。

温书林写的《南京大屠杀》发表后，入选中国大陆语文教科书(语文出版社)八年级下册的第五单元“报告文学”，虽有些删节，但总体反映了原著的内容。以教科书为载体面向广大中国的少年学生，是十分有必要、有价值的。相较于日本的本多胜一揭露日军侵华罪行的报告文学《中国之行》《通往南京的路》等作品，温书林的创作稍晚，而在报告文学中采用了大屠杀幸存者口述的方式，却与本多胜一大体相似。

温书林的《南京大屠杀》是从 1986 年 8 月 11 日的南京写起的，在这个时间节点上回顾南京的历史，具有重要意义。因为时隔近 50 年，大多数中国人是否还会记得“南京大屠杀”，又有多少人较深入地了解并反思，这确实是个问题。在中日恢复邦交后的背景下，南京大屠杀是不是更令人不愿提起？直到 20 世纪 80 年代，日本的历史教科书事件刺激了众多亚洲民众，中国人似乎渐渐觉察到，自己的伤痕犹在，可是谁为半个世纪前南京大屠杀的

---

①　徐志耕(1946—　)浙江绍兴人，1964 年入伍，1989 年毕业于南京大学中文系，历任部队勤务连战士、宣传科干事、《解放军报》记者、《人民前线报》编辑，南京军区政治部文艺创作室创作员、副主任，中国报告文学学会理事，江苏省作协理事，中国作家协会会员。其代表作《南京大屠杀》获得《昆仑》优秀作品奖、全国第二届金钥匙图书奖、首届徐迟报告文学奖，译有日、英、法文等多个版本。

②　徐志耕：《血浓于水——〈南京大屠杀〉再版自序》，《南京大屠杀》，北京：解放军文艺出版社，1997 年 3 月第二版。

死难者表达过沉痛哀悼,谁又体谅过南京大屠杀幸存者的痛苦呢?而当下的南京是"浓郁的梧桐树荫掩映着五光十色的橱窗,夏季时装大展销的广告吸引着对对情侣的目光,欢腾跳跃的迪斯克乐曲伴随着熙熙攘攘的人流"。温书林在南京看到了惊人的一幕:

> 我在一条小巷口下了公共汽车,和我同时下车的,还有一位身体瘦弱的老太太,手里挎着菜篮。如果不是她那象被人撕咬的残缺的右耳,我也许根本不注意她。她步履蹒跚地走了几步,忽然站下来,定定地打量着路边的一棵古槐,瞪大的眼睛里流出恐惧和绝望,双手也不由自主地哆嗦起来。我很诧异,只见她怪叫一声,抛下菜篮子,转身没命地奔跑,还不时抓起路边的赃物向后扬去,嘴里发出令人毛骨悚然的绝望的哀嚎。①

围观人们高喊着:"快看,老太婆又发疯了!"这就是作者邂逅的一位南京大屠杀受害者、幸存者静缘的场面。作者依据当时的美国护士英格尔的日记记载了解到了受害者的情况:"一九三七年十二月十五日上午十一时三十分,一个名叫静缘的十三岁中国尼姑在一棵槐树下被四个日本兵逮住轮奸,伤势极重,奄奄一息……她被人抬进医院时身上血迹斑斑,乳房被拉了一道深及肋骨的口子,阴道里被塞满石子和土,耳朵也被咬掉,下肢完全麻木。我的上帝,我有生以来从没有看到如此恐怖的场面。"温书林坦言道:"作为以保卫祖国为己任的军人,'南京大屠杀'对我来说似乎仍是个不甚了了的历史名词。然而今天,静缘老人那恐惧而绝望的眼睛,一下子把我拉回到那腥风血雨的岁月,半个世纪的漫长时光,竟无法抹平她心中的裂痕,那该是何等令人发指的暴行?!"②

这篇作品这样的开头触目惊心。不仅因为1937年的日军暴行的令人发指,更是因为经历半个世纪依然看到民族灾难的创口,作为受害者的中国人何以全然处于一片健忘之中?温书林的报告就是历史见证的写法,以文学的方式对抗着人们的选择性遗忘。报告说,静缘女士受害的经过是由美国人士记载在日记上,这本英文日记由侯医生珍藏多年,他对作者说:"日本

---

① 温书林:《南京大屠杀》,《解放军文艺》,1987年7月,第87页。

② 同上,第87—88页。

鬼子攻陷南京时,特莉萨·英格尔小姐正在教会医院工作,记叙了许多中国人被害的情况。一九三九年回国时她把日记交给我,并让我发誓,为了保全受害人的名誉,在这些人活着的时候不可透露日记。"①特莉萨·英格尔小姐的日记是个至为关键的内容,如果能够确认所引用日记的真实性与可靠性,这篇报告文学以第三方见证人的日记来见证历史的写法是十分重要而有效的。温书林主要倾力写出被遗忘的大屠杀本身,他集中写南京的"屠城""杀人竞赛""安全区"等,为说明大屠杀的真实性,还依据了许多材料:穿插幸存者潘开明、孙发友的证言,援引日本《朝日新闻》随军记者今井正刚的旁证;也有草鞋峡的屠杀,穿插"长发"、唐广普的证言、原日军某部栗原军曹的旁证;还有大屠杀幸存者姜根福、陈光秀的证言。此外,引用了一组"不完全的数字":

> 经一九四六二月中国南京军事法庭查证:
> 日军集体大屠杀二十八案　　十九万人
> 日军零散屠杀八百五十八案　十五万人
> 总计在南京屠杀　三十四万人②

温书林将南京大屠杀的规模、程度依凭"证据"较准确地展示出来③,尤其是大屠杀幸存者的证言,这与日本作家本多胜一异曲同工,采访了幸存者刘根日、"长发"等人,以此讲述屠城,还原历史。这些既能起到客观描述作用,又能形成历史与现实的对话意识。而且,温书林再次讲述了日军"在南京紫金山南麓进行一场杀人比赛",温书林描述五张历史照片,再次曝光了日军的暴行,并采用史料,即当时德国驻南京大使馆给柏林的电报:"犯罪的不是这个日本人,或是那个日本人,而是整个的日本'皇军'……它是一架正在开动的野兽机器。"还有一位美国记者当时的报道说:"南京大屠杀事件也可以说是南京大强奸事件。"通过第三方的角度确证南京大屠杀的残酷。④

温书林的文学素材是丰富而撼动人心的,他将日军的暴行以客观的口

---

① 同上,第 88 页。

② 温书林:《南京大屠杀》,《解放军文艺》,第 97 页。

③ 参见南京审判中对谷寿夫的判决书:《见证与记录:南京大屠杀史料精选(中方史料)》,张宪文主编,第 632—686 页。

④ 温书林:《南京大屠杀》,《解放军文艺》,第 94 页。

吻较为惊人地讲述出来。难能可贵的是,作者郑重地提到了“安全区”:

> 一九三七年十二月,成千上万的南京市民涌入安全区,至一九三八年一月,这片弹丸之地的难民竟达二十五万之多。日军的暴行激起国际舆论的愤慨,一些具有人道主义精神的外国人,如国际安全委员会的德国商人罗波先生、美国的史密斯博士、马吉牧师、特威兰夫人、沃特琳女士等等[①],他们不顾本国官员的警告劝阻,冒着危险同日军进行艰难地讨价还价。为尽可能减少无辜民众的牺牲,为保护妇女儿童和救护伤病员,作出了值得称道的努力和贡献。

如此公正地评价创建和管理南京国际“安全区”的外国友人,本身就具有历史意义和重大价值。这是历史尘埃已被清理的明证,还以世道人心的真诚和勇气,正是这篇报告文学可贵的一个方面。

当然,温书林写侵华日军大屠杀也要述及南京陷落的一些背景,比如“以蒋介石为首的国民党中央政府仓惶撤退”,文中还借用幸存者“长发”之口,说:“血的教训使我感到国民党这种抗战办法不行,我在南京躲了几个月,伤好后我设法逃出南京,历尽千辛万苦到苏北参加了共产党领导的游击队,后被改编为新四军。”[②]这些表述仍带有鲜明的时代特征和历史印记。总地来说,温书林的眼光与良知是可敬的,他的感慨是这个民族早应该发出的:“记住这惨绝人寰的灾难吧!记住这中华民族的奇耻大辱吧!它会让我们更加明确,今后的路,该怎么走。”[③]

1987年6月,《南京史志》出了一期特刊,刊载了南京大屠杀主题的文章,其中张家勤的《我在难民区的所见所闻》既具有史料价值,又是很好的报告文学。张家勤就是大屠杀的幸存者,当时十三岁,是初中一年级学生,一家七口人住在牵牛巷,在城陷前后目睹了乱离而悲苦的世相。在难民区的渊声巷,作者目睹了日军的暴行。

1987年之后,关于南京大屠杀的散体文章明显多了起来,“南京大屠

---

① 此处提及南京陷落时留守南京的外侨姓名,可以说是在中国此类题材的文学书写中最早的呈现。“罗波先生”即约翰·拉贝,“沃特琳女士”即明妮·魏特琳。

② 温书林:《南京大屠杀》,《解放军文艺》,第91页。

③ 同上,第97页。

杀”这一词汇出现的频率大大增加，相较而言，对南京保卫战的表述大多是为了南京大屠杀这一主要内容做一个背景。就散文而言，南京陷落的文学书写几乎主要内容就是南京大屠杀的书写。在 1988 年到 1999 年间，南京陷落的散文书写大大丰富起来，既有平面的拓展，又有对纵深的开掘。前者突出表现在书写主体与书写对象复杂性的加强；后者是作者对南京陷落的认知水平、理解角度的复杂性的加大，例如出现了许多对大屠杀幸存者的追忆，如沉洲的《世界忌日——中国 1937》、朱小鑫的《我在难民区困了九个月——南京大屠杀幸存者李锡銮老人的回忆》、陈世玉的《南京大屠杀亲历记》、陆立之的《一段辛酸的回忆一幅悲惨的情景——1937 年南京沦陷前夕离乱记》，这些报告作者有的就是大屠杀幸存者本人，有的是采访者代笔。

1995 年 9 月刊发在《福建文学》上的报告文学《世界忌日——中国 1937》，就是由沉洲代笔写出幸存者罗瑾的经历。年逾古稀的罗瑾老人当年 16 岁，在南京雨花巷的上海照相馆当学徒。12 月 13 日首都被攻陷，“他是整个南京大屠杀的目睹者，亦是从日军所摄底片翻印下杀人照片的幸存者”。那十六张杀戮中国人的照片是南京大屠杀“这段历史活鲜鲜响当当的无以抵赖的铁证”。少年罗瑾城陷当日在宁海路洋房三楼的窗口“望见城南一带燃起七、八处熊熊大火，到了夜间，火光映得天地如同白昼，一缕缕红火黑烟中夹杂着房屋折断倒塌的轰响。这样的焚烧，蔓延到次年元旦过后还未熄灭”。12 月 16 日一早，随同干爹坐车去做收尸的工作，为红卍字会帮忙。“从山西路向左不到鼓楼就陆续发现死尸横陈路上、街心。开始，少年罗瑾还横下心和叔叔们一起抬，后来，路边的尸体出现了身首异处，四肢不全，还有赤身裸体的女人被开膛剖肚，少年罗瑾开始显出了力不从心、战战兢兢，一时双唇失色，小腿发软。从鼓楼驶向中山路时，车厢里已有半车尸体，死寂的街上不见一个活人影子”。他不久就难以忍受，回到难民区瘫倒在地铺上。他亲眼目睹日军的诸多暴行，他在所住的难民区里见证了女高中生的惨死；日军借发“良民证”捕杀中国民众；去送照片时发现日军兵营里被蹂躏的女同胞，他在照相馆里看到许多日本人送来冲洗的日军暴行的照片，也经历了日军不许可的封查行径，但他还是留存下来 30 多张。他后来冒险将筛选后的 16 张照片合成了一个影集藏匿起来。几经波折后，他藏匿的影集失踪，他感到十分恐惧。幸好这个影集当时并没有暴露，多年以后他才知道，当年他藏匿的照片被一个通讯队的学员吴旋转移收藏起来，在 1946 年提供给南京市参议会，后来作了控诉日军罪行的有力证据。据作者报道,直到1993年10月,罗瑾老人回到阔别已久的南京,在纪念馆的陈列室里发现了自己偷印复制的照片。少年罗瑾留下来的历史证据如此珍贵,其历程又是如此曲折,但都鲜为人知,当报告中说,罗瑾老人本人时隔半个世纪才看到自己复制的照片,不免令人唏嘘,这个民族真的重视、在乎南京大屠杀吗?

在这篇报告文学中,除了罗瑾的经历之外还有许多中外史料,尤其是日方的,例如,松井石根在远东国际军事法庭上的推诿、谷寿夫在南京审判战犯法庭上的狡辩、田中吉大尉中队长的狡黠、向井敏明与野田岩的抵赖、20世纪80年代的日本文部省负责对历史教科书的篡改,作者有力地证明日本右翼势力涂抹侵华史的错误,并表示:“中国人民有着五千多年的文明史,正如广袤辽阔的华夏大地一样,他们有着无比宽容的胸怀。但我们决不允许有人借这种宽容来藏污纳垢,成为法西斯主义,军国主义死灰复燃的温床。”

自1995年开始直到1999年,都可见幸存者的报告文字,朱小鑫的《我在难民区困了九个月——南京大屠杀幸存者李锡銮老人的回忆》、陈世玉的《南京大屠杀亲历记》、陆立之的《一段辛酸的回忆一幅悲惨的情景——1937年南京沦陷前夕离乱记》、田兴翔的《南京大屠杀脱险记》等文章,刊登在《四川统一战线》《贵州文史天地》《江淮文史》等刊物上。李锡銮老人的回忆很典型,在难民区里见证了日军私闯难民区、杀戮抢掠,感受到了做亡国奴的滋味,他于1938年9月逃出南京。采访前一年,他携妻回到故乡南京祭扫大屠杀的冤魂,老泪纵横。可是,抗战胜利半个世纪过去了,令大屠杀的幸存者仍然耿耿于怀的是,“我的心愿就是不当亡国奴!恨只恨国民党政府腐败无能,国力衰败,抗日不力,还同室操戈,导致中华民族遭此空前大劫难,这是一场历时的大悲剧,我是一名受害者”。这有力地说明,被屠杀后幸存下来的人还在历史的迷雾之中尚未走出。

随着时间的流逝,越来越多亲身经历过南京陷落的见证者故去,而剩余的人中也日渐衰老,这也促使健在的亲历者带着一种使命感将经历的那段惨烈岁月记录下来,留给世人。其中就有朱法智的《苗乡十九路军老战士痛斥日军南京大屠杀》(《贵州文史天地》,2000年5期),林长生编著的《南京大屠杀之铁证》(2005年6月),王鹤标口述、马士弘整理的《我所经历的南京大屠杀》(《龙门阵》,2005年8期),蓝翔的《“现身”在大屠杀纪念碑上的父亲》(《档案春秋》,2010年7期),周定宁的《亲历南京大屠杀》(《晚霞》,2014年7期),张承志的《最漫长的十四天(节选)——南京大屠杀幸存者口述实录与纪实》(《中学生百科》,2016 年第 11 期)等等。

新世纪伊始,日本右翼势力公开否认日本侵略军在南京的大屠杀暴行,这迅速引起了亲历者的反击。《苗乡十九路军老战士痛斥日军南京大屠杀》一文提到,能够激发大屠杀亲历者的回忆,有时是极偶然的,作者朱法智在朋友家看电视,新闻里播出了日本右翼团体否认南京大屠杀的新闻,立即激起了旁边一位老人的愤怒,"老人恨恨说着,立起身,'唰'一下撕开上衣,露出胸膛,指点着正中的疤痕说,'哼! 他们完全是谎言……这块疤就是日本鬼子的刺刀留下的仇恨!'"由此,老人详细讲述了他亲历的战争往事,回忆了南京被屠城时的惨烈。因为亲眼见到日本右翼分子的狡辩,亲历者情绪激动,语气愤恨。文章写道,九十多岁的老军人老泪纵横,泣不成声地表达了真实而凝重的感受:"那段时间,我们吃不下,睡不着。因为,我们亲眼看见成千上万的中国人死在日本鬼子手下,摆在我们眼前。那一副副惨相,就像万箭在穿我们的心,我们恨不得千刀万剐那些狗强盗。"还有亲历者对历史的深刻记忆:"南京失守的那些日日夜夜发生的事情,到死我也忘不了。那些狗东西明明杀死我们 30 多万人,今天不认帐,这真是天理难容! 天理难容!"这些幸存者的回忆再一次印证了历史的真实。虽然与那段岁月已经有六十多年的时空距离,但是战争的创伤仍记忆犹新。本着实事求是的态度,散文创作突出"真实性"与"个体性",因而文章具有重要的史料价值。林长生的《南京大屠杀之铁证》,王鹤标口述、马士弘整理的《我所经历的南京大屠杀》,蓝翔的《"现身"在大屠杀纪念碑上的父亲》,周定宁的《亲历南京大屠杀》等,都属于这一类型的创作。很多的亲历者都怀着强烈的责任感、使命感,把自己承受的创痛、对痛失亲友的追忆和对历史的记忆、反思十分质朴而直白地讲述出来。

当然,梳理关于南京陷落的散文时,自然无法对这类作品完全"按类归档",就是说,同一篇散文完全可能既写到了南京攻防战也写了大屠杀,无法分割开来,这是很正常的情况,如果归纳的话,大体视情况而定,看看是否以某一个方面为主要内容。而且,事实也证明,此类散文书写的作者大都并非是亲历者,而且将来只有非亲历者来书写了。王火的《向南京死难同胞致哀》和袁贻辰的《一名 90 后眼里的南京大屠杀》就是以上情况的代表。

2. 新时期以来亲历者对南京保卫战的追忆

自 1987 年以来,在大陆对南京大屠杀的追忆与回顾比较多,而正面记录南京保卫战的散文到后来才出现,例如 1996 年石怀瑜在《黄埔》上发表的

《血沃钟山饮恨长江——黄埔军校教导总队参加南京保卫战回忆》。到了新世纪,越来越多的亲历者撰文回忆战争往事,抒写那个时代留下的心灵创伤。亲历者对南京保卫战的回忆文章较多地出现,再现保卫战的英勇惨烈,填补了以往这一领域的许多空缺。

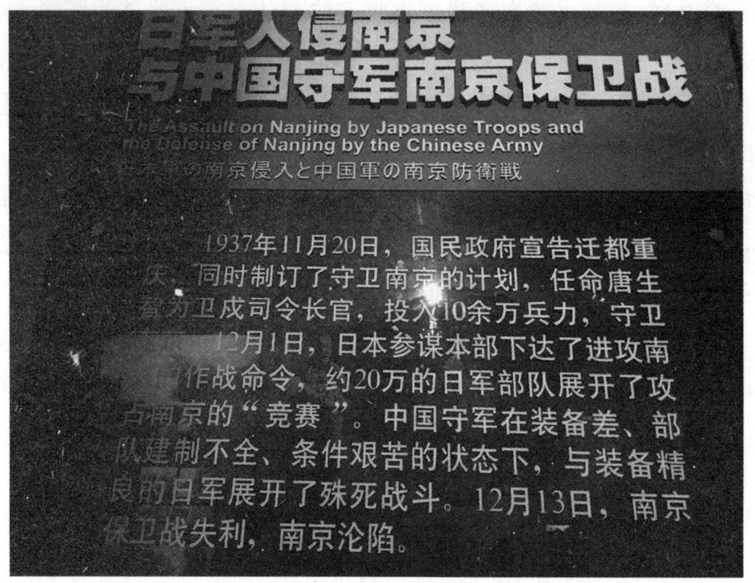

图 4.7　南京保卫战展示说明

图片来源:摄于侵华日军南京大屠杀遇难同胞纪念馆

国内政治环境时显宽松,民族主义情绪日渐突出,倡导“伟大民族复兴之路”的声音时常响起,尤其是国、共两党实现了某种合作与共赢,于是,多年来未处理的好历史问题有进一步解决的希望,这表现在如下两个方面:一方面体现在为抗日战争牺牲生命和做出贡献的人的功绩得到认可,另一方面恢复历史上那些为民族战争作过贡献的中国官兵的荣誉。标志性事件是在 2014 年确立了每年 9 月 3 日为“抗战纪念日”和 12 月 13 日为全国“公祭日”。2015 年,《南京大屠杀档案》成功申报成为世界记忆遗产项目。于是,近些年来出现了许多回忆 1937 年中国首都之战的文章,有谢蔚明的《我经历南京大撤退》、张楚原的《突出重围—南京大屠杀七十周年祭》、王彬的《南京保卫战》、孙月红的《雨花台:1937 年的冬天》、曾立平的《不该遗忘的“南京保卫战”》、梁茂芝的《血沃蓝天》等文章,而由中共江苏省委党史工作办公室编撰的专著结集有《不屈的抗争——南京人民反抗日军暴行纪实》,有顾志慧编辑的参加保卫战的将领回忆录合集《南京保卫战 1937》。

这些亲历者大都是国民党部队的官兵，如谢蔚明的身份是中央教导总队的上等兵，张楚原是 103 师 618 团的军需官，他们的文章详细地记述了自己的亲身经历，尤其复原了当时激烈的战争情景，守城官兵们视死如归、保家卫国的英勇精神，以及作者九死一生的突围经历，读来尤为感人。谢蔚明这样描述新兵连："大家高唱着悲壮的军歌：得遂从军愿，为国把躯捐，看边关多难，正好迎敌痛击，长征万里，复我旧河山。刚入伍的新兵在大气如虹的歌声中，禁不住泪流满面。"①文中也记录了国军高层因为准备不足，导致部队在战斗中成为散沙、各自逃生的混乱局面，文字朴实直白，为记录历史提供了感性的"资料"。

对历史而言，亲历者回忆是具有一定说服力的。2011 年，王彬的《南京保卫战》在题头写下"大部分战争中，南京保卫战都是一笔带过的，甚至有的提都不提……但我们认为，那些在绝境中作战的士兵，依然是勇士。他们不忘自己是一个军人，不忘保家卫国、守土有责的使命。虽然他们失败了，但他们的鲜血，将永留在这座伟大的城市，留在那篇被忽略了的历史教科书中"②。2013 年，曾立平在《不该遗忘的"南京保卫战"》一文中，本着"为南京保卫战树碑立传"的目的写下长文。他认为，国军将士在保卫战中的抵抗是激烈的，表现是英勇的。作者举出了在保卫战中牺牲殉国的 11 名少将，并引用了北京大学历史教授徐勇的论断说："南京保卫战有它正面的意义，首先中国政府在这个地方，实行了抵抗，这显示了中华民族、中国政府不投降、坚持抗战的政治上的决心。"认为中国军队"确确实实，是恪尽职守，尽了自己最大的决心"。作者为南京保卫战一再被忽视而不平："抗战胜利后至今，保卫战却被历史刻意的隐瞒，未留存任何纪念性建筑，而英勇抗敌、作出极大牺牲的广大国军将士更得不到应有的悼念，使他们含恨九泉。"并强烈要求，"被长期掩盖的南京保卫战应洗去历史的尘埃，还原真实的面貌！英风壮烈，慷慨激昂，正气磅礴、长垂不朽的民族英雄应该永远缅怀！舍生取义、抗击侵略的民族精神应该大力弘扬"。

梁茂芝在《血沃蓝天》中将人们的视线从陆地引入高空，叙述了中国空军与日本的殊死较量，挖掘抒写了不同战场上中国军人的英勇气概，文中对

---

① 张楚原：《突出重围—南京大屠杀七十周年祭》，《贵阳文史》，2007 年第 5 期。

② 王彬：《南京保卫战》，《中外文摘》，2011 年第 4 期。

空军的献身精神进行了颂扬:“面对日军空军的暴行,中国空军没有沉默……他们用崇高的爱国主义精神,谱写了一曲曲激动人心的蓝天壮歌。在壮怀激烈的南京空中保卫战中,一大批英勇无畏的中国空中健儿前赴后继,将自己的生命永远留在了祖国的万米高空,同时也将他们的英名永远刻在了中国人民的心中。”①作者的这一段话,确认了卫国军人的战斗精神,实质上肯定了国民党在抗日战争中的重要作用,显示出对过往被遮蔽的历史理性、客观的认知姿态。作者在文中还描写了蒋介石激励苏联空军志愿队飞行员,推动轰炸南京机场的决策的过程,正面刻画了蒋介石的灵活、机智,显然这与以往文章中对国民党高层的描写存在较大的差异。

时至 2017 年,随着南京保卫战亲历者逝去,逐渐接着讲述南京失陷的工作就留给了后辈,有代表性的如唐仁和口述的《唐生智之子:南京保卫战不是国耻!》②,这注定是此类书写的方向。

3.《我认识的鬼子兵》

方军的散文集《我认识的鬼子兵》③于 1997 年 12 月面世,这是之前未曾有过的书写角度,即一个中国作者在日本实录日本侵华老兵。

方军出身于“老八路”家庭,他在 20 世纪 80 年代在国内做过记者、外交部的实习生,1991 年赴日留学,直到 1997 年才回国。他留学期间勤工俭学,接触到日本很多侵华士兵,正如他自己所说,“我在日本 6 年,是关注鬼子、接近鬼子、研究鬼子、调查鬼子的专家”④。在他的这本书中写到了南京大屠杀的人数、文化掠夺、战争赔款、历史教科书等问题,还明确地附有七张珍贵的南京大屠杀的历史照片。他认识的十几个侵华日军士兵中至少有三个参加过 1937 年的南京战斗,其中,山田是个身经百战的人,“从 1937 年到 1945 年间,他多次参加过与国民党军的大战役,无数次与八路军及游击队作战”。他也参加过南京大屠杀,对这件事的责任却不置可否。但是他却有“四怕”:怕民团、怕八路军、怕女儿、怕拍照。他在 20 世纪 50 年代初有了一个女儿,可后来他们父女几乎断绝来往,因为“他老感到女儿就是被她强暴

① 梁茂芝:《血沃蓝天》,《档案时空》,2012 年第 1 期。

② 唐仁和口述、谢祥京整理:《唐生智之子:南京保卫战不是国耻!》,阿波罗新闻网,2015 年 11 月 23 日,http://hk.aboluowang.com/2015/1123/649624.html。

③ 1999 年,中央实验话剧团创作了话剧《我认识的鬼子兵》(欧阳逸冰、汪遵熹、宗平、雷恪生等人合作),即改编自方军的《我认识的鬼子兵》。

④ 方军:《我认识的鬼子兵》,北京:中国对外翻译出版社,1997 年 12 月,第 241 页。

过的中国小姑娘”。他信奉佛的“一切皆有，一切皆无”，据他解释为：“这意思很简单，战争也是一样，追求也是一样，贫富也是一样，金钱也是一样，罪恶感也是一样。一切皆有，一切皆无。”山田在晚年大谈虚妄，令作者十分义愤地说：“你想忘掉侵华战争，你想忘掉南京大屠杀？可中国人忘不掉！”方军想把他的心态介绍给中国读者，并要求和他留影为证，他却紧张异常地说：“不能照，不能照！我在南京杀过人，不能照！我不能让南京人看见我！”

方军还记述了在日本图书馆结识的野崎小姐，他们一同关注南京大屠杀问题，发现日本的书架上此类书有几个版本，其中有一本书认为：“屠杀的‘屠’字在日本语中是杀牛、杀猪的意思。可是中国人却把它用做杀人的意思。说那次事件中死难者有30万、20万，这是个夸大的数字。”另外日本有书记载，当时南京人口不足40万。野崎小姐的爷爷就是从上海到南京一路杀将过去的，这位鬼子兵到晚年依然蛮横，他认为，“当时攻占中国首都南京，如果中国军队不抵抗，我们是不会杀人的”，并强调“中国人的排日情绪，必须付出代价！”

方军对于南京大屠杀的了解也是基于当时的历史研究水平的，他也认为屠杀长达六周，遇难人数30万以上。针对有些鬼子兵的不反省，他就引用了载于1995年8月日本《春秋评论》杂志上大江健三郎的《真正的反省已悄悄而深深地蕴含在日本民众心中——否认历史造就日本无能》一文中的一段话：“中国人不会忘记他们的痛苦经历，他们一代又一代转述的故事也绝不可能被人淡忘……日本政府所希望的那种忘却怎么可能实现呢?”大江健三郎强调，即使日本的工程师、医生等等去中国帮助中国人，“即使是这些令人尊敬的日本人，也不能完全摆脱受害者的心理创伤。这种创伤是不能通过道义上奉献来治愈的”。从大江先生的认识中我们发现，日本民族中有真正的清醒人士，只不过有人就是沉默。方军依据个人体验，将侵华的老日本兵又分两种人，“一种人和中国人在一起时，只要谈及战争就谢罪、忏悔，表示深深的歉意；一种人谈及战争时，对战争的罪恶保持沉默，但绝对不像日本政治家那样胡说八道”。当谈及当时攻克南京的16师团第20连队的士兵东史郎和乔本光治时，作者联系了解东史郎在日本败诉的事件，十分感慨，他有了更深入的思考：

当他以一个团体成员出现时，他就变成了有国籍的日本人；那时，他干什么事都要服从团体的意志，或者说要看别人的脸色行事。岛国国民正像汪洋里的一条船,他们必须团结一致。不论到大海里捕鱼时应付风浪或者到大陆架国家去抢东西或者学习先进国家的科学技术等等,不团结就什么也干不成。

"团结"可以左右个人为团体的利益而不承认错误,"团结"当然也可以使人在铁的事实面前信口雌黄。①

方军已经进入到分析日本民族的文化性格层面,这是需要从大量的日本人的精神深处去打量才可以阐释。实际上,民族文化的差异甚至隔阂,会产生很大的认知偏差,比如在书中提到一位叫镰仓的日本人说:"据父亲讲,1937年12月南京大战之后,离城市不远村子里的农民居然拉着牛下地了。那么多同胞被杀,连首都南京都让人占领了,近在咫尺的中国人如此麻木不仁,实在让人费解。"

4. 补充交代的问题

从新时期到新世纪,许多的散文作者留下了可以见证的文字,除了以上提到的还有另外三种情形:

其一是特殊身份的写作者的记录。例如中国籍的"老外"之回忆,或是当代台湾人的追问。前者的代表是在波兰出生的伊斯雷尔·爱泼斯坦。他久居中国做记者,后来加入中国国籍,他在2004年出版了《爱泼斯坦回忆录:见证中国》,含有战地回忆文章《战地记者(一):南京》;2005年又出版《历史不应忘记》一书,收录了散文《从南京撤退》,都是较为真实地还原了首都抗战情形的作品。城陷之前的有关内容在以上两处内容相似,对城陷之后的描述也不无二致。爱泼斯坦作为美国合众社的记者,在到达南京的第一个晚上就碰到了日机轰炸,他感受到了轰炸的惨烈和交战的剧烈,他认为日本采取软硬兼施的办法,"一方面进行恫吓,另一方面谋求休战,以达到使中国投降的目的"②。他还见证中国伤兵受到芥子气类违禁武器的伤害,看到宋美龄无畏地站在敌机的的残骸上,但是他认为南京保卫战中群众性战地服务团体较为少见,防空设施简陋,中国当局不够民主,害怕群众力量。他与多个国家的新闻观察员见证了南京的陷落,并确认日军杀戮大约30万

---

① 方军:《我认识的鬼子兵》,277—278页。

② 爱泼斯坦:《战地记者(一):南京》,《爱泼斯坦回忆录:见证中国》,北京:新世界出版社,2004年4月,第82页。

人的暴行。①

后者的代表是大学艺术教师郑治桂，他在 2007 年 12 月 12 日探问："台湾人，记忆或遗忘 1937?"一部正在台北院线放映的由西方人制作的南京大屠杀纪录片激起了作者的思考："这个年代久远到足以让孙子遗忘祖父容貌的悲惨事件，今日正逐渐被西方人的良心证明了，它和犹太人受难的遭遇有着相同的人道意义。它的受难者与幸存见证者在世人的漠视下，仍然轮回在记忆与遗忘的痛苦里；这种痛苦，对于亲见台籍慰安妇在凋零消逝中绝望的台湾人，并不能说是陌生的。对于中国人，这是个悲惨事件；对于日本人，却是一个悲剧事件！因为，悲剧的定义就是，终其一生逃避自己无法否认的命运。"②时至南京大屠杀七十周年，论及亚洲人对此的体验和认知，用"悲剧"一词来形容都是恰当的，这一概括既饱含着作者的民族精神，也透露了他的广阔视野，正如他说："让我们换一个角度来看这个敏感问题，因为大屠杀这个事件的本质，并不是个政治问题，揭露真相也并不在激化中日间的民族对决，这其实是一个人类文明发展的试金石啊！"③

其二是对南京陷落全面总体的概览扫描的散文集著，较有代表性的有两部作品。首先是 1998 年 1 月孙宅巍、李德英编写的《黑色 12.13——南京大屠杀最新揭秘》。该书以详实的史料为基础，分为三编进行描述，依次为"血战""血海""雪耻"，将"大南京保卫战"和南京大屠杀及中国民众的反抗较为清晰地表现出来。因为绝大多数有史料依据，并由历史学者编写，所写文字准确平实又不失生动，抗战军人在南京外围战场和复廓阵地战斗过程中表现出了慷慨英勇、视死如归的气概；城陷后大撤退的混乱无序和侥幸逃生被十分具体地呈现；大屠杀背景下日军的入城式、慰灵祭、杀人比赛等等日军的暴行都得以全面地展示；面对日军的暴行，中国民众的反抗与复仇及对日酋的审判十分集中地被叙述出来。书中所写内容有一些曾在之前的文本中有所提及或描写，有一些是作者填补空白的内容，比如大屠杀幸存者的专门讲述、新四军在京郊的活动，这些内容有一定的价值。值得关注的是，对"最新解密"的选材较为统一，即书写南京之战和大屠杀时不再提及有悖于民族利益的内部斗争因素、不利抗战的失职溃逃现象，有失光彩的抗战

① 同上，第 82—88 页。

② 郑治桂：《台湾人，记忆或遗忘 1937?》(2007 年 12 月 12 日)，[凤凰博客]"旷晨在路上"：http://blog.ifeng.com/article/46683916.html。

③ 郑治桂：《台湾人，记忆或遗忘 1937?》。

人物也统统被过滤掉了。

接下来是2014年11月出版的何建明的《南京大屠杀全纪实》。有人认为《全纪实》"这部60余万字的鸿篇巨制,全景式地记录了日本侵略者在中国南京犯下的滔天罪行,是迄今为止,最全面、最详实、最深刻记录日本在南京大屠杀的纪实文学读本,因而也是最丰富、最震撼、最具文字力量最让人深思的作品"①。作者的自序概括道:"77年来,有关南京大屠杀的图书数以百计,资料性的研究成果堆积成山,但有影响的纪实文学作品只有两部:一部是25年前原南京军区的作家徐志耕写的,一部是华裔美籍女记者张纯如写的。前者的贡献是:作者亲自走访了一批战争幸存者,那些幸存者的口述十分可贵;后者则以外籍记者的身份,收集和整理出了不少国外对当年南京大屠杀报道的资料,而张纯如的最大贡献是发现了《拉贝日记》……然而,令人遗憾的是,这些作品或由于视角单一,或因为资料有限,尚不能全方位、大视角地深刻揭示日军南京大屠杀的罪行全景。"②如果从以上自评和他评来看,这部《全纪实》应该是部杰作。但是,徐志耕不避讳地说:"读完作者60多万字的长篇巨制,没有给人新的感觉。从题材、结构、故事、人物以至情节,基本上都是已有的出版物中见到过的,是一张旧船票登上了一艘老客船。""通览作者的《全记实》,绝大部分内容是摘录和引用别人出版物上的文字,或者稍作修饰,或者添油加醋,或者改头换面。""这样炒冷饭的作品,嚼别人嚼过的馍,有什么'报告性'可言?"③如果细读这部被称为"杂烩"的《全纪实》,还是能够发现一些可贵信息的,例如在《序》中提到了南京大学中文系研究生崔卫平的信;正文中提到受日本皇室指挥的宪兵队,致力于抢夺南京政府和南京民间财富的"金百合"计划。全书的语言表达也大体通畅,如"现在的南京城内基本上只剩下三类人:没钱的穷人,手无寸铁却心怀信仰的外国传教士、生意人和教授及医生们,以及不知如何打仗又随时准备撤离的守城中国军人"④。可是《全纪实》存在问题和缺憾几乎都被徐志耕言中了,因为整个报告里出现了过多的硬伤,夹杂着诸多错误,例如《旧金山和

---

① 彭学明:《血泪悲怆的警世呐喊——何建明长篇纪实文学〈南京大屠杀全纪实〉简评》,《雨花》,2015年第6期。

② 何建明:《序:迟了77年的国家"公祭"》,《南京大屠杀全纪实》,南京:江苏凤凰教育出版社,2014年,第2—3页。

③ 徐志耕:《历史记实首当真实——简评〈南京大屠杀全记实〉》,《扬子江评论》,2015年第5期。前面标题中"记"应为"纪"。

④ 何建明:《南京大屠杀全纪实》,南京:江苏凤凰教育出版社,2014年,第425页。

约》里中国是否放弃了赔偿？中国抗战在世界反法西斯战争中到底起到什么作用？“忠灵祭”是什么？防卫在南京城里的是“不知如何打仗又随时准备撤离的守城中国军人”，可以这样概括吗？等等。从宏观到微观都存在一些问题。如果整个报告的一些判断不准确，大量不正当地借用他人文字，行文结构又没有真正的突破，那么，《全纪实》的存在价值将大打折扣。

其三，出现了见证性电视剧本，例如1999年9月，张红生、陈辉的电视文学《南京大屠杀——幸存的见证》与程勉、朱江的电视文学《拉贝日记——为历史留下见证》由江苏文艺出版社出版，它们同样表达了确定历史真相的意图。

总地来看，从新时期以来的散文写作中，可以清晰地看到这些历史事件，无论是南京大屠杀还是南京保卫战，经历了较为立体的素描，从整体到个人，从第三方到亲历者，将南京陷落十分全面地书写，这大多基于史实史料，扭转了被忽视、被遮蔽的局面。这不仅是人们对历史理性的认知过程，也包含了深广复杂的民族主义情怀，为寻求民族文化感情的依托，尤其是在伤口未合疤痕犹在的时候，利用各类散文的形式恢复或激活失去的民族记忆，显示了一种激荡民族共有的爱国精神的努力。同时，在这一过程中，自然也有对于人类创痛的共感的反应，思考人类本身存在的问题。

第三节　宏大叙事的重启与衰微

“文革”结束后，文学进入了新时期，有关南京陷落的叙事文学浮出水面，此类题材的诗歌、散文和各类剧本(戏剧、影视)限于自身体裁的要求，叙事很难达到历史画面的深广度。[①] 而大多数作品常以小说的形式，气势恢宏地将抗战初期的历史进行扫描或着重刻画。在小说中，此类历史叙事时时夹杂着政治意识形态话语，往往带有主观臆断的倾向，诚如战时阿垅的《南京》和战后唐人的《血肉长城》。相较于20世纪50年代开始的宏大叙事，从新时期到新世纪，南京陷落包括南京大屠杀这一重大历史事件在宏大的文学叙事过程中再次呈现，具有明显的轨迹和脉络。有必要强调的是，“文学总是敏感而具体地涉及到如何讲述现实社会中人们的苦难、希望与不

---

① 赵长林的电影剧本《南京保卫战》即为一例，可谓泛泛之作，参见《电影新作》，1996年第3期。

满。就其在文学史上的表现而言,宏大叙事可以说是叙述人们遭遇苦难后如何获得解放的一种叙事话语"①。探究南京陷落题材小说的"宏大叙事",从其初步形成到衰退,有利于把握当代作家的精神指向,借以窥见中国文学在1978年以来对"现代民族共同体"想象性构建的作用。

一、宏大叙事作品扫描

1949年以后的三十年里,已经大量存在对历史阐释的文学作品,如"三红一创一青春"等红色经典,然而直到进入新时期之前,因为种种原因,南京大屠杀、南京陷落这样重大的历史事件,在大陆作家的笔下却付之阙如。直到1982年11月,小说《燃烧的石头城》由新蕾出版社出版,才终结了这一局面。正是在新时期思想解放的背景下,许多文学书写的禁区不断被突破。但是,除旧布新完全不是想当然的泾渭分明。既有的文化体制仍然具有潜在的约束力量,作家本人也有自身的写作惯性,对于作家本人,达到"脱胎换骨"也是十分困难的事。同时,新的文化机制推动着小说家不断地超越自我,完成"大部头"的作品,以实现文学的最大社会功能。

作家海笑在《燃烧的石头城》创作历程里曾简明地标示:1976年1月到1978年8月在无锡、南京草创,而于1981年4月在南京天津新村定稿②;出版这部小说的"内容说明"提示道:《燃烧的石头城》是"以日本侵略军蓄意制造的、惨绝人寰的'南京大屠杀'惨案为背景,描写了活跃在南京城里的一支少年抗日小分队对敌斗争的故事","讴歌了革命者的艰苦奋斗精神,控诉了国民党的不抵抗政策和日本帝国主义的滔天罪行,对广大小读者有着深刻的教育意义"。③ 可以说,新时期开始,描写南京陷落这一民族灾难的小说是以儿童文学的面目和形式作为开端的。这一时期,此类小说的叙事最开始起步时就显示着十分幼稚的姿态。这一文学表达一开始就十分耐人寻味,似乎带有某种寓言性。

《燃烧的石头城》的主人公是十四岁的周大强,住在中华门外窑湾棚户区,南京城陷以后被裹挟而去,在难民区里避难,并遭到日军驱赶,反抗后逃回自己城南的家,只见一片瓦砾。在城内四处流浪,寻找到了小伙伴,却难

---

① 耿占春:《宏大叙事:关于苦难与解放的叙述》,《中国艺术报》,2009年9月8日第3版。

② 海笑:《燃烧的石头城》,天津:新蕾出版社,1982年11月,第245页。

③ 海笑:《燃烧的石头城》,参见小说封二"内容说明"。

以生存,爱护收留他们的一位看门老爷爷被日军杀害,后来他们就加入了抗日组织,在城内外做了许多抗日的活动。小说写到了日军的暴行,大都局限在一个孩子能理解的范畴内,而且提到十天过后,杀人的事情逐渐减少,显然描述大屠杀的时间不准确。但是,小说突出写了许多抗击日军的事例,例如周大强加入新四军领导的游击队不断骚扰日伪统治。小说借张先生之口说,日本侵略军对中国人第一步是屠杀,光南京一地就屠杀了三四十万。小说最后深化主题:"血与火能毁灭人,血与火也能教育人啊!"可以看得出,海笑以儿童文学的形式接续了以往历史题材的创作路径,拉开了宏大历史叙事的序幕。

1986 年 3 月,南京大屠杀的幸存者林长生①出版了长篇小说《千古浩劫》,他自认为:"《千古浩劫》是以日本帝国主义在南京的大屠杀为内容的一部历史小说。"②作为南京大屠杀中的见证人,又是转业军人,而且是位文化工作者,他觉得"有责任用文学形式反映这一震惊世界的历史事实,借以揭露日本侵略者的滔天罪行,提高我国人民的爱国主义精神"③。他认为,"遗憾的是,对于南京大屠杀这样的骇人听闻、轰动全球的历史事件,在近半个世纪后的今天,我国还没有写出一部全面的、科学的、有综合性和有分析性的专著。所以无论从抢救史料,或者是从教育子孙后代的角度来说,叙述出当时的事实,都具有刻不容缓的迫切性。对于每一个有条件反映这一史实的人,都具有义不容辞的责任"④。林长生有极强的使命感,从创写《千古浩劫》到出版几近三年,"1983 年 6 月至 1984 年 4 月第一至三稿",后经"1984 年 12 月第四稿"⑤,就出版稿而言,《千古浩劫》已是典型的有宏大叙事的南京陷落小说。林长生以 1946 年的夏天谷寿夫受审为"引子",写出"一九三

---

① 林长生在南京大屠杀发生时只有 13 岁,在南京许记食品厂当学徒,亲眼目睹日军杀死无辜百姓。后来泅渡长江到六合脱险幸存。1928 年,他的父亲、爷爷一同离世,他与奶奶、母亲、两位姐姐相依为命,十分穷苦。"1945 年被抓壮丁,在辗转南京、上海、台湾等几个地方后,在地下工作者的策动与帮助下,他带领六个弟兄投奔中国人民解放军,编入了中国人民解放军 48 军 161 师担架连,经历了辽沈、平津战役以及南下解放一些地区的战斗。"到 1951 年,林长生仍然不识字,但是经过学习后在 1986 年出版了长篇小说《千古浩劫》,1995 年出版了 24 万字的《南京大屠杀之铁证——向全世界人民鸣冤的诉讼状》。以上内容参见郭力根:《为了一个民族的记忆——记林长生的人生之路》,《江西日报》,http://www.jxnews.com.cn/jxrb/system/2005/12/23/002180983.shtml。

② 林长生:《后记》,《千古浩劫》,南昌:江西人民出版社,1986 年 3 月,第 469 页。

③ 同上。

④ 林长生:《千古浩劫》,第 471 页。

⑤ 同上,第 473 页。

七年十二月十三日,南京陷落于日军之手时,在谷寿夫直接指挥和亲自参与下,南京有三十万以上市民和难民被日本侵略军所屠杀。他欠下了中国人民的滔天血债"[①]。小说在中国首都即将沦陷的背景下,刻画出了日军侵略者、国民党官兵和南京普通民众等许多形象,南京普通民众又以万家、钟家、杨家三家为主体,与中日军方人物不是很恰切地联系在一起,被编织为一个较为全景式的故事。江宁县城的店老板万家何去南京城访亲靠友,不幸的是,南京即将沦陷。作者以万家、钟家、杨家三家人的经历为线索写出了南京街巷、难民区、郊野江边的大屠杀,其中,万家何老人九死一生,见证了下关江边、"和记"商行、煤炭港、中央大学林场、燕子矶等地发生的集体屠杀;胆小如鼠的杨静芝因之前学过武术,在难民区反抗强暴,连杀两个日本兵,也未能幸免于难。因为有作者的切身体验,所以在日军暴行的表述上依据较多,他对南京血与火的日子有总的概括:"从一九三七年十二月到一九三八年二月,在日本军事指挥集团的纵容下,日本侵略军在南京有计划有组织进行了长达三个月惨绝人寰的屠杀、抢劫、强奸、焚烧和破坏,成为第二次世界大战中日军暴行之极顶,它的残暴程度不仅在世界现代史上是破天荒的,而且在人类史上也是罕见的。"[②]

1987 年,纪念南京大屠杀遇难同胞逝世五十周年,周而复的长篇小说《南京的陷落》于 7 月由人民文学出版社出版,按照作者自述,"1981 年 10 月 2 日,我开始动笔写《南京的陷落》,花了 10 个月时间便写好初稿"[③]。其实小说部分章节于 1985 年已经刊载于《当代》第 4～5 期上。长篇小说《南京的陷落》的内容说明声称:"在以抗日战争为题材的作品中另辟蹊径、独树一帜。它是第一部较全面地反映抗日战争的全景式作品;它第一次以敌我友三方高级领导人为作品的主要人物,较成功地塑造了周恩来、蒋介石、汪精卫、松井石根等数十名高层人物形象;它打破了写国民党军队的模式,按照史实,正面反映了抗战初期国民党军队英勇作战的功绩。"[④]在《南京的陷落》中,周而复强调了以松井石根为首的日军是有组织地进行了南京大屠杀,还通过国际难民区的美国人史密斯说道:"你用'野蛮'这两个字还是太

---

① 同上,第 1 页。

② 林长生:《千古浩劫》,第 469 页。

③ 周而复:《往事回首录》(下部),《周而复文集》(第 22 卷),北京:文化艺术出版社,2004 年 9 月,第 375 页。

④ 见周而复的《南京的陷落》封二"内容说明",北京:人民文学出版社,1987 年 7 月。

客气了,就我们耳闻目睹,日本军队在南京的暴行,说他们是野兽,我看一点也不过分。犯罪的不是这日本士兵或者那个日本军官,而是整个日军。这个日军是一部正在开动的野兽机器。在南京操纵这部机器的是松井石根大将。"在小说中并未提及南京城内具体的普通民众的血与火的日子。尽管如此,这部小说确实达到了"全景式",比之前三十余年的文学书写有很大进步,在很大程度上突破了书写国民党军队的文学模式,"改变了传统历史舞台上的主角,给抗战时期的国民党一个合乎历史实际的审美观照,对传统抗日战争小说话语系统进行了一次成功的超越"①。但所谓的"按照史实"实际上只是接近史实,应该说是"具有较强的文献意义与认识价值"。

1987年2月,广西民族出版社出版了莫少云、樊国平二人的小说《金陵残影》,在第十一章和第十二章②叙及南京陷落,小说主人公汪精卫"还都南京",由下关车站、挹江门进入南京城,见到种种触目荒凉的景象不禁泪流。于是小说"补叙一下日寇一九三七年在南京犯下的滔天大罪"。通过汪精卫、陈璧君夫妇的视角印证了日军的暴行,可见,即使是为日本做傀儡的人物也清楚日本欠下的血债。同年,江苏如东作家王火的长篇小说《月落乌啼霜满天》由人民文学出版社出版,其中第六卷"啊!血雨腥风南京城"整卷都是对南京陷落的书写,后来该部小说成为"《战争和人》三部曲"的第一部。王火在小说中叙述南京大屠杀的前提与《千古浩劫》相近,就是国民党的一些下级军官殊死抵抗,如童军威执意留守南京,试图完成一个保家卫国军人的使命。大屠杀的叙述视角同样依凭南京城内留守的普通民众,潇湘路一号童公馆的看门人刘三保、仆人尹二和庄嫂三个人成为了南京大屠杀的见证人,但他们无一例外地被日军杀死,这一叙述比《千古浩劫》的结局显得更悲惨。在王火的笔下,看门老头刘三保被作者刻画为一个"传奇"的反抗形象,"这有个古铜色脸庞的粗壮老人,两条臂膀上都各刺着一条昂首腾飞的青龙"。他给自己的棉袄浇满了汽油,提着菜刀与日军搏斗,最后壮烈地死去。《战争和人》在叙述重大历史事件时,既有宏大叙事的策略,又结合下级官兵、底层民众的形象,试图实现家国艰危与个人命运的协调统一,在血与火的苦难中寻求民族的解放。但从小说的创作实际来看,王火并未达到协调统一,

① 丁帆、许志英主编:《中国新时期小说主潮》(下卷),北京:人民文学出版社,2002年5月,第781页。

② 第十二章的题目为"凶残无比　日寇杀我同胞三十万　禽兽不如　鬼子奸淫掳掠无数计"。

正如文学史研究者所言,这部小说虽然采用了托尔斯泰《战争与和平》的模式,“但总体上来说,其人道主义的意识却并不明显,相反,倒是充满了强烈的政治意识”。“与其说这部小说是一部‘史诗’,倒不如说是一部‘史鉴’”①。

1990年,李尔重的大部头作品《新战争与和平》出现,其中第五部第二章“血洗南京”再次全景式地观照了南京陷落。国民党军队高层“消极抗战”“积极反共”,以致日军占领南京。“谷寿夫受命于松井石根,大肆奸淫、抢劫、烧杀,把南京变成了一座人鬼莫辨、骇人听闻的活地狱。”②片冈部队的两个少尉进行杀人比赛,他们就是野田岩和向井敏明,他们杀盲人、烧中国人、慰灵祭时戕害十岁的中国男孩女孩,又到尸体堆里去捡金戒指和手表,提着“剥的支那人皮做的”两个精美的灯笼等等屠杀暴行都在他们二人身上集中地被书写。李尔重不仅如此血腥地刻画两位日本官兵的暴行,还提到了日本人在南京进行人体细菌实验。对于日军的入城式,作者设计了两个情节:第一,从一个挂在电线杆上的喇叭里,奏出了《义勇军进行曲》;第二,陆成开车冲入入城式,被击而亡。李尔重用荒唐而浪漫的笔调,完成了对日军的精神上的胜利。李尔重的《新战争与和平》其实创新之处很少,以上提到的几处情节算是“创新”,但是都没有可靠的历史基础。更为本质的是,“这部小说在战争史观上,仍然受到较多传统党派政治意识的影响,这尤其表现在对蒋介石的塑造上,不及周而复来的更客观、更真实”③。另外,《新战争与和平》关于南京陷落的很多内容与周而复《南京的陷落》相重复,写作显得有些粗糙。同样,刘凤舞的《民国春秋》(第三册,1996年)与姚辉云的《金陵血泪》(1998年)在关于南京大屠杀的书写上与之前的作品存在大量雷同,并无新意可言。

1996年,国防大学出版社出版了邓贤的抗战纪实小说《落日》(即《日落东方》),作者在后记中提到,《落日》的初稿写于1993初,1995年末写完第五稿。④ 作者在较长时间的改写与反刍中,十分自信地说:“如果我们这代人曾经错误地读解历史,那么我相信我们还有机会更正自己的谬误与偏见。在本书中,我将尽量提供这种机会和可能性。”⑤因为他相信:“任何伟人都

① 丁帆、许志英主编:《中国新时期小说主潮》(下卷),第876页。

② 李尔重:《新战争与和平》(第五部),武汉:武汉出版社,1990年10月,第592页。

③ 丁帆、许志英主编:《中国新时期小说主潮》(下卷),第783页。

④ 邓贤:《落日》,北京:国防大学出版社,1996年3月,第614页。

⑤ 邓贤:《前言》,《落日》,第3页。

是人,这一依据就为我们重读历史提供一条穿越误区的基本途径。”①作为一部历史小说,《落日》严肃而不失激情,悲恸而不失冷静,刻画出在南京攻防战中中日两国的历史人物,同时,既能看出中华民族对抗异族入侵的真实面貌,也能较清楚地认知日本军国主义的本质。在大量的史料基础上,邓贤注重人本主义去思考抗战年代的人和事,而不囿于党派之争、阶级分野,也尽可能突破狭隘的民族主义观念。所以,他能够更客观、更有穿透力地认知世界、社会、历史。可以说,就南京陷落的书写而言,《落日》是一部1949年以来最有价值的历史小说之一。

进入新世纪以后,对南京陷落的宏大叙事并未中断。2001年,吴野出版了与南京市文联签约的作品《秦淮恨》,小说开篇从市井日常写起,继而融合南京的文化古迹与历史传奇,可是,从写到日军的轰炸机飞临开始,蒋介石、宋美龄、唐生智、马超俊、萧山令、孙元良、魏特琳、陶锡三等人物纷纷亮相,对南京保卫战的部署、失利和南京大屠杀的描写确定了它宏大叙事的存在,打破了小说起初定下的调子。小说通过将市井与历史的拼合达到一个效果,就是印证了一个事实:南京国民政府就是缺少像萧山令那样能够抗战杀敌、视死如归,能够从大局出发积极与共产党合作的将士,国民党“政治上的腐败”造成了南京的陷落。可以说,这仍是一部主题先行并无新意的创作。2005年,温靖邦《虎啸八年》(第三部)面世,南京陷落的全过程再次被书写,而且川军抗战的事迹尤为突出,这是具有正史意味的一部小说。整个小说中,国共两党的意识形态之争已不再明显,主要突出卫国将士反抗侵略的爱国主义情怀,小说不自主地赞誉道:“成千上万失去官长指挥而完全没有了秩序的士兵,此刻表现出极为优良的民族素质和崇高的爱国主义精神,以对首都和国家的至深至爱感情,自觉地摒绝了逃匿之路,自觉地迎着敌人的炮火上去,用自己的血肉之躯阻遏敌人,使敌人没法长驱直入,每一步都须付出惨重代价。俗话说千人千意万人万心,而此刻他们的行动却是那样的整齐划一,那样的毫无畏惧毫无踌躇,演出了中国现代战争史上最悲壮最可歌可泣的一幕。没有他们的献身,卫戍司令长官部和成建制中国军队的撤出是根本不可能的。”②而且,即使在刻画日军军官时也不再是妖魔化,例如描写日军华中方面军的司令长官:“松井石根身居高位,手握兵符,却毫无风度可

① 邓贤:《前言》,《落日》,第3页。

② 温靖邦:《虎啸八年》(第三部),广州:花城出版社,2005年1月,第435页。

言,身高一米五二,体重不足四十五公斤,干瘪瘦削,右面颊和右臂还不时神经性抽搐。从相貌来看,怎么看都不像是一位方面军司令官。但是,从军事阅历、文化素养、战略预见、战术运用方面,日军高层很少有人能望其项背。”

自2006年至2011年,网络小说家较为集中地书写了南京陷落,有令狐手的《抗战狙击手》(2006)、X接触的《重返1937之血色南京》(2009)和西方蜘蛛的《刺刀1937》(2009),还有秋林的《南南京京》(2008,2011年又以单行本出版,更名为《当日南京》)和《重机枪》(2010)。这些网络作品除了《抗战狙击手》描写了卫国战士萧剑扬大无畏的个人英雄主义、《重机枪》中简单回顾南京陷落以外,大多采用了宏大的历史叙事策略。秋林的《南南京京》通过楚绍南和燕京二人在首都失陷前夕开始坚持抗战十三天,描写了日军各种暴行和人民的反抗,其中多数事件都接近南京陷落后的诸多历史事实。而西方蜘蛛的《刺刀1937》更是恢弘壮阔,从“九一八”事变前的东北军写起,一直写到抗日战争胜利以后。在1937年南京陷落的布景上,呈现了众多的抗战将士,如罗卓英、萧山令、王耀武、谢承瑞、朱赤等等,还有“时任南京卫戍司令的蒋百里”,这些人物都被作者悉数刻画为英勇无畏卓绝无私的生动形象,连同日军的各类人物也多有兼顾。在小说中有大量的战斗场景,作者不厌其烦,例如“民国二十八年元月二十一日,国民革命军师奉命防御光华门,打退倭寇十余次进攻。后部分倭寇冲入光华门。师参谋长姚中英亲自率领敢死队反击,全歼进入光华门之倭寇百余人,但参谋长姚中英,壮烈殉国!”为这部网络小说的磅礴壮阔而瞠目的同时,我们也看到《刺刀1937》游走在史实片段和主观玄想之间,罔顾历史真相的大胆虚构令人惊诧。西方蜘蛛在小说“后言”中坦率地说:“生在红旗下长在红旗下,这句话对(西方)蜘蛛非常适用,蜘蛛的父母、大半家人都是共和国的军人。蜘蛛的这些长辈有的参加过解放战争,有的参加过抗美援朝,有的参加过越战,蜘蛛是一个七十年代生,彻头彻尾的在红旗下长大的人……蜘蛛一直到了十六七岁还不知道(淞)沪抗战,不知道武汉保卫战,因为蜘蛛的生活环境从来接触不到这些东西。”①令他记忆深刻的是,小时候每到周末在部队大院看《地雷战》《地道战》等电影时,“日本鬼子被杀死的时候我们这些孩子总会爆发出一阵阵的欢呼”。西方蜘蛛强调《刺刀1937》“仅仅是一部小说,仅仅想记录下那些为了民族尊严而牺牲的烈士们,仅仅如此而已”。值得一提的

① 西方蜘蛛:《刺刀1937》,http://www.quanben.com/xiaoshuo/8/8084/。

是,《刺刀1937》通过18岁的某院校射手郑永穿越至抗战烽火将起的东北,之后在南京见证了与日军的血战到底;而《重返1937之血色南京》①则讲述两对恋人意外穿越时空,亲历南京破城危机,是以"南京大屠杀为背景的科学幻想小说"。实际上,西方蜘蛛的《刺刀1937》与X接触的《重返1937之血色南京》一同采用宏大叙事与穿越小说的写作策略,将宏大历史改写成为主观需要的历史,正如耿占春所说:"在我们的历史语境中,宏大叙事更是一种关于解放的话语,是获得主体地位的人们对自身被解放的历史加以神话化的一段历史。它们都与一种社会乌托邦的设想与实施有关。"②

2009年,邵钧林等人合著的《决战南京》是一部叙述国、共两党第二次内战的小说,作品中不可避免地回顾了第二次世界大战、南京大屠杀,并确认"南京这个世界上最悲惨、最悲壮的都市":

> 在这场战争中,世界上无数的城市遭到摧残、生灵涂炭。但是他们都无法同南京相提并论。他们是枪对枪、炮对炮的干着。然而南京城却是手无寸铁的市民,他们没有出门,待在家中,日本鬼子像宰杀绵羊一样,把他们从家中牵出来,砍掉他们的头颅,剖开他们的胸膛。三十多万人啊,南京变成了屠宰场。世界上最凄惨、最血腥、最惨不忍睹、丧尽天良的屠宰场。③

这一回顾充分体现作者对民族主义情绪的宣泄,而忽略接下来讲述的解放战争,同样有成千上万的生命付出。虽然这两者本质上并不相同,但对于中国的个体生命而言,同样意味着毁灭。可见,有时回顾南京陷落、南京大屠杀,几乎成为历史故事中的一处装饰,是对法西斯暴行批判的装饰,也可以是一种对暴力美学的装饰。

直至2015年6月,人民文学出版社推出了王树增的长篇小说《抗日战争》(第一卷),我们再次看到恢弘壮阔的历史图景。这部小说的第八章"舍抗战外无生存"旗帜鲜明、态度坚定地肯定了国民党政府组织的反侵略斗争:"中国抗日战争史上严峻的时刻到了——尽管国民政府已经宣布迁都,

---

① X接触:《重返1937之血色南京》,http://read.qidian.com/BookReader/1113248.aspx。

② 耿占春:《宏大叙事:关于苦难与解放的叙述》,《中国艺术报》,2009年9月8日第3版。

③ 邵钧林等:《决战南京》,北京:人民文学出版社,2009年9月,第5页。

但无论如何南京仍是中国的国都——国都被敌国军队攻击甚至占领,不但是国际关系史上的严重事件,对于被侵略的国家来讲更是一场空前深重的灾难。"[①]对参与南京保卫战的将领也做出了积极的评价,例如:"毫无疑问,唐生智是一个富有个性的抗日将领。同时,他也是主张长期抗战略的将领之一。没有任何史据表明,他承担防守南京的军事指挥任务是逞匹夫之勇,更没有史据表明他有以此谋求私利的企图——孤军守城,九死一生,明知不可而为之。"[②]最具特殊意味的是,王树增一改多年来对南京保卫战第八十八师师长孙元良将军的刻板印象:"师长孙元良率领直属部队向下关方向撤退,但被第三十六师师长宋希濂阻止……孙师长只有带着残部退回中华门,此时的中华门已被日军封死。因为再也无法退入城内,孙师长只能带领官兵在日军的火力下延护城河绕向城北,一路上再次出现巨大伤亡。"[③]孙元良将军在周而复、李尔重等作家笔下的宏大叙事中被定格为临阵脱逃的典型,到王树增这里,他终于"平反昭雪"了。作为一个历史小说的作者,王树增如能依据新发现的切实资料来解蔽多年的错误认知,以真切感人的叙述还原历史真相,实乃功莫大焉。但很难说《抗日战争·舍抗战外无生存》有什么重大的超越之处,甚至有的描述不符合史实,例如,"中国守军放弃运动防御而单纯守城,令人忧虑:日军几天之内边兵临城下,中国守军没能拼死作战,只有迅速收缩外围防线而退守城郭"[④]。保卫战的战术问题确实很大,但中国守军拼死作战的事例比比皆是。王树增在南京陷落的书写末尾评价说:"南京大屠杀令人类历史黯然,令世界文明蒙羞……日本军国主义者是人类社会中最暴虐的异类。过去是,现在是,将来依旧是。"[⑤]如此激烈的道德训诫并无益于小说本身,如果认知仅仅局限于国家民族间的军事斗争,那么亦无可圈点之处。至此,南京陷落的宏大历史叙事已不再多见,更显衰微。

总体上看,从新时期到新世纪,南京陷落的宏大历史叙事作品众多,可谓长篇累牍,归纳起来有四个叙事走向:其一,日军侵占南京,大屠杀惨不忍睹;"国民党消极抗战"也表露无遗。此类叙事从《燃烧的石头城》《千古浩劫》《南京的陷落》《战争和人》《新战争与和平》到《秦淮恨》,不绝于耳,这些作品接续

① 王树增:《抗日战争》(第一卷),北京:人民文学出版社,2015年6月,第342页。
② 同上,第345页。
③ 同上,第355页。
④ 同上,第348页。
⑤ 同上,第362页。

了 20 世纪 50 年代唐人在小说《血肉长城》的叙事上开启的"金陵春梦"模式。其二,南京大屠杀惨烈无比,南京保卫战壮烈崇高,虽然是国民党军队正面抗战的一次失利,但体现出民族抗战的英武与坚决,典型的代表如《落日》《虎啸八年》(第三部)和《抗日战争》(第一卷),他们的历史叙事趋近历史的本来面貌,《落日》又突出显示出作者对战争的反思能力和文化考察。其三,在穿越小说中表现南京陷落的惨烈、悲壮和视死如归的卓绝抗争。这主要以网络小说为代表,采用宏大叙事嫁接另一种写作策略如穿越时空,假借宏大叙事的躯壳,表现出乌托邦小说的效果。其四,南京大屠杀确实惨绝人寰,但也只是讲述南京历史中不能绕过的历史标签,甚至成为一种"装饰"。

二、宏大叙事中的阶级斗争

从海笑着手写《燃烧的石头城》的情况来看,正是"文革"结束前后这一阶段。很明显,"以阶级斗争为纲"的思想意识弥漫在他的小说里,透过他的作品可以看到当时大陆作家对南京陷落的政治解读尺度,从中自然可以确定主流意识形态所持的历史观,如对西方世界的态度和国民党与共产党的关系等等。在海笑之后,许多大陆作家仍在继续,林长生、周而复、王火、李尔重、吴野等仍旧如此。他们对南京陷落的文学书写状况十分敏锐地反映着文学体制的威力。

Members of the International Safety Zone Committee

图 4.8　1937 年南京国际安全区(难民区)主要组织成员

图片来源:*The good man of Nanking: the diaries of John Rabe*, New York: Alfred A. Knopf, 1998, P45.

即使是已经在改革开放的 20 世纪 80 年代的背景下,有的作品对于南京国际安全区(难民区)的组织者还存在严重的错误认识,认为那些外国组织者别有用心。海笑在小说中交代说,“这难民区是英国人和美国人办的”,“这里的哭声惊动了外国人。一个穿着西装,头发梳得油光铮亮的美国人,在翻译的陪同下,走进了教室……他转动着蓝色的眼珠,高高的大鼻子嗅了两嗅,打了一个喷嚏,摆出一副救世主的样子”。海笑借人物红脸大伯之口叹息道:“大强,我们上美国人和英国人的当了,菩萨也瞎了眼,不肯保佑我们啊!”在《千古浩劫》中提到的难民区的管理方与日军沟通和日本驻华大使馆交涉等,都由史正人(中国的一位医师)来完成。而史正人的看法是:“我们中国人应当有民族的骨气,世世代代都要牢牢地记住:中国人的事要靠中国人自己去办!一切外国人都不会无条件的为中国人办事。无利可图他们到你中国来干什么?”以上文学表述明显具有 20 世纪 50 年代的政治气息,直到周而复的《南京的陷落》中南京国际安全区的形象才有所逆转,有较为客观的说明,“难民区有个委员会,一共有十五位委员”,南京难民区并非美国人独自主持,也不再是备受敌视的负面形象,是转为较为真实的说法。“没法离开南京的居民,开始向安全区躲避;守城的官兵,没有来得及撤退的,也有人向安全区交了武器,换上便衣,混在难民中”,当南京大屠杀开始的时候,南京难民区的管理者——外国友人不断地向日方交涉,提起抗议。2001 年,在吴野的《秦淮恨》中即使用大量的文字记述了金陵女子文理学院的代校长明妮·魏特琳为难民区的女性难民殚精竭虑、疲于奔走救助的情节,但是在之前,文中还是写道:“安全区真的安全吗?这些难民恐怕是上了一个当,一个大大的当。”[①]改革开放已经二十多年,南京本土作家依然有这样的文学表述,显然,吴野的历史观念仍滞留在旧的文化框架里。

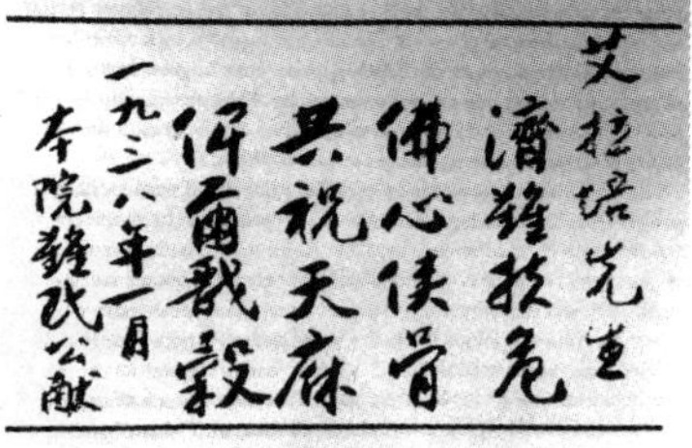

图 4.9　南京民众赠与拉贝的献词

图片来源:*The good man of Nanking: the diaries of John Rabe*, New York: Alfred A. Knopf, 1998, P169.

实际上,1937 年 12 月初,侨居在南京的欧美人士倡议组织南京国际安

① 吴野:《秦淮恨》,北京:中国文联出版社,2001 年 6 月第二版,第 447 页。

全区(难民区),不仅得到了中国政府的批准[①],而且也得到了日方一定程度的默许,庇护的难民总人数达25万之多,更得到了成千上万中国难民的认可和感激。[②] 其中,美国人威尔逊医生和贝德士教授出席了远东国际军事法庭的审判为南京大屠杀日军暴行作证[③];国际红十字会南京分会主席和南京国际安全委员会委员美国人马吉牧师用16毫米的摄影机拍摄的有关南京大屠杀的录像片,也作为东京审判的物证[④];今天,南京国际安全委员会主席德国人约翰·拉贝,美国人威尔逊、明妮·魏特琳等人的私人日记成为南京大屠杀的最重要见证之一。这些有关南京难民区的情况都有历史资料可查,至少,历史的部分真相在20世纪80年代初期是可以搞清楚的,但是转换到文学的叙事里就不再简单。

上述作品的宏大叙事大体限定在一种政治的话语体制里,叙事的腔调和姿态有的就是唐人"金陵春梦"叙事模式的变体。具体情况可以从以下几个方面来探讨。

(一)"消极抗战"的国民党

《燃烧的石头城》的主人公周大强在南京陷落前夕,看到难民们慌乱地涌进城内,听路上行人谩骂蒋介石和唐生智守卫南京是"空城计",最后将责任完全推到一个人身上:"说来说去,要怪这个祸国殃民的蒋光头!"南京陷落之后,逃难的人都奔向了下关方向,作者借人物之口说道:"唉,国民党军队什么坏事都干得出,自己逃出了城,却把挹江门与和平门关死了,今天拥在中山北路和中央路上的人就没有能逃出城。后面日本鬼子追,前面城门挡,老百姓叫天天不应,叫地地不灵,日本鬼子架起机关枪一个劲地扫射,连三岁的小孩也不放过,死的人没法计数啊!"小说中甚至提到,"听说这米,是国民党军队存放在国民大会堂的,撤退时没来得及运走,又不肯开仓救济老百姓,想讨好日本侵略军,白白地送给他们,偏偏日本侵略军还不肯领情,怕

---

① 12月3日,南京战区卫戍司令长官唐生智给拉贝复信同意建立安全区,详见《拉贝日记》附录信件,第93页。

② 详见《拉贝日记》中附录克勒格尔报告和安全区各区长和收容所代表给拉贝的感谢挽留信,第321—322页、第480—483页。

③ "东京审判的检查方证据",见《见证与记录:南京大屠杀史料精选(西方史料)》,张宪文主编,第636、659页。

④ 《美国传教士的日记与书信》中关于马吉的"编者按"说明,见——《见证与记录:南京大屠杀史料精选(西方史料)》,张宪文主编,第80页。

这些米里有毒,便挂出牌价八元一石,卖给南京那些还没有斩尽杀绝的老百姓”。“当然,说到根子上,还怪这国民党蒋介石的不抵抗主义。等到他们喊抵抗的时候,已抵抗不住了。我们知道国民党的部队真是一塌糊涂,士兵抽大烟,长官玩女人,日本兵还没见,便望风而逃,可把四万万同胞坑害苦了啊!”这样看来,南京大屠杀的间接杀手就是国民党,他们已然成为了日本人的帮凶。

南京大屠杀的幸存者林长生在《千古浩劫》中直截了当地说:“与会者都知道唐生智此时此地的实际用意,认为他无实际兵权,通过鼓吹拥蒋抗战,坚决支持蒋的南京防御计划,用以扫除他们之间的积怨,取得蒋介石的信任,得以指挥在京的十多万大军。他们之间各有各的用意,互为利用,各自都想得到实际的利益,达到自己不可告人的目的。”而在南京保卫战中,竟在唐生智司令长官不知情的情况下,国民党的教导总队提前撤退,是缘于“委员长亲自下的命令”,提前撤走嫡系部队。失利后,林长生又精心编织了一个国民党投降的故事:南京司令部副参谋长余存材被日军利用,闹出燕子矶附近的三个步兵师团与吴知的独立师团缴械的闹剧。林长生的整部小说自始至终都在突出国民党的消极抵抗。

周而复亲身经历了抗日战争,在中共党内多年,“文革”结束,获平反后他在国内文学界的地位很高。20世纪80年代初投入极大的精力写作《南京的陷落》。在小说中,周而复叙写抗战时确实突出了国民党这一抗战力量,但是,对于国民党抗战的作用并没有达到本质上的认可与赞扬,仍然定位于“在国民党的假抗战中,极大部分士兵及下级军官,是真正抗战的”,甚至“唐生智守南京,是蒋介石嫁祸之计”①这一观念里。他在小说中说,“蒋介石统治中国已经十年了,中国之所以落后而且被侵略,正是由于蒋介石的错误政策”。针对首都的防卫部署,周而复描写了蒋介石的心理:“他想点名让他亲信将领守卫,既怕不孚众望,不能统率中央军和地方军部队,又怕损失太大,更怕提出来别人不同意,甚至本人坚决不愿意承担。”对南京卫戍司令部唐生智司令长官的描写也能看出作者的意图:“他现在虽恢复了党籍,可是兵权没有了。他很想重新掌握一部分兵权,做为将来飞黄腾达的阶梯。另一方面,他又估计到日本军队不会真正占领南京,不过造成城下之盟的形

---

① 周而复在《〈南京陷落〉初稿》中提到,楼适夷为其1982年7月完成的初稿提出这些改进意见。详见周而复:《往事回首录》(下部),《周而复文集》(第22卷),第376—377页。

势,逼蒋介石媾和。而蒋介石是乐于这样做的。"南京保卫战的将帅在周而复笔下被刻画得十分细致,而对其他国民党将士的刻画也没有忽略:"临时布置的会议室里静悄悄的,没有一点声息,大家的眼光都望着蒋介石,各人都在想他要讲什么。孙元良以为他要进一步部署撤退计划,不知道守卫雨花台的部队向哪个方向撤。宋希濂在考虑怎样把江边的船只控制在自己的手里,既可以守卫,又能随时撤退。"何应钦被塑造成一个十足的"悲观派",不断地放出无法抗战胜利的言论。周而复又从侧面叙述国民党的严重问题,利用日本军方的战术研究来烘托。松井石根指出:"加在一起,支那军总兵力有四十万左右,大于'皇军'好几倍。但'支那军'有三个指挥系统,唐生智能够指挥的只有南京复廓阵地和外围阵地的兵力……支那中央军与中央军有矛盾,中央军与地方杂牌军之间的矛盾更大,都想保存自己的实力,不惜牺牲对方的实力。地方军的素质比中央军更差,象刘湘的部队有的还带着原始武器上战场。"

王火虽然没有直接描写中国政府军方高层的抗战指导思想,但通过中下层人士的批评,反映了国民党消极抗战的本质。褚之班笑笑说:"哈哈,我认为政府自从抗日开始,就是想和的。只是和不下来,人家要价太高,面子太过不去,也不好向老百姓交代!"而南京卫戍长官司令部的副参谋长管仲辉抨击蒋介石,说自己想守卫,唐生智急着报名:"我们这些陪葬的也就跟着倒了大霉了。""我看哪,上边根本无意坚守南京,也不相信南京守得住。将一切能调的动的兵力都集中放在南京,使南京防守的兵力愈增愈多,达到了十一万多人,是有心摆出架势给日本人看。好像表示出抗战的决心,实际是配合德国大使陶德曼来调停中日战争。心里希冀的是陶德曼的调停成功,日军可能不会认真地进攻南京!"进而,管仲辉想到:"唉,国民党啊国民党!你这个领导国民革命的党,早变成了一个谋私争权夺利的腐败集团!"王火笔下的国民党下级军官童军威坚决抗战,却又无法改变战局,这时作者通过童军威之口讨伐:"你们这些掌握国家和百姓命运的人哟!你们有的妄图妥协,有的无能失误,有的贪生怕死,有的贪赃枉法!面对凶恶、残暴有着强大现代武装的侵略者,你们可曾想过:你们这些卑鄙可耻的行为,将给南京城的五六十万被你们出卖和遗弃的军民带来多么严重的灾难!"对于南京保卫战的具体战术战略,童军威不禁暗骂:

该死啊该死!你们这些混账的指挥官呀!说是死守,又不死守,说是撤退,又无计划。你们是民族的罪人!在日本侵略军面前,我们本来可以更好地壮烈战斗的!你们害得我们进也不是退也不是!你们这些要拿军法从事来对付士兵和下级军官的人,才真是该用军法来审判的罪人!①

日军兵临城下,蒋介石离开南京。李尔重在《新战争与和平》中进而说明,“唐生智知道:蒋介石并没有调集生力军来解南京之围,当初说的调云南的三个师,不过是虚晃一枪,应付门面而已。不但缺人,弹药、粮食也不可能长期支持下去。唐生智与他的助手们陷入了困境,是谁都明白的”。吴野在《秦淮恨》里直接谴责说:“政治上的白蚁和霉菌已经侵蚀了党国的基桩,国家怎能不倾覆!”进而说道,“蒋介石走了,南京失陷的责任不是可以一走了之的。”

整体来看,此类书写愈到后来批评国民党“消极抗战”的声音愈弱,最强音在海笑、林长生那里,强烈地突出阶级意识,认为国民党反动派就是罪魁祸首。

(二)极尽丑化之能事

从《燃烧的石头城》中大骂“蒋光头”到《千古浩劫》,已经达到重点刻画“反动派”的地步了。林长生在小说中有意设计了蒋介石与宋美龄在一起洗澡看日本轰炸机这一略显游离的故事情节,又通过对宋美龄身形与面貌的细致刻画及低俗的言语描写,既有意矮化、丑化她,又禁不住透出惊艳,林长生用民间的幽默感描述宋美龄的生活:“那沙发讲究到不能再讲究了:弹簧是从德国进口来的,弹性很强,柔软舒适;那牛皮是从俄国进口来的,可是宋美龄嫌它的颜色太深,看上去不舒服,又改为从英国进口;沙发的外套是从美国进口的浅灰色丝绒制成,外沿的绉折均匀,极为漂亮,只要你轻轻地往沙发的面上一坐,保证你的屁股要弹跳两三次,如在云中飘飘然似的快活。”不厌其烦地丑化宋美龄,借此实现丑化蒋介石的目的,表露出作者的政治态度。他还主观臆断蒋介石疑心唐生智发动兵变,“‘西安事变’的影子接连在他的眼前闪过,好象突然有一盆冷水从他的头上浇了下来,使他感到特别的寒冷,不停地打着寒战,浑身的汗毛全都倒竖起来了”。而且,《千古浩劫》

① 王火:《月落乌啼霜满天》,《战争和人》,北京:作家出版社,2012年8月,第360页。

中，还用国民党抗战军官的名字的谐音达到丑化人物的效果，例如，余存材（南京戍务司令部的参谋长）即“余蠢材”、吴知（独立师的参谋长）即“无知”、吴道（连长）即“无道”等等。

在《南京的陷落》中，唐生智的“佛门弟子”身份被放大，南京撤退时“他自己把大批现款和珍贵文物装了两个大箱子，还带了释迦牟尼的画像、金制的观世音菩萨像、香炉烛台、绣着‘佛法无边’的红缎子桌围子”，并两次塑造他陷入迷梦，唐生智梦见可能当上军事委员会的副委员长，又梦见自己进行中日谈和，晋升为一级上将。而且唐生智拈花惹草，秦淮名妓张月娥成了他的府上常客。王火在《月落乌啼霜满天》中借副参谋管仲辉之口说：“十年‘剿共’，元气大伤……老蒋一向会耍权术，既用何应钦，又宠陈诚，让水火相克、鹬蚌相争，他好统治。从前用‘剿共’的名义排除异己，消灭杂牌军；现在是用对付鬼子的名义，继续来这套。”《新战争与和平》中描写了国民政府利用德国驻华大使陶德曼为中、日调停，阎锡山的意见是：“夹着尾巴做人还是人，总比死了的好。”而“徐永昌是无骨火腿，甘愿任蒋介石的刀子剪裁”。当陶德曼向蒋介石提出问题：“我想中日同文同种，这话该是真的吧？”时蒋介石说：“不错！”当陈诚、胡宗南请示能否参加南京保卫战时：

> “你们的战场不在这里！不在这里！”蒋介石咆哮起来，陈诚、胡宗南不知所措。蒋介石用手指了指延安，对着胡宗南说：“你的战场在陕甘宁边区！”蒋介石又向江西一指，对着陈诚说：“你的战场在安吉、宁国一带。懂么？”
>
> 陈诚、胡宗南似懂非懂，蒋介石又咆哮了一声：
>
> “共产党，共产党！不能叫他们风长……”

蒋介石不仅在政治上、军事上被矮化，而且还要通过他的日常生活将其丑化，到庙里看相抽签问卦的事情在林长生、周而复、吴野的小说中都有描写，作家王火的解释十分明了：“有趣的是，中央这些要人自己掌管着国家和老百姓的命运，却又爱把自己的命运交给这种靠星象巫卜骗人的瞎子和‘半仙’去管，岂不是极大的讽刺？”

值得一提的是，以上作品有的重点刻画了第八十八师师长孙元良，认为他临阵脱逃，私会妓女，南京大屠杀时潜伏下来，具体情况见表 4.1：

表4.1　小说中隐匿在妓院的情节

小说	秦淮名妓	妓院	避难方式
《南京的陷落》	张月娥	奇芳阁	送鸨母金表认干妈,进了难民区
《新战争与和平》	瑶仙	翠云楼	递金表,认鸨母为干娘,进了难民区
《秦淮恨》	乐陶陶	阑珊处	称乐陶陶为干妈,在密室暗道避难

正如上一章中提到的,曹聚仁曾在《采访外记·战地八年》中讲述过"孙元良走霉运","首都沦陷,孙元良在南京的地窖中,潜伏了三个多月"。实际上,1939年2月,《抗日名将剪影》报导过孙元良在南京战役后"失踪"的真相。被采访的孙将军解释说:"十二月十二日晚上,我们奉到命令,退出首都,当时我的部队还有一千多人,我们就于深夜冲出和平门,可是刚到了燕子矶,又与三四百敌人相遇,经过激烈战斗后,使得通过。"①之后逃出南京,曲折脱险。多年以后,孙元良著书立传(《亿万光年中的一瞬》),也做了和上相似的回忆:"我既然在江边找不着船,只好钻隙向东面的山地撤退。我们从栖霞山龙潭两车站间跨过铁路,南向进入山区……这样,我便带了我的司令部的六百多官长弟兄,和一辈子的创痛与耻辱,从龙潭附近渡江。"②后辗转至武汉。而有学者提出,《拉贝日记》中记载了孙元良躲在金陵女子文理学院的阁楼里避难一事。③ 现在来看,还无法确定哪种说法真实,但是新时期以来,多部长篇小说都将孙元良隐匿妓院一事做了渲染(直至2015年在王树增的《抗日战争》中才得以逆转),可以窥察小说家选材的相似心理,绝非仅仅猎奇,实际上主要共同表达出一种道德批判的高姿态。

可见,无论是南京保卫战的有些国民党将士,还是国民党军队的主帅蒋介石及其夫人,都在这些宏大叙事的作品中被塑造为反面形象。通过漫画、道德谴责等矮化、丑化国民党官兵,使其成为"抗战救国"的罪人。

(三) 共产党才是抗战的力量

回顾抗战的历史,当下对此有较为精确的认识:"抗日战争的历史证明:

---

① 佚名:《访问孙元良》,《血肉长城——抗战前线将领访谈》,上海:上海科技文献出版社,2005年,第124—125页。

② 孙元良:《亿万光年中的一瞬》,台北:坤神印刷有限公司,1975年10月第三版,第251页。

③ 魏风华:《抗日战争的细节》,南京:江苏文艺出版社,2012年9月,第289页。

中国共产党及其领导的人民武装力量，是全民族利益的最坚定的维护者，是团结抗战的中流砥柱，是取得抗战胜利的决定性力量。”①在当时的文学书写历程中，也体现出清晰的线索。《燃烧的雨花石》在写少年主人公周大强时，首先提到向抗战前被国民党杀害的英雄彭杰学习，讲述国内党派斗争的故事。之后强调南京大屠杀时，共产党领导的队伍在抗日：“听人说，从安徽开来了一支抗日的部队，名字叫新四军，专门打鬼子、杀汉奸，保护老百姓。”小说《千古浩劫》大面积、高密度地标明抗日战争里中国共产党的巨大作用。首先，唐生智被塑造成“私通共产党”嫌疑的人，如唐生智想以平型关之战为例，介绍八路军抗日的战术；其次，在南京的民众中，刻画投奔共产党的知识分子，如金陵学校历史老师钟文静想“到中华门外去跑反，转道去皖南山区，既可以继续上课学习，又可以向农民们宣传抗日，必要时还可以拿起枪来，直接去打日本鬼子”。其三，塑造倾向共产党的国民党军官。卫城将领沈光团长“身背共产党嫌疑的包袱，是反日的急先锋，是‘支那’军营垒中最顽固的分子”，南京即将陷落，沈光团长视死如归，命令钟爱华逃出阵地去汉口找周姓同志，并宣称：“在中国有了共产党这个举足轻重的新因素：它高举着抗日统一战线的大旗，集聚起强大的反日势力在其周围，而且又有一支不可忽视的武装力量，再加上英、美等国的牵制，使得蒋介石不敢轻易满足日本政府的要求。”

周而复也在对南京保卫战的书写过程中宣扬，准备长期抗战的“那是共产党的宣传”。批评蒋介石：“就是斗不过共产党和工农红军。现在一抗战，在金陵当帝王的美梦渺茫了。”②《月落乌啼霜满天》中的主人公童霜威在政治上大体处于失意状态，经常批评时政，而且时常想起前妻柳苇及妻弟柳忠华，他们都是共产党的好党员，童霜威对此的感情十分复杂，曾对秘书冯村说：“你看出没有？一切的一切，实际上是完全是在按照共产党的主意办了，仿佛是被他们牵着鼻子走。老百姓拥护抗日，而抗日的口号是共产党叫的最响的。只要是在抗日这一点上一突破，共产党就更得民心了！”小说还通过乐锦涛体味童霜威的话，说：“人都说老蒋指挥的军队是‘逃得慢’的兄

① 中共中央党史研究室著：《中国共产党的七十年》，北京：中共党史出版社，1991 年 8 月，(1999 年印刷)，第 225 页。同时可参见《中国共产党与抗日战争》，沙建孙主编，北京：中央文献出版社，2005 年 7 月，第 862—863 页。

② 周而复在《〈南京陷落〉初稿》中提到，楼适夷为其初稿提出意见：“人民的抗战活动，没有写。有只写上层不写基层之感。特别是党在人民抗战中发动和领导，应该是抗战的中心骨干。否则，全面抗战是不可能的。”详见周而复：《往事回首录》(下部)，《周而复文集》(第 22 卷)，第 377 页。

弟——‘逃得快’!现在倒是共产党的军队打得好!人家是在往敌人后方钻,钻进去跟他打!巧妙地很!打游击看来还是对的。”

李尔重在讲述故事时突出共产党的作用已经达到了全方位的效果,比如说,“蒋介石同意南京要守一下,同时也想到了八路军、新四军的壮大发展,延安成了全国青年的希望所在,它像一块巨大的吸铁石,吸引着一批一批有志的青年投向它的怀抱。蒋介石的心不停地跳动着:‘南京、南京,延安、延安。’”蒋介石将要上船时离开南京的时候问唐生智:“还有什么要求么?”唐司令回答道:“我们处于危难之中,我希望学习延安,上下同心,官兵一致,军民一致。延安不是以劣势之兵,打了许多胜仗么?”小说还写到,南京保卫战的一部分军队反攻突围时竟然碰到“新四军江南第一支队”,当国民党被日军击垮溃散的时候,共产党的军队正好补充上去抗日。在日军扫荡南京城、难民区时,小说写到,松井石根大声吼叫:“我问你难民区里可有共产党”?不仅如此,作者还想方设法使日本共产党士兵与中国共产党取得联系,宁丽馨义不容辞地把后藤兄妹介绍给了新四军党组织。而《秦淮恨》只是重点刻画了萧山令将军,因为他亲近共产党,他想到“这些都是要抗日的人,有不少共产党人,他们都被我们枪杀了”。看来,吴野远没有之前作家的声音响亮。

我们看到的关于南京陷落的宏大叙事作品中,海笑、林长生、周而复、王火、李尔重和吴野的作品明显烙有“阶级斗争”的印记,尤其是在国、共两党的历史作用上保持着体制内的声音和姿态。有文学史透彻地剖析道:“相当长的一个时期里,我们的抗日战争小说在战时文化强大的作用下,仅以主流文化的革命价值观、历史观去理解和认识抗日战争,用阶级斗争的学说来阐释战争发生与发展的动因,从政治和道德的视角切入战争过程,着意于从历史前进的本质力量中,去发掘和表现战争精神。”①可以借用一位学者的话来解释:“这种战争文学,它的基本出发点就为主流意识形态的历史观提供解释性的感性图景,这就意味着它一开始就没有获得文学的立场而只有观念的立场。这就决定了它很难按照文学规律真实丰富地表现战争,而只能按照观念的制约对战争作削足适履的处理。”②可以说,在某种程度上,主流

① 丁帆、许志英主编:《中国新时期小说主潮》(下卷),第778页。

② 摩罗:《红色:记忆与遗忘——当代中国文学中的暴力倾向》,《不死的火焰》,北京:中国工人出版社,2002年1月,第240页。

意识形态的干扰限定了这些文学作品的思想深度和历史穿透力。李尔重[①]就认为,中国共产及其军队曾"把62%的日军和100%的伪军牵制在敌后"[②],他自然将中国共产党的历史作用突出强调,他的作品有严重的图解政治意识的倾向,到了臆想历史事件的程度。而周而复起初并未打算创作关于正面战场的抗日战争小说,在楼适夷的建议下,"他于1981年10月2日动笔写作第一部《南京的陷落》,仅用10个月时间便写出了初稿。而后,他将初稿先送请时任中央军委副主席的杨尚昆以及他的老朋友楼适夷、柯灵等人审阅,再根据他们的意见进行认真修改后,在《当代》文学杂志上发表",出版以后"反响巨大",当时陆定一、陈荒煤等人都给予他高度的评价。[③] 可以说,复出之后,周而复这一"大部头"的创作是十分难得的,实现了许多突破。值得注意的是,海笑、林长生、周而复、吴野都与南京有着很深的历史联系,具有突出的"家乡"意识,尤其林长生是南京大屠杀幸存者,然而他的长篇小说总体上并未达到一个见证人应有的水平,远没有还原历史的真正面目。如果说林长生创作时间早,加之他自幼失怙、苦难深重,对国民党的统治深恶痛绝,他在作品中很自主地批判"国民党反动派",是可以理解的。那么,吴野在新世纪之初还能保持旧有立场,有些令人费解。他在后记中说:"我现在住的房舍是祖辈云锦旧址,被日机轰炸以后重建,我的五位亲戚就罹难于'八·一五'轰炸。我以两年的时间撰写了四十万字,一个字是一颗眼泪,献给四十万死难同胞。"[④]从其切身生活来看,吴野应该能写出一些更为真实的作品来。[⑤]

20世纪50年代,唐人在香港发表《血肉长城》,轰动多时,影响海内外,这部小说的创作也并未见到由党派组织指导或胁迫,但是,从唐人的《金陵春梦》丛书很早进入大陆的接受状况来看[⑥],唐人对国民党"消极抗战"、蒋介石应为南京陷落负责等认识与1949年以后大陆的体制声音形成了共鸣,

---

① 李尔重(1913—2009),河北丰润县王豪庄人,1929年加入中国共产主义青年团,1932年加入中国共产党。之后多年从事革命工作并担任党的领导工作。

② 李尔重:《中国共产党创建并保卫建设和发展着新中国》,《文艺理论与批评》,1996年第1期。

③ 熊坤静:《长篇小说〈长城万里图〉创作始末》,《党史文苑》,2010年13期。

④ 吴野:《后记》,《秦淮恨》,北京:中国文联出版社,2001年6月,第536页。

⑤ 汪正生:《桨声灯影里的铿锵音画》(序一),《秦淮恨》,北京:中国文联出版社,2001年6月,第2页。

⑥ 岱峻的《唐人和他演义的〈金陵春梦〉》(《粤海风》,2010年第4期)中说:"内地在1958年出版过内部发行版,以后又再版六次,在香港、内地甚至南洋和欧美华人世界都产生了极大的影响。"也可参见王炳毅:《唐人和他的〈金陵春梦〉》,《文史春秋》,2007年第11期。

以致我们看到,即使到了新时期、新世纪,还能听到回响。

第四节 突破宏大叙事的成果

南京素有"江南佳丽地,金陵帝王州"之誉,有丰厚的文化底蕴,有闻名遐迩的历史典故,有众多的名胜古迹。文人墨客会聚穿梭于此,酬歌互答,绵延不绝。20世纪80年代后期以来,金陵内外的作家不断地讲起南京的历史故事,自然很难绕过1937年的南京陷落。但是在叙事策略上又不满足声势浩大的宏大叙事,于是突破既有叙事模式的诸多作品不断地涌现出来。细致看来,有文化层面的开掘,有民间浪漫主义的呼声,有荒诞戏谑的拆解,有创伤叙事的表达,更有女性主义的呢喃等不一而足,这些都丰富地拓展了此类文学题材的书写空间。

一、金陵的风云与烟雨

南京大屠杀遇难同胞五十周年纪念之后,1988年在大陆文坛之上,巴蜀作家李贵和南京小说家叶兆言相继创作完成以南京陷落为题材的小说,分别是《金陵歌女》和《追月楼》,它们一同打破了新时期以来大陆文学中此类题材的宏大叙事模式,之后叶兆言、南翔与庞瑞垠的相关作品都在这一途径中走下去,这种突破主要表现为抛弃了"阶级斗争"的面目,企图深入到文化的肌理中去,突出强调民族抗争的文化心理,塑造出一类"不屈"的中国人形象,甚至体现跨文化的人文精神。

(一) 文化秦淮:从李贵、庞瑞垠到南翔

1. 对"金陵歌女"的书写

"大巴山作家"李贵①于1984年6月至1986年11月(经由达县—北京—成都)创作完成了长篇小说《金陵歌女》,1988年2月该小说由长江文艺出版社出版发行单行本,在小说扉页上标写"献给反法西斯斗争的英雄

① 李贵原名李怀贵,1943年生于四川通江县,中共党员。1964年毕业于平昌师范,历任四川省通江县教师进修学校教师、通江县委学校组及宣传部干部、《通川日报》编委、《通川日报》《校园周刊》《科技周刊》主编、主任记者,四川省作协第四届委员、达川地区文联副主席。1980年开始发表作品,1986年加入中国作家协会,著有长篇小说《金陵歌女》《邮购新娘》《黑道》,短篇小说集《带枪的总编》,报告文学集《巴山女杰》,电影文学剧本《避难》,电视剧本《山路》《辣椒王国的女人们》等。

们”。小说虽不是正面、直接书写战争与屠城，却与抗日战争、南京陷落密切联系在一起，是描写“金陵歌女”为免于战乱屠杀避难于美国教堂，继而代替教堂内的女学生赴难的故事。同年被改编为由峨眉电影制片厂拍摄的电影《避难》(编剧李克威、李贵和严歌苓)。这部电影具有浓重的跨文化色彩，甚至可以说基督色彩重于金陵声韵，所以出现了观众冷淡的局面，乃至鲜为人知。

《金陵歌女》采用了回顾式开头、回顾式结尾的倒叙手法。就开头来说，《金陵歌女》是以贝尔登交响乐团的指挥贝尔登回顾45年前的“心债”开始，在南京大屠杀的背景下出现了“十来个姑娘”，其中明确提到七人：毕玉簪(阿玉)、容阿环、杜秋娘、翠珠、胡菱菱、阿云和阿花。对于歌女的身世，作家落墨较多，尤其描写各位歌女沦落风尘的原因，多与日本的侵略密切相关，关系到“九·一八”事变“一·二八”事变等重要历史事件。直至南京陷落，金陵歌女的命运到了最悲怆的时刻。日军企图劫掠教堂内的女学生，这时共有十二位“黑衣女郎”代替那些女学生在圣诞夜被日军挟持而去。这一故事情节并不是首次出现在南京陷落的文学书写中，赛珍珠的《龙子》曾经描述了十分相近的故事，在难民区妓女替代其他女同胞赴难，只是在李贵笔下女同胞被限定为女学生而不是一般的女性难民。在美国女传教士明妮·魏特琳的日记中，实有相关的记载：“我被叫到我的办公室，与日本某师团的一名高级军事顾问会晤，幸好她带了一名翻译，这是日本使馆的一名年长的中国翻译，他要求我们从1万名难民中挑选出100名妓女。他们认为，如果为日本兵安排一个合法的去处，这些士兵就不会再骚扰无辜的良家妇女了。当他们许诺不会抓走良家妇女后，我们允许他们挑选，在这期间，这位顾问坐在我的办公室里。过了很长时间，他们终于找到了21人。”(12月24日日记)[①]对此约翰·拉贝也有记载：“他们(日本士兵)让明妮拱手交出姑娘，但是她誓死也不交出一个的。意想不到的情况发生了：红万字会中一个我们熟知的受尊敬的官员(我们一点也不敢相信他竟然属于这类人)朝大厅喊了几句好话，竟然有很多年轻女难民(大家熟知的妓女)走了出来，她们对把自己安排到新的妓院里一点都不悲伤。明妮哑口无言!”(12月26日日记)[②]“明妮”就是南京大屠杀时的“活菩萨”魏特琳，利用金陵女子文理学院

---

① [美]明妮·魏特琳：《魏特琳日记》，第209页。

② [德]维克特编著：《拉贝日记》，第196页。

囿庇着数以千计的中国妇女和儿童,其中包括妓女。

在民族危亡的背景下,高光聚焦秦淮歌女,盛赞歌女的大义无畏精神。李贵创作出"金陵歌女"的形象,无疑是增添了新的英雄形象。从中国传统的文化道德层面看,"歌女"这一群体身份卑微、常被玩弄,与传统意义上的英雄形象相去甚远,哪怕是《桃花扇》塑造的李香君——不畏强权、深明大义的秦淮歌妓。李贵的"金陵歌女"无疑是对传统文化中经典形象的刷新与挑战。

当然,在新时期文学中,《金陵歌女》若仅以"反法西斯"为主题创作,自然会接近较为宏大的叙事策略,而李贵并不满足于延伸这一传统主题。新时期的文化寻根运动中,巴蜀作家在地域文学的土地上开垦的时候,李贵也在对民间文化资源爬梳,将文学创作推进得足够远,由巴蜀抵达到秦淮,文化寻根意识得到逐步加强。"随着真理标准的大讨论和党关于若干历史问题的决议的公布,他们同民族一道反思,由最初面对十年到面对三十年再到面对一千年。不论是直面现实,还是挖掘过去,抑或是观照自身,他们逐步摆脱粗疏的表现形式,以其高度历史的眼光去审视笔下的一切,尽管这种审视还不够深邃,但毕竟使作品充溢着自己的思考。"①相较其他巴蜀作家而言,李贵的选择有些剑走偏锋。不伦不类,但是,他们总体倾向都是一致的,在20世纪80年代中期的文化热潮中大显身手。他身在巴蜀,不仅以一位男性作家的眼光透视着南京的历史传奇,而且,在改革开放之初文学再度繁荣的背景之下,刻意描摹着中外文化交融的故事。

《金陵歌女》不仅书写金陵秦淮的歌女,而且将其置于世界的文化背景下,来讲述中西文化交汇中独特的一群"反法西斯战士"形象。因为南京陷落,十二位金陵歌女避难于南京的美国教堂里,在美国教士的帮助下,与日本侵略军斗智斗勇,最后慷慨赴义。而且,《金陵歌女》还着重刻画了圣保罗教堂的教士贝尔登与阿玉的情感纠葛。这样看来,李贵的《金陵歌女》既能弘扬爱国主义,讴歌了金陵歌女为抗日战争作出的重要贡献,同时也为中外文化的交流、走向世界做了努力。在1937年的民国首都,金陵歌女与美国教堂两种不同元素被熔合在一起,力求表达西方世界与东方世界的碰撞和认同,即使社会背景是中日战争这样的极端气候,可是人性的黑暗与光彩也就愈发突出。这样看来,李贵的胆识与魄力同样令人尊敬。"李贵还是李

① 李明泉、庞清明:《"大巴山作家群"扫描》,《文学自由谈》,1990年第3期。

贵，他还是追求今天和过去的联系，创新和传统的融合，如在他的作品中所说：用一架古琴，弹奏当代的歌。而人，是他着意捕捉的主旋律，作品的灵魂。”①

从小说创作到电影的改编，都有着一以贯之的思想脉络，李贵也试图超越本土文化，直抵人性。作为整个文学时代思潮中的一位涉水者，他反观历史与文化，也有其深层的问题。就本质而言，“从社会文化背景看，80 年代中国文学的文化热有两大根源：一是民族文化危机感；二是现代化焦虑。文化危机感又直接产生于两大文化背景：一是刚刚过去的那段‘文化大革命’的历史留下的文化创痛；二是改革开放的需要和它带来的冲击和震颤。现代化焦虑同样产生于两个大的原因：一是开放之后中华民族与西方世界形成的鲜明对比；二是中国现代化进程的艰难和沉重”②。这样看来，巴蜀作家李贵以《金陵歌女》回顾了中国的文化创痛，影响力虽然不大，却是积极地融入中国新时期文学的大潮中，表达出对中国现代化的热忱与焦虑。

2. 对秦淮人家的刻画

在新世纪即将到来时，庞瑞垠的小说“《秦淮世家》(1999)三部曲”面世了，仅据其篇幅而言，不能武断地认为它是宏大叙事的另一代表。这部长篇作品讲述了从 1898 年至 1998 年南京秦淮河畔谢庭昉家族的故事，有评论家赞誉它为“一部 20 世纪百年进程中古都金陵普通百姓的兴衰史、变迁史和奋斗史”③。可以肯定，《秦淮世家》是一部书写了南京陷落的、具有文化指向的长篇小说。

纵观庞瑞垠的这三部曲，其中《桃叶渡》主要写到了抗日战争中的南京。1937 年，谢氏家族正面临着人类的浩劫，小说中概括道：“灭绝人性的烧、杀、掠、掳、淫，日以继夜地在南京城各个角落发生，处处有哭泣声、呻吟声和不屈的斥骂声。”进而还评价道，“日寇将人类文明的丑恶和凶残推向极致，将近两个月的屠杀，野蛮取代了文明，兽性泯灭了人性，南京这座有这两千年历史的城市，处处尸体横陈，白骨遍野，三十万无辜者的血肉之躯，展现了惨绝人寰的一幕。”可以说，这些描述并不是夸张的艺术手法，而是接近历史真相的。对于南京陷落，小说中将屠杀的惨烈做了如上叙述，似乎是将南京

---

① 殷白：《序李贵小说集〈带枪的总编〉》，《当代文坛》，1987 年第 1 期。

② 李新宇：《突围与蜕变：20 世纪 80 年代中国文学的观念形态》，天津：南开大学出版社，2008 年 12 月，第 275 页。

③ 《庞瑞垠：230 万字写南京》，来源：《金陵晚报》，2010 年 8 月 23 日。

这一段历史给予了较清晰的界定,而且也有一些可贵的故事情节设计,比如谢氏家族中谢子玄的妻子川崎君代守在家中应对两轮日军的"扫荡":第一次,十六师团奥野博文少佐明白君代的身份后离去;第二次,一小队日本士兵闯入君代家,打了她一记耳光,训斥道:"你居然嫁给中国人,那你还有资格做日本人吗?你凭什么要受到保护?"然后纵火烧了房子。在小说中不仅描述了日本受害者,也企图表现中日民族的某种关系。再比如说,小说同样可贵地述及南京郊区农民自发的对日反抗。农民头领邹汉鼎仿效小说《水浒》里农村大户人家的做法,"在附近山岗筑起城寨,准备好土炮和汉阳造长枪"。同时"组织村里的年轻人习武练功,迅速恢复了早年御匪的大刀会"。庞瑞垠用了许多篇幅讲述南京陷落后乡村的动向、形势,对"刀枪不入"的训练情节也有很具体、生动的刻画。但是,除此之外的其他情节或细节处理得就不是很恰当,甚至可以说是很拙劣。因为《秦淮世家》这部"高水平的南京百年画卷"脱离史实太远,可以说"虚构"得太厉害。这尤为突出地表现在以下两个方面:

首先,因为中日战争爆发,1937 年 8 月 15 日以后的南京经常受到日机轰炸。南京保卫战正式开始后,市内的战情严峻,城破之后,个体与集体的被屠杀时有发生,日军到了烧杀淫掠无所不为的地步,至少持续六周以上。在这样的氛围中,南京城内的生活处于极端的战时状态,爆炸、火灾、死亡和精神的恐怖时时威胁着南京市内的难民与居民。然而,《秦淮世家》具体书写这段社会生活时,几乎没有呈现出应该有的状态。在小说中,尤其是南京大屠杀期间,市内居民可以自由地行动,可以找到不受日军"搜索"的"桃叶渡"平房,可以开电灯、到邮局打电话,庞瑞垠将这些完全不可能发生的事化为可能。还有,小说中提到,日军已经进城后,才出现"难民区在紧张地筹划""一批欧美人士已在城西筹划难民区",甚至小说人物子豪在沃尔森的帮助下"紧急办了美国护照,充当美籍人士",还有,小说中还提到有外国的医生到"桃叶渡"为谢庭昉出诊,是德籍大夫劳伦斯,这自然是不可能实有的事,正所谓"纯属虚构"。翻开任何一本关于南京保卫战和南京大屠杀初期的日记、书信等资料,都可以确证,城陷之初的南京是日趋一日地处在恐怖之中。此时,身居南京的西方人的记录见证了真相。明妮·魏特琳在 11 月 18 日的日记中记录:"在今天我们非正式的宣传委员会会议上,我们听说了成立'安全区'的计划。这个想法仅仅是两天前提出来的,现在已取得了不小的进展,真是了不起。昨天,成立了一个具有影响力的国际委员会。”[①]而南京国际安全委员会主席拉贝在11月19日记载,他愿意参加“一个国际委员会”,并于晚上“结识了很多美国籍的委员”[②],可见,至少这时难民区的组织准备工作已经开始了。他在12月10日记载,“东南面起火了,周围被火光照得通明,长达数小时之久。窗户不停的发出‘铮铮’的回响,建筑物在轰鸣中几秒钟一个间歇的有规律地发出颤抖”。[③] 12月12日记载:“炮弹和炸弹一刻不停,越来越接近,越来越密集。南面已经整个变成了火的海洋,到处是山崩地裂的声响。”[④]13日记载:“大清早,空袭再次把我惊醒时,我感到非常失望。炸弹又一次像冰雹般地落了下来。”[⑤]拉贝在这样极端恐怖的环境下,常常戴上头盔以防不测。然而,庞瑞垠笔下的南京城几乎堪比世外桃源。《拉贝日记》还记录了当时南京的日用、水电情况和侨民人数及医护状况。在12月11日记载:“上午8点,水电都已经停了,炮击却还在继续。”[⑥]实际上,电厂12月13日停止作业,市内各处居民的电力在此之前也未必能有所保障。魏特琳在12月13日记录道:“今晚,南京没有电灯,没有水,不通电话和电报,没有报纸,没有广播。”[⑦]而拉贝在12月16日的日记附录给日本大使馆的信中提到恢复水电一事。1938年1月25日,鼓楼医院的美国医生在写的信中说,以前这里有四名美国医生,现在仅有两名。[⑧]拉贝写给日本大使馆和德国大使秘书的书信(1937年12月21日)中都附有“南京外国侨民名单”,其中德国人只有五人,他们都不是医生。而且在后一封信中再次表明,南京那时没有电话、点灯、自来水可用。[⑨] 直到翌年1月3日和5日,拉贝有了自来水和短时“供电”情况的记录。[⑩] 而身陷首都的蒋公穀也在1月29日有记录:“自来水厂及电灯厂的工友,在敌进城时,被害殉难的很多,最近敌人急欲恢复起来,而一般工友绝不愿意合作,后来经史排林(即拉贝,笔者注)的担保,算是由他领工,才肯进去开工。……自

---

① [美]明妮·魏特琳:《魏特琳日记》,第155页。

② [德]维克特编著:《拉贝日记》,第62页。

③ 同上,第112页。

④ 同上,第114页。

⑤ 同上,116页。

⑥ 同上,第112页

⑦ [美]明妮·魏特琳:《魏特琳日记》,第191页。

⑧ [德]维克特编著:《拉贝日记》,第349页。

⑨ 同上,第162—165页

⑩ [德]维克特编著:《拉贝日记》,227页、248页

来水已经全市放水,电气则只送一条线,惟有敌人和各外侨,方可以享着开灯的权力。”[①]这样看来,庞瑞垠描写大屠杀背景下南京市区的状况明显是不符合历史事实的,采取这样弱化大屠杀的惨烈程度的方式,可以理解为作者能够推进和接续小说情节的“闭眼法”。

其次,小说对南京附近乡村的安全状况描写有许多失实之处。

首都陷落多日后,秦淮世家的故事在乡下展开。“时令已是岁初。谢子虔带领部分家人跑反蛰居南乡快五十天了,较之城里,他们是幸运的,尽管外面的世道尽是虾荒蟹乱,白溪村却是宁静的。”而这白溪村离南京不远,正如小说中写道:“这里丘岗起伏且有外秦淮河阻隔,就显得有些闭塞。”“春节将至,日寇尚未来犯,四周却闹起了匪情。”京城附近的乡村岂能避开日军屠杀?直到半年之后,白溪村才受到日军一个大队的扫荡,村民损失惨重。而在这之前,庞瑞垠留下充足笔墨去写村民组织起来抵御匪患,打败土匪“老疤”等情节。有一处特写既有趣又可疑,即村民的首领向失利的土匪宣告:“南京已经沦陷,危险正向我们逼近,尔等要深明大义,救国于危亡,救民于水火,不做亡国奴,更不当汉奸走狗,倘有违者,莫怪老夫无情……”

在有了以上两个层面巧妙的虚构之后,秦淮人家的故事才能有足够的叙事空间。在这个美学空间内,庞瑞垠试图着重刻画几个人物。

南京即将陷落,寄园主人谢庭昉大嚷“哪都不去!”“我既不做顺民也不做难民,我乃堂堂正正的中国国民”,日本使馆小岛先生为钞库街寄园送来“日本寓居”的门牌,而谢老刚好买来了棺材,怒斥子孙要求摘牌,要求“做人要有骨气”。可是,城陷后,没有那块门牌又不能安全,于是谢老默认自己“已经成了小日本的顺民”。老友钱维屏来访,看到谢庭昉在棺材上书写“士可杀不可辱”,为之动容,一定要将自己桃叶渡几间平房的钥匙留给谢老,并安慰他,“顺民”一事“只要心里不是那么回事就行了”。中午两位老友小酌,听谢老吟唱岳飞的《满江红》,钱维屏心里流淌着凛然正气,热泪滚滚。然而,钱维屏就在回家路上被日军枪杀,莲花桥的居所中留下的一张条幅成了遗墨:“所守者道义,所行者忠信,所惜者名节。”陷落之后的南京要建立伪统治机构,日本人不断唆使谢庭昉做事,还索要几幅字——唐诗,谢老写了明诗讥讽日本客人,竟然令家人都振奋不已。至此,庞瑞垠为谢庭昉这位主人公刻画了完美的形象。这一形象若真有光辉的话,那一定是谢庭昉老人所

---

① 蒋公毅:《陷京三月记》,南京:南京出版社,2006年9月,第28—29页。

标榜的民族气节,那是中国传统的“忠君爱国”观念的现代演化。纵看《秦淮世家》的第三部曲“文化气韵”,其实就体现了传统文化对谢庭昉精神的支撑,作者期图写出大国文化的气度和涵量。

为了实现以上目标,庞瑞垠为秦淮人家设定了一个特殊的人物——川崎君代。君代嫁到谢家已经三十余年,她说:“子虔,我一直以嫁给一个中国人为荣,不管将来战争如何,我始终会跟你在一起。”当“九一八”事变发生时,川崎君代私下到日本大使馆了解真相,她无法明白:“中国是日本的文化母国,日本为什么要这样?”“莫非日本内阁出了疯子?”子虔说:“恩将仇报”。庞瑞垠通过秦淮世家的一个日本媳妇来说明中日关系,即主从关系,在文化心理中表达出强弱来,而实际上,近现代以来中日之间的战争已经很好地注释了这一主从关系的虚幻,然而在小说中以谢庭昉为代表的中国人仍然在迷梦中。

南京大屠杀造成了无尽的伤害,中国人到底能做什么呢?在城内,弱女子春桃“一直为梦魇所困”,她屡次试图要为被日本兵刺死的情人嘉禾复仇,她穿着旗袍,捏着小刀,反被日军逮捕拷打;乡村的反抗经不起日军的扫荡;国民党本部指派特务潜伏到南京,屡屡失败。小说只好加快了叙事的步伐:谢嘉华入狱十个月,抗战胜利了!为什么谢嘉华入狱?原因很简单——他要寻找中国共产党。

在这种虚构的空间中,庞瑞垠试图刻画出气节高尚的谢庭昉、谢子玄;刻画出被侮辱、被损害的小人物形象,如春桃;刻画出在困境中成长并取得了进步的有为青年,如嘉华。但实际上,最终只能留下可笑的文化大国的身影和无法掩饰的孱弱荒芜的心灵。

庞瑞垠讲述大屠杀中南京市内情况时严重脱离实际,根本不能做到还原历史,小说中描写市内乡村的面貌明显未能再现历史真相所达到的残酷程度,虽然在宏观上他有较为概括地提及。这一现象值得关注,它具有一定典型性,即在文学作品中,宏观层面有南京大屠杀概括式的提法,与历史文本的叙述保持大体一致。但是在文学文本的具体刻画和情节设计上,就采取虚构十足的手法,将南京大屠杀的残酷性大幅度减弱,以保障在其背景下人物的自由度和灵活性。庞瑞垠指望在这虚弱的背景下,挖掘秦淮人家各类人物的精神空间,这在本质上注定是徒劳的。这样的文学记忆有悖于文学艺术的存在本身,因为“记忆的对面是遗忘,描述的对面是遮蔽。我们既然记忆了暴力杀戮的诗意,当然就遗忘了战争对人的摧残和凌辱,遗忘了生命价值和人性尊严”①。

庞瑞垠的浩然长卷在对抗战的叙述上,存在着自说自话的自我感觉良好,这是有一定基础的。因为他本人就是南京作家,“1939 年 1 月出生于当时的江宁县汤山白鹤村,这里离南京城只有 60 里路,是一座山明水秀的小村庄”。8 岁以后,他就搬到南京城南居住,“这个从汤山走出的孩子慢慢成为一个地道的城南娃儿”②。到了 20 世纪 80 年代,庞瑞垠推出了“故都三部曲”——《危城》《寒星》《落日》;1994 年,他又出版长篇小说《逐鹿金陵》。这些“大部头”的作品,基本上确定了他的创作高度和思想深度。于是,到了书写秦淮人家的时候,就更水到渠成。有学者对其做了高度评价:

> 长篇历史小说《秦淮世家》三部曲(上、中、下卷)的问世标志着庞瑞垠的创作进入了巅峰时期。我以为,《秦淮世家》在艺术上的成熟就在于它的风俗画描写达到了一个新的境界。地域文化中的文学描写的成功与否,在很大程度上是有赖于风俗画的描写力度的,从这个意义上来说,《秦淮世家》凸显的就是它无尽的秦淮风俗文化内涵,这在上个世纪末来说,应该是一个有创新意识的创作思路,尽管在这之前还有叶兆言、孙华炳这样的中青年作家抒写过秦淮风俗文化,但是,如此浩大规模的描写秦淮文化的长篇巨制还是第一次。所以,将它称之为开江苏现代长篇风俗画小说先河的扛鼎之作,似乎并不为过。③

实际上,《秦淮世家》是一部企图在文化层面上开掘出一些表现空间,但几乎未见实效的作品。庞瑞垠以主导性的姿态,将南京大屠杀背景下一些社会群体的特殊生活经验呈现出来,企图塑造“不屈”的中国人形象,抑或是抒写民族抗争的文化心理,但很大程度上都显现了在民族历史文化记忆中对自我想象结构的肯定,借以传递民族、文化的精神,实际上往往南辕北辙,这与叶兆言的一些小说多少存在共鸣。

---

① 摩罗:《红色:记忆与遗忘——当代中国文学中的暴力倾向》,《不死的火焰》,第 245 页。

② 《庞瑞垠:230 万字写南京》,来源:《金陵晚报》,2010 - 08 - 23 10:53:00

③ 丁帆:《略论庞瑞垠长篇小说》,《文艺报》,2006 年 4 月 13 日第 3 版。

3. 进入历史缝隙的虚构

2006年第9期《北京文学》上刊载了南翔[①]的小说《1937年12月的南京》。这篇小说讲述了南京保卫战时，在拉贝、魏特琳等人的帮助下，唐生智设法与日军议和未果，首都沦陷的命运无法更改，南京民众、军人逃亡慌不择路、大屠杀开始后难民区的人们苦苦挣扎的故事。关于唐生智“议和”一事，在之前所有此类题材的小说中都未出现过，唯独青睐历史的南翔将这段往事挖掘并放大。

《拉贝日记》12月9日记载：“我们想再面见唐将军一次，力争说服他放弃对内城的保卫。令我们感到十分意外的是，唐将军竟然表示同意，但条件是我们必须征得最高统帅蒋介石的同意。”[②]之后，拉贝与其他安全区委员会成员代表在国民党军官龙上校和一名士兵的陪同下登上了美国的炮艇，请求美国大使馆帮助发电报。与拉贝同行的外国人是谁，拉贝记载得很清楚，“我和米尔斯牧师，还有贝茨博士(即贝德士，笔者注)”[③]，这两位都是美国人无疑，但没有提到魏特琳。在拉贝12月26日的日记中第一次提到魏特琳时说，“明妮・沃特林小姐，是一位正直可爱的美国人。其实我还不知道她是谁，她可能是以一个女教师的身份领导着金陵女子文理学院”[④]。而在《魏特琳日记》[⑤]中也未见有她与拉贝同行为中日战争调解的事。历史事实与南翔的这篇小说并没有重合，因为唐生智将军作为南京卫戍部队司令，自然不会不经蒋介石的同意与日本人单独媾和。可是南翔作了最大的努力，想象着由唐将军授权，派自己的亲信张晖与拉贝等人一同完成与日军议和的使命。可见，《1937年12月的南京》以文学的形式将历史做了“岔道”处理，这也就注定了南翔要抛弃传统的宏大叙事，而进入一条窄仄的叙事路径。

南翔的这个故事就发生在南京陷落的历史背景下，但这部小说没有卓然独立而超越寻常的小说，甚至，在南翔自己的小说集《前尘》中，都不是最见神采的作品。南翔的创见在于，为南京陷落的故事设计了三个关系独特

① 南翔(1955—)，本名相南翔。作家，教授，中国作协会员。1978年入读江西大学中文系，毕业后留校任教。大学时期开始小说创作，已出版《南方的爱》《海南的大陆女人》《无处归心》《大学轶事》等长篇小说，发表《因果》《博士点》等中篇小说50余篇。

② [德]维克特编著：《拉贝日记》，第105页。

③ [德]维克特编著：《拉贝日记》，第105页。

④ [德]维克特编著：《拉贝日记》，第195页。

⑤ [美]明妮・魏特琳：《魏特琳日记》。

的人物，即曾同在日本留过学的师长张晖、尼姑慧敏与池岗大佐。池岗与张晖是日本士官学校的同学、好友，都喜欢才貌双全的慧敏。时至日军兵临南京城下，张晖和慧敏给池岗各写了一封信，由国际安全区的负责人拉贝、魏特琳递交，企图说服池岗及松井石根大将休战，而日本的战车不容阻挡地进入了南京，张晖未能逃离，只好在难民区潜伏，可是，在难民区帮忙的慧敏却遭到日本士兵的强暴，池岗也只能眼睁睁看着她死去。葬礼上，张晖冲了出来，与池岗大吵，要求他协助刺杀松井石根或朝香宫亲王，后被池岗诱杀而死。

这个故事编得似乎能够自圆其说，可是追究起来，一个国军师长仅凭私人关系，与日军的一个佐官联络，企图改变中日战局，这不能不说实在幼稚。实际上，就是与松井石根大将攀上同学之谊，也未必能改变南京的陷落。所以，洞察作者的创作理路，不能不为之感到悲哀，因为在南翔那里，他认为始终抱有议和的关键武器，不在于男女关系、同学之谊、外国人的面子，而在于中国对日本国具有辐射作用的文化力。但是，在1937年的中日关系中，仅仅靠回顾千年来中国文化的作用力，实在是远水解不了近火。也就是说，在一些作家的观念里他们一直未能正视日本自主强大的客观存在，始终保持着“琉球虾夷”的眼光，不能真正理解日本文化的独特性，而只是一厢情愿地认可“师生关系”等等，仅在道德伦理层面理解中日关系。自然，他们将注定看到在伦理道德上最大的失落还是中国自身。

一个曾经留过日的国民党师长实在幼稚有余，他身上透着无比的卑微，读到他的“议和信”，说什么“中日两国同文同种”“中日交恶，所高兴者是英美和苏俄”等等，都难以让人信服；慧敏在日读书时深受池岗奶奶的喜欢，并为其到中国求佛而憧憬，慧敏践行了宗教信仰，因逃避在两位挚友中选择伴侣的尴尬而身居鸡鸣寺。企图通过佛教文化拉近中日的关系更是一种过于简单化的单相思，南翔曾说：“为带着气韵、率见性情、不畏流言、从容淡定的人，从不同角度立存照，是《前尘》的主题。”[①]《1937年12月的南京》则不能在这虚构故事上为张晖、慧敏找到足够的“气韵”“淡定”，南翔对于在历史的最终审判后日军战犯伏法的记述也没有改变这部小说所描述中国人的卑微命运。好在拉贝和魏特琳等人物身上突显了人的尊严。

---

① 南翔：《自序》，《前尘：民国遗事》，广州：花城出版社，2007年第4页。

(二) 叶兆言:从《追月楼》到《一号命令》

叶兆言①是地道的南京作家,他书写南京是惯常的事,可是他写出来的南京陷落似乎也并非常态,1988 年的《追月楼》、1996 年的《一九三七年的爱情》,乃至 2012 年的《一号命令》,均有顾左右而言他之感。也许是对于他这位南京人而言,南京陷落实在是个过于沉重的话题,不得不避重就轻。在前两部作品中,他着重写的内容不是南京作为文化故都的精神线索,就是金陵秦淮的爱情,他顺势赶上了 20 世纪 80 年代末期中国文坛出现的文化寻根热。

小说《追月楼》就是在首都陷落的背景下,讲述了一位古稀老人的寿终正寝。小说结尾交代得清楚不过:"丁老先生享年七十三岁,南京人。同治时生,光绪年间进士,参加过同盟会,死于民国二十九年。"所以,整个小说就如同为丁老先生做了一个小传。

日本人已经攻打到南京城下,丁家只有一个年轻人仲祥为卫城守土兴奋地张牙舞爪,除此之外近乎与抗战无关。丁老先生忙于 70 岁大寿,正赶上老来得个千金,小妾服侍,精神焕发,又与众多老友用膳品茗,期望在自己的追月楼上好好快活。然而,听说首都不保,丁家人坐立不安,可是丁老先生早已表明态度:"爷爷虽老,亡国之奴不做的,南京城破之日,就是爷爷殉义之时。"家人到难民区去住,丁老先生就是不肯做难民,于是便和小妾小文及仆役留守追月楼。

全城沦陷时,丁家紧闭门窗,困守房内,"丁家大院的四个人,石雕似的处在自己位置上。街上稀稀落落的枪声,隐隐地仿佛有人在说话,听不真切。这天晚上便停了电。从追月楼上,看得见南京城四处在燃烧。不时有女人的哭喊声,伴着单调的枪响传来"。丁老先生这时研墨铺纸,一口气写下七首绝命诗,意犹未尽,又用篆书接连写了几个大大的"义"字。"此后一连几天都这样。丁家大门足有半个月没开。""又过几天,外头似乎真平静了。小巷那头的几具尸首已不知让谁收埋,街面也打扫干净,稀稀落落有了行人。"丁老先生听长孙伯祺讲述了许多事,"知道城南的房子烧了一大片,

---

① 叶兆言(1955—),生于南京,著名作家。1982 年毕业于南京大学中文系,1986 年获南京大学中文系硕士。曾历任金陵职业大学教师、江苏文艺出版社编辑、江苏作家协会专业创作员。1980 年开始发表作品。

人死了不少,相当数量的女人受了辱”。女婿明轩“硬着头皮用日语和那日本兵对话,说这儿住着一位受日本学者尊敬的中国学者”。南京城陷之初,丁家安然无恙,丁老先生不仅大难不死,竟然童颜白发,有了“寿者相”。丁老先生的运气真是太好了,相较而言,他的老友很多却很可怜:死于乱枪之下的许老先生;在难民区不禁折腾而死的冯老先生、向老先生、何老先生;黄老先生大难不死,也曾被捉挨饿,受尽侮辱。小说还告诉我们,“首都二十九万难民,饥寒交迫,纷纷离开难民区,回家过年”。除了作者偏袒这位主人公之外,确实无法解释在南京大屠杀中,丁老先生的运气会离奇地好。

从以上的情节中可以看到,叶兆言当时对南京大屠杀的现场还原得不够真实,且不说丁氏一家人大都留在南京不逃难十分可疑,就说不避难于难民区,在家半月有余,丁老先生竟然毫发未伤,还发福体胖;泄露丁家的留日背景并未被日军追究(丁老先生早年在日本留学、讲学),反而他的众多友人罹难……以上的许多情节难以服人,只能说作者有意善待、庇佑主人公罢了,而后来丁家的二表姑却苦难深重,她的遭际惨烈之处不忍卒读,然而我们相信,二表姑的故事完全真实。

二表姑曾带着女儿躲在金陵中学避难,日本人冲进来抢女人,都被难民收容所的负责人——一位美籍老太太赶跑了。一天晚上,二表姑上厕所被三个日本兵强暴。而后日本人开着卡车来宣淫,抓走了母女俩。在伤兵医院里白日洗衣,晚间受强暴虐待,二表姑说:“她当时唯一的感觉,就是女儿不象女儿,她自己也不象自己,仿佛只是一个局外人看着一群陌生人,恍恍惚惚地象是在电影院。”十余日,被蹂躏的中国女人已是奄奄一息,常来光顾的日本官兵大约腻了,便换了一批日本伤兵来继续摧残她们,以至她的女儿暴死。她后来逃出,来到丁家并讲述了自己的灾难。受尽摧残的二表姑这时被叶兆言生动地刻画:

> 二表姑成了丁家的中心人物,她坐在那晒太阳,有好几双眼睛从玻璃窗后朝她偷看,她一张嘴,有好几个人搬着凳子去坐在她旁边听。二表姑显然受刺激太厉害,有些病态的神经质,仿佛磨难到了尽头,也可以当光荣疤炫耀,看着丁家老的少的女人们,一个花容失色,喘不出大气来,就从苦脸上挤出心满意足的惨笑。

相形之下,对南京大屠杀的残酷,作者应该知之甚多,人物命运为何悬殊如此之大？然而，当丁家的孩子放爆竹打闹，害得丁老先生不住地说："怎么不死！怎么不都死！"他们的确没有一个受到日本人的伤害致死。只不过在他咒骂之后便嚎啕大哭，发誓"日寇一日不消，一日不下追月楼"，烧了会客的衣服，卧室更名为"不死不活庵"，躲进去只是读书、写《不死不活庵日记》，日本汉学家藤冢来访，他如木雕一语不发，知道未来的女婿少荆是汉奸后大骂不止。当发现这个家族只是个空架子，无以为继，子孙纷纷为糊口而奔忙，做了"义民"的仲祥又返回沦陷的南京后一蹶不振，之后的丁老先生再也不写日记，只是晒太阳打瞌睡度日。后来写下遗嘱："生既不和暴日共戴天，死了以后，也不乐意与倭寇照面。"他就被就葬在追月楼下的小院里。

叶兆言用心良苦，他宁愿让更多的人物承受南京大屠杀的残酷，却执意要完好地维护一个老南京人的尊严。丁老先生是个有着强烈民族意识的旧知识分子，这时已经行将就木，至多是有那么一些回光返照。在这个人物身上寄托着国家的文化操守，然而，在日本帝国主义的威逼之下，他的骨气也只剩下一个对抗的姿态。整个丁家不得不面向现实而钻营、颓唐乃至堕落。这样看来，叶兆言是在为民国南京、旧中国唱了一曲挽歌。

叶兆言塑造的丁老先生与后来庞瑞垠描写的谢庭昉老人达到了精神的共鸣，他们脆弱地坚守着传统文化中的道义、气节。相较而言，作家方方描写的"祖父"则别开生面。方方写到，入侵的日军"他们中的首领冷冷地打量毫无惧色的祖父。他正欲上前说句什么，祖父却突然扬手一指，开言即道：'侵华战争是非正义的战争！'"这个时候，日本士兵听过翻译后哈哈大笑，"祖父对着狂笑的日本兵，他的面孔冷峻如铁。'这都是老弱妇孺，你们不能对他们实行强暴。'祖父说完恐怕翻译不如实转达，便又用英语说了一遍。祖父流畅的一口英语令日本人止住了笑，他们显得很惊讶地盯着祖父——一个看上去十分古板腐朽的老头"①。在小说家叙述的时候，一个凛然不可侵犯的人被塑造出来，正如方方所说："祖父的那动作仿佛已铸成一座铜雕，永远地屹立在我的心中。"为什么看似迂腐可笑的"祖父"令人震动自豪呢？原因就在于"祖父"面对高压强暴时具有无畏的凛然正气，在于他恪守维护人类尊严的责任感，在于他看似"古板腐朽"、实则具有现代社会对人的认知观念。那么反过来看谢庭昉、丁老先生，不能不叹息他们才是地道的"古板腐朽"。

---

① 方方：《祖父在父亲心中》，南京：江苏文艺出版社，2003年1月，第190—191页。

1996年,叶兆言再次叙述了1937年的民国南京,就是长篇《一九三七年的爱情》。这部小说讲述的故事时间范围十分清楚,作者清楚这一年的历史价值和美学意义,他十分在乎这一段时间的南京历史。叶兆言认为:"一九三七的南京人还不可能预料到即将发生的历史悲剧,他们活在那个时代里,并不知道后来会怎么样。对于南京这座城市来说,一九三七年最大的事情是日本人来了,真的杀进来了,人们喋喋不休的话题,是发生在年底的南京大屠杀。相对于这样惊天动地的大事件,其他的事情都是微不足道。"①似乎作者对于1937年的分量已经很清楚了,然而《一九三七年的爱情》诞生之后,作者不得不坦言:"小说最后写这样子,始料未及,我本想写一部纪实体小说,写一部故都南京的一九三七年的编年史,结果大大出乎意外。"②这一结论更印证了叶兆言第二次"打擦边球",碰到南京陷落、南京大屠杀,他选择侧身而过。也许是作者不忍正视,最终抛弃史家笔法,去写"一些大时代中伤感的没有出息的小故事"③。

虽然叶兆言煞有介事地从标记"一九三七年一月一日,星期五,天气晴朗"开始讲述故事,却找到了一个很熟悉的陌生人,他就是小说《追月楼》中丁老先生的精神后裔——丁问渔。这位丁先生曾留学国外多年,结识了西方许多名流,国内的各党派中也有许多故友,他在南京一个大学外语系做教授,对女人十分痴迷,后来成为南京卫戍长官司令唐生智的外语翻译。他举手投足虽然有滑稽疯癫之相,却可以称之为丁老先生的"现代版"。他痴迷地追求任雨媛(其母是日本人美京子)——一个空军大队长的妻子,她在南京司令部里做机要员。

整部小说主要写了丁问渔与任雨媛倒错的爱情故事,但是,南京陷落的背景成为他们爱情的陪衬。首先是日机对南京的大轰炸:

> 新的建筑物在设计时就考虑到了防空的需要,在中国的诸多城市中,只有南京真正在战前就做好了防空准备。

而在空战中牺牲的余克润空军大队长的葬礼仪式上,"泪流满面的宋美

① 叶兆言:《写在前面》,《一九三七年的爱情》,南京:江苏文艺出版社,1996年10月,第5页。
② 叶兆言:《写在后面》,《一九三七年的爱情》,第342页。
③ 叶兆言:《写在前面》,《一九三七年的爱情》,第5页。

龄女士给大家留下了深刻的印象”,因为宋美龄是航空委员会秘书长,所以,作者不失时机地对民国时代第一夫人做了客观评价:“到一九三七年中日大战爆发,迅速崛起的中国空军不畏强虏的出色表现,在国内外都引起了重大的震动,这里面不能说没有宋美龄的一份功劳。”

当南京保卫战不断迫近的时候,小说对于轰炸的恶劣程度、民众的失败情绪、视死如归的新兵等都做了生动从容的描写。对于南京防守问题,叶兆言是尊重历史进行刻画的。但叶兆言对南京守城的主帅唐生智并不看好,例如小说写道,在中外记者招待会上,当丁问渔将唐生智的宣言“要与南京共存亡”翻译给外国人的时候,丁问渔也是一愣,“在场能听懂他的话的人,都有些吃惊,因为当时大家还不知道国民政府对危城究竟是什么态度,但是似乎都明白南京按理是守不住的”,“唐生智是卫戍司令,也难免有些出风头的俗念,他站在敞篷车上,神气十足,仿佛对固守南京有着绝对的把握”。即使在写到南京陷落的前夕,作者仍不慌不忙地讲述司令部李参谋安排促成丁问渔与雨媛的婚事。在劫难逃的南京城,他们爱抚缠绵,厮守不离乃至为情而死。南京保卫战进入了空前残酷的状态,丁问渔闯过混乱的挹江门,在江边仍无法找到任雨媛,最终被射杀在江水中。

2012年叶兆言发表了小说《一号命令》,这个故事同样离不开南京陷落的历史,但是与前两部有些不同,作者说:“我在小说中感慨人与人之间的基本关系,感慨它们的轻易丧失,一边写,一边感觉到心口疼痛。这是我写作以来,最有疼痛感的一篇小说,在写作过程中,情不自禁便会流泪。”[①]小说主人公赵文麟曾是个国民党军官,在1969年的中国大陆,他的身份问题应该相当严重,叶兆言似乎只是轻描淡写。赵文麟天天对女儿说,他参加国民党没后悔,问心无愧。那时他不问政治,只想着要打小日本。女儿冷笑地说:“你那是上当了,国民党根本就不打日本人,打败日本鬼子的是共产党,蒋介石不过是从四川峨眉山上跑下来摘桃子。”小说不断地向历史返航,赵文麟不只参加了抗美援朝,之前作为国民党军官去过缅甸,做过远征军,也参加过1937年的淞沪战役和南京首都保卫战。他是打鬼子的骁将,一提起南京保卫战,“他的心就会猛地收紧起来”。

想当年,他是教导总队的炮兵连长,从上海退下来,接连地失利,但赵文麟所在部队士气却没有减弱,在12月12日下午打下来一架日本飞机。他

① 叶兆言:《一号命令》,南京:江苏文艺出版社,2013年5月,第151页。

去司令部那里领赏钱,才知道城防失守,需要撤退。撤退已经晚了,赵文麟竟然还带着枪械顺利地过了江,“手下还有六七个人”。实际上,赵文麟的故事确实有一定的历史线索和人物原型。原国民党官兵严开运曾做过详细的回顾,当时,严开运就是一位“教导总队的炮兵连长”,确切地说是教导总队第一旅第二团第二营第十三连代理连长,在 12 日下午四点左右击毁了一架日军飞机,他代表连队去指挥部领赏钱才知道撤退令。当然这时并不晚,因为撤退令也是下午五点左右才下达,但严开运带着炮兵撤退到下关的过程并不顺利,从太平门到下关竟然走了四个钟头,江边一片混乱,几经冲撞被运到江心洲,后来用四个粪桶做浮囊,横渡长江到江北,经另一只小船搭救脱险,趁夜逃往滁县。① 相较而言,现实远比虚构的文学更残酷。

可见,叶兆言有着浓重的民国情结,在自新时期开始的文化寻根浪潮中讲述秦淮往事,在历史的钩沉过程中演绎保有民族文化气节的形象,继而不断打“擦边球”,有意忽略南京 1937 年的残酷,渐渐地失去讲故事的可能性。叶兆言叙及抗战、南京大屠杀的避重就轻,与庞瑞垠有异曲同工之妙,借用学者罗岗的话说:“当代中国文学对‘革命’形象的建构,正是为了寻找历史与现实的契合点,它直面着历史进程中的现实,同时又巧妙地绕过了历史与现实本身。”②以致他在《一号命令·后记》中所说的话十分可疑:“我希望自己的小说能够穿越时光,再现一些真实的历史场景。小说不是历史,然而有时候,小说就是历史,比历史课本更真实。”③

二、对狂欢、爱与创伤的叙写

1995 年是抗日战争胜利五十周年,是全世界反法西斯战争取得胜利的重要纪念周年。这一年,美国小说家宾斯托克(R. C. Binstock)的《天堂之树》和保罗·韦斯特(Paul West)的《橙色雾霭的帐篷》深入而独特地摹写了陷落的南京,而我国当代女作家须兰亦为“南京大屠杀”惨案发生五十八年祭以小说《纪念乐师良宵》的时候,南京作家朱文却发表了相关题材的另类小说——《尽情狂欢》。

此时朱文在文坛已经享有盛名,因为他自倡导“断裂”之后,已有许多惊

① 严开运:《难忘的战斗》,《南京保卫战——原国民党将领抗日亲历记》,第 218—224 页。

② 摩罗:《红色:记忆与遗忘——当代中国文学中的暴力倾向》,《不死的火焰》,第 241 页。

③ 叶兆言:《一号命令》,第 154 页。

世之作,如《我爱美元》《食指》《没有了的脚在痒》等,正引领着一个潮流,他透过底层人物卑微琐屑的人生展示生活中的空虚和无奈,也流露着生命中的飞扬和畅快,他已成为了文坛的异数,与之前诸多作家划出了鲜明的界限。短篇《尽情狂欢》仍然十足地体现朱文的叙事风格,在荒诞和焦灼中言说寄居南京的底层人的无聊和心理,突出地闪烁着南京大屠杀的蒙太奇。有学者认为,《尽情狂欢》没有像之前同题材的作品那样,"一遍又一遍铭记华夏的血泪,一次又一次展示历史的创伤,恰恰相反,朱文把'南京大屠杀'还原为字面上的'南京大屠杀',用戏谑的笔法把历史——光华门的陷落、田中军吉的军刀、中岛今朝吾的步兵团、屠杀、尸体、鲜血、慰安妇——一个个血淋淋的符号与当下光怪陆离的城市场景及庸俗的日常生活结合在一起:主人公'我'为了去救要被阉掉的朋友许强而踏上了奔波的路,从出租车到光华门,'我'在人群中不断迷失"①。以上提到的"戏谑的笔法"可谓一语中的,也能够感受到朱文戏谑背后的"迷失",但我们不应该因《尽情狂欢》的外表所"迷失",因为这篇小说也正是国族创伤曲折的另类呈现,绝非字面上的简单还原。其实,朱文的高明之处正是从主人公"我"无意识中的不断闪回表现大屠杀的创伤深重体现出来。小说中,燕子矶江边的五万民众自相残杀与被屠戮、"一个女人撕肝裂胆的叫喊""鲜红的血迹中有一双纯净的眼睛""凝聚我一生的奔跑""身上浇着什么液体"等等,都是大屠杀发生以来,中国人刻骨铭心的记忆。只不过,朱文将伤痛化为冰山之一角,拆解了南京大屠杀历史叙事的理性与硬度,在一个中国普通民众的意识深处还原人们庸常生活的本相。

而且,在小说中,朱文以十足的勇气,找寻"我"对于死的共感,也能发掘其对"屠杀"感到的快乐:

> 我这时感到了一种冲动,一种被屠杀的冲动或者屠杀的冲动,顿时觉得自己有些力不从心,浑身冒汗。我不知道自己内心想不想摆脱这种可怕的冲动,实际上我觉得自己在纵容这种冲动,让它占领我,让它虐待我,让自己在这种血腥味的冲动中去捕捉那漂浮不定的快感享受。我了解自己的。如果我的冲动值得我鄙夷,值得我为此羞愧,是因为它赤裸裸地出现在我的面前,没有任何故作

① 任萍:《无名时代的无名之城:朱文笔下的南京》,《长城》,2014年第4期。

的姿态,没有任何名目没有任何粉饰。我了解自己的,我一点也不为它感到脸红。①

如果说最初打开小说,坚定地认为作者要刻画“日本人端着三八大盖冲进城来在这个六朝古都里尽情狂欢。三十万同胞的生命成了那次狂欢的代价”②的话,恐怕只有读到小说“屠杀的冲动”这里,乃至将“慰安妇”与“卖淫女”(“鸡”)相提并论时,才发觉朱文的想法并没有那么简单,他确认南京大屠杀是侵华日军的狂欢,而他叙述南京大屠杀的故事却将此转化为人的狂欢。也就是说,《尽情狂欢》已经超乎国族伤痛的理性思考,在历史与当下、日本人与中国人之间的切换、闪回中,表现了人性深处的诸多共性。内心的黑暗与本性的邪恶从来就没有缺席。

相较而言,《尽情狂欢》的出现并未引起研究界突出的关注。探其原因,至少有两方面因素。首先,《尽情狂欢》的情节思想及表现技巧并未超越其之前的作品,客观地讲,它似乎不能成为朱文的代表作;其次,这是短篇小说述及南京大屠杀的口吻和深度所决定的。南京作家讲述南京大屠杀的口吻如此戏谑轻慢,自会遭到冷遇,而小说的高妙和深意往往也会被所处时代所隔膜。这样看来,朱文关于南京陷落的书写确实可以看作是与我国之前同一题材作品的一次空前而超常的“断裂”,在文学史上应该为《尽情狂欢》留有的一个位置。

不同于知名作家,来自于乡土的、仅仅高中毕业的农民作家刘泉锋也应该在南京陷落的文学书写史上占有一个位置。如果说朱文是通过诉诸于戏谑的拆解获得狂欢,那么刘泉锋则以“革命浪漫主义”的冲动感动自我。

1988 年春夏之交,刘泉锋的中篇小说《败兵》诞生,几经波折,于翌年年初发表在刊物《参花》上,小说的名字被修改为《喋血恨爱录》。③ 小说从南京即将陷落讲起:“我”(刘广生)和王长山是卫守中华门的国军正副连长,听到“放弃南京”的撤退指令后陷入混乱逃亡之中。他们消灭了三个实施暴行的日本兵后,一同解救了“一个穿旗袍的女子”方桂桂。王长山不愿放下武器,在南京大屠杀的险境中成了孤胆英雄,他乔装成“黄色的魔鬼”,出入敌

① 朱文:《尽情狂欢》,《山花》,1995 年第 11 期,第 15 页。
② 朱文:《尽情狂欢》,《山花》,第 7 页。
③ 刘泉锋:《我的抗战小说》,《资源导刊》,2015 年第 6 期。

兵哨所,“足足杀了日寇成百人”;而“我”潜入难民之中巧遇方桂桂,二人乔装一同逃离南京未果,被抓后被送往日军厨房帮工,“我”目睹了日军大屠杀的种种罪恶,后与方桂桂想为三千名中国俘虏传递“饼子里有毒”的消息,相继逃离了日军营地。以为是生死决别,多年以后,方桂桂找到了“我”,说他们的儿子已经二十四岁。

《喋血恨爱录》的故事十分具有典型性,即在南京大屠杀的叙述时空里有两个维度的畅想,其一是抗战官兵的神勇无敌,其二是大屠杀里的“英雄救美”。前者是在成千上万的抗战官兵被俘虏、被屠戮的背景下发生的,后者则是在死亡的边缘、极为恐怖的环境里孕育。为实现以上两者,叙述上就需要两个前提:其一是日本兵一碰到神勇的中国兵就是面瓜,例如小说中写道:“王长山两只蒲扇般的大手已将两颗头撞击铁石般狠撞一起,接着分开,又猛撞一起,如此十多下,那两个拿在他手里的脑袋顿时变成血糊芦,两具尸体也就软软地倒他的脚下。”其二是巧遇日军士兵中有反战意识的善良人。“我”能够在大屠杀中存活下来,需要诸多偶然,比如说,“我”会一些日语,但仍不能保障安全,“我”要有“战火中结交的日本朋友”,不仅自己无恙,还要保全美女方桂桂。可以说,刘泉锋是在精心的准备下完成了一次关于南京陷落的“头脑风暴”,正如他自述:“为写好这个中篇,我查阅了很多与南京大屠杀有关的资料,并且对 1937 年南京的整个战局、南京城的设施进行了细致了解,那里的敌我力量布局,那里的每条街道、每个湖泊、每条河流以及生物、植物和风土人情等都逐个审视,一点也不敢马虎。”坦率地说,作者确实下了真功夫,在那个时代里,能够几乎不带有阶级论调地讲述南京陷落的面貌,认真细致地营造出大屠杀的气氛,这已经显示出讲故事人的水平。但问题在于,《喋血恨爱录》的叙事空间里,陷落的南京成为仿真的布景,整体绝对的恐怖压制不住局部的逍遥快感,神勇的抗战壮士和恣意的男人情欲高扬在文本和字面之上,完成了一个弱者的意淫和一个男人的狂欢。可以说,刘泉锋这两个叙述维度的畅想是接续 1949 年之后“革命浪漫主义文学”的余音,也是顺承至今的“抗战神剧”的榜样。也许后来者未必具有刘泉锋的锋芒和真诚,比如,《喋血恨爱录》坦言:“我真想紧紧地抱住她,就在这荒乱年头,在这生死不测的日子里,完成一个男人对一个女人的袭击……”

相较于朱文所谓的“底层”,刘泉锋更是乡野的“草根”,二者都具有中国民间的本相,在“狂欢”的效果上达成了一致。

2009 年,寓居香港的葛亮创作出长篇《朱雀》,让人眼前一亮,不仅因为这位70后作家的文笔高妙,还在于他将南京历史写出生命来,尤其关注了南京陷落背景下的女性命运。这时会发觉,葛亮的故事未提及在南京人特有的品质,只是在一个有历史文化底蕴、各色人物荟萃的场域,在其中投入了一束极为震撼的光柱,笼罩在无量的神性的爱之中。

葛亮书写南京陷落,远离了民族仇恨,远离了政治分野,他只是观照了南京城这一场域内的人生,他简省了南京失陷的过程,也未集中描述南京大屠杀事件中的各类暴行,从南京轰炸到城池陷落都较为简洁地做了处理,时有点染也自有道理。例如针对南京轰炸,作者就借用了新材料,采用了一位叫廷伯利的澳洲学者的撰文:

> 自一九三七年八月十五日日机首次轰炸南京,到同年十月十三日的两个月中,日机对中国六十一座城市实施了轰炸,大部分空袭都以无防备的城市为对象,特别是有意识地以大学等文化教育设施为破坏目标。其中首都南京罹祸尤巨。日本军方曾公布如下数字,从战争开始到南京攻陷,日本海军飞机袭击南京五十多次,出动飞机超过八百架,投弹一百六十多吨。一九三七年八月十五日至二十六日,中央大学遭日机三次袭击。第一次为八月十五日下午,敌机的机关枪扫射图书馆及实验学校各一次;第二次为十九日下午,在大学本部投二百五十公斤炸弹七枚;第三次为二十六日深夜。

之前的同类题材的小说如《南京血祭》《大江东去》等对南京轰炸有过若干描写,葛亮不仅描写,也有如上的论述,可谓独特。当书写南京大屠杀时,作者除了人物刻画所需外,则一般不会为之赘言。看到小说主人公叶毓芝来到栖霞寺避难,不禁为葛亮赞叹,因为书写栖霞寺难民区的作品实在为数不多,2005年,全球上映的电影《栖霞寺1937》中就演绎过南京陷落。小说《朱雀》写道:“在一九三七至三八年最艰难的那几个月里,这座千年古刹,为南京城保存的性命,仍达至两万。”而且,让叶毓芝“无心的一瞥”,瞥见了避难于此的国军将领廖耀湘。另外,作者又用美国医生罗伯特·威尔逊的日记,将这苦难的南京城称为“当代但丁的炼狱”,进而确认为“罪恶当道,是魔鬼的乐园”。以上这些文字都具有陌生化效果,选用的材料往往超出了通常的南京大屠杀的叙事。除了“十一月一日,国民政府发表了迁都宣言,迁往重庆"这一句表述有误外①,《朱雀》的叙事将历史背景设置得还比较踏实可信。

有了切实的历史背景,文学人物才能有拥有真正的生命的可能。从这一点来看,葛亮虽然远没有之前的小说家年纪大,更说不上有抗战的经历,但是,他的作品却比宏大叙事书写的作品及之前我们提到的叶兆言、庞瑞垠、南翔的作品好得多,只有李贵的小说《金陵歌女》还有可与之媲美之处。这至少可以从小说刻画的两位女性形象看得出来。

在葛亮的南京陷落故事中,父亲叶楚生、男友芥川都不在场,受难的是叶毓芝——一个孤单待产的孕妇;情人国军旅长不在场,受难的是程云和——一个"香君阁"的红牌。叶毓芝久经日军官兵摧残之后,带着从容的微笑死去,因为她留下了一个新生命。一个妓女可以为垂死的国军士兵喂母乳,以母性爱的力量,将死还生。她们都爱孩子,然而,日本官兵折磨这两位具有伟大母性爱的女性,他们群奸、施虐,还教唆最年轻的日本兵作恶,日本兵年纪虽小,他却胆怯又以最恶毒的方式证明着自己的"勇敢";圣诞节到来的时候,日军伙同汉奸胁迫、摧残着程云和,受重伤的国军士兵就此躲过一劫。南京的一切都处在恐怖之中,"到处是惊惧和祈望的眼睛。这座城市,几乎在无准备的情况下,跌入了深渊。深渊的底,却无法预见。这座城市,如同一个从梦魇中醒来的人,发觉四周仍是黑暗,只有别无选择地再睡过去"。安全区的情况一样很糟糕,"日本人闯进安全区,最感兴趣的两种人,是中国的伤兵和妓女"。然而正是南京被屠杀的这一时刻,也是"基督保佑着城池"时候。

美国圣约瑟公会教堂的切尔神父,"在瑟索的寒风中踯躅而行",是他发现了婴儿与老鼠:

> 一个很小的婴儿,趴在赤裸的年轻女人怀里,紧紧地含着女人的乳头。这女人应该已经死去多时了,切尔仍然看得出,她生前有多么美丽。女人的眼睛紧紧地闭着,面目平和。肌肤还闪着光泽,并未因生命的殆尽而暗淡下去。乌亮的头发散开,缠绕盘桓在瓦

---

① 11月13日,蒋介石考虑迁都,如其当日日记中记载:"此时应决心迁都于重庆,以实施长期抗战之方针。"参见杨天石:《1937年:中国军队对日作战的第一年——从卢沟桥事变至南京陷落》,《抗战与战后中国》,北京:中国人民大学出版社,2009年11月,第19页。而正式公布是在11月20日,参见[德]维克特编著:《拉贝日记》的11月20日日记,第63页。

> 砾堆上。多么美的女人,这完美的身体,激发了神父一些联想,猝不及防。他被自己吓了一跳,遏止了罪恶的念头。女人的两腿间,有暗红的血流动的痕,像一条绵长饱满的水蛭。同样沾满了血的,是一只僵硬的鼠。

刚出生的孩子需要母亲,教堂的神父找到了程云和,而程云和看到:“神父的背影,只是肃然立着。在云和的眼睛里,渐渐融进礼拜堂黝黑色的砖墙里去了。一群鸽子飞起来,在天空中打了一个旋,末了停在五色的玻璃彩窗上,咕咕叽叽地逗着嘴。彩窗上有个模糊的男人的脸。云和知道,那是他们的神。”这样看来,葛亮的作品透出母性和神性的爱,让陷入地狱的南京得以存活。南京就是这样的一块土地,在罪恶达到至极时,人类还有可能设法挽救,此时的南京城已成为一种象征,在那里爱与恶都以极大的能量做出释放,考验着人类得以存活的希望。

2011 年,裴指海的长篇《往生》出版,这也是不可多得的小说作品。《往生》从一位中国人民解放军的视角勘察了 1937 年国民党官兵为南京、为民族奉献一切,直面日军在南京的暴行,还有在时间穿梭中体悟到中国人冤魂未了,一代代人创伤犹在,进而探究人类的暴力问题:

> 你不要想那么多了,想得多了,脑袋会更疼的,那些日本兵都是受了爱国主义的蒙蔽,大多数人是好的。隆慧和尚愣了愣,眉头皱得更紧了,显然,他在紧张地思考着。这使他的脑袋不堪重负了,他不得不双手抱着脑袋,但就是这样,仍然没有想清楚,于是,他把脑袋摘了下来,抱在手里,蹲在路边,像个思考者沉思默想,这样的造型在血流成河的南京,有着一种惊人的凄艳的美。

裴指海的小说具有创伤小说的特点,可以理解为“讲故事,写故事,目的是见证创伤,彻底破解创伤意义,彻底释放患者的情感,为哀悼做好准备”①。这为中国当代文学带来了一个可贵的作品,对民族、为同胞、为可爱的卫国官兵表示伤悼。他在讲述主人公“前国军中尉李茂才”时写道:“老人点了点

---

① 李桂荣:《创伤叙事——安东尼·伯吉斯创伤文学作品研究》,北京:知识产权出版社,2010 年 9 月,第 37 页。

头,缓缓地闭上眼睛,他一动不动地陷在藤椅之中,阳光慢慢移动,改变了位置,赶走了他额头的阴影,他陷入无边无际的回忆之中,脑海里充满了1937年炮弹飞过头顶的声音、伤兵的惨叫、厚厚的鲜血在地上流淌的声音,他长长的叹口气,怕冷似得缩了缩身子,沉重的骨头和衰老的皮肤下不知埋藏了多少悲伤。他有多老,他的悲伤就有多深。”一个参加南京保卫战的卫国军人不仅经受了生灵涂炭的大屠杀,还一度长期承受作为一个“国民党士兵”的耻辱,一生都在记忆里难以淡化。裴指海在小说中十分尖锐地探及人的生存窘境,明显发觉到历史过往中存有无数个漏洞,为此牺牲的生命大都默默无语。小说在历史与当下的参照中,甚至在现实与过往的穿越中,为读者说明何为“往生”。裴指海的创伤故事是对南京大屠杀这一事件的重构,从某种意义上说,《往生》的重构具有极强的现实意义,因为“重构创伤事件是为了哀悼,哀悼的目的是积极地封存记忆,以便开始新的生活”①。

可见,无论是朱文、葛亮,还是裴指海,都以小说证明,南京陷落的文学书写在挣脱了宏大叙事之后,也有很多讲述的路径,同样能深刻地抵达人性的深处。当然,还有其他路径,比如女性主义的书写,这将在下面探讨。

現代快報

現代快報　2013年12月13 星期五　今日4叠共80版

一个敬礼,一句抱歉,四位抗战老兵道出埋在心里76年的痛

“对不起,当年我们没守住南京”

我们想说:亲爱的老兵,请不要说对不起,你们为这座城市已付出太多

封6、7

图4.10　亲爱的老兵,请不要说对不起

图片来源:《现代快报》,2013年12月13日

① 李桂荣:《创伤叙事——安东尼·伯吉斯创伤文学作品研究》,第36页。

三、女性主体的凝视与呢喃①

回望新时期之前的文学书写，在 20 世纪 50 年代的香港，潘柳黛的小说只关注“一个女人的传奇”，应该是南京陷落题材作品中最早具有女性主义色彩的作品，至于 20 世纪 90 年代，女诗人张烨创作《世纪之屠——一九三七年十二月南京大屠杀史诗片段》(组诗)②，以“我们”的口吻和视角，展示大屠杀中被害的女性：“我们是黑暗内部的娇媚之核/我们像沉睡在坛子里的酒/浓烈着。芬芳着。感到裸体的清冷/睡成一朵花。一片冰月亮/底层优美的音乐，使我们/姿的起伏。”(《底层的歌》)描写女尸可以如此安详甚至美丽，这一定不是生死混淆的错觉，而是女性意识和人类尊严的自觉。“命运是一条无言之鱼/感受着恐惧的永恒”，更加切近女性自身的处境，诗人面对大屠遇难者，找不到支撑自己的理由，只是感到彻骨的寒冷，试图用女性的身体来装扮这个可恶的世界：“太阳萎缩在女尸的面孔上/一颗冷冷的美人痣/不知道一朵玫瑰与所有玫瑰的区别/这是我们的悲哀，还是所有女人的悲哀/圣母玛利亚的悲哀，还是所有女人的悲哀。”(《凄艳的火焰》)透过纤细、冷峻而又悲恸的诗行，女诗人张烨抵抗着这个残酷的世界，为女人！而这一时期以小说形式表现女性意识的作品自不在少数，这些作品都更为卓绝地成为了宏大叙事的反动。

1995 年，抗日战争胜利五十周年，南京陷落的小说作品除了朱文、须兰的小说以外，在国内很难看到还有其他作品，这确实有些意外。然而须兰的小说却是难能可贵的。小说《纪念乐师良宵——“南京大屠杀”惨案五十八年祭》(以下简写为《纪念乐师良宵》)是一篇充满着女性主义色彩的十分优秀的文学作品。

多年来，“南京陷落”的题材往往都是男性作家的写作对象，而有的男作家采用家国叙事，在“国破家亡”痛感背后传达着民族主义的吼声，有的试图采用宏大历史叙事的策略期图还原历史的本相，有的求助于本国文化传统的精神道义，有的采用中西文化交融表现宗教情怀……不一而足。即使是赛珍珠、林芙美子，也都叙及南京陷落，但均不可能关注被伤害的女性自身

---

① 本节部分内容在《江汉论坛》2014 年第 3 期上发表。

② 张烨:《世纪之屠》,《生命路上的歌》(《中国女性诗歌文库·张烨集》),沈阳:春风文艺出版社,1998 年 7 月,第 227—230 页。

的处境(恰恰是1995年,美国的男作家宾斯托克和保罗·韦斯特的小说均聚焦于女性的创伤,后文将具体探讨)。女作家的作品并不能简单地被称为女性文本,因为只有女性作家的作品透露出女性主义,将女性自己对人类以及生命的思考有机地融入自己的文本之中,表达女性的精神向度,这样才可以概括为"女性文本"。那么,直到1995年,能够呼应潘柳黛的只有须兰一人,之后属于女性文本范畴还有盛可以的《1937年的留声机》和赵锐的《魏特琳:忧郁的一九三七》。

自20世纪90年代开始,中国大陆的新历史主义小说创作繁盛起来。女性写作者进入历史书写的潮流,创写女性心中的个人历史,表现女性个体生命独特的体验、灵与肉的冲突和价值追求。这不仅打破了固有的文学疆域、女性模式化形象,而且重新审视已经形成的美学观念。正如埃莱娜·西苏所言:"妇女必须把自己写进文本,就象通过自己的奋斗嵌人世界历史一样。"[①]中国文学的进程到了20世纪90年代,一些女性作家的历史写作呈现出迅猛的态势,对主流历史的宏大叙事进行反叛,也对我国新历史主义小说的男性视点表达质疑,代表作家有铁凝、王安忆、林白、陈染等。作家林白重申女性立场时,强调个体之外"这种集体的记忆常常使我窒息,我希望将自己分离出来。将某种我自己感觉到的气味,某滴落在我手背的水滴,某片刺痛我眼睛的亮光,从集体的眼光中分离出来,回到我个人的生活之中"。[②]须兰面对集体记忆与眼光,也采取相同的策略,她的《纪念乐师良宵》显示出卓绝的勇气,打破过往既定的文学疆域和历史书写模式,开创大陆女性书写"南京陷落"、南京大屠杀等重大历史题材的话语空间,还原历史的真实面貌,表达出女性特有的生命体验,回到"个人的生活之中"。落实到文本上,叙事多以呢喃声调为主,冷静、细腻,甚至神秘。

从小说《纪念乐师良宵》的副题——"'南京大屠杀'惨案五十八年祭"可以看出,这部小说在既定的文学疆域里一露头,就有些"不伦不类",一反原有的文学惯性,小说的开头如下:

> 如此我们站立此处,看见良宵行走于南京的街头。

---

① [法]埃莱娜·西苏:《美杜莎的笑声》,选自张京媛:《当代女性主义文学批评》,北京:北京大学出版社,1992年,第188页。

② 林白:《自述》,《小说评论》,2002年第5期。

> 1937年12月。大街小巷。形销骨立。南京的眼神如同一只幼雀,干涸如冬日。我们看见人群拥挤,面目仓惶,语言模糊,微笑牵强,唇边低语仿若风中碎叶窸窣声:逃出南京。
>
> 这是一座行将永劫不复的城市,一个人心的地狱,无从赦免,因为它的罪与爱皆出之天性,此刻它正张开一只眼睛,斜睨众生。那些人们,他们茫然四顾却不知身在何处,战争的炮声在这座城市上空如暮色四合。他们同时镇定自若,因他们知晓,一切终将过去。那些人们,他们是奇怪而聪慧的动物,预先知晓战争结果,因而内心甚至迫不及待。渴望沦陷,渴望生的生,渴望死的死。①

小说以"我们"的姿态回望,在凝视与谛听间,沉静、枯冷。纵观全篇才发现,主人公"我"少女沈良宵的故事才是回望的主体。良宵亲历了南京大屠杀,在"很多人坚信南京不会陷落,唐生智将军曾誓言与南京共存亡"之后,目睹了无辜女人(包括孕妇、女孩)的惨死等日军能做得出的暴行,良宵知道"界线那边,是没有秩序,非理性的世界,十几天来,屠杀得不到制止。日本军队的贪婪及杀戮的欲望放纵无度,愈演愈烈"。

处处是"死亡街区",末世一般的南京城在文中呈现出来,然而战争、屠杀在须兰书写时,并不是主要的描写对象,她将其转化为一种历史氛围,在这种氛围和情境下,须兰更关注少女良宵作为常人的生命体验。在她身上,不刻意寄托国族分量,只关乎一个17岁的普通女孩子的感受、心理和情绪,这与大陆以往同类题材的历史书写区别甚大,正如《中国新时期小说主潮》所说:"女性写作战争小说时,有时比男性孕育了更多的文化关怀,这就是超越两极化的战争观念、道德观念,对人的命运进行透视,她们触及了贞操、亵渎、无辜的侵犯,纯洁的被辱等命题,但并不停留在慈悲、报应、偿赎的可能性上,对悲剧的回照反涉,使人对战争中对人的生命的损害产生出浓浓的悲郁,显出作者的现实主义功力,使私人话语扩展为对普遍的女性的命运进行观照的话语。"②须兰写出青春期少女爱的躁动与迷茫,不和谐的父女感情,遭遇大屠杀的惊骇;刻画了国民党士兵长寿、汉奸周天赐;述及小姑瞬息的绽放与凋零、月亮的冷静与失聪、拾来的缄默与殒命、父亲的抗争与衰老、李

① 须兰:《纪念乐师良宵——"南京大屠杀"惨案五十八年祭》,《小说界》,1995年第5期。

② 许志英、丁帆主编:《中国新时期小说主潮》,第475—476页。

医生的风度与悬梁。以上都一一在小说文本中呈现,似乎都是作者的喃喃自语,在少女良宵身旁的生命飞扬消歇:

> 我纪念着南京,像记念着一个幻影,像坐在爱情已逝的爱人面前。……
>
> 而那些浩浩荡荡奔流的江水,江边的鸥鸟的尖利亢长的叫声,竟像百年来从未改变。
>
> 我在南京尚未开始遗忘,尚未成为的历史时候开始记念南京。我的青春,未曾开始,已成哀悼。那些已经开始的在这世界各个地方流传的恐怖的屠杀的阴谋。而南京呢?我望他,他也一一回望我,厮守又远离,随后,相互遗忘。

在南京陷落前夕,须兰笔下的南京仍是十分私人化的,良宵父亲的婚礼照常进行,杂技班在南京黑暗的街头兴高采烈地载歌载舞;朋友盛珍珠的生日派对依然举办,楼上的留声机时断时续,“一个女佣在轻声哼着留声机里的曲子”,在良宵的眼里,留声机、电唱机的声音成为生活里不能或缺的部分。这些都无关全民抗战的宏旨。实在难以用旧的审美原则框定《纪念乐师良宵》,作者采用的是新的叙述方式——女性新历史主义写作。“须兰的这种历史叙事对于同须兰一样出生于六十年代末七十年代初的作家来说,比较有代表性。他们很少有历史创伤的记忆和背负,比苏童叶兆言这代人对待历史的心态还来得更加轻松。苏童他们也许还在追求着细节的真实,但历史对于须兰这一代人来说是绝对的‘个人化’。历史对他们来说也许就象是一台大戏,他们更多是抱着好奇和旁观的态度来感觉历史,然后再把这些感觉依附在一些片段的历史史实甚至历史传说上,也许少了一份真实,但是多了一份动人的传奇和个人的颖悟,而且须兰以女性特有的敏感,借情感的宿命写出了历史的宿命。”①

选择南京大屠杀这样沉重的题材创作,须兰难免要留下瑕疵,还原历史过程中“也许少了一份真实”,例如,17 岁的少女在大屠杀后的南京城昼出夜行多次毫发未损、父亲为良宵割去长发的时间之晚等都令人难以相信。而须兰始终作为女性个体感知,即使是针对民族的集体记忆,她仍以个体感

① 徐兰君:《历史:情感的宿命与心灵的景观》,《小说评论》,2000 年第 6 期。

知为前提进行历史叙事,这"远不止意味着对女性生命经验与身体欲望的书写,而更重要的是意味着女性的视点,女性的历史视域与因女性经验而迥异的,对现代世界,甚或现代进程的记述与剖析"①。

须兰的《纪念乐师良宵》应是独特另类的,她的文本不光开辟了中国大陆女作家在此类小说创作的新话语空间,也打破了过往的主流模式。进入新世纪以后,还会看到更多同道的作品。在这之前有必要提一下小说《巨流河》。

2009 年,齐邦媛的《巨流河》在台湾出版了。"在这本二十五万字的传记里,齐先生回顾她波折重重的大半生,从东北流亡到关内、西南,又从大陆流亡到台湾。她个人的成长和家国的丧乱如影随形,而她六十多年的台湾经验则见证了一代'大陆人'如何从漂流到落地生根的历程。"②这既是"一部用生命书写壮阔幽微的天籁诗篇",又是"一部反映中国近代苦难的家族记忆史"。齐邦媛的这部"非虚构"作品文笔亲切深情,透出女性作家的"温和""洁净",自然有作家切身的生命流转体验,透着女性尤其是少女在抗战洪流中的心理与情绪。齐邦媛回望 1937 年的南京,自豪而沉重,并清醒地意识到民族危亡、生灵涂炭。当日军已兵临城下,从南京城撤退出来的父亲留给齐邦媛至深的印象:

> 他环顾满脸惶恐的大大小小的孩子,泪流满面,手帕上都是灰黄的尘土,如今被眼泪湿得透透地。
>
> 他说:"我们真是国破家亡了!"③

此时的齐邦媛仅仅是个 13 岁的少女,她见证了首都的沦陷。时隔七十余年,《巨流河》以"民间叙事"的姿态,透过女孩子的视角凝视了"国破家亡",可以说,小说的文字中包含着女性主义的因子,但是,一个女孩的自我成长、家庭的聚合离散、国家的国将不国往往纠缠在一起,家庭的苦难与民族的灾难一并被收入视野,形成了混响。到 2012 年,盛可以的短篇小说《1937 年的留声机》接续了女性新历史主义的创作,在书写南京陷落的时

---

① 戴锦华:《奇遇与突围:九十年代的女性文化与女性写作》,《世纪之门·导言》,北京:社会科学文献出版社,1998 年,第 5 页。

② 王德威:《如此悲伤,如此愉悦,如此独特》,《当代作家评论》,2012 年第 1 期。

③ 齐邦媛:《巨流河》,台北:天下远见出版股份有限公司,2009 年,第 87 页。

候,与须兰一样在乎“留声机”,着重于“女性的视点”。

> 我望着西窗外的空院,梧桐树叶都落光了,只有盆里的紫菊花还没开败,露出一点生机。麻生朝唱片呵气,掏出白手绢仔细擦了一遍,又从抽屉里找到新唱针换上。在“雨夜花”的背景音乐中,他把带来的午餐摆好,有米饭、腊肉和一盅汤。①

女主人公“我”,即小雅,报馆主编的女儿,25 岁,女子学校教师,日本留过学,是“唯一能陪父亲抽烟喝酒论天下的人”。在南京失陷的第三天遭到了日本军官的轮奸,日本军官麻生将其送回家,在麻生的照顾下,小雅有了活下去的勇气。又因为了解了麻生的孤儿身世和心有忏悔后,她渐渐对麻生萌生了爱意,受蹂躏的中国女性和参与南京大屠杀的“刽子手”之间的爱慕与怜惜超越了战争与民族,这体现出盛可以的“历史视域与因女性经验而迥异”。

当然,盛可以并不是无视 1937 年的那场浩劫,她在文本中也写城陷:“我看见有的房子被削去半边,有的颓坐在地,视觉上突然突出一块。一些灰烬余烟未熄。偶尔有人拎着一口大箱子神色匆匆。梧桐树显眼的刀伤里流出来的汁液凝结。断枝横在人行道上。”也写杀戮,也写女人受到的戕害:

> 一时间马蹄声交错,黄沙滚滚,大漠荒原寸草不生。
>
> 我看见枯枝摇晃,天幕慢慢变青。地里的寒气冷却了我的心脏。我躺在那儿,雪白的身体在昏昧中通体透明泛着莹光,照见他们的脸,战火纷飞。夜的氤氲填满了所有的缝隙。无巢可归的夜鸟哀叫着掠过我的瞳孔。我漂浮在夜海上,听见水底群鱼的呢喃。②

无论是小雅的切肤之痛、麻生的自说自话,还是“父亲”的死里逃生,所有关于战争罪恶的书写在《1937 年的留声机》里,都不是宏大的、激愤的、高高在上的“国语”,更多是家居的清清凉凉的呢喃的私语,犹如一段留声机的

---

① 盛可以:《1937 年的留声机》,《北京文学(精彩阅读)》,2012 年第 3 期。

② 盛可以:《1937 年的留声机》,《北京文学(精彩阅读)》,2012 年第 3 期。

乐曲。盛可以私语化的写作同须兰一样,执意写出“存在之我”而非“政治之我”,防止了“女性话语最终被民族主义所置换”,防止了“民族主义话语通过将女性作为受侵害的国家意象给予它更大的象征意义”,免于“否认了女性经验的具体性”。①

与须兰的创作缺少历史创伤与负担相比,盛可以游离出历史更远,甚至有许多叙述不够真实和写实,例如,大屠杀中,小雅在家躲避三天熬不住外出去找父亲,“胡乱将长发卷成一团,取了父亲的巴拿马帽扣上”;五位日本军官当街强暴了小雅;麻生送小雅回家“灯一亮”,而且不归队,声称“日本军队明天大撤退,全部撤退”;小雅的父亲“死里逃生……受了伤,游到了对岸”,而后又进了南京城。《1937年的留声机》如同一部动漫电影,自说自话地展示传奇,但在这部短篇小说中也有两种积极的努力:其一是表现了日本人对南京大屠杀的自省和忏悔;其二是通过表达对日本文化的了解甚至是迷恋,表现文化的包容和对话的可能。以上两种努力的尝试虽然是盛可以美丽的白日梦影,但这些一厢情愿的呢喃,也寄托着某种预见。

《魏特琳:忧郁的一九三七》是70后女性作家献给明妮·魏特琳、张纯如的一部小说,是献给吴贻芳女校长、南京师范大学、南京的作品。通过主人公——美国女人明妮·魏特琳(教师、传教士)的视角,作者赵锐书写了独特的南京陷落。她讲述了国际安全区中金陵女子文理学院的苦难和南京作为人间地狱的不幸,尤其着重刻画“南京活菩萨”魏特琳的正义、坚毅、失意、心灵的挣扎和创伤。小说凭借复活的魏特林之口,诉说着“思考战争、人性、罪恶、忧郁等话题”,赵锐的拳拳赤子之心深沉、隽永。最令人瞩目的是,小说主人公的呢喃和“絮聒”贯穿全书,形成了动人心魄的呢喃叙事。我们可以听到在“金陵永生”墓旁魏特琳对张纯如的清纯絮语,也能听到南京城陷后,魏特琳对上帝的质疑与忏悔:

> 呵,天父,我真不知道和您说什么好。事实上,我还有什么好说的呢?是啊,我已经对您失去了信心,我不再相信任何绝对存在,我甚至觉得这个“我”也是虚幻的……噢,那就让我下地狱吧!

① Lydia Liu. *The Female Body and the Nationalist Discourse: The Field of Life and Death Revisited*. Scattered Hegemonies: Postmodernity and Transnational Feminist Practices. Eds. Inderpal Brewal and Caren Kaplan. Minneapolis: Minnesota University Press. 1994. P62.

难道我们现在不正身处地狱吗？真正的地狱也不过如此吧！①

正因为有了女主人公的内心思忖与情绪的波荡，赵锐的小说才增添了亮色和深刻，加强了可读性。从而使小说与华裔作家哈金的《南京安魂曲》形成了各自的风格，这主要源于女性作家的女性主义意识，对女主人公的情感世界和精神国度加以深入地怜惜与体认。

须兰、盛可以和赵锐的文学叙事在女性主义的底色上相近，她们都是“将女性人物当作人来写的同时，更进一步地将她们当作女人来写，展现其独特社会身份和文化身份，探究其深层心理与潜在欲望，她们关注得更多的是女性这一弱势群体的命运和前途”②。这样看来，对于书写“南京陷落”，齐邦媛带有“呢喃叙事”的倾向，她试图展示女性独特的“社会和文化身份”，以“自叙传”的写作方式表现自我维护自我的意旨。相较于20世纪20年代出生的齐邦媛，须兰、盛可以、赵锐都是70年代前后的作家，她们书写“南京陷落”时，往往是在“听说的故事”或史料的基础上，寄寓女性主体的自由精神。

① 赵锐：《魏特琳：忧郁的一九三七》，南京：南京师范大学出版社，2012年9月，第194页。

② 许志英、丁帆主编：《中国新时期小说主潮》，第1070页。

第五章　海外的回望(1979—2017)

在全球化浪潮的席卷之下,中国与海外的各种联系也有不同程度的增多,尤其在文化往来上有所深入。日本极端右翼势力试图"篡改历史",引起亚洲乃至世界的不安,中日之间的历史问题时时浮出水面,南京大屠杀(日本常常称之为"南京事件")这一历史问题每每成为主要话题,尤其在 1997 年美籍华裔张纯如女士出版《南京浩劫:被遗忘的大屠杀》一书之后,中西方世界对南京大屠杀有了更深入了解的可能,日本作家中有责任和良知的人士、海外华人华裔作家、甚至欧美作家对此也同样深切地关注,于是,有关南京陷落题材的文学作品将可能更多地出现。

第一节　噩梦的拷问

对日本而言,进入 20 世纪 80 年代后,否认南京大屠杀的声音仍未绝于耳,即使是亲历者也会矢口否认,例如,西本愿寺的大谷光照"法主"在接受记者采访时说:"完全占领南京的第二天,也就是 14 日的傍晚,我抵达了南京,在城内的宿营地停留了 4 天,期间在城内寻访过很多地方,既没有看到屠杀,也没有听到传闻。当时已经战事完全平息,市内非常平静,基本上看不到市民的身影,不是一个能够发生屠杀的环境。日军则在城内外合适的地方宿营,悠闲地进行着休整。"①随着"教科书事件"的发酵,日本文坛也很迅疾地发出声音。有一些能够真切反省历史的作家不失时机地创作了与南京陷落相关的文学作品,借以表达"勿忘历史""着眼未来"的观点。这些作品在某种程度上反映出或破除了侵华日本老兵的梦魇,当然这类作品数量不多,却弥足珍贵。

---

① [日]阿罗健一:《南京事件见闻》,图书出版社,1987 年,第 295—296 页。转引自:[日]山内小夜子:《南京大屠杀与日本僧侣》,芦鹏译,《南京大屠杀史研究》,2012 年第 1 期。

一、南里征典与小林宏:在文化交流中结果

(一)《一盘没有下完的棋》

1979年,李洪洲、葛康共同创作了以日本侵华战争为背景,以围棋为媒介的中日文化交流题材的电影文学剧本《一盘没有下完的棋》①,但之后为了实现中日文化交流,以达到日方多个导演的要求,原剧本又几经修改,在1982年4月刊发②。1982年6月,长篇小说《未完的对局》(中文多译为《一盘没有下完的棋》)在同名电影上映之前由日本德间书店出版,作者是南里征典。这部小说实际上以中日艺术家、作家进行文化交流为前提,由南里征典最终集成的小说。

南里征典③1939年生于福冈县,“曾做过十九年的记者,也曾多次来中国旅行采访。在尊重电影文学剧本的基础上,参阅了有关中国近现代历史及中日关系史的论著,写成了长篇小说《未完的对局》”④。在小说中有日本国民举国欢庆南京陷落的场面和关于南京大屠杀的叙述。1982年,在中日邦交正常化十周年之际,由佐藤纯弥、段吉顺导演,三国连太郎、三田佳子主演的《未完的对局》(中译名为《一盘没有下完的棋》)在日本和中国上映,取得了良好的效果。

南里征典在小说中塑造了况易山和阿明父子、松波麟作和巴父女等主要人物形象,在中日文化交流与战争的背景下,着重表现了中日交恶过程中日本军国主义给中国带来的灾难,并反思这一灾难制造者的责任。《一盘没有下完的棋》中对1937年12月南京的陷落做了回顾:“庆祝南京陷落的灯笼队伍,现在仍在继续行进。然而,李君似乎已经从中觉察到了这不单是庆祝南京的陷落。”阿明的朋友——中国留日学生李君很敏锐地发觉,日本全

---

① 1979年,刊发在北京电影制片厂编辑的《电影创作》杂志7月号上。

② 详见《一盘没有下完的棋》,《电影创作》,1982年第4期,编剧有五人,除了洪洲和康同外,还有日本人大野靖子、安倍彻郎和神波史男。

③ 南里征典,1960年从福冈县县立福冈农业高等学校毕业后,加入日本全国新闻情报农协联合会,直到1980年发表小说《鸽子啊,慢慢地飞翔吧!》为止,一直兼任该联合会的评论委员、指导部部长,从事新闻报道工作。1982年,为了撰写《一盘没有下完的棋》,他曾来华访问,亲身了解了中国的历史变迁、风土人情和人民生活等方面情况。

④ [日]南里征典:《一盘没有下完的棋》,孟传良译,武汉:长江文艺出版社,1984年3月,第401页。

民庆祝中国首都沦陷的行为蕴藏着十足的侵略野心。巴接过当时的《纽约时报》,阿明也看到了那条英文消息:

> "日军在南京屠杀四万多人!"
>
> 这是南京大屠杀的报道。英文消息的下面,登载着一幅下关码头中国百姓尸体成堆、惨不忍睹的新闻照片。①

对于日军攻打南京的问题,作者也做了分析。"中支那方面军"的战线,起先限定在上海附近一带,"中国军队担心日军切断他们的退路,从十一月十一日起,开始了总撤退,日军以此为转机,一跃取得优势,争先恐后地追击着败逃的中国军队,很快地把战线给突破了","在这种背景下,日军很重视南京。他们认为只要攻下南京,那就无可置疑的取得了圣战的胜利,所以,他们被一种最想占领南京的强烈的战争意识所驱使着,结果,经过激战,日军打败了唐三智(即唐生智)率领的南京卫戍部队,于十二月十三日,终于攻进了南京城。这就是所谓的南京陷落"②。作者的叙述是大体符合事实的,中日军队在上海胶着混战的时候,确实未有进攻南京的意图,随着战线的推移,日本军方的战略意图迫使日本政府做了妥协,12 月 1 日下达了占领南京的命令,即日本"天皇下达了大陆令第八号,命令'中支那方面军司令官与海军作战,攻克敌国首都南京'"③。《一盘没有下完的棋》对进攻南京作了较为客观的描述:

> 这时,在日军从上海向南京的进攻中,出现了许多异常的行动。如果说是战斗意欲亢进的话,名声是好听点,不过,总而言之,日军可能是陷入了战场上独特的集团心理。日军的异常行动,据说是比如说从南京郊外的句容到汤山的大约十公里之间,从汤山到紫金山的十五公里之间,从紫金山到南京城的八公里之间,进行了分别戮杀一百名,一百五十名中国士兵的"杀人比赛",在进攻

---

① [日]南里征典:《一盘没有下完的棋》,第 91 页。

② [日]南里征典:《一盘没有下完的棋》,第 91—92 页。

③ [日]本多胜一:《南京大屠杀始末采访录》,刘春明等译,太原:北岳文艺出版社,2001 年 9 月,第 232—233 页;另参见[日]林伯耀:《围绕南京大屠杀的背景》,选自《南京战·寻找被封闭的记忆》,[日]松冈环编,第 23 页。

中，日军相继杀害了无数的一般平民和非战斗力人员。

十分可贵的是，在中日建交十周年的时间点上，日本作家十分诚恳而恰切地作了表述，并且，作者对南京大屠杀中军方的责任也做了深入的探究：

> 早在十二月一日就已经下达了攻下南京命令的松井司令官，在对各师团下达追击命令之际，严厉地发出训令："对敌军中假若失去抵抗意识的士兵，要采取最宽慈的态度，对一般平民百姓，更要经常抚慰，爱护他们，皇军一过，概要使所有官兵仰慕'皇军'的威德，欣然归服于我。"
>
> 也许是松井也在担忧发生这种不幸的事件。可是，这样的训令对洪水猛兽般进攻的集团军队是不会生效的。日军的军纪已荡然无存。
>
> 在日军占领南京时，为了进而防止不测事态，松井司令官只允许一部分经过挑选的模范二、三大队和宪兵进驻城内，其他部队概要停留在城外。可是，日军不服从这一命令，所有的部队全部开进城内，以肃清混杂在市民中的中国士兵为借口，发生了由五万日军进行的大掠夺、大屠杀事件。①

对于松井石根大将的责任，作者的说法有一定的道理。② 也就是说，侵华日军在对南京进行攻略战时，最高层的指挥官是做过努力和预警的，以预防军纪败坏，但是整个进攻速度和战略任务严重脱离了常规，松井本人执行不力，加上军中"下克上"的军国主义情绪占了上风，于是"皇军"成了"蝗军"，在攻打中国首都的路上烧杀淫掠，做尽了恶事。从战争的恶果来看，松井石根大将难辞其咎，虽然南京大屠杀的整体罪责完全由他一人来承担、日本皇室家族幸免于责有失公允。

对于南京大屠杀的时限、规模、伤害、破坏程度，小说《一盘没有下完的棋》也做了反思："南京的大屠杀主要是发生在从十三日起到十六日夜止这

---

① [日]南里征典：《一盘没有下完的棋》，第 93 页。

② 《有关南京大屠杀的判决书·(二)对松井石根的判决》，《见证与记录：南京大屠杀史料精选(西方史料)》，张宪文主编，第 784—785 页。

四天的时间内。高峰过后,日军继续在戮杀一般平民和散兵游勇,继续在各家各户搜捕浑身发抖的年轻妇女,统统进行强奸,继续在进行掠夺、放火。据说仅在南京城内,就有四万两千多人惨遭杀害,二万多名妇女被任意逮捕强奸。估计有一万二千家商店遭到掠夺,三分之一以上的街区被烧成废墟。这一切都是日本人干的。"[①]从小说作者的表述中,我们发现有很多值得商榷的地方。但是有一点我们可以相信,从南京大屠杀暴行发生后到小说《一盘没有下完的棋》诞生为止,南里征典应该是所有日本作家中最鲜明、最具有反思性地探究南京大屠杀的作家之一,与堀田善卫、本多胜一样,面对侵华日军的暴行,他十分真挚、勇敢地作了回顾,并十分坦诚地剖析南京大屠杀问题,即使有些细节问题仍有待研究。

图 5.1 《一盘没有下完的棋》

图片来源:《人民日报》,1982 年

在一部小说中,日本作家在有限的篇幅内,十分"固执"地书写南京陷落[②],并对日本为什么侵略中国、制造南京大屠杀找到了更为深远的因素:

---

① [日]南里征典:《一盘没有下完的棋》,第 92—93 页。

② 在最初即 1979 年,完全由中国作家创作的电影剧本里并没有对南京陷落的描写,1982 年中日两国作家合作的电影剧本里有一些内容涉及南京大屠杀,并几乎与南里征典写的一致,在这两者中有一处明显的差别,就是留日的学生获得南京大屠杀消息的渠道是通过一份外文报纸,在影视剧本中说是"《泰晤士报》"(详见中国刊物《电影创造》1982 年第 4 期第 58 页)。而小说《一盘没有下完的棋》中关于南京大屠杀的书写不仅远超前者,而且有离开情节的倾向。值得一提的是,中日合作拍演电影《一盘没有下完的棋》时,也是日方强烈要求一定要有关于日军侵华的情节,详情可参见洪洲、康同:《〈一盘没有下完的棋〉剧本创作始末》,《电影艺术》,1982 年第 11 期。

"在中国正苦于同英国进行鸦片战争的短时期内，日本奇迹般地完成了近代化。之后，日本实行富国强兵政策，摇身一变，反而步入欧洲列强的后尘，站在了蹂躏本是亚洲伙伴的中国的最前列。"小说作者借用巴小姐的思考，"想想看，正是'脱亚入欧'这种狂妄自大的言论和意味着向'脱亚入欧'方面发展的经济膨胀政策，把日本发展到了极端轻视、蔑视中国的地步，使日本开始走上了危险的道路"。①

可见，20 世纪 80 年代初，针对南京大屠杀、南京陷落，日本小说的对此书写已经达到了较高的水平。由于电影制作过程中日方积极而负责任地推动，使得当时的中日文化交流达到了前所未有的高度。

（二）《长江啊，莫忘那苦难的岁月》

1982 年"历史教科书"事件之后，中日关系较为紧张，难能可贵的是，日本当代剧作家、导演小林宏先生有了一部力作，再次促进了中日文化的交流。小林宏应南京电视台之邀，为南京大屠杀五十周年而创作影视剧本《长江啊，莫忘那苦难的岁月》。1987 年他第一次访问了南京，受到了强烈的震撼，他表示："南京大屠杀作为日本人的历史教训，应成为日中两国和平的基轴。"②

小林宏的影视剧本《长江啊，莫忘那苦难的岁月——为铭刻南京大屠杀 50 周年而作》同样是可贵的，表现出一个具有良知和勇气的日本人能达到的精神高度，这是可以与本多胜一、南里征典相媲美的作家。小林宏 1927 年生于岐阜县的农村，"年轻时曾参加过学生运动，也热心于演戏。他的一位哥哥在战争期间反对日本侵略中国，被日本军方杀害"③。1965 年，日本话剧团来华访问演出，其中历史剧《郡上农民起义》的作者就是小林宏先生。之后他应邀创写剧本，"我写这个剧本时，产生了非写不可的一种冲动。这种冲动，可以说自从我写《郡上农民起义》以来就未曾有过。我认为要发展中日两国的友谊，就不能掩盖日本的见不得人的那一面。只有这样，才能使人们深切地感受到战争带来的痛苦与悲伤。我就是抱着这种心情写了这部作品"④。可以确定地说，小林宏先生的创作意图很清楚，如何正确对待历

① ［日］南里征典：《一盘没有下完的棋》，第 88 页。

② ［日］小林宏：《小林宏剧作选》，于戴琴译，北京：新华出版社，1997 年 7 月，第 2 页。

③ ［日］小林宏：《小林宏剧作选》，第 6 页。

④ ［日］小林宏：《小林宏剧作选》，第 2 页。

史问题,仍然是处理好日中关系不可回避的现实问题。

剧本《长江啊,莫忘那苦难的岁月》直面历史,由日本修订历史教科书的事件切入,将亲历南京陷落、南京大屠杀的日本少尉盐见谦司置于被拷问的情境之中,还原南京大屠杀的现场,澄清大屠杀的罪责,披露日本侵略中国这一历史真相:“日本是惧怕中国的民族主义兴起,从而进行了资本主义和帝国主义的侵略战争。”作品通过“教科书执笔者”表明“历史的教训正是历史教育的重要工作,把侵略说成‘侵入’或‘进出’,这种暧昧的做法绝不可能吸取历史的教训”。小林宏先生的剧本通过电视中播放的访谈节目,由日本名神大学(剧中虚构)的木村教授探究了中国政府抗议教科书事件的背景,“这是意料中必然会发生的事。因为文部省的审定标准对侵略战争明显地持肯定姿态。还有,由于政府的执政党的文教派系的压力而形成的,所以它在国际上绝对行不通。这是耻辱。这件事光靠日本人自己是无法制止的,所以拖至今日终于发生了这种事态”。《长江啊,莫忘那苦难的岁月》一开始对教科书审定调查官的批判姿态就彰显小林宏先生对日本右翼势力的鲜明态度,通过该剧本中出现的主标题(剧名或片名)之后切进印刷字体的镜头显示南京大屠杀的真相,小林先生的剧本开篇具有极其强烈的问题意识,显示出作者强烈的责任感。

剧本的主体部分是由两个空间的故事组成。一个是日本的故事。曾是少尉军人的盐见谦司如今已经步入老年,他虽然口头拒绝对屠杀中国人表示忏悔,但是在他的潜意识中,总也难以得到安宁,接二连三的恶梦常常在他那里出现。他首先是对好友、战友北川少尉 1937 年的死惴惴不安,因为他向其未亡人保子说了谎话。后来他忏悔道:“我说我不知道北川怎么死的,那是说谎。我要告诉你结论。实际上夫人,那个北川是我杀死的。”他回顾当年的真相:“实际上……不知道该从哪里说好。您已经知道的那次南京战役。我们是从镇江往南京进攻,然后在 12 月 14 日占领了幕府山炮台。在那儿,从南京逃来的疲惫不堪的中国兵有 14777 名做了我们的俘虏。我们的悲剧也从这里开始。像恶梦似的日子到来了。”盐见谦司吞吞吐吐所说之事,实际上就是在“处置”数以万计的中国俘虏兵时误杀了自己的战友,这在南京大屠杀中确实存在。① 时隔多年,盐见终于表达他的歉意请求被原谅,因为他良心未泯,"如果他是一般的阵亡不会使我如此的痛苦,而北川的死,对,他是出于一个人应有的良心而死的,所以……"继而对在南京被集体屠杀的中国人表示"没脸见":"这确是不可饶恕的事。可如果不向夫人您实说,到了九泉之下都没脸见北川。不光见北川,也没脸去见和北川一起被杀害的中国俘虏。"反顾剧作家对人物情节刻画,可以找到一条逻辑线索:日军官兵仅仅屠杀中国人,是不易促成他们自身的反省与忏悔的,当在屠杀中有日本自己的同胞遇害时便产生了内疚感,由对同胞的死,思及南京人的死,才会有罪恶感。而在现实生活中,原日本侵华老兵回国之后,确实存在噩梦的拷问,在不断的梦魇中,他们有所觉悟,例如参加南京战的第十六师团的士兵回忆说:"现在想来,对中国人确实做了太残忍的事。提起这样的话,那情形就会在梦中重现。直至数年前,晚上还无数次做到被中国兵追赶的战争梦。梦境极其可怕,我被噩梦魇出了一身冷汗。"②

二是南京的故事。实际上,南京这一空间的故事里有两个时间段,第一个时段就是南京陷落前后,第二个时段是 20 世纪 80 年代后期。小林先生首先插叙了南京郊外长江边上的贫困农人张孝祖、高惠玉的阶级仇恨与爱情故事,然后述及张孝祖等人参加南京保卫战后被集体屠杀的情况,就此揭开了日军屠杀战俘及北川少尉死亡的真相。剧本描写了中国人临死不屈的反抗和北川少尉抗命拒杀俘虏的正义之举,但不幸的是,他被反抗屠杀的中国士兵裹挟着,在日军为制止俘虏"暴动"时一同枪杀。已经深受地主盘剥伤害的高惠玉执意到屠杀现场寻找丈夫和哥哥,自此以后精神异常。20 世纪 80 年代,高惠玉老人作为大屠杀的幸存者孤单地生活下来,但仍然患有失忆症。张孝祖的家人张汉全等联系上了她,重新唤醒了她的记忆。日本的"教科书"问题引起了中国的不满,在报上还登有南京大屠杀的大照片,张

① 原日军十三师团士兵宫本省吾在 12 月 12 日《阵中日记》记载:"傍晚好不容易刚回来马上又出发,加入处置俘虏兵的行列。处置了两万多人,终于碰上大出丑,友军也死伤不少。"参见[日]小野贤二、藤原彰、本多胜一编:《南京大屠杀——士兵战场日记》,李一杰、吴绍沅译,北京:社会科学文献出版社,2007 年 11 月,第 100 页。

② 详见[日]松冈环编:《南京战·寻找被封闭的记忆——侵华日军原士兵 102 人的证言》,第 58 页。另外,在该著作中提到的 102 名日本老兵中,还有两位原第十六师团的士兵分别回忆道:"回国以后的一段时间里,当年的事情常常在梦中浮现,回想起南京的事就怎么也睡不着……梦的内容是大群的中国人向我袭来的场面。"(第 139 页)"因为在'支那'干了坏事,所以有时候还梦到当时的情形。(望着屋里的纸拉门说)这个纸拉门也是做梦的时候给弄破的……当年的'支那'人,至今还出现在梦里,是 70 岁以后开始出现的。"(第 301—304 页)

汉全老人说:“照片不能说清楚,日本军到处杀人,那些人在哪儿被杀的如今也弄不清楚。男女老少死的人无数,尤其是年轻人,被捆绑着拉去用机枪扫射。那是地狱!现在想来,那会儿我被刺刀没刺死真是死里逃生!现在每逢下雨还痛呢,我要带着这伤疤活着,永辈子不忘掉,永远记住它。”同样是南京大屠杀的幸存者,他们及家人在南京大屠杀之后都深受其苦,这一重大创伤也是历史的创伤,难以弥补,何况日本遮遮掩掩,这深深刺激着中国人。小林先生专门设计了张汉全一家人关于“教科书事件”的对话:

> 张久远:教科书问题还没解决,日本文部省虽做了解释,还是躲躲闪闪推卸责任。
>
> 张汉全:他们变成了经济大国就更右倾了。没准儿军国主义在他们政府里蓄窝呢。这就是经济大国的狂妄。混账!经济实力强大了就没法讲理了!
>
> 张久远:我认为这跟开放政策不无关系。中国所以不强硬,就因为不能不重视日本的经济实力。
>
> 张汉全:所以我说这是混账!为什么只有咱中国这么落后呢?
>
> 张久远:因为长久以来中国始终是帝国主义的好香饵呗。

在剧本《长江啊,莫忘那苦难的岁月》中,明显地能够感受到中国人对于抗战、南京大屠杀等历史创痛的漠然,剧中的叶小花作为生活在 20 世纪 80 年代的年轻人,也不清楚高惠玉老人的病根所在,只是十分淡定说:“她是个战争的牺牲品。”对于战争的记忆和反思只能留存在民间那些战争受害者的心底。

具有一定意味的是,小林宏先生在剧中对结尾的设计——他安排了一次邂逅,45 年后的邂逅,在燕子矶附近的长江江岸,南京大屠杀造成的两位未亡人保子和高惠玉见了面。这是未曾相识也没能相识的一面,这里存在着中日两国人民之间的距离,能否缩短是需要历史去证明的,是需要两国人民共同努力的,尤其是以日本的深刻反省和忏悔作为前提的。正如小林先生曾表示的,“我们是接受教育的,作为一个普通的日本人也要向南京人民表示歉意”①。只有这样,才会有美好的未来。

---

① [日]小林宏:《小林宏剧作选》,第 3 页。

值得补充的是，1990 年，剧本《江东门人》被搬上舞台，其编剧是日本剧作家黑川欣映[①]，这部剧也是中日文化交流的成果。当时“古城南京的话剧舞台上，传出了一曲中日戏剧家合作谱写的春之歌。在南京大学执教的日本戏剧家黑川欣映参观了侵华日军南京大屠杀遇难同胞纪念馆后，萌生了编出一台戏剧的愿望”，这部剧“主人公是在战乱中失去了父母兄弟的日本人山田。四十余年后他到中国南京的江东门外开了个餐馆，合伙人是一个因坎坷经历而仇视日本人的中国人。掌勺的赵师傅，父母双双惨死在日军的屠刀下。于是，围绕两国及两国人民关系的不同看法，展开了激烈的剧情冲突及感情纠葛，通过战争受害者及他们后代的种种遭遇，展示了战争给两国人民造成了巨大伤害，从而增进了理解和友谊的愿望”[②]。

二、村上春树与大江健三郎：少数而坚定的声音

进入 20 世纪 90 年代后，日本右翼否定甚至美化侵华历史的行为时有发生，而日本文坛中正面、大胆而有影响力的反省声音日趋见少，在村上春树和大江健三郎那里有一些较为稀疏的记录。并且，我们也发觉，以上两位作家的反省意识很坚定。

首先要提到的是日本著名作家村上春树[③]。村上至少从 20 世纪 90 年代初开始至今，一直凭借文学这种方式书写着日本在历史上、军事上、文化上的“暴力”，他通过小说表明：“暴力就是打开日本的钥匙。”[④]村上对本民族历史的深切反省，足见其具有的良知与智慧。具体而言，与南京陷落相关有代表性的文学作品是两部长篇小说。

首先是《奇鸟行状录》(《拧发条鸟年代记》)。1991 年 2 月，村上春树抵达美国，正逢第一次海湾战争爆发，他在 3 月就开始写作(全书含三个部分，其中第三部分大约于 1993 年底动笔，1995 年 4 月完稿)，村上曾说：“实际上《鸟》这部作品也成了历史色彩很浓的故事。那大概自然而然地、本能地

---

① 剧作家黑川欣映也可称为“黑川映”，他邀请黄佐临先生为其执导《江东门人》，可参考刘忆斯：《黄佐临：温良恭俭让的中国现代戏剧宗师》，《晶报》，第 C04 - 05：先导，2009 年 9 月 15 日。

② 徐志耕：《续记・血谊》，《南京大屠杀》，北京：解放军文艺出版社，1997 年 3 月，第二版。

③ 村上春树(1949—　)，京都伏见区人，著名作家，毕业于早稻田大学第一文学部演剧科。他的最新小说《刺杀骑士团长》与本章有关的出版信息是：騎士団長殺し(第 2 部)，遷ろうメタファー编，新潮社，2017。

④ 林少华：《追问暴力：从“小资”到斗士》(序)，《奇鸟行状录》，[日]村上春树著，上海：上海译文出版社，2009 年 8 月，第 5 页。

要求我写那样一个故事。”在第三部“捕鸟人篇”中,我们看到“间宫中尉的长话”里有关于南京大屠杀的内容:“战线迅速推进,给养跟不上,我们只有掠夺。收容俘虏的地方没有粮食给俘虏,只好杀死。这是错的。在南京一带干的坏事可不得了,我们部队也干了。把几十人推下井去,再从上边扔几颗手榴弹。还有的勾当都说不出口。”①直接涉及南京大屠杀历史的内容在整个小说中只有这一处,然而弥足可贵。村上春树不仅通过南京保卫战中的间宫中尉讲述并承认南京大屠杀的暴行,而且还指出日本兵干“坏事”的原因:“他们大多数农村出身,少年时代正值经济萧条的30年代,在贫困多难中度过,满脑袋灌输的都是被夸大了的妄想式国家至上主义,对上级下达的无论怎样的命令都毫不怀疑地坚决执行。若以天皇的名义下令‘将地道挖到巴西’,他们也会即刻拿起铁锹开挖。”②

时至2017年2月,村上出版了大部头作品《刺杀骑士团长》,据林少华先生说,这部长篇的第二部第三十六、三十七章有直接叙述南京大屠杀的内容,“类似描述接近三页,译为中文也应在一千五百字上下”③,其中最为关键的段落如下:

> 是的,就是所谓南京大屠杀事件。日军在激战后占据了南京市区,在那里进行了大量杀人。有同战斗相关的杀人,有战斗结束后的杀人。日军因为没有管理俘虏的余裕,所以把投降的士兵和市民的大部分杀害了。至于准确说来有多少人被杀害了,在细节上即使历史学家之间也有争论。但是,反正有无数市民受到战斗牵连而被杀则是难以否认的事实。有人说中国死亡人数是四十万,有人说是十万。可是,四十万人与十万人的区别到底在哪里呢?④

在小说中也具体写出了日军屠杀的方式,如,“若是附近有机关枪部队,可以令其站成一排砰砰砰集体扫射。但普通步兵部队舍不得子弹(弹药补给往

---

① [日]村上春树:《奇鸟行状录》,林少华译,上海:上海译文出版社,2009年8月,第162—163页。

② [日]村上春树:《奇鸟行状录》,第601页。

③ 林少华:《〈刺杀骑士团长〉:置换,或偷梁换柱》,《社会科学报》,2017年4月27日,第8版。

④ 林少华:《〈刺杀骑士团长〉:置换,或偷梁换柱》。

往不及时),所以一般使用刃器。尸体统统抛入扬子江。扬子江有很多鲇鱼,一个接一个把尸体吃掉"①。

实际上,在日本作家的书写历程中,村上笔下对南京大屠杀这一历史事件的描述,并未明显突破前人。从"二战"结束以来,日本有少数具有良知的作家,如堀田善卫、本多胜一、南里征典、小林宏、黑川欣映等等均有重要的尝试,以小说、报告文学或剧本的形式书写了南京陷落,尤其是南京大屠杀。但是,前人的书写在当时并未产生对日本国民有重要影响的轰动效应,而今时过境迁,更被历史尘埃所湮没。20世纪90年代以来,村上身为闻名世界的大作家,依然对此执着地书写,文字虽少,也希望能够引起日本及当下国际社会的关注,从这一点看,村上春树堪称日本文坛第一人,对其赞誉如下实不为过:

> 他对暴力之"故乡"的本源性回归和追索乃是其作品种种东亚元素中最具震撼性的主题,体现了村上不仅仅作为作家,而且作为人文知识分子、作为斗士的良知、勇气、担当意识和内省精神。特别是,由内省生发的对于那段黑暗历史的反省之心、对暴力和"恶"的反复拷问,可以说是村上文学的灵魂所在。它彰显了村上春树这位日本人、这位日本知识分子身上最令东亚人佩服的美好品质。②

相较于村上春树,大江健三郎③多以散文的形式述及南京大屠杀、侵华日军的罪行。例如,大江在散文中提及张纯如,表达对南京大屠杀的批判。在《纽约时报》(1995年7月2日)上他发文回顾1960年第一次来华:"我们还访问了南京郊外的一个人民公社,听一位老人讲述,他是怎样藏在一大堆被日军屠杀的农民尸体中才保住了性命,他身上还带着当年的创伤。"他明确地认识到,"中国人不会忘记他们的残酷经历,他们会一代又一代转述那时的故事,绝不可能会淡忘",并警示性地宣告:"日本要在21世纪的亚洲成为一个真正受尊敬的伙伴,并不是依靠同西方相媲美的新经济力量,而是必须能建立一个与邻国可以相互批评的基础,为此,日本必须为其侵略行径道

① 林少华:《〈刺杀骑士团长〉:置换,或偷梁换柱》。

② 林少华:《〈刺杀骑士团长〉:置换,或偷梁换柱》。

③ 大江健三郎(1935—),出生在日本南部四国岛爱媛县喜多郡大濑村,1954年考入东京大学,后转入文学部法国文学专业,师从渡边一夫教授。

歉,并提供赔偿”。[①] 当被邀请到中国访问,他在演讲时也会真诚地为日军过去的罪行感到耻辱,并为中国人的受难感到难过。2006 年,大江第五次来中国到南京专程访问“大屠杀遇难同胞纪念馆”,聆听了大屠杀亲历者的讲述,他强调:“战争、尤其是南京大屠杀这样的悲剧,不仅是历史学家研究的内容,也是文学家要写的内容。大多数日本士兵在战前也是日本善良的公民,为什么侵略中国后就变成非理性的人?许多日本士兵战败回国后,脱下军装又成为正常的普通人,战争为何使人有这样的变化?假如再发生战争,这些日本士兵又会成为非人性的人吗?”[②]大江健三郎还在侵华日军南京大屠杀遇难同胞纪念馆题词:

> 我第一次拜访了侵华日军南京大屠杀遇难同胞纪念馆。我是在发生于南京的那场可怕的凶残暴行之前两年出生的,从那时起直至今日,换句话说,在跨越我整个人生的漫长岁月里,姜根福先生和夏淑琴女士这两位见证人是与痛苦记忆一同生活过来的。两位见证人的讲述让我深受震撼,所有日本人都有责任和义务必须承担起这个可怕经历的重荷,关于这一点,我在这里就不赘述了。我只想说,在两位见证人充满力度且基于事实的公正讲述与进而显现出来的深邃情感之中,存有人类的华美(品格),我为此而感铭于心。今后,我会经常回想起今天这个沉重而深刻的感铭,作为一个日本人,作为一个人,我要为当做之事而竭尽全力。
>
> 一九九四年度诺贝尔文学奖获得者大江健三郎
>
> 二〇〇六年九月十二日[③]

大江健三郎的表态多年来都是一致的,在他的言语中散见他的凝重与不安,他能够从广岛核爆炸、“冲绳岛事件”中意识到,祈祷和守候世界和平的重要性,对于自己的民族曾是“加害者”也十分清楚,在 1994 年接受诺贝尔文学

① [日]大江健三郎:《否定历史会使日本瘫痪》(*Denying History Disables Japan*),《纽约时报》,1995 年 7 月 2 日。所引用部分均由笔者翻译。

② 《村上春树、宫崎骏、大江健三郎,他们是怎么看待“南京大屠杀历史”的?》2017 年 4 月 13 日,http://www.gooread.com/article/20121452482/。

③ 许金龙:《由电影中侵华日军的钢盔说起》,2014 年 12 月 12 日,http://culture.china.com/zx/11160018/20141212/19097168_all.html。大江健三郎在侵华日军南京大屠杀遇难同胞纪念馆题词照片来源于该网页,图片如图 5.2。

奖演讲时,他就勇敢、真诚地反思过历史:“把国家和国人撕裂开来的这种强大而又锐利的暧昧,正在日本和日本人之间以多种形式表面化……暧昧的进程,使得日本在亚洲扮演了侵略者的角色。”大江相信,在日本现代文学领域里有良知的作家们已“对日本军队的非人行为做了痛苦的赎罪,并以此为基础,从内心深处祈求和解”,并且承诺:“我志愿站在了表现出这种姿态的作家们的行列的最末尾,直至今日。”①

无论是村上的小说还是大江的散文,都在文字中透露出对“二战”中日本所作所为的反省,村上透出文化哲思,而大江直击现实问题。虽然他们的表达只是沉默的大多数之外少有的声响,但也留下一些希望,正如村上的回答:“历史乃是之于国家的集体记忆。所以,将其作为过去的东西忘记或偷梁换柱是非常错误的。必须(同历史修正主义动向)抗争下去。小说家所能做的固然有限,但以故事这一形式抗争下去是可能的。”②

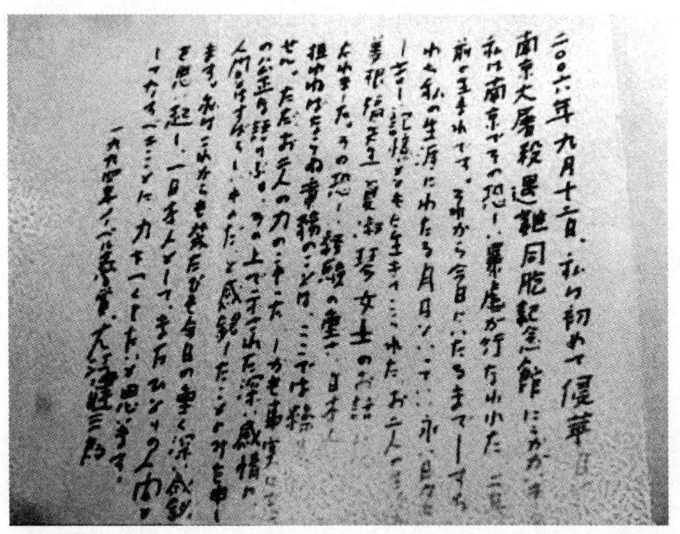

图 5.2　大江健三郎为侵华日军南京大屠杀遇难同胞纪念馆题词

历史的记忆就是由每个即刻的书写组成的,有时会契合历史真相,也常常偏离或扭曲。80 年来,日本作家书写南京陷落,尤其是南京大屠杀,有时就如同暗夜的星光,或明或暗,斑斑点点。石川达三在最关键的时期,如同遥远的彗星一样划过天际,难免朦胧;堀田善卫仍然是在关键时期——战后

① ［日］大江健三郎:《我在暧昧的日本》,许金龙译,《世界文学》,1995 年第 2 期。

② 林少华:《〈刺杀骑士团长〉:置换,或偷梁换柱》。

初期,勇于直面历史,书写“时间”,拯救记忆、恢复真相,然而,书写自身却不免落寞;栗原贞子为广岛而哭泣,深知历史渊薮的因果关系,呈现“受害者”与“加害者”集于一身的复杂性,却无法更改“原爆文学”的主流;本多胜一仍然在关键时期——中日邦交恢复前后,还原历史现场,将“加害者”钉在历史耻辱柱上,调查访谈,言之凿凿,却不能得到中日双方的应有回应;南里征典以及后来的小林宏都执意要把南京大屠杀的真相交代清楚,却随着右翼势力的集结与反攻,变得声息悄然;村上春树与大江健三郎作为少数派,仍然紧紧抓住于历史真相不放,时不时地将历史的天空照亮——为 21 世纪众多的无知者(尤其是年轻人)和无畏者(尤其是右翼势力)。如同暗夜的历史天空,因为有了以上诸位作家的闪光,才使得晦暗不定的历史有些希望,才使得历史的梦魇不时被打断。

80 年后的今天,参与或制造南京大屠杀的日本老兵也留世无多,他们的罪恶梦魇也许就要终结了。对于日本民族或日本人个体,南京大屠杀的罪恶是不是就此可以彻底忘却了呢?是不是就不用再清算了呢?一个人身上的烂疮可以同其一起消亡,一个民族身上的烂疮岂能无视?战时的林芙美子,战后的三岛由纪夫,他们可以无视,而有良知的日本作家不会。他们对此的忧思和忏悔将不会断绝,直到他们都进了坟墓。

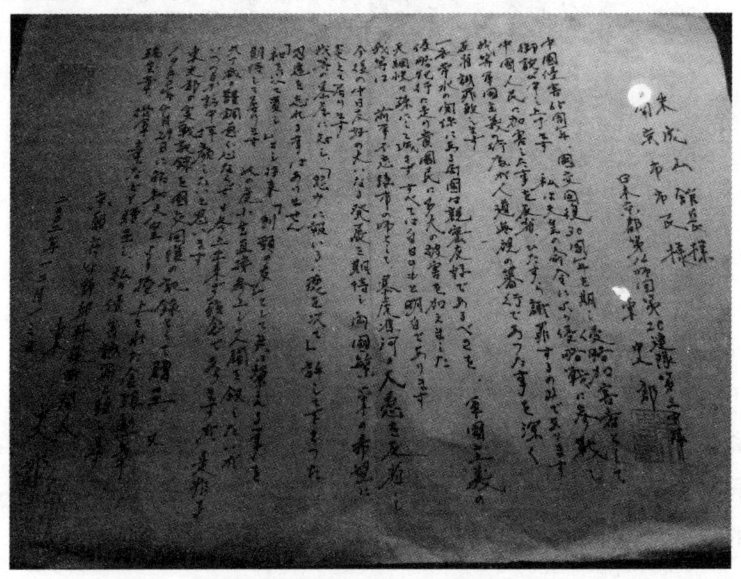

图 5.3　东史郎的致歉信(2002 年 12 月 13 日),收藏于侵华日军南京大屠杀遇难同胞纪念馆

据说,一位日本侵华老兵后来到了美国生活,87 岁时,已是退休的牙医的他写下了“临终遗言”,回顾了他所在的部队——日军第九师团富士井部队攻陷苏州城之后的经历:“我们踏着一地的血污和尸体占领了苏州,一路能烧就烧,能毁就毁,能杀就杀。”他清晰地记得自己的罪恶:“我在侵华战争期间,亲手杀死了 28 个中国人,包括男人和女人,奸污了 17 个中国女人。”谁会想到当年他这个新兵,在参军前还被两个姐姐认为是“胆小得像个女孩”呢?① 这个日本老兵应该同样参与了攻占南京的战斗,甚至就是南京大屠杀中“加害者”的一员。可以说,他已被视为大屠杀“加害者”的典型代表:作为大屠杀中施暴者的一员,却未受到任何清算,可又心有不安,隐藏在心灵深处的罪恶感不时显现:“战争结束后,我回到了日本,却再也找不回从前的安宁。我晚上总是噩梦缠身,睡觉时经常大声喊叫……我用赎罪的方式小心地对待每一个人,但是我做过的事还是会在夜深人静或我一个人独处时突然冒出来。那些被我杀害的中国人在临死前瞪着我,眼睛里充满了令人战栗的仇恨。”②能够自己清算自己,是否一定要离开本土? 要失去家人? 要相信佛教? 都不得而知。但这个老兵就是在美国孤独地反省,震撼人心:“只有上过战场的人才会知道,杀人也会上瘾,那才是最残忍的瘾,它能让你产生一种屠戮的快感和控制别人生命的生杀大权的自豪感,也是最刺激的人间游戏。当杀戮不但被允许且成为必须做的事时,你就可以由于杀人而感到自己存在的伟大和自豪。我们都成了杀人狂。”③

不说,真就来不及了。参与大屠杀的老兵所剩无多,如果他们都保持沉默,如果日本政坛、文坛、学界都三缄其口,如果日本中小学教材篡改侵华历史,那么,日本民族终将集体遗忘,或者不会知晓南京大屠杀与自己的关联。那将形成一个自闭的民族,既无勇气面对自己民族的历史,也无视他国、他民族的存在。那时将不会梦魇?

---

① 苡程:《不说,就真来不及了:纽约客的临终遗言》,北京:新星出版社,2012 年,第 120—121 页。

② 苡程:《不说,就真来不及了:纽约客的临终遗言》,第 120 页。

③ 苡程:《不说,就真来不及了:纽约客的临终遗言》,第 121 页。

第二节 华人华裔的南京城

南京陷落,尤其是南京大屠杀,在海外的华人华裔群体中得到了高度关注。为南京大屠杀进行纪念、追悼、宣传、索赔等活动,在美国、加拿大等国较早地就成立了相关组织或馆所,多数是华人华裔倾力创建的,起到了铭记与见证,甚至抚慰创伤的作用。[①] 而一些作家也做了许多尝试,创作了与南京陷落题材相关的文学作品,所有这些文学书写都弥足珍贵。据现有资料来看,海外的华人华裔作家为南京陷落创作了一些十分可贵的诗歌、散文、小说、剧本等作品,尤其是2000年以来日渐集中,而且部分中英文的版本也在国际上愈加具有影响力。

一、南京安魂曲

2004年11月19日,张纯如(Iris Chang)[②]不幸离去。她在1995年已经开始做南京大屠杀的历史研究,两年后写就了历史著作《南京浩劫:被遗忘的大屠杀》,因为她填补了英文书写南京大屠杀历史的专著的空白,再次全面地揭露日军在人类历史上的暴行,轰动了全世界。然而,这个伟大的华裔女性却过早地离世。她生前为世界寻找真相,逝后给人们留下了无尽的悼念,似乎她的死也成为寓意深刻的行动:就是用血肉之躯或生命之光的消失,完成与人类的最后一次对话,再次警示世人,莫忘人性中的黑暗和残暴。

---

① 在美国有纽约"南京大屠杀受难同胞联合会"(1991,筹建者为邵子平等)、旧金山"抗日战争史实维护会"(1992,筹建者为吕建琳女士等)、"世界抗日战争史实维护联合会"(1994)、"南京大屠杀索赔联盟"(1998,筹建者为Peter Stanek、陈碧仪、郭丽莲、邓孟诗、上田岩医等)。在美国加州落成"日本侵华浩劫纪念馆"(2000,筹建者为吴天威、熊玮等);2015年12月31日(美国当地时间),"洛杉矶南京浩劫期间美国英雄纪念馆"落成,该馆由世界和平与人权教育基金理事会、美国纪念南京大屠杀联合会、美国南加州大学纳粹大屠杀基金会三方联合主办。加拿大多地创建"亚洲二战史实维护会"(在多伦多创建于1997,筹建者为王裕佳、刘美玲等);自2016年12月初,安大略省黄素梅议员提交"Bill79号"提案,其核心内容是提议将每年的12月13日设为加拿大安大略省法定的"南京大屠杀死难者"公祭日,加拿大多伦多的华人社团发起的十万当地居民签名支持活动,加拿大华商联合总会执行主席、加拿大南京同乡会会长王海澄博士说,2017年12月13日,他们将在加拿大多伦多举办海外规模最大的公祭活动,并将开始筹建侵华日军南京大屠杀遇难同胞纪念馆加拿大馆(详见肖姗:《加拿大拟设"南京大屠杀死难者"公祭日》,《南京日报》,2017年4月8日,第A01版)。

② 张纯如(Iris Chang,1968—2004),在1997年她出版了*The rape of Nanking: the forgotten holocaust of World War II*,直译为《第二次世界大战被遗忘的大屠杀——强奸南京》。

电影《张纯如·南京大屠杀》(2007 年)的女主演郑启蕙(Oliva Cheng)为张纯如献诗,不但示以哀悼,而且表达了最为切合的心声:“再一次,让世界记起/那场恐怖与痛苦/他们强奸了你的骄傲/掠夺了你的尊严//说起他们如何窃取你的和平/为结束悲剧而呐喊。”[①]实际上,张纯如逝后,在国内外有众多的诗歌作品为之缅怀悼念,唯独郑启蕙的诗是如此超凡动人。

图 5.4 张纯如铜像

图片来源:作者摄于侵华日军南京大屠杀遇难同胞纪念馆

(一) 幸存感的复调

1997 年,张纯如的历史专著一出版,就使得美国华裔诗人林永得[②]为

① 郑启蕙(Oliva Cheng)不仅为电影《张纯如·南京大屠杀》卓绝地演绎了女主人公张纯如,而且她的诗歌 *A Song for Iris* 被谱写为的该电影主题曲也感人至深,其中部分诗节被引用为本书扉页题词,在此表示感谢。

② 林永得(Wing Tek Lum,1946—)是一位夏威夷火奴鲁鲁商人和诗人,毕业于布朗大学工程专业。他的第一本诗集是《疑义相与析》,由竹脊出版社(Bamboo Ridge Press)在 1987 年出版。林永得的第二本诗集的名字被译为“南京大屠杀诗抄”,是源自单德兴(台湾中央研究院欧美研究所特聘研究员)在《创伤·摄影·诗作:析论林永得的〈南京大屠杀诗抄〉》(《文山评论:文学与文化》,第七卷,第二期,2014 年 6 月)一文中的译法,单德兴十分了解这位诗人及其诗作,对该诗集的名字及部分诗篇的翻译十分珍贵。

之震动,他即刻就写下了一首仅有两节的诗《南京,1937年12月》[①]回应:“数以千计的”中国人(男人),如同“拴着的牛”“赶着的绵羊”“串着的猪”“骑着的山羊”,以各种方式被残暴地屠杀。全诗第一节共28行,从第5行开始,几乎每一两行诗句就是对一种被残害的素描,而最后一节仅有一句:“那时该轮到女人们了。”可以想象到诗人的悲愤和沉痛,令其惊诧与无语的是中国曾有过这样骇人听闻的历史,是张纯如揭示了几十年来被世界遗忘的真相,多年以后,这位第三代华裔诗人在《南京大屠杀诗抄》(*The Nanjing Massacre*: *Poems*)文末的《致谢》开篇即道:“我必须首先向已故的张纯如致谢,是她的《南京浩劫:被遗忘的大屠杀》引起了我对南京大屠杀的认识。”[②]

诗人在《南京大屠杀诗抄·致谢》中提到,最先公开发表的南京大屠杀诗是《最为恐怖的一刻》(*A Moment of the Truest Horror*)。[③] 这首诗可以看作为《南京,1937年12月》的续诗,当写到“那时该轮到女人们了”,诗人哽咽凝噎,而《最为恐怖的一刻》就是对此及时的补充,诗人无法保持缄默,他要向世界揭露日军的暴虐:

最为恐怖的一刻[④]

林永得

他们下手了
她被按住,一颗手榴弹插了进去
强行地,在放手之前
开始引爆
一脚
准确地踢倒她
确保她

① 笔者译自林永得先生的《南京大屠杀诗抄》——*The Nanjing Massacre*: *Poems*(Honolulu: Bamboo Ridge Press, 2012),P92.单德兴认为:“林永得此系列的第一首诗《南京,一九三七年十二月》写于一九九七年,刊登于二〇〇二年九月的《诗刊》(*Poetry*)。”(源自《创伤·摄影·诗作:析论林永得的〈南京大屠杀诗抄〉》,第24页)

② 可参考《南京大屠杀诗抄》文末的《致谢》(“*ACKNOWLEDGMENTS*”):“I must first acknowledge my debt to the late Iris Chang, whose book *The Rape of Nanjing* raised my awareness of the Nanjing Massacre.”第235页。

③ 参见:《南京大屠杀诗抄》,第235页。

④ 该诗由笔者翻译,参见:《南京大屠杀诗抄》,第111页。

就死。他们迅速跑开
去掩蔽。

她跪着
在那儿,披散着头发,伤痕遍布,
血流着,无情地
惊悚着,大睁着眼睛,
大腿苍白,声音
颤抖着、嘶呖着,她的手狂抓
不止;肚子扭结,
准备要
分娩,在
这一刻最恐怖。

如果说前一首诗是扫描,而这一首即为写真,她们都透露着诗人最初了解大屠杀史实时感受到的震惊和愤怒。自此,林永得一发不可遏制,从1997年开始之后的15年间,接续写下了这一题材的诗歌,在2012年他结集出版了的《南京大屠杀诗抄》。

《南京大屠杀诗抄》的主体分为五个部分,前有"题辞",后有"尾声",共104首诗,许多诗篇令人窒息,不忍卒读。诗人最初的创写是基于暴露与见证,如前文提到的,诗人多采用"摄影""录像""写真"的手法[①],此时悲愤显然渗透其中;之后的诗篇仍采用此方法,但很快进入新阶段,诗人不仅素描中国士兵、普通民众(妇女)受戕害的情境,还突出地还原日本军人的追击、诱敌、暴行场面,士兵们大都有声音、动作或心理,大屠杀的亲历者、见证人同样如此,于是,《南京大屠杀诗抄》,尤其是其中的叙事诗,确实达到了复调的叙事效果,这与张纯如《南京大屠杀》的书写手法相近。具有代表性的诗

① 单德兴在《创伤·摄影·诗作:析论林永得的〈南京大屠杀诗抄〉》中对林永得诗歌所具有的摄影特性及其价值做了充分的论述:"时间之流滔滔向前,一去不返,而诗人藉由写诗得以在川流不息的时间中,如同快照般截取特定的瞬间,加以定格,显影,不仅使其不致流失,保留诗人所观、所感、所思、所悟,并可让不同时空下的读者根据各自的机缘与能力加以凝视、沉思、解读、品评、发挥……这种说法与一般对摄影的说法相似,着重于从逝者如斯的时间之流中'摄'取而留'影',除了记忆与保存的基本功能之外,还保留了发挥与创造的可能性——尤其是对诗人而言。"参见该文第11页。

篇很多,例如写日军进攻的《优待凭证》《之前的夜晚》,写日兵行军抢劫的《手推车》,写日军海军的目击的《我屏住呼吸》,写日兵侮辱敌手的残酷的《一个真的兵》;写保卫南京部队的《溃逃》《天塌了》;写被攻击的南京的《被炸之后》《诅咒》《双重犯罪》《南京国际安全区》;写日军大规模屠杀的《幕府山脚下》;写日军肆意屠杀的《红圈》《被扔进土坑里》《一个村庄的埋葬》;写日军性暴力的《仅是惩罚》《死亡时刻的尸检》《这个姿势》《它们是标记》《圣诞节前那天》《最强攻击》《保险套》等等。[①] 诗人力求不介入情感地叙述南京陷落或大屠杀,时有淡化具体历史情境的可能,仅对实施者、承受者做最俭省的素描。其中,《优待凭证》是诗集开篇之初的第三首,该诗简省至极,仅将日军的宣传单直译分行:"(绝对不杀投诚者)//凡华军士兵/无意抗战/树起白旗/或高举两手/携带本凭证/前来投诚/归顺日军者/日军对此/必予以充分给与/且代谋适当职务/以示优待/聪明士兵,盍兴乎来!//日军司令部。"[②]在诗行字面之上不仅呈现出鲜明的视觉效果,而且声音效果亦为突出。和《优待凭证》一样,整个诗集充斥诸种声响,动作性极强地组合"时间切片"[③],在那个时空里,诗人不断地写真、定格、曝光,受众注定将会随之返回历史现场,找寻历史真相。

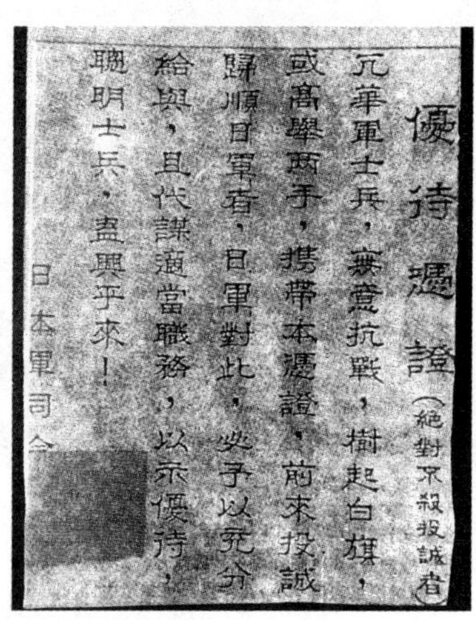
優待憑證
(絕對不殺投誠者)
凡華軍士兵,無意抗戰,樹起白旗,
或高舉兩手,携帶本憑證,前來投誠
歸順日軍者,日軍對此,必予以充分
給與,且代謀適當職務,以示優待,
聰明士兵,盍興乎來!
日本軍司令

图 5.5 《优待凭证》

值得注意的是,《南京大屠杀诗抄》有一个倾向,就是基于南京大屠杀而

---

① 在诗集中对应的篇目依次是"Preferential Certificate","The Night Before","The Hand Cart","I Hold My Breath","A Real Soldier","Running","Heaven Has Collapsed","After the Bomb","The Curse","Double Crimes","The Nanking Safety Zone","At the Foot of Mufu Mountain","The Red Circle","Thrown into the Earth","A Village Burial","Just Punishment","An Autopsy at the Moment of Death","In This Pose","They Were Markers","On the Day before Christmas","Best Attack","Condoms"。

② Shi Young, James Yin, *The rape of Nanking: an undeniable history in photographs*, Chicago · San Francisco: Innovative Publishing Group, c1997, Expanded 2nd Edition, P33. 详见图5.5。

③ 林永得认为,"我的诗是一个有关时间的切片之描述(a description of slice time)"。参见:《创伤·摄影·诗作:析论林永得的〈南京大屠杀诗抄〉》,第14页。

超越南京大屠杀。林永得有意从南京陷落出发，关注全人类的暴行。例如，他写的《强奸》(*Rapes*)[①]就是由“南京：1937”“柏林：1945”“刚果：1960”“波斯尼亚：1992”至“卢旺达：1994”，俯瞰人类暴行，令人痛心不已；而在另一些诗篇中，诗人也倾力于定格或注目南京陷落、南京大屠杀的某一时刻，却似乎分辨不出在人类历史上那是哪一时、哪一域的战争或暴行。毫无疑问，这些都是对人的饥饿、恐惧、残忍或悲悯等极为深入的传达。《一个废弃的营地》(*In a Deserted Camp*)通篇 14 行，全然无法断定是哪一场战役，但能看到战争的残酷：“我们是那样的饿/想不到碰见/隐藏的一箱肉罐头……根本不在意/头上有飞机/直到我们被扫射。/人人扑倒闪避。/我同伴/被击中/不救他/我只是抢夺他的饭盒。”[②]而《我的战友》(*My buddy*)一诗同样为火线留影：

我的战友[③]

我们两个
在同一个散弹坑里

手榴弹
竟落进来

我们不是被教过
快速反应吗？

你快逃，或是
快点儿扔出它

我战友爬着
闪出了坑

① 参见：《南京大屠杀诗抄》，第 134—138 页。
② 该诗由笔者翻译，参见：《南京大屠杀诗抄》，第 41 页。
③ 该诗由笔者翻译，参见：《南京大屠杀诗抄》，第 42 页。

我铲起它
竟扔了出去

手榴弹却
朝了他的方向

爆了
炸断了他的手

多幸运
谁的?

他退伍了
我仍要战斗

当然,联想到南京保卫战的惨烈,读这首诗会让我们产生更加不尽的唏嘘,也只有联系中日战争,才能有利于理解《中山门旁》(*Inside Zhongshan Gate*)一诗蕴含的荒谬感:为死去的战友造了一个祭坛,哀悼之余,大声预祝六个月攻占全国取得胜利的时候,一个中士却警告说要多年,为此他们打赌——“我没了赌注/结果成了战俘/他却这门旁死了/被炸得粉碎”①。然而,以上两首诗即使没有中日对抗的背景,也完全凸显了诗的洞察力和震撼力,真可谓残酷的美。如果细致分辨,还会发觉在《南京大屠杀诗抄》中显示了人性的丰富:《我们在哪儿离开了家》(*Where We Left Our Family*)是大屠杀幸存者的泣诉;《桃太郎们》(*The Peach Boys*)是独特文化孕育出的厚颜无耻;《我屏住呼吸》与《一个真的兵》闪现了日本兵在恶行渊薮之后也有震颤的心。

可以说,诗人的“幸存感”②激发为《南京大屠杀诗抄》,这部“诗抄”达到了与受难者共艰苦、同声息,与历史对话、与谎言对抗的卓绝效果,正如单德

① 由笔者译,参见:《南京大屠杀诗抄》,第43页。

② 单德兴:《创伤·摄影·诗作:析论林永得的〈南京大屠杀诗抄〉》,《文山评论:文学与文化》,第七卷,第二期,2014年6月,第12页。

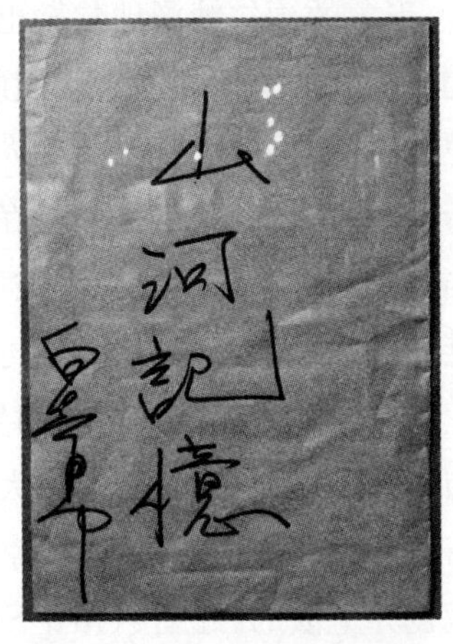

图 5.6　白先勇为纪念馆题词

图片来源:摄于南京民间抗战博物馆

兴所言:“他写这一系列诗作的目的不仅在于让受害者现身,赋予他们声音与身形,也要求加害者认清自己对别人的伤害,坦承错误并承当责任,以示不忘前愆,更要避免历史重演。”[①]这是一部非同一般的史诗,足以和张纯如的史著呼应、媲美。虽然称之为“史诗”,也绝非一般意义上的史实记录,因为诗人有十足的勇气和赤诚为受害者发声,而不是隔靴搔痒的装腔作势;敢于书写大屠杀事件中最为残忍、丑陋和不堪的细节,而不是顾左右而言他的畅想与抒情;勇于为南京大屠杀写真而又蕴含深远,揭示的是人类共同的罪恶,敲响的是人性共存的警钟,实现了“诗的救赎”[②]。时至今日,环顾全球,林永得的《诗抄》可谓南京大屠杀诗歌中的杰作、世界文学中的精品。这令人欣慰,也令中国诗坛尴尬,因为,那里还未有这样高水准的诗篇。同时,十分令人费解与遗憾的是,林永得的《南京大屠杀诗抄》至今还未看到中文译本。

(二) 文体纷呈的多声部

令人振奋的是,继林永得之后,栖身于乐界、诗界的陈咏智(Wing-chi Chan)也出版了英文诗集——《1937 金陵祭》(2016),他说,这部诗集凝聚了十年心血,是对中国抗战牺牲者的缅怀,也是对朋友张纯如的纪念。[③] 在海外华人华裔对南京陷落的文学书写中,除了诗歌外,还有许多文学表现形式,为数不多的是剧本。胡晓庆导演的《我是张纯如》(*INTO THE NUMBERS*),出自美国人克里斯托弗·陈(Christopher Chen),“他用诗

① 单德兴:《创伤·摄影·诗作:析论林永得的〈南京大屠杀诗抄〉》,第 37 页。

② 单德兴:《创伤·摄影·诗作:析论林永得的〈南京大屠杀诗抄〉》,第 38 页。

③ 陈咏智(Wing-chi Chan),现居华盛顿特区,是美国诗人学院会员、美国交响乐团联会会员、绿山学院(Green Mountain College)和沈阳音乐学院客座教授。2007 年,陈咏智就带领十二位美国华府声乐家参与南京大屠杀七十周年纪念音乐会的演出,担任合唱指挥,途中还撰写了七绝《金陵祭》:“天涯咫尺祭金陵,箫管压弦倾挽情。起板招魂冤不息,落红离岸觅凄声。”可参见:“2016 年华府年度人物候选人之一　陈咏智教授”,2017 - 3 - 19 20:07,http://www.chineseindc.com/article-78775-1.html。

意、形象的词句精彩地勾勒出张纯如丰富的思想与情感世界,又用血腥的语句和理性的思辨冲击着我们的心脏和神经。因此,他对南京大屠杀的反思更偏重于对人性的反思,对人为什么会无缘无故地对无辜的陌生人施加暴行这种行为进行解剖,对战争中的种族屠杀和灭族行为予以思索和分析。当然他的结论就是剧中张纯如的结论,即人性本恶,而且这种恶无处不在,甚至已经深入人的灵魂,不再受人的掌控,因此恶在肆意而为。正是这个结论让张纯如选择结束自己的生命以求避免未知的结局”①。可以说,胡晓庆与剧作家形成共鸣,从南京大屠杀的残酷中牢牢地把握住人性深处的黑暗,将之曝光,警示后人。而加拿大艺术家曹枫(Diana Tso)女士用四年的时间编创并上演的《红雪》(*Red Snow*,2012)②,通过祖孙三代人的故事来追溯1937 年在中国南京发生的残酷事件:1997 年的冬天,常凤凰(Isabel Chang)经常被梦魇所折磨,不断地陷入戏曲《牡丹亭》的梦幻里,这促使她从多伦多远赴南京寻找祖母(Popo: Lai HongHuang)的死亡真相,遇到日裔青年(Jason),又产生了复杂的情感纠葛。这个剧本是关乎创伤的,既是南京大屠杀幸存者如 Gung Gung(祖父)和 LiLy Chang(爱莲)父女的,也是幸存者家族的。祖母红凰当年是丝店老板的女儿,喜爱梅花、听戏曲,却嫁给了渔夫 Gung Gung,即 Chang Zi Xiu。寄居多伦多的爷爷 Gung Gung 在雪夜大声听着《牡丹亭》,还一直懊悔道:“如果我没有把她从她父母那里偷走,她可能还会活着。”这位老人拒绝向女儿及孙女讲述当年奶奶经历的不幸,他却说:“记着只会带来痛苦!”爱莲在妈妈(孕妇)遇难时才两岁,如今已是单身多年的妈妈,她也常在梦魇之中呼唤:“妈妈,救我——救我,妈妈——”她说:“我知道这对我们大家都是一个困难的时期。”而常凤凰万里迢迢赶到南京大屠杀遇难同胞纪念馆却没有发现奶奶的名字。而1997 年 12 月 13 日正是她奶奶 60 周年的祭日,同样,也是南京大屠杀所有遇难者的祭日。

《红雪》就是以家族创痛的缩影诠释了中华民族的创伤,其价值不可谓不大,“诗性的剧本和令人印象深刻的创作都是充溢心灵的,那将通过求诸

① 胡晓庆:《绝望与悲伤——〈我是张纯如〉导演小札》,《艺术评论》,2009 年 11 期。

② 参见红雪:《融合东西方戏剧的团队》,http://redsnowcollective.ca/wordpress/。下文中引用的剧本内容的版权为原作者曹枫所有,由笔者译出。

于宽恕的讨论开启一场疗愈过程”[1]，全剧期图以戏曲《牡丹亭》“由死还生”之爱的力量求得魂安与和平。

提到剧本《红雪》的创作，曹枫说，张纯如的《南京浩劫：被遗忘的大屠杀》是个重要的激发因素[2]，同样，严歌苓在多次访谈中也表达了类似的想法[3]，而哈金[4]写《南京安魂曲》(2011)也有相似情形。[5]“从某种意义上，我们也可以这样说，正是由于张纯如这部历史证词的出现，才激活了更多后来者的历史记忆和书写激情，也激活了他们再度构筑这一集体记忆的强烈意愿，从而出现了严歌苓的《金陵十三钗》和哈金的《南京安魂曲》。”[6]

确实，1997 年开始，尤其是新世纪以来，海外南京大屠杀的文学书写猛然丰富起来，而其中美籍华人华裔小说家为之发力最为突出，除了以上提到的小说外，还有祁寿华的长篇小说《紫金山燃烧的时刻》(2005)[7]、伊

---

① 红雪：《让人面对一个很少讨论的 1937 年发生在中国大屠杀》，https://nowtoronto.com/stage/theatre/red-snow/。

② 《加拿大舞台剧〈红雪〉上海当代戏剧节国际首演》，http://news.yorkbbs.ca/event/2012-10/1302707.html。

③ 例如：“张纯如的《南京大屠杀：被遗忘的二战浩劫》这本纪实的书，对我的作品的启发是，对于那场浩劫，日本人从他们的武士精神到南京大屠杀这样的演进，对这个民族，我有了深刻、宏观上的认识，对我写《金陵十三钗》应该说有很大的帮助。”(参见严歌苓：《〈金陵十三钗〉背后的故事》，http://eladies.sina.com.cn/qg/2011/1229/23541115863.shtml 或《对话严歌苓：我的写作生涯之痛与情》，http://book.ifeng.com/dushuhui/special/salon050/wendang/detail_2011_06/07/6858102_12.shtml)

④ 哈金，本名金雪飞，1956 年生于辽宁，14 岁参加中国人民解放军，1977 年，他考入黑龙江大学英语系，后又在山东大学攻读美国文学硕士学位。1985 年，哈金赴美留学，攻读博士学位。现为美国艺术文学院(American Academy of Artsand Letters)院士，美国波士顿大学英语系教授，主要讲授创意写作、移民文学和诗歌方面的课程。哈金写小说、诗，代表作有诗集《于无声处》《面对阴影》《残骸》，短篇小说集《光天化日》《新郎》《落地》《小镇奇人异事》等，长篇小说《池塘》《等待》《战废品》《自由生活》《南京安魂曲》等。他曾获中国《人民文学》短篇小说金奖、美国国家图书奖、美国笔会福克纳奖、海明威基金会奖、欧·亨利短篇小说奖、亚裔文学奖等，凭《南京安魂曲》一书获得第二届“南京图书馆陶风图书奖”(2012)。

⑤ 哈金在台北版《南京安魂曲》的序言中坦陈：“小时候常听老人们说起南京大屠杀，但对其中的来龙去脉和具体情况并不清楚。来美国后，发现这里的华人每年都要纪念这一历史事件。我和太太也参加过数次集会。真正开始对这件事了解是在张纯如的《南京大屠杀》出版之后。”(单德兴：《创伤·摄影·诗作：析论林永得的〈南京大屠杀诗抄〉》)

⑥ 洪治纲：《集体记忆的重构与现代性的反思——以〈南京大屠杀〉〈金陵十三钗〉和〈南京安魂曲〉为例》，《中国现代文学研究丛刊》，2012 年第 10 期。

⑦ 祁寿华(1957—　)，出生在南京，1989 年赴美国攻读博士学位，现任美国西康涅狄格州立大学英语终身教授，讲授本科及研究生的文学和文学创作课程。这部小说有三个英文版本：Long River Press(2005)，CreateSpace Independent Publishing(2010)，WingsAsClouds Press(2015)。

森·杨的绘图本《南京:燃烧的城》(2015)①和郑洪的长篇小说《南京不哭》(2016)②。

《紫金山燃烧的时刻》的叙事时空限定在 1937 年 12 月 12 日至 18 日,即日军攻占南京城的前夜及之后的六天里。祁寿华全面调动南京陷落过程中相关的各层人物,将南京平民(尤其是妇女、儿童)、抗战官兵、日军将佐和西方观察员(尤其是拉贝、魏特琳等)尽力刻画,运笔细致而流畅,情绪显得浓烈而分明,呈现了侵华日军在南京的暴行,较为深入地还原历史现场,将南京攻防战和南京大屠杀联接起来,尤其是书写后者时的历史基础较为牢靠③,并且试图对日军的暴行进行文化探究,如佛教、性善论等,亦十分可贵。而《南京不哭》是从女主人公陈梅的出身说起,整个故事大体截止到日本战犯审判,前后近三十年;小说人物的行迹往返在中美两国之间,述及波士顿、南京、汉口、重庆等地,而在南京的故事里,对 1937 年南京陷落的文学书写接近七章,占全书的四分之一,日军在国际安全区内外的暴行也被突出呈现,明妮·魏特琳、约翰·拉贝的身影跃然纸上。逃离南京大屠杀的小说主人公带着屠杀的创痛,见证了"屠夫"应有的惩罚。郑洪先生可谓老当益壮,写的小说壮怀激烈,在这一个层面上,远胜同类题材的其他小说创作,正如他在中译本的最后一章文末"题辞"④中所言:

书成国恨心犹烈,
唱罢梅花意未休。

郑洪专门写出了第十九章"委员长",突出地刻画了一个"彻头彻尾的'民族

① 伊森·杨(Ethan Young, 1983—),生于纽约。绘图本《南京:燃烧的城》的版本信息为 *Nanjing: The Burning City*, Milwaukie, OR: Dark Horse Books, 2015.

② 郑洪(1937—),祖籍广东省茂名县,在美国加州理工大学获得学士至博士学位,研究方向为理论物理。现为麻省理工学院终身教授。他的长篇小说《南京不哭》的英文版为 *Nanjing Never Cries*, Cambridge MA: Killian Press, 2016。

③ 有些历史背景叙述得不准确,例如,"就连蒋委员长和蒋夫人也在一个礼拜前打点行李撤了。撇下一个没有了政府的城市,撇下数十万平民百姓以及装备破旧、毫无士气的士兵。留下来的百姓不是太穷了就是太老了或病得太厉害了,加入不了大撤离的行列。而那些士兵们被命令留下来,守卫一个被国民中央政府和最高统帅部放弃了的城市,无疑是去完成一个自杀性的使命"。引自:Shouhua Qi, *When the Purple Mountain Burns: a Novel*, San Francisco, Long River Press, 2005, P42 - 43.

④ 此处"题辞"在中译本"第二九章"后、"后语"前,参见:《南京不哭》,译林出版社,2016 年 12 月,第 354 页。然而,英文原版中并没有这一题辞。

主义者'"及其同僚。"委员长"励精图治、克己奉公、隐忍负重、力挽狂澜,书中,蒋介石说:"南京保卫战也需要铁和血。"[①]当唐生智将军赞同"委员长"南京需要保卫战时,小说称其为"这位高大的胡子将军";当唐生智请缨守卫南京时,作者写出"委员长"及其他军官一致向其"敬礼"。可以说,对这一细节的编织和虚构,罕见地显示了捍卫国家与民族的悲壮与崇高,一反多年来同题材的叙事模式,自国内周而复的《南京的陷落》(1987),到美国保罗·韦斯特的《橙雾帐篷》(1995)(见本章第三节)大体一致地写出了"委员长"、唐生智所代表的军阀本性、寡头内讧。即使在祁寿华的《紫金山燃烧的时刻》中,也同样可以看到:

> 委员长到底搞什么名堂?虽然十年前唐生智支持蒋介石北伐,消灭割据的军阀,可两人彼此间从来就没有过好感,从来就没有过相互信任。事实上,由于权力斗争,唐曾两次被流放出国。蒋为什么偏偏要选择唐来指挥城防呢?该不是蒋的又一绝招?如果城防胜利(就目前局势而言,几乎是不可能的),蒋可以以知人善任而自居。如果南京落入日本人的手里(这几乎是肯定的),蒋在斩马谡时连一滴眼泪也用不着浪费了。[②]

可见,郑洪不再纠缠于蒋介石与唐生智的权力关系,明显是要突出民族兴亡、众志成城的意志。而且,他还基于史料客观地写出另一个细节,就是国际安全区的欧美人士提议协商中日停火,而非祁寿华所叙述的"唐将军主动要休战谈判,而且已经达成了初步协议,先给中国军队撤退的时间,然后日军再不战而入。可是,唐的特使却没有在两天前的中午按照松井司令的最后时限出现"[③]。这可以说是对南京保卫战的主帅唐生智比较公正的交代。在郑洪的笔下,我们无不感受到"天下兴亡,匹夫有责"的民族气节,从毅然归国效力的任克文那里,从风流倜傥守信的范东美那里,都是如此。这些凛然与壮烈的声息在严歌苓的《金陵十三钗》、哈金的《南京安魂曲》中均未出现。

---

① 郑洪:《南京不哭》,南京:译林出版社,2016年12月,第194页。

② Shouhua Qi, *When the Purple Mountain Burns: a Novel*, San Francisco, Long River Press, 2005, P37.

③ Shouhua Qi, *When the Purple Mountain Burns: a Novel*, P31.

如果翻开伊森·杨的《南京:燃烧的城》这个"图解"的南京陷落,恰恰会感受到强烈的"民族主义"气息。伊森·杨在书的扉页中表明:"中国军方官员开始在混乱中逃离南京。许多指挥官放弃了自己的部队而没有任何撤退的命令。这是一个关于被遗忘的人的故事。"[①](《南京:燃烧的城》中的文字由笔者翻译,下同。)而之后他结合绘图,告诉我们,国军上尉凭借来复枪,本来计划去挹江门逃生,面对日军暴行,他最终选择反抗,但最后被日军大佐捕获,在西方人、难民们的见证下,被日军枪杀。临死前,国军上尉宣称:"中国最后一定会胜利,大佐。你能杀了我、杀死这里的国民党士兵,甚至整个占领我国,杀死我们的大元帅。但是你永远不能毁坏我们的荣誉。你永远不能捣毁我们的再生能力。你永远消灭不了我们这个民族。"[②]伊森·杨能够真实地暴露日军暴行,却只能传奇地塑造国军抗争。实际上,作家直面中国人抗争日军暴行、正面书写国民党官兵的抗争都是困难的,常常免不了虚弱和稚嫩。即使如此,在新世纪 2015 年之后的这个阶段,海外华人华裔对南京陷落的书写确实出现了这种倾向,即舒张我们自己民族的抗战力量,呈现出在大屠杀面前的凛然无畏。能够达到这一书写效果是十分不易的,因为还没有足够的史料做支撑,所以,一旦写了就不免苍白和无力,尤其对于年轻的作家而言,伊森·杨几乎很难讲出精彩的故事:国军上尉无法确信安全区里西方人的保护作用,准备伙同陆逃出南京;吃过魏贤老人的米饭,即严辞拒绝带他去安全区的恳求;目睹紫英和妈妈惨遭蹂躏,才被日军的残暴刺激而反抗,杀死了几个日军士兵(其中,唯一一个良知未泯的日本兵耀西却被陆砸死);陆受了男孩平的妈妈燕的枪伤,平的父亲洪最后同意上尉的计划——燕和平拉着平板车,隐藏着陆,到安全区的医院医治枪伤,如果路上有危险,上尉和洪就在对面楼上狙击敌人。日军拦住母子的板车,企图夺米,而日军大佐训斥部下,给予放行。后来大佐枪杀了洪,抓捕了上尉,并要求他认同日军的殖民统治,希望交代出国军高层的隐蔽地点,因为上尉拒绝合作,最后被枪杀。可以说,《南京:燃烧的城》在图解南京陷落的过程中,抑制不住的民族主义情绪是明显的,却几乎遭遇无故事可讲的尴尬。

但是,长篇小说《南京不哭》却能够不落窠臼地创造故事。如果说女主

---

① Ethan Young, *Nanjing*: *The Burning City*, Milwaukie, OR: Dark Horse Books, 2015, P8.

② Ethan Young, *The Burning City*, P185 - P186.

人公陈梅面对日本兵屠杀父亲之后吟唱“摇篮曲”的情节稍显不宜，顽强地反抗日本小个子兵的强暴并与弟弟最终合力杀死凶手过于主观的话，郑洪却在构思国都陷落前任克文与约翰·温思策合力为中国抗战研制飞机的情节时震撼人心，又在创作牵涉中、美、日三方的“帕奈号事件”时令人惊心动魄。这两个情节不仅难能可贵地丰富了南京陷落文学书写的内容，而且在南京大屠杀给中华民族造成的精神创伤与心理阴霾上，十分突出地显示了倡扬民族精神的光彩。

相较而言，郑洪写到南京陷落尤其是南京大屠杀时，远没有之前或之后的文笔那样流畅，之前塑造的麻省理工学院的中国留学生任克文成绩优异、矢志不渝、正气浩然；将受邀来华的约翰兢兢业业，与罗家伦、蒋介石、陈梅等人公事或私交都描摹得处处生色；尤其落笔刻画琉璃厂、古玩店、秦淮河时，更优显出金陵古城的文化根基与韵味。当写到南京一旦笼罩在日军的炮火下时，小说中的那些神采和气韵也似乎荡然无存，只有之后声讨和惩治日本战犯的时候，作者笔下的南京才渐渐地恢复活力与自信。可见，小说气韵的多寡与作者书写的优劣完全对应起来，书写南京陷落的凝滞与无力正是对历史真实的反映，面对南京大屠杀时，每个中国人都不能不心痛气短，即使是优秀的作家也一样会感受到民族创伤的重荷。与正如哈金所说，“这是民族经验，我写的是民族的苦难与耻辱”①，无论是郑洪、严歌苓、祁寿华，还是伊森·杨，都在这一层面上接受着考验，南京大屠杀这一民族创伤“首先是太难写，在历史的浩劫面前，文字往往是无力的，无论怎么写也很难做到恰当。其次是劳动量太大，结果又不可预知，所以，必须要有失败的心理准备”②。

实际上，在华人华裔作家中，恰恰是哈金能够尽全力克服写作主体的写作瓶颈③，让《南京安魂曲》在坚实的历史与虚构的文学之间找到交汇点，以卓越的故事冷静地呈现一个民族在国际背景下所承受的苦难。正如他坦言

---

① 木叶：《哈金为民族苦难写“安魂曲”》，《文汇报》，http://www.chinawriter.com.cn/2011/2011-12-13/109375.html。

② 哈金：《作家靠畅销成名是“短命”的》，《羊城晚报》，http://culture.ycwb.com/2012-02/21/content_3726491_2.htm。

③ 哈金写作《南京安魂曲》修订40余次，曾经一度几乎停笔放弃。可参考单德兴、哈金：《战争下的文学——哈金与单德兴对谈》，《华文文学》，2012年第8期。

的,“南京大屠杀也是国际经验,我要在国际经验的背景下来写南京大屠杀”。[①] 纵观以上提到的所有华人华裔小说家创写的文本,无一例外地都写了欧美人士见证下的南京陷落。在书写南京大屠杀时,述及挽救成千上万中国人的欧美义士,甚至直接以历史人物为描写对象,如拉贝、魏特琳。祁寿华、严歌苓做了较早的尝试,之后是哈金、郑洪。新世纪以来,海外作家的这一趋向性选择实在是大有深意。正是身在海外的小说家才能够具有广阔的视野,有意突破固有的南京陷落叙事,展示中日两国民族矛盾的纵深背景,更能贴近南京陷落尤其是南京大屠杀的历史现场。而且,不仅要为受难的中国人安魂,也要为那时救助中国人的西方义士、英雄安魂,因为这些庇护和救助中国人的欧美人士也是南京大屠杀的受害者,在历史上,他们大都未得到应有的认可、尊敬和纪念。所以,海外华人同主题的“安魂曲”除显示了历史真相之外,也不断地表明:对救助自己同胞的外国人表示感恩与谢意。

值得补充的是,现有资料表明,自 20 世纪 70 年代末以来,海外最初书写南京陷落的文体形式是散文,而且数量不多。1988 年初冬,聂华苓[②]写于美国爱荷华州的散文《亲爱的爸爸妈妈》[③]可谓先声。聂华苓摘引萨特的话作为题记:“一个外国人从一个国家带走的最深刻的印象是他在那儿感到的痛苦。我在南斯拉夫的克拉库耶伐次感觉到了。”在她散文中写到她和南斯拉夫小说家莫马·迪密一起在克拉库耶伐次悼念被纳粹屠杀的七千多名遇难者,其中包括 300 个孩子。听莫马·迪密说,每年这一天,他们的诗人、画家、雕刻家、剧作家、演员、音乐家——各类艺术家,用各种艺术作品来纪念遇难者。在那里,聂华苓仿佛听到孩子们在呼唤——“亲爱的爸爸妈妈”,她深受感染,“南斯拉夫的塞尔维亚人就那样年年不间断地表达他们的历史感:没有仇恨,没有愤怒;只有悲哀,只有记忆,只有警告——世间永远不能

① 哈金:《作家靠畅销成名是“短命”的》,《羊城晚报》,http://culture.ycwb.com/2012-02/21/content_3726491.htm。

② 聂华苓,1925 年生于武汉,1948 年从重庆中央大学外文系毕业,1949 年随母亲、弟弟、妹妹去台湾。曾为《自由中国》编辑委员和文艺主编。1960 年,该杂志被封闭,他在台湾的大学任教,同时进行创作。1964 年被迫离开台湾旅居美国,应聘至美国爱荷华“作家工作室”工作,在爱荷华大学教书、写作和翻译,并与丈夫——美国诗人保罗·安格尔(Paul Engle)于 1967 年在爱荷华大学创办“国际写作计划”,在 1977 年曾被三百多名世界各国作家提名为“诺贝尔和平奖”候选人。1978 年夏与丈夫及女儿一同回国探亲。

③ 散文《亲爱的爸爸妈妈》刊发在 1989 年 1 月 8 日《人民日报》第 5 版(本节所引用原文均来自这里),并入选“人教版”初中二年级上册语文课本第 5 课。

再有战争和屠杀了”。同时,她不由想起自己的母国,想起南京大屠杀,想起建在当年日军集体屠杀中国人地点上的江东门遇难同胞纪念馆。作者不免感慨:“这是历史事实。但是,多少人记得呢?世界上多少人知道呢?人,是健忘的。不记仇,很对。但是,不能忘记。”与聂华苓一起应邀去那里讨论“放逐与文学”主题的是来自世界许多地区的几十位作家,有三位作家来自中国大陆,其中的杨旭说:“我从南京来。1937 年,日本军队攻进南京时,有一场震惊世界的大屠杀。那一场屠杀受害者有 30 万人!我们在南京也建立了一座南京大屠杀遇难同胞纪念馆。1937 年,我五岁,我是那一场大屠杀的幸存者。今天我对南斯拉夫人在受害者面前所表现的感情,完全理解。我注意到:今天的仪式上有许多青年和少年。我们这些大人应该对孩子们负责:永远不要有战争了。”之后又有几位作家发言。聂华苓描述了德国作家明赫白的沉痛和自责,而日本作家说:“……南京大屠杀是事实。但是,请不要忘记:我们也有广岛原子弹,也有一片沉寂。”面对人类的大屠杀事件,人们理应记取教训,反思或忏悔。当旅美华裔作家碰到母国南京大屠杀的问题时,感触尤为复杂。在南京大屠杀发生五十年后,聂华苓仍然在为此鸣不平,她不仅为南京大屠杀被历史遗忘鸣不平,也为日本人只强调原子弹爆炸,而忽略为什么爆炸鸣不平。为什么不能为南京大屠杀承担责任?

现在看来,聂华苓在 20 世纪 80 年代末遭遇的问题至今也未能解决。时至今日,南京大屠杀依然被国际遗忘或忽略。1997 年之后,即使出现了张纯如的历史专著,史咏、尹集钧编著的《南京大屠杀:历史照片中的见证》等图集,还有众多中外作家的文学书写,南京大屠杀也远没有“纳粹屠犹”具有的国际认知度。当然,造成这一局面的原因十分复杂,但可以肯定的是,那与日本国家层面对与南京大屠杀的否认与无视有关。普林斯顿大学教授余英时在为《南京大屠杀:历史照片中的见证》作的序中就强调:“六十年来,日本的一般人民和知识分子虽然对日本军国主义的暴行时时流露出悔恨之情,但日本的政客——特别是执政的政客——却从来没有勇气承认以往侵略的罪过。”①余英时基于史咏、尹集钧编著的图集认为,“本书确定了主持南京大屠杀的元凶是日本天皇的叔父朝香宫鸠彦,而不是被处死刑的松井

---

① [美]余英时:《序》,引自史咏、尹集钧撰著的《南京大屠杀:历史照片中的见证》(Shi Young, James Yin, *The rape of Nanking: an undeniable history in photographs*, Chicago · San Francisco: Innovative Publishing Group, c1997, Expanded 2nd Edition, XII)

石根”，关于南京大屠杀死难者的人数，这本书“一方面根据新出资料，一方面根据屠杀前后南京人口的统计和尸体掩埋的纪录，彻底证实了三十六万的数字决不夸张。这个问题可以说完全澄清了”①。并且着重指出，“中国是一个善忘的民族，这一部《南京大屠杀》也许可以唤醒中国人的痛苦记忆。当然，我们更盼望这部画册也可以激发日本民族的集体良知”②。“纽约客”董鼎山专门写过两篇散文，他以书评的形式就南京的日军暴行做了思考。董鼎山同意《旭日战士》作者的看法，认同第二次世界大战时，日军行为大变，所谓的“武士道”精神完全消失，惟一的军规是基于对敌人的仇恨，“南京大屠杀”事件实际上就是遵守“上级所下的命令”进行的，进而，董鼎山强调，“征兵制度所形成的军队平民化，冲淡了传统贵族化‘武士道’的意识，失去了对人的尊严的尊重，加速了人类兽性的出现”(1997.8.27)。③ 董鼎山还就《拉贝日记》做对比分析，认为:“《拉贝日记》中形容了日军暴行，但尚不如中国难民口述的残酷:活埋、集体剖腹、裸体冻毙、让野狗咬食等等。”(1999.1.21)④当然，余英时和董鼎山对历史的考察仍有待进一步研究，但是他们的声音难能可贵。海外华人华裔通过各种散文叙述、议论南京陷落，尤其是南京大屠杀，直抒胸臆、袒露情怀，一定会有其现实价值和历史意义。正是因为这些绵延不绝的书写，呼应着中国本土的声音，我们才能还原历史真相，才能实现“前事不忘，后事之师”的目标，才能够切实地保障世界和平。

对于南京陷落尤其是南京大屠杀，海外华人华裔的文学书写形式不一，文字多寡不均，却形成了声势较大的多声部局面，是能够真正推动全世界不要遗忘大屠杀的力量。

二、小说《金陵十三钗》叙事的嬗变⑤

2005 年，旅美作家严歌苓的《金陵十三钗》发表于《小说月报(原创版)》第 6 期。虽然《金陵十三钗》属于“虚构”的小说，可是这部中篇小说获得了

---

① Ying-shih Yü, *Preface*, Shi Young, James Yin, *The rape of Nanking*: *an undeniable history in photographs*, Chicago · San Francisco: Innovative Publishing Group, c1997, Expanded 2nd Edition, XI.

② Ying-shih Yü, *Preface*, Shi Young, James Yin, *The rape of Nanking*: *an undeniable history in photographs*, XII.

③ [美]董鼎山:《纽约客·书林漫步》，天津:百花文艺出版社，2001 年 1 月，第 416 页。

④ [美]董鼎山:《纽约客·书林漫步》，第 421 页。

⑤ 本节部分内容在《绥化学院学报》2014 年第 12 期中发表。

高度聚焦,2011 年被张艺谋导演改编为同名电影。同时,严歌苓也将中篇《金陵十三钗》改编为长篇小说。在两个版本的小说文本中,都有“南京陷落”的背景,例如:

> 几十万溃败大军正渡江撤离,一座座钢炮被沉入江水,逃难的人群和车泥沙俱下地堵塞了几座城门。就在她楼下的围墙外面,一名下级军官的脸给绷带缠得只露一个鼻尖,正在剥下一个男市民的褴褛长衫,要换掉他身上血污的军服。①
>
> 成百上千打着膏药旗的坦克正在进入南京,城门洞开了,入侵者直捣城池深处。一具具尸体被履带扎入地面,血肉之躯眨眼间被印刷在离乱之路上,在沥青底版上定了影。②

中篇小说《金陵十三钗》主要讲的是南京大屠杀中妓女拯救女学生的故事,其次是十四岁女学生胡书娟的成长,带着苦恼、嫉恨和谅解。而在改编的长篇小说中,13 岁的女主人公孟书娟的形象已经被弱化,个人的“私仇”不再突出,取而代之的是秦淮妓女与副神父和国军军官的情感渲染。作为故事背景的首都失陷要比中篇小说中突出得多,妓女仍旧拯救女学生,但是小说增添了阿顾被日本兵射杀在湖中的情节,扩充了对长江江滩屠杀的描写等等,国族的灾难被大大强化了。而且,通过美国教堂的神父英格曼的认识变化,侧面描写了日军屠杀行为的责任问题,比如他开始认为,“日本民族以守秩序著称,相信他们的军队很快会结束战斗的混乱状态”,可是后来听日军军官这样说:“实际上没人追究过这些‘个人之举’。明白了吗,神父?战争中的失控之举每秒钟都在发生。”显然,小说作者通过神父英格曼的认识变化,有意揭示出南京大屠杀是日本军方集体所为;小说对南京沦陷的原因也做了思考,比如通过副神父法比来认识,“从来没见过哪个国家的军队像你们这样,敌人还没有到跟前,自己先做了自己国民的敌人,把南京城周围一英里的村子都放上火,烧光”。还有通过国军军官的视角分析:

> 戴少校对撤离上海和放弃南京一肚子邪火,并且也满脑子不

---

① 严歌苓:《金陵十三钗》,《名作欣赏》,2006 年第 13 期。

② 严歌苓:《金陵十三钗》,《当代》(长篇小说选刊),2011 年第 4 期。

解。从上海沿线撤往南京时,按德国将军亚历山大·冯·法肯豪森指导建筑的若干钢筋水泥工事连用都没用一次,就落花流水地溃退到南京。假如国军高层指挥官设计的大撤退是为了民生和保存军队实力,那么由国际安全委员会在中、日双方之间调停的三日休战,容中方军队安全退出南京,把城市和平交到日方手中协议,为什么又遭到蒋介石拒绝?结果就是中国军队既无诚意死守,也无诚意速撤,左右不是地乱了军心。①

长篇小说《金陵十三钗》在述及家破人亡、国都沦陷时候,涉及中国的备战策略和迎战情况,这也并非画蛇添足。然而,在家国叙事的惯性下,严歌苓再次讲述故事时却克制不住主体的情绪,可能会影响作品的张力与分量。比如说,描写日本军人为"这些个说畜话胸口长兽毛的东西""日本军人是怎样一群变态狂""日本兵如同闹岛灾突然落下的一群黄毛怪鸟"等等,这些主观化的叙述与 20 世纪中后期中国本土刻画的"日本鬼子"形象并无二致,这有碍于客观认识战争和日本人。述及美国教堂的副神父法比时说:"中国一百多年的屈辱,跟这些西洋鬼子密切相关,他们和日本鬼子一样不拿中国人当人。他们在中国没干过什么好事。"这种判断过于武断、盲目,因为简单排外至少忽略了南京大屠杀中救助中国人的外国人士,忽略了小说中美国宗教人士的善举。以上叙述都有失冷静,这与创作《南京安魂曲》的旅美作家哈金相比就相形见绌,因为后者恰恰做到了克制,正如余华所说:"哈金在写作《南京安魂曲》时,可能一直沉溺在记忆的隐隐作痛里。他的叙述是如此的平静,平静得让人没有注意到叙述的存在。"②相较于哈金,严歌苓走得太远,她在《金陵十三钗》中表达了难以自制的情绪:

她从头到尾见证了他们被屠杀的过程。人的残忍真是没有极限,没有止境。天下是没有公理的,否则一群人怎么跑到别人的国家如此撒野?把别人国家的人如此欺负?她哭还因为自己国家的人就这样软弱,从来都是受人欺负。书娟哭得那个痛啊,把冲天冤

---

① 严歌苓:《金陵十三钗》,《当代》(长篇小说选刊),2011 年第 4 期。

② 余华:《我们的安魂曲》,《南京安魂曲》,南京:江苏文艺出版社,2011 年,第 1 页。

屈都要哭出来。①

豆蔻被侮辱残害，之后三个军人被残杀，都会令书娟惊心怵目、愤懑悲悯，这是可以理解的。同时我们也能看到严歌苓在《金陵十三钗》的二度创作中，加强了有关家国叙事的声音，这是冒着降低小说的艺术水平的危险的。对此，从严歌苓的自白中可以得到一些解释："它是一篇我长久以来认为非写不可的作品。不知为什么，人在异邦，会产生一种对自己种族的'自我意识'，这种对族群的'自我意识'使我对中国人与其他民族之间的一切故事都非常敏感。"②这种"非写不可""自我意识"，推动着严歌苓通过家国想象来表达其沉潜的民族主义情怀。

寄身海外的严歌苓回望1937年12月的南京，总在某个意义上有其难得之处，即使是抒发民族主义的情绪也不应简单加以否定，可是《金陵十三钗》的"虚构"有其看似别致，却在本质上存在缺陷之处。有评论认为它"用所谓的民族大义引诱妓女投入一种牺牲的幻觉，与此相对应的是引诱读者投入一种高尚的民族和道德的幻觉——即可以通过牺牲自我成就一种精神，一种民族的未来"③。细读文本可以发现，《金陵十三钗》名为"十三钗"，实则塑造出虚空的一团生命，其中的"民族大义"诱使自我牺牲，为家国而遮蔽个体声音，致使小说缺少应有的真诚、沉重，更无震撼。严歌苓创作出"十三钗"，是受启发于大陆作家李贵的小说《金陵歌女》，更是他们一同改编《金陵歌女》(1988)为电影《避难》(1988)的故事情节的翻新，接续了秦淮歌妓故事，也链接了"金陵十二钗"的想象，是有意向中国传统文化、民间文化寻找资源和依托，也期图迎合大众的阅读心理。写作者有意无意的"遮蔽"显现出一种文化意识，暴露出某些海外华语作家的文化根底。写作者困守于旧文化、旧传统的意识之中，表现民族主义却是水到渠成，也许这正是电影《金陵十三钗》被朱大可认为是"情色爱国主义"④的原因之一。总地来看，严歌苓的南京陷落书写本质上是从对中国传统文化的迎合上，表现出民族主义

① 严歌苓:《金陵十三钗》,《当代》(长篇小说选刊),2011年第4期。

② 严歌苓:《悲惨而绚烂的牺牲》,《当代》(长篇小说选刊),2011年第4期。

③ 思郁:《妓女的救赎与民族的救赎》,http://www.21cbh.com/HTML/2011-12-22/1OMDkwXzM5MDQ1OQ.html。

④ 朱大可:《"十三钗"的情色爱国主义》,《南方都市报》2011年12月13日,http://www.southcn.com/nfdaily/opinion/content/2011-12/13/content_34896942.htm。

的主调来。

第三节 欧美非华裔作家笔下的南京陷落

考察欧美世界对南京大屠杀的了解与认知,务必要提到张纯如,正如我们提到新时期以来的中国文学书写,亦或大江健三郎的散文书写时要提到张纯如一样。自从 1997 年张纯如向英语世界惊告南京大屠杀被世界遗忘之后,一些与南京大屠杀有关的文学作品、影视作品确实较为集中地出现。其中值得关注的是,欧美文学界的非华裔作家、艺术家,他们可能更纯粹地站在西方世界看待和处理这一题材,例如英国女作家莫·海德(Mo Hayder)的《南京的恶魔》在 2004 年发行欧美,而迈克马努斯(James MacManus)的《黄石的孩子》于 2008 年在中国发行;美国的保罗·安东尼·德·瑞提斯的诗集《血染扬子江》(2000)①和凯文·阿·肯特的《南京:基于真实故事的小说》(2005)②相继出版;游走于澳大利亚的安童娜·塞顿,其短篇小说《南京之血》(2014)③和凯瑟琳·吉·阿特伍德的传记文学《二战太平洋战区 15 个女英雄的故事》(2016)④是近年来可贵的女性作家的作品,而后者主要是面向少年读者,十分难得地将中国抗日战争初期的历史加以扫描,为南京大屠杀中美籍女传教士明妮·魏特琳做了特写,这与凯文·阿·肯特的《南京:基于真实故事的小说》(2005)、哈金的《南京安魂曲》(2011)、赵锐的《魏特琳:忧郁的一九三七》(2012)有异曲同工之妙,而前者据作家自称是看了电影《金陵十三钗》⑤(2011)后深受震撼的产物。若以电影为例,在 2007 年南京大屠杀七十周年之际,就有美国人饶·昭斯夫

---

① [美]保罗·安东尼·德·瑞提斯(Paul A De Ritis, 1922—2000)的诗集《血染扬子江》(*Blood along the Yangtze*, Mellen Poetry Press, 2000),这部作品堪称"二十世纪的终结者"。作者离世的时候,留下了展望新世纪的里程碑——南京大屠杀诗集,这部叙述诗集虽然短小,除了序幕和尾声外,主体由"家庭""战争风暴""战争后果"三个部分构成,却十分真诚、勇敢地表达了不可表达的恐怖,借以谴责暴力,召唤理解、善良、温情和爱。

② Kevin A Kent, *Nanking: a novel based on a true story*, [Charleston, SC]: BookSurge, LLC, 2005.

③ Antonna Seton, Blood of Nanjing, 2014, ISBN: 9781310910470.

④ Kathryn J Atwood, *Women heroes of World War II: the Pacific Theater——15 Stories of Resistance*, Rescue, Sabotage, and Survival, Chicago, Illinois: Chicago Review Press Incorporated, 2016.

⑤ 电影《金陵十三钗》,英文名"The Flowers of War",2011 年由张艺谋执导,Christian Charles Philip Bale 主演。

(Rhawn Joseph)的《南京梦魇——南京大屠杀》、特德·莱昂西斯(Ted Leonsis)的《南京》以及加拿大人比尔·斯潘克(Bill Spahic)和安妮·皮克(Anne Pick)合著的《张纯如·南京大屠杀》;2008年还有加拿大人饶格·斯堡提司武德(Roger Spottiswoode)的《黄石的孩子》和美国人西蒙·韦斯特(Simon West)的《南京浩劫》;2009年有德国人弗拉欧润·盖伦伯格(Florian Gallenberger)的《拉贝日记》。以上所有影视作品或以纪录片或以故事片的形式讲述南京大屠杀,其中有一部作品就直接聚焦张纯如。

在张纯如向西方世界揭露日军在二战时期的南京暴行前两年,1995年,美国就已出版了关于南京大屠杀的小说,即宾斯托克的《天堂树》(R. C. Binstock. *Tree of Heaven*)和保罗·韦斯特的《橙雾帐篷》(Paul West. *The Tent of Orange Mist*)①。现在看来,这两部小说是欧美文学界非少数族裔作家书写南京陷落及南京大屠杀最为深入、细致的作品。10年之后,英国女作家莫·海德以惊悚的笔法触及人性黑暗地带;20年之后,安童娜·塞顿虚构《南京之血》,以绑架的方式拷问日本老兵,还原历史现场,令人摒息。然而她们也均未能出其右。

一、不见天堂,唯有帐篷

安童娜·塞顿在《南京之血》后记中记载,她看过有关"战争之花"的电影之后,翻阅了日本老兵关于南京大屠杀的材料,感慨道:"令我惊讶的是那些干了坏事的日本军人是多么的无情。他们犯了大错又岂能夜夜安睡?"她在短篇小说中讲述了南京大屠杀发生后,十五年过去了,名古屋的铃木(Suzuki)、花沢(Hanasawa)、小川(Ogawa)、弘广(Hiro)、长谷川(Hasegawa)等日本老兵绝大多数对"南京事件"三缄其口,尤其是长谷川,他好似受南京大屠杀影响最小,"他不止是个战时的英雄,现在和演员一样上镜",一直到被人绑架才露出真相。他被捆在南京大屠杀亲历者汤普森(Thompson)和老李面前,被拷问出活埋南京女人的事实。长谷川看到了小燕被蹂躏的黑白照片,他坚硬的壳酥软了。很显然,安童娜·塞顿十分成功地塑造了大屠杀的凶手死不悔悟的群像,她十分主观地设计了南京大屠杀的凶手被美国人(来华老传教士)拷问的情结,并让他们一个个毁灭给人

① 这两部英文小说都在张纯如的《南京浩劫:被遗忘的大屠杀》一书中提到,国内至今未发现中译本,现在看来,是由张纯如最早为我国读者推介的,其中的人物名称及相关引文均由笔者翻译。

看。最为可贵的是,安童娜·塞顿大胆地创作了南京大屠杀凶手时隔多年后被迫认罪的故事,这是历来此类文学这样书写的第一个。而宾斯托克与保罗·韦斯特在1995年写就的故事则是从1937年冬开始的。

> 那是后来的混乱,不是天坛而是橙色的帐篷,是小林大佐那半感伤的发明,它被看做为更感性的少受些天谴的名目。①

保罗·韦斯特借用小说人物之口,为南京陷落之后惨遭奴役和践踏的中国女性所在的日军专享的势力范围创造了这个词——"橙雾帐篷"。那是个罪恶之薮,是摧残人性的绝妙空间,绝非所谓的基督保佑着的城池。实际上,就欧美非华裔作家而言,流露出上帝的视角是极为正常的,而其文本的叙事确实到达了他人未曾达到的深度,包括我国本土作家、华裔旅外作者、日本作家等等。尤其是保罗·韦斯特和宾斯托克二人专门针对南京大屠杀背景下的中国女性的书写,往往是一些作家历来宏大叙事渲染而从未真正揭示的。即使是在较为个性化的同题材创作中,能够如保罗·韦斯特和宾斯托克一样,不仅站在幸存者、受害人个体的立场去言说,而且将在此种状态下备受极致摧残的人的精神与心理表露出来,就更难得寻见。男性作家大体如此,幸亏还有哈金的《南京安魂曲》;女性作家未能突破,好在还有须兰的《纪念良宵》。相较而言,同在1995年书写南京大屠杀的须兰也未能如保罗·韦斯特和宾斯托克那样,呈现出的人性不堪。

(一) 不堪看:日军的罪恶

长篇小说《橙雾帐篷》与《天堂树》虽是文学作品,却较为充分地揭露了1937年日军在南京犯下的恶行。保罗·韦斯特开篇即道:"日军破城而入,强奸、抢劫,没有孩子和妇女是安全的。"②宾斯托克则借用女主人公的话说:"历史现实是,这些杀人犯在摧毁我们,摧毁我们的国家。这就是它的本质。他们在邪恶之上堆积邪恶。"③这两部小说对南京保卫战述及甚少,尤

---

① [美]保罗·韦斯特:《橙雾帐篷》,Paul West. *the Tent of Orange Mist*, N. Y.: Scribner, 1995,第79页。

② [美]保罗·韦斯特:《橙雾帐篷》,第15页。

③ [美]宾斯托克:《天堂树》,R. C. Binstock. *Tree of Heaven*, N. Y.: Soho Press, 1995,第11—12页。

其后者,主要是以主人公的视角关注大屠杀本身。

实际上,《橙雾帐篷》与《天堂树》的人物不多,前者的主人公有三个:红鹭(Scald Ibis)、小林大佐(Hayashi,Colonel)、洪先生(Hong)。后者的主人公最多三个:黑田大尉(Kuroda,Captain)、丽(Li)、铃木少佐(Suzuki,Major)。在大屠杀的场域之中,南京是一个封闭的空间,主人公的活动范围也注定了其自闭性,尤其是女主人公红鹭和丽,她们被局限在"帐篷"中,因为她们被迫服务于小林大佐或黑田大尉。

红鹭年仅16岁,在南京陷落之际与父母、弟弟失散。她出身于书香门第,父亲洪先生很有学问,也有很多朋友,常常在南京的大宅子里聚会,然而他们都对这场战争准备不足,遭遇厄运。小林大佐出现在红鹭面前的时候,红鹭似乎并未慌乱,后来在小林的利诱、控制之下成了"橙雾帐篷"里的慰安妇。可怜的红鹭在苦难中挣扎,她的感受令人震撼:

> 我是谁,我去哪?她想。
>
> 她无法回答,她只能待在小林大佐和其下属改造的这个别墅里,现在那里成了指挥部妓院,那些幸存的女孩子被强行拖入其中变成日军喂养的供屠宰的牲畜。那是小林的天下,其下属懒洋洋地露出阳具,他们当中有的用杯子里温暖的米酒浸泡着他们的阴部,有的甚至就躺在他们的排泄物中。他们像一个胜利者为所欲为,似乎重要的事就在于贬低中国人——弄脏他们的地方,糟蹋他们的妻子、女儿及孩子。中国,那个在其男性诗歌中就像熟瓜的香甜一样充满处女颂歌的国度,现在完全到了一轮回。①

而"橙雾帐篷"之外的情形,红鹭几乎无法了解,于是由她的父亲来讲述。洪先生辗转流离,很幸运地在"橙雾帐篷"的壁炉旁见到了自己的女儿,他不仅做了杂役,后来因为日语突出、思维敏捷还成为小林大佐的下属。他和女儿隐忍地活着,企盼着解放。据洪先生了解,"中国兵都在同样的迷蒙中死去,他们早已精疲力竭,无法抗议日军对其家园到处致命地侵袭,他们如同麻醉的雄蜂一样"②。而当洪先生给自己的女儿讲述南京的强奸时:

① [美]保罗·韦斯特:《橙雾帐篷》,第26—27页。

② [美]保罗·韦斯特:《橙雾帐篷》,第79页。

> 他颤抖的声音如同穿过缝隙,就像他十分难以相信自己所说的话。日军全都醉醺醺的,如同传染病。那里没有几个宪兵。日军大多数是农民出身,他们本没有那么多的愤怒和失望,他们之前开发和经营自己的土地都不曾有的,“但是他们总挨打。”他说,“被贬损羞辱,就像是打烂的一条狗,军官们打他们就像打一个孩子,并告诉他们什么呢?看到什么,烧什么,杀什么!他们把所有非日本人都视为低等生物,包括你和我,甚至英国人、美国人。这些日本兵已被训诫说,死亡是件崇高而华美的事,对于他们乃至任何人都是极为轻松的美事。他们都视自己的妻儿为泡沫,那么你就别想他们会很好地对待中国人和朝鲜人。他们将会使用任何人用作刺刀训练。他们相信暴力是一种艺术形式,越为暴力越为天皇所用。实际上,他们中的一些人正变得丧心病狂或已经丧心病狂,他们将活人的肝脏切下来,神情自若,就是要看看肝脏什么样,以及没有肝脏的人会什么样。我的孩子,这就是为什么让你必须远离街道的原因啊。你已听到呐喊声、口哨声、号角声,他们从不终止。”①

宾斯托克的《天堂树》的女主人公是丽,她在南京陷落的过程中先是一个人逃亡做难民,开始的一段时间很幸运,并未遇到生命危险。因其躲躲藏藏,所以视角有限,直到一个日本兵强暴她被黑田大尉制止后,黑田好意收留丽为其做饭打扫卫生。至此,丽对大屠杀的情况了解就更为有限。好在小说中黑田大尉将日军的罪恶尽收眼底:

> 我看到了什么?我看到强奸,不断的强奸:士兵在室外凝冻的地面上强暴无数的中国女人,白的蒸汽从口鼻喷出,旁边的婴孩哭叫着,强暴之后女人们被刺死。我看到成堆成堆的尸体。我看到士兵穿街猎捕学童,狂笑着逮着他们将其杀死,或者活活地将他们分成几块。我看到这些罪犯纵火,看到刺刀穿进裸体孕妇的腹部,我祈祷,不要看到孩子,幸好如此。至今我不能忘记刺刀割开外

① [美]保罗·韦斯特:《橙雾帐篷》,第121—122页。

皮,然后穿透子宫。①

黑田大尉的记录是客观、符合史实的。更为重要的是,黑田大尉坚守客观,带着人类的良知。实际上,他原本是植物学家,入伍后也不同于野心勃勃的铃木少佐②。他即使在南京大屠杀的情形下仍然凭其一己之力忙于整顿军务,力图改变军纪,目睹日军在南京的罪恶更加重了他的反战情绪:“我厌恶极了,我沉浸在憎恶与沮丧之中,可我不得不在这里。那不会结束,没有尽头,数周以来没有暂停过,任何人没能喘歇——中国人、日本人、欧洲人及我——最后那开始减弱了,可那不是因为它结束了,而是因为它太多了:太多的尖叫、太多的灰、太多的血。这个系统被堵塞了,是被被戕害的人所堵塞的。生命早已疲惫,男人们勉强同意该到停止的时候了。你能看到他们的眼中——**我不想但我必须**——他们成规模的施虐有所减少,但那不是本质,似乎只不过转换了形式:随意的杀戮被特别小心的踢打——踢脊柱或腹股沟所代替,不加注意的强奸变得方式巧妙或细心选择,几乎低调起来。”③“我们日军远远超过中国军队,但是却没有获得赞赏。他们做的远比我们在这方面做得好,我们做得糟透了。我们是卑鄙者,我是我们国家的工具:要我打发掉这些中国人,相信他们不是人类。我照做,因为我必须做。这种思想影响着我和我的士兵,乃至整个日军。它玷污着我们,‘**好吧**’,我常说:‘**我们也不属于人类,我们同样都是尘埃**。’”④可以看得出,南京大屠杀不仅戕害了中国人,同时也戕害着日军自身。至此,日军的国际声誉大受影响,甚至我国有学者认为,南京大屠杀不是中国人的国耻,恰恰是日本人的国耻⑤。小说中的黑田形象很难说有事实依据,至多他可能是日军中的极少数代表。但这也足够断定,《天堂树》中塑造的黑田大尉是所有南京大屠杀故事中最具光彩的日本人形象。

对于《天堂树》而言,保罗·韦斯特的《橙雾帐篷》与之一同展示了日军在南京犯下的罪行,正如小说开头所说:“但是,那天发生在南京的事情不是

---

① [美]宾斯托克:《天堂树》,第 31—32 页。

② 铃木少佐积极好战,叫嚣军事扩张,他说:“不止要针对中国人,早就想和白人作战。”详见宾斯托克:《天堂树》,第 15 页。

③ [美]宾斯托克:《天堂树》,第 28—29 页。

④ [美]宾斯托克:《天堂树》,第 43—44 页。

⑤ 王思想:《南京大屠杀——从来不是国耻》,参见:http://wsx04.blog.sohu.com/248439314.html。

系统的。日军本希望速胜,却经过数月,付出了重大代价。他们疲惫不堪,惶乱不安,饥渴难耐,这时他们看到一个全无男丁的城市,一个遍布牺牲的城市,于是他们就制造暴乱,身体力行地制造一个巨大的流血的标记。”①可以说,保罗·韦斯特的叙述很有概括性,基本把握了南京陷落这一史实的一个方面,而另一个方面却明显存在谬误。具体说来,《橙雾帐篷》开篇也试图揭示另一种恶行,这些叙述明显很难符合事实,例如,“军阀,除非快被打死了,他们不会善罢甘休的。1937年12月12日,控制南京的军阀唐生智逃离了这座城市……剩余的中国军队不断退往扬子江西侧,奔向武汉”。“到11月25日市民和政府人员才开始疏散,甚至蒋介石和她能说会道的妻子也离开了。”“11月26日,唐生智,这个南京城的表面防卫者,在他的新闻发布会上看得出已经茫然无措,甚至昏昏沉沉。他说,所有的外国人必须离开。第二天,他誓死守卫南京城,设置路障、架设机枪堡垒。地下电话线也铺设了。一半以上的南京警察擅离职守,医护人员离开他们的医院。”“等候唐生智的船艇把他带到扬子江上,却没有带走那些无助的民众,也不包括国际红十字会的美国主席、德国西门子电力公司的当地负责人、某些无私的外科医生等等。”②显然,以上的这些描述都是很不准确的。保罗·韦斯特也许试图彰显历史事件的复杂性,而有意忽视南京保卫战的基本事实。当然,作者很有可能受限于创作年代或历史的认知水平。20世纪90年代初,有美国历史学者认为,“1937年,蒋介石誓言道,南京不会陷落,但他将此项防御任务委托给国民党政客和前军阀唐生智,而唐生智从未给他任何特别的忠诚……到了12月12日唐生智自己遗弃了南京。自从他公开发誓要保卫南京到最后一刻开始,他就没有计划让那里的驻军撤离,他的离去加剧了军事混乱”。③ 保罗·韦斯特应该至少能够了解到这个水平,可是他却把1937年的南京保卫战说成某个军阀的穷兵黩武,这严重偏离史实。即使保罗·韦斯特文学书写的侧重点不在此,也可能是和平主义的一种呼声,但他的这种误解和忽略是不恰当的,因为那一定会误解和忽略了南京保卫战的反侵略性质、中国抗击日本殖民强盗的正义性,也注定会影响认知南京大屠杀发生的主要原因。

---

① [美]保罗·韦斯特:《橙雾帐篷》,第18—19页。

② [美]保罗·韦斯特:《橙雾帐篷》,详见第15、22、22、23页。

③ Jonathan D. Spence, *The Search for Modern China*, New York: Norton, 1991, P448.

当然,这场保卫战的后期组织确实混乱,尤其是撤退转移的安排出现问题,造成了卫戍部队不必要的伤亡,唐生智将军应该负有责任的。新世纪以来,有美国历史学者强调,“自愿负责南京保卫战的唐生智将军,也是蒋介石在军阀混战时期有着错综复杂关系的另一个‘盟友’……他这时几乎就是这样一个位置:实际上,他被要求执行一项自杀的任务,否则他将当众蒙羞”①。这一理解更接近历史原貌。而反观小说《橙雾帐篷》中从洪先生的视角望去,“只看见到处都是死马,孩子们坠落在扬子江里,而孩子们的妈妈正切断自己的喉咙,年轻的士兵未能阻止日本大军的冲击,就把自己吊死在电线杆上”②,这显而易见又是一种误解。年轻的中国士兵岂能自缢于电线杆上?除了小说作者试图形象化地落实南京保卫战的另一重罪恶之外,对此无法理解。

(二) 无望与重生:鲜明的叙事倾向

纵观这两部小说,它们都十分细致地传达了极端恶劣的境遇中女性的生存体验。《天堂树》通过男女主人公复调式的叙述,较为简洁明快地书写了天堂下生命的挣扎和韧性,心存希望而现实无望;而《橙雾帐篷》则在密闭的空间内听取女主人公的心声和呼吸,以繁冗诘聱的文字说明炼狱生活八载而重获新生的历程。

小说《天堂树》里确实有“树”。黑田大尉——这个植物学家认为,天堂树即椿树,“椿树繁盛于世界之上。它可以在任何土壤里生长,能抗拒病虫害。对于某些人来说,它本身就是‘害虫’……可能因为它长得太快了,竭尽全力地长,要触及天空、天堂”。③ 女主人公丽也明白:“它到处生根却很难死掉,即使作为树,它不算漂亮。”④在南京大屠杀的境遇中,不仅他们观察军营附近的“天堂树”,其实他们二人都可谓是“天堂树”:在人造的地狱中苦苦挣扎。黑田无法摆脱罪恶感,无法认同大屠杀却又无法改变现状,“我感到心碎和迷失,现在我是日渐悲观。时间逝去,整个世界浓缩成这栋建筑、这个院子、这些帐篷,还有平原和山谷,而日本却越来越难以触及、难以想

---

① Rana Mitter, *Forgotten ally: China's World War II*, 1937—1945, Boston: Houghton Mifflin Harcourt, 2013. P129 - 130.

② [美]保罗·韦斯特:《橙雾帐篷》,第 88 页。

③ [美]宾斯托克:《天堂树》,第 88 页。

④ [美]宾斯托克:《天堂树》,第 87 页。

象。我失去了对心灵的、甚至基本观念的意义和认知”。[①] 最终,他身死于南京。而丽最初身陷危城,她只能认同现实:“这些是我的国家的毁坏,而我是它那恐怖的残存。”[②]“我能做的仅仅就是为他们——数千的死难同胞而苟活于世,事实上,我必须抛弃他们,我必须成为铁石心肠的女人,他们总会相信我能这样。我必须为自己而存活,就像侵略者敬重的那种残忍——他们不仅仅是依附于它,他们甚而崇拜它,它流在他们人性的血液里,成了在他们眼里的形象——我庆幸自己有一些体会和一些艺术知识,但我更大程度是个新手,为此我十分内疚。在过去,我没有机会去偷盗、去惩罚、去伤害、去抛弃,甚而将以一个垂危的生命置入冬天般的冷冽。”[③]“我不知道为什么我仍然完好无损,我不知道我怎么能逃避伤害这么久。我敢肯定这与天堂无关。我认为自己一直很自重,也很受关注,但在这样的时候,即使天堂也不在乎个人对历史的关注。”[④]丽和黑田在一起,她最初也有被胁迫的委屈,而后来她这个有夫之妇也觉得“他是我的爱人”[⑤],甚至最后宣称:“毋庸置疑,你是天堂的人间代理,但我配不上你。”[⑥]黑田这个有妇之夫就是一颗树,能在暴风骤雨中一直护佑着丽,甚至爱上了丽。可想而知,他要承受着内在外在的多重压力。在南京大屠杀的境遇中,黑田没有出路,只有死去。他牺牲于南京应该是最理想的设计。然而,无依无靠的丽在地狱之中也再无希望可言。天堂太遥远了。小说的结局没有一点光亮。作者似乎十分纠结无奈,他无法挽救大屠杀中任何向善向美的人,只能眼睁睁看着他们毁灭。即使作者鼓足了勇气,期待着未来,但也不免要向小说中人物注定的命运屈服。

宾斯托克的文字似乎讲求简洁轻快,语言的阻力远远小于保罗·韦斯特,无论是黑田的痛苦还是丽的感知都十分清澈,然而《天堂树》却是如此地悲伤和无望。

《天堂树》里有这样一段话:“我知道那就是战争,那就是历史现实……如果我想活下去,我所有的尊严现在必须出让,必须搁置一旁,我只能交出一

---

① [美]宾斯托克:《天堂树》,第67页。
② [美]宾斯托克:《天堂树》,第10页。
③ [美]宾斯托克:《天堂树》,第10页。
④ [美]宾斯托克:《天堂树》,第11页。
⑤ [美]宾斯托克:《天堂树》,第105页。
⑥ [美]宾斯托克:《天堂树》,第201页。

切。最难容忍的是我的生活、我的文化、我这个人必须抛弃本身。是的，那的确不公平，不体面。”[①]这是丽说的，也是作者说的。宾斯托克没有在残酷的战争里思量和奢求生存以外的问题。而保罗·韦斯特却不然。

小说《橙雾帐篷》恰恰如此，它集中讲述了16岁的红鹭经历了抗战的炼狱，苦痛至极。不只是身体、心理的创痛，还有语言、文化、心灵、精神的被碾压。红鹭年纪虽小，却被作者充分寄予了文化的精神含义。这一托付真可谓生命不能承受之重，保罗·韦斯特真可谓“狠毒”至极。

红鹭是个不幸的存在，作者并未说明她为何被抛弃在陷落的南京。但可以清楚地看到，她文化素养高，记得周末时她父母的花园常有沙龙聚会，她熟悉明清字画，知道康熙、孔夫子等历史人物。后来小说曾描述道：“她只沉浸于艺术中，在阳光明媚的四合院和静谧的博物馆里。”[②]在南京陷落前夕，她也听父亲洪先生说过：“这些日本人是个什么样子？……日本人是一个焦虑的民族，不可能以个人的名义有所作为，反而会结群地变疯狂。”[③]当日军出现在红鹭面前，她几乎没有任何惊慌失措，也正是源于作者赋予她强大的文化力量。当日军官兵在“橙雾帐篷”里蹂躏摧残她，“她感到她是在中国的伟大面前被亵渎的”。[④] 之后，红鹭竟然不忘书写汉字，即使双手痉挛也绝不放弃。“多年以后，红鹭斥责自己当时怎么会在自己和掠夺者之间预设一个阵地，而试图诉诸自傲的古典文明来抵抗”[⑤]，红鹭的文化抵抗也没有持久，经过了角力冲突之后，她开始抛弃原有的想法：“以前她把文化视为柔软的沃土，任何深恶痛绝的经历在那里都将沉没和消失，只要她紧紧地抓住文化的稻草，任何东西都不能伤害她。现在，她看到中国文化适逢1937年南京的喧嚣和暴乱而灰飞烟灭，弃她而不顾。”[⑥]“一两年后，南京仍处在苦难中，而她已经能用日语开玩笑和说俏皮话了，她的谈话技巧令她的客户感到迷惑”[⑦]，依据小说的交代，“她之所以能幸存下来，仅仅因为她性感、无能、无助，是小林的玩物而已”[⑧]，但纵观小说全局，红鹭饱尝了八年的身心

① [美]宾斯托克：《天堂树》，第59页。
② [美]保罗·韦斯特：《橙雾帐篷》，第22页。
③ [美]保罗·韦斯特：《橙雾帐篷》，第16页。
④ [美]保罗·韦斯特：《橙雾帐篷》，第18页。
⑤ [美]保罗·韦斯特：《橙雾帐篷》，第19页。
⑥ [美]保罗·韦斯特：《橙雾帐篷》，第27页。
⑦ [美]保罗·韦斯特：《橙雾帐篷》，第256页。
⑧ [美]保罗·韦斯特：《橙雾帐篷》，第19页。

抗战,之所以能幸存,就在于她是固有文化的存在或离析的试验场,保罗·韦斯特试图通过红鹭的命运和感受,说明大屠杀的恶劣背景下人的精神状态。

当日军投降时,美国人暂时接管了“橙雾帐篷”,红鹭带着两个手提箱和不确定的未来走了出来。去哪里呢?保罗·韦斯特的结局令人鼓舞,也令人意外,红鹭到了大洋彼岸的美国度过余生:“她生活的时间越长,她的生命似乎越年轻。”①她似乎不再与过往有任何瓜葛,创痛和折磨消失了,“就像新生儿一样应对每一天,如同她在十六岁之前那样在每次亲吻前闭上眼睛”。②

小说《橙雾帐篷》确实能够发掘历史的可能性,红鹭的八年炼狱难以言表,如果能够用语言传达,保罗·韦斯特就选择让人窒息和逼仄的词句,考验读者的神经;红鹭战后的远离却也虚无缥缈,如同进入了天堂,“在那之前,她走在坟墓旁的花园里,即使在黑暗中,坟墓也被鲜花装点得鲜亮。她的心思如同和服一样被委弃在土地上。没有入侵者会破坏花园的墙。没有大怪物潜伏在灌木后”③,在大洋彼岸的日子说起来也轻松恬静。

显然,保罗·韦斯特在故事最后,有了深层的文化关怀和救世情怀,远比宾斯托克更具有理想主义和乐观精神。如果参照短篇小说《南京之血》,也可以发现,诸如安童娜·塞顿、保罗·韦斯特等欧美作家有一种写作倾向:他们有着文化自信和乐观的态度,将南京大屠杀的炼狱故事打造成由美国做最后的审判或进入天堂乐土的结局。

二、别样的“双城记”④

新世纪以来,至少英国有两部作品关注了南京陷落,除了莫·海德的《南京的恶魔》(2004)外,就是迈克马努斯写的《黄石的孩子》(2008),这部作品关于南京陷落的叙述透出了作家的诸多思考。

迈克马努斯认为,蒋介石政府在淞沪之战后没有投降,日本便以“歼灭中国政府”相威胁,“这个威胁宣布不久,发生在南京的一切就向世人揭示了它的含义”。作者为日军实施大屠杀找到了一个较为说得过去的理由,并且

① [美]保罗·韦斯特:《橙雾帐篷》,第 260 页。

② [美]保罗·韦斯特:《橙雾帐篷》,第 263 页。

③ [美]保罗·韦斯特:《橙雾帐篷》,第 260 页。

④ 本节内容在《中国图书评论》(2013 年第 9 期)上发表,其中所援引的西方文献资料均来自莫·海德个人网站:http://www.mohayder.net/。

认为:“从军事原因上分析,日军没有理由对南京的百姓采取报复。因为那些普通的百姓是无辜的。胡乱屠杀百姓进而引发恐慌潮也不能用酒醉来解释……杀害百姓,没有任何语言和逻辑可以解释他们的残暴行径。”迈克马努斯的费解可以这样理解:在大屠杀事件的问题上,理性是无可奈何的。回想明治维新时期日本高喊“脱亚入欧”,师法英、德,却并未将现代理性吸纳充分,尤其是欧洲大地上百余年沉淀下来的人文精神,并未被同时进口,这再次显示了日本文化发展中的选择性。迈克马努斯在挞伐暴行时说:“南京沦陷,接下来发生的就是 20 世纪战争史上最可耻的一页。”但对日本而言,南京大屠杀完全可能是“幻影”。仅以此推断,西方文明很难理解日本的野蛮和血腥。迈克马努斯也对中国的防御同样不解:“国民党军队的军官首先点燃火把照亮南京的村落和周围的郊区,然后又下令军队不许补给,不许逃跑,只能沿城墙列队站好。”留给作者的印象就是,南京卫国官兵被动挨打缘于指挥不力。当然不能简单地评判这场攻防战。认为南京卫国官兵被动挨打大体不错,可是也需要看到这样的事实:角力双方都是不遗余力,而且日军的军力过于强大。正如迈克马努斯所交代的,他所了解的南京陷落的情形都是他在上海听说的,所以对于南京攻防战的认知,他还达不到一个专业西方观察家的水平。

众所周知,查尔斯·狄更斯的《双城记》(*A Tale of Two Cities*)是描写法国大革命的一部长篇历史小说,而这里将要提到的当代英国女作家莫·海德(Mo Hayder)写的有关南京陷落的故事,是在南京、东京两个空间内展开的。这部长篇小说的原著在 2004 年 5 月出版,到 2012 年 6 月才有了中文译本《南京的恶魔》(*The Devil of Nanking*)。这一中文译本完全传达出了原著的风格。

(一)《南京的恶魔》的由来

莫·海德突破了狄更斯的书写地域,从欧洲横跨几大洋,将目光聚焦在亚洲的两大城市。而她却是近些年来在英语文学中较为知名的惊悚、犯罪小说作者。她生活在巴斯小城,却自小不喜欢简·奥斯汀、勃朗特姐妹的风格。自 2000 年的《鸟人》(*Birdman*)出版以来,她几乎一年半左右就能创作出一部惊悚小说,如《走失》(*Gone*, 2010 年)、《悬山》(*Hanging Hill*, 2011 年)、《小乖乖》(*Poppet*, 2013 年)等,这些作品在西方当代文坛都有较大的影响力,很多欧美媒体都给予她高度的评价。比如,美国《娱乐周刊》称赞她为“恶魔天才”。她的《南京的恶魔》获得法国 Prix SNCF du polar enropéen2006年年度奖,也获得 the CWA Dagger 与 a Barry for Best UK novel 等奖的提名。

“1937年的南京大屠杀是不太可能成为一个现代惊悚小说的起点,莫·海德却足够好地开创她自己的方式,博得了严谨的小说分类世界的赞美,毕竟她已经有了两个成功的作品(《鸟人》和《治疗》)。”(英国《卫报》)西方媒体大都褒奖了她的成绩,但是,莫·海德创作这部《南京的恶魔》可谓颇费周折。2003年,大约也就是十多年前,她41岁,来到日本东京的夜总会应聘女招待,竟然被录用了。一周后,她便返回自己的写作基地——巴斯温泉小城,开始着手写作《南京的恶魔》。实际上,20世纪80年代末期,她就到东京做过夜总会的女招待,多年之后再赴东京,与第一次不同,她的任务改变了,这次是为了写作去“卧底”。值得补充的是,在2000年,就是在这家夜总会里,一个英国女招待被谋杀了。

《南京的恶魔》并不是一般意义上的犯罪惊悚小说,因为故事的背景非同一般——是南京大屠杀。然而,作者最初对1937年南京大屠杀十分陌生。这里需要追溯到海德十来岁的时候,她“遭遇”了一张处决人的照片,十分震撼。多年以后,在日本再次“遭遇”同样的照片,她才知道那是关于南京大屠杀的照片。她当时问了日本的朋友,关于此事“他们完全不知道”(美国《环球邮报》)。海德创作这部小说之前,是了解一些日本“二战”时期在菲律宾的暴行的,后来日本学者本多胜一的《南京大屠杀始末采访录》和美国华裔学者张纯如的《南京浩劫:被遗忘的大屠杀》对她此次写作的帮助最大,这些在她的小说“作者手记”中做了突出强调。对于自己的写作能力,她很明确地表明“还没有勇气创作非虚构文学作品,但是写作虚构的小说作品,还是很有勇气的”(美国《出版者周刊》)。

2005年3月,《南京的恶魔》在美国由 Grove Atlantic 出版并获得了好评。《纽约时报》称赞它将“邪恶、无知、罪等无限定地探究”(美国《出版者周刊》)。实际上,该书的出版人摩根·安崔根(Morgan Entrekin)对此早有预见:“莫的作品有深度,写作得好,远远超过一般商业化的惊悚小说作者。我贪婪地阅读着这些惊悚而神秘的故事,我将出版他们。”(美国《出版者周刊》)值得一提的是,海德在小说的扉页上标明,该书献给张纯如女士。她对张纯如的自杀十分难以理解:“我想,上帝,她一定是太忧郁了。”(美国《环球邮报》)

2004年5月,莫·海德的这部小说最早由 Bantam Books 公司出版,在欧洲十分畅销,小说的名字却是“TOKYO”(“东京”)。本书在日本至今尚未出版,海德的日本出版商认为,如发行就不要在小说中列出南京死难者“30万”人的数字,因为他们质疑该数字为“中国的宣传”(美国《环球邮报》)。难得的是,在日本书市里,海德的英文小说*TOKYO*却能找到。为了在美国能够收到同欧洲一样的效果,2005年,海德听从了Grove Atlantic公司出版人的建议,将“TOKYO”更名为“The Devil of Nanking”,因为他认为“《东京》的小说名字是个‘错误’,听起来像一本旅游的书”(美国《出版者周刊》)。而海德说,原本就想用“南京的恶魔”这个名字的。坦率地说,小说原作者的设计更有道理。仅从文本角度思考的话,这部小说的叙事空间比较特殊,不仅是两地,而且是不同时间的两地。书名选择了“TOKYO”,自然会忽略“NANKING”的故事,反之亦然。假如不考虑到接受市场的问题,选择后者确实更周到一些。

(二) 双京故事

在莫·海德的笔下,小说出现了两个相互交错的时空:中国南京的时空里容纳着1937年2月28日至12月21日的故事;日本东京的时空里上演着1990年夏至冬的传奇。以上两个时空交织在一起,占全书的比重大体相当。前者明显试图尽可能呈现历史的本来面貌,尤其是南京大屠杀的历史现场,展示的形式是幸存者史重明的部分日记;后者是女主人公格雷(Grey)讲述的当下故事,她作为一个年轻英国女人来到东京,只是为了寻找有“见证”意义的电影胶片。这样看来,南京故事与东京故事自然形成了小说的两条鲜明线索,纠结在一起,却在一个点上汇合:电影胶片。这份拍摄了一个日本军人在南京暴行的唯一一份胶片,就保存在史重明这位东京大学的客座教授手里,而史重明正是南京大屠杀的见证人。

《南京的恶魔》不同于一般纪实性作品的大屠杀叙事,在莫·海德笔下,南京大屠杀是大屠杀幸存者个人的大屠杀,是史重明记载于日记之上的所见所闻所思。就文学创造而言,这无疑限定了幸存者的视野和感知,于是描写大屠杀前后的南京城不可能是全景式速写,也不可能令读者充分感知中国首都南京陷落的意义。作者一切从故事出发,让史重明尽可能多地介入沦陷前后的南京城。虽然史重明有着金陵大学老师的身份,又是一个具有强烈现代意识的知识分子,却不得不按照作者的设计留守南京,见证了南京的苦难、恐怖与日本军人的暴行、虐杀。当一个城市溢满了腐肉的味道,饥肠辘辘的人目睹了集体屠杀形成的“尸山”与“人柱”的时候,作者知道城市的恐怖与个人的恐怖达到了共鸣,令人战栗、绝望。之后,史重明又按作者安排,企图逃出南京。当然,这里仍然是极其个人化的情节,史重明带着有八个多月身孕的妻子王书瑾逃亡的结局已注定,妻儿惨烈的死将南京故事推向惊悚的巅峰。虽然史重明从留守到逃亡的南京故事让人难以置信[①],但是作者创写的惊悚却达到了预期效果。

莫·海德的这部小说也几乎不是“后大屠杀叙事”。幸存者的故事发生在东京,史重明满头“雪白的头发”,生活得十分从容。即使他说那个日本军人返回本土“还带回来一个父亲的悲伤”,但在东京故事里,并不容易察觉到大屠杀亲历者史重明具有常见的种种“病症”。他的创伤让人难以发现,作者似乎有意忽略这点,而将更多的笔墨留给“Grey”(格雷)。格雷这位英国“女孩”深受创伤,成为一个“灰色的人”。但是格雷的创伤故事并不能代替南京大屠杀幸存者的创伤体验,这样看来,《南京的恶魔》就无法被放进“后大屠杀叙事”的作品行列中。

(三) 罪与无知

当然,即使有时对莫·海德的创作归类存在一些困惑,但给她的作品定位并不是件难事。欧美评论界还是早已界定她为“惊悚小说家”“犯罪小说家”,十分自觉地探讨这部小说中令人惊悚的罪,而多以这样的评介为止:“没人像海德那样写作,深入黑暗,震撼人心,将她的故事抵达了既恐怖有必要的高峰……这是一本非常个人化的书,确证了超越惊悚的写作天才因素。”(英国《消费导报》)《南京的恶魔》这部“双城记”主要是讲述“罪”的惊悚故事。在相互交错的时空中,一重重令人难以解读的罪,是作者布置的难题,显示出她高超的写作技巧。如果抓住“电影胶片”,似乎问题就明朗许

① 主人公史重明从留守南京到逃离南京,均达到令人难以置信的地步,这主要表现在:1. 和孕妇留守南京因为医疗条件好;2. 城陷后,夫妻二人不进难民区,在家竟无生命之虞,乃至未有日兵搜索;3. 采取秘密地逃亡这种方式不现实,尤其是他们逃亡的能力、工具、出路都决定这是不可能的事。关于日军对南京城扫荡的残酷性和周密性可参见《在南京的通知要点》(第16师团)、《第九师团作命甲第131号》(第9师团)、《南京城内扫荡要领》、《有关事实扫荡的注意事项》(第6师团),选自《见证与记录:南京大屠杀史料精选(日方史料)》,第630—635页。另,据原侵华日军第十六师团的上等兵福田治夫在日记中记载南京城扫荡细节:“说起讨伐,南京很大,怕藏便衣兵,或者藏着什么东西,所以不管是银行还是西服店,所有的房屋都搜,一家接一家的搜,确定了没有问题才出南京。”详见[日]松冈环编著:《南京战·寻找被封闭的记忆——侵华日军原士兵102人的证言》,第179页。

多:电影胶片是怎么来的?里面到底拍摄了什么?为什么寻找它?需要见证什么呢?胶片的故事凝结着人的沉重历史。然后我们才发现,小说里有关孩子的情节也是绕不过去的。也许,只有“孩子”问题才关系到全书故事情节演进的内在逻辑。史重明这位“年轻有为的语言学家”,1937 年 12 月执意留在南京的理由之一就是为了孩子的顺利出生,但也为了孩子的生存选择逃出南京。封藏日记和电影胶片也是为了免于暴露自己放弃孩子的“丑陋”行为,来到日本东京的目的,正如他所说:“这是我一辈子的工作,是这五十年来我唯一关注的事情,表面上我是社会学教授,而实际上我的工作就是寻找女儿。”格雷十三岁的时候因为无知而怀孕,之后她就成了一个古怪而反常的人,在精神病医院里她被认为是“邪恶”“疯狂”的人。因为去寻找“见证”的胶片,她的大学生活就此终结,来到东京后被史重明拒绝而落魄街头,无奈在夜总会做起了女招待,之后,为了能够看到电影胶片,她同意为史重明找“药方”,于是,格雷不得不与黑社会大佬顺三冬树、“埼玉野兽”小川等人苦苦周旋,等等。格雷不顾一切的行为就是为了弄清楚自己是否有杀死自己女儿的罪责,在小说最后的情节中,她意识到,“我们永远不可能安静地获得解脱。不管是生是死,我们的孩子都会跟我们在一起。我也像史重明一样,会永远跟我死去的小女儿联系在一起”。双城故事中都有一个死去的“女儿”(史重明的女儿八个半月多,格雷的女儿七个月只差一天),这让惊悚犯罪小说有了更充分的对人性的思考,格雷与史重明因为遭遇产生了共鸣:“过去就像一个炸药桶,一旦爆炸,那么它在你心里留下的碎片会一直让你不得安宁,直到有一天让过去的一切浮出水面。”然而,“过去”有那么重要吗?是不是海德对此也是浅尝辄止?张纯如提到了诺贝尔奖得主、桂冠诗人伊利·维塞尔多年前的警告:忘记大屠杀就等于第二次屠杀。而《南京的恶魔》并未引起西方评论界对南京大屠杀历史的深入探究,南京大屠杀在西方人的书写里也并未引起细致推敲,人们对史重明的形象或遭遇往往不置一词。也许,对此最好的理解就是这部小说的类型限定了人的思考。

值得补充的是,小说有一处情节似乎无人关注,就是电影胶片录制者的死——日本摄影记者竟然被水果刀杀死。小说开篇写得很明白,身单力薄、个子矮小的史重明在抢夺摄影机。实际上,这位摄像师未见有攻击行为,即使他带着武器,他摄影的目的在小说中写得很清楚:

"不给。你不要以为我拍这些电影是为了取悦他们,取悦那些士兵。我有比这更宏大的意图。"

……

他摩挲着我的脸,叹息道:"别拿走。你拿走了,谁来告诉世界?你要是拿走了,谁来告诉世界?"

杀人凶手正是史重明,史重明是懂日语的,他冒着生命危险抢夺摄像机,不可能是因为无知,只有一个原因能解释:他疯了。对这重罪过,史本人并未见有一丝歉意。作者也许是将日本记者视为日军暴徒,而将其他置之脑后。

南京故事的主人公在进入东京的故事时,被刻画得愈来愈飘忽。实际上,史重明的内心世界本可以更为丰富,但在妻子王书瑾惨死之后,他几乎未表示出应有的缅怀和内疚。这个人物形象就实在令人费解了,这可能就不是人物的无知能解释得了的。

莫·海德的"双城记"确实也在探究"无知"。在文本中,"无知"是否是罪恶,"无知"与疯狂、邪恶的关系,都成为她作品深入探讨的问题。格雷很早就生活在罪恶感中,医院的护士教训她:"无知不是借口,你知道,这根本就不是借口,不是。其实,在我的字典里无知就等于纯粹的、不折不扣的罪恶。"史重明最终也意识到坚守南京的无知,多年后,他觉得他理解了"无知",他告诉格雷:"无知可以被原谅。无知跟罪恶永远不能相提并论。"这让格雷"一下子如释重负,力量倍增",于是,她面对夜总会的美国人杰森时,自信十足地强调他们不是同一类人,因为"无知和疯狂荒唐事绝对不一样的"。耐人寻味的是,这个杰森最终成了"埼玉野兽"暴行的"装点"。

(四)写作的难度

书写当代版的双城故事多少存在一些问题,这与作者的创作意图密切相关。南京故事里的史重明主要承担着叙述城市恐怖的任务,还要为发生在这座城的故事涂抹足够的中国色彩,比如迷信、禁忌、民俗、传说,甚至还有旗袍、饺子、龙、"中华之鸟"等元素。实现这样的效果也许能够满足西方世界对中国的好奇,海德也就大功告成。另外,南京故事的情节、人物似乎显示出"隔膜",这也缘于莫·海德这位英国女作家对南京城甚至中国的历史和文化了解不够充分。据了解,她创作《南京的恶魔》时并未去过南京。

显然,东京故事她写得瑕疵更少,因为她不光两次去过东京,而且似乎能很好地把握当代生活,尤其是带有惊悚气氛的生活。她极为动人地刻画出当代东京的繁华与战后东京的破败,写入蝉、“天狗”、群鸦、盆舞节、黑社会、“慈悲饭”、夜总会、增上寺的小婴石像等内容,更使东京的神秘与黑暗展现无遗。正如作者回顾作品时,信心十足:“那是第一次,在有了这个故事之前,就有了这样的定位,(东京)是那样一个难以置信的供观看的地方,充满了残暴、怪异的东西。”(美国《环球邮报》)

当然,处理好南京大屠杀这个题材的难度是巨大的。美籍华人作家哈金的《南京安魂曲》(2011)是严谨的书写包裹着炽热情感的作品,“写出了大屠杀对人类的破坏,坚持了历史,坚持了真相,坚持了对一切恶的审判,坚持了对人类困境的揭示。这是对大屠杀的深度写作与严肃叙事”。[①] 相较而言,美国女作家赛珍珠的《龙子》(1942)可以作为莫·海德作品的更好参照,赛珍珠书写南京故事,集中写南京郊区农民经历了大屠杀,大地之上的农民的形象较为可信。作为惊悚犯罪小说的作者,海德的双城书写难度远比赛珍珠大得多。

总之,一位英国女作家将东方世界两大城市的恐怖融汇在一起,强化了历史与当下恐怖的贯通性,在双城故事的线索纠缠的时候,也是一个接一个动人心魄的惊悚共振的时刻,南京城内顺三冬树的摩托车引擎声与东京颓圮神秘花园内恶棍帮的行凶流窜,将整个小说推向了高潮。也许狄更斯无法做到,但莫·海德做到了。

---

① 孙曙:《大屠杀叙事》,《中国图书评论》,2012 年第 8 期。

结　语

近80年来，对南京陷落的文学书写不仅数量众多，基本覆盖各种文体，而且，相关的国外文本也为数不少，虽然不及大陆文本的数量，却成为不可或缺的部分，甚至其中一些就是优质文本的代表。① 从书写内容来看，最为显著的是，此类文学的表达，尤其在中国大陆，大多数仍停留在见证历史、寻求真相的阶段上。一路走来，有受害者的悲愤，有国族的怒吼，有民族文化被挫伤的痛感，有表达触及人类创伤的共鸣，也有为实现政治意图的煽动与宣传。

抚今追昔，可以看到，战时社会混乱，很多未能及时公开面世的文本成为潜在的作品，有的作品正是应抗战需要见诸报刊；有的当时面世，多年后又被禁或被删。多年以后，在中国现代文学史上，对战时的创作也未能做到充分记载。这一阶段，日、美、英、德的作者对同一题材的同期创作，从不尽相同的侧面记录或叙写了中国首都的沦陷，也不应该忽略。从某种意义上说，以上这一阶段出现的大部分中外作品不仅具有文学价值，也具有一定的历史价值，从中可以考察战时历史的真切面貌、相关民族或个人的感情和思想。

第二次世界大战后至20世纪70年代末期，由于中国国内乃至国际出现了新的严峻的政治、社会形势，1937年南京的陷落给中华民族留下的伤痕大多被忽略、被遗忘。除了香港、台湾有一些微弱的声音外，就是20世纪50年代中期从日本文坛发出的声音，但影响较小。严重的忽略、有意的忽视在当时如此彻底，20世纪70年代早期至1987年在日本开始出现了明显的反弹，历史研究与文学书写同时行进，在学者洞富雄、记者本多胜一等的共同努力下，本多胜一的报告文学、南里征典的小说，小林宏、黑川欣映的剧本纷纷再次曝光了日军在南京犯下的罪行。20世纪90年代以来，日本作

① 参见本书附录A：1937年南京陷落的文学书写的文本目录。

家除了村上春树、大江健三郎有较少的表达外，南京陷落尤其是南京大屠杀等历史事件几乎在日本文坛不再被提及。

自1982年开始，中国大陆文坛被激活，再度逐渐出现对南京陷落尤其是南京大屠杀的文学书写，迄今并无减少，然而数量无法证明质量，大部分作品，无论是诗歌、散文还是小说、剧本，主要还是在对历史的真相进行找寻、呈现或涂抹，并一度出现严重的书写分裂。具体而言，表现在书写南京保卫战，就难免要抨击国民党，出于政治偏见颠倒黑白或言不由衷，直接导致真相不明；书写南京大屠杀就侧重描写日军暴行，并形成固化僵化的叙述模式，比如宏大的历史叙事模式，以至于将其渲染成为“暴力美”。即使新世纪到来，大陆文坛中仍存在有关主要抗战力量的争议，使得对南京保卫战的抗战史实表现得不足、不深甚至歪曲，这直接影响了南京陷落文学书写的准度和深度。鉴于政治意识形态的束缚和引导，在历史真相问题上就不能不纠缠。在此有必要警醒：“漫长的战争对于民族的生机和国民的精神的扼杀已经够为惨重，可是这还远没结束，还有这样的战争文学对民族的生机和国民的精神进行二度扼杀。”①

幸运的是，社会历史发展并不任由狭隘的意识形态约束，南京陷落很早就有超乎真相本身的书写，在很多作品中表达了写作者多方面的创作意图，即使同时也存在大量旨在还原历史的诉求，在战时与战后至今都是如此。战时，林语堂能够在国外沉痛地表达民族主义的声音，并对中日民族文化心理加以观照；石川达三的《活着的士兵》在战争的背景下思考人性的一致性扭曲；路翎的《财主底儿女们》阐发个人在生命攸关和历史灾难中的精神痼疾。20世纪50年代，堀田善卫不仅思考人的欲望存在，较早地表现南京大屠杀受害者的创伤问题，也围绕“时间”，切进人的存在的话题；历经抗战的曹聚仁以史家的笔法表达对生命的感喟；钮先铭将军作为南京保卫战、南京大屠杀的双重亲历者，更是在生与死、家与国等现世的境遇中讲述生命极限的体验。1988年以来，李贵、叶兆言的文化寻根议题，邓贤的长篇纪实小说，葛亮突显母性神性的作品，张烨、须兰、严歌苓、盛可以、赵锐等作家尝试的女性主义书写，也出现了为大屠杀遇难者、幸存者、营救南京大屠杀中难民的外侨人士及揭露南京大屠杀真相的张纯如女士而写的纪念、祭悼性的诗歌、剧本、小说等文本，如王久辛的《狂雪》、宾斯托克的《天堂树》、保罗·

① 摩罗：《红色：记忆与遗忘——当代中国文学中的暴力倾向》，《不死的火焰》，第246页。

韦斯特的《橙雾帐篷》、莫·海德《南京的恶魔》、裴指海的《往生》、保罗·安东尼·德·瑞提斯的《血染扬子江》(诗集)、林永得的《南京大屠杀诗抄》(诗集)、哈金的《南京安魂曲》、郑洪的《南京不哭》、村上春树的《骑士团长杀人事件》等等。以上所提到的文学书写大都是在不同文化语境中生发开来,不断拓展南京陷落的文学创作的广度和深度。这一尺度的变化得益于某种或某些因素,一是中国国内政治语境的变化,尤其是国家层面试图通过关注南京大屠杀这一国族创伤,达成民族统一战线,推动全国民众形成向心力,增强民族凝聚力,乃至寻求所倡导的"伟大的民族复兴",共同实现"中国梦";二是在中国民间长期存在受压抑的历史创伤,摆脱焦虑和忧虑的渴望强烈,进而以文学的方式宣泄和释放;三是在当下全球化的时代中,广大海外华裔、世界多国(包括日本)的作家很可能关注南京/金陵的文化符号,对中日之战中存留下来的战争创伤、大屠杀给予高度关注,从人类灾难、创伤的角度去思考,产生文学创作。

总体看来,时至今日,对南京陷落文学的书写,在中国本土已有近 80 年的历程,在现有的社会背景下,不容易产生新的高度,所有已创作的文本中关于历史真相、人性问题、文化问题的探讨大都没有超越钱仲联、沈祖棻、邵祖平、倪受乾、路翎、徐志耕、王久辛、邓贤、葛亮、裴指海等人的高度。或许直到中国真正全面完成现代化,弱者的尊严都能够得到尊重的时候,也许会诞生诸如列夫·托尔斯泰的《战争与和平》和台奥多尔·普利维埃的《斯大林格勒》、大卫·格罗斯曼的《证之于:爱》式的文学作品。相较而言,日本作家已有的关于此类题材的创作是较为迅捷而有分量的,其中一些可以成为某个阶段的先导性作品,这十分值得借鉴与反思。但 20 世纪 90 年代以来,除了村山春树等极少数的作家外,此类题材的作品很难被发现。以后,随着南京大屠杀的当事人渐渐逝去,日本对本民族侵华历史问题的反省不够深入,日本文坛的此类书写将消失。而将来,相信随着令社会对南京大屠杀这一人类精神创伤的认知度普遍提高,除了中日的作家外,相信会有更多海外华人华裔作家创作此类题材,因为从聂华苓、严歌苓、祁寿华、林永得、哈金、曹枫、陈咏智、郑洪等作家的创作尝试中,可以看到创作者们对文化母国、家族的历史仍有独特观照的可能,他们作为海外寄居者,既有血脉、文化、精神的维系,同时又有较为成熟的写作眼光、技法,所以我们有信心看到"燃烧的紫金山"被再度书写。

中国人民将要迎来第五个纪念南京大屠杀遇难者的国家公祭日,这是令全民族欣慰的，对于生者如此，对于逝者亦如此。这一悼念形式来得晚了些，但毕竟来了，部分南京大屠杀的幸存者、南京保卫战的亲历者及其家人终于等到了这一天，他们应该获得了些许安慰，多年来的凄怆和愤懑总可以缓解。适值南京陷落 80 周年，为此应反思的问题同样很多，不仅要涉及历史真相的确证、对罪犯罪责的剖析，而且也会触及民族命运、文化心理、精神创伤、社会前景、人性本质等等议题，相信这一“国族记忆”会更加丰富、更加深入。

参考文献

一、中文专著

国内：

[1] 冯子超.中国抗战史.正气书局,1946.

[2] 曹聚仁、舒宗侨编著.中国抗战画史.北京:中国书店,1988.

[3] 日本问题文件汇编(第二集).北京:世界知识出版社,1958.

[4] 沙建孙主编.中国共产党与抗日战争.北京:中央文献出版社,2005.

[5] 中共中央党史研究室.中国共产党的七十年.北京:中共党史出版社,1991.

[6] 高兴祖.日本侵华暴行:南京大屠杀.上海:上海人民出版社,1985.

[7] 张宪文,吕晶编.见证与记录:南京大屠杀史料精选.南京:江苏人民出版社,2014.

[8] 张宪文主编.南京大屠杀全史.南京:南京大学出版社,2012.

[9] 文史资料研究委员会编.南京保卫战——原国民党将领抗日战争亲历记.北京:中国文史出版社,2010.

[10] 郭廷以.近代中国史纲(下册).香港:中文大学出版社,1980.

[11] 徐中约.中国近代史.香港:中文大学出版社,2002.

[12] 毛泽东.毛泽东选集.北京:人民出版社,1991.

[13] 邓小平.邓小平文选(第三卷).北京:人民出版社,1993.

[14] 李宗仁口述,唐德刚撰写.李宗仁回忆录.南宁:广西人民出版社,1980.

[15] 蒋百里,戴季陶.日本人与日本论.南京:凤凰出版社,2009.

[16] 蒋公穀.陷京三月记.南京:南京出版社,2006.

[17] 何应钦.八年抗战之经过.北京:国家图书馆出版社,1946.

[18] 孙元良.亿万光年中的一瞬:孙元良回忆录(1904—1949).台北:时英

出版社,1976.
[19] 杨天石.抗战与战后中国.北京:中国人民大学出版社,2007.
[20] 孙宅巍.澄清历史——南京大屠杀研究与思考.南京:江苏人民出版社,2005.
[21] 经盛鸿.南京沦陷八年史.北京:社会科学文献出版社,2005.
[22] 张连红、经盛鸿、陈红.创伤的历史.南京:南京师范大学出版社,2005.
[23] 杨天石.寻找真实的蒋介石:蒋介石日记解读.太原:山西人民出版社.2008.
[24] 江涛.抗战时期的蒋介石.北京:华文出版社,2005.
[25] 翁有为,赵文远.蒋介石与日本的恩恩怨怨.北京:人民出版社,2008.
[26] 袁伟,王丽平选编.宋美龄自述.北京:团结出版社,2004.
[27] 苏智良,苏维木,陈丽菲主编.日本侵华战争为背景遗留问题和赔偿问题.北京:商务印书馆,2005.
[28] 蓝海.中国抗战文艺史.北京:现代出版社,1947.
[29] 司马长风.中国新文学史.下卷.香港:昭明出版有限公司,1980.
[30] 钱理群、温儒敏、吴福辉.中国现代文学三十年.北京:北京大学出版社,1998.
[31] 黄修已.中国现代文学发展史.第三版.北京:中国青年出版社,2008.
[32] 许志英,丁帆主编.中国新时期小说主潮.北京:人民文学出版社,2002.
[33] 陈平原.在东西方文化的碰撞中.杭州:浙江文艺出版社,1987.
[34] 钱理群.钱理群文选—拒绝遗忘.汕头:汕头大学出版社,1999.
[35] 王晓明.思想与文学之间.北京:人民文学出版社.2004.
[36] 李新宇.突围与蜕变:20世纪80年代中国文学的观念形态.天津:南开大学出版社,2008.
[37] 许子东.为了忘却的集体记忆——解读五十篇文革小说.北京:三联书店,2006.
[38] 王向远.中国题材日本文学史.王向远著作集.第4卷.银川:宁夏人民出版社,2007.
[39] 王向远.日本侵华史研究.王向远著作集.第9卷.银川:宁夏人民出版社,2007.
[40] 张全之.火与歌——中国现代文学、文人与战争.北京:新星出版

社,2006.
[41] 吕元明,山田敬之.中日战争与文学——中日现代文学的比较研究.长春:东北师范大学出版社,1992.
[42] 房福贤.中国抗日战争小说史论.济南:黄河出版社,1999.
[43] 陈虹.日军炮火下的中国文人.天津:天津古籍出版社,2007.
[44] 陈虹.日军炮火下的中国作家.天津:天津古籍出版社,2006.
[45] 碧野主编.中国抗日战争时期大后方文学书系(第四编).重庆:重庆出版社,1989.
[46] 摩罗.不死的火焰.北京:中国工人出版社,2002.
[47] 萨苏.尊严不是无代价的:从日本史料揭秘中国抗战.济南:山东画报出版社,2009.
[48] 罗钢.叙事学导论.昆明:云南人民出版社,1994.
[49] 杨义.中国叙事学.北京:人民出版社,1997.
[50] 孟华.比较文学形象学.北京:北京大学出版社,2001.
[51] 董小英.再登巴比伦塔——巴赫金与对话理论.北京:三联书店出版社,1994.
[52] 刘小枫.沉重的肉身——现代性伦理的叙事纬语.上海:上海人民出版社,1999.
[53] 戴锦华.奇遇与突围:九十年代的女性文化与女性写作.世纪之门·导言.北京:社会科学文献出版社,1998.
[54] 李桂荣.创伤叙事——安东尼·伯吉斯创伤文学作品研究.北京:知识产权出版社,2010.
[55] 叶兆言.烟雨秦淮.广州:南方日报出版社,2002.
[56] 方方.祖父在父亲心中.南京:江苏文艺出版社,2003.
[57] 须兰.古典的阳光.须兰.须兰小说选.上海:上海文艺出版社,1995.
[58] 杜宣.杜宣文集.上海:上海文艺出版社,2004.
[59] 余华.我们的安魂曲.南京安魂曲.南京:江苏文艺出版社,2011.
[60] 袁进.张恨水评传.南京:南京大学出版社,2012.
[61] 张勇.文学南京——论20世纪20、30年代南京文学生态.北京:中国社会科学出版社,2013.
[62] 陈永山、陈碧笙主编.中国人口(台湾分册).北京:中国财政经济出版社,1990.

[63] 台湾省文献委员会. 台湾省通志(卷二人民志　人口篇,全一册). 台南:台湾省文献委员会,1972.

国外:

[1] [美]费正清、费维恺编. 曾景忠等译. 剑桥中华民国史(1912—1949). 北京:中国社会科学出版社,1998.

[2] [美]费正清,赵复三译. 中国之行(外国人看中国抗战丛书). 北京:新华出版社,1988.

[3] [美]张纯如,马志行、田怀滨、崔乃颖等译. 南京大屠杀. 北京:东方出版社,2005.

[美]张纯如,杨夏鸣译. 南京浩劫:被遗忘的大屠杀. 北京:东方出版社,2007.

[4] [美]约翰·托兰,郭伟强译. 日本帝国的衰亡. 北京:新星出版社,2008.

[5] [加]卜正民,潘敏译. 秩序的沦陷. 北京:商务印书馆,2015.

[6] [日]洞富雄,毛良鸿、朱阿根译. 南京大屠杀. 上海:上海译文出版社,1987.

[7] [日]石岛纪之,郑玉纯、纪宏译. 中国抗日战争史. 长春:吉林教育出版社,1990.

[8] [日]本多胜一,刘春明等译. 南京大屠杀始末采访录. 太原:北岳文艺出版社,2001.

[9] [日]松冈环编,新内如、全美英、李建云译. 南京战·寻找被封闭的记忆——侵华日军原士兵102人的证言. 上海:上海辞书出版社,2002.

[10] [日]笠原十九司,李广廉、王志君译. 难民区百日——日军大屠杀的西方人. 南京:南京师范大学出版社,2005.

[11] [日]笠原十九司,罗萃萃、陈庆发、张连红译. 南京事件争论史——日本人是怎样认知史实的. 北京:社会科学文献出版社,2011.

[12] [日]小野贤二、藤原彰、本多胜一编,李一杰、吴绍沅译. 南京大屠杀——士兵战场日记. 北京:社会科学文献出版社,2007.

[13] [日]田中正明. 南京大屠杀之虚构. 北京:世界知识出版社,1985.

[14] [日]津田道夫,程兆奇、刘燕译. 南京大屠杀和日本人的精神构造. 北京:新星出版社,2005.

[15] [日]东史郎. 东史郎日记. 南京:江苏教育出版社,1999.

[16] [德]约翰·拉贝. 拉贝日记. 南京:江苏人民出版社,1997.

[17] [德]维克特著,周娅,谭蕾译.拉贝日记.北京:新世界出版社,2009.
[18] [美]明妮·魏特琳.魏特琳日记.南京:江苏人民出版社,2000.
[19] [美]法兰克·吉伯尼,尚蔚、史禾译.战争:日本人记忆中的二战.北京:中央编译出版社,2003.
[20] [美]布赖恩·克罗泽,封长虹译.蒋介石传.北京:国际文化出版公司,2010.
[21] [美]黄仁宇.从大历史的角度读蒋介石日记.北京:九州出版社,2008.
[22] [美]汉娜·帕库拉,林填贵译.宋美龄传.北京:东方出版社,2012.
[23] [美]鲁思·本尼迪克特,吕万和等译.菊与刀.北京:商务印书馆,1990.
[24] [英]齐格蒙特·鲍曼.现代性与大屠杀.上海:译林出版社,2002.
[25] [英]乔安娜·伯克.性暴力史.南京:江苏人民出版社,2014.
[26] [美]查尔斯·蒂利.集体暴力的政治.上海:上海人民出版社,2011.
[27] [日]南博,刘延州译.日本人的心理.上海:文汇出版社,1991.
[28] [日]古屋奎二.蒋介石秘录(第4卷).长沙:湖南人民出版社,1988.
[29] [奥]荣格.心理学与文学.冯川苏译.北京:生活·读书·新知三联出版社,1987.
[30] [德]黑格尔,贺麟、王玖兴译.精神现象学.北京:商务印书馆,1981.
[31] [德]恩斯特·卡西尔,甘阳译.人论.上海:上海译文出版社,1986.
[32] [英]安东尼·吉登斯,赵旭东等译.现代性与自我认同.北京:生活·读书·新知三联书店,1998.
[33] [法]米歇尔·福柯,刘北成、杨远婴译.疯癫与文明—理性时代的疯癫史.北京:三联书店出版社,2003.
[34] [美]W. C. 布斯,华明等译.小说修辞学.北京:北京大学出版社,1987.
[35] [英]安妮·怀特海德,李敏译.创伤小说.郑州:河南大学出版社,2011.
[36] [法]埃莱娜·西苏.美杜莎的笑声.选自张京媛.当代女性主义文学批评.北京:北京大学出版社,1992.
[37] [荷]米克·巴尔,谭君强译.叙述学—叙事理论导论.北京:中国社会科学出版社,2003.
[38] [美]海登·怀特.作为文学虚构的历史本文.张京媛主编.新历史主义与文学批评.张京媛译.北京:北京大学出版社,1993.

[39] [德]瓦尔特·本雅明,陈永国、马海良译. 本雅明文选. 北京:中国社会科学出版社,1999.

[40] [俄]罗曼·雅各布森,蔡鸿滨译. 现代俄国诗歌. 托罗多夫编. 俄苏形式主义文论选. 北京:中国社会科学出版社,1989.

[41] [美]赛珍珠,尚营林、张志强等译. 我的中国世界. 长沙:湖南文艺出版社,1991.

[42] [俄]列夫·托尔斯泰,高植译. 战争与和平. 上海:上海译文出版社,1981.

[43] [德]台奥多尔·普利维埃. 斯大林格勒. 北京:解放军文艺出版社,2005.

[44] [以色列]大卫·格罗斯曼. 证之于:爱. 上海:上海译文出版社,2006.

[45] [美]杰弗里 C. 亚历山大,王志弘译. 迈向文化创伤理论. 文化研究. 第 11 辑. 陶东风,周宪主编,北京:社会科学文献出版社,2011.

[46] [美]约翰·费尔斯坦纳,李尼译. 保罗策兰传. 南京:江苏人民出版社,2009.

[47] [美]保罗·康纳顿,纳日碧力戈译. 社会如何记忆. 上海:上海人民出版社,2007.

[48] [美]苏珊·桑塔格. 黄灿然译. 关于他人的痛苦. 上海:上海译文出版社,2006.

[49] [美]查尔斯·蒂利. 集体暴力的政治. 上海:上海人民出版社,2011.

[50] [美]苡程. 不说,就真来不及了:纽约客的临终遗言. 北京:新星出版社,2012.

[51] [美]艾利·威塞尔,陈东飚译. 一个犹太人在今天. 北京:作家出版社,1998.

[52] [法]费修珊,劳德瑞,刘裘蒂译. 见证的危机——文学、历史与心理分析. 台北:麦田出版股份有限公司,1997.

[53] [奥]弗洛伊德,傅雅芳等译. 文明与缺憾. 合肥:安徽文艺出版社,1996.

[54] [德]西奥多·阿多诺,渠敬东、曹卫东译. 启蒙辩证法:哲学片断. 上海:上海人民出版社,2002.

[55] [德]西奥多·阿多诺,王柯平译. 美学理论. 成都:四川人民出版社,1998.

[56] [日]石井和夫."南京大屠杀"的思索.日本学(第四辑).北京:北京大学出版社,1995.

[57] [日]小田成光.没有时效的耻辱.勿忘血写的历史.本多胜一等著,晓光寒溪等译.北京:中国青年出版社,1995.

[58] [德]西奥多·阿多诺,张峰译.否定辩证法.重庆:重庆出版社,1993.

二、外文著作

[1] Rana Mitter, *Forgotten ally: China's World War II*, 1937—1945, Boston: Houghton Mifflin Harcourt, 2013.

[2] Tanaka Masaaki, *What Really Happened in Nanking*, Tokyo: Sekai Shuppan, Inc. 2000.

[3] Hua-ling Hu, *American goddess at the rape of Nanking: the courage of Minnie Vautrin*, Carbondale and Edwardsville: Southern Illinois University Press, 2000.

[4] *The good man of Nanking: the diaries of John Rabe*, edited by Erwin Wickert; translated from the German by John E. Woods, New York: Alfred. A. Knopf, 1998.

[5] Iris Chang, *The rape of Nanking: the forgotten holocaust of World War II*, Ringwood, Vic: Penguin, 1998.

[6] Shi Young, James Yin, *The rape of Nanking: an undeniable history in photographs*, Chicago · San Francisco: Innovative Publishing Group, 1997, Expanded 2nd Edition.

[7] Peter Conn, *Pearl S. Buck: A Cultural Biography*, New york: Cambridge University Press, 1996.

[8] Jonathan D. Spence, *The Search for Modern China*, New York: Norton, 1991.

[9] Lois Wheeler. Snow, *Edgar Snow's China: a personal account of the Chinese revolution*, New York: Random House, 1981.

[10] [日]田中正明主编.松井石根大将の陣中日誌.东京:芙蓉書房,1985.

三、期刊论文

[1] 刘世琴,经盛鸿.《大公报》对南京保卫战发表的三篇社评.档案与建设.2016(12).

[2] 余霞.全球传播语境中的国家创伤与媒介记忆——中、日、美、英"南京

大屠杀”相关报道(1949—2014 年)的内容分析. 华中师范大学学报(人文社会科学版),2016(5).

[3] 张生. 死神面前的“不平等”——南京大屠杀期间国际安全区中国难民内部分层. 西南大学学报(社会科学版),2016(6).

[4] 张生. 如何进一步深化南京大屠杀史研究. 抗日战争研究,2016(2).

[5] 孙正军. 从“史”到“诗”——关于“金陵十三钗”故事. 扬子江评论,2016(2).

[6] 孙宅巍. 论南京军民在南京大屠杀暴行中的反抗. 日本侵华史研究,2016(1).

[7] 张宪文. 积极建设南京大屠杀与和平学研究智库. 日本侵华史研究,2016(1).

[8] 卢彦名.《世界记忆名录》中的《安妮日记》与《南京大屠杀档案》之比较. 日本侵华史研究,2016(1).

[9] [日]尾西康充,张博译. 日本战时出版审查与战地文学中的南京大屠杀——以石川达三《活着的士兵》为中心. 日本侵华史研究,2016(1).

[10] 纪方超.《南京大屠杀档案》入选《世界记忆名录》. 中国档案,2015(11).

[11] 韩东育. 战后七十年日本历史认识问题解析. 中国社会科学,2015(9).

[12] 段吉方. 创伤与记忆——文化记忆的历史表征与美学再现. 河南社会科学,2015(9).

[13] 宋玉书. 非虚构写作的集体记忆建构——以历史题材报告文学为研究对象. 文艺争鸣,2015(7).

[14] 苏智良. 抗战研究的回顾与反思. 社会科学战线,2015(7).

[15] 王龙. 林芙美子的战争. 湖南文学,2015(7).

[16] 彭学明. 血泪悲怆的警世呐喊——何建明长篇纪实文学《南京大屠杀全纪实》简评. 雨花,2015(6).

[17] 李永东. 小说中的南京大屠杀与民族国家观念表达. 中国社会科学,2015(6).

[18] 钟志清. 大屠杀记忆与创伤书写:“第二代”叙事与以色列人的身份认同. 社会科学研究,2015(6).

[19] 刘泉锋. 我的抗战小说. 资源导刊,2015(6).

[20] 徐志耕. 历史记实首当真实——简评《南京大屠杀全记实》. 扬子江评

论,2015(5).
[21] 熊飞宇,靳明全. 日本视域下的中国战时文学研究. 当代文坛,2015(5).
[22] 但汉松. 西方“9.11 文学”研究:方法、争鸣与反思. 外国文学动态研究,2015(4).
[23] 朱向前,傅逸尘. 一篇读罢头飞雪——新世纪以来抗战题材长篇小说综述. 当代作家评论,2015(4).
[24] 吴世民. 关于国内第一本纪述南京大屠杀的书. 日本侵华史研究,2015(4).
[25] 王山峰. 南京大屠杀的仪式叙事与社会记忆. 日本侵华史研究,2015(4).
[26] 唐伟胜,龙艳霞. 从内森·英格兰德尔看第三代美国犹太作家的文化立场. 当代外国文学,2015(3).
[27] 孟国祥. 抗战期刊对南京大屠杀的揭露. 日本侵华史研究,2015(3).
[28] 王树增,陈曦,刘夏,高博. 一部属于全民族的抗战史——《抗日战争》作者王树增先生访谈录. 解放军艺术学院学报(季刊),2015(3).
[29] 刘增杰. 彪炳史册的时代最强音——简论抗战诗歌的精神内涵及其当下意义. 解放军艺术学院学报(季刊),2015(3).
[30] 何建明. “国家公祭”时,我们应该想些什么——《南京大屠杀全纪实》创作谈. 雨花,2015(3).
[31] 杨夏鸣. 我与张纯如的交往. 江淮文史,2015(3).
[32] 周彩霞. 顺乎自然巧架构　水到渠成养德性——基于“尚德理念”的“国家公祭读本”的教学笔记. 新课程研究(上旬刊),2015(3).
[33] 赵怡. 超越国境、战争与时空的异国恋人——日本女作家森三千代笔下的中国军人形象. 国际中国文学研究丛刊,2015(3).
[34] 赵静蓉. 创伤记忆:心理事实与文化表征. 文艺理论研究,2015(2).
[35] 刘燕军.《藕孔日记》中的南京浩劫. 民国档案,2015(1).
[36] 黄顺铭,李红涛. 在线集体记忆的协作性书写——中文维基百科“南京大屠杀”条目(2004—2014)的个案研究. 新闻与传播研究,2015(1).
[37] 洪治纲,曹浩. 历史背后的日常化审美追求——论叶兆言的小说创作. 当代作家评论,2015(1).
[38] 习近平. 在南京大屠杀死难者国家公祭仪式上的讲话. 党史文汇,2015

(1).
[39] 周洪成.为历史存正气——评长篇报告文学《南京大屠杀》.求是,2014(24).
[40] 谢炜,陆炜.姚远剧作论.中国现代文学论丛,2014(12).
[41] 冯昊.沦陷区文学中的民族历史意识.江西社会科学,2014(10).
[42] 何扬鸣、何莹.试论《东南日报》对南京保卫战的报道.中共党史研究,2014(9).
[43] 常家树.东史郎《日记》坦陈南京大屠杀作者.党史纵横,2014(9).
[44] 陈平原、王德威、藤井省三.中国现代文学研究的方向.学术月刊,2014(8).
[45] 王卫星."报国"还是误国—战时日本民众对南京陷落的反应评析.南京社会科学,2014(7).
[46] 张清华.烟雨繁华或故都血色:南京的记忆与书写.长城,2014(7).
[47] 刘汀.旧梦·伤痕·现实:当代文学中的南京叙事.长城,2014(7).
[48] 褚云侠.无情最是台城柳——南京书写中的怀旧情结.长城,2014(7).
[49] 刘诗宇.惟草木之零落兮,恐美人之迟暮——叶兆言《夜泊秦淮》中的南京叙事.长城,2014(7).
[50] 任萍.无名时代的无名之城:朱文笔下的南京.长城,2014(7).
[51] 隋志强.南京大屠杀电影的叙事模式和叙事空间研究.百家评论,2014(6).
[52] 单德兴.创伤·摄影·诗作:析论林永得的《南京大屠杀诗抄》.文山评论:文学与文化.第七卷.2014(2).
[53] 经盛鸿.围绕南京大屠杀真实历史的近八十年斗争.日本侵华史研究,2014(4).
[54] 范晋德.我所经历的南京大屠杀和八年沦陷——范晋德的口述.日本侵华史研究,2014(4).
[55] 问宇星.试论吴奔星的抗战诗歌创作.新文学评论,2014(4).
[56] 任萍.无名时代的无名之城:朱文笔下的南京.长城,2014(4).
[57] 赵伟.抗战文学与南京保卫战.福建师范大学学报(哲学社会科学版),2014(3).
[58] 白春苏.文学虚构与历史再现——从希伯来语大屠杀文学看历史建构之维度.燕山大学学报(哲学社会科学版),2014(3).

[59] 朱成山. 甲午殇思与南京大屠杀死难者国家公祭. 日本侵华史研究,2014(3).
[60] 松冈环,芦鹏. 南京大屠杀中的性暴力——受害者与加害者相关证言的研究. 日本侵华史研究,2014(2).
[61] 经盛鸿,经姗姗. 松井石根与南京大屠杀. 日本侵华史研究,2014(2).
[62] 张江. 文学不能"虚无"历史. 文学评论,2014(2).
[64] 钟志清. "艾赫曼审判"之后:1960 年代以色列本土作家的大屠杀书写. 文化研究,2013(17).
[65] 刘柠. 日本人怎么看待南京大屠杀. 炎黄春秋,2013(6).
[66] 戚厚杰. 南京保卫战指挥机构与参战部队考证. 日本侵华史研究,2013(4).
[67] 赵媛媛. 试论南京保卫战史学研究的发展历程与现状. 日本侵华史研究,2013(4).
[68] 孟舒. 海外纪念性历史博物馆当代公共教育的价值取向与实践路径. 日本侵华史研究,2013(4).
[69] 徐静波.《时间》:堀田善卫对南京大屠杀的解读及对中日关系的思考. 日本问题研究,2013(4).
[70] 谢建华. 两岸抗战片的变迁与对话. 当代电影,2013(10).
[71] 陈思和. 当代文学中的创伤记忆——《沉默之门》的文本分析. 当代作家评论,2013(4).
[72] 洪治纲. 集体记忆的重构与现代性的反思——以《南京大屠杀》《金陵十三钗》和《南京安魂曲》为例. 中国现代文学研究丛刊,2012(10).
[73] 郭全照,布莉莉. 文学如何触摸历史——评《金陵十三钗》《南京安魂曲》中的大屠杀叙事. 中南大学学报(社会科学版),2012(8).
[74] 单德兴,哈金. 战争下的文学——哈金与单德兴对谈. 华文文学,2012(8).
[75] 严海建. 南京保卫战若干问题辨识. 共产党员,2012(8).
[76] 孙曙. 大屠杀叙事. 中国图书评论,2012(8).
[77] 陈林侠. 跨文化背景下"南京大屠杀"的三种叙事及国家形象建构. 艺术百家,2012(7).
[78] 张生. 美国文本记录的南京大屠杀. 历史研究,2012(5).
[79] 王德威. 南京的文学现代史:11 个关键时刻. 扬子江评论,2012(4).

[80] 黄春锋,李锐.历史记忆中的1937.抗战史料研究,2012(2).
[81] 王德威.如此悲伤,如此愉悦,如此独特.当代作家评论,2012(1).
[82] [日]山内小夜子,芦鹏译.南京大屠杀与日本僧侣.南京大屠杀史研究,2012(1).
[83] 袁珍琴.《藁之复仇》的神话寓言与诗境构想——谈台湾诗人白灵的散文诗艺术技巧.当代文坛,2011(11).
[84] 严歌苓.悲惨而绚烂的牺牲.当代(长篇小说选刊),2011(4).
[85] 张颐武.重新想象中国:新世纪文学的新空间.文艺争鸣,2011(3).
[86] 陈全黎.在历史与记忆之间:文学记忆史的建构.当代文坛,2011(9).
[87] 陶东风."文艺与记忆"研究范式及其批评实践——以三个关键词为核心的考察.文艺研究,2011(6).
[88] 刘燕军.如何记忆南京大屠杀.南京大屠杀史研究,2011(6).
[89] 方美玲.历史事件的教学理解和教学设计——以"南京大屠杀"为例.《北京教育学院学报》,2011(4).
[90] 陆束屏,王山峰.英文媒体报道的南京大屠杀.南京大屠杀史研究,2011(2).
[91] 姜良芹.从淞沪到南京:蒋介石政战略选择之失误及其转向.南京大学学报(哲学　人文科学　社会科学版),2011(1).
[92] 李军.文化视角下日本作家的"原爆"认知.东北师范大学学报,2011(1).
[93] 经盛鸿.延安中共报刊和图书对日军南京大屠杀的报道与评论.中共党史研究,2010(9).
[94] 余飘."我们的作家和才子"——记著名革命家和作家李尔重.中华魂,2010(8).
[95] 经盛鸿.西方新闻传媒视野中的南京保卫战.社会科学战线,2010(8).
[96] 经盛鸿.战时日本传媒对南京大屠杀的掩盖与粉饰.史学月刊,2010(8).
[97] 岱峻.唐人和他演义的《金陵春梦》.粤海风,2010(8).
[98] 张子清.跨文化·双语性:华裔美国作家的名字.当代外国文学,2010(4).
[99] 经盛鸿.第一位正面描述南京大屠杀的中国作家.粤海风,2010(3).
[100] 徐清.赛珍珠《龙子》中的乡土中国.南开学报(哲学社会科学版),

2010(3).
[102] 李有亮."逐"与"弑":20 世纪 90 年代前期女性小说的超越意义.当代文坛,2010(2).
[103] 经盛鸿.南京大屠杀前后的金陵大学(鼓楼)医院.民国档案,2010(2).
[104] 王金胜."日常生活"叙事与跨世纪中国小说的自我认同.东方论坛,2010(2).
[105] 黄颖.苦难历史的诗性书写——论长诗《狂雪》的叙事立场与艺术特色.中国诗歌,2010(2).
[106] 陈传芝.直面杀戮的真相:《活着的士兵》重读.世界文学评论,2010(1).
[107] 胡晓庆.绝望与悲伤——《我是张纯如》导演小札.艺术评论,2009(11).
[108] 李亚.历史从未"缺场"——论叶兆言小说中的历史书写.作家,2009(22).
[109] 李佳,彭丽萍.苦难与救赎——评《金陵十三钗》.安徽文学(下半月),2009(7).
[110] 王德威.归去未见朱雀航——葛亮的《朱雀》.文艺争鸣,2009(8).
[111] 刘美玲.《张纯如·南京大屠杀》:张纯如精神的延续,艺术评论,2009(6).
[112] 韩志平.崔万秋其人其事.春秋,2009(6).
[113] 刘燕军.南京大屠杀的历史记忆(1937—1985).抗日战争研究,2009(4).
[114] 马思睿.民国名人笔下的南京大屠杀.抗日战争研究,2009(4).
[115] 经盛鸿.日本一部反映南京大屠杀的纪实小说及其遭遇.钟山风雨,2009(3).
[116] 黄发有.困境中往往隐藏着生机——陈思和访谈录.当代作家评论,2009(3).
[117] 刘志权.平民文化心理与新历史小说.当代作家评论,2009(3).
[118] 曾一果.叶兆言的南京想象.上海文化,2009(2).
[119] 曾一果.论一种文学的"城市叙述史".文学评论,2009(1).
[120] 贺仲明,杨荣.回归故事的魅力——从《秦淮世家》论庞瑞垠的小说创

作. 小说评论,2008(5).
[121] 刘舸. 中国当代文学中的"日本军人"形象演变. 湖南大学学报(社会科学版),2008(5).
[122] 管怀国. 严歌苓《金陵十三钗》人物群象断想. 理论与创作,2008(3).
[123] 周昌义,小王.《落日》之日落. 西湖,2008(3).
[124] 钱锁桥. 林语堂眼中的蒋介石和宋美龄. 书城,2008(2).
[125] 李芬.《金陵十三钗》中的圣经文学元素. 名作欣赏,2008(2).
[126] 夏曼丽. 解构与重塑:电影艺术文学性研究. 南京师大学报(社科版),2008(2).
[127] 文俊雄. 国民党战时对外宣传与南京大屠杀真相传播研究. 民国档案,2008(1).
[128] 周正章. 我观阿垅的《南京血祭》. 粤海风,2008(1).
[129] 王炳毅. 唐人和他的《金陵春梦》. 文史春秋,2007(11).
[130] 杭慧. 换一种声音叙事——论严歌苓《金陵十三钗》的叙事艺术. 前沿,2007(5).
[131] 郭洪雷、时世平. 别样的"身体修辞"——对严歌苓《金陵十三钗》的修辞解读. 当代文坛,2007(5).
[132] 史承钧. 老舍《四世同堂》中的国民政府抗战. 上海师范大学学报(哲社科版),2007(4).
[133] 周维东. "文学性":理论的风险与具体的问题. 当代文坛,2007(3).
[134] 施晔.《红楼梦》与十二钗故事的历史流变. 红楼梦学刊,2007(3).
[135] 陈墨. 生存现场的人文地图——南翔小说阅读札记. 山花,2006(9).
[136] 汤哲声. 张恨水抗战小说中的国家意识及其评价. 中国现代文学研究丛刊,2006(6).
[137] 吴炫. "文学性"讨论的三个误区. 文艺理论研究,2006(6).
[138] 刘舸. 百年中国文学中的日本形象演变研究. 中国文学研究,2006(4).
[139] 张开焱. 文学性真在疯狂扩张吗? ——与陶东风教授商榷. 文艺争鸣,2006(3).
[140] 季红真. 民族危难时刻的集体记忆——漫谈抗战文学. 南方文坛,2006(2).
[141] 刘淮南. "文学"性≠文学"性". 文艺理论研究,2006(2).

[142] 陶东风.文学的祛魅.文艺争鸣,2006(1).

[143] 贺绍俊.在血与火中的一次宗教式洗礼——评《金陵十三钗》.小说选刊,2006(1).

[144] 袁继锋.民族战争宏大叙事与阿垅《南京血祭》的突围.现代中国文化与文学,2006(1).

[145] 房福贤.风雨60年:从文学抗日到抗日文学.理论学刊,2005(9).

[146] 李松林.台湾学者如何研究抗日战争史.两岸关系,2005(8).

[147] 谢家顺.张恨水抗战作品学术研讨会综述.文学评论,2005(6).

[148] 张生.德国档案中的南京大屠杀.抗日战争研究,2005(4).

[149] 郭英剑,郝素玲.一部真实再现中国人民抗日战争历史的扛鼎之作——论赛珍珠的长篇小说《龙子》.江苏大学学报(社会科学版),2005(3).

[150] 佘艳春.女性历史叙事与性别文化.河北师范大学学报(哲社科版),2005(2).

[151] 秦弓.抗战文学对正面战场的正面表现.励耘学刊(文学卷),2005(2).

[152] 胡德培.抗日战争的历史画卷——周而复《长城万里图》出版前后.出版史料,2005(1).

[153] 余建军.当代文坛上的巍巍长城——记著名作家、书法家周而复.江淮文史,2005(1).

[154] 孙宅巍.论南京大屠杀真相的早期传播.南京社会科学,2004(6).

[155] 董馨.文学性:文化社会的意识形态.社会科学辑刊,2003(6).

[156] 张生.钮先铭在南京大屠杀中的传奇经历.钟山风雨,2003(1).

[157] 阎景娟.影视剧的文学性与文学的电影性.中国电视,2002(11).

[158] 余虹.文学的终结和文学性的蔓延.文艺研究,2002(6).

[159] 何平、汪政.断代流年碎影——《秦淮世家》读解.小说评论,2002(6).

[160] 林白.自述.小说评论,2002(5).

[161] 周宪.文化研究:学科抑或策略?.文艺研究,2002(4).

[162] 黄万华.从呼应到融合:世界战争文化格局中的中国文学.天津社会科学,2002(3).

[163] 郭素美,王希亮.从《新历史教科书》到《最新日本史》.抗日战争研究,2002(2).

[164] 晓风. 再开作一支白色花——记阿垅. 百年潮,2001(1).
[165] 胡迎建. 论抗战时期旧体诗歌的复兴. 抗日战争研究,2001(1).
[166] 吴晓东. 记忆的暗杀者. 读书,2000(7).
[167] 李运抟. 长篇小说“多卷本”现象. 文学自由谈,2000(6).
[168] 徐兰君. 历史:情感的宿命和心灵的景观——读须兰的小说. 小说评论,2000(6).
[169] 徐兰君. 历史:情感的宿命与心灵的景观. 小说评论,2000(6).
[170] 文楚.《金陵春梦》作者唐人的一生. 档案与史学,2000(4).
[171] 史忠义. “文学性”的定义之我见. 中国比较文学,2000(3).
[172] [日]菊池一隆. 日中战争史研究的现状及我见. 抗日战争研究,2000(3).
[173] 秦弓. 张恨水的“国难小说”. 涪陵师专学报,2000(2).
[174] 金燕玉. 江苏儿童文学 50 年发展之回顾. 江苏社会科学,1999(5).
[175] 李新宇. 硝烟中的迷失——抗战时期的知识分子话语. 中国现代文学研究丛刊,1999(2).
[176] 刘振生. 石川达三与火野苇平——以《活着的士兵》《麦子和士兵》为中心. 日本学论坛,1999(2).
[177] 江鸟. 连环画册《南京的陷落》编辑札记. 美术之友,1998(3).
[178] 王向远. 日本的“笔部队”及其侵华文学. 北京社会科学,1998(2).
[179] 黄慧英. 血泪《还俗记》. 上海档案,1998(2).
[180] 胡良桂. 史与诗的统一——从《战争和人》与《长城万里图》谈起. 云梦学刊,1998(2).
[181] 王耀文. 再论南京写作. 山西教育学院学报,1998(1).
[182] 崔苇.《一九三七年的爱情》:溃败的诗意　毁灭的激情. 小说评论,1997(5).
[183] 甘海岚. 论老舍的抗战文学创作. 北京社会科学,1997(3).
[184] 王向远. 日本的侵华文学与中国的抗日文学——以日本士兵形象为中心. 北京社会科学,1997(3).
[185] 甘海岚. 论老舍的抗战文学创作. 北京社会科学,1997(3).
[186] 闻礼萍. 警钟长鸣以史为鉴——《新战争与和平》第三次研讨会在京举行. 文艺理论与批评,1997(2).
[187] 余斌. 一种读法:《一九三七年的爱情》. 当代作家评论,1997(2).

[188] 谢尊一.假扮和尚幸离血海——南京大屠杀的见证人钮先铭.炎黄春秋,1996(3).
[189] 张王根.张恨水:以笔弯弓射日寇.江淮文史,1995(6).
[190] 舒衡哲.第二次世界大战:在博物馆的光照之外.东方,1995(5).
[191] 殷白.法西斯斗争中的中国抗战文学.新文化史料,1995(4).
[192] 孙家玉.一片丹心为民忧——海笑其人其事点滴.群众,1995(3).
[193] 王久辛.校勘诗集《狂雪》随笔.飞天,1995(2).
[194] 许金龙译,我在暧昧的日本,世界文学,1995(2).
[195] 姚君伟.我们怎样接受一个外国作家——赛珍珠在当代中国的命运.外国文学,1994(3).
[196] 平献明.日本侵华战争中的文学.日本研究,1993(4).
[197] 胡德培.周而复《长城万里图》研讨会纪实.文学评论,1993(2).
[198] 周而复.谈《长城万里图》的创作.文学评论,1993(2).
[199] 吴光华.我和《金陵春梦》.中国出版,1993(2).
[200] 常任侠.土星笔会和诗帆社.新文学史料,1993(1).
[201] 本刊记者.王火《战争和人》研讨会在北京召开.当代,1992(6).
[202] 本刊记者.谱写中华民族英勇奋斗的壮丽史诗——记王火长篇小说《战争和人》讨论会.当代文坛,1992(6).
[203] 张绰.从文化视角论黄谷柳.广东社会科学,1992(5).
[204] 李尔重.我为什么写《新战争与和平》.湖北社会科学,1991(5).
[205] 马平.明鉴高悬　警策后人——评长篇小说《南京的陷落》.中国图书评论,1991(4).
[206] 王向远.三岛由纪夫小说中的变态心理及其根源.北京师范大学学报(社会科学),1991(4).
[207] 李明泉、庞清明."大巴山作家群"扫描.文学自由谈,1990(3).
[208] 李运抟.庞瑞垠的小说世界.当代作家评论,1990(2).
[209] 蔡传桂.论张恨水的《八十一梦》——兼论张恨水抗战时期的小说.安徽师大学报(哲学社会科学),1989(1).
[210] 殷白.史诗的设计、功力的营造—评王火的《月落乌啼霜满天》.当代作家评论,1988(4).
[211] 史承钧、宋永毅.老舍研究的历史回顾(1928—1976).中国现代文学研究丛刊,1988(4).

[212] 史承钧. 老舍的一篇重要佚文——《〈四世同堂〉预告》. 上海师范大学学报(哲社科版),1988(3).

[213] 黄俊英. 略论侵华战争时期的日本反战文学运动, 日本研究,1987(7).

[214] 程玮. 一个晚辈眼里. 中国作家,1987(6).

[215] 高榆、张剑衷等. 南京大屠杀——日本侵略者在南京的血腥罪行. 南京史志,1987(6).

[216] 张家勤. 我在难民区的所见所闻. 南京史志,1987(6).

[217] 张其立. 日寇对南京的空袭. 南京史志,1987(6).

[218] 台湾"国史馆". 孤城英烈一将军. 南京史志,1987(6).

[219] 王菡. 南京失陷之始末. 南京史志,1987(4).

[220] 绿原. 阿垅的抗战小说《南京血祭》序. 新文学史料,1987(4).

[221] 殷白. 序李贵小说集《带枪的总编》. 当代文坛,1987(1).

[222] 王际伟. 不能低估《金陵春梦》的社会价值——关于史料真实性与文学真实性的几点思考. 图书馆,1987(1).

[223] 柯森耀. 试论石川达三《活着的士兵》. 外国文学研究,1986(2).

[224] 陈辽. 反映抗日战争的全景性作品——读《南京的陷落》. 当代,1986(1).

[225] 孙利人. 谈《活着的士兵》. 日本研究,1985(4).

[226] 藏筱春. 血染城池的南京市长肖山令. 南京史志,1985(2).

[227] 李惠贞. 黄谷柳的生平和创作. 暨南学报(哲学社会科学),1984(1).

[228] 陈惠芬,袁进. 张恨水抗战小说初论. 中国现代文学研究丛刊,1983(4).

[229] 洪洲,康同.《一盘没有下完的棋》剧本创作始末. 电影艺术,1982(11).

[230] 洪洲,康同,[日]大野靖子,安倍彻郎,神波史男. 一盘没有下完的棋. 电影创造,1982(4).

[231] 张恨水. 写作生涯回忆(续完). 新闻研究资料,1981(2).

[232] 唐小三. 金陵春梦·爸爸·我. 新闻战线,1980(6).

[233] 刘丽霞(Debra Liu),孙法理译. 美国第三世界诗歌. 西南师范大学学报(人文社会科学版),1980(3).

[234] 李军. 日本原爆文学研究. 东北师范大学. 中国博士学位论文全文数

据库,2014.
[235] 张志彪. 中国文学中的日本形象研究. 兰州大学. 中国博士学位论文全文数据库,2007.
[236] 翟文栋. 清末民初文学作品中的甲午战争. 浙江大学. 中国优秀硕士学位论文全文数据库,2007.
[237] 高鸿. 跨文化的中国叙事——以赛珍珠、林语堂、汤亭亭为中心的讨论. 福建师大博士论文,2004.

四、报纸

[1] 林少华.《刺杀骑士团长》:置换,或偷梁换柱. 社会科学报. 2017 年 4 月 27 日,第 8 版
[2] 肖姗. 加拿大拟设"南京大屠杀死难者"公祭日. 南京日报. 2017 年 4 月 8 日,第 A01 版
[3] 中共中央国务院举行仪式:公祭南京大屠杀死难者. 人民日报海外版,2016 年 12 月 14 日,第 2 版
[4] 钟声. 铭记南京大屠杀是道义必须. 人民日报,2016 年 12 月 13 日,第 003 版
[5] 张宪文. 南京大屠杀史研究的现状与未来. 光明日报,2016 年 12 月 8 日,第 011 版
[6] 王远. 南京大屠杀历史资料在法国首展:"铭记历史就是热爱和平". 人民日报,2016 年 10 月 24 日,第 003 版
[7] 本报评论员. 让南京大屠杀史实真正成为世界记忆. 新华日报,2016 年 10 月 23 日,第 001 版
[8] 吕宁丰.《共同见证:1937 南京大屠杀》:展览将走进法国冈城. 南京日报,2016 年 10 月 21 日,第 A2 版
[9] 黄云龙. 中国历史教科书中的"南京大屠杀". 中华读书报,2015 年 9 月 2 日,第 014 版
[10] 吴楠.《南京大屠杀辞典》发布. 中国社会科学报,2015 年 12 月 14 日,第 001 版
[11] 马振犊.《南京大屠杀档案》申遗成功的重大意义. 中国档案报,2015 年 12 月 14 日,第 1 版
[12] 肖姗,胡卓然. 中国记者最早的南京大屠杀报道被发现. 南京日报,2015 年 12 月 12 日,第 A01 版

[13] 时世平. 南京大屠杀:我们需要怎样的真实. 中国社会科学报,2015 年 12月 11 日,第 5 版

[14] 房伟."大屠杀叙事"的尴尬与突围. 中国社会科学报. 2015 年 12 月 11 日,第 5 版

[15] 王学振."慰安妇"文学:血泪的见证. 中国社会科学报,2015 年 12 月 11 日,第 6 版

[16] 叶兆言. 文学与城市的关系. 新华日报,2015 年 12 月 3 日,第 14 版

[17] 王金铃. 欧文 · 华莱士:用笔杆子援华抗战的美国作家. 光明日报,2015 年 9 月 11 日,第 13 版

[18] 胡传吉. 非虚构写作更改文学大势. 北京日报,2015 年 10 月 22 日,第 18 版

[19] 余泽民,梁鸿,傅小平. 奥斯维辛之后,写诗如何不是野蛮的?(下). 文学报,2015 年 10 月 22 日,第 18 版

[20] 徐补生. 南京大屠杀需要世界记忆. 山西日报,2015 年 10 月 14 日,第 A3 版

[21] 徐剑. 抗战文学叙事的三个坐标. 文艺报,2015 年 10 月 9 日,第 2 版

[22] 刘权锋. 国难文学研究是文化记忆的再造工程. 辽宁日报,2015 年 9 月 6 日,第 5 版

[23] 付鑫鑫. 旧金山永远记住张纯如. 文汇报,2015 年 9 月 3 日,第 T7 版

[24] 蒋蓝. 王火:以笔为枪的抗战岁月. 成都日报,2015 年 8 月 22 日,第 5 版

[25] 徐静波. 战后 70 年,日本人内心的纠结. 文汇报,2015 年 8 月 22 日,第 8 版

[26] 丁晓原. 报告文学的抗战叙事. 文艺报,2015 年 7 月 29 日,第 3 版

[27] 王研. 国难文学研究为了更完整地记住民族的耻辱. 辽宁日报,2015 年 6 月 24 日,第 T8 版

[28] 刘天.《产经新闻》否认南京大屠杀"愚蠢至极". 新华每日电讯,2015 年 3 月 6 日

[29] 高义吉."记忆的伦理学"与"忘却的政治学". 社会科学报,2015 年 3 月 5 日,第 8 版

[30] 丁佳文. 张黎用凝重的故事致敬大历史. 天津日报,2014 年 12 月 25 日,第 17 版

[31] 海涛.《四十九日·祭》:静水流深的国家记忆. 光明日报,2014 年 12 月 25 日,第 14 版

[32] 陈金龙. 南京大屠杀纪念:国家公祭的价值解读. 光明日报. 2014 年 12 月 24 日

[33] 杭春燕. 铸鼎鉴史　祈愿和平. 新华日报,2014 年 12 月 14 日,第 3 版

[34] 何建明. 长篇报告文学《南京大屠杀全纪实》:发现与反思比历史本身更重要. 文艺报,2014 年 12 月 12 日,第 2 版

[35] 何建明. 国家公祭日:一种培养国家意识的新符号. 北京日报,2014 年 12 月 8 日

[36] 全国人民代表大会法律委员会关于《全国人民代表大会常务委员会关于确定中国人民抗日战争胜利纪念日的决定(草案)》和《全国人民代表大会常务委员会关于设立南京大屠杀死难者国家公祭日的决定(草案)》审议结果的报告. 中华人民共和国全国人民代表大会常务委员会公报,2014 年 4 月 15 日

[37] 宋豪新. 南京大屠杀史实不容置疑. 人民日报,2014 年 4 月 4 日

[38] 朱成山. 国家公祭是固化南京大屠杀史实的重器. 南京日报,2014 年 3 月 3 日,第 A3 版

[39] 王迪. 中方确定纪念日、设立公祭日"恰逢其时". 人民日报,2014 年 3 月 1 日,第 3 版

[40] 朱成山. 12·13,何以成为国家公祭日. 南京日报,2014 年 3 月 1 日,第 A02 版

[41] 赵丽. 中国为何以立法形式设立纪念日和公祭日. 法制日报,2014 年 3 月 1 日,第 4 版

[42] 蔡玉高,蒋芳. 南京大屠杀遇难者 30 万只是下限. 新华每日电讯,2014 年 2 月 28 日

[43] 龚菲. 南京大屠杀史档案第三次申遗. 东方早报,2014 年 2 月 13 日,第 A12 版

[44] 郑晋鸣. 抹杀历史就没有未来. 光明日报,2014 年 2 月 6 日,第 2 版

[45] 钟志清. 以色列的大屠杀教育. 光明日报,2014 年 1 月 6 日,第 12 版

[46] 肖姗. 朝香宫鸠彦是南京大屠杀元凶. 南京日报,2011 年 7 月 23 日

[47] 木弓. 展现儿童的爱心与智慧. 文艺报. 第 006 版,2010 年 9 月 17 日

[48] 刘子超. 阿垅:我可以被压碎,但绝不可能被压服. 南方人物周刊,2010

(24)
[49] 朱永新. 童年的影子灵魂的飞翔. 中国图书商报. 2010 年 1 月 26 日，第 W04 版
[50] 杨奇. 范长江与《金陵春梦》.《大公报》，2010 年 1 月 17 日
[51] 刘忆斯. 黄佐临：温良恭俭让的中国现代戏剧宗师. 晶报. 第 C04－05：先导，2009 年 9 月 15 日
[52] 王炎. 南京啊南京　谁的"南京"?. 中国教育报，2007 年 12 月 14 日，第 4 版
[53] 伊人. 大型声乐套曲《南京 1937》CD 面世，中国新闻出版报，2007 年 11 月 28 日，第 4 版
[54] 舒晋瑜. 抗战文学作品的现状与反思. 中华读书报，2005 年 9 月 7 日，第 6 版
[55] 苏光文. 战争改变中国文学的历史记忆. 中国艺术报，2005 年 7 月 8 日，第 10 版
[56] 马晓毅. 李自健和油画《南京大屠杀》. 光明日报，2000 年 4 月 28 日
[57] 赵滋蕃. 这样的创痛，还要沉默?. 台湾新闻报(副刊)，1979 年 7 月 12 日
[58] 中央日报(1936—1947)
[59] 申报(1937)
[60] 大公报(汉口)(1937—1938)
[61] 大公报(天津)(1945)
[62] 人民日报(1950—2000)
[63] 光明日报(1982—2000)
[64] 新华日报(1938—2000)
[65] 南京日报(1982—1990)

五、网络资源

[1] 姜良芹. 两岸应共享史料　共同做好南京大屠杀史研究，来源：华广网，2017 年 5 月 26 日，
http://www.chbcnet.com/hgbd/content/2017-05/26/content_1297980.htm
[2] 陆华东. 专家：南京大屠杀史实是两岸斩不断的共同历史记忆，2017 年 5 月 25 日 17:01:25. 来源：新华社 http://news.xinhuanet.com/mil/

2017 - 05/25/c_129618819. htm

[3] 两岸在宁启动南京大屠杀 80 周年公祭活动,2017 年 5 月 24 日,中国评论社,
http://hk. crntt. com/crn-webapp/touch/detail. jsp? coluid=3& kindid=0&docid=104691469

[4] 蒋芳. 南京面向全球征集南京大屠杀主题海报,来源:新华社 2017 年 5 月 18 日,http://news. xinhuanet. com/2017 - 05/18/c_1120992640. htm

[5] 2016 年华府年度人物候选人之一 陈咏智教授,2017 年 3 月 19 日,http://www. chineseindc. com/article-78775-1. html

[6] 村上春树、宫崎骏、大江健三郎,他们是怎么看待“南京大屠杀历史”的?2017 年 4 月 13 日,http://www. gooread. com/article/20121452482/

[7] 戚嘉林. 台湾人记忆中的南京大屠杀,来源:中国台湾网,2014 年 12 月—15 日,http://www. taiwan. cn/plzhx/zhjzhl/zhjlw/201412/t20141215_83702 72. htm

[8] 许金龙. 由电影中侵华日军的钢盔说起,2014 年 12 月 12 日,
http://culture. china. com/zx/11160018/20141212/19097168_all. html

[9] 杨憬讯. 海外首座南京大屠杀史料馆洛杉矶举行揭牌仪式. 转引自 http://zhangzhizhong. org/newsshow. asp? id=71

[10] 我驻旧金山总领事肯定世界抗日战争史实维护联合会活动,黄安年的博客 http://blog. sciencenet. cn/blog-415-724468. html

[11] 红雪:融合东西方戏剧的团队,http://redsnowcollective. ca/wordpress/

[12] 红雪:给人类面对一个很少讨论的 1937 年发生在中国大屠杀,https://nowtoronto. com/stage/theatre/red-snow/

[13] 加拿大舞台剧《红雪》上海当代戏剧节国际首演,http://news. yorkbbs. ca/event/2012 - 10/1302707. html

[14] [凤凰博客]旷晨在路上 http://blog. ifeng. com/article/46683916. html 转引郑治桂:台湾人,记忆或遗忘 1937?(2007/12/12 南京大屠杀事件七十年前夕)

[15] 毛丹青博客:《村上春树的三个不爱》,http://blog. sina. com. cn/s/blog_602b6e080100dob6. html

附录 A：1937 年南京陷落的文学书写文本目录

第一阶段(1937—1945)

1. [德]约翰·拉贝：《关系每个人》(1937 年 10 月 29 日)，选自[德]维克特著，周娅、谭蕾译，《拉贝日记》，新世界出版社，2009 年 5 月

2. 宋美龄：《中国固守立场》，选自袁伟，王丽平选编，《宋美龄自述》，团结出版社，2004 年 1 月

3. 邱东平：《我们在那里打了败战》，中国现代文学馆编，《邱东平代表作》，华夏出版社，2009 年 1 月

4. 吴奔星：《保卫"南京"》，选自问宇星：《试论吴奔星的抗战诗歌创作》，《新文学评论》，2014 年第 4 期

5. 易安华：《示子女》，《中国抗战诗词精选》，杨金亭主编，北京燕山出版社，2007 年 6 月第 2 版

6. 范长江：《感慨过金陵》，《范长江新闻文集》，新华出版社，2001 年 10 月

7. 王陆一：《减字木兰花》《东风齐著力》《纪抗战初南京空战》，《长毋相忘诗词集》，文海出版有限公司，1974 年

8. 沈祖棻：《涉江词》，湖南人民出版社，1982 年 2 月；《沈祖棻诗词集》，江苏古籍出版社，1994 年 8 月

9. 钱仲联：《梦苕庵诗文集》，黄山书社，2008 年 9 月

10. 陈中凡：《南京沦陷，和家书木感怀韵》，《清晖集》，书目文献出版社，1987 年 5 月

11. 佚名：《中山陵前血战追记》，选自《名城要塞陷落记》，广州战时出版社，1939 年

12. [日]松井石根:《湖东战局之后》《奉祝南京攻略》《南京入城式有感》等诗,田中正明主编:《松井石根大将之阵中日志》,芙蓉书房,1985 年

13.《中岛今朝吾日记》有诗歌《第十六师团攻打南京》《和赋诗》及《12 月 15 日入城式感想诗》。详见:《见证与记录:南京大屠杀史料精选(日方史料)》,张宪文主编,江苏人民出版社,2014 年 12 月

14.《佐佐木到一日记》中有诗歌《进攻南京之歌》等。详见:《见证与记录:南京大屠杀史料精选(日方史料)》

15. [日]西条八十:《歌声话语具无息》,[日]佐藤振寿:《步行随军》,《见证与记录:南京大屠杀史料精选(日方史料)》

16. [日]福田米三郎:《皇军大捷之歌》,[日]佐藤振寿:《步行随军》,《见证与记录:南京大屠杀史料精选(日方史料)》

17. [日]松岛庆三:《祝贺成功攻下南京的歌》,《太阳旗和万岁之声如怒涛、如狂澜!》,《见证与记录:南京大屠杀史料精选(日方史料)》

18.《歌句集·南京》,参见:《"笔部队"和侵华战争:对日本侵华文学的研究与批判》,北京师范大学出版社,1999 年 7 月

19. [日]佐佐木信纲:《南京陷落》,参见:《日本侵华史研究》,《王向远著作集》(第 9 卷),宁夏人民出版社,2007 年 10 月

20. 于右任:《鹧鸪天》(三首),《于右任诗词曲全集》,世界图书出版社西安公司,2006 年 9 月

21. 杨沧白:《闻南京夷军屠杀至数十万人,悲愤有作》,《中国抗战诗词精选》,杨金亭主编,北京燕山出版社,2007 年 6 月,第 2 版

22. 聂绀弩:《怀南京》(《失掉南京得到无穷》),选自《聂绀弩全集》,武汉出版社,2004 年 2 月

23. 陈禅心:《雨花台吊爱国志士》《秦淮歌女鬻歌助国抗日》《军撤金陵》,《抗倭集》,海峡文艺出版社,1986 年 9 月

24. 冯玉祥:《五万人》,《抗战诗歌选》,三户图书印刷社,1938 年版

25. 马叙伦:《廿六年除夕》(六首之前二),《马叙伦诗词选》,周德恒编著,文史资料出版社,1985 年 3 月

26. [日]大宅壮一:《从香港到南京入城》,《见证与记录:南京大屠杀史料精选(日方史料)》

27. 周而复:《我怀念南京》,《周而复文集　散文·札记》(上部),文化艺术出版社,2004 年 5 月

28.《“皇军”的“王道”》,《抗战三日刊》,1938 年 1 月 19 日

29.《逃出南京难民区》,《血路》,第 2 期,1938 年 1 月 22 日

30. 邹韬奋:《同胞的惨遇》,《抗战三日刊》,1938 年 1 月 23 日

31. 汝尚:《当南京被虐杀的时候》,载于《七月》,第二集第二期,1938 年 2 月 1 日

32. 庚天:《永不忘怀的南京》,选自《东战场上》,汉口战时文化出版社,1938 年 2 月

33. [日]石川达三,钟庆安、欧希林译.《活着的士兵》,昆仑出版社,1987 年 12 月

34. 杨家麟:《孙元良将军脱险记》,《血路》,第 6 期,1938 年 2 月 19 日

35. 袁霭瑞:《陷落后的南京》,《大公报》(汉口版),1938 年 2 月 20 日第 4 版

36. 罗家伦:《春恨》,《良友》,1940 年 3 月第 152 期

37. 黄秩庸:《前调　春日怀金陵》,《新阵地》第 4 期,1938 年 4 月 5 日

38. 佚名:《敌人铁蹄下的南京》,《血路》第 14 期,1938 年 4 月 16 日

39. 佚名:《忆南京》,《新阵地》1938 年 4 月 25 日,第 6 期

40. 李蓁非:《闻首都陷》,《啸歌初集》(1935—1947)

41. 张余昕:《南京失守》,见郑自修编:《荆楚诗词大观》,武汉大学出版社,1992 年

42. 霍松林:《惊闻南京沦陷》(二首),《唐音阁诗词选集》,北京图书馆出版社,2004 年 8 月

43. 徐英:《金陵杂诗》(四首),《民国六百家诗钞》,杨子才编著,长征出版社,2009 年 9 月

44. 邵祖平:《南京失陷悲感》,《培风楼诗》,浙江大学出版社,2000 年 7 月

45. 汪铭竹:《控诉》,《纪德与蝶》(诗集),诗文学社,1944 年 10 月

46. 郑青士:《南京浩劫》,原载《文艺月刊》第 12 期,1938 年 6 月

47. 朱偰:《哀南京》,《抗战诗歌选》,魏冰心编,正中书局,1941 年 2 月

48.《十字歌》,引自田涛:《百年记忆:民谣里的中国》,人民出版社,2011 年 7 月

49. [英]奥登:《战争时期》,选自《奥登诗选:1927—1947》,马鸣谦、蔡海燕译,上海译文出版社,2014 年 5 月

50. 郭沫若:《为日寇暴行告全世界友邦军人书》,中国第二历史档案馆,1938年6月22日

51. 倪受乾:《我是怎样退出南京的》,《七月》第三卷第五期,1938年7月1日

52. 李克痕:《沦京五月记》,《大公报》(汉口版),1938年7月18—21日

53. 林娜:《血泪话金陵》,载《宇宙风》,1938年7月,第71期

54.《凤凰村、手榴弹、小大姐》,《新阵地》,1938年7月2日,第14期

55. 郭岐:《陷都血泪录》(1938年8月始,西安的《西京平报》连续刊载)

56. 黄谷柳:《干妈》,《干妈》(作品集),花城出版社,1990年5月

57. 陈鹤琴、海燕:《首都沦陷记》,选自《敌人暴行记》,中央图书公司,1938年

58. 庹悲亚:《哀吊》(二首),《淡默轩诗稿》,云山石屋工作室编,1938年

59. 陈中凡:《金陵叟》,《清晖集》,书目文献出版社,1987年5月

60. 郑上元:《南京屠难周年赋》(1938.12),《南京大屠杀史研究》,2012年第4卷

61. 仲明:《首都、省会沦陷一周年纪念感言》,《最前线》(半月刊)第10期,1938年12月16日

62. 青君:《十月的沦陷区》,《文献》第2卷,1938年11月

63. 陈贻荪:《十二月十四日——南京沦陷一周年纪念》,《胜利》(周刊)第六号,1938年

64.《闻贼兵掠我京庐》,《新阵地》,1939年1月30日,第30期

65. 雷焜灼:《光华门歼敌记》,选自《我们的战士》,广州战士出版社,1939年

66. 适越:《第七次挑选》,载《文艺阵地》第二卷第八期,1939年2月1日

67. 阿垅:《南京血祭》(初用名《南京》),人民文学出版社,1987年12月

68. 陈白尘:《乱世男女》,《陈白尘选集·第三卷》,四川文艺出版社,1988年7月

69. 林语堂、张振玉译:《京华烟云》(英文名 Moment in Peking),江苏文艺出版社,2009年10月

70. 林语堂:《风声鹤唳》(英文名 Leaf in the Storm),张振玉译,上海书

店,1989 年

71. 宋春池:《南京之战暨我的被困经过》,《王曲周刊》,第 8 卷第 12 期,1941 年

72. 张恨水:《大江东去》,重庆新民报社出版社,1943 年

73. 程潜:《抗战四十二韵》,《程潜诗集》,黑龙江人民出版社,1984 年 8 月

74. 崔万秋:《第二年代》,读者书店,1942 年

75. [美]赛珍珠:《龙子》,漓江出版社,1998 年 3 月

76. 潘汉年:《梦游玄武湖》,《潘汉年诗文选》,上海人民出版社,1995 年 12 月

77. [日]林芙美子:《运命之旅》,《妇女杂志》,妇女杂志社,1943 年

78. 无名氏:《一百万年以前》,上海:真善美图书出版公司,1947 年 12 月

79. 老舍:《四世同堂・惶惑》,人民文学出版社,1998 年 1 月

80. 路翎:《财主底儿女们》,人民文学出版社,1985 年 3 月

81. 程造之:《烽火天涯》,海燕书店出版,1946 年 2 月

第二阶段(1945—1978)

82. 卢前:《满江红》《北双调・雁儿落带得胜令》,选自《卢前诗词曲选》,中华书局,2006 年 4 月

83. 于右任:《第二次大战回忆歌》,《于右任诗词曲全集》,世界图书出版社西安公司,2006 年 9 月

84. 唐人:《金陵春梦・血肉长城》,上海文化出版社,1980 年 3 月

85. [日]堀田善卫:《血染金陵》(即《时间》),王之英、王小岐译,安徽文艺出版社,1989 年 4 月

86. [日]三岛由纪夫:《牡丹》,陈德文译,《鲜花盛开的森林・忧国》,上海译文出版社出版,2013 年 5 月

87. 潘柳黛:《一个女人的传奇》,文汇出版社,2010 年 7 月

88. 曹聚仁:《首都之战》,选自《我与我的世界:曹聚仁回忆录(修订版)浮过了生命海》(下),生活读书新知三联书店,2011 年 4 月

89. 吴浊流:《亚细亚的孤儿》,《亚细亚的孤儿》(作品集),华夏出版社,2009 年 1 月

90. 陈纪滢:《华夏八年》,文友出版社,1960 年 5 月

91. [日]栗原贞子:《提起广岛这一刻》,转引自:《日本的原爆文学》⑬东京:ほるぷ出版社,1983 年,第 129 页

92. 钮先铭:《佛门逃难记》(对照版:《还俗记》,台湾 1973 年版),南京师范大学出版社,2005 年 7 月

93. [日]本多胜一:《中国之行》,龚念年译,香港:四海出版社,1972 年 10 月

94. 郭岐:《南京大屠杀》,台湾中外图书出版社,1978 年

第三阶段(1979—2017)

95. [日]南里征典:《一盘没有下完的棋》,孟传良译,长江文艺出版社,1984 年 3 月

96. 徐刚:《历史,才是严峻的教科书——看"日军南京大屠杀"照片有感》,人民日报,1982 年 8 月 13 日

97. 海笑:《燃烧的石头城》,新蕾出版社,1982 年 11 月

98. 冯亦同:《母亲与墙》,《相思豆荚》,新疆少儿出版社。1988 年 5 月

99. 林长生:《千古浩劫》,江西人民出版社,1986 年 3 月

100. 周而复:《南京的陷落》,人民文学出版社,1987 年 7 月

101. 王火:《月落乌啼霜满天》,《战争和人》,作家出版社,2012 年 8 月

102. 莫少云、樊国平:《金陵残影》,广西民族出版社,1987 年 2 月

103. 徐慧夫:《抗日南京战役五十周年杂咏》,《南京史志》,1987 年第 6 期

104. 温书林:《南京大屠杀》,《解放军文艺》,1987 年 7 月

105. 徐志耕:《南京大屠杀》,解放军文艺出版社,2007 年 4 月第 4 版

106. 张耀华:《铁与血的事实——为〈南京大屠杀〉作序》,1987 年 9 月,转引自徐志耕:《南京大屠杀》,解放军文艺出版社,1997 年 3 月第二版

107. [电影]《屠城血证》,罗冠群,1987 年

108. [日]本多胜一:《南京大屠杀始末采访录》,北岳文艺出版社,2001 年 9 月

109. [日]小林宏:《长江啊,莫忘那苦难的岁月——为铭刻南京大屠杀五十周年而作》,《小林宏剧作选》,于戴琴译,新华出版社,1997 年 7 月

110. 余光荣:《六州歌头屠城恨》,《中国抗战诗词精选》,杨金亭主编,

2007 年 6 月第 2 版

111. 李贵:《金陵歌女》,长江文艺出版社,1988 年 2 月

112. 叶兆言:《追月楼》,《钟山》,1988 第 5 期

113. [美]聂华苓:《亲爱的爸爸妈妈》,1988 年(入选人教版初中二年级上册语文课本)

114. [电影]《避难》,韩三平、周力,1988 年

115. 刘泉锋:《喋血恨爱录》(原名《败兵》),《参花》,1989 年。参见:《中国国土资源报》,2015 年 1 月 6 日,http://www.gtzyb.com/guotuwenxue/20150106_79282.shtml

116. 王久辛:《狂雪》,《人民文学》,1990 年第 8 期,修订后载于《延安文学》,2005 年第 5 期

117. 李尔重:《新战争与和平》,武汉出版社,1990 年 10 月

118. [日]黑川欣映:《江东门人》,源于徐志耕的《续记・血谊》,《南京大屠杀》,解放军文艺出版社,1997 年 3 月,第二版

119. 郑成义:《卵石——南京大屠杀纪念馆祭》,《上海文学》,1991 年第 6 期

120. 白灵:《白灵诗选・甍之复仇》,作家出版社,2008 年 6 月

121. 朱成山:《世界需要和平》(1994),http://blog.sina.com.cn/s/blog_65746cb60100j3g0.html

122. 公刘:《今日雨花石》,选自《诗人眼中的南京》,俞律、冯亦同编著,南京出版社,1995 年 8 月

123. 张烨:《世纪之屠》,《生命路上的歌》(《中国女性诗歌文库・张烨集》),春风文艺出版社,1998 年 7 月

124. 杨吟香:《南京大屠杀》/廖恢先:《在南京大屠杀死难同胞纪念碑前》,见郑自修编:《荆楚诗词大观》,武汉大学出版社 1992 年版

125. 艾煊:《冤魂祭》,《中华散文》,1994 年第 3 期

126. 张成信:《纪念抗日战争胜利五十周年》(七律二首),《楚天主人》,1995 年第 8 期

127. 欧阳俊:《纪念抗日战争胜利五十周年题:南京大屠杀血泪图》,《中国抗战诗词精选》,杨金亭主编,北京燕山出版社,2007 年 6 月第 2 版

128. [日]村上春树:《奇鸟行状录》,林少华译,上海译文出版社,2009 年 8 月

129. 须兰:《纪念乐师良宵——"南京大屠杀"惨案五十八年祭》,《小说界》,1995年第5期

130. 万式炯:《忆一〇三师参加南京保卫战》,《贵州文史天地》,1995年第6期

131. 董毓英:《抗日战争胜利50周年祭》,《税收与社会》,1995年第8期

132. 周梅森:《南京大屠杀58周年祭》,《周梅森》,人民文学出版社,2002年1月

133. 沉洲:《世界忌日——中国1937》,《福建文学》,1995年第9期

134. 朱文:《尽情狂欢》,《山花》,1995年第11期

135. 朱小鑫:《我在难民区困了九个月》,《四川统一战线》,1995年第12期

136. [电影]《黑太阳:南京大屠杀》,牟敦芾,1995年

137. [美]宾斯托克:《天堂树》(R. C. Binstock. *Tree of Heaven*, N. Y.: Soho Press, 1995

138. [美]保罗·韦斯特:《橙雾帐篷》(Paul West. *the Tent of Orange Mist*, N. Y.: Scribner, 1995

139. [日]大江健三郎:《否定历史会使日本瘫痪》(*Denying History Disables Japan*),《纽约时报》,1995年7月2日

140. 李秋阳:《抗日战争胜利五十周年感怀》(1995),收录于《不屈的城墙——祭奠南京大屠杀三十万遇难同胞诗歌专辑》,南京市作家协会、侵华日军南京南京大屠杀遇难同胞纪念馆编,沈阳:沈阳出版社,2001年1月。收录在这一诗集1990年代的代表文本还有:

陈健:《沁园春·十二月感怀》(1995)

杜传勇:《南京大屠杀五十八周年祭》(1995)

林大伟:《"南京大屠杀"57周年祭》(1995)

白坚:《凭吊侵华日军南京大屠杀遇难同胞纪念馆(六首)》(1995)

叶庆瑞:《观电视片〈南京大屠杀〉》(1996)

陆新民:《历史的显示屏》(1997)

冯亦同:《江东门沉思》(1997)

白坚:《赠南京大屠杀幸存者(六首)》(1998)

曹钟陵:《残酷的风景》、《江东门》(1999)

141. 刘凤舞:《民国春秋》,团结出版社,1996 年 1 月

142. 邓贤:《落日》,国防大学出版,1996 年 3 月

143. 赵长林:《南京保卫战》,《电影新作》,1996 年第 3 期

144. 石怀瑜:《血沃钟山饮恨长江》,《黄埔》,1996 年第 5 期

145. 叶兆言:《一九三七年的爱情》,江苏文艺出版社,1996 年 10 月

146. [美]余英时:《序》,引自史咏、尹集钧撰著《南京大屠杀:历史照片中的见证》(Shi Young, James Yin, *The rape of Nanking*: *an undeniable history in photographs*, Chicago · San Francisco: Innovative Publishing Group, c1997, Expanded 2nd Edition.)

147. 陈世玉:《南京大屠杀亲历记》,《贵州文史天地》,1997 年第 1 期

148. 陆立之:《一段辛酸的回忆一幅悲惨的情景》,《江淮文史》,1997 年 2 期

149. 方军:《我认识的鬼子兵》,中国对外翻译出版社,1997 年 12 月

150. 冯亦同:《江东门沉思》,《紫金花》,大众文艺出版社,2007 年 9 月

151. 孙宅巍、李德英:《黑色 12.13——南京大屠杀最新揭秘》,青岛出版社,1998 年 1 月

152. 姚辉云:《金陵血泪》,百花文艺出版社,1998 年 9 月

153. [电影]《南京 1937》,吴子牛,1998 年

154. [美]董鼎山:《〈南京善人〉,纳粹党徒——拉贝日记》(1999. 1. 21),《纽约客 · 书林漫步》,百花文艺出版社,2001 年 1 月

155. 田兴翔:《南京大屠杀脱险记》,《贵州文史天地》,1999 年第 3 期

156. 庞瑞垠:《秦淮世家》,江苏文艺出版社,1999 年 9 月

158. 中央实验话剧团:《我认识的鬼子兵》,编剧:欧阳逸冰,导演:汪遵熹,1999 年

157. 张红生、陈辉:《南京大屠杀——幸存的见证》,《江苏文学 50 年:电视文学卷》,江苏文艺出版社,1999 年 9 月

159. 程勉、朱江:《拉贝日记——为历史留下见证》,《江苏文学 50 年:电视文学卷》

160. 纪宇:《第四单元　1929 年—1939 年》《第四幕　少女骷髅》《一场战争与两个老兵》,《20 世纪诗典》,作家出版社,2000 年 12 月

161. [日]大江健三郎:《大江健三郎自选随笔集》,光明日报出版社,2000 年

162. 朱法智:《苗乡十九路军老战士痛斥日军南京大屠杀》,《贵州文史天地》,2000 年第 5 期

163. 海啸:《南京,毋忘国耻——我们的建议》(代序,1996 年),《不屈的城墙——祭奠南京大屠杀三十万遇难同胞诗歌专辑》,南京市作家协会、侵华日军南京南京大屠杀遇难同胞纪念馆编著,沈阳出版社,2001 年 1 月

164. 海笑:《南京,毋忘国恨家仇!》,《雨花》,2000 年第 4 期

165. [美]保罗·安东尼·德·瑞提斯:《血染扬子江》(诗集)(Paul A De Ritis, *Blood along the Yangtze*, Lewiston, N. Y.: Mellen Poetry Press, 2000)

166. 南京市作家协会、侵华日军南京南京大屠杀遇难同胞纪念馆:《不屈的城墙——祭奠南京大屠杀三十万遇难同胞诗歌专辑》,沈阳出版社,2001 年 1 月。收录在这一诗集的 2000 年代表文本有:

海啸:《难忘 60 年前血泪仇》

王军先:《我流泪,在八月的一个下午》

谷万祥:《亘古未闻的"竞赛"》

黄东成:《三十万头颅的控诉》

范克平:《一位少女的故事》

高国藩:《活埋坑前的沉思》

赵恺:《黑色诗章:泪水之歌》

刘跃进:《竹竿巷》

舒贵生:《参观侵华日军大屠杀遇难同胞纪念馆有感》

王正平:《我活着　就永远不会忘记——南京城墙的自述》

仝汉熙:《忆江南》

吴野:《数字在审判》

叶庆瑞:《中华门》等九首诗

文丙:《回音壁》

陈咏华:《我不明白　我已明白》

李静凤:《城门》

王德安:《金陵的遗产》

化铁:《不朽的城墙——南京屠城的 63 周年》

刘松如:《读〈拉贝日记〉》

陈永昌:《夜读〈拉贝日记〉》

蒋巍:《不能焚毁的记忆》

蔡克霖:《读〈拉贝日记〉》

娄德鸿:《奥斯维辛·南京》

167. 吴野:《秦淮恨》,中国文联出版社,2001 年 6 第二版

168. 丁帆:《南京的城墙》,《夕阳帆影》,知识出版社,2001 年 5 月

169. 向明:《走过大屠杀现场》,http://www.poemlife.com/showart-23983-1589.htm

170. [电影]《五月八月》,杜国威,2002 年

171. 摩罗:《让屠杀者跪下来忏悔——"南京大屠杀纪念馆"不应改名的理由》,2002 年第五期

172. 朱煊:《紫金春秋》,《南京新时期散文诗歌选》,中国文联出版社,2003 年 8 月

173. [英]莫·海德(Mo·Hayder):《南京的恶魔》,刘春芳译,人民文学出版社,2012 年 6 月

174. 爱泼斯坦:《战地记者(一):南京》,《爱泼斯坦回忆录:见证中国》,新世界出版社出版,2004 年 4 月

爱泼斯坦:《历史不应忘记·从南京撤退》,五洲传播出版社,2005 年 4 月

175. 张穆庭:《1937》,2004 年 12 月,http://www.xiami.com/song/3471676

176. 文召(网友):《勿忘国耻发愤图强　南京大屠杀 67 周年祭》,人民网,2004 年 12 月 12 日,http://www.people.com.cn/BIG5/guandian/1036/3049123.html

177. [美]祁寿华:《紫金山燃烧的时刻》,上海人民出版社,2005 年 1 月

178. [美]凯文·阿·肯特:《南京:基于真实故事的小说》(Kevin A Kent, *Nanking: a novel based on a true story*, [Charleston, SC]: BookSurge, LLC, 2005.)

179. 温靖邦:《虎啸八年》,花城出版社,2005 年 1 月

180. 林长生:《南京大屠杀之铁证》,中央编译出版社,2005 年 6 月

181. [美]严歌苓:《金陵十三钗》(短篇),《小说月报(原创版)》,2005 年第 6 期

182. 章学清:日寇南京暴行录等,南京大屠杀系列诗词(2005 年 5 月

25日),http://www.nj1937.org/List.asp? ID=3095

183. 谭杰:《题李自健油画〈南京大屠杀〉》,《牡丹》,2005年第7期

184. 王鹤标口述,马士弘整理:《我所经历的南京大屠杀》,《龙门阵》,2005年第8月

185. 刘大程:《悼张纯如女士》,《作品》,2005年第8期

186. 李广林:《南京大屠杀》,《山东劳动保障》,2005年第8期

187. 熊炬:《血祭300 000!——参观南京大屠杀展览馆(朗诵诗)》,《中华魂》,2005年第9期

188. 董方:《百字令·南京大屠杀六十八年祭》,《山西老年》,2005年第12期

189. 谢蔚明:《我经历南京大撤退》,《世纪》,2005年第4期

190. 令狐手:《抗战狙击手》,团结出版社,2006年1月

191. 张穆庭:小说《1937:寻找一段跨世纪的战火爱情》,2006年5月

192. 南翔:《1937年12月的南京》,《北京文学》,2006年第9期

193. 黄迺毓,吴敏嘉、吴敏兰译:《南京的方舟——魏特琳的故事》(中英双语),台北:基督教宇宙光全人关怀机构,2006年7月

194. 冯亦同:《雪落金陵》《江东门》,《紫金花》,大众文艺出版社,2007年9月

195. 中共江苏省委党史工作办公室等:《不屈的抗争——南京人民反抗日军暴行纪实》,中央文献出版社,2006年12月

196. [电影]《栖霞寺1937》,郑方南,2005年

197. 姚远:《沦陷》,《剧本》,2007年第4期

198. 张楚原:《突出重围——南京大屠杀七十周年祭》,《贵阳文史》,2007年第5期

199. 房伟:《屠刀下的花季——南京1937》,济南出版社,2007年12月

200. [电影]《南京梦魇——南京大屠杀》,[美]Rhawn Joseph,2007年

201. [电影]《南京》,[美]特德·莱昂西斯,2007年

202. [电影]《张纯如·南京大屠杀》,[加拿大] Bill Spahic and Anne Pick,2007年

203. 曲有源:《绝句体白话诗:蜡染的日本旗、铁板钉钉》,《扬子江诗刊》,2007年第6期

204. 朱学勤:《我们该如何纪念大屠杀》,"朱学勤的专栏"(更新时间:

2007 年 12 月 16 日)，http://www.aisixiang.com/data/16991.html

205. 郑治桂:台湾人,记忆或遗忘 1937?(2007.12.12),[凤凰博客]旷晨在路上:http://blog.ifeng.com/article/46683916.html

206. [英]迈克马努斯:《黄石的孩子》,徐露丹等译,陕西师范大学出版社,2008 年 1 月

207. 刘建平:《侵华日军南京大屠杀遇难同胞纪念馆》,《绿都馨音》,江苏教育出版社,2008 年 1 月

208. 徐红:《词两阕·临江仙》,《国防》,2008 年第 4 期

209. [电影]《黄石的孩子》,[加拿大]Roger Spottiswoode,2008 年

210. [电影]《南京浩劫》,[美]Simon West,2008 年

211. 朱成山:《名古屋 & 南京之歌》,http://blog.sina.com.cn/s/blog_65746cb60100j3fq.html

212. 葛亮:《朱雀》,作家出版社,2010 年 9 月

213. 叶子:《我的大朋友》(2009 年 6 月 14 日)、《感伤来自南京大屠杀的图片》(2009 年 6 月 15 日)

http://blog.sina.com.cn/s/blog_5d0c2f5a0100dqdt.html

214. 邵钧林、孙丽华、张燕燕、龚晓红:《决战南京》,人民文学出版社,2009 年 9 月

215. X 接触:《重返 1937 之血色南京》(2009 年 9 月 18 日),引自 http://read.qidian.com/BookReader/1113248.aspx

216. 西方蜘蛛:《刺刀 1937》(2009 年 11 日),引自 http://www.quanben.com/xiaoshuo/8/8084/

217. 齐邦媛:《巨流河》,台北:天下远见出版股份有限公司,2009 年

218. 秋林:《重机枪》,北京理工大学出版社,2010 年 5 月

219. [美]克里斯·陈(Christopher Chen):《我是张纯如》(INTO THE NUMBERS《数字深处——一个有关张纯如的故事》),导演胡晓庆

220. 袁俊平:《最后的堡垒》,2009 年

221. [电影]《南京! 南京!》,陆川,2009 年

222. [电影]《拉贝日记》,[德]Florian Gallenberger,2009 年

223. 童喜喜:《影之翼》,中国少年儿童出版社,2010 年 1 月

224. 蓝翔:《"现身"在大屠杀纪念碑上的父亲》,《档案春秋》,2010 年第 7 期

225. 裴指海:《往生》,解放军文艺出版社,2011 年 1 月

226. 秋林:《当日南京》,新世界出版社,2011 年 2 月

227. 朱成山:《幸存者组诗》(始于 2011. 3. 18),引自 http://blog. sina. com. cn/zongma1213

228. 王彬:《南京保卫战》,《中外文摘》,2011 年第 4 期

229. [美]严歌苓:《金陵十三钗》,《当代(长篇小说选刊)》,2011 年第 4 期

230. 吴野:《南京颂》,南京出版社,2011 年 4 月

231. [美]哈金:《南京安魂曲》,季思聪译,江苏文艺出版社,2011 年 10 月

232. 顾志慧:《南京保卫战 1937》,贵州人民出版社,2011 年 10 月

233. [电影]《金陵十三钗》,张艺谋,2011 年 12 月

234. 胡卓然:《在南京大屠杀中被神秘击毙的日军大佐联队长》,北京青年报,2011 年 12 月 20 日 10:20

235. [加拿大]曹枫,加拿大红雪合作社与 Aluna 剧团协力制作:《红雪》,2012 年

236. 梁茂芝:《血沃蓝天》,《档案时空》2012 年第 1 期

237. 盛可以:《1937 年的留声机》,《北京文学(精彩阅读)》,2012 年第 3 期

238. [电视剧]《血战长空》,高希希,江奇涛编剧,2012 年

239. 赵锐:《魏特琳:忧郁的一九三七》,南京师范大学出版社,2012 年 9 月

240. 叶兆言:《一号命令》,《收获》,2012 年第 5 期

241. [美]林永得:《南京大屠杀诗抄》(Wing Tek Lum, *The Nanjing Massacre*: *Poems*, Honolulu: Bamboo Ridge Press, 2012)

242. 王思想:《南京大屠杀——从来不是国耻》,搜狐网,2012 - 12 - 13 14:43 http://wsx04. blog. sohu. com/248439314. html

243. 叶子:《一地的血》纪念南京大屠杀・组诗六首(2013 年 5 月 13 日,http://blog. sina. com. cn/s/blog_5d0c2f5a0101j0c4. html)

244. 孙月红:《雨花台:1937 年的冬天》,《东方收藏》,2013 年第 8 期

245. 曾立平:《不该遗忘的“南京保卫战”》,《东方收藏》,2013 年第 8 期

246. 安童娜・塞顿:《南京之血》(Antonna Seton, *Blood of Nanjing*,

2014.)

247. 王善同:《写在南京大屠杀纪念日》,《当代诗词》,2014 年第 1 期

248. 杨学军:《南京大屠杀纪念日鸣笛步王善同韵》,《当代诗词》,2014 年第 1 期

249. 周定宁:《亲历南京大屠杀》,《晚霞》,2014 年第 7 期

250. [电视剧]《四十九日·祭》,导演:张黎,编剧:严歌苓,2014 年

251. 何建明:《南京大屠杀全纪实》,江苏凤凰教育出版社,2014 第 11 月

252. 周翌芳:《写在"南京大屠杀"首个公祭日之前夜》,2014 年 12 月 13 日,http://njscgw.lingdi.net/article-6357568-1.html

253. 华戈:《国家公祭日闻警报有感》《谒南京大屠杀纪念馆》《国家公祭日感赋》《国家公祭日忆国耻》,出自:《神州辞赋》,2014 年(第二期)

254. 李灿:《祭南京殇胞文》,出自:《神州辞赋》,2014 年(第二期)

255. 屈金星、屈杰:《南京大屠杀死难者国家公祭日祭文》,出自:《神州辞赋》,2014 年(第二期)

256. 张铜成:《南京大屠杀遇难同胞祭》,出自:《神州辞赋》,2014 年(第二期)

257. 谢润良:《甲午年南京大屠杀死难者国家公祭日祭文》,出自:《神州辞赋》,2014 年(第二期)

258. 秦巴雁:《南京大屠杀国家公祭文》,出自:《神州辞赋》,2014 年(第二期)

259.《(南京)和平宣言》,《新湘评论》,2015 年第 1 期

260.《"国家公祭鼎"铭文》,杭春燕:《铸鼎鉴史　祈愿和平——走近昨日首次面世的"国家公祭鼎"》,《新华日报》,2014 年 12 月 14 日第 3 版

261.《历史不容遗忘》(广播稿:《南京大屠杀·公祭日》),http://www.doc88.com/p-9475762471914.html

262. 何建明:《另一场"南京大屠杀"》,(2015 年 1 月 26 日)http://blog.sina.com.cn/s/blog_6378d89a0102vfq7.html? tj=1

263. 王慧骐:《献给首个南京大屠杀国家公祭日》,《散文诗世界》,2015 年第 2 期

264. 许泽民:《贺新郎:南京大屠杀死难同胞祭》,《东坡赤壁诗词》,2015 年第 3 期

265. 张友福:《水龙吟·凭吊侵华日军南京大屠杀遇难同胞》,《大江南北》,2015 年第 3 期

266. 王火:《向南京死难同胞致哀》,《延安文学》,2015 年第 5 期

267. 卢星林:《参观日寇南京大屠杀遇难同胞纪念馆》,《大江南北》,2015 年第 5 期

268. 刘纯斌:《忆秦娥——南京大屠杀死难者公祭有感》,《东坡赤壁诗词》,2015 年第 5 期

269. 大也:《南京大屠杀公祭日(外九首)》,《青年文学家》,2015 年第 5 期

270. 王树增:《第八章 舍抗战外无生存》,《抗日战争》(第一卷),人民文学出版社,2015 年

271. 杨启刚:《铭刻:血与火·致火野苇平》,《民族文学》,2015 年 8 期

272. 袁俊平:《无处安放》(2015 年 8 月),(之后在韩国公演)

273. 何建明:《南京大屠杀全纪实》,《长江丛刊》,2015 年第 14 期

274. 何建明:《大屠杀第一天——南京大屠杀全纪实》(连载 2),《长江丛刊》,2015 年第 17 期

275. 王文咏:《恸南京大屠杀亡灵》,来源:中红网—中国红色旅游网 2015 年 6 月 15 日,http://www.crt.com.cn/news2007/news/HYKZJSJNKZSLQSZNZW/1561584353JH1AKDH7C53I10CCKBAF.html

276. 高野:《南京大屠杀》,《牡丹》,2015 年第 17 期,同期该诗以“山河之痛:南京大屠杀”为题(2015 年 8 月 1 日)发表于个人博客:http://blog.sina.com.cn/s/blog_4eb2d4 ed0102vv8a.html

277. 王建端:《七律:抗日战争胜利七十五周年寄南京大屠杀中遇难的同胞》,《北方文学》,2015 年第 8 期

278. 王仁武:《南京大屠杀 77 周年祭》,《档案》,2015 年第 9 期

279. 廖海洋:《鹧鸪天·南京大屠杀 77 周年感赋》,《档案》,2015 年第 9 期

280. 陶琦:《观电影〈南京! 南京!〉后感吟》,《档案》,2015 年第 9 期

281. 杨学震:《闻日本欲否认南京大屠杀事》,《档案》,2015 年第 9 期

282. 秦铭:《南京大屠杀 78 周年感怀》,《档案》,2015 年第 9 期

283. 马星慧:《南京又响警笛声》,《档案》,2015 年第 9 期

284. [美]伊森·杨:《南京:燃烧的城》(绘图本)(Ethan Young,

Nanjing: The Burning City, Milwaukie, OR: Dark Horse Books, 2015.)

285. 唐仁和口述,谢祥京整理:《唐生智之子:南京保卫战不是国耻!》,阿波罗新闻网,2015 年 11 月 23 日,http://hk.aboluowang.com/2015/1123/649624.html

286.《纪念南京大屠杀 78 周年校园广播稿》,2015 年 12 月 8 日,http://www.cnrencai.com/guangbogao/284798.html

287. [美]陈咏智:《1937 金陵祭》(英文诗集),参见:Wing-chi Chan, *MASS FOR NANKING'S* 1937: *Synchronizing Musics and Tonal Rhyming onto Poetry*, Publisher: SCARITH (January 22, 2016)

288. 蒋玉昌:《南京大屠杀永不忘》,《铁军》,2016 年第 2 期

289. 袁贻辰:《一名 90 后眼里的南京大屠杀》,《课外阅读》,2016 年第 17 期

290. 张承志:《最漫长的十四天(节选)——南京大屠杀幸存者口述实录与纪实》,《中学生百科》,2016 年第 11 期

291. 魏凤霞:《南京大屠杀"百人斩"刽子手伏法记》,《铁军》,2016 年第 12 期

292. [美]郑洪:《南京不哭》,译林出版社,2016 年 12 月

293. [美]凯瑟琳·吉·阿特伍德:《二战太平洋战区 15 个女英雄的故事》(Kathryn J Atwood, *Women heroes of World War II: the Pacific Theater——15 Stories of Resistance, Rescue, Sabotage, and Survival*, Chicago, Illinois: Chicago Review Press Incorporated, 2016.)

294. [日]村上春树:《骑士团长杀人事件》(騎士団長殺し,第 2 部,遷ろうメタファー編),新潮社,2017 年

295. 高希均:《我有一个梦——终结南京大屠杀与"228"噩梦》,《专栏:环球远见》,2017 年 3 月 9 日,http://www.master-insight.com/%E6%88%91%E6%9C%89%E4%B8%80%E5%80%8B%E5%A4%A2-%E7%B5%82%E7%B5%90%E5%8D%97%E4%BA%AC%E5%A4%A7%E5%B1%A0%E6%AE%BA%E8%88%87%E3%80%8C228%E3%80%8D%E5%99%A9%E5%A4%A2/

296. 精装本:《浪淘沙·南京大屠杀 80 周年祭》,2017 年 06 月 07 日,http://m.zgshige.com/c/2017-06-08/3533877.shtml

附录B:有关南京大屠杀规模、人数的历史表述

1. 东京审判的结论

“后来的估计显示,在日军占领后的最初六个星期内,南京城内和附近地区被屠杀的平民和俘虏的总数超过20万。这一估计并不夸大其词,而是可以通过埋尸团体和其他组织提供的证据加以证实的。这些组织掩埋的人数多达15.5万人。他们还报告说,大多数死难者都是双手被反捆着的。而且,这一统计的数字还不包括那些被焚烧的、被扔进长江的以及被日军以其他方式处理的尸体。”

参见张宪文,吕晶编:《见证与记录:南京大屠杀史料精选(西方史料)》,江苏人民出版社,2014年12月,第781—782页。

2. 日本南京大屠杀研究权威、左翼史学家洞富雄教授的观点

洞富雄先生在谈及东京法庭《判决书》中所说掩埋尸体15.5万具时写道:“如果认为这十五万五千具尸体掩埋数确实可信,再加上其他掩埋的尸体、屠杀后被投入扬子江的尸体、被投入池塘和小河中的未掩埋的尸体、在扬子江渡江撤退时遭日本军扫射而全部死亡的等等,那就达二十万人,可见在判决书中所说的‘日本军在占领南京后的最初六个星期的时间里,在南京及其附近被杀害的普通老百姓和俘虏,总数在二十万名以上’这个数字,未必夸大”。

参见[日]洞富雄:《南京大屠杀》,毛良鸿、朱阿根译,上海译文出版社,1987年8月第206页。

3. 南京审判时在谷寿夫的判决书中认定

“查屠杀最惨厉之时期,厥为二十六年十二月十二日至同月二十一日,

亦即在谷寿夫部队驻京之期间内,计于中华门外花神庙、宝塔桥、石观音、下关草鞋峡等处,我被俘军民遭日军用机枪集体射杀并焚尸灭迹者,有单耀亭等十九万余人。此外,零星屠杀,其尸体经慈善机关收埋者十五万余具。被害总数达三十万人以上。”

参见张宪文,吕晶编:《见证与记录:南京大屠杀史料精选(中方史料)》,江苏人民出版社,2014 年 12 月,第 633 页。

4. 其他代表性史学著作的认定

(1)《剑桥中华民国史(1912—1949)》的第 11 章《中日战争时期的国民党中国,1937—1945 年》(作者易劳逸,曾景忠译)认为:“南京于 1937 年 12 月 12—13 日沦于日本人之手。其后,日本人的攻势放慢了。同时他们的军队干出了这场战争中最可耻的一件事——‘南京大屠杀’。在 7 周的暴行中,至少有 42 000 名中国人被残忍地杀害,其中许多人被活埋或者浇上火油烧死。约有两万妇女被强奸。”

参见[美]费正清、费维恺编. 曾景忠等译,《剑桥中华民国史(1912—1949)》,中国社会科学出版社,1998 年 7 月,第 629 页。

(2)《日本帝国的衰亡(1936—1945)》认为:“但是,日军的暴行又延续了一个月。三分之一的城市淹没在火海中;两万多正值兵役年龄的男青年,被押至城外,用刺刀或机枪全部杀光。许多妇女、少女被奸污、杀戮和肢解。无数年纪稍大的居民遭到抢劫和枪杀。一个月后,至少有二十万甚至三十万平民被屠杀。”

参见[美]约翰·托兰:《日本帝国的衰亡(1936—1945)》,郭伟强译,新星出版社,2008 年 4 月,第 52 页。

(3) 徐中约在《中国近代史》中认为:“南京沦陷后发生了不分青红皂白的屠杀,约有十万平民遇难,同时还有难以计算的妇女受辱。这个后来被称为‘南京大屠杀’的事件是如此的臭名昭著,以致连日本军国主义者也向国内公众隐瞒了真相。”

参见徐中约:《中国近代史》,香港中文大学出版社,2002 年第 1 版,2011 年第八次印刷,第 590 页。

(4) 郭廷以在《近代中国史纲》中认为:“日军进入南京后,大肆劫掠、奸淫、屠杀,被掳的官兵、赤手空拳的平民妇孺,或遭集体扫射或被砍死,为时一周,男女惨死者,最少十余万,甚或更多。”

参见郭廷以:《近代中国史纲》(下册),香港中文大学出版社,1980年第2次印刷,第686—687页。

附录 C:南京攻防战图示

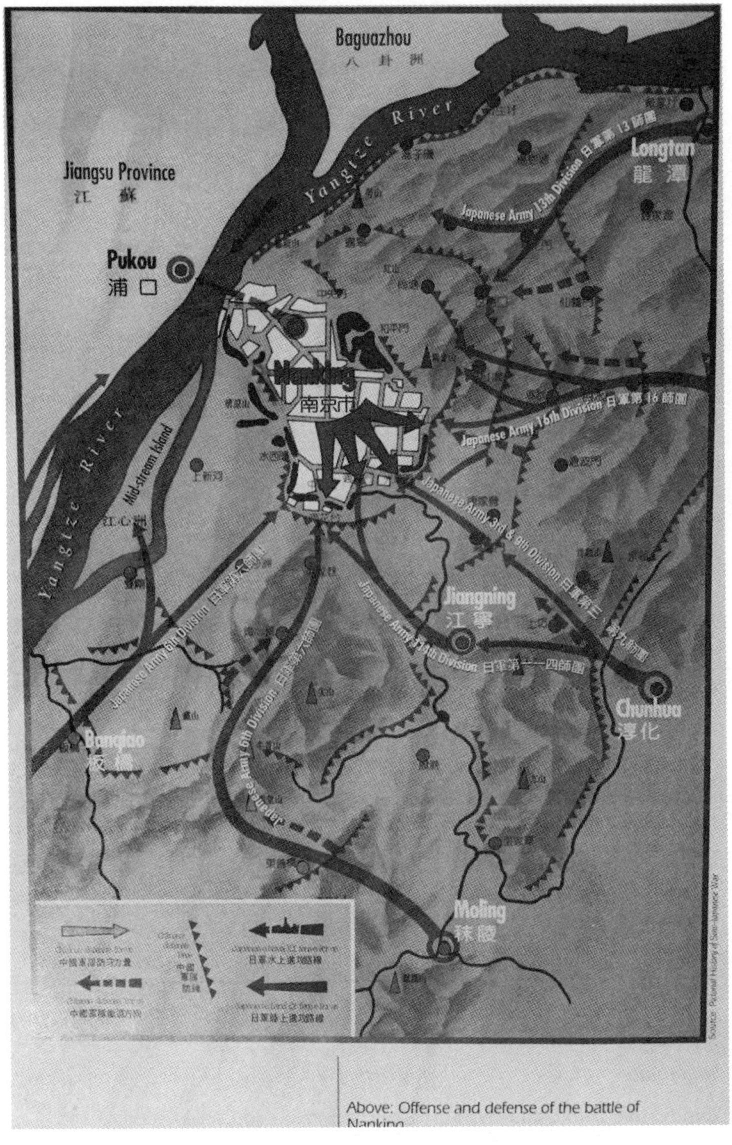

图片来源:Shi Young, James Yin, *The rape of Nanking: an undeniable history in photographs*, Chicago · San Francisco: Innovative Publishing Group, c1997, Expanded 2nd Edition, p27.

附录 D:南京大屠杀屠戮纵火地点示意图

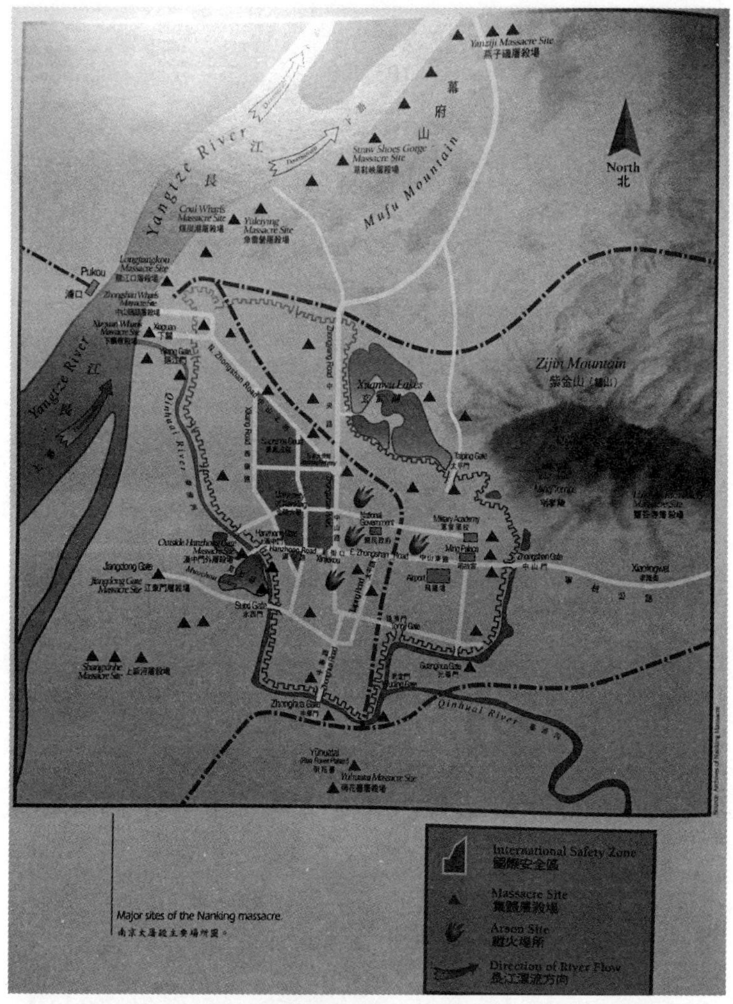

图片来源：Shi Young，James Yin，*The rape of Nanking*：*an undeniable history in photographs*，Chicago · San Francisco：Innovative Publishing Group，c1997，Expanded 2nd Edition，p266.

附录 E:2015 年博士论文《致谢》

迎春花开了,可那时,我一点儿心情都没有,因为在写博士论文。

在南开攻读博士学位快有六年了。从 2009 年 9 月入学,2010 年 6 月确定论文选题,2011 年 6 月论文开题,到今天看到赶出来的论文初稿,就像梦一样。

本来并没有想到要读六年,可事实上,倘若不是导师李新宇先生牵引拖拽,我想我一定无法完成学业了。我知道,那个下场自己或许能接受,但是对不起的人实在太多,近六年来他们给予我太多的帮助和支持,我怎么能够如此辜负！现在,哪怕是给导师留下一个草稿,我心中也有了一些安慰,我至少没有让众人过于失望。

记得当时,确定论文选题"1937 年南京陷落的文学书写研究",是在公共汽车上。经历了一个焦灼的寒假,我才有勇气和导师提起选题的事,就在汽车上,收到了导师肯定的批示。那时我感觉到自己在花的海洋里。而实际上有些欣喜过望,那时仅仅是有了选题而已,论文的支撑文本还不足 60 个,更谈不上论文框架。那时胆子很大,因为导师都认可了嘛！一旦落实在具体的论证上才知道困难颇多,直到开题时我还手忙脚乱,在开题会上,多亏本专业的各位导师鼓励有加,都认为选题很好,并提出许多中肯珍贵的建议,乔以钢老师、罗振亚老师本着爱护学生的宗旨,不吝抬爱,同时为论文框架中许多细节帮忙推敲,李锡龙老师就"文学性"、耿传明老师就"现代性"都为我指明理论依据。想来对南开的最好印象就是那时才有的。转眼之间,到了预答辩会上,温暖再次袭来,罗老师与耿老师不厌其烦地为我那粗糙的论文稿细致把脉,耿老师又一次提出了支撑文本,让我心生感佩。

说起在南开大学的读书时光,我确实感受到了文学院各位导师的关爱,他们的课堂上时有振聋发聩之论,促使我增生了思想支点,扩大了学术视野,积聚了人文情怀;在课余的生活中,我也多次受到导师们的勉励与提携,我可以心安理得地做父亲、发表了资格论文、申报了课题项目等等,这些都与老师们的帮助分不开。另外,南开日本研究院的刘岳兵老师、李卓老师都为我认知日本文学、日本社会点拨甚多,每次我路过南开湖,或者找寻南开的樱花树时,常常想起他们。

在论文写作过程中,除了得到以上提到的“两院”的支持外,我还直接受益于南开图书馆、南京图书馆、中国国家图书馆、天津市图书馆、天津理工大学图书馆、天津科技大学图书馆等等,其中南京图书馆给我留下了最为深刻的印象,在一个暑假里我在那儿附近住了近二十天,那里的许多书报刊,尤其是民国图书报刊、早年的《人民日报》、《新华日报》等等,都无私地为我所用,为我的论文做了结实的支撑。想起那里的图书管理老师们也同我一样汗流浃背,还提示我多喝水,为我的阅览提供各种便利,不由心生感激;值得一提的是,还受益于我国教育部哲学社会科学项目评审组委成员的认可和鼓励。当然,还有许多专业学者、导演为我费过心神,例如,南京大学文学院的马俊山教授、北京师范大学文学院的王向远教授、天津财经大学的高红樱教授、复旦大学日本研究中心的徐静波先生、上海外国语大学的陈福康老先生、江苏演艺集团话剧院袁俊平导演等等都为我提供过无私的支助。

对于我而言,能够坚持走下来,自然还少不了导师师母的关切与热望,门内外朋友们的扶助。我们门内的商昌宝、林霆、于宁志、夏世龙、林建刚、陈元峰等给了我很多鼓舞或帮助;李门之外的罗麒、卢桢,南京的老友振华都令我受益很多。

在这里,郑重地向以上所有关爱我的人一并致以真挚的感谢,虽然这样远远不足够。

而对于家人,恐怕仅仅我说到感谢是无法传达出我的心意,我的(岳)父母、弟、妹为我的读博之路垫过多少砖石,不好计数;妻子既要照看新生儿,又要时不时为我做助手,她还坚持同时完成自己的博士学业,这对于她和我在职读博来说,不能不说有一定的难度,但她给了我鼎力支持。当然,在我沉浸在南京大屠杀的历史资料与文学书写中时,黑暗、血腥、惨无人道的符码敲打、震动、撕裂我的神经,我的孩子“马元常毅”在为我微笑,那时我需要他,他不断地鼓舞着我前行,直到现在我能够和他一起看桃花和樱花。

2015年,正值抗战胜利70周年,导师的花甲之年,也到了我的不惑之年,我期待一家人能够参加授予博士学位的仪式,那时才是对所有推动我写作的人们报以谢意的最好方式。

后　记

该到交稿的日子了。现在，稿子终于是自己能够接受的样子了。

2016 年下半年收到南京大学出版社的合同时，我十分激动。因为这将是我平生正式出版的第一部专著。我想一定做好它，给自己、给师友一个交代，似乎信心也很足，因为毕竟是在我博士论文的基础上做修订。而事实上我做得并不顺利。可谓久经拖延，才有了现在的这个面貌。多亏南京大学出版社学术大众图书中心主任杨金荣老师的不断宽宥，还有我的博导恩师李新宇先生的默默催促和鼓励。在此郑重致以感谢。

记得最初着手修订时，我也在忙于申请赴美访学，到那里我要查阅一些资料，尤其是海外关于南京陷落的文学文本，进而为“全球视阈下的南京大屠杀文学研究”做准备。也正是由于很多事务堆积在一起，自己没能很好地进入状态，2017 年 2 月，即使我到了美国马萨诸塞州立大学阿姆斯特分校(Umass)，为适应这里的生活也用了一段时间。因为身边有一个刚刚满五岁的孩子需要照顾，所以，当时的处境十分混乱。我的外导张恩华教授也不免为我担心，她不断地给予我支持和谅解，提供了一些建设性意见。状态不断地得以改善，当我看到眼前众多的外文资料，窃喜之余，就要将其翻译、消化、吸收，这时愈加觉察该文学书写的丰富性，并为海外作家的关注而欣慰，正是他们的努力，使得南京大屠杀的文学书写具有了被世界瞩目的可能。这样，本书的部分章节得到了有效的充实和提高。

在完善书稿的过程中，时有不良的情绪产生，尤其是逃避情绪，往往让我拖沓延宕，这时，我尽可能不断地克制或转移情绪。记得李新宇老师曾嘱咐我：“要对得起你的爷爷。”我爷爷被历史无情碾压，不明真相，留下不知多少创伤、屈辱、隐忍，这些不公需要我这个后人去解蔽披露。那是义务，我惊觉。当受到海外的王德威先生、郑洪先生的鼓励时，我时时推动自己，不断确认自己所做的有价值有意义。

麻省的阿姆斯特小镇是如此清新静谧,当地美国人是那样谦和踏实,我受益良多。Umass 的图书馆、琼斯图书馆提供了十分便利的资料查索条件,Umass 的 EALC 院系项目部主任马克・西蒙(Marc Cameron)先生给予我无私的帮助,Immanuel Lutheran Church 的办公室秘书戴安娜・卡特(Diana M. Carter)女士提供了近两个月的自习空间,同住的室友施龙先生及众多一同访学的同胞给了我诸多便利和支持,等等这一切,都为本书的顺利完成提供了保障。

本书能够顺利完成还离不开天津理工大学的资助和支持,从校师资部门到汉语言文化学院系领导同事,他们都给予我周到真诚的帮助。在这里,我一并感谢。

当然,这部书稿一定会有许多不足或不当之处,敬请大家多提宝贵建议和意见。同时,也希望这部书的完成是一个新的开始,愿对那些备受创伤的人也有些许的安慰。

阿默斯特　南点公寓　2017 年 8 月 13 日

索　引

图书在版编目(CIP)数据

国族记忆:1937年南京陷落的文学书写 / 胡春毅著. — 南京 : 南京大学出版社,2018.2
ISBN 978-7-305-19962-2

Ⅰ. ①国… Ⅱ. ①胡… Ⅲ. ①中国文学—现代文学—文学研究②中国文学—当代文学—文学研究③南京大屠杀—研究 Ⅳ. ①I206.6②K265.607

中国版本图书馆CIP数据核字(2018)第034291号

出版发行 南京大学出版社
社　　址 南京市汉口路22号　　　邮　编 210093
出 版 人 金鑫荣

书　　名 国族记忆:1937年南京陷落的文学书写
著　　者 胡春毅
责任编辑 王　静　官欣欣　　　编辑热线 025-83686029

照　　排 南京南琳图文制作有限公司
印　　刷 盐城市华光印刷厂
开　　本 718×1000 1/16 印张24.5 字数380千
版　　次 2018年2月第1版 2018年2月第1次印刷
ISBN 978-7-305-19962-2
定　　价 78.00元

网址:http://www.njupco.com
官方微博:http://weibo.com/njupco
官方微信号:njupress
销售咨询热线:(025) 83594756
